panini BOOKS

AUSSERDEM BEI PANINI ERHÄLTLICH

***Star Wars*: Die Hohe Republik – Die Bewährungsprobe**
Justina Ireland – ISBN 978-3-8332-3944-1

***Star Wars*: Die Hohe Republik – Kampf um Valo**
Daniel José Older – ISBN 978-3-8332-4084-3

***Star Wars*: Die Hohe Republik – Mission ins Verderben**
Justina Ireland – ISBN 978-3-8332-4194-9

***Star Wars*: Die Hohe Republik – Die Suche nach der verborgenen Stadt**
George Mann – ISBN 978-3-8332-4253-3

***Star Wars*: Die Hohe Republik – Auf der Suche nach Planet X**
Tessa Gratton – ISBN 978-3-8332-4337-0

***Star Wars*: Die Hohe Republik – In die Dunkelheit**
Claudia Gray – ISBN 978-3-8332-3943-4

***Star Wars*: Die Hohe Republik – Aus den Schatten**
Justina Ireland – ISBN 978-3-8332-4083-6

***Star Wars*: Die Hohe Republik – Mitternachtshorizont**
Daniel José Older – ISBN 978-3-8332-4193-2

***Star Wars*: Die Hohe Republik – Der Pfad der Täuschung**
Tessa Gratton und Justina Ireland – ISBN 978-3-8332-4254-0

***Star Wars*: Die Hohe Republik – Der Pfad der Rache**
Cavan Scott – ISBN 978-3-8332-4338-7

***Star Wars*: Ahsoka**
E. K. Johnston – ISBN 978-3-8332-3450-7

***Star Wars*: Bürde der Königin**
E. K. Johnston – ISBN 978-3-8332-3941-0

***Star Wars*: Schatten der Königin**
E. K. Johnston – ISBN 978-3-8332-3636-5

***Star Wars*: Leia, Prinzessin von Alderaan**
Claudia Gray – ISBN 978-3-8332-3569-6

***Star Wars*: Poe Dameron – Freier Fall**
Alex Segura – ISBN 978-3-8332-3942-7

***Star Wars*: Meistgesucht**
Rae Carson – ISBN 978-3-8332-3637-2

Nähere Infos und weitere Bände unter:
www.paninibooks.de

DER PFAD DER RACHE

ROMAN

Von Cavan Scott

Ins Deutsche übertragen von
Tobias Toneguzzo

Bibliografische Information der Deutschen Nationalbibliothek
Die Deutsche Nationalbibliothek verzeichnet diese Publikation in der Deutschen Nationalbibliografie; detaillierte bibliografische Daten sind im Internet über http://dnb.d-nb.de abrufbar.

Titel der Amerikanischen Originalausgabe:
„*Star Wars*: The High Republic – Path of Vengeance" by Cavan Scott,
published by Lucasfilm Press, an imprint of Buena Vista Books Inc., May 2023.

Design by Soyoung Kim, Scott Piehl and Leigh Zieske

Geschäftsführer: Hermann Paul
Head of Editorial: Jo Löffler
Head of Marketing: Holger Wiest (E-Mail: marketing@panini.de)
Presse & PR: Steffen Volkmer

Übersetzung: Tobias Toneguzzo
Lektorat: Peter Thannisch
Umschlaggestaltung: tab indivisuell, Stuttgart
Satz und E-Book: Greiner & Reichel, Köln
Druck: GGP Media GmbH, Pößneck
Printed in Germany

YDSWHR005

1. Auflage, Juli 2023, ISBN 978-3-8332-4338-7

Auch als E-Book erhältlich:
ISBN 978-3-7569-9989-7

Findet uns im Netz:
www.starwars.com
www.paninibooks.de

PaniniComicsDE

Ein Konflikt hält die Galaxis in Atem.
Nachdem Chaos auf dem Pilgermond Jedha ausgebrochen ist,
kommt es zu einer verheerenden Schlacht. Wie die Jedi
herausfinden, ist eine vermeintlich wohlwollende
Gruppierung, DER PFAD DER OFFENEN HAND, an gewalttätigen interplanetaren Verschwörungen beteiligt.

Die Kommunikation ist zusammengebrochen,
und die Anführerin des Pfades, DIE MUTTER,
eilt zurück zum Planeten Dalna, um ihren Verfolgern
ein für alle Mal zu entkommen.

Noch ahnen die Jedi nicht,
dass die Mutter im Begriff ist, mysteriöse,
namenlose Kreaturen zu entfesseln,
die mächtig genug sind,
um den Orden selbst zu zerstören …

STAR WARS TIMELINE

DIE HOHE REPUBLIK

NIEDERGANG DER JEDI

DIE DUNKLE BEDROHUNG

ANGRIFF DER KLONKRIEGER

THE CLONE WARS

DIE RACHE DER SITH

AUFSTIEG DES GALAKTISCHEN IMPERIUMS

THE BAD BATCH

SOLO: A STAR WARS STORY

ÄRA DER REBELLION

REBELS

ROGUE ONE: A STAR WARS STORY

EINE NEUE HOFFNUNG

DAS IMPERIUM SCHLÄGT ZURÜCK

DIE RÜCKKEHR DER JEDI-RITTER

ÄRA DER NEUEN REPUBLIK

THE MANDALORIAN

AUFSTIEG DER ERSTEN ORDNUNG

RESISTANCE

DAS ERWACHEN DER MACHT

DIE LETZTEN JEDI

DER AUFSTIEG SKYWALKERS

PROLOG

Marda sprach, und der Pfad der Offenen Hand lauschte.

Das sanfte Summen der Schiffsantriebe ließ die Deckplatten unter ihren Füßen vibrieren. Es faszinierte sie immer noch, dass die *Gaze Electric* gleichzeitig so mächtig und doch so friedlich war. Sie erinnerte sich noch gut an den Moment, als das gigantische Schiff nach jahrelangem Bau auf den staubigen Ebenen von Dalna endlich ins All gestartet war. Marda hatte den Großteil ihres Lebens von diesem Moment geträumt, und nun war sie endlich hier. Nun waren sie *alle* hier und rasten dem sagenumwobenen Pilgermond Jedha entgegen, um die Botschaft des Pfades zu verbreiten. Das Unglaublichste überhaupt war aber, dass sie, Marda, diese Reise anführte. Sie hatte immer im Schatten ihrer Cousine gestanden: Yana, die mit den Kindern – der Elite unter den Anhängern der Mutter – durch die Galaxis gezogen war, um Machtartefakte jenen zu entreißen, die sie missbrauchten. Marda hatte immer wieder darum gebeten, in die Reihen der Kinder aufgenommen zu werden, aber sie war jedes Mal zurückgewiesen worden. Während Yana die Sterne bereiste, schien es Mardas Bestimmung zu sein, auf Dalna zu bleiben und sich um die Kleinen des Pfades zu kümmern, während die Frage an ihr nagte, warum sie der Gunst der Mutter nicht würdig war.

Doch Kevmo Zink – der wundervolle, aufregende Kevmo – hatte das geändert. Er hatte Marda erst an allem zweifeln lassen, was sie je geglaubt hatte, nur um ihr anschließend zu beweisen, dass sie schon immer recht gehabt hatte. Keine Frage, der junge Padawan hatte ihr ganz schön den Kopf verdreht, als er mit seinen Jedi-Tricks auf Dalna aufgetaucht war. Er hatte sich kaum oder gar nicht um die Konsequenzen seiner Taten geschert, und Marda hatte ihn angefleht, darüber nachzudenken, was er eigentlich tat. Sie hatte ihm die Wahrheit eröffnet, die alle Mitglieder des Pfades kannten: Wer die Macht missbrauchte, löste damit eine Kettenreaktion aus, deren unvorhersehbare und potenziell katastrophale Folgen jeden Ort in der Galaxis treffen konnten. Was als winzige Welle auf Dalna begann, konnte weit, weit entfernt wie ein Tsunami gewaltige Zerstörungen anrichten. Kevmo und seinesgleichen hatten keine Ahnung, welches Leid und welchen Schmerz sie anderen zufügten. Marda hatte versucht, ihm die Untaten aufzuzeigen, die er unwissentlich beging, aber er hatte sich geweigert, ihr überhaupt zuzuhören. Nicht dass sie es ihm wirklich hatte übel nehmen können. Er war nur ein Schüler gewesen, indoktriniert von seiner Meisterin, einer blassen Soikanerin namens Zallah Macri, die behauptete, der Pfad habe ein falsches Bild von der Macht. Kevmo hatte all ihren Lügen geglaubt und war ihr mit Leib und Seele verfallen gewesen.

Mardas Herz schmerzte bei dem Gedanken an den jungen Pantoraner, den einzigen Jungen, den sie je geliebt hatte. Sie würde nie wieder sein strahlendes Lächeln sehen oder diese glatten blauen Wangen berühren, die unter seinen kunstvollen Tätowierungen erröteten, wenn sie ihn küsste. Doch seine Torheit trübte selbst ihre schönsten Erinnerungen an den Padawan. Wenn sie heute die Augen schloss, sah sie nur noch Kevmos kalte Leiche in den Höhlen unter dem Lager des Pfades auf Dalna, seine weiche Haut zu Asche verbrannt durch die Berührung der unheimlichen Kreatur, die sie alle nur den Gleichmacher nannten.

Dieselbe Kreatur, die nun aus den Schatten der Versammlungshalle hervorspähte wie eine Verkörperung der Macht.

Kevmo und Zallah hatten ihre Fähigkeiten missbraucht, und die Macht hatte sie dafür bestraft, indem sie ihr Lebenslicht auf grausamste Weise erstickt hatte. Sie hatte die Jedi in leblose Hüllen verwandelt, und ihre Roben waren in sich zusammengesunken, als die Körper darunter zu Staub zerbröckelt waren.

Marda trug Kevmos Lichtschwert unter ihren Roben, um sich immer daran zu erinnern, was sie beide in jenem grauenvollen Moment verloren und gewonnen hatten. Kevmos Tod hatte ihr das Herz gebrochen, und während die Mutter verkündet hatte, dass der Pfad Dalna verlassen und nach Jedha reisen würde, hatte Marda sich geschworen, dass sie nie wieder solchen Schmerz und solche Leere erleiden sollte – und auch sonst niemand. Sie würde jeden vor den Gefahren warnen, die der Missbrauch der Macht nach sich zog. Kevmo war tot, weil er nicht gehört hatte, und Marda würde verhindern, dass andere sein Schicksal teilten. Die Mutter hatte ihr Potenzial erkannt und sie zur spirituellen Führerin des Pfades gemacht. In dieser Funktion hielt sie Andachten ab und vertrat die Mutter bei Unterweisungen. Endlich konnte sie die Macht schützen. Endlich konnte sie jene retten, die denselben Weg beschritten wie Kevmo.

Marda lächelte, während sie sprach. Ihre dunklen Augen glänzten vor Tränen, und die Anhänger des Pfades weinten mit ihr, während sie lauschten.

Yana weinte nicht. Sie wollte, vielleicht sollte sie sogar, aber sie konnte nicht. Nicht hier. Alles hatte sich so schnell verändert. Gerade vor ein paar Wochen hatte sie noch vorgehabt, den Pfad zu verlassen und mit der Liebe ihres Lebens einen Neuanfang zu wagen, weit, weit entfernt von Dalna und dem Einfluss der Mutter.

Nun hatte sie Dalna tatsächlich verlassen, aber nicht so wie erwartet. Zum einen war Kor nicht bei ihr. Stattdessen lag ihre Freundin tot unter dem Eis einer gefrorenen Welt, viele Lichtjahre vom nächsten bewohnten System entfernt. Yana war gezwungen gewesen, sie dort zurückzulassen, um nicht dasselbe Schicksal zu erleiden. In ihren dunkelsten Momenten stellte sie sich Kor Plouth vor, so, wie sie jetzt war – nicht die strahlende Nautolanerin, die sie seit ihrem dreizehnten Lebensjahr kannte, sondern eine Leiche, der die Meerestiere von Thelj das Fleisch abgenagt hatten. Das Bild war grotesk und grausig und ließ Yanas Klauen vor Rachegelüsten zucken. Die Mission der vier Kinder war von Anfang an zum Scheitern verurteilt gewesen. Die Mutter hatte Kor in den Tod geschickt, und Yana war nur knapp mit heiler Haut davongekommen. Ihre Spezies wurde überall in der Galaxis gefürchtet. Dabei kannten die wenigsten einen Evereni persönlich, stattdessen beurteilte man sie nach ihrem Ruf und ihrem Aussehen – der schiefergrauen Haut, den rasiermesserscharfen Zähnen und Krallen, den kohlschwarzen Augen. Für viele waren sie kaum mehr als blutrünstige Raubtiere, und beim Großen Sturm, manchmal wünschte Yana, sie wäre eines. So oft hatte sie schon davon geträumt, die Mutter zu Boden zu reißen und ihr vor ihren verblendeten Anhängern die Kehle herauszureißen. Aber unternommen hatte sie nichts. Stattdessen stand sie einfach nur herum, so wie jetzt, im hinteren Teil der *Gaze Electric*, während Marda eine ihrer naiven Ansprachen über die Weisheit des Pfades und seiner Doktrin zum Besten gab.

Marda war kaum noch wiederzuerkennen. Yana hatte ihre Cousine beschützt, seit sie als Flüchtlinge auf Dalna angekommen waren. Sie hatte sich gewünscht, dass Marda ein wenig Rückgrat entwickeln und für sich selbst einstehen würde. Als Kevmo Zink aufgetaucht war, hatte Yana gedacht … nein, gehofft, dass er ihr die Augen öffnen würde. Dass ihre Cousine durch die Gefühle, die zwischen ihr und dem jungen Jedi erwacht waren, endlich erkennen würde, wer sie war und was sie sein konnte.

Zugegeben, Marda hatte sich tatsächlich verändert, aber nicht so, wie Yana es sich gewünscht hätte; stattdessen war sie zu einer Fanatikerin geworden. Das offensichtlichste Zeichen dieser Veränderung waren die drei blauen Linien aus Brikal-Muschelfarbe, die sich alle Pfad-Mitglieder ins Gesicht malten. Sie symbolisierten Freiheit, Harmonie und Klarheit, und bislang waren es immer sanfte Wellenlinien gewesen. Doch seit Kevmos Tod zogen sich drei gerade, vertikale Linien über Mardas Gesicht, die wie Schnitte von ihrer Stirn bis zu ihrem Kinn reichten.

Sie behauptete, dieses neue Muster würde ihre Überzeugung symbolisieren, dass der Pfad entschlossener handeln musste; dass sie aktiv nach jenen suchen sollten, die die Macht missbrauchten, damit ihr Treiben im Keim erstickt werden konnte.

Immer mehr Pfad-Anhänger hatten Gefallen an dieser Einstellung gefunden und ihre Gesichtsbemalung ebenfalls verändert. Die drei traditionellen Wellenlinien, die Yana über den Augen trug, waren inzwischen definitiv in der Unterzahl.

„Sieh sie dir nur an", ertönte eine Stimme neben ihr. Yana reagierte nicht darauf, hielt ihre dunklen Augen weiter auf Marda gerichtet. „Sie verehren sie. Die neue Führerin des Pfades."

Yanas Spezies hatte mit vielen Vorurteilen zu leben: dass die Evereni heimatlos waren, dass sie keine echte Identität hatten, abgesehen von Schmähnamen, die andere ihnen gaben, und dass ihr Leben keinem Nutzen diente. Dann waren da noch die kurioseren Gerüchte über sie; Geschichten, die Yana bis vor Kurzem ins Reich der Fantasie verwiesen hatte.

Die makaberste von ihnen hatte sie in einer Bar auf Rekardia gehört. Sie hatte versucht, das Gemurmel mehrerer Schmuggler zu ignorieren, die sie seit dem Moment anstarrten, als sie zur Tür hereingekommen war.

„Sie reden mit den Toten, diese Evereni", hatte einer der Raumfahrer erklärt, motiviert durch Ignoranz und billiges Bier. „Sie sehen die Geister derer, die sie ermordet haben – verlorene Seelen, dazu verdammt, diesen elenden Haien zu folgen, wohin immer sie gehen."

Natürlich war das abergläubischer Schwachsinn. Das hatte sie auch dem grünhäutigen Argazdan gesagt, nachdem sie ihm die Nase an der Theke eingeschlagen hatte. Und als sie sich später mit Kor am Raumhafen getroffen und ihr die Geschichte erzählt hatte, waren deren Kopftentakel vor Lachen von einer Seite auf die andere geschwungen.

Doch obwohl es offensichtlich Unsinn war, hatte Yana ein schmerzhaft vertrautes Gesicht in der Menge entdeckt, als sie zum ersten Mal an Bord der *Gaze Electric* gekommen war. Die Kopftentakel, die limettengrüne Haut, die glücklicherweise noch immer ihre Knochen bedeckte ... Doch Kors einst dunkle Augen waren trüb und milchig, während sie zwischen den anderen Pfad-Anhängern hindurch zu Yana herüberblickte. Und als sie gelächelt hatte, war Eiswasser zwischen ihren rissigen Lippen hervorgesprudelt.

Seitdem war sie immer da, nur ein paar Schritte hinter Yana, unsichtbar für jeden außer ihr. Und ihre Stimme war so klar, als würden sie wieder gemeinsam in ihrem kleinen Bett auf Dalna liegen.

„Du hast mich zurückgelassen, aber ich bin noch immer bei dir. Solange du mich brauchst, werde ich da sein."

Natürlich war sie es nicht wirklich, das wusste Yana. Kor war tot. Diese Erscheinung war die Personifizierung ihrer eigenen Schuldgefühle und ihrer Wut. Es war der Zorn, der tief in ihrem Inneren brannte; derselbe Zorn, der sie dazu gebracht hatte, sich Kors Vater anzuschließen, Werth Plouth. Er war der Herold des Pfades und wartete ungeduldig auf die richtige Gelegenheit, um die Mutter zu entmachten.

„Aber was springt für dich dabei heraus?", wisperte Kor.

Yana ballte die Fäuste und konzentrierte sich auf den Schmerz, als ihre Fingernägel in ihre trockenen Handflächen schnitten. Doch noch immer konnte sie nicht weinen. Ringsum wiederholten die Mitglieder des Pfades Mardas abschließende Worte: „Die Macht wird frei sein."

„Die Macht wird frei sein", sagte Kor in Yanas Ohr.

„Ja, aber werden wir frei sein?", fragte Yana, ohne den Blick von ihrer Cousine zu nehmen.

Marda blieb, nachdem die anderen aus der Halle geströmt waren und die Ältesten ihr für ihre inspirierenden Worte gedankt hatten. Die Mutter selbst hatte nicht an der Versammlung teilgenommen. Natürlich nicht. Elecia verbrachte die meiste Zeit in ihren privaten Gemächern, wo sie mit der Macht kommunizierte. Aber dass der Herold auch nicht hier gewesen war, überraschte Marda. Sie war inzwischen daran gewöhnt, dass der Nautolaner im hinteren Teil der Menge stand, seine Augen beinahe ebenso dunkel wie ihre, die Stummel seiner abgeschnittenen Tentakel ein krasser Kontrast zu seinem grünen Schädel. Vielleicht wurde er anderswo an Bord des riesigen Schiffes gebraucht. Ja, vermutlich war das der Grund. Nicht dass er es ihr erzählen würde. Sie waren nie Freunde gewesen, aber seit Mardas Beförderung war ihre Beziehung geradezu frostig geworden. Werths Abneigung troff ihm aus jeder Pore, und sie hatte keine Ahnung, wieso. Sie war keine Bedrohung, erst recht nicht für ihn, außerdem verfolgten sie beide das gleiche Ziel: die Botschaft des Pfades in die Galaxis hinauszutragen. War es vielleicht ihre Nähe zur Mutter, die ihn störte, dieses enge Band, das sie seit Jüngstem teilten? War der Herold eifersüchtig?

Es hatte ihm sichtlich missfallen, dass die Mutter Sunshine Dobbs vorausgeschickt hatte, um die Ankunft des Pfades auf Jedha anzukündigen. Zumindest diesen Teil konnte Marda nachvollziehen. Wie sein Titel schon andeutete, sollte der Herold der Vorbote und das Sprachrohr des Pfades sein. Sunshine Dobbs hingegen … Nun, Sunshine war ein Schwindler und Betrüger. Oder zumindest war er das gewesen, bevor er sein Leben in den Dienst des Pfades gestellt hatte. Der ehemalige Hyperraum-Scout strahlte förmlich, wenn er sich in der Gegenwart der Mutter sonnen durfte, und Marda hatte den Verdacht, dass er seit seiner Bekehrung Gefühle für Elecia entwickelt hatte. Aber natürlich würde die Mutter sich nie auf so etwas einlassen.

Sunshines Überschwänglichkeit ließ den Herold im Vergleich umso grimmiger wirken. Werths Trauer um seine Tochter hatte jegliche Freude aus seinem Leben und seiner Berufung gesaugt. Dieser Tage sprach er mit fast niemandem mehr, nicht mal mit seiner Frau Opari, die ohnehin schon schwer krank war und sich seit Kors Tod noch weiter von der Welt zurückgezogen hatte; sie verließ nur noch selten die Kabine, die sie sich an Bord der *Gaze* mit dem Herold teilte. Nein, die einzige echte Vertrauensperson, die Werth noch zu haben schien, war Yana.

Marda wollte ihm den Trost nicht missgönnen, den er aus der Gesellschaft ihrer Cousine zog, aber angesichts der früheren Differenzen zwischen den beiden konnte sie doch nicht anders, als sich zu wundern. Hatte womöglich die Trauer um Kor sie zusammengeführt? Schließlich hatten sie das Mädchen beide geliebt, er als Vater, sie als Freundin.

Nun, was immer der Grund war, Marda wünschte, dass Yana mir ihr reden würde.

„Marda?"

Die Stimme ihrer Cousine ließ sie erschrocken den Atem einsaugen. Marda war so in Gedanken vertieft gewesen, dass sie gar nicht gehört hatte, wie Yana zu ihr an das Aussichtsfenster trat. Oder vielleicht lag das auch an Yanas Ausbildung; wenn sie nicht bemerkt werden wollte, konnte sie so lautlos sein wie eine Schattenkatze. Aber nun stand sie da, wie die sprichwörtliche Antwort auf ein Gebet. Marda drehte sich herum, um ihre Cousine zu begrüßen, aber ihr Lächeln stockte, als sie die langen Kampfstäbe in Yanas Händen sah.

„Cousine?"

„Cousine", erwiderte Yana, ihre Stimme bar jeglicher Emotion. Dann hielt sie ihr einen der Stäbe hin.

„Was soll das?", keuchte sie.

„Wonach sieht es denn aus? Training."

Marda musste lachen; sie konnte nicht recht glauben, was sie da hörte. „Das hier ist die Versammlungshalle. Ein geheiligter Ort!"

Yana zuckte unmerklich mit den Schultern. „Ein Schlachtfeld ist auch ein geheiligter Ort."

Marda machte einen Schritt auf ihre Cousine zu. „Yana, lass uns reden. Wir könnten … etwas essen."

Yana schnaubte. „Essen?"

„Die Lagerräume sind vollgepackt mit Proviant von Dalna. Der Älteste Arevelin hat sogar gebrannte Nüsse mitgebracht. Falls du etwas Nährreicheres möchtest, haben wir auch literweise gewürzte Fischsuppe in der Bordküche. Das war doch immer deine Lieblingsspeise."

Yana hielt ihr weiter den Stab hin. „Wir können später noch essen."

Marda ließ die Schultern hängen. „Nach dem … Training?"

Sie wurde mit einem knappen Nicken und einem Versprechen belohnt. „Nach dem Training."

Marda betrachtete die Waffe. Vielleicht war das Yanas Art, das Eis zu brechen, das zwischen ihnen entstanden war – der erste Schritt, um ihre Beziehung wiederaufzubauen. Es war jedenfalls die längste Unterhaltung, die sie seit dem Start der *Gaze* miteinander geführt hatten. Sie sollte die Gelegenheit ergreifen, bevor Yana es sich anders überlegte. Also nahm Marda den dargebotenen Stab und ging in Verteidigungshaltung. Sofort setzte ihre Cousine zum Angriff an.

„Nicht gut genug", zischte Yana, als es Marda wie durch ein Wunder gelang, diesen ersten Hieb abzublocken. Sie schwang ihren Stab erneut, diesmal auf Mardas linke Seite und so schnell, dass die andere Evereni gar nicht erst reagieren konnte.

„Aah!", schrie Marda, als die Spitze des Stabes ihre Rippen traf.

„Du versuchst ja nicht mal zu gewinnen!"

„Ich dachte, wir wollten nur üben!", rief Marda. Sie führte selbst eine Attacke, aber Yana wich mit einer wirbelnden Bewegung aus, sodass Mardas Stab hinter ihr auf die Deckplatten knallte.

Einen Herzschlag später bohrte sich die Spitze von Yanas Waffe in Mardas Brustbein, und sie taumelte nach hinten.

„Der hätte dich töten können."

Der Stab sauste durch die Luft und traf Mardas Rücken.

„Und der hätte dir das Rückgrat gebrochen."

Marda brüllte vor Frustration und riss ihre Waffe in einem weiten Bogen nach oben. Hätte Yana den Schlag nicht abgewehrt, hätte er sie am Kiefer erwischt.

„Schon besser."

Brüllend und schnaubend setzte Marda ihren Angriff fort. Sie wirbelte um die eigene Achse, um ihrem nächsten Hieb noch mehr Schwung zu verleihen. Yana blockte den Stab einmal mehr ab, gefolgt von einem weiteren herablassenden Kompliment – als würde sie ein kleines Kind loben, weil es gerade ein Bild mit seinen Fingerfarben gemalt hatte.

Klack!

„Besser."

Klack!

„Noch mal."

Klack!

„Konzentrier dich."

Einen Moment lang verlor sich Marda in dem Tanz aus Zuschlagen und Blocken und Antäuschen und Kontern. In ihrem Kopf wirbelten Bilder umher, während sie in der kühlen Luft des Schiffs das Kämpfen übten – Erinnerungen, die wie von allein in ihrem Bewusstsein aufblitzten, kaum mehr als flüchtige Momentaufnahmen. Wie sie als Kinder nach Dalna gekommen waren, verloren und verängstigt. Wie sie erstmals die Mutter gesehen hatten. Wie sie Kevmo begegnet war. Wie ihr Herz einen Schlag ausgesetzt hatte, als er seine Lippen auf ihre presste.

„Genug!"

Yanas Stab pfiff in einem tiefen Bogen durch die Luft und riss Marda die Beine unter dem Körper weg. Deren Waffe landete auf dem Deck, einen Moment später gefolgt von ihrem Körper, und der Aufprall presste ihr die Luft aus den Lungen. Yana stand über ihr, und kurz war Marda überzeugt, dass ihre Cousine zum Todesstoß ausholen würde. Doch stattdessen entspannte sich Yanas Körper, und sie gab ihre Kampfhaltung auf, um ungehalten mit ihrem Stab auf die Deckplatten zu klopfen.

„Du bist nicht bereit für Jedha.“

Marda versuchte, wieder zu Atem zu kommen. „Wir reisen in friedlicher Mission dorthin.“

Yana lachte spitz. „Wie lange wird sie wohl friedlich bleiben, wenn wir jedem am heiligsten aller Orte sagen, dass sein Glaube falsch ist? Wenn wir diese ‚Macht-Synode‘ warnen, dass sie untergehen wird, falls sie sich nicht ändert?“

„Die Jedi missbrauchen die Macht“, schnappte Marda, während sie sich mit zitternden Armen vom Boden hochstemmte.

Yana hielt ihr die Hand hin. „Von denen habe ich gar nicht gesprochen.“

Marda ergriff ihre Hand und ließ sich auf die Füße hochziehen. „Ich weiß. Aber die Jedi haben einen verderblichen Einfluss auf die Synode …“

Yana ließ sie los. „Einen verderblichen Einfluss? Jetzt klingst du wie die Mutter.“

„Danke“, erwiderte Marda, auch wenn sie wusste, dass es nicht wirklich ein Kompliment gewesen war. Während sie ihrer Cousine in die Augen blickte, versuchte sie weiterhin, ihren keuchenden Atem zu beruhigen. „Die Synode besteht aus Vertretern aller großen Glaubenssysteme. Wenn wir sie überzeugen können, dass die Jedi die Macht gefährden …“

„Sie werden dir nicht glauben.“

„Aber wir müssen es versuchen.“

Die beiden Evereni standen sich wortlos gegenüber, Yana mit zusammengepressten Lippen, Marda tief durchatmend. Sie konnte Schmerz und Zorn auf den Zügen ihrer Cousine erkennen. Würde sie sich doch nur der Aufgabe widmen, die Botschaft des Pfades zu verbreiten, dann würde sie gewiss Frieden finden. Marda wollte sie in die Arme schließen, ihr sagen, dass sie verstand, dass alles gut werden würde, doch Yana löste sich aus ihrer Starre, bückte sich und hob Mardas Stab vom Boden auf.

„In einer Stunde treffen wir uns im sekundären Frachtraum“, sagte sie, bevor sie Marda die Waffe erneut in die Hand drückte.

„Du musst auf alle Eventualitäten vorbereitet sein. Die Nächte auf Jedha sind dunkel."

„Jedha ist der Mond des Lichts!"

„Es ist ein Mond voller Pilger, denen deine Botschaft nicht gefallen wird."

Nicht unsere. Deine.

„Was ist mit der Fischsuppe?"

Yana wandte sich ab und verließ den Raum, ohne auch nur einmal zurückzublicken. „Vielleicht später."

Marda wusste, dass sie es nur so dahinsagte. Eine Sekunde später hatte sich die Tür mit einem Zischen hinter Yana geschlossen, und Marda war allein.

Nein, sie war nicht allein. Nicht mehr.

„Sie wird es schon noch einsehen", erklärte sie laut. „Sie wird einsehen, dass sie sich irrt. Jedha wird auf uns hören. Alle werden die Wahrheit unserer Botschaft anerkennen."

„Sie werden die Wahrheit anerkennen", wiederholte Kevmo, als er hinter sie trat. Seine einst schimmernde Haut war nun schuppig und weiß, seine Stimme wie das Knirschen von Kies. „Die Macht wird frei sein."

„Die Macht wird frei sein", sagte Marda und nickte mit einem Lächeln.

1. TEIL

DIE SCHLACHT UM JEDHA

1. KAPITEL

Jedha erkannte die Wahrheit nicht an. *Niemand* erkannte die Wahrheit an. Und jetzt war Marda allein.

Die Überzeugung, die sie in der Versammlungshalle an Bord der *Gaze Electric* empfunden hatte – ungeachtet der blauen Flecken an ihren Armen und ihrer Seite, die nach dem Übungskampf mit Yana zurückgeblieben waren –, hatte bis zu ihrer Ankunft auf dem Pilgermond angehalten. Falls überhaupt, so war sie noch gewachsen, und als Marda schließlich das Landeshuttle der *Gaze* verlassen hatte, war sie regelrecht euphorisch gewesen.

Anfangs war ihr diese Euphorie berechtigt erschienen. Die Leute hatten bereitwillig der Botschaft des Pfades gelauscht, sie sogar dankend aufgenommen. Sunshine Dobbs hatte ganze Arbeit geleistet, seit er ein paar Tage zuvor mit seinem uralten Kreuzer, der *Scupper*, angekommen war. Jeder, der ihnen Probleme hätte machen können, war geschmiert, und potenzielle Hindernisse ganz oder zumindest teilweise aus dem Weg geräumt worden. Um den guten Willen des Pfades zu demonstrieren, hatte Sunshine außerdem in die – überraschend tiefe – Börse der Mutter gegriffen, um ein Armenhaus zu kaufen, das kurz vor der Schließung gestanden hatte. Die Macht-Synode hatte sich bereit erklärt, den Herold zu empfangen, und die Mutter hatte sich bei den Friedensgesprächen zwischen Eiram und E'ronoh als wichtige Hilfe erwiesen – immerhin zwei Welten, die seit Generationen miteinander im Clinch lagen.

Alles war genau nach Plan verlaufen ... bis plötzlich Kämpfe ausbrachen.

Jetzt strömte Blut durch die staubigen Straßen von Jedha. Was als Streit zwischen dem Herold und der Synode begonnen hatte, war schnell zu einem Aufstand eskaliert. Der Herold war auf den Stufen des Synoden-Gebäudes vor die Menge getreten und hatte deren Misstrauen gegenüber der Synode und ihren Mitgliedern ausgenutzt. Erst waren hitzige Worte geflogen, dann Fäuste, und die Gewalt hatte um sich gegriffen wie ein Lauffeuer. Derartige Ausschreitungen wären allein schon schlimm genug gewesen, aber dann waren auch noch die Friedensgespräche zwischen Eiram und E'ronoh gescheitert, und die Lage hatte sich weiter zugespitzt. Bewaffnete Wachen und Kampfdroiden der beiden zerstrittenen Planeten marschierten in den Straßen auf, und die ohnehin schon verängstigten Einwohner von Jedha reagierten mit Panik und Wut. Aufständische warfen sich auf die Kampfdroiden und Soldaten, und als Jahrhunderte an Vorurteilen und religiösen Streitigkeiten überkochten, weiteten sich die Zusammenstöße immer mehr aus, bis schließlich die gesamte Stadt einer Kriegszone glich.

Marda hatte versucht, den Mob zu beruhigen, den Willen der Macht zu predigen, sich um die Verwundeten zu kümmern … aber dann hatten die Jedi die Kontrolle an sich gerissen, so wie sie es *immer* taten. Natürlich hatten ihre glühenden Lichtschwerter die Sache nur schlimmer gemacht, und die Gewalt war eskaliert, bis niemand mehr hätte sagen können, warum die Kämpfe überhaupt ausgebrochen waren.

Marda zog den Kopf ein, als Sternenjäger über ihr durch den Himmel rasten, ihre Antriebe laut wie Donnergrollen. Eine Straße weiter flammte eine Explosion auf, gefolgt von einem gellenden Schrei. So viele Explosionen. So viele Schreie.

Marda nahm das Kommlink von ihrem Gürtel und drückte den Knopf.

„Yana? Yana, kannst du mich hören? Ich habe die Mutter aus den Augen verloren. Ich habe sie nicht mehr gesehen, seit das Armenhaus zerstört wurde."

Sicher platzte Yana vor Schadenfreude über das Versagen ihrer

Cousine. Alles, wovor sie Marda gewarnt hatte, war eingetreten. Die Bewohner und Besucher von Jedha hatten mit Gewalt auf ihre Botschaft reagiert. Alles war verloren.

„Yana? Bitte, melde dich. *Yana*!"

Sie erhielt keine Antwort, nicht mal ein spöttisches Lachen oder ein selbstgefälliges „Na, hab ich's dir nicht gesagt?".

Einer der Sternenjäger verging in einer Flammenwolke, und sein zerfetzter Rumpf stürzte vom Himmel herab – direkt auf den Tempel einer halb vergessenen Religion.

„Was soll ich nur tun?", wisperte Marda, aber niemand war da, der ihr die Frage beantworten konnte. Weder Yana noch Kevmo, der ihr nicht mehr erschienen war, seitdem sich Jedha in ein Irrenhaus verwandelt hatte. Vielleicht war er auch nie da gewesen ... Es gab inzwischen nichts mehr, dessen Marda sich noch sicher war.

Ein weiterer Schrei, näher diesmal. Kurz brandete irrationale Furcht über sie hinweg: War das die Mutter? War sie in Gefahr? Irrational oder nicht, sie rannte los in Richtung des Kreischens. Yana hätte vermutlich gesagt, dass sie es sich nur einbildete, aber Marda war überzeugt, dass die Macht sie antrieb.

Ihr Herz schlug ihr bis zum Hals, während sie um einen einstmals imposanten Schrein herumsprintete und vor sich eine zerfetzte blaue Robe im Staub entdeckte, die Falten befleckt von Schmutz und Blut. Der Träger dieser Robe hatte sich zusammengerollt, die Arme über dem Kopf verschränkt, während eine Gruppe von Randalierern auf ihr Opfer eintrat und es schlug und dabei hasserfüllte Beleidigungen schrie. War das tatsächlich die Mutter? Solange die Aufrührer weiter versuchten, das Wesen totzuprügeln, konnte Marda nicht sicher sein. Doch selbst wenn nicht – sie musste etwas tun, um dieser armen Seele zu helfen. Wäre Yana hier gewesen, sie hätte sich ohne Zögern in den Kampf gestürzt. Doch wenn Jedha Marda eines gezeigt hatte, dann, dass sie nicht war wie ihre Cousine. Sie hatte ja nicht mal eine Waffe.

„Doch, hast du", sagte eine tonlose Stimme in ihrem Kopf.

Marda blickte auf ihre rasiermesserscharfen Krallen hinab und fragte sich, ob das wohl ausreichen würde … obwohl sie in ihrem Herzen bereits wusste, dass die Antwort auf diese Frage Nein lautete.

„Nicht deine Hände", flüsterte Kevmo ihr ins Ohr. Endlich war er da. „Unter deiner Robe. Mein Lichtschwert."

Bevor sie darüber nachdenken konnte, was sie eigentlich tat, hatte Marda bereits die Hand unter ihre staubverkrustete Robe geschoben und nach der Waffe gegriffen. Sie riss den kühlen Griff hervor und drehte ihn, bis ihr Finger den Aktivator ertastete. In ihrer Panik sah sie nicht mal mehr, was direkt vor ihren Augen geschah.

„Jetzt leg den Finger auf den Aktivator. Los!"

Marda drückte zu, und Energie ließ den Schwertgriff unter ihren Fingern vibrieren, während die gelbe Plasmaklinge zu knisterndem Leben erwachte. Marda stockte der Atem. Sie hatte seit Kevmos Tod mit dem Gedanken gespielt, die Klinge zu aktivieren, aber irgendwie fühlte es sich respektlos an, so als würde sie damit sein Andenken und gleichzeitig auch die Macht entehren. Jetzt hatte sie leider keine andere Wahl mehr.

„Aufhören!", schrie sie. In ihrer Stimme schwang eine Härte mit, die sie sich selbst nicht zugetraut hatte. „Lasst diese Person in Ruhe!"

Die Gruppe wirbelte herum – zwei Menschen und ein goldäugiger Kyuzo.

„Verfluchte Jedi!", grollte der Kyuzo, als sein Blick auf die glühende Klinge fiel. „Das hier geht dich nichts an. Verschwinde. Mach, dass du wegkommst!"

„Nein, *ihr* werdet verschwinden", erwiderte sie, auch wenn ihre Stimme beinahe ebenso sehr zitterte wie ihre Hände.

„Und wieso, meine Hübsche?", schnaubte einer der Menschen, ein Mann mit breiter Brust, rotem Haar und schiefen Zähnen. „Weil die *Macht* es dir gesagt hat?"

Das verriet ihr alles, was sie wissen musste. Der rothaarige Schläger war kein Gläubiger, nicht mal ein fehlgeleiteter. Er war lediglich hier, weil er die Welt brennen sehen wollte, und das Pfad-Mitglied, das sich noch immer vor seinen Füßen krümmte, war einfach zur falschen Zeit am falschen Ort gewesen.

Marda machte einen zögerlichen Schritt nach vorne. „Ich habe gesagt, ihr sollt diese Person in Ruhe lassen!"

Die Gestalt auf dem Boden rührte sich nicht. Bei den Sternen, war sie womöglich schon tot? Aber zumindest traten die Schläger von ihr zurück ... wenn auch nur, um stattdessen auf Marda zuzukommen.

Sie musste all ihren Mut aufbringen, um nicht einfach wegzurennen.

„Du bist keine Jedi", erkannte der Kyuzo. Er grinste unter der Übersetzungseinheit, die vor seinen Mund geschnallt war. „Du bist wie er, eine dieser Kultisten."

„Wir sind kein Kult", entgegnete Marda. Der Kyuzo hatte *er* gesagt, demnach war ihr Opfer zumindest nicht die Mutter. Den Sternen sei Dank! Doch nur eine Sekunde später überkamen sie Schuldgefühle. Egal, wer dieses arme Wesen war, es hatte nicht verdient, zu Tode geprügelt zu werden.

„Kommt nicht näher", warnte sie, wobei sie den Schwertgriff von einer zitternden Hand in die andere nahm.

„Und wenn doch?" Der rothaarige Mensch lachte. „Wirst du uns dann mit deinem Laserschwert niederstrecken?"

„Sieh dir die verkrukkte Planetenmörderin doch nur an!", sagte der Kyuzo. „Sie hat keine Ahnung, was sie tut!" Er stellte sich direkt vor die Klinge. „Vermutlich hat sie das Schwert auf der Straße gefunden." Er streckte die behandschuhte Rechte aus. „Her damit, Mädchen, bevor du noch jemandem wehtust! Vermutlich dir selbst."

Marda wusste nicht, was den Ausschlag gab – vielleicht die abfällige Bezeichnung „Planetenmörder", der ihr Volk schon begleitete, seit es Everon verlassen hatte. Vielleicht auch, dass er sie in keinster Weise als Bedrohung ernst zu nehmen schien. In jedem Fall loderte in ihrem Bauch ein Feuer hoch, und sie sprang vor.

Ihre Bewegungen waren schneller und eleganter als während der Übungskämpfe mit Yana an Bord der *Gaze*, und das Lichtschwert durchtrennte in einem fließenden Aufwärtshieb das Handgelenk des Kyuzo. Vor Schmerzen brüllend, brach er auf die Knie zusammen, die verbliebene Hand auf seinen rauchenden Armstumpf gepresst. Er blickte nicht auf, als Marda, von purem Instinkt getrieben, das Schwert in seine Brust rammte. Seine gelben Augen quollen aus den Höhlen, ein grausiges Röcheln drang aus seiner Übersetzungseinheit, dann kippte er mit einem dumpfen Knall auf die Seite.

Marda ließ das Lichtschwert los, als stünde es in Flammen, woraufhin die Klinge sofort erlosch. Was hatte sie getan? Die anderen Mitglieder der Bande riefen den Namen ihres getöteten Kumpanen und griffen nach ihren Blastern, aber Marda registrierte es nicht mal. Sie konnte nur in die leblosen Augen des Kyuzo starren, den sie ermordet hatte.

Einen Moment später wurde der erste Blaster abgefeuert.

2. KAPITEL

Marda schloss die Augen und wartete darauf, dass die Blasterstrahlen sie niederstreckten. Sie hatte versagt. Sie hatte die Mutter enttäuscht. Und Yana. Sogar Kevmo. *Ganz besonders* Kevmo. Er hatte sich von falschen Überzeugungen leiten lassen, aber sie wusste, dass er seine Waffe niemals benutzt hätte, um zu morden. Vielleicht konnte sie sich bei ihm entschuldigen, wenn sie in der Macht wiedervereint wurden, denn sie war sicher, dass er dort auf sie wartete – aber nicht in der Form, die ihr seit seinem Tod erschien. Nein, er würde so aussehen wie bei ihrem ersten Kuss auf dem Marktplatz auf Dalna. Vielleicht würde er sie ja bereits anlächeln, wenn sie jetzt die Augen öffnete, seine Augen hell, seine Haut vom selben Blau wie der strukanische Ozean.

Doch die Blasterschüsse trafen sie nicht. Und als Marda die Augen aufschlug, sah sie nicht Kevmo, sondern ein Kaleidoskop an Farben: das Rot der Energiebolzen, die gegen eine blaue Linie prallten und sich in weiße Funken auflösten. Da waren Rufe und Schreie und das unverkennbare Summen einer Jedi-Waffe. Marda senkte den Kopf. Sie konnte Kevmos Lichtschwert nirgends sehen, und es lag auch nicht in der Hand der Frau, die sich zwischen ihr und den Randalierern aufgebaut hatte. Stattdessen war ein leuchtender Schild an deren Unterarm geschnallt. Die hochgewachsene, feingliedrige Jedi bewegte sich so geschmeidig wie Wasser, anmutig und doch tödlich – wenn sie es wollte. Sie hielt nicht einmal inne, als der rothaarige Mensch mit einem wuterfüllten Brüllen auf sie zustürmte. Der Schild sauste von ihrem Arm fort, als wäre er von einer unsichtbaren Kraft geschleudert worden, prallte hart gegen die Brust des Schlägers, dann kehrte er an den Arm seiner Trägerin zurück, noch während der Kerl auf den Boden plumpste.

Mardas Magen zog sich vor Abscheu zusammen, als sie erkannte, was sie da gerade gesehen hatte: Die Jedi hatte die Macht benutzt, als wäre sie ihr persönliches Spielzeug ... auch wenn sie Marda damit vermutlich das Leben gerettet hatte.

Das letzte Mitglied der Gruppe riss den benommenen Menschen auf die Beine hoch und rannte mit ihm davon. Die Kampflust hatte sie offenbar verlassen, vor allem, da einer von ihnen leblos auf dem Boden lag.

Dennoch blieb die Jedi in Kampfhaltung stehen, ein lebender Schutzwall zwischen Marda und den flüchtenden Randalierern. Erst als die beiden außer Sicht waren, drehte die Frau sich herum und musterte Marda mit ihren tiefbraunen Augen. „Sind Sie verletzt?"

Ihre Worte hatten einen seltsamen Rhythmus, der selbst inmitten des Chaos beruhigend klang, aber den Sturm aus Scham, Zorn und Abscheu, der in Mardas Brust tobte, konnte sie nicht besänftigen.

„Marda?"

Die vertraute Stimme erklang, bevor Marda die Frage der Jedi beantworten konnte. Ihr Kopf ruckte so schnell herum, dass ein stechender Schmerz durch ihren Nacken zuckte. Nicht dass sie es wirklich zur Kenntnis nahm.

„M-Mutter", stammelte sie und wollte zuerst ihren Augen nicht trauen. „Mutter, Ihr lebt. Ihr seid am Leben!"

Reflexartig warf sie die Arme um die Prophetin, die den Pfad hierher nach Jedha geführt hatte, und drückte sie fest an sich. Der Körper der Mutter versteifte sich, und Marda ließ sie rasch wieder los.

„Seid Ihr verletzt?"

Die Mutter lächelte. Aus irgendeinem Grund wirkte ihr Gesicht älter als noch bei ihrer Ankunft auf dem Pilgermond; die Falten hatten sich tiefer in ihre Haut gegraben, die grauen Strähnen in ihrem Haar stachen deutlicher hervor.

„Ich bin unversehrt, Marda, und das habe ich Silandra Sho zu verdanken." Sie nickte in Richtung der Jedi, die sich über den durchbohrten Kyuzo gebeugt hatte. Ihr Schild hing nun an den Gurten hinter ihrem Rücken, außerdem entdeckte Marda ein Lichtschwert an ihrem Gürtel. „Eine wahre Dienerin der Macht", fuhr die Mutter fort, und ihre Stimme wirkte dabei ebenso müde wie ihre Augen.

Marda blickte von ihr zu der Jedi und wieder zurück. Die Freude, dass Elecia überlebt hatte, machte mehr und mehr Verwirrung Platz. Warum lobte die Mutter die Taten einer Jedi? Wie konnte sie diese Frau eine *wahre Dienerin der Macht* nennen? Ihresgleichen missbrauchte und schändete die Macht!

„Was ist hier geschehen?" Shos Stimme schnitt durch Mardas Gedanken. Die schlanke Hand der Jedi strich bedauernd über das verkohlte Loch in der Brust des Kyuzo.

„Ich ... ich ..." Schuldgefühle schnürten Marda die Kehle zu. Sie konnte nur immer wieder dieses eine Wort stammeln, ehe sie von einer anderen, tieferen Stimme übertönt wurde.

„Er lag schon so da, als wir ihn fanden."

Aller Augen richteten sich auf das Prügelopfer, einen Ovissianer, der sich gerade aus dem Staub hochstemmte. Marda wunderte sich, wie sie ihn je mit der zierlichen, schlanken Gestalt der Mutter hatte verwechseln können. Der Pfad-Anhänger war mindestens zwei Meter groß, seine Schultern ebenso breit wie die Hörner, die neben seinem flachen Schädel herabhingen. Er hatte einen breiten Mund, und Marda schätzte, dass er nicht viel älter als sie selbst sein konnte. Das getrocknete Blut, das ihr an seiner Robe aufgefallen war, stammte offensichtlich nicht von ihm selbst. Nicht dass er nicht blutete – im Gegenteil. Aber das Blut, das aus dem tiefen Schnitt an seiner Stirn strömte und vom Stumpf seines abgebrochenen rechten Kinnhorns tropfte, war kupfergrün, nicht rot. Er war also nicht kampflos zu Boden gegangen.

„Meine Freundin hier versuchte, ihm zu helfen", fuhr der Ovissianer mit einem Blick in Mardas Richtung fort. „Aber wir kamen leider zu spät."

„Wenn einem ein Lichtschwert durch die Brust gerammt wird, kommt jede Hilfe zu spät", kommentierte die Jedi tonlos.

„Und dann haben uns diese ... Monster angegriffen." Der Ovissianer begann zu wanken, und seine Stimme verwandelte sich in ein gepresstes Ächzen. „Sie gaben uns die Schuld an ..."

Er schnappte nach Luft. Sho ging hinüber, um ihn zu stützen, damit er nicht umkippte, aber Marda kam ihr zuvor. Dabei warf sie der Jedi einen funkelnden Blick zu, der sie mitten in der Bewegung innehalten ließ. Hätte sie ihre Angreifer doch auch nur so einfach aufhalten können.

„Danke", wisperte sie dem Riesen mit der Smaragdhaut zu, dessen Lügen sie vor dem Zorn der Jedi gerettet hatten. Er blickte mit dem einen Auge, das nicht zugeschwollen war, auf sie herab und brummte leise.

„Das Schwert ist zwischen die Trümmer rechts von dir gerollt, nachdem du es fallen gelassen hast." Jetzt, da er ihr direkt ins Ohr flüsterte, klang seine Stimme plötzlich viel kräftiger.

Marda wagte es nicht, hinüberzublicken. Das Risiko, dass es der Jedi auffallen würde, war zu groß. Nicht dass sie sich vor den Konsequenzen ihres Handelns drückte – nicht wirklich –, aber sie war nicht bereit, ihr einziges Andenken an Kevmo aufzugeben. Noch nicht.

„Diese Verletzungen sehen ja schrecklich aus", sagte die Mutter, während sie herüberkam und die fleischige Hand des Ovissianers drückte. Sie achtete aber darauf, nicht seine aufgeschürften Knöchel zu berühren – die ein weiterer Beweis dafür waren, dass er verbissen Gegenwehr geleistet hatte.

„Das wird schon wieder", sagte er, den Kopf respektvoll gebeugt. „So die Macht es will."

„Die Macht wird uns alle erlösen", erwiderte die Mutter, „das verspreche ich dir."

Marda achtete kaum auf die Unterhaltung zwischen dem Pfad-Anhänger und der Prophetin. Stattdessen beobachtete sie, wie die Jedi die Wunde an der Brust des Kyuzo untersuchte. Dicht neben ihr, unter einigen Steintrümmern, war das verräterische Glänzen von Kevmos Lichtschwert zu sehen. Sho hätte nur den Kopf drehen müssen, und …

„Wir sollten gehen", erklärte Marda. Entschlossen drehte sie sich zu der Frau herum. „Meisterin Jedi, wir danken Euch dafür, dass Ihr die Mutter zu uns gebracht habt, aber jetzt müssen wir sie zu unserem Schiff bringen."

Sho richtete sich über der Leiche auf. „Ich werde Sie begleiten."

Marda machte einen Schritt nach vorn. „Nein."

Das Wort klang energischer, als sie beabsichtigt hatte, und die Augen der Jedi wurden um eine Winzigkeit schmaler. Marda hob entschuldigend die Hände und bemühte sich um einen sanfteren Ton, als sie fortfuhr: „Ich meine, das ist unsere Aufgabe. Ich bin die Führerin des Pfades der Offenen Hand."

„Oh", machte Sho, und Marda versuchte, sich ihre Wut über den verdutzten Tonfall der Jedi nicht anmerken zu lassen.

„Ich werde meine Leute in Sicherheit bringen."

Die Frau rührte sich nicht. Waren alle Jedi so stur? Irgendwo neben sich glaubte Marda, eine trockene Stimme flüstern zu hören: „Ja."

Nicht jetzt, ermahnte sie Kevmo wortlos. Ihre Gedanken rasten. Falls die Jedi sie gehen ließ, könnte Marda einen kleinen Bogen machen, zurückkommen und das Lichtschwert holen. Aber was, falls Sho weitere Mitglieder ihres Ordens herbeirief? Was, wenn sie Mardas Nervosität spüren konnte?

Der Wirbelwind aus Gedanken wurde jäh unterbrochen, als das Kommlink der Jedi piepste. Sho hob das Handgelenk vor den Mund und wandte sich leicht zur Seite, während sie sprach.

„Sho hier."

„Wo seid Ihr, Silandra?", fragte eine schroffe männliche Stimme, halb überlagert von statischem Rauschen. „Wir warten am Transporter auf Euch."

„Ich habe die Mutter des Pfades zu ihrem Schiff begleitet", antwortete Sho.

„Und sie hat diese Aufgabe vorbildlich ausgeführt, Meister Sun", warf die Mutter ein, laut genug, dass man sie auch am anderen Ende der Verbindung hören konnte. „Aber jetzt bin ich sicher in der Obhut meiner Freunde, und Meisterin Sho kann sich wieder ihren anderen Pflichten widmen. Ich bin Euch zu tiefstem Dank verpflichtet."

„Sind Sie sicher?", fragte Sho. Marda spürte, wie ihr die Hitze in die grauen Wangen stieg, als die Jedi erneut zu ihr herüberblickte.

Die Mutter lächelte wohlwollend und legte in einer universellen Geste des Friedens die Hände aneinander. „Bitte. Wir mögen unterschiedlicher Ansicht sein, was die Nutzung der Macht betrifft, aber ich kann und werde die Bedeutung Eurer Arbeit nicht verleugnen. Jedha braucht Euch, Silandra. Ihr könnt gehen, wirklich."

Marda musste sich zusammenreißen, um nicht laut aufzuatmen, als Sho sich mit einer knappen Verbeugung verabschiedete. „Möge die Macht mit Ihnen sein."

„Das ist sie – immer", erwiderte die Mutter, und die Jedi sprintete davon, das Kommlink bereits wieder an den Lippen.

Marda hätte sich am liebsten auf dem Boden zusammengerollt und geweint, aber sie wollte vor der Mutter und dem Ovissianer keine Schwäche zeigen. Für ihre Tränen war auch später noch Zeit. Stattdessen wartete sie, bis sie sicher sein konnte, dass die Jedi nicht plötzlich umkehren würde, dann eilte sie zu den Gebäudetrümmern hinüber und hob das Lichtschwert auf.

„Das war gut", sagte die Mutter, als Marda sich wieder herumdrehte, den Schwertgriff sicher in der Hand.

„Wirklich?" Marda versuchte, nicht auf die Leiche vor ihren Füßen hinabzustarren.

„Du hast mein Leben gerettet", brummte der Ovissianer.

„Und du das meine", erwiderte sie. „Ich war sicher, dass die Jedi Verdacht schöpfen würde und …"

„Wen interessieren ihre Vermutungen?", unterbrach die Mutter sie. „Wichtig ist allein, dass sie fort ist."

„Habt Ihr sie deswegen *Diener der Macht* genannt und ihre Arbeit gelobt?", fragte Marda. Dieser Teil verwirrte Marda noch immer.

„Ich habe gesagt, was sie hören wollte", antwortete die Mutter in scharfem Ton. „Ich habe ihrem Ego geschmeichelt, nichts weiter."

„Aber …"

„Kein Aber. Wir waren in Gefahr, und ich …" Die Mutter brach ab und sog scharf die Luft ein, während sie den Arm auf ihre Seite drückte. Marda eilte zu ihr, ebenso wie der Ovissianer, und sie fingen ihr Oberhaupt auf, als Elecias Beine unter ihr nachgaben.

„Ihr seid ja doch verletzt", rief Marda. Blut sickerte zwischen den Fingern der Mutter hervor.

„Es ist nichts", behauptete Elecia, aber ihre gepresste Stimme strafte ihre Worte Lügen. „Ich werde ein Medipflaster benutzen, sobald wir wieder auf Sunshines Schiff sind."

„Sunshines Schiff?", fragte Marda. „Aber das Shuttle …"

„Das Shuttle wurde zerstört", informierte die Mutter sie, das Gesicht geisterhaft bleich.

Der Ovissianer zog ihre Hand von der Wunde fort, und Marda stieß einen spitzen Schrei aus, als sie das Metallstück sah, das in der Seite der Mutter steckte.

„Der Splitter sitzt tief." Dem Ovissianer war sein Schrecken deutlich anzuhören.

„Bist du ein Heiler?", fragte Marda. Er schüttelte den Kopf.

„Aber ich habe schon viele Kampfverletzungen gesehen." Er widmete sich wieder der Mutter, und ein bewundernder Ausdruck trat auf seine Züge. „Dass Ihr Euch in diesem Zustand weiterschleppt und Euch um meine Wunden sorgt, obwohl Eure eigene Verwundung so viel schlimmer ist …"

Die Mutter strich mit der Hand über seine Wange. „Ich vertraue auf die Macht …"

„Bokana", sagte der Ovissianer stolz, als die Mutter die Augenbrauen hob. „Bokana Koss. Ich habe mich erst vor Kurzem Eurer Sache angeschlossen."

„*Unserer* Sache, Bokana", korrigierte die Mutter sanftmütig. „Unserer Sache."

„Aber unsere Sache wird ihre Prophetin verlieren, wenn wir Euch nicht schnellstens zur *Scupper* bringen", warf Marda ein, die sich mehr als nur ein wenig ausgeschlossen fühlte. „Wisst Ihr, wo das Schiff ist?"

Die Mutter nickte und befeuchtete sich mit der Zunge die trockenen Lippen. „Auf einem privaten Landefeld nahe dem Roalj-Tempel … Es gehört einem unserer Gönner."

Unglücklicherweise befand sich dieser Tempel auf der anderen Seite der Stadt, und der Weg dorthin war gefährlich, selbst wenn die Mutter nicht mit jedem Schritt noch mehr Blut verloren hätte. Der Großteil von Jedha stand in Flammen, die Schlacht zwischen den Wächtern der Whills und den Kampfdroiden von Eiram tobte noch immer, und brutale Plünderer nutzten die Situation, um am helllichten Tag Glaubensstätten zu entweihen.

Marda wechselte von einem Kommkanal zum nächsten, um Yana zu erreichen, aber ohne Erfolg. Was war da nur los? Die Jedi hatten doch auch miteinander kommunizieren können!

„Hier entlang", brummte Bokana, als ihr Weg nach wenigen Minuten durch Blasterfeuer und Schreie versperrt wurde. Er huschte in eine Gasse zwischen zwei Sandsteingebäuden, die wie durch ein Wunder intakt geblieben waren.

„Sicher?", fragte Marda.

„Jetzt ist keine Zeit für Diskussionen, Marda", blaffte die Mutter.

Die Worte versetzten ihr einen schmerzhaften Stich, aber

dieser Schmerz wurde rasch von Besorgnis überlagert, als die Prophetin ins Taumeln geriet und stürzte. „Mutter!"

„Ich kann nicht weiter", ächzte Elecia. „Ich habe keine Kraft mehr."

„Ich werde Euch tragen." Bokana kam herüber, um sie sich auf die muskulösen Arme zu laden.

„Du bist selbst verletzt", erinnerte ihn Marda.

„Das geht schon", beharrte er. Trotzdem war das gequälte Keuchen nicht zu überhören, das seinen geteilten Lippen entfloh, als sie weiter durch die Gasse eilten.

„Bist du sicher, dass das der richtige Weg ist?", fragte Marda. Die Explosionen schienen immer näher zu kommen, aber Bokanas einzige Reaktion auf das Donnern bestand darin, weiterzustampfen, auch wenn seine Schritte zusehends wackeliger wurden.

Während sie rannten, bemerkte Marda etwas aus den Augenwinkeln: einen roten Schemen über einer Mauer rechts von ihnen. War es ein Tier, das parallel zu ihnen dahineilte? Marda griff nach Kevmos Lichtschwert, ohne aber die Klinge zu aktivieren. Sie wollte Bokana nicht aus Versehen die Beine abschneiden. Dennoch fühlte sie sich schlagartig besser, als sie die Waffe in der Hand hielt, ganz gegal, wie zwiegespalten die Erinnerungen sein mochten, die sie damit verband.

„Wir sind gleich da!", keuchte Bokana, während er um eine Ecke bog. Marda folgte ihm – und musste dem Hünen ausweichen, um nicht mit ihm zusammenzustoßen, als der schlagartig stehen blieb. Um ein Haar hätte er die Mutter fallen lassen.

„Vorsichtig!", blaffte Marda, dann sah sie, warum Bokana angehalten hatte. „Das ist eine Sackgasse!"

Der Ovissianer wankte leicht, und seine Worte wurden undeutlich, als er sagte: „Es tut mir leid. Ich … ich dachte, ich kenne den Weg. Ich war mir so sicher …"

Seine Stimme verklang, während er mit zitternden Beinen dastand und versuchte, wieder zu Atem zu kommen. Eines war sicher: Sie konnten nicht hierbleiben. Nun lag es wohl an Marda, sie in Sicherheit zu bringen.

„Na dann, viel Glück“, sagte die Stimme in ihrem Kopf.

Den imaginären Worten folgte ein tiefes und sehr reales Knurren hinter Marda. Sie wirbelte herum – und starrte in wilde, hungrige Augen!

Kevmo hatte recht. Sie würde alles Glück brauchen, das sie kriegen konnte.

Marda schluckte hart und zündete das Lichtschwert.

3. KAPITEL

Jedha war genau das Debakel, das Yana erwartet hatte. Nein, es war sogar noch schlimmer. Viel schlimmer. Sie hätte wissen sollen, wie die Sache ausgehen würde, sobald sie das Shuttle der *Gaze Electric* verlassen und sich unter die Menge der Pilger gemischt hatte. Die Luft war nicht nur vom penetranten Geruch von Gewürzen erfüllt gewesen, sondern auch von schwelender Anspannung. Überall auf den Straßen hatten die Anhänger verschiedener religiöser Gruppen und Macht-Fraktionen diskutiert. Die Macht-Synode versuchte, Frieden und Harmonie zwischen den verschiedenen Glaubenssystemen herzustellen, und sie hatte ein großes Fest organisiert, das die Heilige Stadt einen sollte. Doch in Wirklichkeit hatte sie damit nur langjährige Gräben vertieft.

Für die Mutter war das eine perfekte Ausgangsposition gewesen. Sie und der Herold hatten einen denkbar simplen Plan ausgearbeitet: Werth Plouth sollte die Synode auffordern, den Einsatz der Macht innerhalb der Stadtmauern zu verbieten. Natürlich würde man seinen Vorschlag zurückweisen, und daraufhin hatte der Herold einen Vorwand, sich an die Menge vor der Versammlungshalle der Synode zu wenden, um zu behaupten, dass der Rat nur in seinem eigenen Interesse handle, nicht im Sinne der Macht.

Bis zu diesem Punkt war alles genauso gelaufen, wie die Mutter es beabsichtigt hatte. Der Mob war durch die Worte des Herolds in Aufruhr geraten, und als die Machtbenutzer auf die Stufen des Gebäudes hinaustraten, um nachzusehen, was der Tumult sollte, hatte sich der Zorn der Menge auf sie entladen.

Das war der Moment, in dem Yana ihren Part gespielt hatte: Sie hatte den Gleichmacher auf die Menge losgelassen. Der wandelnde Albtraum hatte niemanden angegriffen oder getötet, aber seine schiere Präsenz hatte ausgereicht, um die Machtbenutzer in den Wahnsinn zu treiben. Sie hatten nicht mehr zwischen Realität und Halluzination unterscheiden können und blind ihre Fähigkeiten eingesetzt, um sich zu schützen.

Furcht und Zorn hatten auf dem Platz der Gesuche um sich gegriffen, und schon war ein Aufstand ausgebrochen. Während sich die Gewalt wie ein Lauffeuer ausbreitete, hatten sich Yana und der Herold zurückgezogen, um die zweite Phase ihres Plans vorzubereiten.

Wie sich herausstellte, hatte die Mutter überall in der Stadt ihre Leute. Sie musste Jedha schon vor Monaten ins Visier genommen haben. Zweifelsohne war sie damals deswegen auch dagegen gewesen, als Marda erstmals eine Reise zu dem Pilgermond vorgeschlagen hatte. Ihre Helfer hatten über Wochen hinweg Schreine und Tempel geplündert und religiöse Artefakte gestohlen, die man auf dem Schwarzmarkt verkaufen konnte, um die Pläne des Pfades zu finanzieren. Aber Elecias Netzwerk war klein und bestand hauptsächlich aus Dieben und Nichtsnutzen – Leute, die niemals ihre wahren Absichten erkannt hätten. Und diese Handlanger waren zudem nicht in der Lage, ihr das legendäre Relikt zu besorgen, das sie noch brauchte: den verschollenen Stab der Dämmerung, der in Kombination mit dem Stab der Jahreszeiten (den Yana bereits der Königsfamilie von Hynestia gestohlen hatte) den Gleichmacher ganz und gar kontrollieren konnte. Nein, um dieses Artefakt zu finden, brauchte die Mutter ihre Kinder … Zu dumm nur, dass die mit Ausnahme von Yana alle tot waren, geopfert auf dem Altar von Elecias Ehrgeiz.

Also hatten sie all jene, die Potenzial zeigten, zu einer neuen Gruppe geformt. Mehrere Mitglieder hatte der Herold persönlich ausgewählt, zum Beispiel Shea Ganandra, eine begabte

Technikerin mit einem erstaunlichen Talent für den bewaffneten Kampf, oder Barkov, einen riesenhaften Lasaten, der in Yanas Augen aber mehr seiner Größe und nicht seiner Fähigkeiten wegen rekrutiert worden war. Und nun – während die Behörden versuchten, die Lage in Jedha wieder zu beruhigen – waren die neuen Kinder der Mutter in Aktion getreten. Den Hinweisen folgend, die eine von Elecias vertrauenswürdigsten Kontaktpersonen geliefert hatte, waren sie in den Tempel der Whills und in den Schrein der Dragiganischen Annalen eingedrungen. Doch den verfluchten Stab hatten sie dort nicht gefunden.

Die Zeit war ihnen zwischen den Fingern zerronnen, und Yana war drauf und dran gewesen, die Mission abzubrechen, als sie auf einen neuen Hinweis stießen: Gerüchte über ein geheimes Jedi-Gewölbe draußen in der Wüste, in einem Bereich, den man *die Dünen der Kontemplation* nannte. Viele Jahrhunderte lang sollte dieses Versteck schon unter der riesigen Statue eines einsamen Jedi verborgen liegen, doch als Yanas Gruppe dort eintraf, hatten Jedi-feindliche Randalierer die Statue bereits niedergerissen. Das sollte sich aber als unerwarteter Glücksfall erweisen, denn die Statue hatte nicht etwa über diese geheime Schatzkammer gewacht – sie *war* die Schatzkammer! Tausende Artefakte waren in ihrem Inneren aufbewahrt worden, einschließlich des sagenumwobenen Stabs der Dämmerung.

Der Herold war ganz außer sich gewesen vor Freude, und als die Kontaktperson der Mutter sie warnte, dass die Jedi Verstärkung in die Dünen schickten, hatte er es kaum erwarten können, die Macht der beiden Stäbe zu testen.

Wie sich herausstellte, waren die Legenden wahr. Wenn man die Stäbe kombinierte, musste der Gleichmacher jedem Befehl gehorchen. Yana hatte mit eigenen Augen gesehen, wie die Kreatur einem selonianischen Jedi die Lebensenergie genommen hatte, bis sich dessen grauer Pelz in Stein verwandelt hatte.

Und dann … war alles aus dem Ruder gelaufen. Ein weiterer Jedi war aufgetaucht, begleitet von einem lilahäutigen Sephi, der eines der vielen Artefakte aus der Statue über seine Hand gestülpt und gegen die Kinder des Pfades eingesetzt hatte.

Der Gleichmacher war der unheimlichen Energie dieses Artefakts tatsächlich als Erster erlegen. Laut der Mutter war der Gleichmacher eine unbezwingbare Personifikation der Macht, aber offensichtlich hatte sie ihn überschätzt. Ebenso wie den Herold, der töricht genug gewesen war, nach einem Lichtschwert zu langen und den Jedi anzugreifen – einen Hünen von einem Kiffar, der ihm erfolgreich standhielt, obwohl sein Geist noch durch den Einfluss des Gleichmachers geschwächt war.

Die beiden kämpften, doch so geschickt der Herold auch war, gegen die jahrelange Jedi-Ausbildung seines Gegners kam er nicht an. Normalerweise hätte Yana versucht, ihm zu helfen, aber sie hatte gerade Wichtigeres zu tun – nämlich den Gleichmacher anzubrüllen, der wie ein verwundeter Kath-Hund vor ihr auf der Seite lag und wimmerte.

„Nun steh schon auf!", schnauzte sie ihn an, die beiden zusammengefügten Stäbe in ihren Händen. Die Kreatur versuchte zu gehorchen, aber sie konnte sich nicht hochstemmen von der Stelle, wo sie neben der versteinerten Leiche ihres letzten Opfers zusammengebrochen war.

„Yana!"

Der Ruf stammte nicht vom Herold, der sich weiter verbissen mit dem Jedi duellierte, sondern von Shea Ganandra. Sie wurde von dem Sephi bedrängt, und obwohl das Wesen seinen Handschuh inzwischen eingebüßt hatte, schien es auch so noch ein formidabler Gegner zu sein.

Yana blickte erst den Gleichmacher an – sie wusste, wie wütend die Mutter sein würde, falls sie ohne die Kreatur zurückkehrte –, dann die Technikexpertin, die dem Sephi heillos unterlegen war.

„Bei den Stürmen!", zischte sie, dann ließ sie den Gleichmacher zurück und rannte an Sheas Seite.

Die Augen des Sephi weiteten sich, als er Yana heranpreschen sah, aber bevor sie ihn aufschlitzen konnte mit der geschwungenen Klinge an der Spitze der Stäbe, packte er die Waffe und riss sie herum, sodass sie wieder in ihre beiden Stabhälften zerbrach. Yana wurde vom Schwung ihrer Bewegung weiter vorwärtsgetragen, in der Hand noch immer den Stab der Jahreszeiten, während der Sephi nun den Stab der Dämmerung hielt. Shea versuchte, ihm das Artefakt zu entreißen, aber das brachte ihr nur einen gut platzierten Tritt gegen die Brust ein.

Yana hatte ihr Gleichgewicht gerade wiedergefunden, als der Sephi erneut zu ihr herumwirbelte und mit seinem Stab zuschlug. Es gelang ihr, den Hieb zu parieren, sodass die Sichel am Stab der Jahreszeiten von der scharfkantigen Bogenklinge am Stab der Dämmerung abprallte, aber ihr Gegner erlangte die Oberhand, indem er das flache Ende seiner Waffe gegen Yanas Kopf rammte.

Sterne explodierten vor ihren Augen, und sie landete hart auf dem Boden. Bevor sie sich erholen konnte, stand der Sephi auch schon über ihr, die Klinge am Ende seines Stabes auf ihre Brust gerichtet.

„Bleib unten!", befahr er zwischen keuchenden Atemzügen. „Das wäre besser für dich. Für uns beide."

Einen Moment lang überlegte Yana, ob sie einfach versuchen sollte, aufzuspringen, damit ihm gar nichts anderes übrig blieb, als zuzustoßen. Dann wäre es zumindest vorbei. Kein Zorn mehr. Keine Trauer. Fast glaubte sie, Kors Stimme zu hören, die nach ihr rief. *Yana. Yana!* Bei den Stürmen, wie sehr sie sich nach der Nautolanerin sehnte!

Doch das Universum hatte andere Pläne. Ein tiefes Knurren ertönte hinter dem Sephi, und er riss den Kopf herum. Der Gleichmacher war wieder auf den Beinen, seine Verletzungen waren wohl doch nicht so schwer gewesen, und nun sprang er auf den lilahäutigen Humanoiden zu. Vielleicht war es die schiere Gier nach Rache, die ihn antrieb, vielleicht auch der Stab der Jahreszeiten, den Yana mit beiden Händen umschlungen hielt. In jedem Fall hatte der Sephi keine Chance, als die vierbeinige Kreatur auf seiner Brust landete und ihn nach hinten riss.

Er versuchte, sie von sich wegzudrücken, aber die Bestie nagelte ihn auf dem Boden fest, und Speichel tropfte von ihren zuckenden Tentakeln auf sein verzerrtes Gesicht hinab. Der Stab der Dämmerung rollte derweil über den Boden davon.

Aus dem Jenseits rief Kor noch immer: *Yana. Yana!*

„Yana, kannst du mich hören?"

Halt, das war nicht Kor. Das war Marda!

Yana rollte sich herum und entdeckte ihr Kommlink auf dem Boden neben sich. Die verängstigte Stimme ihrer Cousine drang aus dem winzigen Lautsprecher.

„Marda? Marda, wir brauchen Hilfe!"

Doch entweder konnte Marda sie nicht hören oder sie war nicht der Lage, ihnen zu helfen. Letztere Möglichkeit wirkte immer wahrscheinlicher, als weitere Wortfetzen durch die Statik brachen.

„Wir ... Nähe des Raumhafens ... haben ... werden uns töten ... Yana, die Mutter ... verletzt und ... brauchen dich, Cousine ... brauchen den Gleichmacher ..."

Yana blickte sich um. Der Herold war unter den Angriffen des Kiffars zu Boden gegangen, aber der Jedi hielt sich an seine Ordensschwüre und holte nicht zum Todesstoß aus. Was den Stab der Dämmerung anging, so war er nirgends zu sehen, er musste irgendwo zwischen die Trümmer der Schatzkammer gerollt sein. Und Shea? Shea war wieder auf den Beinen und eilte zu Yana herüber, während der Sephi weiter mit dem Gleichmacher rang. Außerdem war eine weitere Jedi aufgetaucht, eine braunhäutige Menschenfrau, die eine Hand auf ihre Seite presste, während sie in den Raum stürmte.

„Yana, wir müssen weg von hier" Shea zog Yana auf die Beine. „Draußen sind Speeder, mit denen können wir in die Stadt zurück und ..."

„Aber der Herold ..."

„Der Herold hat verloren. Wir haben immerhin noch eine Chance."

Und Marda hat auch noch eine Chance, fuhr es Yana durch den Kopf. Ihre Entscheidung war gefallen.

Sie rannte los, noch immer mit dem Stab der Jahreszeiten in der Hand, und überließ den Herold seinem Schicksal.

Außerhalb der Ruinen sprang sie auf den Sattel des nächstbesten Speederbikes und raste mit heulendem Antrieb los. Es dauerte nicht lange, ehe sie realisierte, dass sie und Shea verfolgt wurden, doch es war nicht der Jedi, der ihnen im Nacken saß, sondern der Gleichmacher. Er stürmte in angezogenem Sprint hinter ihnen her, der Energie des Stabes folgend.

Die Mission war ein Desaster, aber vielleicht würde Marda zumindest den nächsten Morgen erleben – sofern sie nicht zu spät kamen …

4. KAPITEL

Die Kreaturen wurden Wargarane genannt, und Marda hatte schon einmal auf engstem Raum gegen sie kämpfen müssen.

Ein skrupelloser Schausteller hatte die ebenso seltenen wie gefährlichen Raubtiere zum Festival des Gleichgewichts gebracht – jener von der Synode organisierten religionsübergreifenden Feier, die ganz Jedha zusammenbringen sollte. Sicher hatte der Kerl gehofft, sich eine goldene Nase verdienen zu können, indem er die Wargarane vorführte oder vielleicht sogar verkaufte. Bedauerlicherweise hatte eine von Mardas Kleinen, Naddie, die Geschöpfe befreit. Das Mädchen hatte unbedingt seinen Beitrag leisten wollen, aber als die Wargarane ausbrachen, war es völlig unvorbereitet gewesen – ebenso wie der Schausteller.

Marda war bei Naddie gewesen, als sie die wunderschönen tragischen Geschöpfe zum ersten Mal gesehen hatten. Zu jenem Zeitpunkt hatten sie traurig hinter den Gitterstäben ihrer Käfige gelegen und in die Welt hinausgestarrt, die sie nicht erforschen konnten. Sie waren mehr Reptilien als Säugetiere, mit großen, schlanken Leibern und Federn von der Farbe eines lodernden Sonnenuntergangs, und natürlich hatten sie Naddies Mitleid erregt, umso mehr, da der Schausteller großspurige Geschichten über sie erzählte, um potenzielle Käufer anzulocken.

„Wargarane sind Jäger", hatte er verkündet und dabei seine goldenen Zähne in einem breiten Grinsen entblößt. „Raubtiere. Und wirklich gerissen obendrein. Sie können die Macht spüren, müsst ihr wissen. Und wenn sie jagen – immer in Gruppen von mindestens drei Tieren –, verfolgen sie ihre Beute durch Vibrationen in der Macht."

Naddie war von der Situation der Wargarane derart angewidert gewesen, dass sie sich später in einem unbeobachteten Moment zurückgeschlichen hatte, um die Schlösser zu knacken und die Tiere aus ihren Käfigen zu befreien. Zum Dank hatten die Kreaturen sie postwendend angefallen, und hätte Marda nicht geistesgegenwärtig und schnell eingegriffen, wäre das Mädchen sicher ums Leben gekommen. Auch so hatte der Angriff Narben hinterlassen, die Naddie den Rest ihres Lebens begleiten würden.

Viele andere hatten noch weniger Glück gehabt, denn die Wargarane waren über den großen Marktplatz von Jedha gestürmt und hatten alles und jeden zerfleischt, der nicht schnell genug hatte fliehen können. Natürlich folgten sie nur ihren Instinkten, trotzdem hatten sie ein regelrechtes Blutbad angerichtet, bis der Pfad die Raubtiere auf Anweisung der Mutter zusammengetrieben und sie wieder in ihre Käfige gesperrt hatte.

Die Überlebenden priesen sie daraufhin als Helden, und die Mutter wurde sogar eingeladen, den letztlich erfolglosen Friedensgesprächen zwischen Eiram und E'ronoh beizuwohnen.

Da aber Marda nun von zwei großen, hungrigen Wargaranen angestarrt wurde, hatte der Pfad wohl doch nicht alle entflohenen Tiere eingefangen. Entweder das, oder sie waren im Lauf der Schlacht erneut ausgebrochen.

Diese beiden Exemplare wirkten nicht so majestätisch wie ihre Artgenossen in freier Wildbahn. Mehrere kahle Stellen prangten in ihrem Fell, und die tiefen Schnitte an ihren Seiten ließen sie nur noch wilder erscheinen. Das Einzige, was sie im Moment noch zurückhielt, war Kevmos Lichtschwert. Wie hypnotisiert folgten ihre Blicke der gelben Klinge, als Marda die Waffe schützend vor sich hin- und herschwang. Doch ihre gespannten Muskeln zeigten, dass der Effekt bereits nachließ.

„Setz mich ab", keuchte Elecia. Obwohl Bokana aussah, als würde er selbst jeden Moment zusammenbrechen, hielt er die Mutter noch immer auf seinen Armen.

„Nein“, blaffte Marda, die Hände fest um den Schwertgriff geschlossen. „Auf keinen Fall. Ihr seid zu schwach.“

„Und du kannst nicht kämpfen. Du bist nicht wie deine Cousine.“

Die Worte schmerzten umso mehr, als Marda wusste, dass sie der Wahrheit entsprachen. Doch Yana war nicht hier. Natürlich hatte Marda versucht, sie auf dem Kommlink zu erreichen, aber sie hatte keine Ahnung, ob das Signal durchgekommen war, und Bokana konnte trotz all seiner Muskeln kaum noch stehen. Selbst Kevmo hatte sie inzwischen im Stich gelassen; ausgerechnet jetzt, da sie ihn am meisten brauchte, war seine geisterhafte Stimme verstummt.

Der größere der Wargarane machte einen Schritt nach vorn, also schwenkte Marda ihr Lichtschwert, um ihm den Weg zu versperren. Sofort schnellte das andere Tier vor, und Marda musste die Waffe in die andere Richtung zurückreißen.

Die Klingenspitze streifte die gefiederte Wange der Kreatur und ließ sie jaulend zurückspringen. Doch da wagte sich bereits wieder der größere Wargaran vor. Daraufhin schwang Marda das Lichtschwert nicht mehr von einer Seite auf die andere – sie hackte damit wild durch die Luft. Ihr war egal, ob das Plasma Federn oder Knochen durchtrennte, solange sie die beiden Raubtiere nur auf Distanz halten konnte.

Der größere Wargaran machte erneut einen Satz nach vorn, und Marda trippelte nach hinten. Sofort rückte das zweite Tier nach. Sie begannen, ihre Beute langsam vor sich herzutreiben, und Bokana blieb nichts anderes übrig, als gemeinsam mit Marda zurückzuweichen. Ihr Kopf hallte wider vor tadelnden Stimmen, deren Worte sie zu ersticken schienen:

Du bist keine Kämpferin.

Du musst auf alle Eventualitäten vorbereitet sein.

Du bist nicht wie deine Cousine.

Hinter ihr setzte der Ovissianer Elecia auf dem Boden ab.

„Was tust du da?“, rief Marda über das Heulen des größeren

Wargarans hinweg – das Lichtschwert hatte ihm die langen Krallen an seinen Klauen abgeschnitten, wenn auch nur durch Zufall und nicht als Resultat eines gezielten Angriffs.

„Ich muss kämpfen“, erklärte Bokana.

„Du musst sie beschützen!“

„Das tut sie doch“, warf die Mutter ein.

In diesem Augenblick hörte Marda das Knurren. Es kam nicht von dem schnaubenden Wargaran vor ihr – sondern von dem dritten Tier, das hinter den beiden anderen auf der Mauer stand, die Zähne gebleckt, seine Federn aufgestellt.

Immer mindestens drei.

Der Wargaran sprang, aber Marda konnte nicht herumwirbeln, um die Klauen abzuwehren, die sicher jeden Moment ihren Rücken zerfleischen würden, denn dann wäre sie schutzlos den beiden Tieren ausgeliefert, die sie in der Gasse festgenagelt hatten.

Alles schien gleichzeitig zu geschehen. Ihr Rücken blieb unversehrt, denn Bokana stellte sich zwischen Marda und den springenden Wargaran, die muskulösen Arme ausgebreitet, als wollte er die Kreatur umarmen. Die Wucht, mit der sie gegen ihn prallte, ließ den Ovissianer nach hinten gegen Marda stolpern, was sie ebenfalls aus dem Gleichgewicht brachte. Die Spitze ihrer Lichtschwertklinge brannte sich knisternd in den Boden, während sie stolperte, und der kleinere der beiden vorrückenden Wargarane stürzte sich sofort auf sie. Allein dass sie ihm zuvor die langen Krallen abgehackt hatte, verhinderte, dass ihre Schulter in Fetzen geschnitten wurde, als das Tier sie zu Boden riss.

Doch seine Zähne waren noch genauso scharf wie zuvor, und jetzt waren sie das Einzige, was Marda noch sehen konnte. Der Wargaran riss seinen Schlund weit auf, um ihr die Kehle herauszureißen. Aus purem Instinkt riss Marda Kevmos Lichtschwert hoch, um sich irgendwie zu verteidigen.

Die Fänge des Raubtiers schlossen sich um den Schwertgriff, und mit einem frustrierten Knurren riss der Wargaran den Schädel hin und her, eine plötzliche, brutale Bewegung, die Marda die Waffe aus der Hand riss. Das Lichtschwert flog quer durch die Gasse und landete außer Reichweite im Staub.

Jetzt blieb ihr nur noch eine Waffe – der Wargaran war schließlich nicht das einzige Wesen hier, das Krallen hatte.

Das Tier drehte mit einem schmerzerfüllten Heulen den Kopf weg, als Marda ihre gekrümmten Finger quer über sein Gesicht zog – ein trotziger Moment des Erfolgs, wenn auch nur ein flüchtiger. Ihre Krallen waren durch die Haut des Tieres gedrungen, aber die blutenden Striemen waren nur oberflächlich.

Sie packte den Hals des Wargarans und versuchte mit aller Kraft, ihn von sich herunterzustoßen, aber er war zu stark. Marda würgte, als ihr sein fauliger Atem entgegenschlug. Der letzte Geruch, den sie je wahrnehmen würde.

Oder zumindest dachte sie das.

Denn einen Moment später heulte der Wargaran erneut, diesmal, weil sich eine blau glühende Klinge, so strahlend wie die Sonne selbst, durch seine Seite bohrte. Das Raubtier war bereits tot, als es auf die Seite kippte.

Währenddessen stach das Lichtschwert schon nach der anderen Bestie. Erst war Marda überzeugt, dass Silandra Sho zurückgekehrt wäre, um sie ein zweites Mal zu retten, aber die Roben, die vor ihr durch die Gasse wirbelten, gehörten keiner Jedi – sondern der Mutter der Offenen Hand.

Elecia hatte selbst ein Lichtschwert!

Es war die Waffe, die einst Kevmos Meisterin gehört hatte, jener Soikanerin, die ebenso wie ihr Schüler auf Dalna gestorben war. Die Mutter musste das Lichtschwert unter ihrer Robe verborgen haben, genauso wie Marda – ein weiterer Beweis dafür, wie ähnlich sich die beiden Frauen waren, die Prophetin und die Führerin des Pfades.

Leider konnte sich die Prophetin kaum noch auf den Beinen halten, auch wenn sie die Klinge mit beiden Armen durch die Luft schwang. Bokana rang noch immer mit dem Wargaran, der von der Mauer herabgesprungen war, und obwohl das kleine

Rudel inzwischen ein Mitglied verloren hatte, war es doch immer noch stärker als drei Pazifisten, die Stunden voller Furcht und Erschöpfung hinter sich hatten.

„Eine Pazifistin, die Aufrührern auf den Straßen ein Schwert ins Herz bohrt“, kommentierte eine Stimme tief in ihrem Innern.

Nein, entgegnete Marda, während sie sich nach Kevmos Waffe umsah. Sie hatte sich nur verteidigt, und falls sie es lebend aus dieser Gasse schafften, würde sie das verfluchte Schwert nie wieder aktivieren! Ah, da war es, zwei Meter entfernt, auf dem Boden. Marda krabbelte auf allen vieren zu dem Schwertgriff hinüber, dann drehte sie ihn in ihren Fingern und drückte den Aktivator – so selbstverständlich, als wäre die Waffe für ihre Hände gemacht.

Jetzt würden die Wargarane bezahlen.

Aber nichts geschah. Nun, fast nichts.

Anstelle einer majestätischen gelben Klinge stoben nur Funken nicht fokussierter Energie aus dem Schwertgriff. Sie verbrannten Mardas Hand und zwangen sie, die Waffe fallen zu lassen. Die Zähne des Wargarans hatten mehr Schaden angerichtet, als sie befürchtet hatte. Mehr noch, sie könnten sie um ihre einzige Chance gebracht haben, diesen Kampf doch noch zu gewinnen.

Bokana rollte mit seinem Wargaran über den Boden, und die zuschnappenden Kiefer des Tieres hatten inzwischen seine breite grüne Schulter gefunden. Und auf der anderen Seite der Gasse geriet Elecia ins Straucheln, als sie Zallah Macris Lichtschwert mit zu viel Schwung führte.

Der größte der Wargarane heulte triumphierend und sprang auf die Mutter zu. Marda reagierte rein instinktiv. Die Schmerzen in ihrer versengten Hand verblassten, ebenso das Brennen in ihren überanstrengten Gliedmaßen, und einen Augenblick lang war Marda Ro genauso wild und raubtierhaft, wie die Evereni in den Geschichten dargestellt wurden. Sie stürzte sich auf den vorspringenden Wargaran und riss ihn mit sich zu Boden.

Als sie aufkamen, versuchte das Tier, sie abzuschütteln, aber Marda versenkte ihre scharfen Zähne in seinem Nacken und biss mit aller Kraft zu. Der Wargaran brüllte vor Schmerzen und warf sich auf den Rücken, sodass er auf Marda landete und ihr mit seinem Gewicht die Luft aus der Lunge presste. Sie spuckte Federn und Blut aus und schnappte nach Atem. Als sie wieder klar sehen konnte … war der Wargaran verschwunden.

Sie hörte ein Wimmern und das Zischen eines Blasterschusses, dann tauchte ein Gesicht über ihr auf. Es hätte ihr eigenes sein können, wäre das Haar nicht so kurz geschnitten und die drei Linien aus Brikal-Muschelfarbe nicht horizontal über die Stirn gemalt gewesen.

„Marda", sagte Yana, die dunklen Augen voller Sorge. „Marda, ist alles in Ordnung?"

„Yana …" Der Name kam als Keuchen über ihre Lippen. Sie war noch immer benommen, und vermutlich stand sie auch unter Schock. Anders konnte sie es sich selbst nicht erklären, dass sie die Hand hob und mit blutverschmierten Fingern zärtlich über die Wange ihrer Cousine strich.

Dann ruckte ihr Kopf plötzlich hoch. „Die Mutter! Yana, sie wurde angegriffen!"

Yana trat zurück, während Marda auf die Beine kam, sicher, dass sie Elecias und Bokanas zerfetzte Leichen erblicken würde. Der Ovissianer krümmte sich tatsächlich auf dem Boden, und Blut sprudelte aus einer klaffenden Wunde an seiner Schulter, während der Wargaran, mit dem er gekämpft hatte, tot neben ihm lag, der Schädel durchbohrt von Yanas perfekt gezieltem Blasterschuss.

Doch was die Mutter anging … Elecia lehnte schwer atmend an einer Wand, aber trotz ihrer Wunden strahlten ihre Augen, als würde sie gerade etwas unbeschreiblich Schönes sehen.

„Sieh es dir an", hauchte sie. „Sieh es dir nur an, Marda."

Marda folgte ihrem Blick und bereute es sofort.

Der dritte und letzte Wargaran – das Tier, das drauf und dran gewesen war, sie zu töten – lag mit zuckenden Gliedern auf der Seite, während sich eine andere, noch größere Kreatur an seinem rasch erstarrenden Körper labte.

Eisiges Grauen überkam Marda, als der Gleichmacher sein Mahl beendete und sie direkt anstarrte. Sein Leib war gut und gern dreimal so groß wie zu dem Zeitpunkt, als sie Dalna verlassen hatten.

Aber das war nicht das Schlimmste. Was Marda am meisten verstörte, waren diese hasserfüllten großen Augen – dieselben Augen, die Kevmo und Zallah in den Tod verfolgt hatten. Denn obwohl der Gleichmacher gerade erst ein weiteres Opfer gefordert hatte, brannten seine Augen noch immer vor Hunger.

Er wollte mehr. So viel mehr.

5. KAPITEL

Yana wusste nicht, was ihr mehr Angst machte, der Gleichmacher oder der Anblick ihrer Cousine in den zerrissenen Roben, mit dem zerzausten Haar und dem frischen Blut an ihrem Kinn.

Allzu schlimm konnte es Marda aber nicht gehen, denn sie eilte sofort zur Mutter hinüber, die mit morbider Faszination den Gleichmacher beobachtete. Die Kreatur hatte sich inzwischen dem anderen Wargaran zugewandt – dem, den Yana erschossen hatte.

Der Ovissianer, der diesem Abschuss sein Leben verdankte, kroch zur Seite, während das Monster sich an dem Kadaver gütlich tat wie ein riesiger Aasfresser. Im Grunde war er ja auch nichts anderes.

„Du musst ruhig bleiben", rief Yana, während noch immer Blut aus der Schulterwunde des Ovissianers strömte. Sie ignorierte das grausige Gleichmacherspektakel und kniete sich neben Bokana Koss, sodass ihr Körper ihn von dem Gleichmacher und seinem grausigen Mahl abschirmte. „Lass mich mal sehen."

Der Ovissianer ließ sie gewähren, aber er starrte noch immer mit weit geöffneten Augen an ihr vorbei.

„Du hattest Glück", befand sie, nachdem sie die Wunde betrachtet hatte.

„Ja", sagte er abwesend, „das Gefühl habe ich auch."

Yana zog ein Medipack aus einer Tasche an ihrem Gürtel und riss es mit den Zähnen auf.

„Das Biest hätte eine Arterie erwischen können", sagte sie, während sie das Medipflaster auseinanderfaltete und es dann ohne Vorwarnung auf die Wunde drückte.

Der Schmerz riss den Blick des Ovissianers endlich vom Gleichmacher los, und er schrie laut.

Nachdem Yana die Ränder des Pflasters mit den Fingern festgedrückt hatte, presste er hervor: „Danke. Ich hätte nie gedacht, dass es so gefährlich sein würde, mich dem Pfad anzuschließen." Er betrachtete Yanas eng anliegenden Kampfanzug. „Du *gehörst* doch zum Pfad, oder?"

„Leider ja." Die Worte entflohen ihr, bevor Yana sie zurückhalten konnte, aber weder Marda noch die Mutter schienen sie gehört zu haben. Und der Ovissianer zog nur kurz die Brauen zusammen, ehe sich seine tiefbraunen Augen wieder dem Gleichmacher zuwandten.

„Kannst du stehen?", fragte sie ihn. Er nickte, ließ sich aber trotzdem dankbar auf die Beine hochhelfen. „Du scheinst ja eine ganze Menge mitgemacht zu haben."

„Bokana ist ein Held", ertönte die Stimme der Mutter neben ihnen. „Genauso wie du."

Yana drehte sich herum. Elecia stand, schwer auf Marda gestützt, obwohl die Evereni selbst aussah, als würde sie jeden Moment zusammenklappen.

„Das Ding da hat den Großteil der Arbeit erledigt." Yana nickte in Richtung des Gleichmachers, der zum dritten Wargaran weitergegangen war, dann aber wohl beschlossen hatte, dass es dort für ihn nichts mehr zu holen gab. „Es kann ganz schön schnell sein, wenn es will. Ich hatte Mühe, mit ihm Schritt zu halten."

Einen Moment lang glaubte sie, Marda würde sie davon abhalten, die Wunde an der Seite der Mutter zu untersuchen, aber dann zog sie Elecias Hand zur Seite, sodass Yana das Glänzen abgebrochenen Metalls in der Nachmittagssonne sehen konnte.

„Hast du noch mehr Medipflaster?", fragte Marda.

Yana schüttelte den Kopf. „Leider nein." Sie versuchte, abzuschätzen, wie tief der Splitter wohl saß.

Hinter ihr hob Bokana die Hand, um das Pflaster von seiner Schulter zu reißen. „Sie kann meins haben."

„Denk nicht mal dran, du Held“, warnte ihn Yana. „Du willst doch sicher nicht, dass eine Infektion von deiner Bisswunde auf ihre Verletzung überspringt.“

„Eine Infektion?“ Der Hüne klang beunruhigt. Nicht dass sie es ihm übel nahm.

„Wir werden dich behandeln, sobald wir wieder auf der *Gaze Electric* sind“, sagte die Mutter. Ihre Stimme zitterte ebenso stark wie der Rest von ihr.

„Sie steht unter Schock“, keuchte Marda.

„Ihr steht alle unter Schock“, erklärte Yana, während sie ihr Kommlink vom Gürtel nahm. Dabei wanderte ihr Blick zu dem Lichtschwertgriff in der Hand der Mutter. „Haben die Jedi Euch damit gesehen?“

Elecia schüttelte den Kopf.

„Der Macht sei Dank.“ Yana tippte die Oberseite des Kommlinks an, um einen Kanal zu öffnen. „Herold? Könnt Ihr mich hören?“

„Die Kommunikation ist gestört“, erklärte ihr Marda. „Ich bin überrascht, dass meine Nachricht überhaupt durchkam.“

„Ich habe nur ein paar Fetzen aufgeschnappt“, erwiderte Yana, trotzdem versuchte sie, Werth ein zweites Mal zu erreichen. Doch auch diesmal antwortete ihr nur statisches Rauschen.

„Gibt es ein Problem?“, fragte die Mutter.

Yana schnaubte. „Wo soll ich da anfangen?“ Sie steckte das Gerät an ihren Gürtel zurück.

„Mit dem Stab der Dämmerung“, sagte die Mutter, ihr Blick wurde plötzlich nervös. „Hast du ihn?“

Yana schüttelte den Kopf. „Wir wissen, wo er ist. Oder genauer, wo er war. Aber dann haben die Jedi uns gefunden … Sie haben den Herold entwaffnet und …“

„Dann musst du zurück“, unterbrach die Mutter sie. Ihre Stimme war so hart wie Granit.

„Zurück?“

„Finde den Stab. Erfülle die Mission.“

„Die Mission? Die Mission ist ein Reinfall“, konterte Yana. „Die Jedi haben uns entdeckt. Ich bin nur knapp mit dem Leben davongekommen.“

„Nimm den Gleichmacher mit“, schlug Marda vor. „Ihn werden sie nicht aufhalten können.“

„Nein.“ Die Mutter schüttelte den Kopf. „Der Gleichmacher kommt mit uns.“

Yana konnte nicht glauben, was sie da hörte. „Und wo genau werdet Ihr hingehen, während ich meinen Hals riskiere?“

„Zu Sunshine Dobbs und seinem Schiff.“

„Dieses Schiff ist selbst im besten Fall unzuverlässig. Und falls es Euch noch nicht aufgefallen ist: Das hier ist definitiv *nicht* der beste Fall.“

Die Mutter hob die Hand, ihre Finger verschmiert mit ihrem eigenen Blut. „Den Stab der Jahreszeiten, gib ihn mir.“

Yana machte unbewusst einen Schritt zurück. „Ihr habt ihn mir gegeben. Ich sagtet, ich soll dem Gleichmacher gebieten.“

„Und der Gleichmacher soll mich beschützen. Ich brauche ihn in meiner Nähe, vor allem hier.“

„Wie soll ich ohne ihn gegen die Jedi kämpfen? Ich würde keine fünf Minuten überleben.“

„Du wirst tun, was ich dir sage!“

Yana wusste genau, wer die Mutter war; sie hatte ihre Scharade bereits an dem Tag von Kors Tod durchschaut. Aber der kalte, herrische Ton in diesen Worten überraschte selbst sie. Sie war so schockiert, dass sie nicht rechtzeitig reagierte, als ihr jemand den Stab von ihrem Rücken riss. Sie wirbelte herum, und ihre Hand zuckte zu ihrem Blaster, doch dann sah sie, dass es Bokana war, der den Stab nun in beiden Händen hielt.

„Sie hat gesagt, sie will ihn“, sagte er. Zumindest hatte er genug Anstand, um verlegen dreinzublicken – ein Gesichtsausdruck, der rasch Furcht Platz machte, als der Schädel des Gleichmachers mit zuckenden Tentakeln in seine Richtung herumruckte.

„Nächstes Mal werde ich mir genau überlegen, ob ich dir helfe, du *Held*", knurrte Yana, während der Ovissianer an die Seite der Mutter eilte und ihr den Stab reichte, als könnte er dadurch die Aufmerksamkeit des Gleichmachers abschütteln.

„Hol den Stab der Dämmerung und bringe ihn nach Dalna", befahl die Mutter, nun mit dem Stab in der Hand. Der Gleichmacher stapfte gehorsam an ihre Seite.

„Nach Dalna?", wiederholte Yana ungläubig. Dieser Tag steckte wirklich voller Überraschungen.

Selbst Marda wirkte ein wenig verunsichert. „Mutter, seid Ihr sicher?", fragte sie, wobei sie näher an Elecia herantrat. „Wir haben Dalna doch hinter uns gelassen. Wir müssen unsere Mission fortsetzen."

„Wir müssen uns sammeln", entgegnete die Mutter.

„Wir haben die *Gaze*."

„Und auf Dalna haben wir die Tunnel. Dort sind wir sicher."

„Sicher wovor?", fragte Bokana. Zweifelsohne fragte er sich inzwischen auch, worauf er sich nur eingelassen hatte, als er in die – nunmehr zerfetzten – Roben des Pfades geschlüpft war.

Die Mutter ließ den Blick über die Heilige Stadt ringsum schweifen, mit all den Rauchwolken, den Trümmern und den Feuern, die auf den Straßen tobten.

„Vor denen, die uns die Schuld an diesem Blutbad geben werden. Vor denen, die Rache wollen. Hilf mir, bitte. Wir müssen uns beeilen."

Yana sah wortlos zu, wie sich Marda den Arm der Mutter um die Schulter legte und sie dann langsam davonführte, während der Gleichmacher hinter ihnen herhuschte. Bokana folgte in einigem Abstand, wobei er immer wieder besorgt zu der Kreatur hinüberblickte. Nach ein paar Schritten blieb er kurz stehen, um etwas vom Boden aufzuheben.

„Ihr könnt euch nicht verstecken!", rief Yana ihnen nach. „Sie wissen genau, wo sie euch finden."

„Und genau deswegen musst du den Stab der Dämmerung

holen", antwortete die Mutter, ohne sich auch nur umzudrehen. „Komm nach Dalna, wenn du ihn hast. Wage es nicht, ohne ihn zurückzukehren!"

Dann verschwand die Gruppe hinter der nächsten Ecke, und Yana blieb allein und verwirrt zurück.

„Du könntest einfach fliehen", sagte eine Stimme hinter ihr. „Marda hat ihre Entscheidung getroffen. Du bist ihr nichts schuldig."

„Nicht jetzt, Kor."

„Aber …"

„Nicht jetzt."

Als sie sich umwandte, war Kor verschwunden – nicht dass sie je wirklich da gewesen war. Yana stand allein in der Gasse, umgeben von drei toten Wargaranen, von denen einer noch aus Fleisch und Blut bestand, während die beiden übrigen … sich in etwas anderes verwandelt hatten.

6. KAPITEL

Die Brücke der *Gaze Electric* glich einem aufgeschreckten Bienenstock. Sämtliche Stationen waren von Anhängern des Pfades bemannt. Einige waren in ihrem vorigen Leben Raumfahrer gewesen, andere hatten während der vergangenen Wochen einen Schnellkurs erhalten. Was ihnen allen bei genauerem Hinsehen gemein war, war dieser seltsame unstete Ausdruck in ihren Augen. Ebenso wie Marda waren sie mit großen Erwartungen nach Jedha gekommen. Dies hatte der erste Schritt sein sollen, um die Botschaft des Pfades in die Weiten der Galaxis hinauszutragen.

Selbst der Älteste Delwin, der Weequay, der Marda in der Vergangenheit so kritisch gegenübergestanden hatte, hatte sich von der Vorfreude mitreißen lassen; es war sogar so weit gegangen, ein neues Lager für den Pfad auf seinem Heimatplaneten Sriluur vorzuschlagen. Jetzt war Sriluur tot, niedergeschossen im Kreuzfeuer zwischen den Eirami und den E'roni, und einige weitere Ältere wurden noch immer vermisst, unter ihnen Aris Ade und Sarevelin.

Im Moment war nur der Alte Waiden auf dem Flugdeck vertreten. Seine blaue Gesichtsbemalung hatte der Mensch vorübergehend fortgewischt, damit der breite Schnitt auf seiner Stirn mit Kolto-Paste verschlossen werden konnte. Er sah aus, als wäre er auf Jedha um mehrere Jahre gealtert, während er zusammengesunken auf seinem Sitz zu den Sternen hinausstarrte.

Marda wollte zu ihm hinübergehen, ihm eine Hand auf die zerbrechliche Schulter legen und ihm eine Tasse wärmenden Muru-Tees anbieten, aber sie hatte Angst, dass er sie ihr geradewegs ins Gesicht schütten würde. Viele ranghohe Mitglieder des

Pfades gaben ihr die Schuld an den Geschehnissen. Schließlich war Marda diejenige gewesen, die Jedha als ihr Ziel auserkoren hatte. Und hatte Marda die Mutter nicht auch überredet, Dalna überhaupt zu verlassen? Sollte sie nicht die Führerin des Pfades sein? Doch stattdessen hatte sie sie geradewegs in die Katastrophe geführt.

Und als wäre das nicht schon schlimm genug, befürchtete die Mutter, dass die Galaxis dem Pfad die Schuld an den Tumulten in der Heiligen Stadt geben würde. Es machten bereits Gerüchte die Runde, wonach Mitglieder des Pfades mit den Grafs zusammengearbeitet hatten, um die Friedensgespräche zu torpedieren. Befeuert wurde dieses Getuschel noch durch die Berichte, dass der Herold die Unruhen durch seine Ansprache ausgelöst hatte. Warum hatte er sich nicht an den Plan gehalten? All das Blutvergießen, all die Gewalt hätte verhindert werden können, hätte man Marda nur gestattet, vor der Synode zu sprechen, so wie sie es von Anfang an vorgeschlagen hatte.

„Ja, hätten sie dir nur vertraut."

„Haben sie aber nicht."

Marda hatte nicht vorgehabt, laut auf Kevmos Bemerkung zu reagieren, erst recht nicht in Hörweite mehrerer anderer Pfad-Mitglieder, die sich nun mit fragenden Blicken zu ihr herumdrehten. Sie musste sich zusammenreißen. Der Herold befand sich noch immer auf Jedha, und die Ältesten ... nun, ihr Kreis war definitiv zusammengeschrumpft. Solange Elecia nicht hier war, fungierte Marda als ihre Stellvertreterin auf dem Flugdeck. Sie war die Führerin, und egal, ob sie Yanas Kritik an ihrer Rückkehr nach Dalna nun teilte oder nicht, die Mutter hatte ihre Entscheidung getroffen. Der einzige Grund, warum sie noch nicht in den Hyperraum gesprungen waren, war der, dass die Mutter Shea Ganandra angewiesen hatte, jegliche Kommunikation von und nach Jedha zu überprüfen.

„Du könntest ihnen befehlen, hierzubleiben", vernahm sie wieder die körperlose Stimme. „Du könntest die Kontrolle übernehmen. Die Mutter wird auf der Krankenstation bleiben, bis der Splitter entfernt ist. Sie hätte dich nicht ausgewählt, wenn sie deinem Urteil nicht vertrauen würde."

Diesmal antwortete sie Kevmo nicht. Das war auch gar nicht nötig. Die Mutter hatte recht. Es war vernünftig, möglichst viele Informationen zu sammeln. Wie Yana selbst erklärt hatte: Man musste auf alle Eventualitäten vorbereitet sein.

„Yana glaubt, dass du ein Kind bist. Sie hört dir nie zu. Ich wünschte, *ich* hätte dir zugehört."

Ja, dachte Marda wehmütig. Das wünsche ich mir auch.

„O verdammt", entfuhr es Shea, die an einer der äußeren Stationen der Brücke saß. Die Technikexpertin steckte noch immer in dem Kampfoverall, den sie während ihrer Mission auf Jedha getragen hatte.

„Was ist?", fragte Marda, während sie hinüberging. Hoffentlich war Shea nur ein wenig überdramatisch, so wie üblich.

Die rothaarige Frau deutete auf den Bericht, der gerade über ihren Bildschirm scrollte. „Ich habe eine Übertragung auf dem Kommnetz der Hutten abgefangen."

„Der Hutten?"

Shea zog die Schultern hoch. „Was soll ich sagen? Es reicht weiter als das Netzwerk der Republik, und es ist stabiler."

„Wie hast du dich da eingeklinkt?"

„Ich kenne die Codes, seit ich acht bin, Marda. Was im Moment zählt, ist *das hier.*" Shea tippte mit einem schmutzigen Finger auf den Bildschirm.

„Ich spreche kein Huttese", gestand Marda.

„Das ist nicht Huttese, sondern Rigariam, die tote Sprache einer ebenso toten Spezies. Viele Hutten benutzen sie, um ihre Kommunikation zu verschlüsseln."

Gab es irgendetwas, was diese Frau *nicht* wusste? Marda versuchte, sich ihre Irritation nicht anmerken zu lassen. „Und?"

„Und hier steht, dass der Pfad verdächtigt wird, die Friedensverhandlungen auf Jedha sabotiert zu haben."

„Das wissen wir doch schon. Die Mutter hat versprochen, dass sie persönlich diesen Vorwürfen …"

„Der Verräter ist unter uns", schnitt Shea ihr das Wort ab, ein melodramatisches Zittern in der Stimme. „Das Problem ist nur, die Hutten glauben, dass es mehrere Verräter gibt."

„Warum interessieren sie sich überhaupt für diese Sache?"

Shea verdrehte die Augen. „Bei den Sternen, bist du naiv. Die Hutten haben königlich von dem Krieg profitiert, aber ein Frieden könnte langfristig sogar noch profitabler für sie sein. Denk nur an all die Welten, die Hilfe beim Wiederaufbau brauchen. Das Huttenkartell wäre sofort zur Stelle, um seinen Einfluss auf die planetaren Regierungen zu sichern – bevor die Republik dem Äußeren Rand irgendwelche Reformen und neuen Gesetze aufzwingen kann. Hast du eine Ahnung, wie viel diese überdimensionierten Schnecken getan haben, um die Friedensgespräche voranzutreiben? Und jetzt ist alles in die Brüche gegangen. Eines ist sicher: Soweit es Nal Hutta angeht, sind wir alle untendurch."

„Was ist mit der Mutter?", fragte Marda. Sheas Ton machte sie allmählich wütend. „Wurde sie in der Nachricht erwähnt?"

„Warum sollte ich erwähnt werden?"

Sämtliche Köpfe auf der Brücke ruckten herum, als die Stimme im hinteren Teil der Brücke erklang. Die Mutter stand schwer auf ihren Stock gestützt an der Eingangstür, neben ihr der Gleichmacher.

Elecia trug eine neue Robe, und ihr Haar war unter einem Kopftuch verborgen. Sie wirkte noch immer blass, aber ihre Stimme klang schon wieder viel kräftiger, und ihr Blick war klar und durchdringend, das konnte Marda selbst aus der Entfernung sehen.

Hinter ihr ragten zwei riesenhafte Gestalten auf: der Wookiee Jukkyuk, der allein einen Weg zur *Gaze* zurückgefunden hatte, nachdem er auf den Straßen Jedhas von der Mutter getrennt worden war, und Bokana Koss. Seine Wunden waren verbunden, und seine Kleidung wies ihn als einen neuen Leibwächter der Mutter aus.

„Zumindest er hat also von dem Chaos profitiert", kommentierte die Stimme in Mardas Kopf, und Marda presste ungehalten die Lippen zusammen. Die Mutter belohnte alle, die loyal zu ihr standen, und der Ovissianer hatte sie in der Stunde ihrer größten Not beschützt.

„Dich hat er auch gerettet", erinnerte Kevmo. „Weißt du noch? Bevor du mein Lichtschwert zerstört und es im Staub zurückgelassen hast."

Ja, sie hatte die Waffe liegen lassen, nachdem der Wargaran sie unbrauchbar gemacht hatte. Zunächst hatte Marda sich eingeredet, dass sie das Lichtschwert in der Eile nur vergessen hätte, aber das stimmte nicht. In Wirklichkeit wollte sie das verfluchte Ding nie wieder berühren.

Sie hatte damit ein Leben ausgelöscht. Allein die Vorstellung, noch einmal die Klinge zu aktivieren, bescherte ihr Übelkeit. Aber Bokana hatte die Waffe mitgenommen, als er Marda und der Mutter zu Sunshine Dobbs' Schiff gefolgt war, und sobald sie an Bord waren, hatte er ihr das Schwert in die Hand gedrückt, sicher in der Annahme, dass er ihr damit einen Gefallen tat. Nun lag der Schwertgriff in Mardas Kabine, verborgen unter einem Stapel sorgfältig gefalteter Roben, seine einst elegante Form durchbohrt von den Fängen des Wargarans. Sie hatte es fortwerfen, es durch eine Luftschleuse ins All hinausblasen wollen – aber etwas hatte sie zurückgehalten.

„Ja, deine Liebe zu mir", hörte sie Kevmos Stimme. „Du willst mich nicht loslassen."

Auf Jedha hatte sie sich nach dieser Stimme gesehnt, aber jetzt wünschte sie, er würde schweigen. Zum einen hatte sich sein Tonfall verändert; er klang nun hart und verbittert. Zum anderen lenkte er sie ab, was so ziemlich das Letzte war, was sie im Moment brauchen konnte.

„Mutter", begann sie, während sie die Brücke durchquerte.

„Die Neuigkeiten von Jedha verbreiten sich in Windeseile, genau wie Ihr es vorausgesagt habt."

„Alles Lügen", brummte Elecia, den Kopf hocherhoben, damit es auch alle hörten.

„Übertreibungen", sagte Marda hastig. „Jeder weiß von dem Zwischenfall mit den Grafs."

Ein verärgerter Ausdruck huschte über die Züge der Mutter. „Du hast den anderen davon erzählt?"

„Sie wussten es bereits. Außerdem haben wir doch keine Geheimnisse voreinander."

Die Nasenflügel der Mutter bebten, aber sie entgegnete nichts.

„Im Moment vielleicht, aber warte nur, bis ihr allein seid", wisperte Kevmo. „Oder vielleicht lässt sie dich auch außen vor und bespricht die Sache lieber mit ihrem neuen Freund, dem Ovissianer."

„Gerüchte sind unvermeidlich, aber früher oder später wird sich die Wahrheit durchsetzen", erklärte die Mutter. „Sie werden erkennen, dass wir nichts mit den Unruhen auf Jedha zu tun hatten und dass die wahren Übeltäter jene sind, die die Macht für ihre eigenen Zwecke nutzen. Ohne Machtbenutzer wie die Jedi wäre es nie zu Gewalt gekommen. Wir hätten friedlich unsere Botschaft verbreitet – genauso wie du es geplant hattest, Marda. Und der Pfad wäre noch immer vollzählig, anstatt den Verlust so vieler frommer Anhänger betrauern zu müssen."

Sie brach ab und blickte zu Bokana hinüber, eine Geste, die jeder auf der Brücke verstand. Vor Jedha hatte der Mensch Qwerb diesen Platz innegehabt, aber nun war er tot, niedergestreckt bei dem Versuch, Elecia zu beschützen.

Begleitet vom Klacken ihres Stocks, schritt die Mutter über die Brücke.

Marda bot ihr den Arm an. „Hier, lasst mich Euch helfen."

„Ich bin keines deiner Kleinen", blaffte Elecia in überraschend scharfem Ton. Sogar der Gleichmacher hob den Kopf.

Die Mutter schloss die Augen, während sie tief durchatmete.

„Entschuldige, Marda, die Schmerzen nagen an meiner Geduld. Die Wunden verheilen bereits – der Splitter wurde entfernt, und die Älteste Jichora meinte, dass die Macht mich vor bleibenden Schäden bewahrt hat –, aber ich muss meditieren, um meine Verbindung mit der Macht zu stärken." Sie warf der Kreatur neben ihr einen Blick zu. „Der Gleichmacher wird mir dabei helfen. Er ist Gestalt gewordene Macht, ein lebendes Wunder, und wenn der Stab endlich zusammengefügt ist ..."

„Ich bin nur ungern die Überbringerin schlechter Neuigkeiten", meldete sich Shea von ihren Monitoren. „Aber wir sollten vielleicht für ein weiteres Wunder beten."

„Was ist?", fragte Marda, während sich ein unheilvolles Prickeln in ihrer Magengrube ausbreitete.

Anstatt zu antworten, legte Shea nur einen Schalter um, woraufhin ein flackerndes Hologramm an die Wand geworfen wurde. Es zeigte ein wutverzerrtes Gesicht mit dunklen Augen, denen das statische Rauschen jegliche Identität raubte. Die Stummel, wo sich einst nautolanische Kopftentakel befunden hatten, waren jedoch unverkennbar.

„Der Herold", keuchte Elecia.

„Was Ihr hier seht, ist ein Steckbrief, den die Macht-Synode veröffentlicht hat." Shea stach mit dem Finger nach dem Hologramm. „Der Herold wurde festgenommen."

„Mit welcher Begründung?", fragte Marda.

Shea drückte mehrere Tasten, um ein kleines Textfeld einzublenden. „Laut dem offiziellen Bericht wird er angeklagt ..." Sie hielt kurz inne, während sie die Zeilen überflog. Als sie die Antworten fand, nach denen sie gesucht hatte, schloss sie die Augen und seufzte.

„Und?", hakte Marda nach.

Shea schwenkte ihren Sessel herum und blickte sie trotzig an. „Ich war bei ihnen. Bei Yana und dem Herold."

„Du hast zu Yanas Team gehört?"

„Zum Team des *Herolds*. Wir sollten die Mission der Kinder

fortsetzen und nach Artefakten suchen, die wir ... befreien konnten. Es gab einen ... Zwischenfall bei der Jedi-Statue. Dann habt Ihr Yana zurückgerufen." Ihr Blick huschte zum Gleichmacher hinüber. „Und die Kreatur."

„Yana sagte, die Jedi hätten euch gefunden", erwiderte die Mutter in ruhigem Ton.

„Oh ja. Yana und ich konnten fliehen. Der Herold blieb zurück, aber ich war sicher, dass er einen anderen Weg finden würde."

„Nun, offenbar hast du dich da geirrt", kommentierte Marda. „Werth wurde gefangen genommen, und seine ... seine ‚Komplizen' ..." Ihr Mund fühlte sich mit einem Mal trocken an, und sie kniff die Augen zusammen, um selbst den Rest des Berichts zu lesen. „Seine ‚Komplizen' wurden getötet." Sie wirbelte zur Mutter herum. „Wir haben Yana dorthin zurückgeschickt. Heißt das, sie ist ...?"

Die Mutter ignorierte sie und wiederholte stattdessen ihre Frage von eben. „Was wird dem Herold vorgeworfen?"

„Das Plündern diverser Archive, einschließlich des Tempels der Whills", las Shea ab, dann seufzte sie erneut. „Und Mord."

„Mord?", echote Marda. In ihrem Kopf drehte sich alles. „Wen soll er denn ermordet haben?"

Ein weiterer Knopfdruck ließ das Hologramm einer Selonianerin mit stolz hochgereckter Schnauze entstehen. „Eine Jedi, die an der Versammlung teilgenommen hat. Meisterin Leebon."

„Eine Jedi", murmelte die Mutter, als würde sie zu sich selbst sprechen. Ihre nächsten Worte galten aber wieder der Technikerin: „Wie ist sie gestorben?"

Sheas Blick huschte nach unten zu dem Gleichmacher.

„Ich verstehe." Die Mutter senkte ihren verbundenen Arm und streichelte den Kopf der Kreatur. Kurz sah es aus, als würde sie trotz ihres Stocks zusammenbrechen. Jukkyuk und Bokana hatten offenbar denselben Eindruck, denn sie kamen hastig von ihrer Position am Eingang der Brücke herüber.

Doch die Mutter winkte sie mit einer Handbewegung zurück. „Es geht schon." Ihr Blick huschte von einer Seite zur anderen, während sie Sheas Informationen verarbeitete. Marda konnte nur zum ausdruckslosen Gesicht des Herolds an der Wand hochstarren.

„Das ist alles seine Schuld", flüsterte Kevmo in ihr Ohr. „Hätte er dir gestattet, zur Synode zu sprechen … hätte er sich an den Plan gehalten … dann wäre Yana jetzt noch am Leben, dann wäre sie jetzt hier, an deiner Seite. Aber vielleicht … vielleicht ist es ja besser so …"

Seine Worte hingen schwer in der Stille, und Marda erkannte, dass er recht hatte. Vielleicht würde sich der Herold schlussendlich ja doch als das Instrument ihrer Erlösung erweisen.

„Mutter …" Sie trat näher an die so zerbrechlich wirkende Frau heran. „Das ist genau die Gelegenheit, die wir brauchen … um den Pfad zu beschützen."

Elecia musterte sie neugierig. „Inwiefern?"

„Distanziert Euch vom Herold. Euch und den gesamten Pfad. Sagt, dass er eigenmächtig gehandelt hat."

„Oder dass er Teil einer Verschwörung war", schlug Kevmo vor.

„Ja." Marda nickte. Den verwirrten Ausdruck auf dem Gesicht der Mutter ignorierte sie geflissentlich. „Das ist noch besser. Er war Teil einer Splittergruppe …"

„Radikalisiert durch den Tod seiner Tochter."

„… die die Friedensverhandlungen sabotieren und die Synode zwingen wollte, unserer Botschaft Gehör zu schenken."

„Eine Botschaft, die er grundsätzlich missverstanden hat."

„Wir sagen, er habe mit Euch gestritten. Und danach hat er allein einen Aufstand angezettelt …"

„Er und Yana."

„… wohingegen wir an Frieden und Dialog glauben. Und an die Macht."

„Das ist gut", hörte sie Kevmos Stimme. „Das wird sie beeindrucken. Damit beweist du ihr, welchen Wert du für den Pfad hast. Jetzt muss sie erkennen, dass du würdig bist."

Die Mutter stand schweigend da und betrachtete Mardas Gesicht. Warum sagte sie nichts? Konnte sie Kevmos Stimme vielleicht auch hören? Nein, das war lächerlich. Er war tot. Genauso wie Yana. Genauso wie sie *alle*, falls die Jedi beschlossen, Vergeltung zu üben.

„Gut", murmelte Elecia schließlich. „Ja, das ist sehr gut."

Mardas Schultern entspannten sich. Erst jetzt realisierte sie, dass sie den Atem angehalten hatte, während sie auf eine Antwort der Mutter gewartet hatte.

„Glaubt Ihr, es wird funktionieren?" Kaum dass sie die Frage ausgesprochen hatte, hätte sie sich am liebsten dafür getreten. Warum musste sie immer ihre eigenen Ideen infrage stellen?

„Weil du weißt, dass sie dir noch nicht vertrauen. Dass sie noch nicht an dich glauben", antwortete ihr Kevmo.

Nein. Die Mutter hatte gesagt, dass es ein guter Plan war.

„Shea". Elecia wandte sich der Technikexpertin zu. „Können wir eine Nachricht nach Jedha schicken?"

„An jemanden speziell?", fragte Shea.

„An die Jedi", antwortete die Mutter. „An die Synode, an die Wächter der Whills. An alle und jeden."

Shea betätigte dabei mehrere Schalter auf ihrer Konsole. „Das sollte kein Problem sein. Noch sind wir nahe genug an dem Planeten. Im Notfall könnten wir auch einen Kurierdroiden schicken."

„Nein", sagte die Mutter in schneidendem Ton. „Es muss ein offenes Signal sein, das jeder empfangen kann."

Shea blickte die Prophetin an, als hätte sie den Verstand verloren. „Das Relaisnetzwerk in diesem Sektor ist alles andere als zuverlässig."

„Kannst du das Signal senden oder nicht?", fragte Elecia, und sie unterstrich ihre Worte, indem sie mit dem Stock auf den Boden klopfte.

Shea schwenkte ihren Sessel wieder nach vorn, so nonchalant wie eh und je. „Natürlich. Ich bin schließlich keine Amateurin."

„Was werdet Ihr sagen?", fragte Marda.

Die Mutter lächelte nur.

7. KAPITEL

Padawan Matthea Cathley – oder Matty, wie ihre Freunde sie nannten – versuchte, ruhig zu bleiben, während sie durch die kühlen Korridore des Kyber-Tempels in Jedha City schritt. Den Kopf hatte sie hoch erhoben, sodass die Lekku gerade über ihren Rücken fielen, und mit beiden Händen hielt sie ein Tablett, auf dem sie ein kleines, aber erstaunlich nahrhaftes Mahl vor sich hertrug. Man konnte den Wächtern der Whills vieles vorwerfen – was die Bürger von Jedha auch gerne und oft taten –, aber sie behandelten ihre Gefangenen gut. Trotzdem war Oklane Viss, der Hauptmann der Wache, überrascht gewesen, als Matty sich freiwillig gemeldet hatte, das Essen zu den Arrestzellen zu bringen.

„Sie kennen mich doch", hatte Matty mit ihrer typischen, frisch-fröhlichen Art gesagt. „Ich will helfen, wo ich kann, und Sie haben alle bereits genug zu bewältigen."

Das stimmte wohl. Die Wächter, die die zahlreichen Schätze des Tempels hüteten, hatten alle Hände voll mit den Wiederaufbauarbeiten in Jedha zu tun. Nach den Unruhen hatte sich eine nervöse Ruhe über die Heilige Stadt gesenkt – die Anspannung war deutlich zu spüren. Da konnte es nicht schaden, wenn die Wächter als beschwichtigende Kraft auf den Straßen waren. Auf einem anderen Planeten wäre das Aufgabe der Jedi gewesen, aber Jedha war nicht wie andere Planeten. Vor langer Zeit hatten die Jedi die Kontrolle über diese Welt innegehabt, aber sie hatten sich zurückgezogen, als sich unter den anderen religiösen Gruppierungen auf dem Pilgermond Widerstand formierte. Man hatte den Jedi vorgeworfen, sie würden ihre Befugnisse überschreiten und ihren Glauben über die anderen Religionen stellen. Das war natürlich Unsinn, aber die Ereignisse der vergangenen Tage hatten gezeigt, dass die alten Vorbehalte noch immer unter der Oberfläche brodelten und schon beim geringsten Anlass überkochen konnten. Und, bei den Sternen, wie sehr sie übergekocht waren!

Nichts von alldem hatte Matty wirklich überrascht. Sie war schließlich schon seit Jahren hier – seit Meisterin Leebon sie als Padawan angenommen und hierher nach Jedha gebracht hatte. Es gab keinen Jedi-Tempel auf dem Mond. Die titanische Statue in der Wüste sorgte bereits für genug Zähneknirschen unter den Einheimischen – oder zumindest war dem so gewesen, bis einige Aufrührer beschlossen hatten, das Problem auf spektakuläre Weise zu lösen und die Statue niederzureißen. Stattdessen nannte Matty seit nunmehr zehn Jahren den Kyber-Tempel ihr Zuhause. Die Bande zwischen den Jedi und den Wächtern der Whills waren noch immer stark, auch wenn das jüngste Blutvergießen ihre Beziehung auf die Probe gestellt hatte. Aber konnte man ihnen das verübeln, nachdem eine kleine Armee von Jedi mit gezückten Lichtschwertern durch die Straßen marschiert war?

Zum Glück lag das alles nun hinter ihnen – die Komplotte, die Gewalt …

Matty hielt kurz inne, und ihre Finger schlossen sich fester um die Ränder des Tabletts, als sie den Gedanken beendete. *Und das Sterben*.

Sie atmete tief aus, um sich zu konzentrieren, dann ging sie weiter, wobei ihre Kopfschwänze hinter ihren Schultern hin- und herschwangen. Jedi fürchteten den Tod nicht, und sie trauerten auch nicht, wenn andere fielen. Der Teil mit dem Nicht-Trauern war aber gar nicht so einfach, wie Matty am Beispiel ihrer verstorbenen Meisterin gelernt hatte. Leebon war fort – die hoch angesehene Selonianerin, die ihr so viel beigebracht und ihr so viel Freiraum zugestanden hatte, damit sie jedem Weg folgen konnte, auf den ihr Studium und ihr Training sie führen mochten.

Dennoch war Meisterin Leebon stets zur Stelle gewesen, wenn Matty nach einem Ausflug zur Sabracci-Sammlung Fragen hatte oder erschöpft von einer Wanderung durch die Höhlen der Reflexion zurückkehrte. Dann hatte die alte Selonianerin ihr eine Tasse nubissianischen Kakaos gemacht und all den Fragen ihrer neugierigen Schülerin gelauscht.

Matty wusste, dass sie zu viel redete, und sie wusste auch, dass viele Wesen diese Angewohnheit als ärgerlich empfanden – zum Beispiel ihr neuer Meister Vildar Mac, der gerade erst auf Jedha eingetroffen war. Aber Leebon hatte ihr stets zugehört. Und jetzt war sie fort, ihr Körper durch eine unbekannte Waffe in einen Haufen Asche verwandelt.

Vildar hatte ihr nicht erklären können, was bei der zerstörten Jedi-Statue geschehen war. Natürlich nicht. Sein Geist war durch dieselbe schreckliche Energie geschwächt worden, die sie alle schon auf den Stufen des Synoden-Gebäudes heimgesucht hatte. Selbst jetzt fühlte sich diese Mischung aus Verwirrung und Angst in Mattys Erinnerungen noch unerträglich an – ein Gefühl, als wäre sie plötzlich von der Realität und der Macht selbst abgeschnitten.

Sie blieb erneut stehen, aber nicht, weil ihre Emotionen überzuschwappen drohten (obwohl dieses Risiko durchaus bestand), sondern weil sie die Tür erreicht hatte, die zu den Arrestzellen des Tempels führte und von zwei stämmigen Wachen flankiert wurde.

„Hallo!“, sagte Matty. Sie hielt das Tablett hoch, damit die beiden sehen konnten, dass sie nur Essen dabeihatte. „Ist leider nur für den Gefangenen, nicht für euch. Aber falls ihr Hunger habt, kann ich noch mal zur Küche hochgehen und euch etwas vorbeibringen. Vielleicht einen Bhillen-Wrap oder einen schön knackigen Salat?“

Matty merkte, dass sie abschweifte. Sie plapperte immer vor sich hin, wenn sie ihre eigene Nervosität überspielen wollte.

„Tut mir leid“, murmelte sie, sicher, dass ihre Wangen sich

bereits um mehrere Rottöne verdunkelt hatten. „Ich bin sicher, ihr hättet euch selbst etwas zu essen geholt, wenn ihr Hunger hättet." Die Wachen starrten sie weiterhin an. „Aber das Angebot bleibt natürlich trotzdem bestehen", fügte sie hinzu. Sie konnte einfach nicht anders.

„Willst du rein?", fragte der braunhäutige Mensch.

„Ja." Sie nickte, auch wenn sie am liebsten gesagt hätte: *Nein, auf keinen Fall. Nicht für alle Kristalle auf dem Kristallmond.* Jetzt, da sie darüber nachdachte, hatte sie keine Ahnung, wo der Kristallmond aus dieser weitverbreiteten Redewendung eigentlich lag, und kurz überlegte sie, ob sie die Wachen danach fragen sollte. Aber dann besann sie sich eines Besseren. „Ja danke."

Sie ignorierte den erleichterten Gesichtsausdruck der anderen Wache, eines hünenhaften Hiitianer mit falkengleichen Zügen, und wartete schweigend, während der Mensch einen Schlüsselring unter seiner Robe hervorzog und die Tür entriegelte. Sie schwang ohne den geringsten Laut auf.

„Oh, ich war sicher, dass sie knarzen würde." Matty konnte ihre Worte einfach nicht zurückhalten. „Aber hier ist ja generell alles gut in Schuss ... Die meisten Gewölbe, die ich kenne, sind düster und feucht, aber das hier ..." Sie suchte nach dem richtigen Wort, obwohl sie wusste, dass es vermutlich besser wäre, wenn sie einfach den Mund halten würde. „Geräumig."

„Äh, ja." Der Mensch hielt ihr die Tür auf. „Lass dich bitte nicht aufhalten."

Matty verstand den Wink mit dem Zaunpfahl und trat über die Schwelle. „Natürlich. Danke. Und überlegt euch, ob ihr vielleicht doch was zu essen wollt. Es komme gern noch mal hier runter."

„Er ist in der letzten Zelle", erklärte der Hiitianer. „Klopf einfach, wenn du wieder rauswillst."

Die Tür knallte zu, und Matty fiel auf, dass die Angeln diesmal tatsächlich knarzten.

Vielleicht sollte sie ein wenig Schmieröl mitnehmen, wenn sie den Wachen ihr Essen brachte. Ja, gute Idee. Sie würde gleich zum Vorratsraum gehen, wenn …

Ihre Gedanken schweiften schon wieder ab. Sie hatte lange mit Meisterin Leebon daran gearbeitet, diese Angewohnheit zu überwinden.

„Du musst lernen, dich zu zentrieren“, hatte die Selonianerin stets gesagt. „Schließ die Augen und denke an nichts, bis in deinem glorreichen Köpfchen Ruhe einkehrt.“ Genau das versuchte Matty nun. Sie konnte nur hoffen, dass die Wachen sie nicht durch das kleine Sichtfenster in der Tür beobachteten. Was würden sie wohl denken, was die törichte Jedi-Schülerin tat? „Gut so. Wenn du bereit bist, öffne die Augen wieder und konzentriere dich auf das Erste, was du siehst. Das ist dein Anker. Richte deine gesamte Aufmerksamkeit auf dieses Objekt. Beschreibe es dir im Geist. Seine Farbe. Seine Form. Wie es sich wohl unter deinen Fingern anfühlen würde. Wonach es riechen könnte. Welchen Zweck es erfüllt. Wenn deine Gedanken das nächste Mal abschweifen, denk wieder an das Objekt. Mach es einen Moment lang zum Fixpunkt deiner Welt.“

Matty öffnete die Augen und folgte den Anweisungen ihrer alten Meisterin. Sie wählte die Tür am anderen Ende des hell erleuchteten Korridors als ihren Anker. Sie bestand aus dunklem Holz, eingerahmt von zwei hell glühenden Lampen an der Wand.

Während Matty den Gang hinabschritt, blickte sie kein einziges Mal zu den anderen Türen hinüber – die Zellen dahinter waren ohnehin leer. Nein, ihre Augen blieben fest auf ihren Anker gerichtet, und sie studierte die kleinen Unebenheiten im Holz, als sie näher kam. Dann war sie da. Sie balancierte das Tablett auf einer Hand und klappte mit der anderen das kleine Sichtfenster auf, um ins Innere zu spähen.

Der Gefangene kniete in der Mitte der Zelle, seine Handflächen zur Decke erhoben, seine Augen geschlossen, sein Kopf leicht nach vorn geneigt. Es sah aus, als würde er beten.

Werth Plouth. Der Herold der Offenen Hand.

Ein Dieb. Ein Mörder.

Endlich öffnete er die Augen und blickte zu ihr hoch. Seine Miene war ausdruckslos, und Mattys Aufmerksamkeit wurde wie automatisch zu den Stummeln seiner Kopfschwänze hingezogen. Das war das Erste gewesen, was ihr an ihm aufgefallen war, als Meister Vildar und Tey Sirrek – der verschlagene Sephi, der unerwartet zu einem guten Freund geworden war – ihn in den Tempel gebracht hatten.

„Und?", fragte er, und seine Stimme hallte laut durch die Zelle, die abgesehen von einem kleinen Bett und einer Erfrischernische leer war. „Was willst du von mir, Jedi?"

Ausnahmsweise blieb Matty stumm. Sie wollte etwas sagen. Bei der Macht, sie wollte so viel sagen. Sie wollte ihm klarmachen, wen genau er ermordet hatte – welches wundervolle, großzügige, manchmal auch ein wenig einschüchternde Licht erloschen war, nur weil er ein paar alte Relikte aus einem vergessenen Artefakt hatte stehlen wollen. Und erst recht wollte sie ihm sagen, dass er versagt hatte. Was immer seine Pläne und Motive gewesen sein mochten, am Ende hatten die Bewohner von Jedha vereint auf dem großen Platz der Stadt gestanden und Lieder über Brüderlichkeit und Freundschaft gesungen – wobei jedoch Mattys Herz gebrochen war, weil Meisterin Leebons Stimme nicht mehr Teil dieses gewaltigen Chors gewesen war. Aber auch sie würde sich nicht von Plouth bezwingen lassen. Sie würde weitermachen und das Andenken an die Lehrerin ehren, die er ermordet hatte.

All das und noch viel mehr wollte sie ihm sagen, stattdessen aber klappte sie das Fenster wortlos wieder zu und schob das Tablett durch eine kleine Luke in die Zelle. Nachdem sie die wieder verriegelt hatte, ging sie mit weiten Schritten zum anderen Ende des Korridors und klopfte zweimal gegen das Holz, woraufhin die Wachen die Tür für sie öffneten.

„Alles in Ordnung?", fragte der Mensch, als sie an den beiden vorbeischritt.

Matty nickte, ohne stehen zu bleiben. Später würde sie noch mal herkommen und sich erkundigen, ob die Wachen etwas zu essen wollten, aber würde sie jetzt den Mund öffnen, würde sie schreien und nie wieder aufhören.

8. KAPITEL

Matty hatte nicht damit gerechnet, dass eine Botschaft von Vildar Mac auf sie warten würde, als sie die Treppe von den Zellen hochstieg und dabei jede der marmornen Stufen zählte, um ihre Gedanken zu beruhigen.

Das hieß, eigentlich war es nicht wirklich eine *Botschaft*, eher eine Aufforderung, überbracht von SK-0T, Tey Sirreks rundem Spähdroiden. Skot, wie Tey ihn nannte, hatte aufgeregt herausgepiepst, dass Matty sofort zum Versammlungsraum der Synode kommen sollte, wo Vildar und Oliviah Zeveron auf sie warteten.

Oliviah war die Jedi-Ritterin, die auf Jedha als Meisterin Leebons rechte Hand fungiert hatte. Sie war nie mit Matty warm geworden und begegnete der Padawan noch immer ebenso distanziert wie bei ihrer ersten Begegnung vor fünf oder sechs Jahren. Die meisten hatten erwartet, dass Oliviah Leebons Nachfolge antreten und die neue Repräsentantin des Jedi-Ordens in der Synode würde, aber sie war im Kampf mit dem Herold schwer verwundet worden, und man hatte ihr geraten, nach Coruscant zurückzukehren, um sich dort zu erholen. Stattdessen hatte Vildar ihren Platz im Rat der Synode eingenommen.

Dass Oliviah noch immer hier war, überraschte Matty. Skot konnte ihr leider nicht sagen, warum sie Jedha nicht verlassen hatte, und ausnahmsweise war die Padawan nicht in der Stimmung für Spekulationen. Sie blieb untypisch wortkarg, während sie dem Droiden aus dem Kyber-Tempel folgte, und ließ ihren Blick über die Stadt schweifen. Was sie dem Herold hatte sagen wollen, stimmte: Die Bewohner von Jedha hatten zueinandergefunden, und die Straßen waren voll von Bürgern, die ihre Heimat wiederaufbauen wollten. Anhänger verschiedener Glaubensgruppen trugen Seite an Seite Trümmer fort und fegten den Staub von den Stufen ramponierter Tempel, während Aufräummannschaften der Republik Gebäude abstützten, deren versengte Mauern einzustürzen drohten. Natürlich würden Besen und Gerüste allein nicht ausreichen, um Jedha zu heilen. Was die Heilige Stadt brauchte, war eine Zusammenarbeit, die über alles hinausging, was die Synode während der vergangenen Jahre erreicht hatte. Und selbst dann würden die Narben der Schlacht noch viele Jahre sichtbar bleiben.

Das Gebäude der Synode war wie durch ein Wunder intakt geblieben. Natürlich waren da pockennarbige Einschüsse und Brandspuren, aber seine glatten Mauern waren viel neuer als die der umstehenden Bauten, darum hatten sie dem wütenden Mob trotzen können, der sich durch Werth Plouth zur Gewalt hatte anstacheln lassen. Die mächtigen Eingangstüren waren bereits ausgetauscht worden.

Vildar und Oliviah warteten im Büro des Jedi-Repräsentanten auf Matty, ein Raum, der noch immer nach Leebons Meditationskerzen roch. Tey Sirrek war ebenfalls dort. Anstatt auf einem der verzierten Stühle Platz zu nehmen, hatte der spitzohrige Sephi sich aber im Schneidersitz auf den Schreibtisch gesetzt, eine Angewohnheit, die unter normalen Umständen gewiss Vildars Blutdruck in die Höhe getrieben hätte.

Matty hatte Meister Vildar und Tey erst vor Kurzem kennengelernt. Vildar war nach Jedha versetzt worden, wohingegen Tey schon seit seiner Kindheit hier lebte. Einst hatte der Sephi zu den Wächtern der Whills gehört, aber nach einem tragischen Ereignis hatte er Zweifel an seiner Berufung bekommen. Schließlich hatte er seinen Posten im Kyber-Tempel aufgegeben und ein Leben als Dieb gewählt, wobei er aber stets jenen half, die noch ärmer dran waren als er selbst.

Seine und Vildars Wege hatten sich erstmals gekreuzt, als der

Jedi-Meister eine Serie ein Einbrüchen untersuchte, und obwohl sie sich anfangs als Gegner gegenübergestanden hatten, waren sie im Lauf ihrer folgenden Abenteuer zu guten Freunden geworden.

Die jüngste Krise in der Heiligen Stadt hatte die beiden nur noch enger zusammengeschweißt. Beide Männer waren dabei gewesen, als Werth Plouth Meisterin Leebon ermordet hatte, aber leider konnte keiner von ihnen erklären, was genau geschehen war. Meister Vildar war von demselben seltsamen Gefühl überwältigt worden, das auch die Jedi vor dem Versammlungsgebäude der Synode heimgesucht und gelähmt hatte, und Tey litt an Gedächtnisverlust, nachdem er ein verbotenes Artefakt aus dem Jedi-Gewölbe benutzt hatte. Der uralte Sith-Kampfhandschuh hatte Vildar zwar das Leben gerettet, aber gleichzeitig Teys Kurzzeitgedächtnis gelöscht, sodass er nur noch vage, lückenhafte Eindrücke von Meisterin Leebons letzten Augenblicken hatte.

Nun war die Gefahr gebannt, und das Relikt, auf das es der Herold abgesehen hatte, war in die Obhut von Archivar Oranalli und den Jüngern der Whills übergeben worden. Tey war mit einem Sitz im Rat der Synode belohnt worden, wo er nun jene vertrat, die nicht zu den großen Machtfraktionen gehörten. Matty hatte das sichere Gefühl, dass der Sephi und Vildar Freunde bleiben würden. Das hinderte Tey aber nicht daran, die Geduld von Mattys neuem Meister kontinuierlich auf die Probe zu stellen. Vildar tolerierte die Sticheleien meist mit einem trockenen Lächeln, aber das war nichts verglichen mit dem breiten Grinsen, das Tey nun aufsetzte, als Matty das Büro betrat.

„Matty!", rief er, dann sprang er vom Schreibtisch und schloss sie in die Arme. Tey umarmte jeden. Vermutlich hatte er sich das in seinem vorigen Leben angewöhnt, um besser an die Geldbörsen seiner Opfer heranzukommen, aber jetzt war er einmal mehr ein angesehener Bürger, und der ehemalige Wächter hatte gelobt, nie wieder das Gesetz zu brechen. Dennoch war Matty aufgefallen, dass Vildar nach Teys Umarmungen regelmäßig überprüfte, ob sein Lichtschwert noch an seinem Gürtel hing …

„Wenn du meiner Padawan jetzt wieder Raum zum Atmen geben würdest …“, sagte Vildar schließlich, und Tey trat mit einem Zwinkern von Matty zurück.

„Oh, wie *meisterhaft* er plötzlich ist“, kommentierte der Sephi, wobei er sich einmal mehr auf den Schreibtisch setzte, und diesmal ließ er sogar die Beine baumeln. „Dir ist es doch sicher auch schon aufgefallen, oder, Matty? Glaubst du, seine Autorität ist ihm zu Kopf gestiegen?“

„Ein Jedi interessiert sich nicht für persönliche Macht oder Ansehen …“, intonierte Oliviah Zeveron. Die braunhäutige Frau stand an der Seite des Raums, die Hände an ihrem Gürtel.

„Er sucht nur Wissen und Erleuchtung“, beendete Vildar Mac den Satz. Es war eine ältere Version des Jedi-Mantras, die Matty nur aus Geschichts-Holocrons kannte. „Aber ich habe Matty nicht hergerufen, um sie über den Kodex zu belehren.“ Er wandte den Kopf und lächelte seine Schülerin beinahe verlegen an; ihre neue Beziehung schien für ihn noch ebenso ungewohnt zu sein wie für Matty. „Danke, dass du so schnell gekommen bist.“

„Natürlich“, erwiderte sie, bevor sie zu Oliviah hinüberblickte. „Aber ich dachte, Ihr wärt inzwischen bereits auf halbem Wege in den Kern, Jedi Zeveron.“

„Das ist weiterhin der Plan“, erwiderte die Jedi.

„Zumindest offiziell“, fügte Tey an.

„Offiziell?“ Matty beugte sich vor. „Nun, jetzt bin ich neugierig. Was ist hier los?“

Vildar trat hinter den Schreibtisch und rückte zunächst den Datenblock gerade, den Tey verschoben hatte. Jemand anderen als Leebon auf dieser Seite des Tisches zu sehen, versetzte Matty einen kleinen Stich, aber sie blendete das Gefühl aus. Es gab offensichtlich wichtige Dinge zu besprechen.

Vildar aktivierte den Holoprojektor, der in das Marmorholz der

Tischplatte eingelassen war, und in der Luft darüber erschien das Bild einer Frau. Sie war hochgewachsen, mit einem fein geschnittenen Gesicht, das von drei welligen Linien geziert wurde. Ihre schlichte Robe wies sie als Mitglied des Pfades der Offenen Hand aus, aber Matty wusste bereits, wer sie war.

„Die Mutter“, murmelte sie, während sie an den Auftritt der Frau während der Friedensverhandlung zurückdachte. „Ihre Meisterin.“

„Ihre Prophetin“, korrigierte Vildar. „Oder Schamanin. Was das angeht, sind wir noch nicht sicher. Aber so oder so, sie hat Jedha bereits verlassen und der Synode eine Nachricht geschickt.“

Ein weiterer Knopfdruck ließ das Hologramm zum Leben erwachen. Leichtes Rauschen untermalte die musikalische Stimme der Mutter, als sie zu sprechen begann.

„Meine Brüder und Schwestern in der Macht“, sagte sie mit einem gutmütigen Lächeln, „ich bedaure, dass ich nicht persönlich zu euch sprechen kann. Ich melde mich von der Brücke unseres Schiffes, der *Gaze Electric*. Unglücklicherweise wurde ich durch die Gewalt auf Jedhas Straßen gezwungen, mich hierher zurückzuziehen. Dass ich eine derartige Verwüstung an einem heiligen Ort miterleben musste, betrübt mein Herz. Aber das ist nichts, verglichen mit der schockierenden Meldung, dass ein Mitglied des Pfades, mein eigener Herold, an dem Aufstand in unserer großen Stadt beteiligt gewesen sein soll. Tatsächlich soll er die Flammen der Gewalt nicht nur angefacht, sondern sie überhaupt erst entzündet haben.

Bitte, glaubt mir, wenn ich sage, dass wir nichts von seinen Plänen oder denen seiner Mitverschwörer wussten. Der Pfad kam im Frieden nach Jedha. Wir wollten unsere Botschaft verkünden – ein Geschenk der Wahrheit und der Liebe für jeden, der uns zuhört.

Werth Plouth hat uns verraten, indem er seine eigenen, egoistischen Ziele verfolgte. Der Pfad der Offenen Hand will nichts, als erleuchtetes Wissen ins Universum zu tragen – Plouth hingegen ging es offenbar darum, Hass und Chaos zu stiften und niederzureißen, was wir aufzubauen versuchen. Durch seine Taten hat er sein wahres Gesicht offenbart. Er ist kein Anhänger der Macht. Er wird von seiner eigenen Gier und seinem Machthunger geleitet. Er war eine Schlange inmitten unserer Herde, und wir bitten um Verzeihung für seine Taten, die wir rundheraus verurteilen. Sie widersprechen allem, woran wir glauben. Dass jemand, dem wir unsere Liebe entgegenbrachten, unser Vertrauen und unsere Freundschaft auf diese Weise verraten konnte, ist ein Schock. Meine Freunde, ich versichere euch, dass wir die Geschehnisse gründlich untersuchen werden, um sicherzustellen, dass unsere Gemeinschaft nie wieder von einer so bösartigen Präsenz unterwandert wird. Während ich hier zu euch spreche, bringen die Ältesten unsere Leute zu einem sicheren Ort, wo wir über unsere Fehler meditieren können. All jene, die möglicherweise Plouths Einfluss ausgesetzt waren, werden wir über seine infamen Ziele aufklären. Er befand sich offenbar nie auf demselben Pfad, den wir beschreiten.

Ich möchte euch bitten, uns die Zeit zuzugestehen, uns mit den Konsequenzen dieses schrecklichen Verrats auseinanderzusetzen. Als Zeichen unserer ehrlichen Motive – und um zu zeigen, dass wir uns unserer Rolle bei dieser Katastrophe bewusst sind – wird der Pfad der Offenen Hand eine Million Zukkel für den Wiederaufbau der Heiligen Stadt bereitstellen."

Matt blickte zu Tey hinüber. Jedi hatten keine Verwendung für Geld, aber sogar sie wusste, was für eine astronomische Summe das war.

„Und sollte Plouth diese Botschaft hören, so will ich ihm sagen …"

An dieser Stelle hielt die Mutter inne. Ihre Stimme bebte vor Emotion, und auch ihre Hand zitterte leicht, als sie sie vor ihre Lippen hob. Dann fuhr sie fort:

„Plouth haben wir dies zu sagen: Werth, du weißt, was du

getan hast. Um unser aller willen – um der Macht willen – beschwöre ich dich, die Verantwortung für deine Taten zu übernehmen und die Bestrafung zu akzeptieren, die die Bewohner von Jedha für angebracht halten. Was immer dich erwartet, du hast es dir selbst zuzuschreiben. Du allein. Zeige den Gläubigen von Jedha … zeige der Galaxis, dass du tief in deinem Herzen noch immer ein guter Mann bist. Ein guter *Vater*. Zeige, dass du deine Fehler anerkennst und dass du sie bereust."

Doch der Blick, den Plouth ihr in seiner Zelle zugeworfen hatte, ließ Matty daran zweifeln, dass er Reue zeigen würde.

„Ich hoffe, dass Jedha uns eines Tages vergeben wird", sagte die Mutter, „und dass wir wieder auf den Straßen der Heiligen Stadt willkommen geheißen werden, um unser Werk fortzusetzen. Bis dahin wünsche ich euch allen Frieden und Harmonie. Die Macht wird frei sein."

Nach einem letzten Lächeln löste sich das Hologramm der Mutter auf, und Stille machte sich im Raum breit – bis Matty mit einem lauten Pfiff das Schweigen brach.

„Eine Million Zukkel? Das ist viel Geld, egal, in welcher Währung. Meint sie das wirklich ernst?"

„Es scheint ganz so", sagte Vildar. „Das Geld wurde bereits überwiesen."

„Auf wessen Konto?"

„Auf das der Synode", antwortete Oliviah. „Mit dem Versprechen, dass der Pfad noch mehr Mittel zur Verfügung stellen wird."

Matty strich ihre Lekku zurück. Jeder, der sie kannte, wusste, was das bedeutete: Ihre Gedanken rasten. „Aber … woher hat eine Organisation wie der Pfad der Offenen Hand so viel Geld? Die meisten Hutten würden morden, um eine Million Zukkel in ihre Schatzkammer zu bekommen."

„Und viele haben es auch schon getan", kommentierte Vildar. „Die Republik hat …"

„Herumgeschnüffelt", warf Tey ein.

„*Nachforschungen angestellt*", betonte Vildar in diplomatischem Tonfall, „und herausgefunden, dass der Pfad während der letzten Jahre einige überaus wohlhabende Anhänger gewonnen hat. Ihre Mutter kann offensichtlich sehr ... überzeugend sein."

„Sie schien ihre Worte ernst zu meinen", musste Matty zugeben. „Was geschehen ist, war offensichtlich nicht der Eindruck, den sie hinterlassen wollte, nachdem sie ihre Gruppe hierhergeführt hat, den ganzen weiten Weg von ..." Sie zögerte, als ihr klar wurde, dass sie so gut wie nichts über die Wurzeln des Pfades wusste.

„Von Dalna", schaltete sich Oliviah ein. Sie beugte sich neben Vildars Schulter vor, um die Kontrollen des Holoprojektors zu bedienen. Diesmal tauchte ein friedlich aussehender Planet über dem Schreibtisch auf. „Eine kleine Welt am Rand der galaktischen Grenzregion, im Orbit um zwei Zwillingssonnen."

„Von dieser Welt habe ich noch nie gehört", gestand Matty.

„Das haben die wenigsten." Vildar deaktivierte den Projektor. „Und noch weniger haben ihn besucht. Aber ich höre, dass die Wasserfälle wirklich spektakulär sein sollen. Vielleicht kannst du mir ja mehr darüber erzählen, wenn du von dort zurückkehrst."

„Ich?" Matty blickte verwirrt von einem Jedi zum nächsten. War das ihr Ernst?

„Wie du weißt", sagte der Kiffar, während er über seinen Bart strich, „soll Jedi Zeveron nach Coruscant zurückkehren, um sich von den traumatischen Erlebnissen in der Wüste zu erholen ..."

Neben ihm legte Oliviah die Hand auf die Stelle, wo der Herold sie mit ihrem eigenen Lichtschwert durchbohrt hatte. Inzwischen war die Wunde unter ihrer Robe sicher mit Kolto-infundiertem Synthfleisch verschlossen. „Was ich auch tun werde", erklärte sie. „Zu gegebener Zeit."

„Zu gegebener Zeit?", wiederholte Matty. Sie hatte so viele Fragen.

„Oliviah wird auf dem Weg in den Kern einen kleinen Umweg machen", klärte Vildar sie auf.

„Einen Schlenker an die Grenzregion“, hängte Tey an, ein ansteckendes Grinsen auf den Zügen.

„Nach Dalna?“

Oliviah nickte. „Und Vildar möchte, dass du mich begleitest.“

„Ich?“ Mattys Gedanken überschlugen sich. „Wieso?“

„Weil er dir vertraut“, antwortete Tey gut gelaunt.

„Wir *alle* vertrauen dir“, betonte Vildar.

Mattys Wangen brannten, aber sie wusste noch immer nicht, was Oliviah überhaupt auf Dalna wollte. Bevor sie die Frage stellen konnte, lieferte Tey auf seine eigene, unnachahmliche Weise bereits die Antwort.

„Sie hat ein mieses Gefühl bei dieser Mutter und ihrem Kult.“

„Sie sind nicht unbedingt ein Kult“, warf Vildar ein, was dem Sephi ein abfälliges Schnauben entlockte.

„*Natürlich* sind sie ein Kult.“ Tey begann, die Argumente an seinen Fingern abzuzählen. „Die Roben, die Rhetorik, die krakeligen Linien auf ihren Gesichtern …“

„*Ich* habe auch Linien auf meinem Gesicht“, erinnerte ihn der Kiffar.

„Und du, mein zugeknöpfter Freund, gehörst zum größten Kult der Galaxis. Ihr alle drei. Nehmt's mir nicht übel.“

„Und wenn ich es doch tue?“ Vildar verschränkte die muskulösen Arme vor der Brust, aber Matty vermutete, dass seine gereizte Reaktion nur ein Teil ihres ständigen freundschaftlichen Gezänks war. Bei den beiden konnte man nie ganz sicher sein, was ernst gemeint war und was nicht.

„So ein großer Jedi und doch so empfindlich“, konterte Tey, ohne dass sein Grinsen auch nur einen Moment ins Wanken geriet. „Musst du jetzt in deine Robe schniefen, Weltraumzauberer?“

Das rang Vildar ein Schmunzeln ab. „Du wünschst dir doch bloß, du hättest selbst so eine Robe, du unverbesserlicher Lepi.“

Tey riss die Hände vor die Brust, als hätten ihm die Worte das Herz gebrochen.

„Oh, *Lepi* … wegen der Ohren … wie geistreich. Aber verkneif dir den Spruch besser, wenn du das nächste Mal auf Coachelle Prime bist, sonst schieben sie dir eine Weltraumkarotte in deinen …"

Oliviah verschränkte ebenfalls die Arme, aber im Gegensatz zu Vildar täuschte sie ihre Frustration nicht nur vor. „Seid ihr beiden jetzt fertig?"

Tey tat die harschen Worte mit einem Schulterzucken ab und zwinkerte Matty zu. „Nicht mal ansatzweise, aber ich verstehe schon. Zeit ist Geld, und das Schicksal der Galaxis steht auf dem Spiel."

„Das wissen wir noch nicht", entgegnete Vildar hastig. „Im Moment ist es nur ein Gefühl. Eine … Ahnung …"

„Ein kleiner Schubser der Macht", fügte Tey hinzu. „Und nun wollt ihr eure hübschen Nasen um der Galaxis willen in fremde Angelegenheiten stecken."

„Nennen Sie meine Nase noch einmal hübsch, und ich breche Ihnen Ihre", drohte Oliviah, was Tey aber nur noch mehr zu amüsieren schien.

„Ha! Das ist aber nicht sehr jedihaft von Euch! Ich färbe wohl auf Euch ab – und gerade rechtzeitig. Ein wenig gesunder Sephi-Verstand kann nicht schaden, wenn Ihr auf Dalna hinter dem Pfad herschnüffelt."

„Was, wenn wir etwas finden?", fragte Matty.

„Dann kehrt Ihr hierher zurück", erklärte Meister Vildar, „und wir überlegen uns einen Plan."

„Der vermutlich auf Lichtschwerter und Machtmanöver hinausläuft", sagte Tey.

„Nur als letztes Mittel", entgegnete Vildar.

„Dann habt ihr aber nicht viele Mittel. Wenn ich nur daran denke, wie viele Leute du schon durch die Luft gewirbelt hast …"

„Gleich wird es einer mehr werden."

„Also gut." Matty hob die Hände, bevor die beiden weiterzanken konnten. „Gut."

„Du kommst also mit?“, fragte Oliviah. „Obwohl die Mission strikt inoffiziell ist?“

„Wenn mein Meister damit einverstanden ist, habe ich auch nichts einzuwenden“, erwiderte Matty mit einem Blick in Vildars Richtung.

„Es wäre mir lieber, wenn Jedi Zeveron nicht allein geht“, sagte er mit einem Lächeln.

„Jetzt braucht ihr nur noch ein Schiff.“ Tey klatschte in die Hände und sprang wieder vom Schreibtisch. „Und ich kenne genau den richtigen Hoopaloo, der euch eins besorgen kann.“

„Heißt das, wir nehmen nicht Meisterin Leebons Shuttle?“, fragte Matty, nur um sich sofort zu korrigieren. „Verzeiht, ich meinte natürlich *Euer* Shuttle, Meister.“

„Wie Oliviah schon sagte, das ist kein offizieller Besuch“, erklärte Vildar. „Wir müssen unbemerkt bleiben, wenn wir mehr über die Gruppe herausfinden wollen.“

„Dann auf zu meinem Freund, dem Hoop“, rief Tey mit einer auffordernden Handbewegung. „Ihr werdet ihn lieben. Wunderschönes Gefieder. Aber überlasst besser mir das Reden. Der alte Strat kann selbst im Schlaf feilschen.“

Oliviah folgte dem Sephi aus dem Büro, wobei sie klarstellte, dass sie ihm ganz sicher *nicht* das Reden überlassen würde. Der ehemalige Wächter begann natürlich prompt zu protestieren – bis er merkte, dass Oliviah nicht länger neben ihm ging; sie war stehen geblieben, um über die Schulter zurückzublicken.

„Kommst du, Matty?“

Die Padawan wollte schon loseilen, aber Vildar hielt sie mit einem Blick zurück. „Ich würde gerne noch kurz mit meiner Schülerin sprechen.“

Oliviah neigte den Kopf. „Natürlich. Ich gehe schon mal vor, damit Tey uns nicht zufällig ein gestohlenes Schiff besorgt.“

„Ist es wirklich ein gestohlenes Schiff, wenn wir dafür bezahlen?“, konterte Tey mit einem strahlenden Lächeln. Dann schloss sich die Tür hinter den beiden.

„Meister?“, fragte Matty. Sie spürte, dass er keine Zeit verlieren wollte, jetzt, da sie allein waren.

Er blickte sie nachdenklich an und stützte die Arme auf den Schreibtisch. „Du kennst Jedi Zeveron schon seit einer ganzen Weile. Länger als ich jedenfalls.“

„Oliviah? Ja. Sie ist … toll.“

„Ich weiß, das sehe ich auch so.“

Man musste kein Jedi sein, um zu spüren, dass da gleich ein *Aber* folgen würde.

„Ihr macht Euch ihretwegen Sorgen?“

Vildar nickte. „Ich bin sicher, es ist halb so schlimm. Ich glaube Oliviah, dass sie eine ungute Ahnung hat, was den Pfad betrifft, aber …“

„Ihr glaubt, dass sie uns nicht alles erzählt hat.“

Der ältere Mann lächelte. „Du bist eine sehr scharfsinnige Padawan.“

„Ich habe von den Besten gelernt“, erwiderte Matty mit einem Grinsen, das aber rasch wieder einem besorgten Gesichtsausdruck wich. „Glaubt Ihr, Oliviah lässt sich von …“ Sie wagte es nicht, den Satz zu beenden.

„Sich von falschen Motiven leiten? Nein, das tue ich nicht. Oder zumindest hoffe ich es. Aber sie hält etwas zurück, vielleicht nur vor uns, vielleicht auch vor sich selbst, und ich weiß, wie schädlich so etwas sein kann. Nach allem, was geschehen ist … nach Leebons Tod …“ Er verstummte, dann sprach er weiter. „Ich möchte, dass du für sie da bist, Matty. Ich bitte dich nicht, sie zu überwachen oder dafür zu sorgen, dass sie keine Dummheiten macht, nur …“

„Als ob ich das könnte. Sie hat einen eisernen Willen. Wenn sie sich etwas in den Kopf setzt, kann nichts und niemand sie davon abbringen.“

„Nicht einmal ein Lichtschwert durch den Bauch“, murmelte Vildar. „Aber wenn ich hier auf Jedha eines gelernt habe … wenn du und Tey mir eines gezeigt haben … dann, dass es nie gut endet, wenn man Geheimnisse hat, vor allem vor sich selbst. Wir sind Jedi. Wir sind immer stärker, wenn wir zusammenarbeiten", sagte er.

„Miteinander und mit der Macht", hängte Matty an, was ihrem Meister ein weiteres Lächeln entlockte.

„Ja. Mit der Macht."

9. KAPITEL

Es brachte viele Vorteile mit sich, eines der Kinder der Mutter zu sein. Zum Beispiel die Freiheit, Dalna verlassen und nach Machtartefakten suchen zu können, die förmlich darum bettelten, aus religiösen Archiven und privaten Sammlungen „befreit" zu werden. Oder dass man ein wenig auf Abstand gehen konnte, wenn einem die Rituale auf die Nerven gingen. Und Yana gingen sie in letzter Zeit ziemlich auf die Nerven.

Für sie persönlich war der größte Vorteil aber gewesen, dass sie während ihrer Missionen Zeit mit Kor hatte verbringen können. Nur sie beide, während sie den Körper der jeweils anderen erforschten, die Gerüche der jeweils anderen einatmeten. Es war nicht nur der Sex – obwohl der natürlich unglaublich gewesen war –, sondern das Gefühl des Zusammengehörens. Sich perfekt mit jemandem zu ergänzen, der ganz anders war als man selbst. Auf der einen Seite Kor, die ihre Familie liebte und so gern lächelte, auf der anderen Seite Yana, die ihre Vergangenheit am liebsten vergessen würde und die alles unnötig verkomplizierte.

Seit ihrer ersten Begegnung hatten sie sich zueinander hingezogen gefühlt. Es mochte wie ein Klischee klingen, aber es stimmte. Yana konnte sich noch genau an den Moment erinnern, als sie Kor das erste Mal gesehen hatte. An das erste Mal, als ihr der Atem gestockt hatte. Damals war alles noch ganz anders gewesen. Yana und Marda waren noch auf Dalna, die traumatischen Erinnerungen an ihre Flucht von Genetia ganz frisch und schmerzhaft in ihrem Gedächtnis. Marda hatte versucht, sich anzupassen und so viel wie möglich über den Pfad und seine Lehren zu lernen. Sie war so neugierig, sprang wie ein aufgeregter Welpe von einer neuen Erfahrung zur nächsten. Yana hingegen hielt alles und jeden auf Distanz. Es war nicht so, als wollte sie niemandem vertrauen – sie *konnte* es schlichtweg nicht. Wenn man andere an sich heranließ, machte man es ihnen nur leichter, einem ein Messer in den Rücken zu rammen. Sie hatte sich trotzdem die Robe einer Initiierten über ihren vernarbten Körper gezogen, aber nur weil sie keine Aufmerksamkeit auf sich lenken wollte. Es ging ihr nicht darum, sich anzupassen, sondern darum, leichter in der Menge untertauchen zu können. Stich nicht hervor. Mach dich nicht zu einem einfachen Ziel. Das war viele Jahre lang ihr Mantra gewesen, erst als Kind, dann als Jugendliche. Bis zu dem Tag, an dem sich alles änderte.

„Hallo."

Ein einziges Wort, mehr war nicht nötig. Yana saß gerade am Rand der Gruppe, während der Mond tief über den violetten Bergen Dalnas hing. Es war der Abend des Erntefestes – einer von vielen Feiern, die der Pfad zelebrierte.

Es gab ein Festmahl, und es wurde gesungen und getanzt und gelacht. In der Mitte des Lagers brannte ein gewaltiges Freudenfeuer, dessen knisternde Flammen zum klaren, sternenbesprenkelten Himmel hochzüngelten. Marda war wie üblich mitten im Getümmel und spielte mit den Kleinen; sie ritten auf ihr, als wäre sie ein Taurücken, und quiekten dabei vor Vergnügen. Die Musik wurde größtenteils auf Batangas und Mundharmonikas gespielt und war so laut, dass man sie vermutlich bis nach Ferdan hören konnte. Für Yana war es einfach nur Lärm. Sie hielt sich abseits der anderen und arbeitete an einem Fluchtplan. Würde sie sich in Ferdan an Bord eines abfliegenden Schiffes verstecken können? Und wie konnte sie Marda überzeugen, mit ihr zu kommen?

In diesem Moment ließ sich jemand neben ihr auf die Sitzbank plumpsen, und eine zierliche, aber überraschend kräftige grüne Hand hielt ihr eine Flasche mit Gnostrabeeren-Wein hin.

„Hallo“, sagte Kor.

„Hallo“, erwiderte Yana, weil sie nicht wusste, was sie sonst tun sollte.

„Ich dachte, du hast vielleicht Durst.“

Durst? Yanas Mund fühlte sich definitiv trocken an. Sie hatte Kor Plouth schon ein paarmal aus der Ferne gesehen. Jeder kannte sie, weil ihr Vater der Herold war, eine in jeder Hinsicht einschüchternde Erscheinung. Doch auch wenn er ein absoluter Niemand gewesen wäre, wäre seine Tochter Yana aufgefallen. Sie war die hübscheste Person, die sie in ihrem ganzen Leben gesehen hatte: ihre langen, sinnlichen Kopftentakel, ihre makellose grüne Haut. Selbst während Yana ihre Flucht geplant hatte, waren immer wieder ungebeten Fantasien in ihr hochgestiegen. Wie sie sich mitten in der Nacht davonschlich, nur um von einer Hand zurückgehalten zu werden. Wie sie herumwirbelte und sich Kor gegenübersah, ihr Mund nur ein paar Zentimeter von den Lippen der jungen Nautolanerin entfernt. Wie ihr der Atem stockte, als Kor sagte, dass sie nicht gehen durfte.

Und jetzt, nach all diesen Tagträumereien, saß Kor direkt neben ihr und hielt ihr eine Flasche Wein hin.

Yana schüttelte den Kopf und starrte ins Feuer. „Nein danke.“

„Wie du meinst.“

Es war unglaublich schwer, sich auf die Flammen zu konzentrieren. Sie konnte hören, wie die Nautolanerin neben ihr einen Schluck Wein nahm, und sie stellte sich vor, wie Kor den Kopf nach hinten neigte, wie die Tentakel auf ihren Rücken hinabfielen …

Sie stand auf und murmelte: „Ich sollte gehen.“

„Wohin?“

„Was?“

„Wo gehst du hin? Willst du nicht ein wenig Gesellschaft?“

Yana senkte den Kopf und sah, wie Kor mit diesen wunderschönen, unergründlichen Augen zu ihr aufblickte, ihre Lippen geteilt und vom Wein feucht glänzend.

„I-ich weiß nicht", stotterte sie. „Ich … ich kann nicht so gut mit Leuten."

Ein Lächeln breitete sich auf Kors Zügen aus. „Dann kenne ich den perfekten Platz."

Sie führte Yana zu dem alten Torinda-Baum auf der anderen Seite des Lagers – jenem Baum, den Yana an ihrem ersten Tag auf Dalna entdeckt hatte und den sie seitdem tausendmal hochgeklettert war, wenn sie allein hatte sein wollen.

„Das ist mein Lieblingsort", erzählte ihr Kor.

„Meiner auch", sagte Yana.

Sie kletterten gemeinsam nach oben und leerten lachend die Flasche. Von jenem Moment an waren sie beste Freundinnen. Es war nun nicht mehr Yanas Baum, sondern *ihr* Baum. Hier küssten sie sich auch zum ersten Mal, ein Jahr nach jenem schicksalhaften ersten Abend. Und hierhin zog Yana sich zurück, als sie herausfand, dass sie Kor nie wieder küssen würde …

Sie stellte ihr Glas auf dem Tresen ab.

„Noch einen?", fragte der insektoide Wirt, der mit zweien seiner sieben Arme einen Krug abwischte.

Ich dachte, du hast vielleicht Durst.

Kor starrte sie über die Schulter des Villarandi hinweg aus dem Spiegel hinter der Bar an. Ihre einst schwarzen Augen waren milchig und blicklos.

„Nein." Yana schüttelte den Kopf.

Nein danke.

„Wie du meinst", sagte der Schankwirt und stellte den nun wieder sauberen Krug auf die Bar. „Entspann dich. Häng deinen Gedanken nach. Tu, was immer du willst. Und wenn du was bestellen möchtest, ruf einfach nach Kradon, dann kommt Kradon."

Damit wandte sich der Villarandi einem großen Sullustaner zu, der drei Hocker entfernt saß, und bot ihm ein weiteres Glas Retsa an. Der Sullustaner, offensichtlich ein Stammgast, bestellte gleich zwei.

Yana blickte nach links und rechts, praktisch überallhin, nur nicht in den Spiegel. Dieses Etablissement – es trug den Namen *Die Erleuchtung* – ähnelte einem Katastrophengebiet. Wie fast überall in der Stadt schien auch hier Gewalt ausgebrochen zu sein: Da waren frische Blasterspuren an den ohnehin schon schartigen Wänden, und die einst prachtvollen Tapisserien hingen in verkohlten Fetzen von der Decke. Die Türen waren ausgetauscht worden; den zusammengekehrten Holzsplittern in der Ecke nach zu urteilen, hatte irgendjemand den ursprünglichen Eingang in die Luft gesprengt. Yana hatte zudem das Gefühl, dass der Schankraum mindestens doppelt so viele Tische beherbergen sollte. Und der Musikdroide, der neben dem zerstörten Novakrone-Spielbrett auf dem Boden lag, würde ganz sicher nie wieder eine Note von sich geben.

Doch zumindest war *Die Erleuchtung* geöffnet, und die stämmigen Gloovanerinnen an der Tür würden dafür sorgen, dass es hier drinnen keinen Ärger gab. Yana zweifelte jedenfalls nicht daran, dass die beiden jeden Störenfried ohne Zögern auf die Straße werfen würden, auch wenn eine von ihnen einen Magnaverband um ihren linken Arm trug.

Kradon war höflich gewesen, aber Yana wollte sich nicht betrinken. Sie brauchte nur einen Ort, wo sie ungestört nachdenken konnte, und in Jedha gab es leider keine Torinda-Bäume.

Schließlich wagte sie es doch, in den Spiegel zu blicken, aber Kor war nicht länger dort. Gut. Sie musste ihre nächsten Schritte planen. Alles war aus dem Ruder gelaufen. Nicht nur, dass die Mutter sie mitten in einer Kriegszone zurückgelassen hatte. Nein, sie hatte das Messer auch noch in der Wunde herumdrehen müssen. Ihre Nachricht von der *Gaze Electric* wurde auf jedem HoloNetz-Kanal gezeigt. Nun gut, zumindest auf denen, deren Signal bis nach Jedha reichte. Yana hatte ungläubig mitanhören müssen, wie die Mutter Werth Plouth den Wölfen zum Fraß vorwarf.

Natürlich hatten die Bewohner dieses von der Leere verlassenen Staubballs die Lügen bereitwillig geschluckt. Die diversen Gruppierungen – sowohl die weltlichen als auch die religiösen – hatten bereits verzweifelt nach einem Sündenbock gesucht, damit sie jegliche Mitschuld von sich weisen konnten.

Wir hatten nichts damit zu tun. Es war der Aufrührer mit den abgeschnittenen Kopftentakeln. Der Verräter an seiner eigenen Sache. Der Radikale.

Aber was immer die Mutter auch geplant hatte, ganz blütenrein stand der Pfad der Offenen Hand trotzdem nicht da. Es gab mehr als genug Leute hier, die sie alle über denselben Kamm scherten. Yana hatte mitbekommen, wie zwei Hafenarbeiter an einem Tisch hinter ihr darüber debattiert hatten, was sie tun würden, wenn sie einen dieser „verlogenen Kultisten" in die Finger bekämen. Die Macht mochte frei sein, aber Jedha war ein gefährliches Pflaster für Anhänger des Pfades, und daran konnte auch Elecias großzügige Spende an die Synode nichts ändern.

In Zeiten wie diesen kam es nämlich auf die einfachen Leute an, und die wollten Blut sehen. Yana war dankbar, dass sie nicht ihre Robe trug. Mit den beiden Hafenarbeitern konnte sie vielleicht fertigwerden, wäre aber bekannt geworden, dass ein Mitglied des Pfades in einer kleinen Bar über einem leeren Glas brütete, wäre hier ein wütender Mob aufgekreuzt. Evereni hatten natürlich Erfahrung mit wütenden Mobs, aber das bedeutete nicht, dass sie Ärger wollte.

Aber was wollte sie *dann*? Als die Mutter dem Herold in den Rücken gefallen war, hatte sie sich praktisch auch von Yana abgewandt. Und Marda wurde mit jedem Tag mehr zu einer verblendeten Fanatikerin.

„Das ist deine Gelegenheit, alles hinter dir zu lassen", sagte Kors Stimme. „Fang noch mal von vorne an. Such dir einen neuen Torinda-Baum."

„Aber was ist mit deinem Vater?", wisperte Yana leise.

Auf der anderen Seite der Bar zuckten Kradons Fühler, und er stakste herbei.

„Wenn Kradon dir keinen Drink anbieten kann, was kann Kradon dann für dich tun?"

Sie seufzte, schob das Glas von sich und stand auf. „Nichts, danke. Ich gehe jetzt lieber."

„Kradon könnte dir etwas zu essen bringen. Unser Koch ist leider gestorben, aber Camille kann leckere Pfannkuchen zaubern, und ihre Zoochbeeren-Sahne ist köstlich."

Yana runzelte die Stirn. „Camille?"

Der Villarandi deutete auf eine der Gloovanerinnen neben der Tür. „Die jüngere der Sonnenschein-Schwestern. Die Hübsche."

„Das nennst du *hübsch*?"

„Vorsicht", warnte Kradon, und in seinen vorstehenden Augen schimmerte es. „Ihr Gehör ist fast genauso scharf wie ihre Messer."

Yana klopfte auf die Bar und wandte sich zum Gehen. „Nicht mehr nötig, Kradon. Auf Wiedersehen!"

„Warte", sagte das Insektenwesen. „Wenn du keinen Pfannkuchen willst, wie wäre es dann mit einer Partie Flikflak?" Er beugte sich vor. „Oder ein paar Informationen?"

Yana hielt inne. Sie blickte zu den Sonnenschein-Schwestern hinüber – was für ein ironischer Name – und fragte sich, welche der beiden wohl Camille war. Als sie sich wieder der Bar zuwandte, wartete Kradon noch immer geduldig auf eine Antwort.

„Geh einfach", drängte Kors Stimme wie aus weiter Ferne. „Lass dich auf nichts ein."

Yana setzte sich wieder auf ihren Hocker.

„Was für Informationen denn? Die Art, der man trauen kann? Oder die Art, bei der man zwei Wochen später mit einem Messer im Rücken auf einer Müllhalde gefunden wird?"

„Oh, Informationen bringen einen nicht um. Nur was man damit anfängt. Kradon ist ein bescheidener Wirt. Kradon gibt den Leuten, was sie brauchen."

„Für den richtigen Preis, nehme ich an."

„Oder im Gegenzug für einen Gefallen. Kradon sammelt Gefallen."

„Und wenn der richtige Moment gekommen ist, forderst du sie ein."

Das Insektenwesen zog die Schultern hoch. „Was sollte man sonst damit tun? Sie in einem Album aufbewahren so wie die Sonnenschein-Zwillinge ihre Urlaubsbilder?"

Yana beugte sich vor. „Ich mag es nicht, anderen etwas schuldig zu sein."

Ein weiteres Schulterzucken. „Dann eben eine Runde Flikflak. Leider weiß Kradon nicht, ob wir noch alle Figuren haben."

„Dann besorg ich dir ein neues Set", schlug Yana vor. „Würden wir so vielleicht ins Geschäft kommen?"

Der Wirt klackte mit der Zunge. „Die Idee gefällt Kradon. Aber je nachdem, wie wertvoll die Information ist, die Kradon dir bietet, wirst du ihm mehr als nur ein Figurenset bringen müssen."

Yana musterte den Villarandi. Konnte sie dem seltsamen kleinen Wesen trauen, oder machte sie gerade den größten Fehler ihres Lebens?

„Ja", wisperte die Stimme in ihrem Kopf, „genau das machst du."

Aber ihre Entscheidung stand fest.

„Dann sag mal, Kradon", begann Yana, wobei sie sich noch ein Stück weiter vorbeugte. „Ist *Die Erleuchtung* die Art Bar, in der ein Mädchen wie ich herausfinden könnte, wo ein ganz bestimmter Gefangener festgehalten wird?"

10. KAPITEL

„Kannst du mir helfen?"

Bokana wirbelte herum, und seine Zwillingsklingen glitzerten im Lampenschein des Zimmers, das ihm die Mutter für seine morgendlichen Übungen zur Verfügung gestellt hatte.

„Ich hab dich gar nicht gesehen", sagte er. Schweiß glänzte auf seiner olivgrünen Haut.

Marda bedauerte, nicht angeklopft oder sich zumindest geräuspert zu haben, als sie hereingekommen war. „Tut mir leid, falls ich dich erschreckt habe."

„Hast du nicht", erklärte er, nur um sich dann zu korrigieren. „Na ja, irgendwie schon. Ich war ..."

„Konzentriert, ich weiß."

Verdammt, das klang ja, als hätte sie ihn schon stundenlang beobachtet, obwohl sie nur ein paar Minuten am Eingang gestanden war, während der Ovissianer seine Dolche mit perfekt einstudierten Bewegungen durch die Luft geschwungen hatte.

Falls Bokana nervös war, ließ er es sich nicht anmerken. Er ging zu einer Sitzbank, um die Klingen dort in ihre mit Fell gefütterten Hüllen zurückzustecken und sich mit einem Handtuch den Schweiß von der Stirn und der nackten Brust zu wischen.

„Ich konnte es nicht glauben, als ich die hier in der Waffenkammer sah", sagte er. „Ich weiß nicht, was mich mehr überrascht hat: dass die *Gaze Electric* überhaupt eine Waffenkammer hat oder dass darin ein Paar Katachi-Klingen aufbewahrt wurde." Seine Haut glänzte noch immer, als er den Kopf hob. „Sieht aus, als wärst du selbst auch schon dort gewesen."

Mardas Mund fühlte sich mit einem Mal staubtrocken an, und

sie befeuchtete sich die Lippen mit der Zungenspitze. „Meine Cousine hat sie mir auf dem Weg nach Jedha gegeben", sagte sie leise, während sie die Hände an die Enden der hölzernen Kampfstäbe legte.

„Yana", brummte er, einen mitfühlenden Ausdruck in den Augen. „Ich habe gehört, dass ... Viele glauben, dass ..."

„Dass sie tot ist", beendete Marda den Satz für ihn. Sie schaffte es sogar, ihre Stimme dabei ruhig zu halten.

„Es tut mir leid. Wirklich. Hätte ich das gewusst, als ich geholfen habe, ihr den Stab abzunehmen ..."

Marda unterbrach ihn. „Sie kannte die Risiken", erklärte sie in hartem Ton, auch wenn ihr die Worte fast im Hals stecken blieben.

„Sie war tapfer", erwiderte Bokana. „Darin sind sich alle einig."

Marda versuchte, den leisen Stich des Neids zu ignorieren. „Du hast mit den anderen über sie geredet."

„Über sie ... und über dich." Ein verlegenes Lächeln verzog seine breiten Lippen, und Marda hatte das Gefühl, als wäre der Raum um sie herum plötzlich zusammengeschrumpft.

„Ich bin noch nie einer Evereni begegnet", fuhr Bokana fort, wobei er das Handtuch zwischen seinen Händen knetete. „Ich habe Geschichten gehört ..."

„Da bin ich mir sicher."

„Aber ich hätte mir nie so jemanden wie dich vorgestellt", fügte der Ovissianer hastig hinzu. „Die Ältesten meinten, du wärst als Kind zum Pfad gekommen."

„Es ist lange her, ja. Wir konnten sonst nirgends hin."

„Das Gefühl kenne ich", brummte Bokana, dann warf er das Handtuch beiseite und streckte die Hand nach einem der Stäbe aus. „Darf ich?"

Sie reichte ihm die Waffe und beobachtete, wie er sie probeweise durch die Luft wirbelte. Anschließend nickte er anerkennend. „Shyrran-Holz von Kashyyyk. Seltener als Wroshyr, aber genauso hart."

„Es tut definitiv weh, wenn man getroffen wird." Marda schnitt eine Grimasse, weil sie an ihren letzten Übungskampf denken musste.

„Warum hast du mir geholfen?", fragte der Ovissianer unvermittelt. Er schloss die Hände fester um den Stab und blickte sie durchdringend an. „Als wir uns das erste Mal begegnet sind, meine ich. Ich war schon halb tot …"

„Du wurdest von einer ganzen Gruppe zusammengeschlagen", erinnerte sie ihn.

Bokana konzentrierte sich wieder auf die Waffe und strich mit dem Daumen über das Holz. „Früher wäre das kein Problem für mich gewesen."

Sie trat auf ihn zu. Der Geruch seines Schweißes war überraschend angenehm. „Warst du ein Krieger?"

Mit einem Schnauben blickte er wieder auf. „In gewisser Weise." Ein gequälter Ausdruck legte sich auf seine Züge, als hätte er Angst, dass sie den Respekt vor ihm verlieren könnte. „Ich habe mich anheuern lassen."

„Ein Söldner also."

Er nickte. „Ich bin immer dem Geld gefolgt, aber nach einer Weile …" Er brach ab und schluckte hart, während er ein unsichtbares Staubkorn von seinem Daumennagel wischte.

„Bokana?" Sie machte einen weiteren Schritt nach vorn und musste dem Drang widerstehen, ihre Hand auf seine Brust zu legen. Natürlich nur, um ihn zu trösten, redete sie sich ein. Nichts weiter.

„Es hat mich von innen heraus aufgezehrt." Seine Stimme klang belegt. „Mit jeder Schlacht, mit jeder Person, die ich getötet habe. Ich hab sogar im Krieg zwischen Eiram und E'ronoh gekämpft – für E'ronoh. Ich versuchte mir einzureden, ich würde an ihre Sache glauben, aber dadurch fühlte es sich nur noch schlimmer an. Stück für Stück verlor ich mich selbst. Alles, woran ich geglaubt hatte, löste sich in nichts auf."

„Du musst nicht darüber sprechen, wenn du nicht möchtest",

sagte sie sanft. Jetzt bereute sie es, nachgehakt zu haben, auch wenn sie die besten Absichten gehegt hatte.

„Nein." Der Ovissianer hüstelte leise. „Schon gut. Ich *will* darüber reden." Er klopfte mit dem Ende des Shyrran-Stabes auf den Boden; im Moment hätte er vermutlich alles getan, um ihr nicht in die Augen blicken zu müssen. „Da war diese Schlacht. Auf Eiram. Ich gehörte zu einer Söldnereinheit, die die königlichen Truppen unterstützte. Wir sollten eine Munitionsfabrik stürmen. Oder zumindest wurde uns das gesagt. Die erste Welle sprengte die Mauern und stürmte das Gebäude." Seine Stimme zitterte. „Sie waren überall."

Grauen ließ seine Augen schimmern, als er sich der Erinnerung stellte. Marda wartete, während er auf seiner Unterlippe herumkaute und den nötigen Mut sammelte, um weiterzusprechen.

„Familien, Marda. Zivilisten. Die Fabrik war in Wirklichkeit eine Unterkunft für Eirami, die ihr Zuhause verloren hatten. Sie hatten keine Chance, und sie schrien um Hilfe und bettelten um Gnade. Sie hatten solche Angst. Ich meine, wie hätten sie auch keine Angst haben können? Der Rest der Einheit feuerte einfach weiter, Salve um Salve. Aber ich konnte es nicht aushalten. Ich drehte mich um und rannte fort. Einer der e'ronischen Kommandanten hielt mich auf und schimpfte mich einen Deserteur. Ich erklärte ihm, was los war, aber er verlangte trotzdem, dass ich zurückgehe und meine Mission erfülle."

„Oh, Bokana", hauchte Marda. Nun streckte sie den Arm doch aus und legte ihre Handfläche auf seine muskulöse Brust. Die Haut unter ihren Fingern war mit zahllosen Narben übersät. „Es tut mir so leid."

Der Ovissianer atmete zittrig ein. „Dann zog der Kommandant seinen Blaster, aber ich schoss zuerst. Ich wartete nicht mal, bis er auf dem Boden landete. Ich rannte fort, und ich blieb erst stehen, als ich einen Transporter gefunden hatte, der nach Jedha flog. Ich kann mich nicht mal daran erinnern, einen Flugschein gekauft zu haben, aber es fühlte sich richtig an. Wenn es einen Ort gab, wo ich Antworten finden konnte …"

Dieses Gefühl konnte Marda nachvollziehen. Sie hatte selbst nach Antworten gesucht – und tat es immer noch.

„Und dann bist du dem Pfad begegnet", sagte sie, woraufhin Bokana nickte und sich mit dem Handrücken über die Augen wischte.

„Einige Mitglieder sprachen vor dem Armenhaus – über das Geschenk der Macht, über Harmonie und Frieden. Ehe ich michs versah, war ich auf Händen und Knien zusammengebrochen und heulte mir die Seele aus dem Leib." Er lachte verlegen. „Das war sicher ein erbärmlicher Anblick."

Sie hob die Hand zu seinem Gesicht und strich ihm über die Wange. „Kein Mitglied des Pfades würde so denken."

„Ja." Er wich nicht vor ihrer Berührung zurück. „Sie waren so gütig. Ich fühlte mich …" Bokana schluckte. „Ich fühlte mich, als hätte ich endlich ein Zuhause gefunden."

Marda lächelte traurig. Sie konnte nicht anders. Wie er über die Flüchtlinge gesprochen hatte. Mit welcher Wärme er die Begegnung vor dem Armenhaus beschrieb … Ihre Brust zog sich zusammen, als sie an die Schläger dachte, die ihn beinahe totgeprügelt hätten. Es machte sie wütend, dass jemand so grausam sein konnte, vor allem gegenüber einer gequälten Seele, die nur versuchte, zu sich selbst zu finden. Marda blickte tief in seine Augen, sah den Schmerz und die Trauer – und Bokana beugte sich zu ihren geteilten Lippen vor.

Nein. Sie wusste nicht, ob sie das Wort laut aussprach, während sie hastig einen Schritt nach hinten machte und ihre Hand zurückzog.

„Es tut mir leid", sagte Bokana hastig, aber sie hatte sich bereits von ihm abgewandt. Ihre Wangen brannten.

„Das war mein Fehler", murmelte sie mit heiserer Stimme. „Ich hatte keine Ahnung, was du durchgemacht hast. Ich hätte nie fragen sollen …"

Sie ging zur Tür, ohne daran zu denken, dass der Ovissianer noch immer ihren Kampfstab hatte.

„Wir alle haben Schlimmes durchgemacht", rief er ihr nach. „Und wir alle haben Narben. Wichtig ist nur, dass wir einander helfen. Aus freiem Willen und mit reinem Herzen."

Marda blieb stehen und drehte sich wieder um. Bokana hatte den Stab in Verteidigungshaltung erhoben und lächelte spielerisch. „Warum zeigst du mir nicht, was deine Cousine dir beigebracht hat?"

Während der ersten Lektion tat sie sich schwer, aber nicht wegen dem, was beinahe geschehen wäre, sondern weil Bokana sich kein bisschen zurückhielt. Er ging sofort in die Offensive, aber er machte ihr Mut, wann immer sie fiel, und hin und wieder lobte er sie sogar, wenn sie seine Verteidigung überwand und selbst einen Treffer landete.

Der zweite und der dritte Übungskampf verliefen nicht besser, aber nach dem vierten Mal freute sie sich allmählich auf die gemeinsame Zeit. Ihr Körper war jedes Mal mit blauen Flecken übersät, aber Bokana sagte, sie würde stetig Fortschritte machen, und es freute sie, dass er mit ihr zufrieden war. Jedes Kompliment ließ ihren Stolz und ihr Selbstvertrauen ein wenig anwachsen.

Aber genau da lag das Problem. Denn als sie nun im Speisesaal der *Gaze Electric* saß, an einem langen Tisch, verziert mit Schnitzereien der besten Handwerker des Pfades, spürte sie den Blick brennender Augen auf sich – Augen, die nichts im Reich der Lebenden zu suchen hatten.

Sie fühlte sich nicht auf dieselbe Weise zu Bokana hingezogen wie einst zu Kevmo, aber sie konnte nicht leugnen, dass da etwas war – etwas, das sie in gleichem Maße mit Nervenkitzel und Schuldgefühlen erfüllte.

„So groß scheinen deine Schuldgefühle aber gar nicht zu sein", kommentierte Kevmos tote Stimme hinter ihr.

Marda versuchte, die Worte auszublenden und sich auf das

zu konzentrieren, was sie mehr herbeisehnte als alles andere. Freiheit, Harmonie und Klarheit. Das war ihr größter Wunsch. Freiheit, Harmonie und …

„Marda?“

Sie zuckte zusammen, denn diese Stimme war nicht die eines Toten, sondern die einer Lebenden – auch wenn sie sehr, sehr müde klang.

„Oh, verzeih“, sagte die Älteste Jichora mit einem besorgten Ausdruck in ihren wässrigen Twi'lek-Augen. „Ich wollte dich nicht erschrecken.“

„Älteste?“ Marda schwang die Beine über die Bank und drehte sich zu ihr herum. „Ist alles in Ordnung?“

„Es geht um die Mutter“, erklärte sie. Ihre Stimme wurde zu einem Flüstern. „Komm bitte mit mir.“

Elecia lag auf einem Bett in ihrem Quartier. Ihr Gesicht war so bleich, dass Marda schon das Schlimmste befürchtete, als sie in die Kabine trat. War die Mutter womöglich gestorben, während sie sich in ihrem eigenen Elend gesuhlt hatte? Doch dann öffnete Elecia die Augen, und sie brachte ein müdes Lächeln zustande, als Jichora Marda neben das Bett führte. Oder zumindest in die Nähe des Bettes – der Platz an der Seite der Mutter wurde von dem Gleichmacher beansprucht. Die Kreatur knurrte leise zwischen ihren zuckenden Tentakeln.

„Nein, mein Lieber.“ Die Mutter ließ ihre zitternde Hand von der Matratze rutschen, um ihren monströsen Beschützer zu besänftigen. „Lass sie näher heran. Es wird mir guttun, meine Führerin zu sehen.“

Der Gleichmacher rührte sich nicht.

„Mutter“, sagte Marda über den Kopf der Kreatur hinweg, „geht es Euch gut?“

„Offensichtlich geht es ihr nicht gut!“, brummte Jichora, während sie die Evereni auf die andere Seite des Bettes lotste. „Sie will sich nicht ausruhen und nicht schlafen.“

„Es gibt so viel zu tun." Elecia hob ihre Hand wieder, und Marda griff dankbar danach. Es fühlte sich an, als würde sie die Finger eines Skeletts halten. „Wir müssen uns auf unsere Rückkehr nach Dalna vorbereiten. Die anderen werden Fragen haben. Und die Bewohner von Ferdan …"

„Über die solltet Ihr Euch jetzt keine Gedanken machen", beschwor Marda sie. „Uns werden schon die richtigen Antworten einfallen, wenn es so weit ist."

Irgendwo in ihrem Hinterkopf lachte Kevmo spöttisch.

Die Mutter drückte kraftlos ihre Hand. „Die Macht wird mir Kraft schenken." Sie zog an Mardas Arm, um sich in eine sitzende Haltung aufzurichten. „Der Pfad muss seine Mutter sehen."

Auf der anderen Seite des Bettes erhob sich der Gleichmacher, was aussah, als würde ein Sandwal durch die Dünen von Tatooine brechen.

„Das ist nicht nötig", versicherte Jichora der Mutter. „Der Pfad kommt auch so zurecht."

„Das klingt fast, als würdet ihr mich nicht mehr brauchen", scherzte Elecia. Sie schob erst das eine Bein über den Bettrand, dann das andere.

„Sie ist zusammengebrochen", informierte die Älteste Marda. „Auf dem Weg in die Speisehalle."

„Ich hatte Hunger", verteidigte sich Elecia.

„Ihr wart erschöpft!"

„Kann ich Euch vielleicht etwas bringen?" Marda wusste, dass Jichora diese Diskussion mit Worten allein nicht gewinnen würde.

„Gib mir einfach deinen Arm", bat die Mutter, ohne auf ihre Frage einzugehen. Marda hielt ihr folgsam die Hand hin, und Elecia stützte sich auf sie, während sie aufstand. Nicht dass es da viel zu stützen gab. Es war, als würde die Mutter nur noch aus Haut und Knochen bestehen. Als würde sie vor ihrer aller Augen dahinschwinden.

„Siehst du?" Elecias Tonfall nahm wieder ein wenig von ihrer üblichen Selbstsicherheit an, als sie sich langsam von Marda durch die Kabine führen ließ. „Ich kann immer noch auf meinen eigenen Beinen stehen. Aber vielleicht habe ich mich wirklich übernommen, Jichora. Die Macht ..." Unvermittelt hielt sie inne und krallte ihre Finger in Mardas Arm. „Die Macht ..."

„Mutter?"

Elecias Körper versteifte sich, ihre Muskeln verkrampften, dann kippte sie wie ein gefällter Baum nach hinten.

Marda schrie erschrocken auf, als die Mutter auf dem Boden liegend unkontrolliert zu zucken begann. „Was ist los?"

„Und dich nennen sie die Führerin", schnaubte Jichora. Ihre Gelenke knirschten, als sie sich neben die Mutter kniete. „Hol Hilfe. Wir brauchen Dinube!"

„Natürlich!" Marda griff mit fahrigen Bewegungen nach der Tasche an ihrem Gürtel. Aber das Kommlink glitt zwischen ihren Fingern hindurch und zerbrach in zwei Hälften, als es auf dem Deck landete. Die Mutter warf sich noch immer von einer Seite auf die andere ...

„Um Aakaashs willen!", zischte Jichora. Sie fischte ihr eigenes Kommlink hervor und rief Hilfe.

Marda konnte nur auf Elecia starren. Die blutlosen Lippen der älteren Frau waren zurückgezogen, die zusammengepressten Zähne darunter rot verfärbt, weil sie sich in die Zungenspitze gebissen hatte. *Aufhören!*, wollte Marda schreien. *Bitte, aufhören!* So sollte es nicht sein. Das war nicht, was die Mutter ihnen versprochen hatte.

Die Tentakel des Gleichmachers zuckten unter seinen Kiefern, als Dinube durch die Tür stürmte, dicht gefolgt von den restlichen Ältesten.

Marda machte ihnen Platz, und sie drängten sich wie ein Haufen Kratzhennen um Elecias zuckenden Leib.

„Sie wird sterben", wisperte Kevmo in Mardas Ohr. „Sie wird sterben, und es ist deine Schuld."

„Nein!“, schrie Marda. Im selben Moment riss die Mutter die Augen auf und schnappte nach Atem.

„O der Macht sei Dank“, seufzte Jichora, während Elecia versuchte, sich aufzusetzen, und der Gleichmacher hinter ihnen auf und ab ging.

„Ihr hattet einen Anfall“, erklärte die Älteste Dinube. Sie sprach betont langsam und deutlich, als hätte sie Angst, die Mutter könnte nicht länger normales Basic verstehen. „Ihr müsst Euch jetzt wieder hinlegen.“

Die ausgezehrte Prophetin versuchte dennoch, sich weiter aufzurichten. „Nein“, krächzte sie, ihre Kehle offenbar staubtrocken. „Der Pfad braucht mich ...“

„*Wir* können den Pfad führen“, beharrte Jichora, wobei sie die Hand der Mutter packte. „Es geht Euch nicht gut. Ihr müsst Euch ausruhen.“

Elecia schob ihren Arm von sich. „Nein. Du verstehst nicht. Es war kein Anfall. Ich habe keine Anfälle.“

Mardas Mund klappte auf, als ihr schlagartig die Wahrheit klar wurde. „Es war die Macht.“ Sie ließ sich vor Elecia auf die Knie fallen und starrte ihr in die Augen. „Hat sie zu Euch gesprochen, Mutter?“

Noch immer kreidebleich, fuhr Elecia mit der Zunge über ihre Lippen, dann nickte sie. „Ja, Führerin. Die Macht hat mir gesagt, was wir tun müssen. Sie hat mir die wahre Bestimmung des Pfades gezeigt.“

11. KAPITEL

Schon vor den Unruhen waren die Straßen von Jedha ein gefährliches Pflaster gewesen. Die Gründe waren offensichtlich: Genau wie Kalimahr und Daclavian 3 hatte Jedha Pilger aus der gesamten Galaxis angezogen, ihre Herzen überquellend vor Hoffnung, ihre Taschen vor Credits. Die Naiveren unter ihnen wurden schnell Opfer „hilfsbereiter" Einheimischer, die sie mit Versprechungen von uralten Relikten oder vergessenen Schreinen lockten, wo noch immer Wunder geschehen sollten. Das einzige Wunder aber war, dass diese Pilger mit allen lebenswichtigen Organen aus dem Labyrinth schmutziger Gassen zurückkehrten. Das Blut der Leichtgläubigen rann schon seit Generationen durch die gepflasterten Straßen von Jedha, und es sah nicht so aus, als würde es in nächster Zeit versiegen. Yana hoffte, dass zumindest ein paar dieser treudummen Opfer in dem Nachleben ihrer Wahl gelandet waren. Nur weil sie selbst nicht an ein Leben nach dem Tod glaubte, bedeutete das nicht, dass es nicht doch existierte. Sie hatte sich schon in viel trivialeren Punkten getäuscht.

Worin sie sich aber nicht getäuscht hatte, war, dass Feric Oranalli ein stinkender Haufen Poodoo war. Der hellhäutige Dressellianer mit den verschlagenen Augen, der jedes Mal zu lügen schien, wenn er den Mund aufmachte, war vor Kurzem zum Oberarchivar des Kyber-Tempels ernannt worden. Bei ihrer ersten Begegnung war er aber noch ein niederer Assistent gewesen, der dem inzwischen verstorbenen Oberarchivar Zumeg unterstanden hatte. Dennoch hatte Yana sich seine Eigenheiten genau eingeprägt; man wusste schließlich nie, ob alles nach Plan laufen würde. Und in diesem Fall waren die Dinge *nicht* nach Plan gelaufen.

Trotz seines relativ hohen Amtes streifte Oranalli immer wieder durch dieselben Gassen, in denen über die Jahre hinweg so viele Pilger ihr Leben verloren hatten. Der Grund: Er hatte eine geradezu krankhafte Angst vor großen Mengen und hätte im Getümmel der Hauptstraßen vermutlich eine Panikattacke erlitten. Die Gassen waren zwar gefährlich, aber der Dressellianer kannte sie seit Jahren.

Alles, was Yana tun musste, war also, zu einem ganz bestimmten Zeitpunkt auf dem Dach einer ganz bestimmten Taverne zu warten, und der Archivar würde direkt unter ihr vorbeimarschieren, seine roten Roben, die ihn als Jünger der Whills auswiesen, unter einem schweren Mantel verborgen, der die gleiche Farbe hatte wie Oranallis tief liegende blaue Augen.

Oder zumindest war das ihr Plan.

Aber während NaJedha am kalten Winterhimmel tiefer sank, begann Yana sich allmählich zu fragen, ob ihre Informationen richtig waren und ob es nicht vielleicht besser wäre, dem Archivar irgendwo in der Nähe des Kyber-Tempels aufzulauern. Das Einzige, was bislang diese Gasse entlanggekommen war, war nämlich eine Familie von Kriechmäusen, die vor einem räudigen Felnox floh. Yana hatte Krämpfe in den Beinen, und sie war schon im Begriff aufzugeben, als der Klang von Schritten an ihre Ohren drang. Da war er, auf dem Heimweg nach einem langen Tag voller … nun, was immer ein Oberarchivar eben so tat. Yana wartete, bis er fast direkt unter ihr war, dann sprang sie lautlos vom Rand des Daches und landete weniger als einen Meter vor ihm. Der schrille Schrei, den der Dressellianer ausstieß, war ungemein befriedigend.

„Hallo, Feric."

„Yana Ro!", keuchte er. „Ich dachte …"

„Du dachtest, ich wäre schon längst fort, gemeinsam mit dem Rest des Pfades."

Eine Ader pulsierte an Oranallis lang gezogenem Schädel, während er sich nach allen Richtungen umblickte.

„Keine Sorge“, sagte sie, die Hände erhoben, um zu zeigen, dass sie leer waren. „Ich bin allein.“

„Ja“, flüsterte Kor in ihrem Ohr, „und genau deswegen solltest du schnellstmöglich von hier fort, so weit, wie du nur kannst.“

„W-was willst du?“, stammelte Oranalli, seinen Mantel eng um sich geschlungen.

„Ich höre, Ihr habt Besuch in Euren Arrestzellen. Einen gemeinsamen Bekannten von uns beiden.“

Der Dressellianer knirschte mit seinen ohnehin schon stumpfen Zähnen. „Muss das hier sein? Wenn uns jemand sieht ...“

„Könnte dieser Jemand die richtigen Rückschlüsse ziehen“, beendete Yana den Satz, „nämlich dass *du* dem Pfad geholfen hast, überall in der Stadt religiöse Artefakte zu stehlen. Ganz zu schweigen davon, dass du uns vor dem Erscheinen der Jedi gewarnt hast.“

„Schhht!“, zischte er. Er trat beschwörend vor, aber dann schien ihm aufzufallen, dass er sich damit in Reichweite ihrer Hände brachte, und er wich hastig wieder einen Schritt zurück.

„Entspann dich“, sagte sie. „Niemand ist hier. Genau deswegen nimmst du doch jeden Tag diese Route.“

„Woher kennst du meinen Nachhauseweg?“

„Ich weiß alles über die Leute, mit denen ich Geschäfte mache.“ Das war eine Lüge – oder zumindest eine Übertreibung –, aber es konnte nicht schaden, den Druck ein wenig zu erhöhen. „Zum Beispiel, dass du Däumchen drehst, während der Herold in eurem kyberummantelten Gefängnis verschimmelt.“

„Es ist nicht meine Schuld, dass ihr euch habt erwischen lassen“, verteidigte er sich. „*Ich* habe meinen Teil der Abmachung erfüllt und euch den Stab der Dämmerung auf dem Silbertablett präsentiert.“

„Wohl kaum. Wir mussten ein Dutzend Schreine plündern, bevor wir den richtigen fanden. Ich sollte dich gleich hier und jetzt umbringen.“

„Das wäre aber verdammt dumm“, schnaubte Oranalli. „Selbst für eine Evereni.“

Jetzt war Yana diejenige, die einen Schritt nach vorn machte.

„Was hast du gesagt?“, presste sie mit gefletschten Zähnen hervor.

„Ich habe ihn. Den Stab der Dämmerung“, erklärte der Dressellianer hastig. „Die Jedi haben ihn mir gegeben, damit ich darauf aufpasse.“

Yana konnte ihr Glück kaum fassen. Die Macht schien auf sie herabzulächeln. Wurde ja auch langsam Zeit.

„Wo ist er jetzt?“

Er schüttelte den Kopf. „Ich habe bereits zu viel gesagt.“

„Glaubst du?“

„Du kannst mich nicht einschüchtern.“

„Oh doch, ich kann. Aber das muss ich gar nicht. Denn, weißt du, *ich* habe noch lange nicht genug gesagt. Ein paar Worte an die falschen Leute würden schon ausreichen …“

„Ich dachte, du wolltest mich nicht einschüchtern!“

„Ich sagte, dass ich das nicht muss. Nicht, dass ich es nicht trotzdem könnte.“

Oranalli machte eine blitzschnelle Bewegung. Sein Mantel wogte, und einen Moment später hatte Yana die Mündung eines leicht zitternden Disruptors vor der Nase. Der Dressellianer starrte sie über den Lauf der Waffe hinweg an und versuchte, trotz seiner offensichtlichen Furcht ein Grinsen zustande zu bringen.

„Hast du wirklich geglaubt, ich würde diesen Weg nehmen, wenn ich mich nicht verteidigen könnte?“

Yana zögerte nicht, packte den Blaster und drehte ihn brutal herum. Den schmerzerfüllten Schrei des Archivars ignorierte sie geflissentlich, als sie ihm mindestens einen Finger brach.

„Und du hast wirklich geglaubt, ich würde dich nicht entwaffnen?“, stellte sie die Gegenfrage, während sie nun mit dem Disruptor auf Oranalli zielte. „Ich brauche den Stab, und ich muss den Herold sehen. In dieser Reihenfolge.“

„Das ist unmöglich", wimmerte der Dressellianer, während er seine verletzte Hand hielt. „Der Zugang zum Tempel ist verboten. Niemand außer den Jedi oder den Whills darf den Alten Schatten betreten."

Yana lächelte, um Oranalli zu zeigen, wie scharf ihre Zähne waren. „Dann ist es wohl Zeit, dass ich die Religion wechsle."

12. KAPITEL

Marda war sich nicht sicher gewesen, was für ein Empfang sie auf Dalna erwarten würde, aber vermutlich hätte sie damit rechnen sollen, dass der Sheriff von Ferdan auf dem Landeplatz stehen würde, als die Rampe des Shuttles auf den schlammigen Boden hinabsank. Der Sheriff war eine *Sie*, und sie hatte die Arme verschränkt und das Kinn entschlossen vorgereckt.

„So was, so was, so was", brummte Jinx Pickwick, und der Blick, mit dem sie Marda bedachte, hätte selbst eine Supernova gefrieren lassen. „Sieh mal einer an, wer da zurückgekrochen kommt. Ich war sicher, ihr wärt für immer verschwunden."

Ich auch, dachte Marda, während sie ihr diplomatischstes Lächeln aufsetzte. „Sheriff Pickwick, wir wollten gerade mit dem Hafenmeister sprechen."

„Jetzt könnt ihr mit mir sprechen." Jinx wischte sich eine goldene Haarsträhne hinter das Ohr. „Denn glaubt mir, wenn ich sage: Ihr seid hier gerade nicht sonderlich beliebt."

„Als ob es je anders gewesen wäre", murmelte Kevmo. Marda konnte seine Reflexion deutlich auf dem Visor des Sheriffs sehen.

„Unser Schiff ist in den Orbit zurückgekehrt", erklärte Marda.

„Das wurde mir bereits gesagt."

„Und wir hatten gehofft, man würde uns erlauben, unsere Shuttles direkt im Lager landen zu lassen, damit wir nicht den Umweg über den Raumhafen machen müssen."

„Wohl kaum."

Die knappe, barsche Antwort überraschte Marda. „Verzeihung?"

Die Miene von Sheriff Jinx Pickwick verhärtete sich, und kurz überlegte Marda, ob sie sich lieber wieder in die relative Sicherheit des Shuttles zurückziehen sollte.

Jinx stemmte die Hände in die Hüften – nicht weit von den Zwillingsblastern entfernt, die an ihrem Gürtel hingen. Hatte sie immer schon zwei Waffen getragen?

Auf ihrem Visor schüttelte Kevmo den Kopf. „Nein, das ist neu."

„Ich weiß ganz ehrlich nicht, was ihr euch einbildet, Marda", fuhr Jinx fort. „Glaubt ihr wirklich, ihr könnt einfach so hier aufkreuzen, als wäre nichts gewesen?"

„Ich weiß nicht, was Sie meinen?"

Jinx stach mit dem Finger nach ihr. „Spiel nicht das Unschuldslamm. Das Kommunikationsnetzwerk mag im Moment gestört sein, aber es kommen trotzdem jeden Tag Schiffe hier vorbei, und die Leute reden. Kannst du dir nicht vorstellen, worüber sie reden, Marda? Was ist wohl gerade das Hauptgesprächsthema im Mittleren Rand?"

Marda hatte das sichere Gefühl, dass sie es gleich herausfinden würde.

„Sie reden über Jedha", erklärte Jinx, ohne auf eine Antwort zu warten. „Zugegeben, bis letzte Woche hatte ich noch nie von dieser Welt gehört, und sie hätte mir nicht egaler sein können ... Bis Geschichten über eine Schlacht und Aufstände und Kampfdroiden auf den Straßen die Runde machten. Und dann musste ich hören, dass ein Mitglied eurer kleinen Gruppe – jemand, den ich seit Jahren kenne – die ganze Sache angezettelt hat. Jemand, der praktisch unser Nachbar war, hat gemordet und geplündert und alle möglichen schrecklichen Dinge getan."

Marda trat von der Rampe und versuchte, Jinx' Tirade zu unterbrechen. „Sheriff, ich ..."

Ohne Erfolg.

„Und weißt du, was ich mir da gedacht habe, Marda?" Jinx tippte sich an die Schläfe. „Weißt du, was mir da durch den Kopf gegangen ist?"

„Sie waren froh, dass wir fort waren“, ertönte eine Stimme hinter Marda. Die Mutter schritt die Rampe hinab, den Gleichmacher neben sich, Jukkyuk und Bokana dicht hinter sich. „Sie dachten, Sie wären uns los.“

Marda war erleichtert, dass sie diesen Kampf nicht länger allein ausfechten musste, auch wenn Sheriff Pickwick mit offenem Mund den Gleichmacher anstarrte.

„Was im Namen des Lichts *ist das*?“

„Ein Haustier“, antwortete die Mutter, „nichts weiter.“

„Das hässlichste Haustier, das mir je über den Weg gelaufen ist.“

In dem Punkt musste Marda ihr zustimmen. Was immer der Gleichmacher auch war, er wuchs kontinuierlich weiter, und jeden Tag wirkte sein Körper noch bizarrer, seine Fratze noch gequälter. Auch jetzt ächzte das Tier grässlich, während es seinen missgestalteten Schädel hin- und herdrehte. Sämtliche Augen am Raumhafen starrten voller Abscheu herüber. Aber dieser Abscheu galt nicht nur dem Gleichmacher, sondern auch den Personen, in deren Begleitung er sich befand.

„Mutter …“, begann Marda. Die hasserfüllten Blicke der Wesen, die sie einst ihre Nachbarn genannt hatte, schienen sich in ihren Körper zu brennen. „Sheriff Pickwick hat unsere Bitte abgelehnt. Sie sagt, die Shuttles müssen hier in Ferdan landen …“

„Anstatt direkt zum Lager zu fliegen“, sagte die Mutter, ohne den Blick von Jinx zu lösen.

„Genau“, bestätigte diese, aber ein Teil der Härte war aus ihrer Stimme gewichen, und sie verlagerte nervös ihr Gewicht von einem Fuß auf den anderen. „Ich weiß nicht, was ihr da draußen getrieben habt, aber ich möchte mit eigenen Augen sehen, was ihr auf meinen Planeten bringt.“

Die Mutter machte einen Schritt nach vorne, ihre Stimme ein samtiges Schnurren: „Und wieso das, Sheriff?“

Jinx räusperte sich, während ihr die Röte in die Wangen stieg. „Weil wir hier keinen solchen Ärger haben wollen wie auf Jeddi.“

„Jedha“, korrigierte die Mutter.

„Das habe ich doch gesagt.“

„Wir wollen auch keinen Ärger, Jinx“, verkündete die Mutter mit einem unschuldigen Lächeln. „Nicht auf Dalna. Dalna ist unser Zuhause.“

„Ja, das ist es wohl.“ Jinx räusperte sich und versuchte, ihre Autorität zu behaupten, aber es gelang ihr nicht so recht. „Wir haben euch vermisst.“

„Wirklich?“

„S-sicher“, stammelte Jinx. Ihr Stirnrunzeln zeigte, dass sie ebenso verwirrt war wie Marda. Was ging hier vor sich? Die Mutter hatte schon immer einen beruhigenden Einfluss auf andere gehabt, aber dass jemand von einer Sekunde zur nächsten so eine Hundertachtzig-Grad-Wende vollführte, war mehr als verblüffend – vor allem, da es sich um den Sheriff handelte. Marda kannte niemanden, der so von seiner Meinung überzeugt war wie Jinx Pickwick. Jeder in Ferdan sagte dasselbe. Und doch schmolz ihr Widerstand in Gegenwart der Mutter, und Jinx redete ihr praktisch nach dem Mund.

„Sie verstehen sicher, dass unsere Leute schnellstmöglich nach Hause zurückkehren möchten“, sagte die Mutter in ruhigem Ton. „Wir haben schwere Tage hinter uns.“

„Tut mir leid, das zu hören.“ Die Augen von Sheriff Pickwick wurden feucht.

„Sie wollen uns doch helfen, oder nicht, Jinx?“

Eine einzelne Träne rollte über deren Wange.

Der Schädel des Gleichmachers ruckte hoch, und er stieß mit seiner Schnauze das Bein der Mutter an. Die Berührung ließ sie ächzen, und um ein Haar wäre sie umgekippt.

„Mutter!“ Marda griff nach ihrem Arm, ohne auf das tiefe Knurren aus dem Rachen des Gleichmachers zu achten. Bokana und der Wookiee waren ebenfalls vorgetreten, aber sie schienen nicht recht zu wissen, was sie tun sollten.

„Es wird uns doch nicht angreifen, oder?“, fragte der Ovissianer, woraufhin Jukkyuk etwas auf Shyriiwook erwiderte, was niemand verstehen konnte. Es klang aber nicht sonderlich ermutigend.

„Ich bin nur müde", krächzte die Mutter. „So wie wir alle."

„Also gut, ihr könnt in eurem verfluchten Lager landen, aber nur dieses eine Mal", sagte Jinx, dann zog sie sich die Krempe ihres Huts in die Stirn, wie um ihre Augen abzuschirmen. „Ihr seid nicht die Einzigen, die müde sind. Ich bin auch müde – und ich habe die Nase voll davon, dass Leute Fragen über euch stellen. Erst die Raumfahrer und dann diese verfluchte Ermittlerin. Ich habe die Nase voll davon, wie sie uns ansehen, so als würden wir irgendwie auch zu eurem Verein gehören."

Die Mutter versteifte sich in Mardas Armen und richtete sich auf. „Eine Ermittlerin?"

„Sie meinte, sie würde hier nur Urlaub machen, aber mal im Ernst, wer würde das in Ferdan tun?" Jinx blickte der Mutter nicht in die Augen, während sie sprach. „Also habe ich sie direkt gefragt, und sie hat zugegeben, dass sie Nachforschungen über euch anstellt."

„Über die Mutter?", fragte Marda.

„Über euch alle. Über euren Kult."

„Wir sind kein Kult."

„Genau das ist das Problem, nicht wahr? Niemand weiß, was ihr seid."

„Gerade haben Sie noch gesagt, Sie hätten uns vermisst", erinnerte Marda, und Verunsicherung huschte über die Züge des Sheriffs.

„Wir sind eine aufgeschlossene Stadt, aber wir wollen hier keinen Ärger. *Ich* will hier keinen Ärger."

„Und wir ebenso wenig." Die Mutter strich Mardas Arme beiseite, und auch Bokana und Jukkyuk hielt sie mit erhobener Hand zurück, als die beiden sie stützen wollten. „Ja, es gab … Probleme auf Jedha, aber wir haben nicht vor, sie mit uns nach Dalna zu bringen. Wir möchten nur über das Geschehene meditieren, unsere Toten betrauern und einen Neuanfang wagen. Ist das zu viel verlangt?"

Sheriff Jinx Pickwick hielt die Nase hoch. „Vermutlich nicht, nein."

„Und was diese Ermittlerin angeht", fügte die Mutter hinzu, „Marda wird mit ihr sprechen."

„Ich?", fragte Marda. „Was soll ich ihr sagen?"

Elecias Temperament loderte auf. „Muss ich denn wirklich alles selbst tun?", blaffte sie. „Du bist die Hirtin unserer Herde, Marda. Du wählst den Weg." Sie wankte, und diesmal ließ sie zu, dass Bokana sie stützte. „Ich muss mich ausruhen."

„Natürlich", sagte Marda hastig, wobei sie versuchte, trotz ihrer Verwirrung ruhig zu wirken. „Helft der Mutter zurück ins Shuttle."

Bokana bedachte sie mit einem mitfühlenden Blick, bevor er und Jukk Elecia die Rampe hochführten, dicht gefolgt von dem knurrenden Gleichmacher.

Sekunden später hatte sich die Rampe bereits geschlossen, und Marda hob die Hand, um ihre Augen vor Staub und Erde zu schützen, als die Antriebe des Shuttles aufloderten. Das Schiff schwebte hoch und beschleunigte in Richtung des Lagers.

„Ich bin sicher, du wärst lieber mit ihnen gegangen", kommentierte Kevmo.

Marda ignorierte ihn. Stattdessen wandte sie sich wieder Jinx zu, die sie mit schräg gelegtem Kopf musterte, als wäre sie nicht ganz sicher, was gerade geschehen war. Marda konnte es ihr leider auch nicht erklären.

„Die Ermittlerin …" Sie strich ihre Robe glatt, um sich zu beruhigen. „Wo kann ich sie finden, Sheriff?"

„Na, wo wohl?" Jinx' schlechte Laune schien schlagartig zurückgekehrt zu sein. „Wo alle Fremdweltler unterkommen, wenn sie Dalna besuchen."

13. KAPITEL

Yana hatte festgestellt, dass sie mit jeder Situation fertigwurde, solange sie eine Rolle hatte, auf die sie sich konzentrieren konnte.

Yana, das Kind der Offenen Hand.

Yana, die Spezialistin.

Yana, die Kämpferin.

Nur eine Person hatte je mehr in ihr gesehen als die Aufgabe, die sie erfüllte – jene Person, die sie nun von der reflektierenden Oberfläche der Skulpturen aus beobachtete, an denen Yana auf den Korridoren des Kyber-Tempels vorüberschritt.

Sie hatte gehofft, dass Kor lächeln würde, wenn sie ihre Kleidung sah, aber das Einzige, was die toten Augen der Nautolanerin auf dem geschliffenen Kristall ausdrückten, war Bedauern.

Nein, mehr als Bedauern. Sorge.

Nicht dass Yana es ihr verübelte. Oranalli war ebenfalls besorgt gewesen. Er hatte gesagt, dass dieser Plan niemals funktionieren würde. Dass es besser wäre, wenn sie sich irgendwo im Schatten verbarg und er den Herold und den Stab zu ihr brachte. Dass es keinen Grund gäbe, warum sie den Tempel selbst betreten sollte.

„Ach nein?", hatte sie mit einem Lachen gekontert. „Wie wäre es damit, dass du ein aalglatter Schleimwurm bist, der nur an seine eigene Haut denkt? Ist das etwa kein Grund?"

„Kannst du es mir denn übel nehmen? Deine feine Prophetin hat den Herold den Wölfen zum Fraß vorgeworfen. Wenn sie so mit ihren eigenen Leuten umspringt, was, denkst du, macht sie dann wohl mit mir?"

„Die Wege der Macht sind unergründlich", hatte sie nur gebrummt, gefolgt von der Drohung, dass sie sich mit einer sehr interessanten Geschichte an die Synode wenden würde, falls sie nicht binnen Stundenfrist im Kyber-Tempel wäre.

Nun war sie hier, und einmal mehr spielte sie eine Rolle – die wohl unwahrscheinlichste, die sie sich überhaupt vorstellen konnte. Oranalli hatte sie gewarnt, dass ihre Jedi-Roben ein wenig veraltet waren. Yana hatte gar nicht gewusst, dass die Hüter des Lichts und der Gerechtigkeit ihren eigenen Modetrends folgten. Aber die Kleidung erfüllte ihren Zweck, und bislang hatte ihr niemand Fragen gestellt.

Ein Lichtschwert wäre natürlich ideal gewesen, um ihre Verkleidung abzurunden, aber als sie Oranalli darauf angesprochen hatte, hatte er sie nur wütend angefunkelt und stattdessen einen Stilus angeboten, den sie an ihren Gürtel hängen konnte.

Yana hatte dankend abgelehnt.

Wie sich herausstellte, hatte der Dressellianer nicht übertrieben, als er meinte, es würde im Tempel nur so vor Whills-Anhängern wimmeln. Andererseits war es natürlich möglich, dass es hier immer so geschäftig zuging. Zum Glück hatte keiner der Wächter Anlass, misstrauisch zu werden, weil eine Jedi mit dem Oberarchivar durch die von Kunstschätzen gesäumten Korridore schlenderte, auch nicht, als sie die steile Treppe zu den Arrestzellen hinabstiegen.

Die beiden Wachen vor der Tür, die zu Werths Zelle führte, waren die Ersten, die Yana genauer in Augenschein nahmen.

„Was führt Euch her?“, fragte der kleinere der zwei, ein braunhäutiger Mensch, der Yana und Oranalli trotzdem um fast einen Kopf überragte.

Der Archivar zog den Stab der Dämmerung unter seiner Robe hervor, den Quell all seiner Probleme, den er zuvor aus seiner Unterkunft geholt hatte. Die sichelförmige Klinge glänzte im Licht der Lampen. „Wir müssen herausfinden, warum der Gefangene nach diesem Artefakt gesucht hat.“

Der andere Wachposten – ein Hiitianer mit mürrisch gekrümmtem Schnabel – kniff die Augen zusammen, während er Yanas geborgte Robe musterte. „Ich habe Euch hier noch nie gesehen. Gehört Ihr zu der Twi'lek, die nie leise sein kann?"

Sie hatte keine Ahnung, wen das Vogelwesen meinte, trotzdem war Yana im Begriff zu nicken, als Oranalli das Wort ergriff. „Nein. Jedi Ro ist erst heute auf Jedha eingetroffen. Sie kommt direkt von Coruscant."

Yana musste sich zusammennehmen, um nicht mit den Zähnen zu knirschen. Oranalli wollte ihr sicher nur helfen, aber warum bei den Sternen benutzte er ihren echten Namen?

„Ich bin eine Expertin für esoterische Relikte aus der prärepublikanischen Ära", erklärte sie und plapperte emsig drauflos. „Man könnte sagen, es ist ein Hobby von mir. Ich finde diese Ära unglaublich faszinierend. Sie nicht auch? Das Objekt, das der Archivar gerade hält, stammt beispielsweise aus …"

Der hünenhafte Hiitianer drehte sich herum und öffnete wortlos die Tür. Yanas Plan war aufgegangen. Der Hiitianer hatte offenbar eine Abneigung gegen Wesen, die zu viel redeten. „Ihr wisst ja, wo er ist, Archivar", sagte er mit einer auffordernden Handbewegung. „Klopft einfach, wenn Ihr fertig seid."

„Danke, Marr." Oranalli warf dem Hiitianer einen Blick zu, der förmlich schrie: *Immer diese Jedi!*

Sobald sich die Tür hinter ihnen wieder geschlossen hatte, schüttelte der Dressellianer seinen nach hinten gewölbten Kopf. „Es ist erschreckend, wie leicht dir das alles fällt", bemerkte er, während er ein Taschentuch hervorzog und sich den Schweiß von der Oberlippe tupfte.

„Jahrelange Übung", erwiderte sie. „Du warst auch nicht übel."

„Vielleicht sollte ich eine Karriere auf der Bühne anstreben", grummelte Oranalli. „Alles ist besser als das hier."

Am Ende des Korridors angelangt, spähte Oranalli kurz durch das Beobachtungsfenster, dann förderte er eine Datenkarte zutage und öffnete die Tür.

„Was hast du denn sonst noch alles unter dieser Robe versteckt?"

„Glaubst du ernsthaft, ich hätte keine Kopie des Generalschlüssels angefertigt?"

„Allmählich fange ich an, dich zu mögen, Feric."

„Zu schade, dass das Gefühl nicht auf Gegenseitigkeit beruht."

Obwohl sie entriegelt war, hatte Oranalli Mühe, die Tür aufzuschieben. Die Ader an seiner Stirn pulsierte stark.

„Lass mich mal ran." Yana trat vor und drückte die Tür selbst auf. Es war gar nicht so schwer. Ihre Emotionen im Griff zu behalten, war definitiv schwerer.

Der Anblick des Herolds brachte den Schmerz darüber zurück, dass sie seine Tochter nie wiedersehen würde – jedenfalls nicht lebend.

Das Ding, das sie auf Schritt und Tritt verfolgte, war nicht ihre Freundin, das wusste Yana. Es war ein Trugbild ihres Unterbewusstseins, erschaffen von einem Teil ihrer Selbst, der nicht loslassen konnte. Demselben Teil, der sie auch in die Tiefen des Whills-Tempels geführt hatte, um einen Mann zu retten, den sie nicht mal wirklich leiden konnte. Aber Kor hatte ihn geliebt, und so verrückt es klang, Werth Plouth war alles, was Yana von ihrer Freundin geblieben war, abgesehen natürlich von Kors Mutter Opari, die vermutlich noch immer auf der *Gaze* war. Kor hätte Jedha nicht verlassen, ohne ihren Vater aus diesem Gefängnis zu befreien, also würde Yana es auch nicht tun.

Der Herold saß im Schneidersitz auf dem Boden, den Rücken gegen eine erstaunlich saubere Wand gelehnt. Die Whills ließen ihre Gefangenen also zumindest nicht in ihrem eigenen Unrat hocken. Anstatt aufzublicken, starrte er weiter auf einen Punkt zwischen seinen nackten Füßen; vermutlich glaubte er, dass die Wächter gekommen waren, und er wollte sie mit Nichtbeachtung strafen. In der relativen Stille der Zelle war das leise Mantra deutlich zu hören, das er wieder und wieder vor sich hin sagte: „Die Macht wird frei sein. Die Macht wird frei sein."

„So stur wie eh und je." Kor seufzte. „Manche Dinge ändern sich wohl nie."

Yana widerstand dem Drang, sich zu räuspern. Stattdessen sprach sie den Herold mit betont ruhiger Stimme an. „Hallo, Werth."

Jetzt hob er doch den Kopf, und ein Lächeln breitete sich auf seinen Lippen aus. Kor hatte genauso gelächelt, wenn sie erkannte, dass sie einen Streit gewonnen hatte. Ganz recht, wie in jeder anderen Beziehung hatte es auch in ihrer hin und wieder Streit gegeben. Yana wünschte sich, sie hätte ihre Kabbeleien ebenso genossen wie die guten Zeiten. Denn jeder Augenblick, den sie mit Kor verbracht hatte, war wertvoll gewesen, auch wenn sie das damals vielleicht nicht realisiert hatte.

„Du bist gekommen. Du bist gekommen, um mich zu retten."

Nein, wollte Yana entgegnen. *Ich bin ihretwegen gekommen*. Aber Oranalli ließ ihr keine Gelegenheit.

„Also gut, du hast den Stab, du hast den Herold. Was jetzt?"

Werth sprang auf die Füße. „Du hast den Stab der Dämmerung? Hier?"

„Zeig ihn ihm", forderte Yana.

Oranalli hielt den Stab hoch, zog ihn aber rasch wieder zurück, als Werth danach greifen wollte. „Oh nein. Nein, nein, nein. Du kannst ihn nicht einfach nehmen. Er ist viel zu wertvoll."

„Wir haben dich dafür bezahlt", grollte der Herold. „*Gut* bezahlt."

„Und ihr habt es vermasselt. Ich habe euch gesagt, dass die Jedi kommen, und trotzdem hast du dich gefangen nehmen lassen. Das hier", Oranalli wedelte mit dem Stab herum, „gehört jetzt dem Kyber-Tempel. Sie haben ihn *mir* gegeben, damit ich darauf aufpasse."

„Was denn, jetzt nimmst du deine Aufgaben plötzlich ernst?", schnaubte Yana. Der Kerl war einfach nicht zu fassen.

„Ich bin nicht dumm. Ich habe den Stab analysieren lassen, um rauszufinden, warum er euch so wichtig ist ..."

„Und?“, fragte der Herold.

„Niemand konnte mir etwas sagen. Ich meine, es ist offensichtlich, dass er ein Vermögen wert ist, aber das kann wohl kaum der Grund sein. Wenn ich an die großzügige Spende der Mutter denke, scheint der Pfad ja im Geld zu schwimmen.“

Yanas Magen zog sich zusammen. Sie hatte Werth Plouth selbst über den Verrat der Mutter aufklären wollen – später.

Der Nautolaner drehte sich herum, und seine dunklen Augen suchten in ihrem Gesicht nach Antworten. „Wovon redet er da?“

Yana atmete langsam aus. „Die Mutter ist geflohen.“

„Mit der *Gaze Electric*?“

„Ja. Aber, nachdem sie verschwand …“ Yana zögerte. Sie wusste genau, wie der Herold reagieren und was er sagen würde.

„Ja?“, drängte er. Sein Gesicht verfinsterte sich bereits.

„Die Mutter hat der Galaxis verkündet, dass du ein Verräter an der Sache des Pfades bist, der auf Jedha seine eigenen Ziele verfolgt hat. Der Rest der Offenen Hand hätte nichts mit den Aufständen zu tun. Sie hat eine gewaltige Summe gespendet, um beim Wideraufbau der Stadt zu helfen, und dich öffentlich aufgefordert, die Strafe für deine Verbrechen zu akzeptieren.“

Der Herold fixierte Oranalli mit einem stählernen Blick. „Und du wusstest davon? Du wusstest davon, und du hast mir nichts gesagt?“

„*Alle* wissen davon“, betonte Yana. „Dein Gesicht ist in jedem Nachrichten-Holo zu sehen.“

Werth schloss die Augen. „Sie werden mich hassen. Sie werden mich hassen und sie lieben, weil ich zerstört habe, was sie nun wiederaufbaut. Sie ist gerissen. Viel gerissener, als wir dachten.“

„Verstehst du jetzt, warum ich nicht wusste, was ich tun sollte?“, schnaubte der Archivar. „Was, wenn sie die Wahrheit gesagt hat? Was, wenn du wirklich ein verrückter Fanatiker bist? Nach allem, was ich für euch getan habe, nach all den Risiken, die ich für euch eingegangen bin … wollte ich einfach nur, was mir zusteht. Was ich verdient habe. Und jetzt schnüffeln plötzlich alle herum: die Synode, die Jedi, mein eigenes Volk! Du und die Mutter, ihr habt mir das Leben verdammt schwer gemacht. Und dann, als ich dachte, es kann nicht mehr schlimmer werden", Oranalli drehte den Kopf und musterte Yana von Kopf bis Fuß, „werde ich auf dem Nachhauseweg von deinem Schoßhund überfallen, und sie droht mir auf offener Straße. Eigentlich sollte ich sie mit dir hier unten einsperren. Vielleicht habe ich ja Glück, und ihr bringt euch gegenseitig um. Oder begeht gemeinsam Selbstmord wie ein tragisches Liebespaar."

„Wir sind *kein* Liebespaar!", blaffte Yana. Ihre Krallen zuckten. Wie gern hätte sie Oranalli die Kehle herausgerissen. „Wir sind ..."

Was? Was waren sie? Freunde? Familie? Nein, weder noch.

„Yana, bitte." Werths Stimme schnitt durch ihren Zorn. Der Nautolaner hatte die Augen wieder geöffnet und blickte sie direkt an. Seine Handflächen waren erhoben, wie um sie körperlich vor einem Fehler zu bewahren, und sein Gesicht wirkte vollkommen ruhig. Nach einem Augenblick senkte er die Arme wieder und blickte den Dressellianer an.

„Du hast recht, mein Freund. Du hast alles getan, was wir von dir verlangten. Dass die Situation so ...", er lächelte trocken, „... so außer Kontrolle geriet, ist nicht deine Schuld. Und doch hilfst du uns weiterhin. Dafür danke ich dir. Wir danken dir beide."

Oranalli verlagerte das Gewicht von einem Bein aufs andere und reckte das Kinn vor, überrascht, aber offensichtlich erfreut, dass der Herold die Dinge auf diese Weise sah. Yana musste zugeben, dass sie auch ein wenig verblüfft war.

„Ist meine Freundin hier sicher?", fragte Werth.

„Deine Freundin?", wiederholte Oranalli blinzelnd.

„Yana." Der Herold nickte in ihre Richtung. „Ist sie in Jedha sicher?"

„Solange sie den Kopf unten hält." Oranalli zog vielsagend die Augenbraue hoch. „Und es schafft, keinen Ärger zu machen."

„Und die Leute … vertrauen sie dem Pfad noch?"

Das ließ den Dressellianer laut auflachen. „Ich bezweifle, dass sie dem Pfad je wirklich vertraut haben. Und jetzt *hassen* sie euch. Sie ist sicher, solange niemand merkt, dass sie – oder *ich* – irgendetwas mit dir zu tun haben."

Der Herold verschränkte die Hände. „Ich verstehe. Ich muss dich um einen letzten Gefallen bitten."

Oranalli sah nicht aus, als würde ihn das entzücken. Dennoch fragte er: „Ja?"

„Geh zur Synode und zu den Jedi. Sag ihnen, dass ich bereit bin, ein Geständnis abzulegen. Dass ich bereit bin, ein Netzwerk von Saboteuren aufzudecken, das einen Krieg zwischen diversen religiösen Fraktionen in der Galaxis anzetteln will. Sag ihnen, die Gewalt auf Jedha war nur der Anfang. Sag ihnen, ich werde ihnen die Wahrheit sagen und dass die Wahrheit die Macht von Blutvergießen und Leid befreien wird."

Das war definitiv nicht, was Yana erwartet hatte. Der Herold wirkte so schicksalsergeben, so aufrichtig. Ihr gefiel der Gedanke, die Pläne der Mutter ans Licht zu bringen, aber sie glaubte keine Sekunde lang, dass er mit seinen Feinden zusammenarbeiten würde, um Elecia zur Strecke zu bringen.

„Würdest du das für mich tun, Oranalli?" Werth blickte dem verräterischen Gelehrten offen ins Gesicht. „Wirst du mir helfen, die Dinge wieder in Ordnung zu bringen?"

Yana konnte förmlich spüren, wie sich die Zahnräder hinter der Stirn des Dressellianers drehten. Ihm würde das Geständnis des Herolds nur Vorteile bringen. Seine Position im Tempel wäre gesichert, er würde im Ansehen seiner Ordensbrüder und -schwestern steigen, und sobald die Krise abgewendet war, würde sich die galaktische Aufmerksamkeit wieder von Jedha abwenden, sodass er ungestört weiter seine geheimen Geschäfte betreiben konnte, direkt unter der Nase der Synode.

„In Ordnung", sagte er schließlich. „Aber du musst mir versprechen, dass du meinen Namen aus der Sache heraushältst.

Ich darf in keiner Weise mit euch in Verbindung gebracht werden."

„Natürlich nicht", erwiderte der Herold. „Du hast mein Wort."

Oranalli nickte zufrieden. „Also gut." Er wedelte mit dem Stab vor Werth in der Luft, so als wäre der Herold ein ungezogenes Kind. „Bleib hier und halt den Mund. Iss deinen Fraß und mach keinen Ärger."

„Werde ich nicht", versprach Werth, wobei sein Blick dem Stab der Dämmerung folgte. „Ich werde dir sogar verraten, warum wir dieses Relikt gesucht haben. Welche *Macht* ihm innewohnt."

„Ach ja?" Die Neugier des Archivars war geweckt.

Der Herold wandte sich zu Yana um. „Hast du die andere Hälfte des Stabes?"

Sie schüttelte den Kopf.

„Die Mutter?"

Als sie nickte, seufzte der Herold tief. „Nun, vielleicht kann ich unserem Freund trotzdem demonstrieren, wofür der Stab gut ist." Er hielt Oranalli seine mit Brikalfarbe verschmierte Hand hin. „Darf ich?"

Der Archivar zögerte, während er seine Optionen abwog, dann reichte er Werth den Stab. „Gut, aber beeil dich."

„Keine Sorge, es geht ganz schnell." Der Herold nahm den Stab der Dämmerung, drehte ihn herum – und rammte die Sichelklinge in die Brust des Archivars!

Oranalli prallte nach hinten gegen die Zellenwand, aufgespießt wie ein Insekt auf einem Korkbrett.

„Du willst also, was dir zusteht? Was du verdient hast?" Der Herold spuckte die Worte förmlich in Oranallis Gesicht. „Nun, ich habe gute Neuigkeiten für dich. Großartige Neuigkeiten sogar." Der Oberarchivar versuchte zu schreien, aber alles, was über seine Lippen kam, war Blut. In dicken Tropfen rann es an seinem zitternden Kinn hinab. Yana konnte ein feuchtes Gurgeln tief in seiner Kehle hören, während der Herold weitersprach: „Heute werden deine Wünsche in Erfüllung gehen."

Das Licht schwand aus den Augen des Dressellianers, und seine Arme erschlafften. Yana wandte den Kopf ab, während der Herold den Stab zurückzog und die Leiche auf den Boden kippte.

„Du hast gesagt, du würdest kooperieren“, sagte sie mit gepresster Stimme.

„Und den Rest meines Lebens in dieser Zelle verbringen?“ Werth besah sich die Sichelklinge auf Schäden. „Glaubst du wirklich, der Pfad würde überleben, wenn wir die Wahrheit über die Mutter publik machten? Ich weiß, dass dein Herz nicht wirklich für unsere Gemeinschaft schlägt, aber meines schon. Ebenso wie Kors.“

Der Name stach in Yanas Herz wie ein Dolch. Jegliches Mitleid mit dem Archivar war wie fortgewischt.

„Der Pfad muss fortbestehen“, erklärte der Herold. „Ich nehme an, die Mutter ist nach Dalna zurückgekehrt? In die Höhlen?“

Yana nickte.

„Und sie hat den Gleichmacher dabei?“

„Ja.“

„Dann brauchen wir ein Schiff.“

Yanas Gedanken kehrten zum Wirt der *Erleuchtung* zurück. Es sah ganz so aus, als würde sie ihm bald noch einige Flikflak-Spielfiguren mehr schulden. „Das größere Problem ist, dich hier rauszubringen. Es ist nicht so, als könntest du einfach in Oranallis Roben schlüpfen.“

„Wie viele Wachen gibt es?“

„Zwei vor der Tür – ein Hiitianer und ein Mensch –, aber im Tempel wimmelt es nur so von Wächtern und Jedi …“

Plötzlich fiel ihr etwas ein, und sie kniete sich neben den toten Archivar, um seine Taschen zu durchsuchen.

„Was tust du da?“, fragte der Herold.

Als Yana wieder aufstand, hielt sie Oranallis Codeschlüssel in der Hand. „Ich bringe uns hier raus.“

14. KAPITEL

Die Ermittlerin war nicht in ihrem Zimmer in Lady Jaras Gasthaus in der Stadtmitte, und sie war auch nicht auf dem Marktplatz von Ferdan, um die Einheimischen zu befragen – Einheimische, die Marda schon seit vielen Jahren kannte, die ihr aber nun alle aus dem Weg zu gehen schienen. Sie wandten demonstrativ den Blick ab oder eilten davon, damit Marda nicht auf die Idee kam, sie anzusprechen. War der Pfad wirklich so schnell so unbeliebt geworden? Marda war überzeugt gewesen, dass die Mutter sich durch ihre Großzügigkeit das Vertrauen der Leute erarbeitet hatte.

„Sie haben euch *nie* vertraut", sagte Kevmo, und als sie sich so umblickte, konnte Marda ihm nicht widersprechen. Hatte sie womöglich die ganze Zeit Scheuklappen vor den Augen gehabt? Hatte sie sich so sehr gewünscht, akzeptiert zu werden – vom Pfad und von den Bewohnern Ferdans –, dass sie die Seitenblicke und getuschelten Kommentare ausgeblendet hatte, wenn sie die Kleinen über den Markt der Siedlung führte? Jetzt waren sie jedenfalls nicht zu übersehen. Sie sah alte Freunde, die die Köpfe zusammensteckten und nervös in ihre Richtung linsten, während sie nach der Ermittlerin suchte. Sogar Großmutter Aurin – die Umbaranerin, die ihr so oft einen Platz neben ihrem Marktstand reserviert hatte, damit sie dort für den Pfad werben konnte –, sah aus, als wollte sie am liebsten wegrennen. Zumindest aber lieferte sie Marda ein paar Informationen.

Wie sich herausstellte, war die Ermittlerin eine Zeltronerin namens Ric Farazi. Sie hatte die alte Droidenhändlerin über den Pfad befragt, und sie musste Aurin dabei wirklich nervös gemacht haben. Das Erste, was die Umbaranerin sagte, war nämlich, dass sie keinen Ärger wollte – das hatte Marda während der letzten Minuten schon mehrmals gehört – und dass ihr üblicher Platz neben Aurins Droidenstand schon anderweitig vergeben wäre, auch wenn weit und breit niemand zu sehen war.

Marda versuchte, das Thema zu wechseln, aber Aurin beugte sich über eine kleine Gyro-Einheit und murmelte irgendetwas davon, dass sie gerade viel zu tun habe. Das Einzige, was sie noch sagte, bevor Marda aufgab, war, dass Farazi die Siedlung am Vormittag verlassen hatte, und zwar in Richtung des Pfad-Lagers.

Großartig! Marda hätte sich also jede Menge Zeit und böse Blicke sparen können, wenn sie einfach mit dem Shuttle zurückgeflogen wäre.

„Lass ihre Blicke nicht an dich ran“, murmelte Kevmo, während Marda sich auf den langen Weg zu ihrem Lager machte. „Diese Leute sind unwichtig.“

Einst hatte sie seine Stimme geliebt. Inzwischen zehrte sie an ihren Nerven. „Glauben die Jedi nicht, dass *jedes* Leben wichtig ist?“

„Ja, weil die Jedi auch in allem recht haben!“, schnaubte er. „Es hat schon seinen Grund, warum du noch am Leben bist …“

„Und du nicht“, beendete sie den Satz. Sie wünschte, es wäre nicht so. Wenn sie ihn doch nur wiedersehen könnte – nicht so, wie er ihr jetzt erschien, sondern so, wie er wirklich gewesen war. Ein warmer, lebendiger Körper, in dessen Umarmung sie sich geborgen und begehrt gefühlt hatte.

Während sie sich dem Lager näherte, schweiften ihre Gedanken zu Bokana ab. Nicht zum ersten Mal während der letzten Tage. Vielleicht lag es daran, dass er sich zumindest freute, wenn er sie sah – vielleicht sogar ein wenig zu sehr. Aber vielleicht lag es auch daran, dass sie allmählich mehr für ihn zu empfinden begann.

Instinktiv hielt sie nach ihm Ausschau, als sie die Tore durchschritt. In der Mitte des Lagers landeten und starteten die Shuttles, die die Überlebenden von Jedha nach Hause brachten, aber der Ovissianer war nirgends zu sehen. Dafür entdeckte Marda eine fremde Gestalt, deren magentafarbene Haut sich deutlich von den Farben der Roben des Pfades abhob, auch wenn ihre Jacke fast dieselbe Farbe hatte wie die Roben des Pfades – vielleicht ein bewusster Versuch, um nicht aus der Menge hervorzustechen. Als Marda sah, mit wem die Zeltronerin gerade sprach, stieg kochender Zorn in ihr hoch.

„Tromak!" Sie eilte zu dem jungen Gran hinüber, der vor dem Start der *Gaze Electric* einer ihrer Schützlinge gewesen war.

„Marda", rief er und breitete die Arme aus, alle drei Augen aufgerissen. Als sie ihn hochhob, konnte Marda spüren, dass er zitterte. Ein kleines Kind zu behelligen! Hatte die Zeltronerin denn gar keine Skrupel? Und warum hatte keiner der anderen etwas unternommen?

„Weil es ihnen egal ist", sagte Kevmo. „Wie viel bist du diesen Leuten wirklich schuldig?"

„Es tut mir leid", sagte die Frau. Zumindest hatte sie so viel Anstand, betreten dreinzublicken. „Ich wollte ihm keine Angst machen. Ich bin Ric. Ric Farazi."

Marda ignorierte ihre ausgestreckte Hand und streichelte den Hinterkopf des jungen Gran. „Was tun Sie hier überhaupt?"

„Ich hatte gehofft, mit Ihrem Oberhaupt sprechen zu können, Ihrer ‚Mutter'", antwortete Farazi, begleitet von einem Lächeln, das sie vermutlich für entwaffnend hielt. Auf den ersten Blick wirkte die Zeltronerin harmlos – sie hatte ein rundes Gesicht und einen kräftigen Körperbau –, aber sie sprach Elecias Titel auf betont abfällige Weise aus. Marda wünschte, sie hätte die Frau einfach aus dem Lager werfen können, aber das würde der Philosophie des Pfades widersprechen. Der Pfad empfing alle mit offenen Armen, selbst jene, deren Motive nicht ganz aufrichtig sein mochten.

„Das ist dumm“, urteilte Kevmo, so dicht neben ihr, dass sie seinen kalten Atem an ihrem Hals spüren konnte. „Warum jemanden willkommen heißen, der euch so offensichtlich schaden will?“

Dich habe ich doch auch willkommen geheißen, feuerte sie in Gedanken zurück.

„Und sieh nur, was es dir gebracht hat.“

„Die Mutter ruht sich gerade aus.“ Marda hörte ihre eigene Stimme kaum, als sie sprach. „Die Geschehnisse auf Jedha haben sie stark mitgenommen.“

„Und viele andere auch“, erwiderte Farazi. Die Andeutung, die in diesen Worten mitschwang, ließ Marda die Röte in die Wangen schießen. „Aber ich möchte Sie nicht unter Druck setzen. Ich habe nur ein paar Fragen über Ihre Gruppe. Dieser junge Mann wollte mir den Weg zeigen, das ist alles.“

Sie wollte Tromak anstupsen, aber Marda drehte sich – und ihn – demonstrativ von der Zeltronerin weg.

„Wenn Sie irgendwelche Fragen haben, werde ich sie Ihnen gern beantworten.“

„Und wer sind Sie?“

„Ich bin Marda Ro, die Führerin des Pfades.“

Farazi nickte, als hätte sie bereits von ihr gehört.

„Die Führerin? Ist das ein Titel, so wie ‚die Mutter‘ … oder ‚der Herold‘?“

Sie wollte sie ködern, aber Marda hatte nicht vor, darauf anzuspringen. „Darf ich fragen, warum Sie sich so für den Pfad interessieren? Wollen Sie unserer Gemeinschaft beitreten?“

Farazi lachte, als hätte Marda einen Scherz gemacht. „Nicht wirklich.“

„Der Sheriff meinte, Sie wären eine Ermittlerin.“

„Das habe ich ihr gesagt, ja …“

„Und was sind Sie wirklich?“

„Na schön, ich werde ehrlich zu Ihnen sein. Ich bin Reporterin. Eine Journalistin. Als ich auf Jedha von Ihrer Gruppe gehört habe, dachte ich mir, das ist eine Story, die meine Leser sicherlich interessiert. Also bin ich hergekommen." Sie setzte wieder dieses Lächeln auf, das mit jedem Mal verzweifelter wirkte.

„Sie sind uns von Jedha hierher gefolgt?"

„Nein, natürlich nicht." Farazi ließ ihren Blick über die rege Aktivität bei den Landeplattformen schweifen, wo Pfad-Anhänger nach wie vor ihre Habseligkeiten aus den Shuttles luden. „Das ist nur ein glücklicher Zufall. Ich hatte keine Ahnung, dass Sie hierher zurückkehren würden, als ich nach Dalna gekommen bin. Während meiner Recherchen habe ich herausgefunden, dass der Pfad hier seine Wurzeln hat, und ich dachte, es wäre interessant, ihre Ursprünge zu beleuchten."

„Für Ihre Leser."

„Genau."

„Wer genau sind Ihre Leser?"

Farazis Lächeln stockte, und Verlegenheit huschte über ihre Züge. „Nun, das ist so eine Sache. Ich … ähm, ich habe bislang noch keine Artikel verkauft. Um den Durchbruch zu schaffen, brauche ich eine große Story, Sie verstehen? Einen richtigen Knüller."

„Sie glauben, dass der Pfad eine große Story ist?"

„Falls ich Glück habe, ja. Ich meine, die richtigen Zutaten sind alle da." Farazi wischte mit der Hand durch die Luft, als könnte sie die Schlagzeilen bereits vor sich sehen. „Wer ist der Pfad der Offenen Hand, diese mysteriöse Gemeinschaft von Gläubigen, die aus dem Nichts aufgetaucht ist und versucht hat, die Heilige Stadt zu retten?"

Marda wusste nicht, was sie von der Frau halten sollte, also beschloss sie, lieber stumm zu bleiben.

„Ich meine, eine Million Zukkel!" Farazi schnalzte mit der Zunge. „Das ist eine unglaublich großzügige Spende." Sie wrang die Hände. „Ich hatte gehofft, dass wir uns vielleicht gegenseitig helfen könnten."

Marda schob Tromak auf ihrem Arm weiter nach oben. Der

kleine Gran, der sich noch immer an sie klammerte, wurde allmählich schwer. „Inwiefern?"

„Ich erzähle der Galaxis Ihre Geschichte", erklärte die Zeltronerin. „Die wahre Geschichte, nicht die Gerüchte und Lügen, die überall kursieren."

„Damit Sie sich einen Namen machen können. Als Journalistin."

„Genau so funktioniert das. Sie helfen mir, und ich helfe Ihnen. Ein Geschäft. Ihr guter Ruf, meine Story."

„Ich dachte, ihr sagt immer, dass Geschenke aus freiem Willen gemacht werden sollten", kommentierte Kevmo.

Marda ignorierte ihn. Er hatte recht, aber das hier war eine verlockende Gelegenheit.

Sie fällte ihre Entscheidung. „Na gut, Sie können bleiben, falls Sie möchten. Unsere Gästehütten sind vermutlich nicht so luxuriös, wie Sie es gewohnt sind ..."

Die Zeltronerin sah aus, als würde sie am liebsten auf und ab springen. „Ich bin eine glücklose Reporterin, die noch keine einzige Story verkauft hat. Ganz unter uns, ich hätte mein Zimmer bei Lady Jara höchstens noch eine weitere Nacht bezahlen können. *Natürlich* werde ich bleiben. Vielen, vielen Dank!"

Marda verspürte einen Anflug von Stolz, als sie Tromak wieder auf dem Boden absetzte. Die Mutter hatte ihr aufgetragen, sich um die Fremde zu kümmern, und sie hatte eine Lösung gefunden, die den Ruf des Pfades wiederherstellen und seine Botschaft weiter als je zuvor in die Galaxis hinaustragen konnte.

Elecia würde sicher zufrieden mit ihr sein.

15. KAPITEL

„Du hast *was* getan?“

Marda war nicht auf die wutschäumende Reaktion der Mutter vorbereitet gewesen. Sogar die Ältesten, die in Elecias Besprechungsraum unter dem Lager zusammengekommen waren, zuckten beim schneidenden Klang ihrer Worte zusammen. Allein der Gleichmacher blieb ruhig sitzen, während er sich hungrig umblickte.

„Ich dachte …“, setzte Marda an. Ihre Stimme klang schrecklich kleinlaut. „Ich *denke*, dass es eine gute Idee ist.“

„Und was genau hat dich zu dieser Beurteilung gebracht?“, fragte die Mutter in giftigem Ton.

„Die ganze Galaxis redet über uns“, erwiderte Marda, wobei sie sich Tränen aus den Augen blinzelte. Sie wusste aber nicht, ob sie vor Frustration oder Enttäuschung weinen wollte. „Eure Spende an die Synode …“

„Meine *großzügige* Spende.“

„Ja, mehr als großzügig“, stimmte Marda zu. „Aber sie war nicht so effektiv, wie wir hofften.“

„Es war deine Idee“, behauptete die Mutter. Das stimmte zwar nicht, aber Marda war bereit, darüber hinwegzusehen.

„Ihr hättet sehen sollen, wie die Leute in Ferdan mich angeblickt haben, Mutter. Sogar alte Freunde wie Großmutter Aurin. Man erzählt sich Gerüchte … Lügen …“

„Und um diesem giftigen Tratsch ein Ende zu machen, hast du eine Reporterin in unsere Mitte eingeladen?“

„Genau!“, rief Marda. „Ich habe genau das getan, was Ihr wolltet.“

„Ich hatte dich gebeten, dich in meiner Abwesenheit um einen Störenfried zu kümmern."

„Ihr habt gesagt, ich sollte als Führerin des Pfades agieren. Also habe ich der Macht gelauscht."

Die Mutter stieß ein hohes, grausames Lachen aus. „Jetzt hält sie sich schon für eine Prophetin!"

„Ich bin die Person, zu der *Ihr* mich gemacht habt. *Ihr* habt mich zur Führerin ernannt. *Ich* habt Euer Vertrauen in mich gesetzt."

„Und was haben wir jetzt davon?", schnaubte die Mutter wie ein verzogenes Kind. „Ja, ich habe auf dich gehört. Du wolltest nach Jedha, also bin ich mit dir nach Jedha gegangen."

„Nein, wir sind nach Jedha gegangen, weil sie den Stab der Dämmerung haben wollte", warf Kevmo ein. „Du solltest sie daran erinnern."

„Dann wolltest du nach Dalna zurück, und jetzt sind wir wieder hier."

„So war es nicht", protestierte Marda.

„Wir sind zurückgekehrt, um uns zu sammeln, um unsere Wunden zu heilen", fuhr Elecia fort, als hätte sie nichts gehört. „Um über das Geschehene zu meditieren. Und was tust du? Du bringst eine falsche Schlange ins Herz unserer Gemeinschaft!"

„Ric kann unsere Geschichte erzählen", entgegnete Marda in fast schon flehendem Ton.

„‚Ric' wird die Geschichte erzählen, die sie erzählen *will*", blaffte die Mutter. „Wie kann man nur so naiv sein, Marda?"

Marda sah hilfesuchend zu den Ältesten hinüber. Einer von ihnen würde ihr doch sicher zu Hilfe kommen. Doch niemand sagte etwas, alle hielten den Blick zu Boden gerichtet, anstatt nach der Wahrheit zu suchen. Nur Bokana, der mit Jukkyuk hinter Elecia stand, sah sie an, einen mitfühlenden Ausdruck in seinen dunklen Augen.

„Oh bitte. Warum wirfst du dich ihm nicht einfach um den Hals?", spöttelte Kevmo in ihrem Kopf.

Neue Tränen füllten ihre Augen, aber Marda bohrte die Fingernägel in ihre Handflächen. Sie durfte nicht vor der Führungsriege des Pfades zusammenbrechen.

„Ich bin nicht naiv", verteidigte sie sich, um einen ruhigen Tonfall bemüht. „Ich weiß, was ich tue. Ich werde mich persönlich um Ric kümmern."

„Und wie soll das aussehen?", fragte Elecia.

„Ich werde sicherstellen, dass sie nur die Wahrheit schreibt."

Die Mutter verdrehte die Augen.

„Es wird funktionieren! Ihr müsst mir nur eine Chance geben."

„Nein, Marda. Nein." Die Mutter sank auf ihren hochlehnigen Stuhl und ließ kraftlos die Schultern hängen.

„Was soll das heißen?", fragte Marda mit trockenem Mund.

Elecia winkte die versammelten Ältesten mit ihrer bandagierten Hand zur Tür. „Lasst uns allein. Ihr alle."

Sie kamen der Aufforderung wortlos nach und stapften im Gänsemarsch aus dem Raum. Jukkyuk und Bokana folgten ihnen ebenfalls, um auf der anderen Seite der Tür Stellung zu beziehen, aber zumindest bedachte Bokana sie noch mit einem kurzen, aufmunternden Zwinkern, bevor er ging, so als wollte er ihr mit seinen Augen sagen, dass alles gut werden würde.

Marda war sich da nicht so sicher. Die Tür schloss sich. „Mutter, ich …"

Elecia brachte sie mit erhobener Hand zum Schweigen, dann stemmte sie sich unter Qualen wieder auf die Beine. Marda wollte ihr helfen, aber einmal mehr reckte die Mutter die Hand vor. „Ich schaffe es schon."

Der Gleichmacher grollte.

Elecia humpelte zu einem kleinen Computerterminal in der Ecke und rief eine Datei auf dem Holoschirm auf. „Shea hat diese Übertragung abgefangen, kurz nachdem du Farazi zu ihrer Unterkunft gebracht hattest."

Auf einen Knopfdruck hin dröhnte eine blecherne Frauenstimme aus dem Lautsprecher. „Ich bin drin und habe ihr Vertrauen. Oder zumindest das Vertrauen eines Mädchens, das hier überraschend viel zu sagen hat. Eine Evereni – auch wenn ich noch nie einen so zahnlosen Hai gesehen habe. Es ist fast schon erbärmlich."

Jetzt kamen ihr die Tränen. Sie strömten über Mardas Wangen, aber sie gestattete sich nicht zu schluchzen. „Das ist ..."

Die Mutter nickte. „Deine Reporterin." Sie stellte die Aufzeichnung ab. „Das Signal war verschlüsselt, aber Shea konnte den Code problemlos hacken."

„Natürlich", sagte Kevmo, aber Marda war nicht in der Stimmung für seine unterschwellige Verachtung.

„Sie sagte, sie will helfen."

Die Mutter lachte traurig, obwohl sie sich dabei schwer auf die Konsole stützen musste. „Sie hat dir gesagt, was du hören wolltest. Das ist ihr Job, Marda. Und du bist darauf hereingefallen."

„Ich werde ihr erklären, dass sie gehen muss."

„Damit sie der Galaxis berichtet, wir hätten sie hinausgeworfen?" Die Mutter wandte sich von dem Holoschirm ab und blickte Marda an. „Ich kann die Schlagzeilen schon vor mir sehen – falls sie wirklich ist, wer sie vorgibt zu sein."

Marda runzelte die Stirn. „Wie meint Ihr das?"

„Gerade war sie noch eine Ermittlerin, dann ist sie plötzlich eine Reporterin."

„Sie hat sich umgehört, weil sie Euch sprechen wollte."

„Genau." Die Mutter hob eine Hand an ihre Brust. „Was, wenn sie auch keine Reporterin ist, sondern, sagen wir ... eine Kopfgeldjägerin? Oder eine Attentäterin?"

Marda schüttelte den Kopf. „Ich glaube nicht, dass ..."

Elecia trat vor, ihr Rücken gekrümmt. „Aber du *weißt* es nicht, und das ist das Problem. Du hast die Möglichkeit nicht mal in Betracht gezogen." Sie ballte die Hand vor ihrer Brust zur Faust. „Es ist meine Schuld."

„Was?"

„Ich hatte zu große Erwartungen an dich."

„Nein."

„Du warst nicht bereit für die Verantwortung, die ich dir übertragen habe. Die anderen haben mich gewarnt, dass du zu jung bist, zu unerfahren, aber ich wollte nicht hören. Ich konnte mir nicht eingestehen, dass ich einen Fehler gemacht habe."

„Wer hat gesagt, dass ich nicht bereit bin?", wollte Marda wissen. In ihrem Kopf drehte sich alles.

„Die Ältesten. Der Herold. Sogar Yana."

„Das stimmt nicht", entgegnete Marda.

Die Mutter wirkte verletzt. „Du nennst mich eine Lügnerin?"

„Nein. Ich meine, was sie über mich gesagt haben. Das stimmt nicht. Ich weiß, ich habe Fehler gemacht, aber ich habe aus ihnen gelernt. Ich kann alles wieder in Ordnung bringen."

Elecia schlurfte zu ihr und legte die Hand auf Mardas Wange. Ihre Finger waren schrecklich kalt.

„Ich weiß, dass du das glaubst. Aber du machst dir etwas vor. Es ist zu spät."

„Nein." Marda schluchzte. Jetzt weinte sie, laut und offen, wie eine der Kleinen. „Bitte, sagt nicht so etwas."

„Es tut mir leid, Marda. Aber es ist zu deinem Besten. Zu unserem Besten."

Aus der Richtung der Tür ertönte ein Klopfen. Die Mutter zog ihre Hand zurück, aber Marda packte sie und achtete nicht einmal darauf, dass der Gleichmacher bei der Bewegung aufsprang. „Bitte, geht nicht", flehte sie. „Wir können alles besprechen. Ich finde eine Lösung."

„Du tust mir weh", sagte die Mutter. Sie versuchte, ihre Hand aus Mardas Griff herauszudrehen.

Die Evereni ließ los. „Es tut mir leid."

Ein weiteres Klopfen.

„Herein!", rief Elecia, während sie sich von Marda abwandte.

„Sie hat recht, weißt du", meldete sich Kevmo zu Wort. „Es *ist* zu spät. Für dich. Und für sie."

Die Tür öffnete sich, und Sunshine Dobbs trat ein, begleitet von zwei Wesen, die Marda noch nie gesehen hatte: einem muskulösen Menschen mit Gesichtstätowierungen und einer Trandoshanerin mit bionischen Augen.

„Elecia“, gurrte Sunshine, seine Stimme so aalglatt wie eh und je. Er würdigte Marda keines Blickes, während er vortrat. „Ich habe die Schiffe, die Ihr wolltet. Und Piloten. Die Besten der Besten.“

„Schiffe?“ Marda wandte sich zur Mutter um. „Warum brauchen wir Schiffe? Wir haben die *Gaze*.“

Elecia bedachte sie mit einem wohlwollenden Lächeln. „Du solltest jetzt gehen, Marda. Nimm dir eine Auszeit. Ruh dich aus.“

„Sie schickt dich fort“, flüsterte Kevmo. „Sieht aus, als wärst du die längste Zeit die Führerin des Pfades gewesen.“

„Aber …“, begann sie, nur um prompt unterbrochen zu werden.

„Ich habe meine Entscheidung getroffen.“ Elecias Tonfall war kälter als je zuvor.

Es wäre sinnlos gewesen zu protestieren, also verließ Marda mit brennenden Wangen den Raum. Sie wollte nicht, dass Sunshine und die anderen sie weinen sahen.

16. KAPITEL

Drei Schiffe standen auf den behelfsmäßigen Landeplattformen, die der Pfad vor seiner Rückkehr nach Dalna errichtet hatte: Sunshines ramponierte *Scupper* auf der höchsten, links davon die kastenförmige *Moon of Sarkhai* und rechts die *Bonecrusher*. Der schlanke Kreuzer gehörte Galamal, dem hochgewachsenen Echsenwesen, das Marda auf den ersten Blick für eine Trandoshanerin gehalten hatte, doch wie sich herausstellte, war sie tatsächlich eine Barabel, eine Spezies, der sie noch nie zuvor begegnet war. Nun saß Marda auf der Veranda der Hütte, die einmal Jichora gehört hatte, und beobachtete, wie sich die Älteste auf der anderen Seite der Landeplattformen mit Ric Farazi unterhielt.

Worüber die beiden sprachen, konnte Marda nicht verstehen. Und ebenso wenig verstand sie, warum die Journalistin nach allem, was die Mutter gesagt hatte, überhaupt noch hier war. Was hatte Elecia vor?

„Frag sie doch einfach", schlug Kevmo von seinem Platz aus vor, wo ihn niemand sehen konnte. „Oh, halt, warte, das geht ja nicht. Sie hat dich ja aus ihrem inneren Kreis verbannt."

Als er noch gelebt hatte, war der Padawan nicht so grausam gewesen. Vermutlich war das der Grund, warum Marda die meiste Zeit versuchte, ihn zu ignorieren. Der andere Grund war natürlich, dass sie jedes Mal losheulen wollte, wenn sie ihn sah, und sie hatte während der vergangenen Tage bereits zu viele Tränen vergossen. Also hielt sie ihren finsteren Blick weiter auf Farazi gerichtet, während sie Kevmos beschädigtes Lichtschwert zwischen ihren Händen hin und her drehte. Als es mit dem Rest ihrer bescheidenen Habseligkeiten von der *Gaze* hergebracht worden war, hatte sie einmal mehr überlegt, ob sie es einfach wegwerfen sollte, vor allem, weil der Padawan sie ohnehin nur noch triezte. Warum also hatte sie es immer noch bei sich? Warum hatte es wieder seinen Weg an ihren Gürtel gefunden? Weil sie in so kurzer Zeit so viel verloren hatte? Weil sie etwas brauchte, woran sie sich festklammern konnte, eine Erinnerung an ihr Leben vor all diesem Leid?

„Oder weil du es benutzen willst?", mutmaßte Kevmo. „Du weißt schon, nur für den Fall, dass die Mutter dich auswählt, wenn sie das nächste Mal ein Opfer braucht, das sie den Eiskrokodilen zum Fraß vorwerfen kann."

Das war hirnverbrannt. Die Mutter würde so etwas niemals tun, ganz gleich, wie tief Marda auch in Ungnade gefallen sein mochte. Und ganz abgesehen davon würde sie das Lichtschwert nie wieder aktivieren, unter keinen Umständen.

„Marda! Marda, komm, spiel mit uns."

Als sie sich umblickte, entdeckte sie einige der Kleinen, die mit zerzausten Haaren und staubigen Roben herbeigerannt kamen.

Jerid führte die Gruppe an. „Wir wollen in den Lompop-Feldern Verstecken spielen", verkündete sie. „Die Älteste Waiden meinte, der Regen kommt bald, und wir wollen die Sonne ausnutzen, solange sie noch scheint."

„Wirklich?", wunderte sich Marda. „Die Regenzeit soll doch erst nächsten Monat beginnen."

Der braunhäutige Junge zog die Schultern hoch. „Das hat sie gesagt."

„Und, kommst du mit?", fragte Utalir. Die goldenen Kopftentakel der Mikkianerin waren beinahe ebenso verstaubt wie ihre Kleidung. „Bitte."

Marda wollte Ja sagen. Mit den Jünglingen zu spielen, würde ihr guttun. Im Gegensatz zu den anderen … im Gegensatz zur Mutter gaben die Kinder ihr noch immer das Gefühl, gebraucht zu werden. Sie *wollten* sie bei sich haben. Alle anderen waren auf Distanz gegangen, seit sich herumgesprochen hatte, dass sie nicht länger in der Gunst der Mutter stand. Erst die Bewohner von Ferdan, jetzt der Pfad. Vielleicht hätte sie doch mit ihrer Cousine auf Jedha bleiben sollen. Falls Yana das Chaos überlebt hatte, hatte sie vermutlich die Gelegenheit genutzt, wegzufliegen und irgendwo zwischen den Sternen ein neues Leben zu beginnen, weit entfernt von dem Pfad und einem Ziel, an das sie nie wirklich geglaubt hatte.

„Wenn du doch nur auch wegrennen könntest", sagte Kevmo und seufzte. „Warum musst du so von der Sache des Pfades überzeugt sein?"

„Marda?" Tromak zupfte an ihrer Robe. „Hast du gehört?"

Sie ignorierte den Gran und stellte selbst eine Frage: „Wisst Ihr, warum diese Schiffe hier sind?" Besagte Schiffe wurden gerade mit Ausrüstung beladen; Kisten, Netze ... etwas, was verdächtig nach Blastergewehren aussah.

Als ihr niemand antwortete, drehte Marda sich schließlich wieder zu den Kleinen herum. „Na? Was ist?"

„I-ich weiß nicht", murmelte Utalir mit zitternder Unterlippe. „Das ist eine Erwachsenensache."

„Willst du nun spielen oder nicht?", fragte Tromak.

„Nein", blaffte Marda, ein wenig zu laut und viel zu wütend.

„Kein Grund, uns anzuschreien", murmelte Jerid. Er trat zurück und zog die anderen mit sich.

Mardas Schultern sackten herab, als die Kinder davonrannten. „Es tut mir leid!", rief sie ihnen nach, aber sie blieben nicht stehen. „Ich wollte euch nicht so anfahren."

Ein Regentropfen landete auf ihrer Wange, gerade als die Kleinen außer Sicht verschwanden. Dunkle Wolken zogen über den Himmel heran. Die Alte Waiden hatte wohl doch recht gehabt.

„Und", fragte sie laut, „willst du nichts dazu sagen? Ich habe schon wieder Mist gebaut, nicht wahr?"

Doch der Geist ihrer einstigen Liebe schweig, und Marda fühlte sich einsamer als je zuvor.

Sie rieb ihre Augen, die nach zu vielen schlaflosen Nächten brannten. Farazi und Jichora waren davongegangen, zweifelsohne, um dem kommenden Regen zu entgehen, und die Aktivität rings um die Schiffe kam ebenfalls zum Erliegen; sie schienen inzwischen fertig beladen zu sein. Nur noch die drei Captains – Dobbs, der Mensch und die Echsenfrau – gingen um ihre Schiffe herum, während sie Treibstoffleitungen und Anzeigen überprüften. Marda war ganz sicher keine erfahrene Raumfahrerin, aber selbst sie konnte erkennen, dass das Trio sich auf den Start vorbereitete. Aber wo war der Rest ihrer Mannschaften?

Als hätten sie auf ein Stichwort gewartet, stiegen drei Gruppen auf die Landeplattformen hoch. Sie setzten sich aus Pfad-Mitgliedern zusammen, aber anstelle ihrer Roben trugen sie dunkle Fliegeranzüge und Overalls. Die meisten waren neue Anhänger, die sie auf Jedha rekrutiert hatten, aber ein paar Gesichter kannte Marda. Da war Wole, ein rodianischer Söldner, der sich dem Pfad angeschlossen hatte, kurz bevor sie zum Pilgermond aufgebrochen waren. Und dort: die Menschenfrau Nanda und der Ithorianer Tragor, der gemeinsam mit seinem Sohn zu ihrer Gruppe gestoßen war, einem ernsten kleinen Jungen mit durchdringenden Augen. Von dem Kind fehlte aber jede Spur. Tragor trug eine schwer aussehende Tasche auf dem Rücken, und hinter ihm gingen …

Marda stand überrascht auf, als sie die letzten Mitglieder der Gruppe sah. Es waren Jukkyuk und Bokana, beide in Overalls, beide mit Waffen über den Schultern. Wenn die Mutter ihre eigenen Leibwächter auf diese Mission schickte – worum immer es dabei ging –, dann musste sie verdammt wichtig sein.

Jetzt *musste* sie einfach wissen, was hier los war.

„Bokana!" Sie ließ das Lichtschwert unter ihrer Robe verschwinden und rannte zu den Landeplattformen. „Bokana, warte!"

Der Ovissianer drehte sich herum und seufzte, als er sie entdeckte.

„Gehst du mit ihnen?", fragte Marda atemlos.

Jukkyuk stapfte weiter die Treppe hoch und brummte dabei etwas auf Shyriiwook vor sich hin, was sie nicht verstehen konnte.

„Ja", antwortete Bokana, wobei er den Riemen seines schweren Blasters zurechtrückte. „Aber wir sind bald wieder zurück."

Er wollte weitergehen, aber sie griff nach seinem Arm, um ihn zurückzuhalten. „Bokana, bitte. Wo fliegt ihr hin?"

Er blieb erneut stehen, aber sein Unbehagen war ihm deutlich anzusehen. „Wir sollen nicht darüber sprechen. Wir ... holen etwas, das ist alles."

So einfach wollte sie ihn nicht vom Haken lassen. „Was sollt ihr holen? Und für wen? Für die Mutter? Schickt sie euch deswegen mit?"

Bokana blickte sich um, als hätte er Angst, dass jemand sie beobachten könnte. „Marda, bitte. Es ist ..."

„Was?", blaffte sie. „Geheim? Gehörst du jetzt zu ihren Kindern? Ist das hier ein Sondereinsatz?"

„Es ist kompliziert", sagte er ausweichend, während er den Schiffen den Rücken zudrehte – und Sunshine Dobbs, der von der Luke der *Scupper* zu ihnen herabstarrte. „Heikel."

„Ich bin die Führerin der Offenen Hand", erklärte Marda, aber dann wurde ihr klar, dass dieser Titel inzwischen jegliche Bedeutung verloren hatte. Also versuchte sie es mit einem anderen Ansatz. „Wir sind Freunde."

Bokana linste zu den Schiffen hoch, aber nach einem kurzen Moment des Zögerns nahm er sie bei der Hand und führte sie zu den Hütten hinüber.

„Es ist dieser Dobbs", flüsterte er, sobald er sicher war, dass niemand bei den Landeplattformen sie noch hören konnte. „Er hat im Auftrag der Mutter irgendeine Sache vorbereitet."

„Was für eine Sache?"

Bokana legte die Stirn in Falten. „Du kennst doch diese Kreatur, die die Mutter ständig dabeihat."

„Den Gleichmacher."

„Ja. Dobbs behauptet, er wüsste, wo das Ding herstammt. Und dass es dort noch viele weitere Kreaturen von seiner Sorte gibt."

„Und?"

Bokana zog die Schultern hoch. „Dort fliegen wir jetzt hin. Um ihre Eier zu sammeln." Er schluckte. Die Vorstellung behagte ihm augenscheinlich nicht. „So viele, wie wir nur finden können."

„Aber wieso?"

„Die Mutter hatte einen weiteren ihrer Anfälle. Wie auf dem Schiff."

„Geht es ihr gut?"

„Sie meinte, es wäre eine weitere Botschaft der Macht. Eine Warnung, dass die Jedi uns angreifen werden."

„Wegen Kevmo und Zallah?"

„Keine Ahnung. Vielleicht wegen den beiden, vielleicht auch wegen Jedha. In jedem Fall meinte die Mutter, wir bräuchten mehr Schutz. Etwas, was die Jedi aufhalten wird. Darum hat sie Dobbs gleich nach ihrer ersten Vision an Bord der *Gaze* losgeschickt. Sie wusste, dass etwas Großes passieren würde. Seitdem haben sie und Dobbs diese Mission geplant."

„Und die anderen Schiffe?"

Bokana legte den Kopf schräg. „Dobbs hat sie angeheuert. Er meinte, die Reise würde schwierig werden, wie ein Flug durch die Hölle. Die Eier befänden sich auf einer Welt, die er Planet X nennt. Offenbar hat sie keinen richtigen Namen, und sie ist von einer Art Schleier umgeben ... oder zumindest hat er es so beschrieben."

„Und was ist mit diesem Schleier?"

„Das ist die Ein-Millionen-Credit-Frage." Der Ovissianer seufzte. „Dobbs behauptet, es wäre so gut wie unmöglich, ihn zu durchqueren, und dass nur die wenigsten Piloten, die es versuchten, überlebt hätten."

„Fliegt ihr *deswegen* mit drei Schiffen? Für den Fall, dass es nicht alle zurückschaffen?"

„Oh, daran hatte ich noch gar nicht gedacht …"

Sie legte ihm entschuldigend die Hand auf den Arm, aber ihre Gedanken rasten. Es ergab Sinn. Sie hasste die Vorstellung, dass jemand kommen könnte, um dem Pfad zu schaden, aber wie die Mutter gesagt hatte: Es gab Tunnel unter dem Lager, wo sie sich verteidigen konnten.

Und es ging nicht nur darum, den Pfad zu schützen, sondern die Macht selbst. Alles, was auf Dalna und Jedha geschehen war, ließ sich auf einen alles entscheidenden Moment zurückführen: den Moment, als sie Kevmo begegnet war und er die Macht missbraucht hatte, um eine Blume in die Luft hochschweben zu lassen und sie zu beeindrucken.

Er hatte es nur für einen harmlosen Trick gehalten, aber die Konsequenzen hätten verheerender nicht sein können. Die Höhlen waren kurz nach seiner kleinen Demonstration überschwemmt worden, und einmal mehr hatte Kevmo die Macht benutzt, wenn diesmal auch, um den Pfad zu retten. Zugegeben, ein selbstloser Akt, aber auch einer, der alles nur noch weiter aus dem Gleichgewicht gebracht hatte. War das Blutvergießen auf Jedha womöglich ein direktes Resultat seines Handelns – seines Handelns *und* der Tatsache, dass Marda diese Schändung der Macht akzeptiert hatte? War das Chaos in der Heiligen Stadt deswegen ausgebrochen? Und was war mit den Jedi, die die Macht benutzt hatten, um die Aufstände zu beenden – Silandra Sho und all die anderen? Welche katastrophalen Folgen würde ihr Tun erst haben? Nur die Mutter konnte das Schlimmste noch verhindern, und offenbar brauchte sie mehr Gleichmacher, um den Pfad vor den Jedi zu schützen.

Es könnte funktionieren.

Aber deine Meinung interessiert sie nicht mehr, kommentierte eine Stimme tief in ihr, nur war es diesmal nicht die von Kevmo. Diesmal war es ihre eigene Stimme, und sie erklärte Marda, was sie tun musste, wenn sie sich einmal mehr als Führerin des Pfades beweisen wollte.

„Wann fliegt ihr los?"

„Eigentlich sollten wir schon in der Luft sein. Ich muss los."

„Ja", sagte Marda. „Und ich komme mit."

„Was?"

Anstatt darauf zu warten, dass er protestierte, rannte sie über die Treppe zu den Schiffen hoch. Als Bokana sie einholte, war sie bereits oben auf der Plattform.

„Marda, warte! Was tust du da?"

Natürlich wusste er ganz genau, was sie tat, aber sie würde sich nicht von ihm aufhalten lassen und ebenso wenig von Kevmo, sollte er sich noch zu Wort melden. Aber Marda hatte das Gefühl, dass sie so bald nichts mehr von ihm hören würde – sofern er überhaupt je wirklich da gewesen war.

Es war Zeit, die Vergangenheit loszulassen und nach der Zukunft zu greifen.

Sunshine Dobbs stand an der Rampe der *Scupper*, als Marda auf ihn zumarschierte, Bokana dicht hinter ihr.

„Du bist spät dran", rief Dobbs dem Ovissianer zu, ohne Marda auch nur anzublicken.

„Das war meine Schuld", sagte sie, während sie einen Fuß auf die Rampe setzte. „Kommt nicht wieder vor."

„Moment mal, junge Dame." Sunshine hob seinen Datenblock, um ihr den Weg zu versperren. „Wo willst du denn hin?"

„Es gab eine Planänderung. Ich komme mit euch."

„Sagt wer?"

„Ich bin die Führerin der Offenen Hand. Es ist der Wille der Macht – und der Mutter."

„Wir wissen beide, dass das nicht stimmt." Dobbs' Miene wurde härter. „Jetzt verschwinde von meinem Schiff. Zack, zack!"

„Das werde ich nicht. Aber wenn du den Start noch weiter hinauszögern möchtest, können wir gerne gemeinsam zur Mutter gehen, damit sie es dir persönlich bestätigt. Natürlich wird sie ziemlich wütend sein, aber wenn du darauf bestehst …"

Sie ließ den Satz in der Luft hängen und hoffte, dass ihr Bluff aufgehen würde. Alle im inneren Zirkel der Mutter hatten gesehen, welchen Effekt Elecia auf Sunshine Dobbs hatte. Der Mann war regelrecht vernarrt in sie, und Marda hoffte, dass er lieber ihre himmelschreiende Lüge akzeptierte, als die Sympathie der Mutter zu riskieren.

„Sie sagt die Wahrheit, Dobbs", schaltete sich Bokana ein, was Marda beinahe ebenso überraschte wie Dobbs. „Die Mutter hatte eine weitere Machtvision. Darin sah sie, dass Mardas Anwesenheit für unsere Mission von größter Bedeutung ist. Ohne sie werden wir Planet X nicht erreichen."

Sunshine schnaubte. „Das ist absoluter Schwachsinn. Wenn ihr glaubt, dass ich darauf reinfalle, seid ihr noch dümmer, als ihr ausseht."

Marda setzte zu einer Entgegnung an, aber Bokana schob sich vor sie. Sunshine reichte ihm gerade mal bis zu seiner breiten Brust. „Die Sache ist ganz einfach. Du akzeptierst diese kleine Planänderung, oder wir blasen die Mission ab."

Dobbs legte den Kopf in den Nacken und funkelte zu dem Ovissianer hoch. „Ach ja?"

„Und wenn es keine Mission gibt, kriegen du und deine Freunde auf den anderen Schiffen auch keine Bezahlung."

Eine Bewegung lenkte Mardas Blick zum oberen Ende der Rampe, wo Sunshines Wartungsdroide DZ-23 aus den Schatten des Frachtraums hervorrollte. Die kleine Einheit begann, zu ihrem unausstehlichen Besitzer hinabzupiepsen und zu trillern und zu pfeifen.

„Klingt, als würde jemand endlich starten wollen", sagte Marda.

„Diese Sturmwolken kommen verdammt schnell näher", hängte Bokana an.

Sunshine spähte zum dunkler werdenden Himmel hoch und hob den Datenblock, um seine Augen vor den schweren Regentropfen zu schützen, die bereits vereinzelt auf das Lager herabfielen.

„Also schön“, brummte er schließlich. Bevor er mit finsterer Miene die Rampe hochstampfte, sagte er nur noch: „Aber steh nicht im Weg rum. Das hier ist kein Vergnügungsausflug. Wenn du kotzen musst, wischst du es selbst auf, verstanden?“

Marda verstand, aber als die *Scupper* durch Dalnas Atmosphäre aufstieg, fragte sie sich, ob je *irgendetwas* an Bord des Schiffes aufgewischt worden war. Es roch, als würde seit Jahren ein toter Bantha im Frachtraum liegen. Doch wenn ihr irgendetwas den Magen zusammenzog, dann war es nicht der Gestank an Bord. Und es waren auch nicht die Turbulenzen. Nein, es war der Gedanke daran, was sie gerade getan hatte. All diese Lügen ... Würde es sich am Ende lohnen? Würde die Mutter erkennen, dass Marda noch immer ihrem Weg folgte, dass sie es verdient hatte, die Führerin der Offenen Hand zu sein?

Nun, zuerst einmal musste sie den Rest der Mannschaft überzeugen. Tragor und Nanda waren auf der *Moon of Sarkhai*, aber Jukkyuk warf ihr und Bokana misstrauische Blicke zu, als sie und Bokana hereinkamen, ebenso wie Shea Ganandra, die seit ihrer Begegnung auf der *Gaze* kaum ein Wort mit Marda gewechselt hatte. Aber zumindest kannte Marda die Technikspezialistin, im Gegensatz zu Calar, einem Setaraner, der gerade überprüfte, ob die Vorräte sicher verstaut waren. Das Wesen mit dem kuppelförmigen Schädel war ein weiterer Neuzugang beim Pfad, der vor seiner Bekehrung einem anderen Orden angehört hatte, genannt der Heilige Kreis. Soweit Marda das beurteilen konnte, sprach Calar nicht – nicht zuletzt, weil seine Spezies keinen Mund hatte. Stattdessen atmete der blasshäutige Neophyt durch lange, feine Kiemen, die sich von seinem Halsansatz bis zu seinen vorstehenden Wangenknochen zogen und direkt unter seinen tief liegenden, neugierigen Augen endeten. Marda musste ein Schaudern unterdrücken, als sich das Wesen fragend zu ihr herumdrehte.

Abgerundet wurde die Gruppe durch Ord, eine Reesarianerin mit roter Haut, langem geflochtenem Haar und primatenartigen Zügen. Ord war nicht mehr dieselbe, seit ihr Bundpartner vor ein paar Monaten gestorben war, und es überraschte Marda, dass sie sich für diese Mission freiwillig gemeldet hatte. Aber hier war sie, ihre Pfad-Robe ersetzt durch die gleiche dunkle Kleidung, die auch die anderen trugen – mit Ausnahme von Marda.

„Hier." Als hätte sie ihre Gedanken gelesen, hielt Ord ihr einen Stapel ordentlich gefalteter Kleidung hin. „Es ist alt, aber es sollte passen."

„Danke", erwiderte Marda, ehrlich gerührt von dieser Geste.

„Kein Problem. Könnte sein, dass du einen Gürtel brauchst."

„Siehst du?", sagte Bokana mit einem aufmunternden Lächeln. „Du passt perfekt in die Gruppe."

„Das verdanke ich dir", erinnerte sie ihn, wobei sie dem Ovissianer tief in die Augen blickte. „Das ist jetzt schon das zweite Mal, dass du lügst, um mich zu schützen."

Sein Lächeln wurde verlegen. „Ich schätze, ich mag es, wenn du in meiner Nähe bist. Außerdem ist es der Wille der Macht, schon vergessen?"

„Das wird sich noch früh genug zeigen." Kurz wankte sie, als die künstliche Schwerkraft der *Scupper* aktiviert wurde. Das bedeutete, dass sie den Orbit verlassen hatten.

„Du ziehst dich besser um", schlug Bokana vor.

Marda nickte, dann überraschte sie ihn – und sich selbst –, indem sie aufstand, sich auf die Zehenspitzen stellte und ihm einen Kuss auf seine grüne Wange hauchte.

Bevor er erröten konnte, ging sie auch schon davon und suchte nach einer Nische, wo sie in die ungewohnte Kleidung schlüpfen konnte.

Die *Scupper* klapperte und schwankte von einer Seite auf die andere, während Sunshine alles für den Hyperraumsprung vorbereitete.

Nachdem sie so lange schon die Roben des Pfades getragen hatte, fühlte sich die Kleidung seltsam an, aber die Hose passte, und die Jacke war nur ein wenig zu weit. Ord hatte offenbar fast dieselbe Größe wie sie.

„Was denkst du?“, fragte sie laut, während sie versuchte, ihre Reflexion auf dem dumpfen Metall der Wand zu inspizieren.

Sie erwartete keine Antwort. Vielleicht war Kevmo wirklich fort. Und vielleicht war es auch besser so.

Jetzt mussten sie nur noch lebend von dieser Mission zurückkehren.

2. TEIL

DER KAMPF UM DEN PFAD

17. KAPITEL

„Kommst du?“

Oliviah Zeveron verharrte an der Rampe des Schiffs und blickte zu Matty zurück, die ihrerseits neben Tey Sirrek stand, dem Sephi, der gerade einen überraschend günstigen Preis für ihren Flug nach Dalna ausgehandelt hatte.

„Ich komme gleich“, rief sie der älteren Frau zu, wobei sie ihre Robe in der kalten Luft von Jedha enger um sich schlang. „Ich will mich nur kurz verabschieden.“

Oliviah seufzte, aber zumindest verdrehte sie die Augen nicht, was sie durchaus häufiger tat. „Beeil dich“, sagte sie, dann wandte sie sich um und verschwand im Inneren des Schiffs. „Captain Strat ist schon ungeduldig.“

„Da ist er nicht der Einzige.“ Tey lachte leise, während er der Jedi-Ritterin nachblickte. „Sie wirft nicht gerade mit Herzlichkeit um sich, oder?“

„Hm?“, fragte Matty abgelenkt.

Der Dieb mit der violetten Haut nickte in Richtung der Rampe. „Deine Freundin, Jedi Griesgram.“

Matty musste lachen. „Sie ist nicht wirklich eine Freundin. Mehr jemand, den ich kenne. Eine Ordensschwester.“

„Ich dachte, ihr kennt euch schon seit Jahren.“

„Ja, aber das heißt nicht, dass wir uns nahestehen. Oliviah wahrt immer eine gewisse Distanz. Als sie hier ankam …“ Röte schoss in Mattys Wangen, und sie biss sich auf die Zunge.

„Oh, komm schon, du kannst mich nicht hängen lassen.“ Tey wackelte mit den Ohren. „Nicht, wenn es gerade interessant wird.“

Matty schüttelte lächelnd ihre Kopfschwänze. „Als sie hier ankam, habe ich mich vielleicht ein *kleines* bisschen in sie verguckt."

„Matthea Cathley!", entfuhr es Tey, und er legte sich in gespielter Empörung die Hand an die Brust. „Wie wundervoll unjedihaft von dir."

„Jedi können sich auch mal verknallen", verteidigte sie sich. „Zumindest war es bei mir so. Aber es ging schnell vorbei. Sie wirkte einfach ... so distanziert. So unnahbar."

„So kalt wie die Nasenspitze eines Banthas."

Matty boxte seine Schulter. „So schlimm ist sie nun auch wieder nicht."

„Autsch!"

„Das hast du verdient."

„Das habe ich", stimmte Tey zu, während er sich die Stelle rieb. Er beobachtete, wie sich Matty kurz im Raumhafen umsah. „Du kommst da draußen schon klar", sagte er unvermittelt.

„Was? Oh ja, natürlich, ich weiß." Sie versuchte, ihre Gefühle zu überspielen, aber es funktionierte nicht. „Es ist nur ..."

„Du hast Angst?"

„Jedi haben keine Angst."

„Das ist Nerf-Mist!"

„Tey!"

„Oh, jetzt tu nicht so, als wärst du schockiert. Du hast den Großteil deines Lebens auf Jedha verbracht. Ich bin sicher, du kennst noch ganz andere Ausdrücke. Jetzt, da ich drüber nachdenke, habe ich einige dieser Ausdrücke sogar schon aus deinem Mund gehört. Außerdem kann ich sehen, wenn du lügst. Deine Lekku zucken."

„Tun sie nicht."

„Da, schon wieder!"

Sie schnaubte, aber dann wurde ein Seufzen daraus. Tey wartete darauf, dass sie ihm erklärte, was in ihrem Kopf vorging.

„Wenn du es wirklich wissen willst", begann sie, die Arme vor der Brust verschränkt, damit sie nicht unkontrolliert gestikulierte, „ich habe Jedha schon eine ganze Weile nicht mehr verlassen. Das letzte Mal, als ich hier am Raumhafen war …"

„Hast du Vildar nach seiner Ankunft von Abregado-rae in Empfang genommen."

„Woher weißt du das?"

„Er hat es mir erzählt."

Matty befürchtete das Schlimmste und verzog das Gesicht. „Hat er dir auch gesagt, dass ich zu viel rede?"

„Er hat es erwähnt, aber nur ein- oder siebenhundertmal. In jedem Fall war er aber schwer beeindruckt von dir."

Das verblüffte sie. „Wirklich?"

„Er meinte, du wärst die selbstbewussteste Padawan, der er je begegnet wäre, und dass er gar nicht glauben könnte, wie gut du dich an all das hier angepasst hast." Er wedelte mit seinem langen Zeigefinger, um das geschäftige Treiben am Raumhafen einzufangen. „An dieses …"

„Chaos?"

Sein Grinsen kehrte zurück. „Ja. Chaos. Vildar ist vielleicht dein Meister, aber er hat viel von dir gelernt. Und ich auch."

„Aber genau das ist es ja. Ich weiß viel über Jedha. Vielleicht sogar *zu* viel. Nur dort draußen …" Sie blickte zum dunkler werdenden Himmel hoch, wo die ersten Sterne durch die Atmosphäre des Mondes stachen. „Da draußen ist alles anders. Vor allem, wenn Oliviah dabei ist und nicht …"

Sie wollte Meisterin Leebons Namen sagen, aber sie brachte ihn nicht über die Lippen. Einen Moment später spürte sie Teys Arme, als er sie in eine Umarmung zog, und Matty vergrub ihr Gesicht in seinem grünen Schal, damit niemand ihre Tränen sah.

„Du kriegst das schon hin, Kleine. Ich bin überzeugt, du kommst prima zurecht. Wenn überhaupt, werden *wir* diejenigen sein, die nicht wissen, was wir ohne *dich* tun sollen."

Matty schniefte. Sie glaubte ihm natürlich kein Wort, aber sie wusste die Geste zu schätzen.

„Außerdem haben wir alle hin und wieder Angst“, fuhr Tey fort. „Wächter der Whills, schneidige Diebe, sogar plappernde Padawan. Die Frage ist nur: Wie gehen wir damit um? Rennen wir weg und verstecken uns – oder stellen wir uns unseren Ängsten, und zur Hölle mit den Konsequenzen?“

„Was, glaubst du, werde ich tun?“, fragte sie, ohne aufzublicken.

„Wenn du Angst kriegst?“

„Ja.“

„Das wirst du rausfinden, wenn es so weit ist. Aber ich bin mir sicher, du wirst überrascht sein, wie gut du mit der Situation fertigwirst. Und nicht, weil du eine Jedi bist. Nicht der Robe oder des Lichtschwerts wegen. Nicht mal der Macht wegen. Nein, sondern dessentwegen, das in dir steckt. Letztendlich ist es das, worauf es ankommt.“

Matty hätte stundenlang so dastehen können, in die herzliche Umarmung eines Freundes … Aber sie wusste, dass Oliviah jeden Moment wieder an der Luke auftauchen und fragen würde, was da denn so lange dauerte. Also drückte sie Tey ein letztes Mal, bevor sie zurücktrat und sich mit dem Handrücken über die Nase wischte.

„Wie sehe ich aus?“, fragte sie, während sie ihre Robe zurechtrückte.

„Wie jemand, der bereit ist für ein Abenteuer.“ Tey lächelte sie strahlend an. „Wie eine Jedi.“

„So schlimm, hm?“

„He“, erwiderte er, die Schultern hochgezogen. „Was soll ich sagen? Euer Verein wächst mir langsam ans Herz. Jetzt geh lieber an Bord, bevor Jedi Griesgram noch eine Ader platzt.“

18. KAPITEL

Während der letzten Etappe ihrer quälend langen Reise zurück nach Dalna döste Yana schließlich ein. Jedha zu verlassen, war dank Kradon ganz einfach gewesen. Der Wirt hatte sie auf einem Frachter untergebracht, der von dem Mond in Richtung Ord Mantell aufbrach. Aber nachdem man sie bei Port Mackie abgesetzt hatte, begannen die Probleme. Es erwies sich als unerwartet schwierig, einen Flug nach Dalna zu finden, vor allem, da der gesamte Sektor gerade offenbar von einer Kommunikationsstörung betroffen war. Letztendlich stießen sie auf Okut Dand, einem Tarsunt mit silbernen Schnurrhaaren, der mehrere Bergruutfa ins Mara-System transportieren sollte – riesige, aber friedliche Tiere, die in Boxen im Frachtraum eingepfercht waren.

Das letzte Mitglied von Dands Crew hatte vor ein paar Tagen das Handtuch geworfen. Offenbar waren seine letzten Worte gewesen, dass er lieber in einer Gewürzmine arbeiten würde, als noch einen Tag länger Bergruutfa-Dung zu schaufeln oder die Unmengen an Sabber aufzuwischen, der den Tieren aus ihren hauerbesetzten Mäulern tropfte. Der Herold hatte die Idee gehabt, dass sie sich als Ersatz anbieten sollten.

Es war wirklich überraschend, mit welchem Eifer er sich in seine neuen Aufgaben als Schiffshelfer stürzte und wie schnell er eine Beziehung zu den riesenhaften Kreaturen aufbaute. Yana selbst tat sich nicht ganz so leicht. Sie war einiges gewohnt, seitdem sie mit Sunshine Dobbs geflogen war, aber der Gestank der Bergruutfa war unbeschreiblich. Außerdem war da noch eine ganze Kolonie umherhuschender kleiner Echsen, die sich in den vielen dunklen Ecken und Nischen des Schiffs eingenistet hatte … bedauerlicherweise auch unter den Matratzen in den Mannschaftskabinen (zweifelsohne ein weiterer Grund, warum Dands Crew ihren Captain im Stich gelassen hatte).

Yana schlug vor, Fallen aufzustellen und die Biester aus der Luftschleuse zu blasen, aber ihr neuer Arbeitgeber hatte nur seine Schnauze geschüttelt. Warum eine kostenlose Nahrungsquelle aufgeben? Yana wären mehr als nur ein paar gute Gründe eingefallen, zum Beispiel, dass die Reptilien die Bergruutfa erschreckten – jedes Mal, wenn die kleinen Krabbler durch den Frachtraum huschten, begannen die nervösen Dickhäuter, laut mit den Füßen zu stampfen. Und sie war auch nicht gerade begeistert, dass sich ihr Speiseplan größtenteils aus frittiertem, gebratenem oder gekochtem Eidechsenfleisch zusammensetzte, hin und wieder aufgelockert durch einen Eintopf aus Echseninnereien.

Der Moment, als Werth in ihre Kabine kam, um zu verkünden, dass sie Dalna erreicht hatten, war der wohl schönste ihres ganzen Lebens.

„Konntest du den Captain zu einer Landung überreden, oder müssen wir abspringen?"

Der Herold lächelte. „Glücklicherweise braucht er Treibstoff. Außerdem habe ich vielleicht angedeutet, dass es in Ferdan einige Abnehmer für 'Gruutfa-Dung gibt."

„Clever." Sie streifte ihre Jacke über und vergewisserte sich, dass sie noch immer den Stab der Dämmerung hatte. „Dann sehen wir wohl besser noch mal nach den großen Plattfüßen, bevor wir landen."

Doch der Herold blieb an der Tür stehen, einen verlegenen Ausdruck auf dem Gesicht.

„Ist alles okay?", fragte Yana.

„Ich habe mich noch gar nicht bei dir bedankt."

„Oh, schon in Ordnung. Wirklich."

„Nein." Die Tür schloss sich hinter ihm, als er hereintrat. Nach all den Tagen unbehaglichen Schweigens und Poodoo-

Schaufelns wollte er ihre große Aussprache ausgerechnet *jetzt* nachholen? „Du hättest mich der Gnade der Synode überlassen können, aber du bist zurückgekommen."

„Du hättest dasselbe für mich getan", erwiderte sie ohne echte Überzeugung.

„Nein, hätte ich nicht."

„Nein, hättest du nicht", musste sie ihm zustimmen.

Als die unerträgliche Stille zurückkehrte, wollte Yana zur Tür gehen, doch Werth blieb, wo er war, und versperrte ihr den Weg.

„Aber *sie* hätte es für dich getan", sagte er schließlich. „Kor. Sie hätte jede Tür in diesem Tempel weggesprengt, um dich zu befreien."

Yana versuchte sich an einem Lächeln. „Ja, sie konnte ziemlich stur sein. Muss sie von ihrem Vater geerbt haben."

„Sie hat dich geliebt."

Ihr Lächeln verkantete sich. Es gab nur eines, was sie darauf erwidern konnte. „Ja, und ich habe sie geliebt."

„Ich weiß, dass du mir ihretwegen bei der Flucht geholfen hast", fuhr Werth fort, der Mann, der vor ein paar Tagen ohne das leiseste Aufflackern von Mitleid Oranalli ermordet hatte. „Ihretwegen, nicht aus Loyalität zum Pfad. Und ganz sicher nicht aus Loyalität zu mir. Ich möchte nur eines wissen: Glaubst du überhaupt an unsere Sache?"

„Ich bin hier, oder etwa nicht?", sagte sie, obwohl sie sich gerade wünschte, sie könnte irgendwo anders sein, egal wo.

Der Herold nickte. „Ja. Und ich weiß, dass Kor dir vertraut hat. Deswegen werde ich dir auch vertrauen."

Yana atmete gepresst ein. Sie hatte genug davon, dass er ihre Gefühle für Kor für sich ins Spiel brachte. „Worauf willst du hinaus, Werth?"

Er machte einen Schritt auf sie zu, und seine Stimme nahm einen drängenden Ton an. „Wir müssen meine Rückkehr nach Dalna geheim halten."

„Geheim?“ Sie war nicht sicher gewesen, was der Herold plante – aber *damit* hatte sie nicht gerechnet.

„Du hast es selbst gesagt: Die Mutter hat sich gegen mich gewandt und missbraucht mich als Sündenbock. Wer weiß, welche Lügen sie dem Pfad in der Zwischenzeit erzählt hat? Du musst allein vorgehen. Bring den Stab der Dämmerung ins Lager. Sag ihr, dass du ihn gestohlen und mich im Gefängnis zurückgelassen hast, damit ich ...“ Er suchte nach den richtigen Worten.

„Damit du die Sache ausbadest?“, schlug Yana vor.

Er lächelte, amüsiert von dem Repertoire an Redewendungen, das sie sich während ihrer Reisen angeeignet hatte. „Genau.“

„Und was wirst du tun?“

„Kennst du den Stall am Rand von Ferdan, der früher mal zur Farm des alten Haq gehört hat?“

„Der Bauer, der so freundlich war wie ein Hutte mit Zahnschmerzen?“

„Der Stall steht seit seinem Tod leer.“

Das stimmte. Haq hatte keine Verwandten gehabt – zumindest keine, die etwas mit ihm zu tun haben wollten –, und so war sein Hof verfallen, nachdem er einen Herzinfarkt erlitten hatte.

„Ich werde mich dort verstecken und auf deinen Bericht warten.“

„Meinen Bericht?“ War sie jetzt etwa seine Spionin?

„Und da ist noch etwas.“ Werth klang plötzlich wieder viel selbstsicherer. „Wäre Kor hier, würde ich sie darum bitten, aber ...“

Diesmal war sie sicher, dass er bewusst an ihre Gefühle appellierte.

„Du musst nach meiner Frau sehen.“

„Opari?“

„Ich will mir gar nicht vorstellen, was sie ihr erzählt haben – sofern sie überhaupt noch am Leben ist.“

„Du glaubst doch nicht etwa ...“, begann Yana, ohne wirklich zu wissen, wie sie den Satz beenden sollte. Also setzte sie noch einmal von vorne an. „Sie hat große Fortschritte gemacht, bevor wir auf Jedha gelandet sind."

„Sie war krank", entgegnete Werth nüchtern. „Kors Tod hat ihr das Herz gebrochen. Sie mag wieder gegessen und getrunken und geschlafen haben, aber es war, als würde man einem Droiden dabei zusehen." Er tippte sich an die Brust. „Da war nichts mehr übrig von der Frau, die ich geheiratet hatte. Der Frau, die ich liebte."

Yana musste zugeben, dass sie überrascht war. Dies war das erste Mal seit ihrer Flucht aus dem Tempel, dass er Opari erwähnte. Kor war am Boden zerstört gewesen, als ihre Mutter von einer rätselhaften Auszehrungserkrankung befallen worden war. Hätte Elecia nicht Medizin für sie aufgetrieben, wäre Opari längst gestorben.

„Was, wenn sie sie leiden lassen, Yana?", fragte Werth. „Was, wenn sie ihr nicht länger ihre Medizin geben? Was, wenn sie sie ausgeschlossen haben und sie irgendwo draußen in der Kälte vor sich hinsiecht?"

„Das würden sie nicht tun", widersprach Yana, und beinahe glaubte sie es. „Die Ältesten lieben Opari. Und dich."

„Früher vielleicht einmal. Genau deswegen hat die Mutter uns ja auch geholfen. Ich dachte, sie würde es einfach nur für Opari tun, aber ich war blind. Die Mutter hat immer nur ihren eigenen Vorteil im Sinn. Sie wollte, dass ich auf ihrer Seite bleibe. Sie wollte verhindern, dass Kor weggeht, so wie du es dir gewünscht hattest." Das konnte Yana nicht leugnen. „Die Mutter wusste: Solange ich an ihrer Seite stehe und sie unterstütze, würde der Pfad alles tun, was sie will. Jetzt, da sie mich als Verräter gebrandmarkt hat, braucht sie mich nicht mehr. Und Opari ist allein."

Yana wusste, dass der Herold genau dasselbe tat, was er der Mutter vorwarf. Er benutzte ihre Liebe zu Kor, um sie auf seiner Seite zu halten. Aber sie war bereits zu weit gekommen, um jetzt noch einen Rückzieher zu machen. Ob es Yana gefiel oder nicht, sie war es Kor schuldig, nach Opari zu sehen.

„Also gut“, murmelte sie, die Hände in stiller Kapitulation erhoben. „Ich werde ins Lager gehen und rausfinden, wie es Opari geht.“

„Und dann wirst du mir berichten, was die Mutter vorhat?“

„Ja.“

Er lächelte, sichtlich zufrieden, dass er seinen Willen durchgesetzt hatte. „Du wirst es nicht bereuen, Yana.“

Aus irgendeinem Grund war sie sich da nicht so sicher.

19. KAPITEL

„Halt dich fest!“

„Was, glaubst du, tue ich wohl?“

Marda war noch nicht oft gereist, aber selbst nach ihrem Verständnis verlief der Flug zu dem namenlosen Planeten relativ ereignislos. Das einzig Ungewöhnliche waren die vielen kurzen Sprünge, die Sunshine Dobbs machte, so als würde er die *Scupper* willkürlich in den Hyperraum und wieder daraus hervorspringen lassen. Das Schiff ächzte, und das Deck bebte unter ihren Füßen, während Sunshine und DZ einander zuriefen beziehungsweise zupiepsten – der Wartungsdroide fungierte an Bord offensichtlich auch als Navigationseinheit. Anfangs hatten sie sich noch alle im schmutzigen Cockpit der *Scupper* zusammengedrängt, um nervös nach draußen zu starren, auch wenn es schwierig war, in der Nähe von Sunshines Pilotensessel einen Platz zu finden, der nicht mit weggeworfenen Rationsverpackungen oder anderem Müll übersät war. Ord stieß ständig einen verblüffenden Strom an Verwünschungen aus, der eigentlich unter der Würde eines Pfad-Anhängers sein sollte. Aber Marda konnte es der Reesarianerin nicht verdenken, denn sie alle hatten Mühe, sich auf den Beinen zu halten, derart schwankte das Schiff.

Den anderen Schiffen schien es nicht besser zu ergehen, jedenfalls fauchte die Barabel am Steuer der *Bonecrusher* Dobbs immer wieder über das Komm an, und der Captain der *Moon of Sarkhai* erklärte dem Hyperraum-Scout barsch, dass er ihm nach dieser Mission neue Antriebsdüsen schuldig war.

Dann verlor Jukkyuk bei einer besonders scharfen Wende das Gleichgewicht, und als er nach hinten stolperte, riss er DZ-23s

Verbindungskabel aus der Konsole. Daraufhin verbannte Dobbs sie alle fluchend aus dem Cockpit.

Seitdem saßen sie nun im Frachtraum, der gleichzeitig als Hauptkabine fungierte. Shea und Ord versuchten, sich die Zeit zu vertreiben, indem sie auf einer Kiste Dantooine-Doppelhand spielten, während Jukkyuk alle überraschte, indem er sich in eine Ecke setzte und eine Holo-Romanze las. Marda war zu nervös, um zu lesen oder zu spielen, und dass Calar sie von der anderen Seite des Frachtraums aus mit seinen pupillenlosen grauen Augen anstarrte, machte die Sache nicht besser. Sie wandte sich ab, konnte aber weiterhin den Blick des Setaraners auf sich spüren. Warum nur hatte sie gedacht, es wäre eine gute Idee, auf Teufel komm raus an Bord der *Scupper* zu gelangen?

Weil du dich beweisen wolltest, sagte eine Stimme in ihrem Kopf, die nicht ihr gehörte. Es war aber auch nicht die von Kevmo. Es war … jemand, der wusste, was sie dachte. Jemand ohne Mund, aber mit unheimlichen Augen.

„Marda?" Bokana trat genau in dem Moment in den Frachtraum, als sie aufstand. Ihre ganzer Körper prickelte, und sie hatte genug von den Blicken des Setaraners. „Stimmt etwas nicht?"

Marda schob sich an ihm vorbei und blieb nicht stehen, als er erneut ihren Namen rief. Sie überlegte, ob sie ins Cockpit zurückkehren sollte. Selbst Sunshine war eine bessere Gesellschaft als Calar. Doch dann stellte sie fest, dass sie den falschen Korridor genommen hatte, denn sie fand sich in einer kleinen Vorratskammer wieder, die aber auch als Bordküche zu fungieren schien, wenn sie sich all die Päckchen mit selbstgefrierenden Sandwiches so ansah.

Marda hatte es geschafft, sich auf einem winzigen Frachter zu verlaufen. Und so jemand sollte dem Pfad den Weg weisen?

„So dumm", schalt sie sich, wobei sie mit den Händen auf die schmutzige Anrichte schlug. „Dumm, dumm, dumm."

„Nun, wenn du irgendwo draufhauen möchtest …", ertönte eine Stimme hinter ihr.

Marda wirbelte herum und sah Bokana im Eingang stehen, ein Lächeln auf dem Gesicht und zwei Kampfstäbe in den Händen.

„Sie sind nicht aus Shyrran-Holz, aber es reicht, um ein wenig Druck abzulassen."

„Schleich dich nicht so an mich heran", blaffte sie mit rasendem Herzschlag.

Bokana wankte leicht, als die *Scupper* eine weitere Kursänderung vollführte und die Beschleunigungskompensatoren die unerwartete Bewegung erst mit einer kleinen Verzögerung kompensierten. „Tut mir leid. Ich habe mir Sorgen gemacht, als du davongestürmt bist. Die Art, wie Calar dich angestarrt hat ..."

Erneut bekam sie eine Gänsehaut. „Es war, als wäre er in meinem Kopf, Bok."

Der Ovissianer lächelte.

„Das ist nicht komisch!"

„Nein", erwiderte er hastig. „Natürlich nicht. Es ist nur ... Du hast mich gerade Bok genannt." Er lehnte die Kampfstäbe an die Wand und trat näher. „Gefällt mir."

„Was weißt du über ihn?", fragte sie. Die Bordküche wirkte mit einem Mal noch kleiner.

„Nun, Shea meinte, alle Setaraner wären ausgezeichnete Fährtenleser", sagte Bokana, wobei er sich noch näher an sie heranschob. „Ist wohl ein Geschenk der Macht."

„Heißt das, er manipuliert die Macht?" Es störte sie aber mehr, dass Bokana mit Shea gesprochen hatte, und nicht so sehr, dass Calar die Macht missbrauchte.

„Wir müssen nicht über ihn reden", erklärte Bokana mit gedämpfter Stimme.

„Ich glaube, hier ist nicht genug Platz ..."

„Hm."

Sie blickte an ihm vorbei zur Wand. „Für einen Übungskampf, meine ich."

„Es gibt andere Möglichkeiten, sich zu entspannen."

„Bokana!“ Sie schlug ihm gegen die Brust, zog die Hand daraufhin aber nicht zurück.

„Ich weiß, die Situation ist alles andere als perfekt“, sagte er, als sich ihre Blicke trafen. „Und ich weiß, dass ich nicht er bin.“

Ein Klumpen formte sich in Mardas Kehle. „Er?“

Bokana kaute nervös auf seiner Unterlippe. „Der Jedi.“

„Du weißt von Kevmo?“

„Die Leute reden, Marda. Aber es ist unwichtig. Für mich jedenfalls.“ Er hob die Hand und strich eine Strähne hinter ihr Ohr zurück. „Was ich zu Dobbs gesagt habe, das habe ich ernst gemeint. Nicht das mit der Vision, das war natürlich eine Lüge. Aber ich glaube wirklich, dass wir dich auf dieser Mission brauchen. *Ich* brauche dich.“

Er wollte die Hand zurückziehen, aber Marda griff danach und legte sie sich an die Wange. Seine Berührung war herrlich warm, und als sie in seine Augen hochblickte, sah sie darin die Wahrheit hinter seinen Worten. Er brauchte sie wirklich. Mehr noch, er *wollte* sie, und in diesem Moment wollte sie ihn ebenso.

Der Kuss war lang und zärtlich, in vielerlei Hinsicht das genaue Gegenteil der kurzen Augenblicke, die sie mit Kevmo geteilt hatte, aber trotzdem mindestens ebenso erfüllend. Mit Kevmo hatte sie den Nervenkitzel des Unbekannten verspürt, das Gefühl, dass zwei Welten miteinander kollidierten, dass zwei gegensätzliche Wege eins wurden. Mit Bokana fühlte sich alles … richtig an. Wie er sie in den Armen hielt, wie sie ihn an sich drückte. Zum ersten Mal seit Wochen empfand Marda inneren Frieden. Dieses Gefühl hatte sie nicht einmal während des Flugs nach Jedha verspürt. Jetzt fühlte sie sich wieder ganz.

Vielleicht war das alles der Wille der Macht. All die Irrungen und Wirrungen der letzten Monate. Dass sie Kevmo kennengelernt hatte, nur um ihn wieder zu verlieren. Dass sie nach Jedha gereist war, nur um mitanzusehen, wie die Stadt in Flammen aufging. Dass die Mutter sie zur Führerin des Pfades ernannt hatte, nur um sich von ihr abzuwenden … Alles hatte zu diesem Moment hingeführt. Ohne die Trauer und den Schmerz hätte sie Bokana nie kennengelernt oder sich spontan entschlossen, auf diese Mission mitzukommen. Sie hätte ihr Schicksal nie selbst in die Hände genommen. Die alte Marda hatte davon geträumt, nach den Sternen zu greifen – jetzt war sie mitten in dem größten Abenteuer ihres Lebens, und ausnahmsweise war sie dabei nicht allein.

Bokana lächelte, und Marda lächelte ebenfalls, dann zog sie seinen Kopf wieder zu sich heran. Seine Lippen suchten die ihren – als plötzlich das laute Brüllen eines Wookiees durch das Schiff hallte.

Sie zuckten voneinander weg, erschrocken angesichts des unerwarteten Lärms.

„Was ist jetzt schon wieder los?", stöhnte Marda. Sie wünschte, sie könnte Shyriiwook verstehen.

„Sunshine will, dass wir ins Cockpit kommen", übersetzte Bokana. Ihm war deutlich anzusehen, dass er nicht gehen wollte, aber die Pflicht rief.

„Sunshine sollte sich mal entscheiden, was er eigentlich will", murmelte sie, nachdem sie einen letzten Kuss auf Bokanas Lippen gehaucht hatte.

Aber das würde nicht ihr letzter Kuss sein. Dafür würde sie sorgen.

Als sie das Cockpit erreichten, waren aller Blicke starr nach vorn gerichtet, wo ein Kaleidoskop aus Farben im Weltraum pulsierte.

„Sind wir da?", fragte sie.

Dobbs schwang sich auf seinem Sessel herum. „Das ist der Schleier", verkündete er.

„Und dahinter liegt ein *Planet*?", zischte Galamal von der Brücke der *Bonecrusher*. Trotz der schlechten Verbindung war ihre Skepsis deutlich zu hören.

„Dahinter? Nein." Sunshines Sessel quietschte, als er sich wieder der Anomalie zuwandte. „Mittendrin! Der schönste Planet, den man sich nur vorstellen kann."

„Es sieht fast so aus, als wäre der Schleier flüssig", stellte Ord fest, während sie nervös eine rote Haarsträhne um ihren langen Finger wickelte.

„Flüssig? Mitten im All? Das ist unmöglich", entgegnete Shea, ihren Blick auf die wogende Masse gerichtet. Dann wandte sie den Kopf, um Dobbs anzusehen. „Es *ist* doch unmöglich, oder?"

„Das dachten Spence und ich auch", erwiderte er.

„Wer ist Spence?", wollte Bokana wissen.

„Der Hyperraum-Scout, mit dem ich zusammengearbeitet habe, als wir das Ei des Gleichmachers fanden."

„Und wo ist dein Partner jetzt?", klang die Stimme des Captains der *Moon of Sarkhai* aus dem Lautsprecher.

„Unsere Wege haben sich getrennt. Aber sein Schiff ist noch hier, soweit ich weiß."

„Er hat es zurückgelassen?"

„Er hatte keine große Wahl", schnaubte Dobbs. Kurz trübten sich seine Augen, als er eine Erinnerung Revue passieren ließ. „Die *Silverstreak* wurde schwer beschädigt, als wir den Schleier durchquert haben."

„Und jetzt sollen wir da durch?" Shea blinzelte. „Zu dem Ort, wo dein Freund sein Schiff verloren hat?"

„Dem *schönsten* Ort, den man sich nur vorstellen kann", sagte Ord mit unüberhörbarem Sarkasmus.

Sunshine seufzte, beugte sich über die Kontrollen nach vorn und starrte wieder auf die Anomalie. „Es ist wunderschön, ja. Und auch gefährlich – auf mehr Arten, als ihr euch vorstellen könnt. Aber trotzdem werden wir da durchfliegen. Die Mutter zählt auf uns."

„Weil sie mehr Eier braucht", murmelte Galamals Stimme.

„Weil sie mehr Eier braucht", bestätigte Sunshine.

„Wie sieht der Plan aus?", erkundigte sich Marda. Sie konnte nur hoffen, dass sie selbstsicherer klang, als sie sich fühlte.

„Der Plan“, antwortete Dobbs, wobei er eine Reihe von Schaltern über seinem Kopf betätigte, „lautet, uns einen Weg durch diesen Schleier zu bahnen, bevor er sich einen Weg durch unsere Hülle bahnt. Shea hat recht: Er ist flüssig, aber er hat keinerlei Ähnlichkeit mit irgendeiner Flüssigkeit, die ihr kennt. Dieser Schleier ist lebendig, und er ist zornig.“

„Wie kann eine Flüssigkeit zornig sein?“, murmelte Marda.

„Warum fragst du sie das nicht selbst, wenn wir hindurchfliegen? Du musst nur laut sprechen, damit sie dich über die Schreie der Sterbenden hinweg hört.“

„Du weißt wirklich, wie man die Stimmung auflockert, Dobbs“, kommentierte Galamal aus dem Komm.

„Er will uns nur Angst machen“, brummte Shea.

„Genauso ist es, Süße.“ Sunshine drehte sich in seinem Sitz zu der rothaarigen Frau herum. „Wenn wir Angst haben, sind wir vielleicht vorsichtig genug, um durchzukommen. Vertraut mir. Sobald unsere Schiffe in diesen Schleier eintauchen, wird das Zeug versuchen, uns zu vernichten. Also, sind alle bereit?“

„Wehe, ich sterbe, bevor ich meine Bezahlung bekommen habe“, grummelte Galamal.

Das ließ Sunshine laut lachen, während er die letzten Knöpfe auf der Konsole drückte. „Das ist die richtige Einstellung, Gal. Was uns nicht umbringt, macht uns reicher.“

20. KAPITEL

Zu behaupten, dass sich die Stimmung auf Dalna verändert hatte, wäre eine Untertreibung gewesen. Es fiel Yana bereits in dem Moment auf, als Dands Schiff am Raumhafen von Ferdan landete. Die Atmosphäre in der Siedlung wirkte seltsam angespannt, die Einheimischen eilten entweder mit gesenktem Kopf dahin oder sie drängten sich in kleinen Gruppen zusammen. Früher hätte Yana die gedämpfte Stimmung auf das Wetter geschoben, denn der Himmel hatte seine Schleusen geöffnet – was ziemlich überraschend war, denn die Regenzeit sollte eigentlich erst in einem Monat beginnen. Aber ein Wolkenbruch allein konnte nicht die Anspannung erklären, die Yana aus jeder Straße und Gasse entgegenschlug.

Eine weitere Veränderung betraf den Pfad selbst. Die blaugrauen Roben waren überall, Pfad-Mitglieder meditierten mitten auf dem Marktplatz oder standen an Straßenecken, um Flugblätter an die Passanten zu verteilen. Yana sah, wie ein ithorianischer Junge, den sie nicht kannte, einer vorbeistapfenden Anx einen Zettel in die gelbe Hand drückte. Das Reptilienwesen würdigte das Flugblatt keines Blickes, sondern knüllte es zusammen und warf es weg, sobald es ein paar Schritte weitergegangen war.

Yana hob das Blatt auf und strich es glatt. Wer benutzte heutzutage noch Papier? Und wer stellte überhaupt noch Papier her? Sie wusste, dass sich einige der Ältesten für die Kunst des Papierdrucks interessierten, aber das war nur der Nostalgie für eine längst vergangene Ära geschuldet. Um solche Flugblätter herzustellen, musste man die nötigen Geräte zur Produktion von Zellstoff bauen, und natürlich brauchte man auch eine Art Papierpresse. Wer würde sich so viel Mühe machen? Und wieso jetzt?

Yanas Blick wanderte über das zerknitterte Blatt, und mit jedem Wort, das sie las, wuchs ihre Sorge.

Die Macht ist wertvoll. Die Macht ist Leben.

Es gibt jene, die sie für ihre eigenen Zwecke manipulieren wollen, ohne daran zu denken, dass sie dadurch unsere Familien und unser Zuhause gefährden. Sie kommen von den Sternen und schmücken sich mit einer Botschaft der Hoffnung, aber sie sind Heuchler. Sie denken nur daran, wie die Macht ihnen nutzen kann, auf welche Weise sie diese unglaubliche Energie verzerren und verdrehen können, damit sie ihren eigenen Wünschen dient. Aber ihre widernatürlichen Methoden stören das Gleichgewicht der Macht und bringen uns alle in Gefahr.

Kämpft mit uns gegen dieses Übel. Unterstützt eure Freunde vom Pfad der Offenen Hand. Gemeinsam können wir dieser egoistischen Verantwortungslosigkeit Freiheit, Gerechtigkeit und Reinheit entgegenstellen. Gemeinsam können wir die Macht von dieser Tyrannei befreien.

Der Text endete mit einer Einladung zu einer öffentlichen Versammlung im neuen Veranstaltungsgebäude von Ferdan. Als Yana die Adresse dieses Gebäudes sah, stieß sie einen leisen Fluch aus: Das war Haqs alter Hof, wo sich der Herold verstecken wollte. Sollte sie ihn warnen? Nun, er würde es sicher noch früh genug herausfinden, vor allem, wenn die Pfad-Mitglieder sich beim Wiederaufbau des Hofs ebensolche Mühe gaben wie bei der Verbreitung ihrer Propaganda.

Was Yana am meisten besorgte, war die Wortwahl, dieses Gerede von Tyrannei und Übeln. Es war ziemlich offensichtlich, wen der Verfasser meinte, ebenso gut hätte er über Weltraumzauberer und ihre Laserschwerter schreiben können. Selbst die grundlegende Philosophie des Pfades schien sich gewandelt zu haben. Freiheit mochte immer noch eine wichtige Rolle spielen, aber die musste sie sich jetzt mit Gerechtigkeit und Reinheit teilen – genau die Art von Rhetorik, die man benutzte, um jemanden auf einen Kampf einzuschwören.

Yana schob den Zettel in ihre Tasche, dann klappte sie ihren Kragen gegen den Regen hoch und machte sich auf den Weg zum Stadtrand.

Selbst dort waren die Veränderungen der letzten Tage deutlich sichtbar. Dinube, eine Harch, die zu den Ältesten des Pfades gehörte, stand auf einer umgedrehten Koyo-Obstkiste und tadelte Passanten, weil sie dem Leiden der Macht so teilnahmslos gegenüberstanden. Von Geschenken aus freiem Willen war keine Rede mehr – hier ging es um Verurteilung, um Verdammung.

Yana versuchte, dem Blick des Spinnenwesens zu entgehen, als sie vorbeiging, aber Dinube wedelte mit den Armen und rief: „Schwester Yana, Schwester Yana! Du bist zu uns zurückgekehrt!"

Schwester! Das war ebenfalls neu. Früher hatte der Pfad solche Begriffe nicht benutzt. Es hatte die Mutter gegeben, und sie hatte ihre Kinder, und das war auch schon alles. Und die Art, wie Dinube das Wort aussprach, jagte Yana einen Schauder über den Rücken.

„Ich muss zum Lager zurück", erklärte sie, die Hände in den Taschen vergraben, die Finger um das unheilvolle Flugblatt geschlossen. „Aber es ist schön, dich zu sehen."

Das war gelogen, aber Yana hoffte, dass sich das spinnenähnliche Wesen mit dieser Erklärung zufriedengeben würde.

Tat es nicht. „Die Macht hat dich aus den Fängen unserer Feinde befreit, Yana!", rief Dinube ihr nach, wobei sie alle sechs Arme in einer geradezu verzückt wirkenden Geste von sich streckte. „Gelobt sei die einzig wahre Prophetin! Gelobt sei das Orakel der Macht!"

Es war noch gar nicht so lange her, da hatte Yana gedacht, der Pfad hätte keine Feinde. Jetzt sah es so aus, als wäre er entschlossen, sich möglichst viele zu machen. Natürlich war es möglich, dass man auch Yana selbst zum Feind erklären würde, aber sie konnte nicht mehr umkehren.

„Oder vielleicht doch?“, wisperte Kor in ihr Ohr, während sie durch den Schlamm stapfte.

Yana ging weiter, ohne zurückzublicken.

Als sie das Lager erreichte, prasselte der Regen in voller Stärke vom Himmel herab. Rings um das Gelände war ein hoher Zaun errichtet worden, bestehend aus entrindeten Flussbäumen, die man wie bei einer Palisade zusammengebunden hatte. Zumindest stand das große Eingangstor noch offen, und es waren auch keine Wachen aufgestellt, sodass Yana ungehindert an den Ort zurückkehren konnte, den sie einst ihr Zuhause genannt hatte. Innerhalb des Zauns sah das Lager noch aus wie früher – mit einer offensichtlichen Ausnahme: Es wirkte vollkommen verlassen. Da waren keine Anhänger, die zu ihren Hütten rannten, um dem Regen zu entfliehen, kein Rauch, der sich über den Schornsteinen in die Höhe kräuselte, keine Kinder, die unter den Verandadächern das Ende des Wolkenbruchs abwarteten und dabei mit Puppen spielten oder Blumenketten bastelten, so wie Marda es ihnen beigebracht hatte.

Bei dem Gedanken an ihre Cousine beschleunigte sich Yanas Herzschlag. Sie musste Marda finden und sich vergewissern, dass es ihr gut ging. Ja, sie hatte Werth ihr Wort gegeben, und sie war auch fest entschlossen, nach Opari zu sehen, aber ihre eigene Familie hatte Vorrang.

Wenn niemand im Lager war, gab es nur einen Ort, wo sie sein konnten: unten in den Höhlen, wo sie vor den Elementen geschützt waren. Yana eilte zum nächstgelegenen Tunneleingang, aber die Tür wollte sich nicht öffnen lassen. Man hatte einen Codeleser an den Rahmen geschweißt, der früher noch nicht da gewesen war. Da Yana den Code nicht kannte, blieb ihr nichts anderes übrig, als den Summer zu drücken und auf eine Antwort zu warten, während ihr das Regenwasser unter den Kragen rann.

Nach mehreren Sekunden meldete sich schließlich die mechanische Stimme eines Droiden. „Nennen Sie Ihren Namen und Ihr Anliegen."

„Ich bin's. Yana. Yana Ro. Ich bin mit einem Artefakt für die Mutter von Jedha zurückgekehrt."

„Yana Ro", erwiderte der Droide seelenlos, gefolgt von einer kurzen Pause. Vermutlich glich er ihren Namen gerade mit irgendeiner Liste ab, die man ihm gegeben hatte. „Yana Ro. Yana Ro von den Kindern der Offenen Hand."

„Ja", schnauzte sie ihn an. Sie würde dieser Blechbüchse den Hals umdrehen beziehungsweise den Kopf abschrauben, wenn sie ihr über den Weg lief. „Jetzt mach endlich auf! Es ist nicht gerade angenehm hier draußen."

Ein Klicken, ein Summen, und die Tür öffnete sich.

„Willkommen zu Hause, Yana Ro", sagte der Droide. „Die Macht wird frei sein."

Der Droide war nirgends zu sehen, als Yana eintrat – vermutlich befand er sich in irgendeinem Kontrollraum. Aber sie hatte ohnehin Wichtigeres zu tun, als sich mit Droiden zu zanken. Sie musste herausfinden, was zur Hölle hier vor sich ging.

Eine Stimme ertönte aus der Richtung der großen Höhle, die der Pfad im Winter oder während der Sonnenwendfeier als Versammlungsraum benutzte. Ihr Tonfall klang aber alles andere als feierlich. Yana konnte die Stimme selbst aus der Entfernung mühelos identifizieren, und ihre scharfen Krallen zuckten bei der Vorstellung, der Mutter wieder gegenüberzutreten. Ihr Zorn auf die Frau vermischte sich aber sogleich mit Nervosität, denn sie hatte keine Ahnung, was für einen Empfang man ihr bereiten würde.

Wie sich herausstellte, nahm kaum jemand Notiz von ihr, als sie die große kuppelförmige Höhle betrat. Sie war bis auf den letzten Platz gefüllt, ein Meer aus Grau und Blau, aber die Blicke aller hingen gebannt an der Mutter, die auf einer neu errichteten Plattform an der hinteren Wand saß, auf einem Stuhl, der alarmierende Ähnlichkeit mit einem Thron hatte.

Yana blinzelte unwillkürlich, als sie Elecia erblickte. Die Frau sah aus, als wäre sie während der vergangenen Tage um zwanzig Jahre gealtert. Sie saß vornübergebeugt, ihre behandschuhten Finger wie Klauen um die Armlehnen geschlossen, und die einst strahlenden Augen lagen tief in den Höhlen. Ihr Gesicht war so ausgezehrt, dass es an einen Totenschädel erinnerte. Das Einzige, was sich nicht verändert hatte, war ihre Stimme. Laut und klar hallte sie über die Menge hinweg, und die natürliche Akustik der Höhle verstärkte sie besser, als jeder Lautsprecher es vermocht hätte.

„Ich bin stolz auf euch, meine Brüder und Schwestern!", sagte sie gerade. Der Gleichmacher lag zusammengerollt an ihrer Seite. „Wir haben hart gearbeitet, um den Willen der Macht zu befolgen, um ihren Ruhm zu mehren und sie zu schützen. Aber noch hat sich die Prophezeiung nicht erfüllt, die mir auf dem Rückflug von Jedha zuteilwurde. Wir dürfen jetzt nicht in unseren Bemühungen nachlassen. Ihr müsst nur hoch zum Himmel blicken, um zu sehen, welchen Effekt der Machtmissbrauch unserer Feinde auf das Universum hat. Dies sollte eine Zeit des Lichts und der Erneuerung sein, aber stattdessen ertrinkt das Getreide auf den Feldern. Ich möchte weinen, wenn ich darüber nachdenke, was mit dieser und anderen Welten geschieht. An die Krise, der wir uns gegenübersehen. Je mehr die Jedi und ihresgleichen die Macht schänden, desto weiter breiten sich Leid und Not aus. Heute erst habe ich Neuigkeiten von Jedha erhalten. Die gesamte Galaxis ist in Aufruhr. Es gibt bald keinen Planeten und keinen Mond mehr, wo die Leute nicht von Hunger oder Krankheit bedroht werden, wo Kinder nicht mit schrecklichen Missbildungen geboren werden, wo die Alten nicht zu Tausenden sterben. Die Republik ..." An dieser Stelle machte Elecia eine Pause, so als hätte das Wort einen bitteren Nachgeschmack in ihrem Mund hinterlassen. „Die Republik sagt uns, dass alles gut wird, dass wir nichts zu befürchten haben. Und warum? Weil sie Marionetten der Jedi und der anderen Machtschänder sind."

Zustimmende Rufe ertönten in der Höhle, und die Mutter wartete ab, bis es wieder ruhiger wurde, bevor sie weitersprach.

„In den Holo-Nachrichten hört man natürlich nichts davon. Man kann den Medien ebenso wenig vertrauen wie der Republik. Die Wahrheit wird überall in der Galaxis geknebelt und unterdrückt. Aber meine Quellen kennen sie, die Wahrheit ebenso wie die Macht. Darum müssen wir wachsam sein. Darum müssen wir unseren Nachbarn in Ferdan und darüber hinaus unsere Botschaft predigen. Nur gemeinsam können wir bestehen, vereint in der Macht und in unserem Streben nach Freiheit, Gerechtigkeit und Reinheit. Während ich hier spreche, trotzen unsere Brüder und Schwestern den Elementen, um die Wahrheit zu verkünden, um den Wehrlosen gegen jene zu helfen, die uns zum Schweigen bringen wollen – die die Wahrheit zum Schweigen bringen wollen. Und Bruder Dobbs und sein Team dringen gerade tief in die entlegensten Winkel der Galaxis vor, um die Waffe zu finden, die uns in der kommenden Schlacht den Sieg bringen wird. Unsere Gönner ..."

Mehrere Pfad-Mitglieder schrien entsetzt, als die Mutter verstummte. Ein seltsam würgender Laut drang aus ihrer Kehle, dann krümmte sie den Rücken, und ihr gesamter Körper versteifte sich. Selbst aus der Entfernung konnte Yana sehen, wie Elecias Augen in den Höhlen nach oben rollten, ehe sie von ihrem Thron kippte.

Der Gleichmacher war bereits aufgesprungen und strich mit seiner tentakelbewehrten Schnauze über Elecias verzerrtes Gesicht. Die Menge drängte vorwärts, und die Ältesten kletterten hastig auf die Plattform hoch.

Jichora hob ihre blaugrünen Hände, um die Leute zu beruhigen. „Bleibt zurück! Es gibt keinen Grund zur Besorgnis! Was ihr hier seht, ist ein Wunder. Die Mutter kommuniziert mit den Strömungen der Galaxis – mit der Macht selbst! Wir sind gesegnet, Brüder und Schwestern, wahrlich gesegnet!"

Genau, dachte Yana bitter, *und die Evereni werden überall mit offenen Armen willkommen geheißen*.

Sie hatte lange genug gewartet. Während sich die Pantomime auf der Bühne fortsetzte, bahnte sie sich einen Weg durch die Menge nach vorn, ohne auf das Geschrei und die Verwirrung ringsum zu achten. Viele Pfad-Mitglieder kletterten förmlich über ihre Vordermänner und -frauen, um das Wunder auf der Bühne zu verfolgen, und viele andere wippten auf den Füßen vor und zurück, ihre mit Brikalfarbe verschmierten Hände zur Decke gereckt, während sie in einer Sprache vor sich hinbrabbelten, die Yana nicht verstand, sofern es überhaupt eine Sprache war. Irgendetwas hatte diese Leute in wahnhafte Fanatiker verwandelt. Nein, nicht etwas. Jemand. Und es konnte nur die Mutter gewesen sein.

Yana achtete nicht darauf, wem sie die Ellbogen in die Seiten rammte, während sie sich nach vorne schob. „Bitte!", rief sie. „Lasst mich durch. Ich muss zur Mutter!"

Doch schon bald wurde das Gedränge zu groß, die hysterischen Pfad-Mitglieder standen noch dichter als die Bergruutfa auf Dands Schiff.

„Jichora!", schrie Yana, als ihr klar wurde, dass sie so nicht weiterkommen würde. „Ich muss mit dir sprechen. Jichora!"

Die Twi'lek blickte auf die Menge herab, und ihre haselnussbraunen Augen weiteten sich. „Yana? Schwester Yana, bist du das?"

Jetzt, da sie näher heran war, konnte Yana sehen, wie ausgemergelt Jichora wirkte. Sie war in beinahe ebenso erbärmlichem Zustand wie die Mutter, die sich vor den Füßen des Gleichmachers wand. Doch so kraftlos sie auch sein mochte, die Älteste bedeutete den anderen, Yana durchzulassen, und ein Meer aus Händen schob die Evereni nach vorn auf die Plattform zu.

„Du bist es wirklich!“, strahlte Jichora. Tränen glänzten in ihren Augen, als sie Yanas Arm packte und sie in ihre Arme zog.

Nachdem Jichora sie endlich wieder freigegeben hatte, musste Yana schreien, um den Lärm in der Höhle zu übertönen. Es gab zwei Fragen, auf die sie Antworten brauchte, wenn auch nicht notwendigerweise in der Reihenfolge, in der sie sie stellte. „Was bei den Sonnen ist hier los, Jichora? Und wo ist meine Cousine?“

21. KAPITEL

Der Schleier war genau das, wovor Sunshine sie gewarnt hatte – und noch viel mehr.

Die *Scupper* machte einen Satz nach vorn, und Dobbs konnte gerade noch rechtzeitig rufen, dass sie sich festhalten sollten, bevor die stumpfe Nase des Schiffes gegen den Schleier prallte.

Es war, als hätten sie einen Asteroiden gerammt. Funken sprühten, während die Beschleunigungskompensatoren den Geist aufgaben, und Marda wurde auf ihrem Sitz nach vorn geschleudert. Der Sicherheitsgurt, den sie gerade noch rechtzeitig hastig angelegt hatte, drohte sie in zwei Hälften zu schneiden.

„Alles in Ordnung?“, rief Bokana, aber seine Stimme ging in der Kakofonie aus überstrapaziertem Metall, explodierenden Schaltkreisen und knisternden Flammen unter, die das Cockpit erfüllte. Sie konnte nicht antworten, denn sie wusste: Falls sie jetzt den Mund öffnete, würde sie sich übergeben. Diese Theorie wurde prompt auf die Probe gestellt, als sich das Schiff ein weiteres Mal aufbäumte und Marda vor Schmerzen brüllte. Sie übergab sich nicht – zumindest nicht, soweit sie das sagen konnte, denn ihre Sinne waren vollkommen überfordert.

Die unnatürlichen Farben des Schleiers wirbelten vor den – sich zunehmend verbiegenden – Plastahlscheiben der *Scupper* vorbei und ließen alles um Marda herum seltsam, ungewohnt und unglaublich beängstigend erscheinen. Die Farben, die ins Innere des Schiffes brandeten, waren unmöglich zu beschreiben. Es war nicht Rot, nicht Lila, nicht Grün oder Blau und doch irgendwie alles zugleich. Außerdem schien der Schleier zu kreischen, ein Schrei, den Marda tief in ihren Knochen spürte.

„Ihr dürft keinen Rückzieher machen!“, brüllte Sunshine gegen den Lärm an. Einen Moment lang wollte Marda schreiend erwidern, dass sie nicht mehr konnte, denn sie hatte das Gefühl, als würden die Cockpitwände um sie zusammenrücken, pulsierend wie die Lungen eines lebenden, atmenden Dings. Dann erkannte sie, dass der Hyperraum-Scout mit den anderen Captains sprach. Galamal erwiderte prompt, dass er den Verstand verloren haben musste.

„Ihr müsst mir folgen!“, rief Dobbs in sein Headset. „Eure Sensoren funktionieren nicht, und ich bin der Einzige, der den Weg kennt. Ohne mich würdet ihr direkt in sie hineinfliegen!“

„In was?“, fragte Marda. „In was würden sie hineinfliegen?“

Sunshine antwortete nicht, aber einen Moment später konnte sie ohnehin sehen, was er meinte. Klumpen aus viskoser Flüssigkeit rasten auf sie zu wie ein Schwarm Piranha-Aale, und knisternde Blitze ionisierter Energie tanzten über ihre wogende Oberfläche.

Sie werden das Schiff auffressen. Sie werden uns in einem Stück verschlucken.

„Vermeidet jeglichen Kontakt mit diesen Dingern!“, rief Sunshine, während er gleichzeitig versuchte, sie auf Kurs zu halten. „Wenn sie euch streifen, seid ihr erledigt!“

„Wieso?“, wollte der Captain der *Moon of Sarkhai* wissen, aber bevor Dobbs etwas darauf erwidern konnte, begann er plötzlich, wild zu zucken. Es sah aus, als hätte ihn ein unsichtbares Raubtier gepackt und würde ihn in seinen Fängen hin- und herwirbeln.

Marda krallte die Finger in die zerschlissenen Armlehnen ihres Sitzes, um sich aufrecht zu halten. Bokana reagierte leider nicht schnell genug. Sein Oberkörper wurde nach vorn gerissen, und er prallte mit solcher Wucht gegen die Armaturen, dass die Spitze eines Horns abbrach. Der Ovissianer schrie vor Schmerzen, dann sackte sein Kopf nach vorn, als wäre er plötzlich zu schwer für seinen Hals.

„Bokana!“, rief Marda.

Er reagierte nicht. Sein Kopf rollte haltlos von einer Seite auf die andere, als sich das Schiff beinahe vollständig um die eigene Achse drehte.

Marda versuchte panisch, ihren Sicherheitsgurt zu lösen, aber der Verschluss wollte sich einfach nicht öffnen – was ihr das Leben rettete, denn einen Augenblick später kippte die *Scupper* senkrecht nach unten, und ein donnernder Knall ertönte aus den Tiefen des Schiffs.

„Die Ausrüstung hat sich losgerissen!“, brüllte Sunshine. „Wenn wir sie nicht wieder sichern, bleibt dahinten nur noch Schrott übrig!“

Jukkyuk zögerte nicht, stemmte sich aus seinem Sitz hoch und stolperte zur Tür.

„Ich komme mit!“, rief Ord.

Jukkyuk stützte die Reesarianerin, während sie sich losschnallte.

Wie konnten die beiden nur so tapfer sein, wo sich die gesamte Galaxis von innen nach außen zu kehren schien? Marda hätte nicht mal aufstehen können, wenn sie es gewollt hätte, und Jukkyuk und Ord riskierten bereitwillig ihr Leben, um die Mission zu retten.

„Die Macht wird frei sein“, murmelte sie in einem Versuch, ihre Panik niederzuringen. „Sprich mir nach, Bok. Die Macht wird frei sein.“

Bokana reagierte nicht. Warum sprach er ihr nicht nach? Er *musste* ihr nachsprechen!

Voraus – oder vielleicht auch über ihnen, das ließ sich längst nicht mehr sagen – glitten die bizarren Klumpen auf die beiden anderen Schiffe ihres Konvois zu. Sowohl die *Moon* als auch die *Bonecrusher* hatten sich an Sunshines Anweisung gehalten und folgten ihnen dichtauf. Der Hyperraum-Scout rief ihnen eine Warnung zu, aber er erhielt keine Antwort.

„Sie kommen direkt auf euch zu, *Moon*!“, wiederholte Sunshine, während er versuchte, das Signal zu verstärken. „Könnt ihr mich hören? Hal? Hal, du musst schießen!"

Der Name sagte Marda nichts, aber offenbar hieß so der hünenhafte Captain der *Moon of Sarkhai*, denn der Kreuzer eröffnete das Feuer mit seinen Laserkanonen. Die Lichtblitze brannten sich durch den Schleier und fanden sofort ihre Ziele. Drei der mysteriösen Klumpen platzten auseinander, und kurz glaubte Marda, Hals Jubel aus dem Cockpitlautsprecher zu hören.

Doch dann änderten die restlichen Klumpen schlagartig die Richtung. Anstatt weiter die *Scupper* und die *Bonecrusher* zu verfolgen, rasten sie nun alle auf die *Moon* zu. Die Hülle des Kreuzers gab unter dem Ansturm nach, dann löste sich der Kreuzer in einem Feuerball auf.

Von einer Sekunde zur nächsten war das Schiff weg und mit ihm alle, die an Bord gewesen waren. Hal, dessen Namen Marda gerade erst erfahren hatte, und seine Mannschaft – alle tot. Vor ihrem geistigen Auge blitzte das Gesicht von Tragors Sohn auf. Der Ithorianer war jetzt eine Waise, genau wie sie.

„Maximale Beschleunigung, *Bonecrusher*!", brüllte Sunshine in sein Headset. „Holt alles aus den Antrieben raus. Direkt geradeaus!"

Sie wurden zurück in ihre Sitze gepresst, als der Hyperraum-Scout den Schubregler nach vorn rammte und die *Scupper* hinter der *Bonecrusher* herraste. Die unmöglichen Farben vor den Cockpitscheiben verschmolzen miteinander, und ein Meer aus pulsierenden Klumpen strömte aus allen Richtungen auf sie zu.

Irgendjemand schrie. War es Bokana? Nein, er war noch immer bewusstlos. Und es klang auch nicht nach Shea. Wer blieb dann noch übrig? Marda konnte nur hoffen, dass es nicht Sunshine war – dass der Hyperraum-Scout den Verstand verlor, während er sie durch diesen Mahlstrom lenkte, war so ziemlich das Letzte, was sie jetzt brauchen konnten.

Dann wurde ihr klar, dass der Schrei nicht im Cockpit ertönte, sondern in ihrem *Kopf*. Es war aber nicht ihre eigene Stimme und auch nicht die von Kevmo, sondern jene, die sie bereits im Frachtraum gehört hatte, vorhin, als Calar sie so durchdringend angestarrt hatte. Jetzt geschah es schon wieder. Der Schrei verwandelte sich in Worte, und die Worte verwandelten sich in einen Befehl.

Kehr um!

Kehr um!

Kehr um!

Das Schiff pflügte weiter geradeaus, tiefer in den Schleier hinein. Wäre Marda in der Lage gewesen, klar zu denken, hätte sie sich vielleicht gefragt, warum sie noch immer mit voller Geschwindigkeit durch die Anomalie flogen. Hätten sie den Planeten nicht längst erreichen müssen? Andererseits hatten Zeit und Entfernung jegliche Bedeutung verloren, und Marda konnte nicht sagen, wie lange sie schon so dahinrasten.

Die Stimme in ihrem Kopf dröhnte unterdessen weiter.

Wir sollten nicht hier sein. Das ist falsch. Wir müssen hier weg. Kehr um. Kehr um!

„Wir können nicht umkehren, Calar!“, blaffte Sunshine vorne auf dem Pilotensessel. „Kapier es doch endlich!“

Marda war also nicht die Einzige, die die Stimme des Setaraners hörte! Das machte es aber nicht weniger unheimlich, dass er seine Gedanken so direkt und so klar in die Köpfe anderer projizieren konnte.

Die Macht wird frei sein, sagte sie sich in einem Versuch, Calar auszublenden, aber seine Stimme war noch immer da, während die *Scupper* langsam zur *Bonecrusher* aufholte.

Kehr um! Wir müssen *von hier verschwinden!*

Schließlich flogen die beiden Schiffe beinahe Seite an Seite vor der tödlichen Flüssigkeit davon.

Warum hörst du mir nicht zu? Du wirst uns noch umbringen. Wir werden alle deinetwegen sterben!

In der Ferne vor ihnen tauchte etwas auf, eine Lücke in all dem Chaos. Das musste der Planet sein. Sie würden es schaffen.

Es ist noch nicht zu spät! Kehr um! Wende und bring uns von hier weg!

Etwas donnerte gegen das Schiff, woraufhin sich ein Spinnennetz aus Rissen über das Cockpitfenster ausbreitete. Die Kuppel von DZ explodierte und übergoss alle ringsum mit Splittern halb geschmolzenen Metalls, die brannten wie die Bisse von Wespenwürmern.

„Deezett!", heulte Sunshine, der verzweifelt versuchte, sie auf Kurs zu halten. Ein weiterer Klumpen klatschte gegen den Bug, sodass sie einen Moment lang nur blitzende Farben sahen. Und Calar bombardierte sie weiter mit seinen Gedanken.

Was habe ich gesagt? Wir hätten abdrehen sollen. Wir müssen fliehen. Kehr um! Bring uns von hier weg!

„Nein!", presste Marda hervor, und Sunshine sagte exakt dasselbe, und als er fortfuhr, imitierten Mardas Lippen seine Worte, so als würde sie sie bereits auswendig kennen. „Sie reagieren auf dich, Calar. Deswegen verfolgen sie uns."

Und es war nicht nur Marda, Shea schrie die Worte ebenfalls. Sogar Bokana stammelte sie leise vor sich hin. Alle außer Calar sprachen sie in perfektem Einklang aus. „Du musst dich beruhigen, bevor du uns noch alle das Leben kostest."

Euch das Leben kosten?, ertönte es in ihren Köpfen. *Alle müssen irgendwann sterben, damit die Galaxis fortbestehen kann!*

Calar schob sich neben Marda nach vorn, den Arm nach Sunshine ausgestreckt. Jeder Schritt war ein Kampf, trotzdem dröhnten seine Gedanken lauter denn je.

Bislang wollte ich es nicht wahrhaben, aber jetzt weiß ich es. Sie kommen uns holen. Die Namenlosen Schrecken. Die Shrii Ka Rai. Sie kommen uns alle holen. Der Sturm wird sich erheben, die Sterne werden fallen, und alles nur, weil du den Schleier durchqueren musstest. Deinetwegen wird die Macht untergehen. Sie ist schon so gut wie tot.

Sunshine nahm eine Hand von den Kontrollen, zog seinen Blaster und zielte damit auf den Setaraner.

„Das ist die letzte Warnung, Calar!“, schrien sie alle gleichzeitig. „Zurück auf deinen Platz! Hör auf damit!“

Doch Calar hörte nicht. Er streckte die Hand weiter nach Sunshine aus, genauso wie sich der Schleier nach ihnen ausstreckte, bereit, sie alle zu zerquetschen.

Die Macht wird eine Sklavin sein. Die Macht wird eine Sklavin sein. Die Macht wird …

Sunshine drückte ab, und Calar ging zu Boden.

Der Hyperraum-Scout warf den Blaster beiseite und kitzelte das letzte bisschen Schub aus den Antrieben, während die dunkle Lücke in dem brodelnden Schleier immer weiter heranwuchs.

Und dann … waren sie ganz plötzlich hindurch!

Der Schleier verschwand, die Blitze verschwanden, die Schreie verstummten. Unter ihnen lag Planet X.

Aber die Gefahr war noch längst nicht gebannt. Denn gemeinsam mit dem Schleier verabschiedete sich auch Sunshines Kontrolle über das Schiff.

„Was ist jetzt los?“, schrie Marda. Kurz war sie erleichtert gewesen, weil sie nicht mehr alle gleichzeitig sprachen – aber diese Erleichterung währte nur einen Moment.

„Die Antriebe sind ausgefallen“, antwortete Sunshine. Verzweifelt zerrte er am Steuerbügel, während ihnen die Oberfläche des Planeten entgegenraste. „Wir stürzen ab!“

22. KAPITEL

„Yana, du bist nach Hause zurückgekehrt! Der Macht sei Dank."

Nach Hause? Yana musste sich zusammennehmen, um nicht zu lachen. Dalna war nie ihr Zuhause gewesen. Und ebenso wenig das von Marda.

„Warum bist du dann hier?", wisperte ihr Kor zu. „Tu, was du schon immer tun wolltest. Flieh! Lass diesen Ort hinter dir."

Da war kein Vorwurf in ihrer Stimme, nur der Wunsch, dass Yana endlich frei sein sollte. Die Evereni wünschte es sich ebenfalls, aber erst musste sie herausfinden, was mit Marda war.

„Lass mich dich ansehen!"

Man hatte sie aus der Versammlungshöhle in den privaten Audienzsaal der Mutter geführt, gleich nachdem Elecias Anfall abgeebbt war und sie nicht länger zuckend auf dem Boden lag. Die ältere Frau sah noch immer vollkommen erschöpft aus, während sie auf einem Sofa lag, den Kopf auf einem großen Kissen. Ihr verfluchtes Monster schlich im hinteren Teil des Raums auf und ab. Die Ältesten hatte sie fortgeschickt, aber Yana vermutete, dass sie draußen vor der Tür standen und zu lauschen versuchten.

„Wo ist Marda?", fragte Yana, ohne die skelettartige Hand zu nehmen, die sich nach ihr ausgestreckt hatte.

„Ich wünschte, ich wüsste es", sagte die Mutter. Sie gab auf und benutzte ihre Hand stattdessen, um den Gleichmacher zu sich zu winken. „Seit Tagen hat sie niemand mehr gesehen."

Das klang nicht gut. Die ganze Sache missfiel Yana.

„Ich dachte, sie ist Eure Führerin?"

„Das dachte ich auch", seufzte Elecia. „Aber ich habe mich

wohl geirrt. Die Entscheidungen, die sie getroffen, die Dinge, die sie gesagt hat … Die Macht mag unfehlbar sein, aber ich bin es offensichtlich nicht. Weißt du, wo sie sich aufhalten könnte? Hat sie vielleicht ein Lieblingsversteck aus ihrer Kindheit?"

Da war natürlich der Torinda-Baum, aber dieser Ort war Marda nie so wichtig gewesen wie Yana. Vielleicht die Lompop-Felder? Vielleicht … Aber Yana hatte nicht vor, Elecia zu helfen. Sie würde selbst nach Marda suchen, sobald sie hier fertig war.

„Was ist mit den anderen? Sind sie auch weggerannt?"

Die Mutter runzelte die Stirn. „Welche anderen?"

Yana blickte vielsagend zu der Tür hinüber, wo eigentlich Elecias Ehrenwache stehen sollte. „Qwerb und Jukkyuk."

„Qwerb ist auf Jedha gestorben."

„Tut mir leid, das zu hören."

„Er war loyal bis zum Ende", erklärte die Mutter. „Und Jukkyuk ist im Moment nicht auf Dalna. Ich habe ihn auf eine Mission geschickt, die für den gesamten Pfad von größter Bedeutung ist."

„Mit Sunshine Dobbs", schlussfolgerte Yana. Sie spuckte den Namen aus, als wäre er giftig.

Überraschung huschte über die Elecias Züge. „Woher weißt du das?"

„Eure kleine Predigt an die Gläubigen da draußen."

Elecias müdes Lächeln kehrte zurück. „Ah, ja. Verzeih. Die Macht hat mich ein wenig übermannt."

„Ist mir aufgefallen. Es war … spektakulär."

Spektakulär … und erschreckend.

„Ihr habt eine Waffe erwähnt", fügte Yana hinzu.

Der Gleichmacher schob seinen Kopf unter die Hand der Mutter und schnurrte förmlich, als sie seine Schnauze streichelte. Bei den Sternen, das Monster war noch so viel größer geworden, seit Yana es auf Dalna zum letzten Mal gesehen hatte.

„Sunshine sucht nach weiteren Eiern wie dem, das er mir vor der Reise nach Jedha gegeben hat", verkündete die Prophetin.

Yanas Mund wurde trocken. „Und mehr Eier bedeuten …"

„Mehr Schutz“, sagte die Mutter hastig, wobei ihr Lächeln breiter wurde. Der Anblick ihrer Zähne ließ Yana unwillkürlich einen Schritt nach hinten machen.

„Ihr blutet“, murmelte sie, die Hand zu ihrem eigenen Mund erhoben.

Die Mutter setzte sich auf und strich mit der Zunge über ihre Zähne.

„Soll ich die Ältesten rufen?“

„Nein.“ Die Mutter betastete ihr Zahnfleisch und überprüfte ihre Fingerspitzen auf Blut. „Ich werde schon bald Gelegenheit haben, mich auszuruhen. Aber erst muss ich wissen ...“ Sie blickte wieder auf, ihre Augen blutunterlaufen, ihr Blick jedoch durchdringend wie Blasterstrahlen. „Hast du ihn gefunden? Den Stab der Dämmerung?“

Yana war überrascht, dass diese Frage erst jetzt aufkam. Sie nickte und nahm das Artefakt von ihrem Rücken. Es war mit schützendem Stoff umwickelt, den sie für einen horrenden Preis in der *Erleuchtung* auf Jedha gekauft hatte.

Die Mutter sprang plötzlich und völlig überraschend auf. „Gib ihn mir!“, verlangte sie. „Sofort!“

Als hätte Yana irgendeine Wahl! Elecia riss ihr den Stab förmlich aus der Hand. Der Gleichmacher sprang zurück wie eine erschrockene Tookakatze, während die Mutter den Stab mit gierigen Fingern auspackte. Kurz wimmerte das Tier noch, dann verstummte es und ließ den Kopf zwischen seine Pfoten sinken. Das Stofftuch landete in einem Haufen auf dem Boden.

„Ja!“, rief die Mutter triumphierend. Einen Moment lang umklammerte sie das Relikt mit beiden Händen, bevor sie den Stab der Jahreszeiten von ihrem Gürtel nahm. Die kleinen Totenschädel an seinem Griff glänzten im Kerzenschein. Doch als sie sich bewegte, fiel Yana noch etwas anderes auf, das zwischen den Falten der Robe verborgen an Elecias Gürtel hervorschimmerte: ein länglicher metallener Zylinder. Sie trug Zallah Macris Lichtschwert bei sich, genauso wie Marda Kevmos Waffe bei sich trug.

„Sie würde nicht zögern, die Klinge gegen dich einzusetzen", warnte Kors lautlose Stimme. „Ohne mit der Wimper zu zucken, würde sie dich töten. So wie sie auch mich getötet hat."

Yana zweifelte nicht daran. Kurz fragte sie sich, warum die Mutter überhaupt eine Waffe brauchte, da ihr monströses Schoßtier doch ständig an ihrer Seite war. Selbst jetzt kauerte der Gleichmacher neben ihr, während Elecia die beiden Stäbe zusammensteckte. Ein hartes Klicken, dann wanderte ein violettes Leuchten an der gesamten Länge des nunmehr kombinierten Artefakts entlang. Es war dasselbe Violett, in dem der große Edelstein unter der Klinge des oberen Stabes – des Stabs der Jahreszeiten – funkelte.

Unvermittelt riss der Gleichmacher den Schädel hoch, um laut zur Decke zu heulen. Yana war nicht sicher, ob es ein Triumph- oder ein Schmerzensschrei war, aber einen Moment lang rechnete sie damit, dass die Mutter in das Jaulen der Bestie miteinstimmen würde, denn Elecia warf ebenfalls den Kopf in den Nacken, ihre Augen in schierer Ekstase geschlossen, ihr Gesicht gebadet in violettes Licht.

„Oh, danke, Yana!", rief sie, dann bereitete sie die Arme aus, als würde sie wieder auf der Plattform stehen und zu ihren verzückten Anhängern sprechen. „Ich danke dir aus tiefstem Herzen."

Doch als sie die Augen öffnete, blickte sie nicht Yana an, sondern den Gleichmacher, der wimmernd zurückwich, als hätte er Angst vor ihr.

„Es war alle Mühen wert", hauchte Elecia, während sie langsam auf die Kreatur zuging. „Alle Mühen und alle Opfer."

Sie richtete die kombinierten Stäbe auf den Gleichmacher und rief: „Stopp!"

Die Bestie erstarrte.

Ein sadistisches Grinsen verzerrte das Gesicht der Mutter und enthüllte Zähne, die noch immer von Blut rosa verfärbt waren. „Mach eine Rolle!"

Yana glaubte erst, dass Elecia scherzte, aber der Gleichmacher gehorchte und rollte sich auf den Rücken wie ein folgsames Hündchen.

Die Mutter lachte. „Siehst du jetzt, wie wichtig das Artefakt ist, Yana? Der Stab der Jahreszeiten hat mir geholfen, das Tier zu zähmen, aber jetzt, mit beiden Stäben, können wir es vollkommen kontrollieren." Sie hob die Stimme und brüllte der sichtlich zitternden Kreatur einen weiteren Befehl zu. „Lauf zu meiner Hütte an der Oberfläche – los!"

Der Gleichmacher rannte zur Tür und stieß sie mit solcher Wucht auf, dass die Ältesten, die auf der anderen Seite gelauscht hatten, erschrocken aufschrien. Mit großen Augen blickten sie dem Tier nach, als es vorbeistürmte, dann wandten sie sich der Mutter zu wie Jünglinge, die Kekse vom Backblech stibitzt hatten und dabei erwischt worden waren.

„Jeder im Pfad soll es wissen!", rief Elecia mit derselben Autorität, mit der sie zuvor dem Gleichmacher Kommandos gegeben hatte. „Ich habe mich erholt, und unsere Zukunft ist sicher. Los, sagt es ihnen!"

Jichora und die anderen eilten los. Irgendwo über ihnen war noch einmal das ferne Heulen des Gleichmachers zu hören.

„Ihr lasst ihn dort oben?", fragte Yana.

„Nur eine Weile", erwiderte die Mutter, während sie den Stab inspizierte. „Bis ich wieder bei Kräften bin."

„Könnt Ihr damit auch die anderen kontrollieren?" Yana wies mit einem Nicken auf das Relikt.

„Die anderen?"

„Die Monster, die Sunshine von seiner Reise zurückbringen wird."

„Nun, wir werden sehen", säuselte die Mutter in spielerischem Ton, dann verhärteten sich ihre Züge. „Aber erst gibt es da noch etwas, was ich wissen muss …" Sie fixierte Yana mit ihrem Blick, das Weiß ihrer Augen ebenso gerötet wie ihre Zähne. „Der Herold, ist er …?"

„Tot“, sagte Yana. Die Lüge, die Werth selbst vorgeschlagen hatte, kam ihr glatt über die Lippen.

„Wie ist er gestorben?“

„Er hat versucht zu fliehen, und sie haben ihn getötet.“

„Die Jedi?“

„Die Wächter der Whills.“

Die Mutter nickte und wirkte mit einem Mal wehmütig. „Ich nehme an, du hast meine Botschaft gehört.“

„Die Übertragung? Ja. Was Ihr über ihn gesagt habt …“

„Es war die einzige Möglichkeit“, betonte Elecia. „Ich wollte ihn nicht im Stich lassen, aber ich musste an den Pfad denken. Glaubst du, er hat meine Beweggründe nachvollziehen können?“

„Da bin ich sicher“, antwortete Yana. Tatsächlich war sie mehr als sicher. Der Herold wusste genau, was er von der Mutter und der Offenen Hand zu halten hatte.

„Ich finde es nur seltsam, dass mir keine meiner Kontaktpersonen von seinem Tod berichtet hat“, meinte Elecia, und plötzlich schlug Yana das Herz bis in den Hals. Die Mutter hatte noch immer Informanten auf Jedha. „Tatsächlich waren sie in letzter Zeit verdächtig still. Normalerweise kriegt Oranalli den Mund nicht zu.“

Sie wusste es. Sie wusste, dass alles nur eine Lüge war. Yana überlegte, ob sie zur Tür rennen sollte, aber jeglicher Gedanke an Flucht zerplatzte, als der Gleichmacher unerwartet in den Raum zurückgestapft kam.

„Ihr habt ihn doch gar nicht zurückgerufen“, sagte Yana. Ihr Blick huschte zwischen der Mutter und ihrem Monster hin und her.

„Oh doch“, sagte Elecia. „Du hast es nur nicht gehört.“

Das Geschöpf kam mit gesenktem Kopf auf Yana zu. Sie griff nach Oranallis Blaster, überzeugt, dass der Gleichmacher sie jeden Moment anspringen würde … aber dann änderte er im letzten Moment die Richtung und huschte zur Mutter hinüber.

„Faszinierend, nicht wahr?“, gurrte Elecia, während sich das

Tier vor ihren Beinen zusammenrollte. „Ich muss es nur denken, und der Gleichmacher gehorcht. Wenn doch nur alle so leicht zu kontrollieren wären."

„Mutter", begann Yana. Ihre Gedanken rasten. „Ich ..."

„Ich bin sicher, die traurige Nachricht vom Tod des Herolds wird mich schon bald erreichen", schnitt Elecia ihr das Wort ab. „Die interplanetare Kommunikation ist im Moment schrecklich störungsanfällig."

„Ja." Yana versuchte, sich ihre Erleichterung nicht anmerken zu lassen. „Bestimmt liegt es nur daran."

„Aber ich bin froh, dich wieder in unserer Mitte zu wissen", sagte die Mutter, während sie auf Yana zuschritt. Der Gleichmacher blieb glücklicherweise liegen, wo er war. „Du musst wissen, dass uns eine große Auseinandersetzung bevorsteht. Hier auf Dalna. Es gibt noch viel zu tun. Wir brauchen Kämpfer, Yana. Kämpfer wie dich. Selbst wenn Sunshines Mission von Erfolg gekrönt sein sollte – und davon bin ich überzeugt –, es gibt keine Garantie, dass die Gleichmacher-Jungtiere rechtzeitig schlüpfen. Darum musst du unsere Anhänger trainieren."

„Sie trainieren? Wofür?"

„Damit sie unser Lager verteidigen können – sogar den ganzen Planeten, wenn es sein muss. Wir werden das Gleichgewicht wiederherstellen, aber der Preis wird hoch sein. Die Macht hat es mir gezeigt. Wir müssen uns vorbereiten."

„Sag ihr, dass du es nicht tun wirst!", verlangte Kor aus dem Jenseits. „Finde Marda, finde meine Mutter, und dann verschwinde von hier!"

Aber was ist mit Werth? Einen Moment lang hatte Yana Angst, sie könnte den Gedanken laut ausgesprochen haben.

„Vater kann auf sich selbst aufpassen. Das ist sein Kampf, nicht deiner."

Yana dachte über Kors Worte nach, erkannte die Wahrheit in ihnen ...

Dann fragte sie die Mutter, was getan werden sollte.

23. KAPITEL

Mardas erster Gedanke galt Bokana. Sunshine hatte es zwar geschafft, die Nase des Schiffes hochzuziehen, dennoch war der Aufprall extrem hart gewesen, und die *Scupper* hatte eine tiefe Schneise durch Erde, Fels und weiß die Macht was sonst noch gegraben. Nun, nachdem sie endlich mit einem letzten, zitternden Ruck zum Stillstand gekommen war, löste Marda ihren Sicherheitsgurt. Sie versuchte, die Steifheit in ihren Gelenken zu ignorieren, während sie sich aus dem Sessel hochstemmte.

„Bok?"

Marda kniete sich neben den Ovissianer, aber ihre Hand verharrte über seinem Kopf. Einerseits wollte sie nachsehen, wie schwer er verletzt war, andererseits hatte sie Angst, ihn zu bewegen.

Als hätte er ihre Gedanken gehört, ächzte Bokana, dann drehte er den Kopf, sodass die Stelle sichtbar wurde, wo sein Horn gegen die Konsole geprallt war. Die Spitze fehlte – ein weiterer Verlust, nachdem er auf Jedha bereits ein Kinnhorn verloren hatte –, aber zumindest sah es nach einem sauberen Bruch aus. Marda konnte nur hoffen, dass es keine inneren Blutungen und keine Frakturen am Schädelknochen gab.

„Marda?", sagte er undeutlich, noch bevor er die Augen öffnete.

„Ich bin hier", wisperte sie, und aus einem Instinkt heraus beugte sie sich vor, um ihm einen Kuss auf die Lippen zu hauchen.

„Krieg ich auch einen?" Dieses kraftlose Stöhnen stammte von Shea, die auf der anderen Seite des Cockpits mit ihrem Sicherheitsgurt rang.

Marda trat hastig zurück, ihre Wangen vor Scham gerötet. Sie versuchte, Shea zu ignorieren, während sie auf Bokana hinabblickte. „Wie geht es dir?"

„Frag mich noch mal, wenn ich nicht mehr alles dreifach sehe."

„Dreifach? Das klingt nicht gut."

Er lächelte, gequält, aber aufrichtig, und endlich kehrte ein lebendiger Glanz in seine Augen zurück. „Ach, ich könnte mir Schlimmeres vorstellen, als drei von dir zu sehen." Er hob die Hand und berührte ihr Gesicht. „Je mehr, desto besser."

„Ich glaube, mir wird schlecht", ächzte Shea.

Bokana nickte ihr zu, um ihr zu signalisieren, dass er zurechtkommen würde, woraufhin Marda das Cockpit durchquerte, wobei sie über losgerissene Instrumente und Sitze klettern musste. Sie versuchte, nicht die reglose Gestalt anzustarren, die an der hinteren Wand lag.

Als sie Shea erreichte, griff sie nach ihrem Sicherheitsgurt. „Lass mich dir helfen."

„Ich krieg das schon hin", blaffte die rothaarige Frau und schlug Mardas Hand beiseite, und einen Moment später gelang es ihr tatsächlich, den Verschluss zu öffnen.

„Ist dir noch immer übel?", fragte Marda.

Shea blickte ihr direkt ins Gesicht. „Jetzt, wo ihr beiden nicht länger rumknutscht – nein. Nehmt euch nächstes Mal ein Zimmer, ja?"

Mardas Wangen brannten noch heißer, nun aber nicht länger aus Verlegenheit, sondern vor Wut. „Ich hatte Angst um ihn!"

„Wir haben alle Angst um irgendjemanden", konterte Shea. Sie stützte sich an der Rückenlehne ihres Sessels ab und stand auf. „Falls Geth irgendetwas passiert ist …"

„Geth?", fragte Marda.

„Ach, vergiss es." Shea schob Marda grob aus dem Weg und humpelte zu den vorderen Konsolen. „Ich will nur wissen, ob wir diesen Felsen wieder verlassen können, sobald wir hier fertig sind. Dobbs?" Sie rüttelte an Sunshines Schulter. Der Hyperraum-

Scout war über seinen Kontrollen zusammengesunken, und sein Kopf ruhte in einem unbequem aussehenden Winkel auf dem Steuerbügel. „Dobbs, lebst du noch?"

„Ist er ...?", begann Marda, während sie an Sheas Seite eilte.

„Ist er nicht", brummte Sunshine. „Aber sein Kopf dröhnt wie eine ferrixianische Glocke, also gebt ihm gefälligst einen Moment." Er richtete sich langsam auf und betastete mit verzerrtem Gesicht den Bluterguss, der sich auf seiner schweißglänzenden Stirn gebildet hatte. „Erinnert mich daran, so was nie wieder zu tun."

„Was?", fragte Shea. „Frontal in einen Planeten zu rasen?"

Er rieb sich den Nacken. „Wenn mir nicht alles wehtun würde, würde meine Faust gleich frontal in dein Gesicht rasen." Sunshine lehnte sich kraftlos in seinem Sitz zurück und blickte hinaus zu dem Wall aus Erde, der sich vor dem Cockpitfenster aufgetürmt hatte. „Immerhin sind wir noch in einem Stück – mehr oder weniger. Einen Moment lang hatte ich schon Angst, dass wir es nicht schaffen würden. Aber ihr kennt ja das alte Sprichwort: Jede Landung, nach der man noch gehen kann, ist eine gute Landung. Ist doch so, oder, Deezett?"

Es dauerte einen Moment, aber dann erinnerte er sich daran, was mit seinem Droiden geschehen war, und er drehte sich zu der ausgebrannten Hülle herum, die neben ihm an der Konsole lehnte. „Oh, Deezett."

In diesem Augenblick empfand Marda tatsächlich Mitleid mit dem Hyperraum-Scout. Der Mann mochte Fehler haben – viele Fehler sogar –, aber er hatte gerade einen guten Freund verloren.

Als Gruppe hatten sie leider noch viel mehr verloren. Als würde ihnen allen derselbe Gedanke durch den Kopf gehen, drehten sich die drei zu Calars Leiche herum.

„Ihr habt ihn auch gehört, oder?", fragte Shea. „Als wir da oben waren?"

Marda nickte. „In unseren Köpfen." Ihr Magen zog sich bei der Erinnerung zusammen.

„Und wir haben ihm unisono geantwortet", fügte Bokana von seinem Platz aus hinzu.

„Ich dachte, du wärst ohnmächtig gewesen", sagte Marda.

„Und ich dachte, es wäre ein Traum gewesen", gestand er.

„Wohl eher ein Albtraum." Shea schüttelte sich.

„Es war der Schleier", brummte Sunshine. „Ihr müsst ihn euch als eine Art Verteidigungsmechanismus vorstellen. Euer Kumpel war machtempfänglich. Darum hat ihn uns die Mutter mitgeschickt."

Marda konnte es nicht fassen. „Nein, das ist unmöglich. Mitglieder des Pfades dürfen die Macht nicht benutzen."

„Zumindest nicht bewusst", erwiderte Dobbs. „Soweit ich das mitbekommen habe, hatte Calar geschworen, sich aus den Gedanken anderer rauszuhalten. Aber manchmal kann man eben nicht anders. Glaubt mir, ich weiß, wovon ich rede. Mein alter Herr hatte einen Eid abgelegt, nie Alkohol anzurühren, und am Ende hat er trotzdem jeden Abend eine neue Flasche aufgemacht."

„Es war die Macht", wisperte Marda.

„Deswegen haben uns diese Klumpen auch verfolgt. Hätte ich den armen Teufel nicht erschossen ..." Sunshine wischte sich über den Mund, und Marda konnte das leise Schaben hören, als seine struppigen Barthaare über seine Handfläche strichen. „Trotzdem haben wir ein verdammt nützliches Werkzeug verloren."

„Ein Werkzeug?" Marda empfand es nicht als richtig, so von Calar zu sprechen. Was immer der Setaraner gewesen sein mochte, er hatte etwas Besseres verdient, als durch die Hand eines Sunshine Dobbs zu sterben.

Doch sie konnte ihrer Empörung nicht Luft machen, denn in diesem Augenblick tauchte Ord in der Tür auf, die Augen groß und ungläubig.

„Ihr müsst euch das ansehen, Leute. Es ist *unglaublich*."

Der Geruch war das Erste, was Marda wahrnahm, als sie sich der Luke näherte. Sie hatte Blumen schon immer geliebt, aber ihr war nie aufgefallen, wie sehr sie es vermisste, einen Strauß zu pflücken oder sich Blüten ins Haar zu stecken, bis sie die frische Luft roch, die in das staubige alte Schiff hineinwehte, so rein und so klar.

Jukkyuk wartete bereits, als Ord die Gruppe nach draußen führte.

Die *Scupper* – die ganz sicher nie wieder fliegen würde – hatte eine ausgeprägte Schneise durch die Landschaft gezogen, ehe sie zum Stillstand gekommen war, und ihre Nase lag tief unter der aufgehäuften Erde verborgen. Doch links und rechts des Schiffes erstreckte sich eine Wiese von so unnachahmlicher Schönheit, dass es Marda förmlich den Atem verschlug.

„Na, hab ich zu viel versprochen?“, rief Ord, wobei sie wie ein kleines Kind in die Hände klatschte. Ihr ledriges Gesicht wirkte mit einem Mal viel jünger.

„Es ist unglaublich“, hauchte Bokana, während Shea ihre eigene Einschätzung von sich gab. Die enthielt zwar etliche Schimpfwörter, lief aber auf dasselbe hinaus.

All der Zorn und die Abscheu, die Marda im Cockpit gespürt hatte, waren wie weggeblasen, ebenso ihre Zweifel und Sorgen. Die Tränen, die ihr übers Gesicht strömten, waren nicht das Resultat von Scham oder Angst – im Gegensatz zu all den anderen Tränen, die sie während der letzten Tage vergossen hatte –, sondern rührten von purer, absoluter Seligkeit.

Gemeinsam traten sie von der Rampe auf die Wiese hinaus, die in allen Farben des Regenbogens blühte. Das Gras war grüner als alles, was Marda je in ihrem Leben gesehen hatte, die gelben und orangenen Blumen strahlten hell wie Sterne, und die violetten Bäume in der Ferne wirkten um vieles prächtiger und einladender als die auf Dalna.

Marda sank auf die Knie und strich mit den Händen durch das Gras. Die Blütenblätter fühlten sich unter ihren Fingern weich wie Samt an. Sie hatte sich noch nie so … erfüllt gefühlt. So voller Leben. Selbst der Schleier, der sich über ihnen am Himmel erstreckte, wirkte aus der Entfernung wunderschön. Dann aber erinnerte sich Marda an die Mannschaft der *Moon of Sarkhai*, und kurz spürte sie Gewissensbisse. Sie konnte nur hoffen, dass es die *Bonecrusher* ebenfalls auf die Oberfläche des Planeten geschafft hatte und auch Galamals Mannschaft irgendwo in der Nähe gerade dieses Wunder bestaunte.

„Marda!“, rief Bokana hinter ihr. „Sieh mal!“

Er war in die Furche hinabgesprungen, die die *Scupper* im Boden hinterlassen hatte, und tastete mit seiner Hand über den aufgewühlten Boden.

Vor seinen Füßen waren bereits wieder winzige Triebe aus dem Boden gewachsen.

„Das kann nicht sein, oder?“, fragte er. „Die Natur kann sich nicht so schnell erholen.“

Aber es war nicht nur das Gras. Marda hob die Hand zu Bokanas Gesicht. Die Schnitte an seiner Wange hatten sich geschlossen, der Bluterguss um sein Horn war fast völlig verblasst. Vielleicht war er gar nicht so schwer verletzt gewesen, wie sie befürchtet hatte. Er wirkte so lebendig, so kraftvoll, so … anziehend.

Marda schlang die Arme um ihn und drückte ihre Lippen auf die seinen, ein Kuss, den er bereitwillig erwiderte. Sollte Shea denken, was sie wollte. Wen interessierte ihre Meinung schon? Alles, was Marda in diesem Moment wollte, war, Bokanas Nähe zu spüren, während sie im Schatten des abgestürzten Schiffes standen. Könnte es doch nur immer so sein! Sie hatte noch nie zuvor jemanden auf diese Weise begehrt, sich noch nie so sehr danach gesehnt …

Marda löste sich entschieden aus Bokanas Umarmung, ehe sie den Gedanken beenden konnte, und presste die Hand auf ihren Mund. Der Ovissianer lachte und strich ihr das Haar hinters Ohr. „Was ist denn?“

Sie wandte sich ab und atmete tief durch, regelrecht überwältigt von all den Farben, den Gerüchen, dem Kuss, diesem Gefühl, das sie gerade empfunden hatte …

„Marda?"

Sie drehte sich wieder zu ihm herum und blickte ihm ins Gesicht. Die Empfindungen, die sie durchströmt hatten, als sie ihren Körper gegen den seinen gepresst hatte, waren echt gewesen: das Verlangen, die Erkenntnis, dass sie Bokana brauchte, mehr noch, dass sie ihn liebte …

Aber das konnte nicht sein. Oder doch? Sie kannten einander doch kaum. Und was war mit Kevmo? Zugegeben, nach ihrem ersten Kuss in der Bordküche hatte Marda sich gefragt, ob sie all die Ereignisse der vergangenen Monate – einschließlich der Gefühle, die sie dem jungen Jedi auf Dalna entgegengebracht hatte – zu diesem einen Moment geführt hatten. Aber Liebe? So schnell? War das überhaupt möglich?

„Was stimmt nicht?", fragte Bokana. Er nahm ihre Hände in die seinen, und sie erkannte, dass sie sich unnötig Gedanken machte. Sie hatte etwas für Kevmo empfunden, ja, aber das hier war viel stärker. Die Gefühle mochten unerwartet sein, aber es bestand kein Zweifel daran, dass sie echt und richtig waren. Vielleicht war das ja der Grund, warum sie Kevmos Stimme nicht länger hörte. Weil es Zeit war, die Vergangenheit loszulassen. Weil es Zeit war, endlich wieder glücklich zu sein.

Sie umarmte Bokana, so fest sie nur konnte.

„Nichts", wisperte sie, und sie meinte es von ganzem Herzen. „Alles ist gut."

Eine Stimme unterbrach den seligen Moment. Sunshine Dobbs stand noch immer an der Rampe der *Scupper*. „Was zur Hölle treibt ihr beiden da? Euch geht's wohl zu gut!"

Diesmal versuchte Marda nicht, sich aus Bokanas Armen zu lösen. Sie grinste von Ohr zu Ohr. „Es könnte uns gar nicht besser gehen."

„Freut mich für euch", brummte Sunshine, auch wenn seine

Miene etwas anderes sagte. Er blickte zum Rest der Gruppe hinüber. „Und ihr fühlt euch vermutlich auch absolut großartig. Das liegt an diesem Planeten. Er verändert einen, sorgt dafür, dass man sich lebendiger fühlt als je zuvor. Ich meine, seht euch nur um!" Er breitete die Arme aus wie ein Zirkusdirektor in der Manege. „Es ist absolut perfekt. Man kann die Energie in der Luft förmlich spüren."

„Es ist die *Macht*", korrigierte Ord, und Marda nickte. Die Reesarianerin hatte recht. Sie hatte sich oft gefragt, wie es wohl wäre, die Macht auf dieselbe Weise wahrzunehmen wie die Mutter oder Kevmo – nicht als abstraktes Konzept, sondern als etwas, das sie tatsächlich berühren konnte.

„Ganz recht", sagte Sunshine. „Die Macht. Und das hier ist nur der Anfang. Die Dinge, die ihr noch sehen und erleben werdet …" Er schüttelte lachend den Kopf. „Es wird euch aus den Latschen hauen. Ihr werdet nie wieder von hier wegwollen."

Wegwollen? Sie waren erst ein paar Minuten hier, und bereits *jetzt* wollte Marda Planet X nicht mehr verlassen. Wieso auch? Das hier war das Paradies.

„Die Sache ist die", fuhr Sunshine in ernstem Ton fort. „Wir *müssen* von hier weg. Wir alle. Die Mission lautet, Eier für die Mutter zu suchen und sie schnellstmöglich nach Dalna zu bringen. Denkt immer daran, in Ordnung? Denn hier vergisst man solche Dinge schnell. Und ehe man sichs versieht, hat man auch vergessen, wer man ist."

Marda nahm den Arm von Boks Hüfte. So ungern sie es zugab, der Hyperraum-Scout hatte recht. Sie waren hergekommen, um den Pfad zu schützen. Das war das Ziel, und sie durfte es unter keinen Umständen aus den Augen verlieren. Auf dem Schiff hatte Sunshine kurz erwähnt, dass sein Vater ein Alkoholproblem gehabt hatte. Marda hatte selbst schon das ein oder andere Glas Gnostrabeeren-Wein getrunken, aber sie hatte es nie übertrieben – nicht so wie Yana, die mehr als einmal lachend mit Kor durch die Felder gerannt war, nachdem sie gemeinsam eine ganze Flasche geleert hatten. Marda hatte immer Angst davor gehabt, die Kontrolle zu verlieren.

Aber war es nicht genau das, was gerade geschah? Zu viel Wein machte einen hemmungslos und verstärkte die Emotionen. Dieser Planet schien dasselbe mit ihnen anzustellen. Waren sie betrunken von der Macht?

Sie blickte zu Bokana auf und spürte dasselbe Auflodern von Liebe wie zuvor. Aber jetzt befürchtete sie, dass es nur der Planet war. Verstärkte er Gefühle, die vielleicht irgendwann einmal zu echter Liebe erblühen konnten, vielleicht aber auch nicht? Sie durfte nicht vergessen, wer sie war, und zwar jetzt, nicht in irgendeiner theoretischen Zukunft. Sie war die Führerin. Sie musste stark sein.

Marda bemühte sich um eine selbstbewusste Haltung, während sie fragte: „Wie sieht der Plan aus?"

Sunshine stand noch immer auf der Rampe. „Zuerst mal müssen wir Kontakt mit Galamal herstellen. Ich weiß nicht, ob die *Bonecrusher* sicher gelandet ist, aber besser wäre es, denn so viel ist sicher: Mein altes Mädchen wird nie wieder die Sterne bereisen." Er nahm seinen Hut ab und blickte zum Rumpf des Schiffes hoch, das er so viele Jahre lang sein Zuhause genannt hatte. „Tut mir leid, Schätzchen."

„Was, wenn nicht?", fragte Shea. Ihr seliges Lächeln von eben war verblasst, als hätte sie sich an etwas Wichtiges erinnert.

„Hm?", machte Sunshine.

„Was, wenn die *Bonecrusher* nicht sicher gelandet ist?"

Dobbs antwortete nicht sofort. Er schritt die Rampe hinab, schloss dann die Augen und atmete mit leicht zitternden Lippen tief ein. Als er die anderen wieder ansah, versuchte er, weiterhin einen gelassenen Eindruck zu machen, aber das Beben in seiner Stimme verriet, wie viel es ihm bedeutete, wieder auf Planet X zu sein. „Du bist Technikerin, richtig?", fragte er Shea. „Du hast am Schiff der Mutter gearbeitet."

„An der *Gaze*, ja. Aber bitte, verlang nicht von mir, diesen alten Kahn wieder flugtüchtig zu machen." Shea deutete auf die *Scupper*, die in der makellosen Landschaft wie ein Schandfleck wirkte. „Daraus wird nämlich nichts, ganz egal, wie sehr du dein ‚altes Mädchen' liebst."

„Ich meine nicht die *Scupper*, sondern die *Silverstreak*."

„Das Schiff deines Partners?", fragte Marda. „Aber du hast doch gesagt ..."

„Es ist noch immer dort draußen", fiel ihr Sunshine ins Wort. „Und es ist selbst nach all der Zeit garantiert noch in besserem Zustand als die *Scupper*."

„Ich kann keine Wunder vollbringen", brummte Shea.

„Nein, aber Elecia glaubt, dass du gut in Sachen Technik bist. Deswegen bist du hier. Wir wussten von Anfang an, dass es eine raue Landung werden könnte. Du warst unsere Rückversicherung."

„Dann ist es ja gut, dass du Calar erschossen hast und nicht mich."

„*Was*?", fragte Ord, der erst jetzt aufzufallen schien, dass der Setaraner nicht bei ihnen war. „Calar ist tot?"

Sunshine winkte ab. „Ich erkläre es dir während des Marsches." Dann nahm er einen Holoprojektor von seinem Gürtel.

„Kannst du damit Galamal und die anderen erreichen?", wollte Bokana wissen.

„Nein, dafür haben wir das." Sunshine zog ein Kommlink hervor und warf es dem Ovissianer zu. „*Das* hier wird uns helfen, die *Streak* zu finden." Er drückte einen Knopf, und eine dreidimensionale Karte des Gebiets erschien über dem Projektor. Dobbs studierte das Holo, dann blickte er zu einem Wald in der Ferne, dessen Bäume an Pilze erinnerten. „Genau wie ich es mir dachte. Wir müssen dort lang."

Er marschierte los, den summenden Projektor in der Hand, und Shea, Ord und Jukkyuk folgten ihm.

„Sollen wir mit ihnen gehen?", fragte Bokana, nachdem er an Mardas Seite zurückgekehrt war.

„Natürlich." Sie rieb seinen Arm. „Ich finde das alles nur ein wenig überwältigend, weißt du."

Er lächelte und strich mit dem Finger unter ihrem Kinn entlang, bevor er ihr Gesicht anhob. „Dann ist es ja gut, dass du nicht allein bist."

Sie küssten einander, dann gingen sie hinter den anderen her, wobei Bokana Sunshines Kommlink aktivierte.

Es fühlte sich gut an. Mehr als gut. Hier zu sein, an diesem Ort, gemeinsam mit Bokana ... Das war alles, was Marda sich je hatte erträumen können.

Und es machte ihr höllische Angst.

24. KAPITEL

Aus der Nähe erwies sich der Wald als noch viel surrealer. Die Bäume auf Dalna waren groß, aber diese hier wirkten geradezu gigantisch, mit Stämmen, so dick, dass nicht mal Jukkyuk seine Arme darum schlingen konnte. Das Seltsamste war aber, dass Marda eigentlich im Schatten hätte dahinschreiten sollen, während sie Sunshine und den anderen folgte. Die Bäume hatten ein ausladendes Blätterdach, wobei jedes Blatt zudem so groß war wie ein Reek, aber irgendwie fand das Licht trotzdem einen Weg zwischen ihnen hindurch. Oder zumindest sah es so aus.

Nach einer Weile erkannte Marda aber, dass das goldene Licht gar nicht vom Himmel stammte. Vielmehr waren es die Blätter selbst, die golden glühten. Und als sie noch tiefer in den Wald vordrangen, begannen auch viele andere Pflanzen zu leuchten, von den glockenförmigen Blumen, die aus dem Boden sprossen, bis hin zu der glatten, weichen Rinde der Bäume, an denen sie vorbeigingen.

Marda presste die Hand gegen einen der Stämme, und die Borke gab ein wenig nach, wie ein Schwamm. Oder ein Pilz. Ihr erster Eindruck war wohl doch nicht so abwegig gewesen. Davon abgesehen waren die Baumstämme warm, nicht kalt, so wie die auf Dalna, und als Marda fester drückte, spürte sie ein leichtes Pulsieren unter ihren Fingern. Es war, als hätte der Baum einen Herzschlag.

Unter normalen Umständen hätte ihr das ein Schaudern über den Rücken gejagt, doch in diesem Fall empfand sie es als tröstlich. Sie schloss die Augen und stellte sich vor, sie könnte durch diesen Baumstamm den gesamten Planeten berühren – jede

Pflanze, jede Kreatur, jeden Bach, der durch den Wald gluckerte, jeden Windhauch, der das Blätterdach rascheln ließ. Sie fühlte sich winzig, aber gleichzeitig auch sicher.

Der Planet war so viel größer als sie, so viel größer als ihre Sorgen und Träume, und inmitten seiner Wärme und Geborgenheit …

Die Macht wird eine Sklavin sein. Die Macht wird sterben. Die Macht wird verschlungen werden. Alle werden verschlungen.

Sie sah Calars Gesicht, umgeben von einer dichten, erstickenden Dunkelheit. Er hatte eine klaffende Wunde am Kopf, und seine Augen brannten vor Angst.

„Marda?"

Sie war wieder im Wald, ihre Hand noch immer gegen die Baumrinde gepresst.

„Marda, ist alles in Ordnung?"

Bokana stand neben ihr. Gerade eben hatte er noch auf einem umgekippten Baumstamm balanciert und versucht, mit dem Kommlink ein Signal zu empfangen. Marda hatte gar nicht gehört, wie er zu ihr herübergekommen war.

„Ja, alles gut." Sie drückte seinen Arm und bemerkte, dass ihre Hand zitterte.

„Da ist sie!", rief Sunshine ein kleines Stück vor ihnen. „Wir haben sie gefunden. Die *Silverstreak*!"

Die anderen rannten los und sprangen über riesenhafte Wurzeln hinweg. Jukkyuk huschte so leichtfüßig zwischen den Bäumen hin und her, als hätte er schon sein ganzes Leben hier zugebracht.

„Komm!" Bokana hielt ihr die Hand hin, aber Marda schlug sie spielerisch beiseite und sprintete los.

„Als könntest du mit mir mithalten."

Lachend nahm er die Herausforderung an. „Ich warte dann bei der *Silverstreak* auf dich!"

Während sie dahinrannten und einander neckten, wedelten sie mit den Armen, um die sanft glühenden Käfer auseinanderzutreiben, die zwischen den Baumstämmen in der Luft hingen.

Die Macht wird sterben!

Die Macht wird sterben!

Die Macht wird …

Die *Silverstreak* musste einmal ein beeindruckendes Schiff gewesen sein – zumindest nach dem zu urteilen, was noch davon zu sehen war. Kurz nach ihrer Ankunft auf Dalna hatten Yana und Marda außerhalb von Ferdan die Ruinen einer alten Einsiedlerhütte entdeckt. Die Natur hatte das Bauwerk völlig überwuchert, Moos bedeckte die Wände, Unkraut wucherte zwischen den Bodenbrettern. Hier schien etwas ganz Ähnliches passiert zu sein. Die schnittige Hülle des Scout-Schiffes war fast völlig unter Blumen verborgen, als hätte der Boden versucht, den metallenen Fremdkörper zu verschlucken und seine Überreste in einen kleinen Hügel zu verwandeln.

„Ein Glück, dass ich auf diesem Planeten das Gefühl habe, es mit der ganzen Galaxis aufnehmen zu können", sagte Shea, die Hände in die Hüften gestemmt. „Ansonsten würde ich jetzt nämlich heulend zusammenbrechen."

„Wir werden dieses Wrack unmöglich wieder flugtauglich kriegen", urteilte Ord.

Jukkyuk aber brummte etwas auf Shyriiwook, das ein wenig optimistischer klang. Anschließend fuhr der Wookiee mit seinen Pranken in die Erde, um einen gewaltigen Klumpen hervorzureißen. Darunter kamen matte Hüllenplatten zum Vorschein.

„Die Schäden an sich scheinen halb so schlimm zu sein", befand Sunshine, während er sich am Bart kratzte.

„Nun, sie waren offensichtlich schlimm genug, dass die Crew das Schiff aufgegeben hat", konterte Shea.

„Wie ist es überhaupt hierhergelangt?", wunderte sich Bokana. Er blickte sich auf der kleinen Lichtung um, in deren Mitte die *Silverstreak* aufragte. „Die *Scupper* hat eine tiefe Furche durch die Landschaft gezogen, aber hier …" Der Ovissianer deutete auf die

Bäume ringsum, einer so hoch und mächtig wie der andere. „Die sehen aus, als würden sie schon seit Jahrhunderten hier stehen. Was ist passiert? Ist das Schiff senkrecht vom Himmel gefallen und durch schieres Glück auf dieser Lichtung aufgeschlagen?"

„Nein", brummte Sunshine. „Ich bin ganz sicher, dass Spence und Dazz bei ihrer Notlandung ein paar Bäume umgeknickt haben. Sie meinten, es wäre ein Wunder, dass sie die Sache überlebt hatten."

„Wo sind sie dann, diese umgeknickten Bäume?", fragte Ord. „Wo sind die Schäden, die der Absturz hinterlassen hat?"

„Der Wald hat sich erholt", schlussfolgerte Marda. „Wisst ihr noch, als wir aus der *Scupper* gestiegen sind? Da wuchsen in der Bresche bereits wieder die ersten Triebe." Sie fragte sich, wie viel von der aufgewühlten Erde noch zu sehen sein würde, wenn sie dorthin zurückkehrten – sofern die Natur die Furche bis dahin nicht schon vollständig zurückgefordert hatte.

„Soll das heißen, diese Bäume sind *neu*?" Ord deutete mit einem gekrümmten Finger auf die hoch aufragenden Stämme. „Dass sie in so kurzer Zeit wieder so hoch gewachsen sind?" Sie wandte sich zu Sunshine um. „Wie lange ist es überhaupt her, dass du hier warst?"

„Ein Jahr", antwortete er. „Höchstens anderthalb."

Bokana lachte. „Diese Bäume können unmöglich nur ein Jahr alt sein."

„Doch", beharrte Marda. „Der Planet hat alles wieder in Ordnung gebracht." Sie blickte Ord und Shea an. „Wisst ihr noch, als die Mutter zum ersten Mal nach Dalna kam? Da hat sie einen Garten angelegt."

„Und der Garten erblühte über Nacht", hauchte Ord.

„Das war eigentlich auch unmöglich", meinte Marda, „aber die Macht hat es möglich gemacht."

Das schien Shea nicht als Erklärung zu reichen. „Ein paar Lompop-Blumen sind eine Sache." Sie verschränkte die Arme vor der Brust. „Das hier ist etwas völlig anderes."

„Und was ist mit uns?“, fragte Marda und sah Ord an. „Wurdest du verletzt, als die *Scupper* abgestürzt ist?“

Die Reesarianerin schüttelte den Kopf. „Nein, Jukkyuk hat mich dankenswerterweise aufgefangen und festgehalten.“

„Keine Schrammen, keine Kratzer?“

„Ich hab mir die Schulter gestoßen, das ist alles.“

Marda drehte sich zu Bokana um. „Aber du wurdest verletzt. Was macht dein Kopf?“

„Ich hab keinerlei Schmerzen.“ Er grinste so breit, dass Marda ebenfalls lächeln musste. Aber es stimmte: Der Bluterguss war verschwunden, und sogar sein abgebrochenes Kinnhorn schien wieder nachzuwachsen, denn ein gezackter Keratindorn ragte aus der Narbe an seinem Kiefer hervor.

„Der Planet heilt alle Schäden“, erklärte Marda, und sie drehte sich einmal um die Achse, um allen Mitgliedern der Gruppe nacheinander ins Gesicht zu sehen. „Es ist die Macht. Sie ist hier unglaublich stark und so … so *lebendig*.“

„Tja, aber die Toten kann sie offenbar trotzdem nicht zurückbringen.“

Marda war nicht überrascht, als sie die Stimme vernahm. Aus irgendeinem Grund hatte sie damit gerechnet, und den anderen schien es ebenso zu ergehen, denn sie drehten sich unbeeindruckt herum, als Galamal und die Crew der *Bonecrusher* zwischen den Bäumen hervortraten.

„Geth!“, rief Shea erleichtert. Sie rannte zu einem hochgewachsenen, hellhäutigen Menschen, den Marda von Dalna kannte. Sie hatte aber nicht gewusst, dass er und Shea eine Beziehung hatten, doch daran gab es keinen Zweifel mehr, als sie einander in die Arme fielen. Jetzt ergaben Sheas Worte nach ihrem Absturz plötzlich viel mehr Sinn.

Der Rest der Gruppe bestand aus einer Menschenfrau namens Shalish, einem schlaksigen Rodianer, den alle Wole nannten, einem wortkargen Duros, dessen Namen Marda nicht kannte, und natürlich Galamal selbst, die schnurstracks auf

Sunshine zumarschierte, ein Blastergewehr in ihren schuppigen Händen.

„Ich sollte dich gleich hier und jetzt erschießen", presste sie hervor. „Versuch nicht, das Unschuldslamm zu spielen."

„Ich nehme an, es geht um Hal, richtig?", fragte Sunshine. Zumindest war er vernünftig genug, mehrere Schritte zurückzuweichen.

„Wir kennen einander schon seit Jahren", fauchte das Echsenwesen. „Aber du hast ihn geopfert, ohne mit der Wimper zu zucken. Du hast ihm gesagt, er soll auf diese Dinger feuern – obwohl du genau gewusst hast, was passieren würde."

„Ich habe ihm gesagt, dass es gefährlich ist. Dass nicht alle lebend zurückkommen werden."

„Ja, und zwar deinetwegen!"

„Wegen dieses Planeten!", schrie Dobbs zurück. „Wegen des Schleiers! Denk von mir, was du willst, aber mir wäre es auch lieber, Hal wäre jetzt hier bei uns!"

„Vorzugsweise mit einem flugtüchtigen Schiff", fügte Geth hinzu.

Die Bemerkung lenkte Galamal zumindest kurzzeitig von Sunshine ab, und sie stieß ein tiefes Knurren aus. „Sieht aus, als wäre dieses Wrack schon seit Ewigkeiten hier."

„Nicht so lange, wie du vielleicht glaubst", warf Bokana ein. „Wenn wir Glück haben, kann Shea es wieder weltraumtauglich machen."

„Wenn nicht, wird es an Bord der *Bonecrusher* ziemlich eng, wenn wir zurückfliegen."

„Was ist denn mit deiner Schrottmühle?", wollte Galamal von Sunshine wissen.

„Die besteht jetzt leider aus noch mehr Schrott als zuvor", gestand der Hyperraum-Scout. „Wir haben mehr als die *Moon of Sarkhai* verloren. Die *Scupper* ist auch hinüber. Und Deezett."

„Und Calar", hängte Ord an.

„Dein Fährtenleser?", fragte Galamal.

Sunshine nickte. „Die Person, die uns vielleicht zu den Eiern hätte führen können. Aber zum Glück haben wir ja noch dich und deine scharfen Sinne, Gal. Es sei denn, du willst mich immer noch umbringen."

„Wie meinst du das?", schaltete Marda sich ein, bevor die Echsenfrau etwas Unüberlegtes tun konnte.

Sunshine steckte den Kartenprojektor in eine seiner vielen Taschen und zog aus einer anderen etwas hervor, das wie ein Edelsteinsplitter aussah.

Marda erkannte es sofort. „Ist das ...?"

„Ein Stück von der Eierschale des Gleichmachers, ja. Ich hatte gehofft, dass Calar es benutzen könnte, um uns zu den Eiern zu führen."

„Und jetzt?", fragte Galamal.

Sunshine hielt der Barabel den Splitter hin. „Sag du es mir."

„Ich?"

„Kannst du vielleicht etwas riechen? Eine Fährte aufnehmen?"

„Wofür hältst du mich? Für einen corellianischen Bluthund?"

„Nein, für eine *Jägerin*."

Galamal stieß ein weiteres unheimliches Knurren aus. „Ich *bin* eine Jägerin, aber ich folge Spuren, nicht meiner Nase."

„Nun, in dem Fall solltest du mich besser nicht gleich umbringen." Sunshine steckte den Splitter ein und klopfte seine anderen Taschen ab.

„Die zweite von oben auf der rechten Seite", brummte Bokana, wobei er auf die Jacke des Piloten deutete.

Dobbs grinste und förderte erneut den Holoprojektor zutage. Marda runzelte die Stirn. Woher hatte Bok gewusst, dass der Hyperraum-Scout genau danach suchte?

Sobald die Karte wieder in der Luft erschienen war, zeichnete Sunshine mit dem Finger einen Pfad nach. „Dort haben Spence und ich das erste Ei gefunden."

„Das sieht nicht wie ein Wald aus", befand Marda, als sie die flackernde Landschaft genauer in Augenschein nahm.

„Ist es auch nicht“, bestätigte Sunshine, dann zoomte er näher heran, sodass ein Einschnitt jenseits der Bäume sichtbar wurde. „Ich schätze, man könnte es eine Schlucht nennen. Die Topografie in diesem Gebiet ist ziemlich abwechslungsreich. Und die Tierwelt sehr vielfältig.“

„Bislang haben wir kaum Tiere gesehen“, entgegnete Shalish. Es war das erste Mal, dass Marda die Frau sprechen hörte.

„Das wird sich ändern“, versprach Sunshine. „Wenn ihr geglaubt habt, dass das hier schon unglaublich ist …“

Galamal ließ ihn nicht aussprechen. „Wie weit ist es bis zu dieser Schlucht?“

„Maximal eine Stunde.“

„Dann bin ich in zweien wieder da.“ Die Barabel streckte die Hand aus. „Gib mir die Karte.“

Dobbs deaktivierte das Hologramm und schob den Projektor demonstrativ in seine Tasche zurück. „Oh nein. Das hier ist immer noch *meine* Expedition.“

„*Ich* bin die Jägerin.“

„Wir gehen alle zusammen“, mischte sich Marda ein. „Das heißt … Shea, wie viele Leute brauchst du, um das Schiff auszugraben und zu reparieren?“

Die Technikspezialistin rieb sich den Nacken. „Kommt drauf an, wie übel es im Innern aussieht. Geth brauche ich auf jeden Fall. Er hat mit mir an der *Gaze* gearbeitet, und in der Regel weiß er, was er tut.“

„In der Regel“, wiederholte der bärtige Mensch mit gespielter Empörung.

Shea grinste ihn an, ehe sie fortfuhr: „Ein wenig Wookiee-Muskelkraft kann auch nie schaden. Und Wole kennt sich mit Schiffsantrieben aus. Shalish auch, wenn ich mich nicht irre.“

Der Rodianer brabbelte etwas, was Marda nicht verstehen konnte, aber es klang nicht so, als würde es ihm missfallen, dass ihm eine stundenlange Wanderung über einen fremden Planeten erspart blieb.

„Gut, dann bleiben Bok, Ord, Sunshine, Galamal und ich."

„Vergiss Tareen nicht." Shea deutete auf den Duros, der sich bislang ein paar Schritte von den anderen entfernt gehalten hatte. „Er sagt nicht viel, aber er verliert nie den Kopf."

„Wie auch, so groß, wie das Ding ist?", scherzte Geth, woraufhin das blauhäutige Wesen grinste oder eine grimmige Grimasse schnitt – das ließ sich nicht so genau sagen. In jedem Fall offenbarte es einen Mund voller krummer gelber Zähne.

„Gut, Tareen kommt auch mit", entschied Marda. „Wir werden möglichst viele Leute brauchen, wenn wir die Eier finden und hierherbringen wollen."

Nun fletschte Galamal ebenfalls die Zähne. „Und wer gibt dir das Recht, zu entscheiden, wer bleibt und wer geht?"

„Hast du es denn nicht gehört?" Sunshine schmunzelte. „Sie ist die Führerin."

25. KAPITEL

Matty hatte schon seit Jahren keine neue Welt mehr betreten. Sie war als junge Padawan nach Jedha gekommen, und Meisterin Leebon hatte sich nie allzu weit von dem heiligen Pilgermond entfernt. Dementsprechend musste sich Matty bemühen, ihre Aufregung zu verbergen, als der Kreuzer der Hoopaloo in die Atmosphäre von Dalna eintauchte. Sie stellte sich bereits vor, wie sich die Luke öffnen und die Luft eines fremden Planeten hereinlassen würde …

Oliviah Zeveron lächelte von der anderen Seite des leeren Frachtraums zu ihr herüber. „Freust du dich schon darauf, dir die Beine vertreten zu können?"

„Ja", antwortete Matty. So viel zu ihrem Versuch, sich nichts anmerken zu lassen. Sie kämpfte gegen den Schwarm von Flatterkäfern an, der in ihrem Bauch umherzuschwirren schien. „Es war ein langer Flug."

Oliviah beugte sich vor, sodass die Falten ihrer Robe ein neues Muster über ihren Schultern formten. „Ich war als Padawan genauso. Jede Welt war ein neues Abenteuer. Meine Meisterin meinte immer, sie müsste darauf achten, dass meine Sicherheitsgurte ganz besonders fest sitzen, damit ich nicht sofort von Bord stürme, wenn wir landen."

„Seid Ihr viel gereist?"

Oliviah nickte und rieb sich wie abwesend die Hände, während sie ihren Erinnerungen nachhing. „Ständig. Meisterin Fitan war eine große Verfechterin der Lehren von Fin-So-Rowan. Sie glaubte, dass es die Aufgabe der Jedi sei, die Galaxis zu durchstreifen und nicht nur unsere Lehren zu verbreiten, sondern auch die Doktrin des Lichts. Wir zogen von einem Planeten zum nächsten, blieben stets gerade lange genug an einem Ort, bis Meisterin Fitan das Gefühl hatte, dass wir einen bleibenden Eindruck auf die Einheimischen gemacht hätten." Sie lachte, und ihr Blick schien versonnen in die Ferne zu schweifen, als wäre soeben eine lang vergessene Erinnerung zu ihr zurückgekehrt. „Einmal hat Fitan sogar ein Puppenspiel auf die Beine gestellt, um einen Haufen Jünglinge zu unterhalten."

„Ein Puppenspiel?"

„Sie hat alle Puppen selbst angefertigt und auch die kleine Bühne, hinter der wir uns während der Aufführung zusammenzwängten. Das Stück hieß ‚Die Legende vom Noblen Bonbrak'. Du hättest es sehen sollen. Vielleicht ein wenig melodramatisch, wenn ich ehrlich sein soll, aber die Kinder liebten es, und die meisten der Eltern auch. Vor allem, als der tollpatschige Held Darth Voord begegnete, einem furchterregenden Sith, der mit seinem verheerenden Hitzestrahl ganze Meere verdampfen konnte."

„Euer Puppenspiel ... hatte einen *Sith-Lord*?", fragte Matty. Jetzt war sie nicht mehr sicher, ob Oliviah sie vielleicht nur aufziehen wollte.

Die Jedi-Ritterin breitete die Arme aus. „Was soll ich sagen? Kinder lieben einen guten Bösewicht."

„Vermutlich, weil sie im echten Leben noch keinem begegnet sind."

Die braunhäutige Frau lachte. „Vermutlich. In jedem Fall gibt es schlimmere Arten, seine Padawan-Jahre zu verbringen, als von einem Planeten zum nächsten zu jagen, jeden Monat mit einem neuem Himmel über dem Kopf und einem anderen Boden unter den Füßen. Und das Essen! Oh, das Essen, Matty. Wenn wir irgendwo gelandet sind, marschierte die alte Fit immer schnurstracks zum nächsten Verkaufsstand und bestellte die seltsamste exotischste Mahlzeit auf der Speisekarte."

„Sie klingt nach einer großartigen Lehrerin."

„Das war sie, und lass dir von niemandem etwas anderes erzählen. Die kleinste Ugnaught, die man sich vorstellen kann, aber sie hatte das größte Herz der Galaxis. Sie spielte leidenschaftlich gern die Omniflöte, auch wenn sie keinerlei musikalisches Talent hatte. Sie hat getanzt, als würde ihr das ganze Universum zusehen, und sie hat Witze erzählt, bei denen selbst ein Taratoff rot werden würde. Nach einer Weile begann ich, meine Aufregung zu verbergen, wenn wir einen neuen Planeten besuchten. Ich wollte beweisen, wie reif ich schon war." Oliviah strich ihre Roben glatte und nahm auf ihrem Sitz eine betont würdevolle Haltung ein. „Weißt du, was Fitan getan hat, als ich das erste Mal versucht habe, so gefasst und erwachsen zu wirken?"

Matty schüttelte ihre Kopfschwänze.

„Sie hat gepupst. Wir wurden von einer Delegation des Alnarianischen Kollektivs empfangen, und Fitan hat gepupst. Sie hat sogar die Macht benutzt, um die Rückseite ihrer Robe aufzubauschen, als würde der Luftstoß den Stoff nach hinten blasen. Das Erste, was das Kollektiv von den Jedi sah, war also, wie eine fünfzehnjährige Padawan und ihre Meisterin wie Jünglinge über einen Furz lachten."

Auch Matty lachte. Sie wünschte, sie hätte dabei sein können.

Doch Oliviahs Lächeln verblasste rasch wieder, und ein seltsamer Schatten legte sich über ihre Züge. „Ich hätte Fitans Beispiel folgen sollen, als ich die Gelegenheit dazu hatte. Ich hätte weiter Jünglingen den ‚Noblen Bonbrak' vorführen können, nachdem ich zur Ritterin geworden war. Aber stattdessen hat es mich nach Jedha verschlagen, als rechte Hand von Meisterin Leebon."

„War das so schlimm für Euch?", fragte Matty, verunsichert durch Oliviahs plötzlichen Stimmungsumschwung.

Die Jedi-Ritterin lächelte, aber nur mit dem Mund, nicht mit den Augen. „Ich mochte Meisterin Leebon, sehr sogar. Aber Jedha ist kein Ort für mich. Dort wird nur geredet und diskutiert und …" Sie wandte das Gesicht ab und konzentrierte sich auf einen Punkt irgendwo jenseits der Bordwand. „Es fühlt sich so staubig an, verstehst du? So leblos."

„Ich glaube, während der letzten Wochen hat Jedha mehr als genug Aktivität gesehen."

„Da hast du natürlich recht." Oliviah stand auf, und ihre makellosen Roben glätteten sich um ihren Körper. „Was denkst du? Ist es Zeit, dass ich meine innere Padawan wiederfinde?"

„Solange Ihr nicht erwartet, dass ich pupse", scherzte Matty mit hochroten Wangen. Zum Glück verstand Oliviah die Bemerkung so, wie sie gemeint war.

„Fangen wir doch damit an, dass wir den erstbesten Essensstand ansteuern, den wir finden."

Was sie bei ihrer Landung auf Dalna erwartete, waren aber leider keine exotischen Köstlichkeiten und auch kein Willkommenskomitee. Stattdessen prasselte starker Regen auf sie herab, und sie mussten ihre Kapuzen hochziehen, als sie auf das schlammige Landefeld hinaustraten.

„Da wären wir also", sagte Matty, während sie die Hände unter ihren Ärmeln verbarg. Sie konnte die Blicke sämtliche Einheimischer auf sich spüren. „Was jetzt?"

„Wie hat Tey es doch gleich ausgedrückt? Wir stecken unsere Nasen um der Galaxis willen in fremde Angelegenheiten."

„So böse, wie die Leute uns anstarren, stecken unsere Nasen schon in fremden Angelegenheiten."

Hinter ihnen stiegen die anderen Passagiere des Hoopaloo-Schiffs von Bord, und keine Minute später fuhr der Kreuzer bereits wieder seine Antriebe hoch.

All die Aufregung von vorhin war wie fortgewischt, und kurz wünschte Matty, sie hätte wieder die Rampe hinaufsteigen können, bevor das Schiff startete, aber Oliviah marschierte bereits mit schmatzenden Schritten an einer kleinen Bar vorbei in Richtung Stadtmitte.

Matty eilte hinter ihr her und versuchte, nicht auf dem schlammigen Boden auszurutschen. Es wäre ganz nett gewesen, wenn ihre Partnerin – die Frau, die sie quer durch die halbe Galaxis geschleift hatte – zumindest einmal über die Schulter geblickt hätte, um sich zu vergewissern, dass sie noch da war. Während des monotonen Fluges hatte Matty das Gefühl gehabt, dass sie allmählich miteinander warm wurden, doch jetzt wirkte Oliviah plötzlich wieder so distanziert wie eh und je. Vergessen waren die Geschichten über Puppenspiele und Omniflöten.

Zudem wusste die Padawan noch immer nicht, warum sie *wirklich* hier waren. Vildar hatte gemeint, dass Oliviah ihnen nicht alles erzählte, aber soweit es Matty anging, hatte Oliviah ihr noch *gar* nichts erzählt.

Zum Glück waren nicht alle Wesen so wortkarg. Als sie den Rand des Landebereichs erreichten, wurden laute Stimmen hörbar. Sehr laute Stimmen.

„Ich dachte, ihr wolltet unseren Landeplatz nicht benutzen!", schnauzte ein hochgewachsener Gormak einen deutlich kleineren Menschen an. Der Gormak trug grellgelbes Ölzeug, das deutlich fröhlicher wirkte als sein Gesicht, während die durchnässten blauen Roben des Menschen ihn auf den ersten Blick als Anhänger des Pfads der Offenen Hand auswiesen. Die Gesichtsbemalung der Gruppe war allerdings vom Regen fortgewaschen worden.

Die beiden Wesen standen vor einem Frachtschiff, dessen gamorreanische Besatzung gerade große Frachtkisten von Bord wuchtete und sie auf Karren lud, die von Lyuna gezogen wurden, ebenso sture wie kräftige Nutztiere, die auf vielen Planeten in der Grenzregion zum Einsatz kamen.

„Du hast gesagt, eure Schiffe würden direkt zu eurem Lager fliegen und dass wir euresgleichen nicht mehr hier in Ferdan sehen würden!", fuhr der Gormak fort. Wasser rann von den ausgeprägten Stirnkämmen über sein nasenloses rotes Gesicht.

„Gibt es hier ein Problem?", fragte Oliviah, als sie auf das Reptilienwesen zutrat.

Der Gormak musterte sie mit orange leuchtenden Augen von Kopf bis Fuß. „Was stellt ihr beiden denn dar?"

„Nur das, was wir sind", erwiderte Oliviah höflich. „Reisende Jedi."

„Jedi?", blaffte der Gormak, und seine Stirnkämme stellten sich auf. „Wurde ja auch Zeit. Ich nehme an, ihr seid hier, um diesen Gebetsbrüdern eine Lektion zu erteilen, eh?"

„Die einzige Lektion, die wir verbreiten möchten, ist eine von Frieden und Harmonie", erklärte Oliviah, dann wandte sie sich dem Pfad-Anhänger zu, der die beiden Jedi durch den Regen anblinzelte.

„Wir leben bereits in Frieden und Harmonie", entgegnete er. „Wir brauchen keine Machtschänder wie euch auf Dalna."

„Machtschänder?", wiederholte Matty. Es war eine lächerliche Beleidigung, aber trotzdem stieß sie ihr übel auf.

Der Gormak verschränkte die dicken Arme und lachte auf das Pfad-Mitglied herab. „Sieht aus, als wären eure Tage hier gezählt, jetzt, da diese beiden Ladys hier sind. Ich kann es kaum erwarten zu sehen, wie sie euch aus eurem Lager werfen. Dann könnt ihr in die Löcher zurückkriechen, aus denen ihr gekommen seid."

„Ich wurde auf Dalna geboren!", protestierte der Pfad-Anhänger, wobei er einen Schritt auf den Gormak zu machte. Noch einer, und die Sache würde garantiert ein böses Ende nehmen. „Im Gegensatz zu dir, wie ich hinzufügen möchte. Ich gehöre hierher!"

„Ach, ist das so?" Der Gormak baute sich vor dem Menschen zu seiner vollen Größe auf. „Habt ihr deswegen jede leer stehende Hütte in ganz Ferdan aufgekauft, oder versucht ihr nur, uns aus unserer Heimat zu vertreiben? Hm? Wollt ihr hier auch so einen Aufstand anzetteln wie auf Jedha?"

Das überraschte Matty. Sie hatte nicht gedacht, dass sich die Neuigkeiten von Jedha so schnell herumsprechen würden, vor allem, da die Kommunikationsnetze dieses Sektors in letzter Zeit extrem störanfällig gewesen waren.

„Wir waren auf Jedha", sagte sie in einem Versuch, die Situation zu entschärfen. „Es gibt keine Beweise, dass der Pfad hinter den Unruhen dort steckt. Soweit wir wissen, war es das Werk von ein paar Aufrührern, die aus eigenem Antrieb handelten."

„Matthea …", warnte Oliviah sie leise, aber es war bereits zu spät.

„Ha! Hast du das gehört, Sektenjünger?" Der Gormak drückte seinen klauenbewehrten Zeigefinger gegen die Brust des durchnässten Pfad-Anhängers. „Aufrührer. Was hab ich gesagt? Ihr fangt besser schon mal an, eure Sachen zu packen."

Matty wusste nicht, welche Reaktion sie erwartet hatte, aber ganz sicher nicht, dass der Mensch eine Waffe zückte. Gerade noch hatte er einen nass glänzenden Datenblock in den Händen gehalten, nun zog er plötzlich einen kurzläufigen Blaster unter seinen Roben hervor.

Matty senkte die Hand zu ihrem Gürtel, aber Oliviah war schneller. Sie trat zwischen die beiden Einheimischen, bevor die Finger der Padawan auch nur ihr Lichtschwert ertastet hatten.

„Das reicht jetzt!", sagte die Jedi-Ritterin mit durchdringender Stimme, eine Hand vor die Mündung des Blasters erhoben, als wäre sie bereit, den Schuss abzulenken, falls der Pfad-Anhänger abdrückte. „Niemand wird einen Aufstand anzetteln und muss seine Sachen packen!" Sie blickte dem Menschen direkt in die Augen. Der Blaster in seiner Hand zitterte so sehr, dass man hätte meinen können, es gäbe gerade ein Erdbeben. „Wie heißen Sie?"

„Wen interessiert sein Name?", grollte der Gormak. „Er ist ein Sektenjünger."

Oliviah brachte das Reptilienwesen mit erhobenem Finger zum Schweigen, aber ihr Blick blieb die ganze Zeit über auf den Menschen mit dem Blaster gerichtet. Schließlich schüttelte dieser den Kopf.

„Nein", sagte er, und seine Stimme zitterte beinahe ebenso sehr wie seine Hand. „Ihr werdet meinen Geist nicht manipulieren. Die Macht ist kein Spielzeug, Schänderin. Die Macht wird frei sein."

„Keine Tricks, versprochen. Nur eine ehrliche Frage. Mein Name ist Oliviah Zeveron, und das ist Padawan Cathley. Wir wollen helfen."

Der Pfad-Anhänger senkte den Blaster nicht, aber sein Tonfall wurde ruhiger. „Ich bin Xander", sagte er, wenngleich seine Augen noch immer vor Furcht glänzten. „Xander Cran."

Der Gormak hinter Oliviah schnaubte, was ihm einen schneidenden Blick der Jedi einbrachte. „Und wer sind Sie?"

„Was geht dich das an?"

„Ich möchte verstehen, was hier los ist. Und um eine Person zu verstehen, muss man erst herausfinden, wer sie ist."

Der Gormak verdrehte die Augen, und die Muskeln an seinen Armen wölbten sich, als er sie erneut vor seiner breiten Brust verschränkte. „Athul Taran."

„Danke, Athul. Jetzt, da wir uns alle kennen, können wir vielleicht aufhören, einander ‚Machtschänder' oder ‚Sektenjünger' zu nennen. Reden wir als Personen miteinander. Personen, die keinen Grund haben, mit Waffen aufeinander zu zielen."

Zögerlich ließ Cran seinen Blaster sinken. „Ich will nur tun, weswegen ich hergekommen bin", brummte er mit einem finsteren Blick auf Athul.

„Du meinst, die Stadt aufkaufen? Erst Haqs Hof, dann Gursos Suppenküche. Und wozu all das, *Xander*? Nur, damit ihr eure ‚Botschaft' verbreiten könnt?"

Die Art, wie der Gormak das Wort betonte, machte augenblicklich klar, wie wenig er von der Mission des Pfads hielt.

„Dieser Planet ist in Gefahr", hielt Cran dagegen. „*Unser* Planet, Athul."

„Von was für einer Gefahr sprechen Sie?", wollte Matty wissen. Sie spürte eine Woge der Frustration aus Oliviahs Richtung, ignorierte sie aber. Niemand hatte ihr verboten, Fragen zu stellen.

„Von euresgleichen", zischte Cran. „Seht nur, was bereits geschehen ist." Er deutete hoch zu den Sturmwolken am Himmel.

„Sie meinen den Regen?"

„Die Macht ist aus dem Gleichgewicht geraten. So ist es schon, seit dieser Junge und seine Meisterin nach Dalna kamen. Seit man uns auf Jedha angefeindet hat, nur weil wir die Wahrheit sagen."

„Die Regenzeit hat tatsächlich früher begonnen als üblich", musste Taran zugeben. Dass er mit seinem Feind einer Meinung war, verwirrte ihn sichtlich, aber zumindest schrien die beiden einander nicht länger an.

Matty hatte trotzdem noch eine Frage. „Wen meinen Sie mit ‚der Junge und seine Meisterin'?"

„Hm?"

„Was für ein Junge? Und was für eine Meisterin?"

„Der Jedi-Schüler, mit dem Marda angebandelt hat", antwortete Cran. „Und die Soikanerin."

„Eine Soikanerin?", schaltete sich Oliviah ein. „Kennen Sie ihren Namen?"

„Ich weiß nur, dass sie uns bestehlen wollten."

„Und Sie sind sicher, dass es Jedi waren?", fragte Matty ungläubig. „Wir stehlen normalerweise nicht."

„Sie waren keine Diebe", schnaubte Taran. Er hakte die Daumen unter seinen Gürtel. „Die haben Crans Bande *geholfen*, als ihre Höhlen überflutet wurden. Zumindest habe ich das so gehört."

„Sie haben geholfen", gestand Cran zähneknirschend. „Aber nur um sich unser Vertrauen zu erschleichen."

„Ha!", entfuhr es dem Gormak. „Als hättet ihr hier auf Dalna nicht genau dasselbe getan!"

„Glaub mir, wir können ihnen nicht vertrauen, Athul", beharrte Cran. „Ganz gleich, was sie sagen."

„Wo sind diese Jedi jetzt?", fragte Oliviah.

Der Pfad-Anhänger zog die Schultern hoch, dann steckte er

seinen Blaster endlich wieder weg. „Ich weiß es nicht. Als sie nicht fanden, was sie wollten, sind sie wieder verschwunden."

„Und was wollten sie?", hakte Matty nach.

„Was weiß ich?" Cran klang ebenso frustriert, wie die Padawan sich fühlte. „Irgendetwas von der Mutter. Vielleicht Relikte oder etwas in der Art."

Matty und Oliviah wechselten einen Blick. Zumindest das ergab einen gewissen Sinn. Als man den Herold auf Jedha erwischt hatte, war er gerade dabei gewesen, uralte Archive zu plündern. Falls der Pfad so etwas schon früher getan hatte, waren die beiden mysteriösen Jedi vielleicht hier gewesen, um im Namen der rechtmäßigen Besitzer wertvolle Relikte zurückzufordern.

Taran hatte andere Fragen. „Das ist ja schön und gut", grollte er, „aber es erklärt nicht, was *das da* ist." Er stocherte mit dem Finger in Richtung des Frachtschiffes hinter Cran.

„Vorräte", antwortete der Pfad-Anhänger, als wäre es das Offensichtlichste auf der Welt. „Trockenrationen, Reis und Saatgut, hergeschickt von unseren Gönnern."

„Das sind aber *viele* Rationen", befand Matty, die mindestens zehn große Kisten vor dem Schiff zählte.

„In der Tat." Taran schien diesen kleinen Triumph über Cran zu genießen. „Und es ist die dritte Lieferung innerhalb von ebenso vielen Tagen."

„Wir sind viele", rechtfertigte sich der Pfad-Anhänger. „Seit die Republik uns zum Sündenbock für die Ereignisse auf Jedha gemacht hat, werden unsere Brüder und Schwestern verunglimpft und vertrieben, wo immer sie sich angesiedelt haben. Darum sind viele nach Dalna zurückgekehrt."

„Noch mehr Sektenjünger", stöhnte Taran und rollte mit den Augen. „Genau das hat uns noch gefehlt."

„Der Regen hat unsere Ernte ruiniert", führte Cran weiter aus. „Das wenige, was wir gelagert haben, wird uns vermutlich nicht durch den Winter bringen. Darum hat die Mutter unsere Gönner um Hilfe ersucht."

„Warum nehmt ihr nicht einfach die Vorräte aus Gursos Suppenküche? Darum habt ihr den Laden doch offensichtlich gekauft. Um euch mit unserem Essen die Bäuche vollzuschlagen."

„Wir haben die Suppenküche gekauft, damit *alle* zu essen haben", korrigierte Cran. „Der Pfad *und* die Leute von Ferdan. Wenn es weiterhin so regnet, werden wir alle darunter leiden, Athul."

Das schien den Gormak tatsächlich ins Grübeln zu bringen. Zu mehr als einem grummelnden „Wir brauchen eure Hilfe nicht" ließ er sich aber trotzdem nicht bewegen.

„Vielleicht im Moment noch nicht. Aber das wird sich ändern. Wir alle werden Hilfe brauchen, wenn das Gleichgewicht nicht wiederhergestellt wird."

„Das klingt doch gar nicht so schlecht", schaltete sich Matty ein, bevor Taran etwas fand, was er an Crans Bemerkung auszusetzen hatte. „Zusammenzuarbeiten ist immer eine gute Idee."

Taran lachte schnaubend. „Vergib mir, aber ich traue niemandem, der einen Blaster unter seiner Gebetsrobe versteckt. Wer weiß, was wirklich in diesen Kisten ist? Woher sollen wir wissen, dass es nicht auch Waffen sind?"

„Er könnte es Ihnen zeigen", schlug Matty vor. „Damit hätten Sie doch kein Problem, oder, Xander? Sie könnten Athul einen Blick in eine der Kisten werfen lassen."

Mit einem Mal wirkte der Pfad-Anhänger wieder nervös. „Ich weiß nicht. Wenn unsere Vorräte nass werden …"

„Nur einen kurzen Blick. Davon wird schon nichts verderben."

„Also schön", gab Cran schließlich nach. Er ging zu den Kisten hinüber. Die Pfad-Anhänger bei den Karren blickten überrascht auf, als sie sahen, dass er den Gormak und die beiden Jedi im Schlepp hatte.

„Wir müssen eine der Kisten öffnen", verkündete Cran. Er warf einen Blick auf die Frachtliste. „Wie wäre es mit der auf dem mittleren Wagen."

„Es gibt keinen Grund, sie extra noch mal abzuladen“, warf Oliviah ein. Sie deutete auf eine Kiste, die gerade von den Gamorreanern aus dem Frachtraum getragen wurde. „Nehmen wir doch einfach die. Das ist für alle viel einfacher.“

Xander Cran sah aus, als wollte er protestieren, aber dann gab er doch nach. „Na schön. Würdet ihr sie bitte aufmachen?“

Die Gamorreaner grunzten einander achselzuckend an, anschließend lösten sie die Verschlüsse mit der Mühelosigkeit langjähriger Erfahrung.

„Was ist das?“, fragte Taran, während er auf die winzigen gelben Hülsenfrüchte im Innern hinabstarrte.

Cran musste die Antwort von seinem Datenblock ablesen. „Sternenlicht-Leguminosen, direkt von Hetzal. Soll ich sie rausnehmen, damit ihr sehen könnt, was darunter ist?“

Oliviah strich mit den Fingern über die getrockneten Hülsenfrüchte. „Nicht nötig. Ich bin sicher, daraus lässt sich ein köstlicher Eintopf machen.“

„Genug für unser ganzes Lager“, stimmte Cran zu. „Sofern sie nicht zu nass werden.“

Die Gamorreaner schlossen die Kiste wieder und luden sie auf einen der Karren. Das Lyuna, das vor das Gefährt gespannt war, schnaubte im Regen.

„Wenn dann alle zufrieden sind …“, sagte Cran. Er quittierte den Empfang der Ladung auf dem Datenblock, damit das Schiff wieder starten konnte.

Taran wirkte regelrecht enttäuscht, dass sich seine Verdächtigungen nicht bestätigt hatten. „Die Sache gefällt mir trotzdem nicht, aber ich schätze, jeder muss essen.“

„Wir werden unsere Vorräte mit Ferdan teilen“, erklärte Cran noch einmal.

„Pah, als würde ich diesen Fraß anrühren!“, raunzte der Gormak noch, bevor er davonstapfte, ein schlechter Verlierer bis zuletzt.

Oliviah war da schon eleganter. Sie lächelte den Pfad-Anhänger offen an und sagte: „Es tut mir leid, dass Sie das über sich ergehen lassen mussten. Danke für Ihre Kooperationsbereitschaft."

„Ich habe es nicht für Euch getan!", blaffte Cran, während seine Begleiter wasserdichte Planen über die Ladeflächen der Karrens spannten. „Falls Ihr mich jetzt entschuldigen würdet. Ich muss die Ladung in unser Lager bringen."

„Natürlich." Oliviah bedeutete Matty, dass sie ihr mit der Plane des letzten Wagens helfen sollte. „Wir müssen auch weiter. Auf Wiedersehen!"

„Tut mir leid, falls ich mich hätte zurückhalten sollen", wisperte Matty, während sie gemeinsam die gummierte Decke über die Frachtkiste zogen.

Anstatt darauf einzugehen, deutete Oliviah auf die Ladefläche. „Rauf da!"

Matty starrte die Jedi-Ritterin an, als hätte sie den Verstand verloren. „Was?"

„Nun mach schon!"

Matty war zu überrascht, um zu diskutieren. Also schlüpfte sie folgsam unter die Plane. Oliviah war gerade dabei, hinter ihr herzuklettern, als einer der Gamorreaner die beiden bemerkte.

Bevor das Wesen die anderen warnen konnte, hob Oliviah die Hand. „Wir sind in die Stadt gegangen", sagte sie. „Du hast gesehen, wie wir auf die Straße dort vorne abgebogen sind."

Der Gamorreaner brummte, dann zog er die Plane über die zwei Jedi und band sie fest.

Wenig später setzte sich der Wagen in Bewegung, und sie ruckelten über einen Feldweg, während von oben weiter der Regen auf die Plane prasselte.

Erst jetzt ging Oliviah auf Mattys Bemerkung von vorhin ein. „Du musst dich für nichts entschuldigen. Du bist deinen Instinkten gefolgt. Genauso wie ich."

„Und was machen wir jetzt?", flüsterte Matty. Sie stieß sich den Kopf, als der Wagen über einen Stein rollte.

Oliviah lächelte. „Ich hatte nicht den Eindruck, als wollte Xander Cran uns in das Lager des Pfades einladen. Du etwa?"

„Dann schleichen wir uns also hinein?"

„Ich habe dir doch gesagt, ich will mit meiner inneren Padawan in Verbindung treten."

„Ja, weil Padawane *ständig* so was machen."

Oliviah grinste verschlagen. „Nun komm schon."

Matty hatte nicht vor, sich zu beschweren. Sie brannte darauf, sich im Lager des Pfades umzusehen, vor allem jetzt, nachdem sie gehört hatte, dass vor Kurzem Jedi dort gewesen waren – einschließlich eines Padawans, der mit einer Anhängerin der Offenen Hand „angebandelt" hatte.

Es war aber nicht dieser Aspekt, der Matty beschäftigte. Sie hatte im Lauf der Jahre selbst ein paar Dinge ausprobiert, und manchmal war sie nicht mal dabei erwischt worden. Nein, was sie beunruhigte, war die Emotion, die ihr von Xander Cran entgegengeschlagen war, als er über die Soikanerin und ihren Schüler gesprochen hatte. Es war nicht Zorn gewesen, sondern etwas anderes, ebenso stark und doppelt so besorgniserregend.

Schuldbewusstsein.

26. KAPITEL

Der Marsch über Planet X hätte mühsam sein sollen, aber Marda konnte sich nicht daran erinnern, je so glücklich und zufrieden gewesen zu sein. Ihre Beine wurden einfach nicht müde, obwohl sie mehrere Kilometer über unebenes, von Baumwurzeln und regenbogenfarbigen Pilzhügeln bedecktes Terrain zurücklegten – und obwohl sie dabei abwechselnd den Repulsorschlitten zogen, den sie aus dem Frachtraum der *Silverstreak* geborgen hatten. Selbst das flaue Gefühl, das Calars unheilvolle Warnung in ihrem Bauch zurückgelassen hatte, war verflogen. Die Macht konnte nicht sterben, und dieser Ort war der Beweis dafür.

Sie alle konnten es spüren, sogar Galamal, die gemeinsam mit Sunshine an der Spitze der Gruppe ging und herzlich über die Scherze des Hyperraum-Scouts lachte, von denen die meisten entschieden unflätig waren. Hin und wieder machte sie die anderen auch auf Früchte und Beeren aufmerksam, die entlang ihres Pfads wuchsen – und sich allesamt als köstlich herausstellten.

Ord war zunächst dagegen gewesen, an einem fremden Ort einfach so Früchte zu probieren. Es war schließlich möglich, dass sie giftig waren. Aber Sunshine hatte ihr versichert, dass Galamal nicht nur eine der besten Fährtenleserinnen war, die er kannte, sondern auch eine absolute Expertin, wenn es um das Überleben in der Wildnis ging.

Die Barabel erklärte, dass sie zwar lieber kleine Nagetiere und Echsen fing, sich aber schon auf Tausenden Expeditionen von Pflanzen, Beeren und Kräutern ernährt hatte. Im Lauf der Zeit hatte sie einen Instinkt für gewisse universalgültige Eigenschaften entwickelt. Mit anderen Worten: Sie konnte abschätzen, welche Pflanzen einen stärkten und welche einen mit Magenkrämpfen auf dem Boden herumrollen ließen … oder Schlimmeres.

Bokana vertraute Galamals Urteil blind. Der hünenhafte Ovissianer war wie ein Kind bei einem Festessen, und wann immer die Barabel auf etwas Essbares zeigte, pflückte er ein paar Früchte von einem Baum oder knackte ein paar Nüsse mit seinen Zähnen.

Schon bald entwickelte er auch ein Gespür dafür, was gut war und was nicht, und selbst Galamal wirkte beeindruckt, als er begann, in Eigenregie Früchte zu sammeln.

„Ich habe wohl ein Talent für so was", sagte Bok, während der orangene Saft eines besonders prallen Pfirsichs an seinem Kinnhorn hinabrann.

Marda lachte. „Jetzt fehlen nur noch die Tischmanieren." Sie wischte den Saft fort, bevor sie ihn küsste. Seine Lippen schmeckten noch süßer als sonst. „Du solltest es nicht übertreiben, sonst kriegst du noch Magenschmerzen."

„Machst du dir etwa Sorgen um mich?", scherzte er, wobei er sie spielerisch mit dem Ellbogen anstieß.

„Ich mache mir Sorgen, dass du den gesamten Planeten leer isst, wenn du so weitermachst."

„Dann solltest du mich wohl besser aufhalten." Bok zog sie für einen weiteren Kuss zu sich heran.

Sie ließen erst voneinander ab, als Bokana mit der Schulter gegen einen der schwammartigen Baumstämme stieß und ein Schwarm Flatterkäfer, so golden wie die Morgensonne, aus dem Blätterdach hochstob. Marda lehnte sich in Bokanas Armen zurück, um den Insekten nachzublicken, und sie schwor sich, niemals die Zufriedenheit zu vergessen, die sie in diesem Moment empfand. Wie sollte sie dieses Paradies nur jemals wieder verlassen?

„Wir müssen nicht, wenn wir nicht wollen." Bokanas Stimme lenkte sie vom schillernden Reigen der Insekten ab.

„Was müssen wir nicht?“, fragte sie, und ihr Blick kehrte zu seinen Augen zurück, die lebhafter strahlten als je zuvor.

„Diesen Planeten verlassen. Wir könnten den anderen helfen, die Eier zu finden, und dann einfach hierbleiben.“

Mardas Lächeln verblasste. „Hierbleiben?“

Bok plapperte drauflos wie ein aufgeregter Jüngling. „Wir könnten ein Haus bauen, mit Holz aus dem Wald und Teilen von der *Scupper*. Es gibt offensichtlich mehr als genug zu essen, und so schnell, wie sich hier alles regeneriert, würden wir nicht mal die Umwelt belasten. Was denkst du?“

Was sie dachte? Marda machte einen Schritt nach hinten, und ein enttäuschter Ausdruck huschte über Bokanas Gesicht. „Marda?“

„Woher hast du es gewusst?“

„Hm?“

„Woher hast du gewusst, was ich denke? Dass ich nicht von hier wegwill?“

Das schiefe Grinsen des Ovissianers kehrte zurück, und er blickte sie an, als hätte sie einen kleinen Aussetzer gehabt. „Du musst es laut gesagt haben.“

Sie schüttelte den Kopf. „Nein, habe ich nicht.“

Er trat vor, um sie wieder in die Arme zu schließen, aber Marda wich zurück. „Tja, dann muss ich wohl deine Gedanken gelesen haben“, scherzte er. „Ist das denn wichtig? Es würde funktionieren, oder? Du, ich – hier. Für immer. Vielleicht hat uns die Macht deswegen hierhergeführt. Vielleicht ist *das* ihr Wille.“

Mit einem Mal stellte Marda fest, dass sie allein waren. „Wir sind zu weit zurückgefallen“, sagte sie, während sie sich nach den anderen umsah.

„Weit können sie nicht sein.“

„Wir beeilen uns trotzdem besser.“

Sie wollte losgehen, aber Bokana hielt sie am Arm zurück. Er blickte ihr so tief in die Augen, als würde er ihre Seele sehen. „Es könnte funktionieren. Das meine ich ernst.“

Marda lächelte gezwungen und wischte ein paar weitere Tropfen Fruchtsaft von seinem Kinn. „Sind die Früchte vielleicht vergoren? Du klingst nämlich, als wärst du betrunken. Jetzt lass uns endlich gehen."

Mit einem Grinsen ließ er sich von ihr hinter sich herziehen, und nach wenigen Sekunden schien er seinen unerwarteten Vorschlag bereits wieder vergessen zu haben. Stattdessen wies er sie fröhlich auf alles hin, was er sah oder hörte, von leuchtenden Bienen bis hin zum seltsamen Gesang der Vögel über ihnen.

Marda ließ ihn gewähren, zum einen, weil sie den Klang seiner Stimme genoss, zum anderen, weil sie sich von dem Unbehagen ablenken wollte, das mit einem Mal in ihr aufgestiegen war. Sie wusste nicht, was sie mehr beunruhigte – dass Bokana ihre Gedanken gelesen hatte … oder dass es ihr vollkommen normal erschien, mit jemandem, den sie gerade erst kennengelernt hatte, ein neues Leben auf einem fremden Planeten zu beginnen.

Die Zweifel nagten an Marda, bis sie die anderen wieder eingeholt hatten. Die Gruppe schien nicht mal bemerkt zu haben, dass sie und Bok zurückgefallen waren, aber Ord bedachte sie mit einem spitzfindigen Blick, als wüsste sie genau, was die beiden getan hatten, und Marda ließ hastig Bokanas Hand los.

Welche Emotionen auch in ihnen aufkeimen mochten, sie hatten eine Aufgabe zu erledigen, und sie mussten aufhören, diese Mission als einen romantischen Ausflug zu betrachten.

Die Stimmung der gesamten Gruppe schien sich zu wandeln, als der Wald einer weniger einladenden Felslandschaft wich, und dann klaffte plötzlich die Schlucht vor ihnen auf, die Sunshine beschrieben hatte.

„Und da unten hast du das Ei gefunden?", fragte Marda, während sie an den Rand der Kluft trat. Bokana blieb dicht neben ihr.

Sunshine hielt die Holokarte hoch und verglich die Projektion mit dem Terrain vor ihnen. „Es gibt Höhlen am Fuß der Schlucht.

Das Ei lag an einem der Eingänge. Wir sahen es in der Sonne glänzen, also sind wir runtergestiegen."

„Und wie?", fragte Ord. „Sag jetzt nicht, dass wir klettern müssen."

„Es gibt einen Pfad", beruhigte Sunshine sie, wobei er auf einen schmalen Einschnitt an der rechten Seite der Schlucht deutete. „Er ist nicht ohne Tücken, aber solange wir aufpassen, wo wir hintreten, sollten wir klarkommen."

„Sogar damit?" Tareen deutete auf den Repulsorschlitten, den der Duros während der letzten Etappe ihres Marsches gezogen hatte.

„Ja. Wir müssen nur langsam und vorsichtig sein."

Galamal spähte hoch zum Himmel, und ihre geschlitzten Barabel-Augen wurden schmal. „Was, wenn wir keine Zeit haben, langsam und vorsichtig zu sein?"

Marda blickte ebenfalls nach oben. Zwei große Reptilien kreisten über ihnen, die ledrigen Schwingen weit ausgestreckt. „Glaubst du, sie sind uns feindlich gesonnen?"

„Bislang sind wir keinen Raubtieren begegnet", warf Bokana ein.

„Sunshine meinte doch, dass die Fauna hier anders ist als in den Wäldern."

Der Hyperraum-Scout nickte. „Ganz recht. Aber wegen dieser Viecher braucht ihr euch keine Sorgen zu machen. Die haben wir beim letzten Mal auch gesehen, und sie haben keinen Ärger gemacht. Die Biester in den Höhlen hingegen ... das ist eine andere Sache."

„Und wir müssen in die Höhlen, um die Eier zu suchen?", fragte Marda.

Sunshines Antwort bestand aus einem bedauernden Blick.

„Großartig", stöhnte Ord.

„Vergesst nicht, dass wir das hier für die Mutter tun", sagte Marda. Sie durfte nicht zulassen, dass die Moral der Gruppe noch weiter litt. Vorhin, im Wald, waren sie alle von freudiger, geradezu kindlicher Aufregung erfüllt gewesen, aber inzwischen hatte sich ein spürbares Unbehagen ausgebreitet, ein Gefühl, dass sie nicht hier sein sollten. Nicht mal Bokana redete noch davon, ein Haus zu bauen und sich niederzulassen. Aber sie konnten nicht umkehren – nicht mit leeren Händen. „Je eher wir die Eier finden, desto schneller können wir zu den anderen zurück."

Sie wusste, dass sie die Gruppe auf dieselbe Weise anzuspornen versuchte, wie wenn die Kleinen des Pfads nicht nach Ferdan gehen und Blumen verteilen wollten, und ihre Taktik ging auf. Die anderen folgten ihr ohne großes Murren – zugegebenermaßen aber auch ohne großen Elan –, während sie zu der Stelle ging, die Sunshine ihnen gezeigt hatte.

Schweigsam und vorsichtig begannen sie mit dem Abstieg, wobei ihre Blicke immer wieder zu den fliegenden Echsen huschten, die über ihnen kreisten. Marda hätte es den Kreaturen nicht verübelt, wenn sie sich näher herangewagt hätten, zumal sie sicher nicht alle Tage so eine Gruppe von Leckerbissen sahen. Aber die Tiere wahrten Abstand, genauso wie Sunshine gesagt hatte, und die Gruppe gelangte ohne Zwischenfälle zum Fuß der Schlucht.

Bokana ließ sich zurückfallen, um Tareen auf dem engen Pfad mit dem Repulsorschlitten zu helfen, und stattdessen nahm Galamal den Platz neben Marda ein, während Sunshine dicht hinter ihnen ging, eine Hand stets an der Felswand, um sich abzustützen.

Als sie schließlich unten ankamen, war die Temperatur spürbar gefallen, und Mardas Schweiß fühlte sich unangenehm kalt auf ihrer Haut an. Bokana kehrte rasch an ihre Seite zurück, um zu fragen, ob alles in Ordnung sei, woraufhin sie nur abgehackt nickte. Sie wollte jetzt nicht von ihm umsorgt werden.

Ein starker Wind pfiff zwischen den steilen Schluchtwänden hindurch, die über ihnen mehr als ein Dutzend Meter in die Höhe ragten. Der aufgewirbelte Staub fand seinen Weg in Mardas Augen, in ihren Mund, unter ihre Zunge, und jetzt war sie doch dankbar, als Bokana ihr eine Feldflasche hinhielt, gefüllt mit dem kristallklaren Wasser aus einem Teich, den sie im Wald entdeckt hatten. Sie trank gierig, bevor sie die Flasche an Ord weiterreichte.

„Und?“, fragte Galamal Sunshine. Sie blickte wieder zu den Reptilien hoch, die mit jeder Minute mehr wie ledrige Geier aussahen.

„Das Ei war da drüben.“ Sunshine ging zu einem großen Felsbrocken auf dem Grund der Schlucht.

„Sagtest du nicht, es sei am Eingang einer Höhle gelegen?“, fragte Marda, während sie ihm folgte.

„Ja, am Eingang der Höhle hinter diesem Felsen“, erwiderte der Hyperraum-Scout in gereiztem Ton. Er hatte die Holokarte deaktiviert, hielt den Projektor aber noch immer in der Faust, so als wollte er ihn im Notfall als Waffe einsetzen.

Sie erreichten die Stelle, fanden jedoch nur leeren Boden vor. Es wäre aber auch nicht realistisch gewesen zu erwarten, dass weitere Eier einfach im Freien auf sie warten würden.

„Und du glaubst, sie sind in den Höhlen?“, brummte Galamal.

Sunshine zuckte mit den Schultern und schob seine Schutzbrille von der Stirn nach unten, um seine Augen abzuschirmen. „Das war zumindest Spences Theorie.“

„Aber ihr habt nie nachgesehen?“

„Wir sehen jetzt nach.“

„Und wo sollen wir anfangen?“, fragte Ord. Sie musste die Hand benutzen, um ihre Augen vor dem Staub zu schützen, während sie die unzähligen Öffnungen entlang der Schluchtränder betrachtete. „Das sind ja Dutzende.“

„Irgendwelche Vorschläge?“, wandte Sunshine sich an Galamal.

„Woher soll *ich* das wissen?“, stellte die Barabel die Gegenfrage, wobei sie mit dem Stiefel nach dem staubigen Boden trat. „Hier sind nirgends Abdrücke oder andere Spuren. Es sieht aus, als wäre hier seit Jahren kein lebendes Wesen mehr gewesen.“

Sie blickte auf Marda herab. „Vielleicht ist es Zeit, dass unsere *Führerin* sich mal nützlich macht."

Marda tippte sich gegen die Brust. „Ich?"

Galamal zuckte mit den Schultern. „Ich dachte, die Macht leitet deine Schritte."

„Es ist nicht so, als könnte ich mit der Macht kommunizieren."

„Was sollen wir dann tun?", fragte Tareen. Er stand gegen den Repulsorschlitten gelehnt und strich sich mit der Hand über den kahlen Kopf. „An einem Ende der Schlucht anfangen und uns von Höhle zu Höhle vorarbeiten, bis wir Glück haben?"

„Wir könnten uns aufteilen", schlug Ord vor.

Galamal schüttelte den Kopf. „Nur wenn ihr Todessehnsucht habt. Wir wissen nicht, was in diesen Höhlen lauert."

Marda spürte, wie sich erneut sämtliche Aufmerksamkeit auf sie richtete, und sie wand sich unter den bohrenden Blicken. Warum sagte Sunshine nichts? Er war doch derjenige, der schon einmal hier gewesen war.

Bokana kratzte sich an seinem langsam nachwachsenden Kinnhorn. „Hast du immer noch das Stück von der Eierschale?"

„Die Eierschale?" Dobbs' Hand tastete nach der Brusttasche seiner Jacke. „Ja, hier."

„Darf ich sie mal sehen?"

„Ich weiß zwar nicht, was uns das bringen soll, aber bitte." Sunshine reichte ihm den halb durchsichtigen Splitter.

Bok nahm ihn und hielt ihn in die Höhe. Als das Licht hindurchfiel, tauchte es das Gesicht des Ovissianers in einen violetten Schein. Aber die Art, wie er die Augen zusammenkniff …

„Bok?", fragte Marda, während sie näher herantrat. Sie konnte es nicht erklären, aber sein Gesichtsausdruck machte sie nervös.

„Ich hab mich nur gefragt …", murmelte er, und sein Blick wanderte die Schlucht hinab. „Ich hatte so ein Gefühl …"

Er drehte sich um und kletterte auf den Felsbrocken, bevor Marda nachhaken konnte. Anschließend sprang er auf einen zweiten, noch größeren Felsen, das Stück Eierschale weiter in seiner erhobenen Hand.

„Was suchst du da oben, Grünhaut?", rief Sunshine, während Bokana sich im Kreis drehte. „Willst du sichergehen, dass dich diese Flugechsen als Ersten holen?"

„Sie werden nicht angreifen", erklärte Bok, auch wenn Marda sich da nicht so sicher war. „Sie kommen nicht hier runter. Nicht, während die Tiefenpirscher auf der Jagd sind."

„Das klingt nicht gut." Galamal blickte voller Misstrauen zu den Höhleneingängen hinüber. „Was ist ein Tiefenpirscher?"

„Keine Ahnung", erwiderte Sunshine, aber Marda hatte das sichere Gefühl, dass das nur teilweise der Wahrheit entsprach.

„Was für Tieren seid ihr damals hier unten begegnet?", fragte sie den Hyperraum-Scout.

„Da!", rief Bokana, bevor Sunshine antworten konnte. „Das ist die richtige Höhle!"

Der Ovissianer hatte aufgehört, sich im Kreis zu drehen, und sprang gelenkig wie ein junger Bergwolf von dem Felsen. Kaum dass seine Füße den Boden berührten, rannte er auch schon los, schnell genug, dass seine Schritte kleine Staubwolken hochwirbelten.

„Welche?", schrie Marda ihm nach, aber er wurde nur noch schneller und stürmte auf einen Eingang zu, gerade groß genug, dass der Ovissianer sich hindurchzwängen könnte.

„Hast du Leuchtstäbe?", rief er über die Schulter, ohne auf die Frage einzugehen.

Während sie Bokana folgten, wühlte Sunshine in seinem Rucksack herum. Schließlich förderte er eine Taschenlampe zutage, aber bevor er sie Bok geben konnte, legte Galamal dem Ovissianer eine schuppige Hand auf die Schulter, um ihn zurückzuhalten.

„Erklär uns doch erst mal, was hier überhaupt los ist.", verlangte die Barabel.

Bok nahm die Taschenlampe trotzdem. „Ich habe so ein Gefühl, das ist alles."

„Ein Gefühl?" Mardas Verwirrung wuchs. „Wie meinst du das?"

Bokana wirkte frustriert und auch ein wenig verletzt, vermutlich, weil sie ihm nicht automatisch vertraute. „Ihr müsst es doch auch gefühlt haben. Seit unserer Ankunft bin ich mir einfach viel sicherer. In allem. Wohin wir gehen müssen. Welche Früchte genießbar sind."

„Wir sind Sunshines Karte gefolgt", entgegnete sie.

„Ja, aber da ist mehr. Als wir die anderen im Wald aus den Augen verloren haben, da wusste ich genau, wo sie langgegangen sind. Ich habe es hier gespürt." Er legte die Hand auf sein Herz. „Und genauso deutlich spüre ich, dass wir hierhergehören, Marda. Dass wir uns hier ein neues Zuhause aufbauen könnten."

„Wie bitte? Was?", fragte Ord, und Marda wand sich unter dem Blick der Reesarianerin.

„Ich kann nicht erklären, warum, aber ich weiß es einfach", fuhr Bokana fort, als hätte er Ords Reaktion nicht einmal bemerkt. „Die Eier sind da drinnen."

„In dieser Höhle?", fragte Marda.

Bok nickte. „Mehr, als wir brauchen. Die Macht hat uns hierhergeführt."

Und da war es, das Wort, vor dem es Marda die ganze Zeit schon gegraut hatte. Schlagartig erkannte sie, warum ihr Bokanas Gesichtsausdruck so bekannt vorkam.

Kevmo hatte genauso ausgesehen, wann immer er die Macht benutzt hatte.

27. KAPITEL

Matty und Oliviah ließen ihre unbequeme Reise zum Lager des Pfads schweigend über sich ergehen. Das gnadenlose Trommeln des Regens auf der Plane über ihren Köpfen hätte ihre Worte vermutlich übertönt, aber es gab keinen Grund, unnötig Risiken einzugehen.

Ganz abgesehen davon war Matty nicht in der Stimmung für eine Unterhaltung. Sie musste noch immer an Oliviahs harsche Reaktion denken, als sie versucht hatte, den Streit zwischen Xander Cran und dem Gormak zu schlichten. Oliviah hatte sich zwar entschuldigt, aber trotzdem …

Vielleicht war Matty einfach nur durch Meister Vildars und Teys umgängliche Art verwöhnt. Die beiden Männer behandelten sie als Gleichberechtigte. Zugegeben, Vildar war nicht sofort mit ihr warmgeworden – und sie auch nicht mit ihm, wenn sie ganz ehrlich war –, aber er hatte doch in relativ kurzer Zeit gelernt, ihrem Urteil zu vertrauen. Und sie hatte im Umkehrschluss gelernt, sich auf ihren Jedi-Meister zu verlassen. Bei Oliviah hingegen hatte sie das Gefühl, dass sie wieder ganz am Anfang stand: eine Padawan, die man sah, aber nicht hören wollte, es sei denn, eine erfahrenere Jedi erteilte ihr das Wort.

Oliviah mochte ihr von Meisterin Fitan erzählt haben, aber sie war offenbar noch immer nicht bereit, ihre Gedankengänge mit Matty zu teilen. Geschweige denn ihr den wahren Grund für ihr Hiersein zu verraten. Es hatte offensichtlich mit dem Pfad zu tun, aber solange Oliviah derart verschlossen blieb, wusste Matty nicht, wie sie die Lage einschätzen sollte. Sie waren eindeutig keine Gleichberechtigten, keine Partner, und das würde auch so bleiben, bis die Jedi-Ritterin sie endlich in ihre Pläne einweihte. Und wenn sie es nicht von sich aus tat, würde Matty eben den ersten Schritt machen müssen ... solange sie noch Gelegenheit dazu hatten.

Die Frage war nur, wie. Matty hatte normalerweise kein Problem damit, ihre Meinung zu sagen – Meisterin Leebon hätte ein Lied davon singen können –, aber sie hatte Oliviah schon immer schrecklich einschüchternd gefunden.

Wovor hatte sie denn Angst?, fragte sie sich. Dass Oliviah sie zu einem Lichtschwert-Duell herausfordern würde, wenn sie sich in ihrer Autorität beleidigt fühlte? Nein, natürlich nicht, das war lächerlich. Dann vielleicht, dass sie überhaupt nicht mehr mit ihr sprach? Nun, und selbst wenn, wäre das im Grund nicht dieselbe Situation, in der sie bereits waren?

Ihre Gedankengänge wurden unterbrochen, als der Wagenführer seinem schnaubenden Lyuna einen Befehl zurief und der Karren abrupt zum Stillstand kam.

Oliviah hob eine Ecke der wasserdichten Plane an, um nach draußen zu spähen. Nachdem sie Matty lautlos bedeutet hatte, ihr zu folgen, schlängelte sie sich über die Seitenwand des Wagens und landete so elegant wie eine Katze draußen im Regen. Matty hingegen plumpste mit all der Anmut eines Happabore in eine große Pfütze. Schlamm spritzte an ihrer Kleidung hoch, und sie verzog das Gesicht, aber sie hatte mehr Angst davor, dass Oliviah wieder die Augen verdrehen würde, als davor, dass die Kultisten sie entdecken könnten. Zum Glück blieb ihr beides erspart. Oliviah winkte sie lediglich zu sich, während sie ihre Roben eng um sich schlang, damit sie nicht im Wind flatterten.

***

Die Wagenkolonne war vor einem alten Stall stehen geblieben, damit Cran das große Tor öffnen konnte. Das Knirschen der Angeln übertönte Oliviahs und Mattys platschende Schritte, als sie um die Ecke des Gebäudes huschten. Dort befand sich ein kleiner umzäunter Bereich voller landwirtschaftlicher Maschinen und Ersatzteile, und sie duckten sich hinter einen Pflug, der seine besten Tage wohl längst hinter sich hatte. Von dieser Position aus konnten sie den Großteil des Pfad-Lagers überblicken: eine Ansammlung bescheidener Hütten und Häuser, die größtenteils verlassen wirkten. Dass im Freien kaum Personen zu sehen waren, mochte am schlechten Wetter liegen, aber Matty konnte auch hinter den Fenstern der Gebäude kein Licht ausmachen; sie waren so dunkel wie die Wolken am Himmel, und die einzigen Geräusche, die man weit und breit hören konnte, kamen vom Regen und den Lyuna, die mit klackenden Hufen in ihren Stall geführt wurden.

„Dort drüben", wisperte Matty, als sie einen Spalt zwischen den dicken Brettern entdeckte, die die Seitenwand des Stalls bildeten. Auf Oliviahs Nicken hin schlichen sie zwischen den Ackergeräten hinüber und spähten ins Innere.

Cran und die anderen nahmen den Lyuna gerade ihre Geschirre ab und führten sie zu langen Trögen. Etwas anderes hatte Matty auch nicht erwartet, schließlich predigte der Pfad, dass jedes von der Macht berührte Leben heilig war, und diese Tiere hatten eine beschwerliche Reise durch den Regen hinter sich.

Nachdem die Kultisten die Lyuna mit Tüchern trocken gerieben hatten, drückte Cran einen Knopf, und die Pfad-Anhänger verschwanden mitsamt den abgestellten Wagen im Boden. Ein hydraulischer Lift in einem alten, heruntergekommenen Stall? Was verbarg der Pfad dort unten? Als die Liftplattform ein paar Minuten später wieder nach oben zurückkehrte, war sie leer.

Matty konnte sich nicht vorstellen, dass Cran und seine paar Helfer die Wagen in dieser kurzen Zeit fortgeschafft hatten. Vielleicht gab es dort unten Droiden oder weitere Lyuna, die beim Abtransport geholfen hatten … was bedeuten würde, dass es einen größeren unterirdischen Komplex unter dem Lager gab. Der Gedanke erschien lächerlich, aber der Aufzug kündete definitiv von moderner Technologie.

Oliviah und Matty fanden eine kleine Tür an der Rückseite des Stalls und schlichen hinein. Hätten sie nicht bereits gewusst, dass er da war, hätten sie den geheimen Aufzug nie entdeckt. Er fügte sich nahtlos in den Boden ein, und selbst als Matty mit den Fingern über den Ferrobeton strich, konnte sie kaum etwas ertasten.

Der Rest des Lagers erschien ihnen rätselhaft. Die Gebäude waren genauso leer, wie die Padawan vermutet hatte, und es gab keine Hinweise darauf, dass sie überhaupt benutzt wurden. Die beiden Jedi spähten durch zahlreiche Fenster und schoben vorsichtig mehrere Türen auf, aber alles, was sie vorfanden, waren blanke Tische und Betten ohne Matratzen oder Decken. Entweder der Pfad folgte einem extrem asketischen Lebensstil, oder hier wohnte schon seit langer Zeit niemand mehr. Die dünne Staubschicht, die alles bedeckte, sprach ganz klar für Letzteres. Doch warum kaufte der Kult Häuser in Ferdan, wenn er auf seinem eigenen Land so viele leer stehende Hütten hatte?

Aber nicht alle Hütten waren verlassen. Während sie von Gebäude zu Gebäude schlichen und nach Anzeichen von Leben suchten, erblickte Matty einen rauchenden Schornstein auf der anderen Seite der Geistersiedlung. Die beiden Jedi huschten hinüber und entdeckten eine Gruppe von Häusern, in denen dumpfes Licht brannte. Matty wagte sich auf die Veranda der nächststehenden Hütte und linste ins Innere. Es war nichts zu sehen, aber auf der anderen Seite hingen links und rechts der verstaubten Fensterscheibe schlichte Vorhänge.

Oliviah ging zum nächsten Gebäude weiter und drückte probeweise gegen die Tür. Sie schwang mühelos auf. Auf ein Nicken der Jedi-Ritterin hin eilte Matty hinüber, und sie traten gemeinsam über die Schwelle.

Das Innere unterschied sich grundlegend von den anderen Hütten. Ja, die Einrichtung war auch hier karg und simpel, aber es lag eine Decke auf dem Tisch im Hauptzimmer, und drauf stand sogar eine hölzerne Vase mit hellen Blumen. Im Kamin brannte ein Feuer, während im benachbarten Raum eine Kerze auf einer Kommode neben dem frisch gemachten Bett flackerte.

Matty widerstand dem Drang, laut „Hallo?“ zu rufen, um herauszufinden, ob jemand da war. Es war auch gar nicht nötig. Sie musste sich nur konzentrieren, und schon spürte sie die Präsenz einer lebenden Seele. Sie hatte keine Ahnung, wie diese Person reagieren würde, wenn sie herausfand, dass zwei Jedi in ihre seltsame Behausung eingedrungen waren, und sie und Oliviah wollten sich schon zurückziehen, als ein würgendes Geräusch aus dem hinteren Teil der Hütte erklang.

Matty wusste, dass sie vorsichtig sein sollten, aber jetzt *musste* sie ganz einfach nachsehen. Wer immer da in dem Raum jenseits des Schlafzimmers war, es ging ihm offensichtlich nicht gut. Bevor Oliviah sie zurückhalten konnte, ging die Padawan los.

„Hallo?“, fragte sie. „Ist alles in Ordnung? Brauchen Sie Hilfe?“

„Eine Minute“, antwortete eine schwache Stimme von der anderen Seite der Tür. „Ich komme gleich.“

Matty hielt inne und wartete nervös. Oliviah trat zu ihr, einen tadelnden Ausdruck im Gesicht, aber die Padawan zuckte mit den Schultern. Sie hatte genug davon, sich in der Gegenwart der Jedi-Ritterin unzulänglich zu fühlen. Sie waren Jedi, oder etwa nicht? Den Kranken und Schwachen zu helfen, gehörte zu ihrer Aufgabe.

Zum Glück musste sie Oliviahs finsteren Blick nicht lange erdulden. Sie hörte das Geräusch von Wasser, das in einer Schale schwappte, dann tauchte eine Zeltronerin aus dem Badezimmer auf. Matty war bisher nur wenigen Mitgliedern dieser Spezies begegnet, doch keines hatte so ungesund ausgesehen. Die magentafarbene Haut der Frau hatte einen wachsartigen Schimmer, als sie sich mit einem Taschentuch die Mundwinkel abtupfte, und das Weiß ihrer blutunterlaufenen Augen war gelb verfärbt.

„Jedi?“, entfuhr es ihr mit heiserer Stimme. „Ihr seid die letzten Leute, die ich hier erwartet hätte.“ Sie wankte leicht, während sie das Taschentuch senkte, woraufhin rings um ihren Mund kleine Bläschen zum Vorschein kamen.

„Möchten Sie sich hinsetzen?", schlug Matty vor, bereit, die Zeltronerin falls nötig aufzufangen, denn die war noch blasser geworden.

„Ja ... ja." Die Frau nickte und ließ sich von Matty zu ihrem Bett helfen. Die Matratze unter der mit Eiderdaunen gefüllten Decke quietschte, als sie sich setzte. „Ich muss mir wohl irgendwas eingefangen haben. Man sollte meinen, dass ich meine Lektion inzwischen gelernt hätte."

„Was für eine Lektion?", fragte Oliviah. Sie wahrte noch immer Abstand, während Matty direkt vor der kranken Frau kniete.

„Dass ich meine Medikamente mitnehmen muss, wenn ich ein Raumschiff besteige", antwortete die Zeltronerin mit einem kraftlosen Lächeln. „Es ist immer dasselbe. Sobald ich den Kern verlasse, werde ich krank. Meine Mutter meinte früher, dass man mit mir nicht reisen kann, weil ich die ersten paar Tage jedes Urlaubs nur im Bett verbringe. Das war so ziemlich der einzige Punkt, in dem sie und Suzi einer Meinung waren."

„Suzi?", fragte Matty.

„Meine Frau. Sie und Mom haben sich ständig gestritten – es sei denn, es ging um meine Gesundheit." Sie strich mit der Zunge über ihre Zähne, dann tupfte sie erneut mit dem Taschentuch ihren Mund ab. „Entschuldigt, dass ich so vor mich hinplappere. Aber das passiert nun mal, wenn man sich den ganzen Morgen übergibt. Ich hätte wirklich zu Hause bleiben sollen."

„Und was hat Sie nach Dalna geführt?", hakte Oliviah nach, während sie unauffällig die Kleidung der Zeltronerin betrachtete: eine simple Weste, verfärbt von dunklem Schweiß, und eine weite Hose, die sie in ihre schweren Stiefel gesteckt hatte. „Sie gehören nicht zum Pfad."

„Und ich habe auch nicht vor, ihm beizutreten", sagte die Zeltronerin. „Mein Name ist Ric Farazi. Ich bin Journalistin und schreibe eine Story über die Offene Hand. Oder zumindest habe ich das getan, bevor ..." Sie nickte in Richtung des Bads, und Matty begriff sofort, was sie meinte. „Sie haben sich gut um mich gekümmert. Die ganze Sache ist mir ziemlich peinlich. Ich würde gern behaupten, dass es irgendetwas war, was ich im Gasthaus in Ferdan gegessen habe, aber ich bin immer die Erste, die sich einen Virus einfängt."

„Zumindest müssen Sie sich keine Sorgen machen, dass Sie jemanden anstecken", erwiderte Oliviah. „Es ist nämlich sonst niemand hier."

Farazi deutete auf den Boden. „Sie sind in den Höhlen. Unter der Oberfläche. Die Hütten hier oben ... In denen haben sie früher mal gelebt, soweit ich herausgefunden habe. Aber in letzter Zeit sind sie immer paranoider geworden, und dass ich hier herumschnüffle, war vermutlich nicht gerade hilfreich. Sie wollten mir eine eigene Höhle zur Verfügung stellen, bevor ich krank wurde, aber mir gefiel der Gedanke nicht, dort unten mit ihnen eingeschlossen zu sein."

„Wir sollten Sie nach Ferdan bringen", sagte Matty. „Damit ein Arzt Sie untersuchen kann." Am liebsten hätte sie Farazi die Hand auf die Stirn gelegt, um ihre Temperatur zu messen, aber sie hielt sich zurück.

Die Journalistin nickte und befeuchtete sich mit der Zunge die Lippen. „Gestern hätte ich mich noch mit Händen und Füßen dagegen gewehrt. Normalerweise geht es mir nach ein paar Tagen wieder besser, aber heute ..." Sie würgte und hob rasch wieder das Taschentuch vor den Mund. „Ich würde mich nicht mal trauen, die Einladung zu einer Audienz bei der Mutter anzunehmen."

„Die Mutter?" Nun trat auch Oliviah vor und ging dann neben Matty in die Hocke. „Haben Sie sie kennengelernt?"

„Noch nicht, aber man stellte mir in Aussicht, dass sie sich heute ein wenig Zeit für mich nehmen würde, sofern ihre Pflichten es zulassen."

„Welche Pflichten?", fragte Oliviah weiter. Dass sie so viel Interesse zeigte, hatte Matty während des gesamten Fluges nicht bei ihr erlebt.

Farazi antwortete nicht sofort, stattdessen bat sie um ein wenig Platz, damit sie aufstehen konnte. Matty hielt ihr hilfsbereit den Arm hin, aber die Zeltronerin winkte ab und stützte sich mit einer Hand auf die Matratze, um sich auf die Beine zu stemmen.

„Konnten Sie irgendetwas Neues über die Mutter herausfinden?“, drängte Oliviah.

Farazi schüttelte den Kopf. „Nicht wirklich. Die Pfad-Mitglieder sagen, sie sei aus dem Nichts aufgetaucht und habe behauptet, die Macht würde ihr Visionen zeigen. Nachdem die Gemeinschaft sie aufgenommen hatte, stieg sie schnell innerhalb ihrer Ränge auf. Aber bevor ich hier ankam, hörte ich von einem Schwarzmarktring, der von Dalna aus gestohlene Ware verkauft. Antiquitäten, geplünderte Schätze, sogar Waffen.“

„Und Sie glauben, es gibt eine Verbindung zur Mutter?“

Ric Farazi verzog leicht das Gesicht, während sie die Bläschen an ihrem Mundwinkel betupfte. „Es ist eine Vermutung, nichts weiter. Ich konnte keine Anzeichen von krimineller Aktivität in Ferdan finden, und ich habe mich dort wirklich gründlich umgesehen. Aber ein Bekannter in Port Haileap berichtete mir, dass die Kommunikation mit Dalna zusammengebrochen ist, und diese Störung begann eine Woche vor den Aufständen auf Jedha – also genau zur selben Zeit, als der Pfad von hier aufbrach. Das ist zu gut, um ein Zufall zu sein.“

„Es könnte das Werk des Herolds sein“, gab Matty zu bedenken. „Die Mutter sagte, er sei für die Ausschreitungen auf Jedha verantwortlich.“

„Natürlich hat sie das gesagt. Jetzt sind aller Augen auf ihn gerichtet …“

„Und die Mutter kann ihre Geschäfte von hier aus ungestört fortsetzen“, murmelte Matty.

„Oder auf ihrem Schiff“, sagte die Journalistin. „Habt Ihr gesehen, wie groß das Ding ist? Kein Wunder, dass der Pfad Jedha so viel Geld für den Wiederaufbau bereitstellen kann. Lasst Euch nicht von den Hütten hier täuschen, der Pfad hat einen ganzen Haufen Credits, und ich würde meinen lachhaften Ruf darauf verwetten, dass es nicht nur von großzügigen Spendern stammt."

„Weiß der Pfad, dass Sie hier Nachforschungen anstellen?", fragte Oliviah. Der ernste Ausdruck in ihrem Gesicht beunruhigte Matty. Die Jedi-Ritterin schien sich mit jeder Minute mehr für die Mutter zu interessieren.

„Ich habe natürlich ein wenig geflunkert, damit sie mich in ihr Lager ließen", gestand Farazi. „Die meisten von ihnen scheinen ehrliche und aufrechte Leute zu sein, wenn auch ein wenig zu fanatisch für meinen Geschmack."

„Dann benutzt sie die Gruppe vielleicht nur als Fassade", überlegte Matty laut.

„Fragt doch mal die da?", schlug Farazi mit einem Nicken in Richtung des Hauptzimmers vor. „Vielleicht habt Ihr mehr Erfolg als ich."

Matt und Oliviah wirbelten herum.

Drei Jünglinge standen zusammengedrängt im Eingang der Hütte: ein Gran, der ein Tablett mit einer abgedeckten Schale in den Händen hielt, ein Menschenmädchen, dessen Gesicht von Pockennarben bedeckt war, und ein Ithorianer, der mit seinen langen Fingern eine Kanne voll Wasser umklammert hielt. Ihre Nervosität war ihnen deutlich anzusehen.

„Ric?", fragte der Gran mit unsicherer Stimme. „Sind das ..."

„Wir sind Jedi", bestätigte Oliviah, während sie rasch ihre Hände hob, um den Kindern zu zeigen, dass sie keine Bedrohung darstellten. „Wir wollen euch nichts Böses."

„Ihr solltet nicht hier sein", sagte das Mädchen. Es sah aus, als wollte es jeden Moment davonrennen ... Und das Letzte, was die beiden Jedi jetzt brauchen konnten, war ein Haufen Kinder, die Alarm schlugen.

„Wie heißt ihr?", fragte Matty. Sie blieb hinter Oliviah und setzte ein – hoffentlich – beruhigendes Lächeln auf.

„Wir sind Freunde von Ric", fügte die Jedi-Ritterin hinzu. „Wir hatten eine Weile nichts von ihr gehört, also wollten wir nachsehen, ob es ihr gut geht."

Matty blinzelte. Nicht einmal Tey Sirrek wäre die Lüge so glatt über die Lippen gekommen!

Zum Glück spielte Ric Farazi mit. „Das ist Tromak", sagte die Journalistin, wobei sie auf den Gran deutete. Anschließend richtete sie die ausgestreckte Hand auf das Mädchen und den Ithorianer. „Und das sind Naddie und Boolan. Sie bringen mir Essen und Trinken, seit es mir so schlecht geht. Was gibt es denn heute, Kinder?"

„Mooszíegensuppe", antwortete Tromak, noch immer verunsichert.

„Das klingt ja köstlich", erwiderte Farazi ohne echten Enthusiasmus. „Warum stellt ihr es nicht da auf den Tisch."

Der Gran rührte sich nicht. „Eure Freundin ist sehr krank", sagte er zu Oliviah und Matty.

„Die Mutter hat gesagt, sie hat sich in Ferdan mit etwas angesteckt", fügte Naddie hinzu. „Das liegt alles nur am Ungleichgewicht der Macht."

Matty runzelte die Stirn. „Das Ungleichgewicht?"

Doch Oliviah wollte offenbar lieber über ein anderes Thema sprechen. „Kennt ihr die Mutter?"

Die Kinder nickten.

„Wisst ihr, wo sie herkommt?"

„Wo sie herkommt?", wiederholte Naddie. „Sie kommt von nirgendwo her. Sie gehört zum Pfad, genau wie wir."

„Warum stellst du Fragen über die Mutter?", wollte Boolan wissen. Eine Übersetzungseinheit verwandelte seine ithorianischen Brummlaute in Basic.

„Wir würden euch alle gern besser kennenlernen", erklärte Matty ausweichend, aber freundlich.

„Ihr seid der Feind", sagte das Mädchen. „Ihr missbraucht die Macht."

Es beunruhigte Matty, mit welchem Hass das Kind diese Worte aussprach. „Nein", widersprach sie, „das stimmt nicht."

„Nur euretwegen kam der Regen", blaffte Boolan. „Nur euretwegen ist Ric krank."

„Ich habe es euch doch gerade erklärt", schaltete sich Farazi mit zittriger Stimme ein. „Sie sind … sie sind nur …"

Bevor die Journalistin den Satz beenden konnte, gaben ihre Knie unter ihr nach. Matty fing Farazi auf. Deren Kopf rollte kraftlos nach hinten. „Sie muss zu einem Arzt!"

„Ja." Oliviah wandte sich den Kindern zu. „Habt ihr hier einen Heiler?"

Doch die Jünglinge starrten sie nur voller Entsetzen an. „Das Ungleichgewicht", krächzte der Ithorianer. „Die Jedi bringen sie um!"

„Nein!" Matty konnte nicht glauben, wie schnell ihnen die Kontrolle über die Situation entglitten war. „Sie ist krank. Sie braucht Hilfe!"

Doch die Jünglinge flohen bereits nach draußen in den Regen. Suppe spritzte auf die Veranda, als der Gran das Tablett einfach fallen ließ.

„Die Jedi sind hier! Die Jedi sind hier! Sie haben Ric umgebracht!", schrien die Kinder.

Und schlagartig wimmelte es im Lager des Pfades vor Aktivität.

28. KAPITEL

Die Höhle war nicht, was sie erwartet hatten. Sie war sogar das genaue Gegenteil davon! Die Schlucht draußen war kahl und öde, dementsprechend hatten sie damit gerechnet, dass sie jenseits des Höhleneingangs ein ähnlicher Anblick erwarten würde. Der Pfad der Offenen Hand war an ein Leben unter der Erde gewöhnt, nicht nur in den Tunneln auf Dalna, sondern auch in zahlreichen anderen Höhlensystemen überall in der Galaxis. Doch die unterirdische Welt, in die Bokana sie nun hineinführte, war … anders.

Ja, es gab die Stalaktiten und Stalagmiten, aber die Wände, von Boks Taschenlampe angestrahlt, bestanden nicht aus glattem Fels, sondern waren mit etwas bedeckt, das wie Algen aussah; in jedem Fall würde man es eher auf dem Grund eines Sees oder Meeres erwarten als in einem unterirdischen Stollen, vor allem, da diese Algen nicht flach herabhingen, sondern der Schwerkraft trotzten und von den Wänden abstanden, so als würden sie sich im Wasser wiegen.

Davon abgesehen war es in der Höhle nicht so dunkel, wie sie alle angenommen hatten. Auch ohne Bokanas Taschenlampe und die Glühstäbe, die Sunshine an die anderen verteilt hatte, hätten sie sich zurechtgefunden, denn winzige glühende Käfer flatterten wie Mücken um sie herum – zum Glück, ohne sie zu berühren oder zu stechen. Das Geräusch, das ihre winzigen Flügel erzeugten, war weniger ein Summen als ein Klimpern, wie von dem Windspiel, das auf Dalna über Mardas Bett hing – ein seltenes Geschenk, das Yana ihr von einer Mission mitgebracht hatte.

Einmal mehr widersetzte sich Planet X ihren Erwartungen und den Gesetzen der Logik. Aber Marda war zu abgelenkt, um darüber zu staunen. Ihre Gedanken wurden noch immer davon beherrscht, dass Bokana offenbar die Macht benutzte, um sie tiefer unter die Erde zu führen.

Während er dahinstapfte, hielt er das Stück Eierschale ausgestreckt vor sich, als wäre es eine Wünschelrute, und immer wieder murmelte er leise, dass sie „auf dem richtigen Pfad" seien.

Der richtige Pfad? Der einzige Pfad, den sie beschreiten sollten, war der Pfad der Offenen Hand – die Philosophie, der Marda ihr ganzes Leben gewidmet hatte. Und die besagte, dass die Macht zum Wohl der Galaxis vor Missbrauch geschützt werden musste. Trotzdem hatte die Mutter Calar mit auf die Mission geschickt, und zwar ganz konkret, damit sie sein Talent benutzte … oder wie immer man es nennen wollte. Eine *Gabe*? Einen *Fluch*? In jedem Fall war es keine große Hilfe gewesen. Im Gegenteil, Calar hatte sie um ein Haar alle das Leben gekostet. Wenn die Tragödie im Cockpit der *Scupper* etwas bewiesen hatte, dann doch wohl, dass der Pfad recht hatte.

Leider hatte der Zwischenfall auch Fragen aufgeworfen, insbesondere die, warum die Mutter bereitwillig ihre Überzeugungen vergaß, um zu bekommen, was sie wollte.

„Und du weißt ganz sicher, wohin du gehst?", sprach Ord die Frage aus, die sie sich alle stellten. „Ich meine, ich sehe hier jede Menge seltsames Zeug, aber keine Eier."

„Es ist gleich da vorne", erwiderte Bokana. Er zwängte sich durch einen Spalt in der Wand vor ihnen, der kaum größer war als der Körper des Ovissianers.

„Aber woher weißt du das?", hakte Galamal nach.

Marda kannte die Antwort bereits, und ihr Magen zog sich zu einem harten Knoten zusammen, als sie darüber nachdachte. Bokana war wie Calar, wie Kevmo, ein Machtschänder, der ihre heilige Energie krümmte und verzerrte, um sie seinen eigenen

Zwecken zu unterwerfen. Aber das war nicht sein schlimmstes Vergehen. Nicht mal ansatzweise.

Sunshine wollte Bokana folgen, aber Marda schob sich an ihm vorbei und stieg als Erste durch den Spalt. Es war Zeit, den Ovissianer zur Rede zu stellen … Doch als sie auf der anderen Seite des Spalts ankam, blickte Bok mit einem albernen Lächeln auf sie herab.

„Da wären wir."

Sunshine quetschte sich hinter Marda durch die Öffnung und klatschte freudig in die Hände.

„Ich wusste es", keuchte er, dann klopfte er Bokana auf den Rücken. „Ich hab es von Anfang an gesagt: Der Junge weiß, was er tut."

„Das muss ich wohl überhört haben", kommentierte Galamal, die als Nächste in die Höhle trat, doch auch ihr reptilienhaftes Gesicht verzerrte sich zu einem Lächeln.

Bokana hatte sie in der Tat ans Ziel geführt. Es gab mehrere Eingänge, die in die Höhle mündeten, alle sichtlich größer als der schmale Spalt, durch den sie hineingelangt waren, aber niemand achtete darauf. Die Wände waren von natürlich entstandenen Nischen übersät, die tief in den algenbesetzten Fels ragten, und in jeder dieser Nischen lagen zwei oder mehrere der großen Eier, genau wie jenes, das Sunshine der Mutter gebracht hatte. Das Leuchten der umherflatternden Käfer spiegelte sich auf ihrer glänzenden Oberfläche.

Marda versuchte, sie zu zählen, aber es waren zu viele. Langsam ging sie zu der nächstbesten Einbuchtung und berührte eines der Eier. Es fühlte sich kühl an und … Abrupt zog Marda die Hand wieder zurück. War die Kreatur, die im Innern heranwuchs, genauso wie der Gleichmacher? Enthielten all die Eier hier solche Bestien? Falls ja – und falls sie auch nur ansatzweise so mächtig waren wie das Schoßtier der Mutter –, müsste sich der Pfad nie wieder Sorgen wegen der Jedi machen. Dann könnte ihnen nichts und niemand mehr gefährlich werden.

Aber um welchen Preis?

Marda senkte den Blick zu Boden. Da lag etwas vor ihr, ein Schatten, halb verborgen im dicken Teppich der Algen. Während sie die Hand mit dem Glühstab ausstreckte, waren die anderen hinter ihr bereits emsig dabei, den Abtransport der Eier zu planen.

„Der Schlitten passt nicht durch den Eingang", sagte Tareen. Ord stimmte ihr zu und mutmaßte, dass es hinter einem der anderen Ausgänge einen breiteren Weg geben könnte.

„Dafür haben wir keine Zeit", wurde sie von Sunshine unterbrochen. Er beharrte darauf, dass sie die Eier eins nach dem anderen durch den Spalt in der Wand tragen sollten.

„Wieso habt ihr es denn alle so eilig?", schnaubte Galamal. „Es ist schließlich nicht so, als würde ein funktionstüchtiges Schiff auf uns warten."

„Was ist mit der *Bonecrusher*?", fragte Sunshine.

„Ich hab doch schon erklärt, dass sie zu klein für uns alle ist."

„Und wenn Shea und die anderen die *Silverstreak* nicht reparieren können?", warf Ord ein.

„Galamal wird uns nicht zurücklassen", erklärte Dobbs. Er klang nicht wirklich überzeugt. „Aber in welchem Zustand die *Streak* auch ist, ich möchte nicht länger hierbleiben als unbedingt nötig. Das sind verdammt viele Eier."

„Das ist doch was Gutes, oder?"

„Ja, bis man drüber nachdenkt, wie viele Biester nötig sind, sie alle zu legen."

Ords Stimme wurde schrill. „Wenn das alles Gleichmacher sind …"

Marda musste sich nicht umdrehen, um zu wissen, dass Sunshine wissend nickte. „Und vergiss nicht, der Gleichmacher der Mutter ist selbst kaum mehr als ein Baby."

Das war keine angenehme Vorstellung. Der Gleichmacher war schon furchterregend genug, und Marda wollte gar nicht daran denken, wie eine voll ausgewachsene Version der Kreatur aussehen könnte. Ihr Gehirn füllte die Schatten der Höhle dennoch mit gigantischen Monstern, deren starre Augen sie über zuckenden Tentakeln anfunkelten. Marda schauderte … und stieß einen spitzen Schrei aus, als sie plötzlich ins Leere trat!

Der Schatten, den sie zuvor gesehen hatte, entpuppte sich als klaffender Riss im Boden der Höhle, und sie war drauf und dran, hineinzufallen. Im letzten Moment zog sie eine kräftige Hand nach hinten, aber ihr Glühstab verschwand in der Dunkelheit des Abgrunds.

„Was tust du denn da?", fragte Bokana atemlos, während sie sich an ihn klammerte. „Weißt du, wie tief dieser Spalt sein könnte?"

Marda stieß seine Arme grob von sich. „Nun, du kannst es mir bestimmt sagen. Du scheinst inzwischen ja alles zu wissen."

„Was soll das denn bedeuten?"

Sie wollte mit den Fäusten gegen seine breite Brust trommeln, an die sie vor zwei Stunden noch liebevoll ihr Gesicht geschmiegt hatte. „Du hast mich angelogen!"

„Wann?"

„Von dem Moment an, als wir uns begegnet sind!"

„Ich habe keine Ahnung, wovon du redest."

Marda streckte die Hand aus. „Gib es mir!"

„Was?"

„Das Stück Eierschale. Du hast es doch noch, oder?"

„Ja". Er fischte es aus seiner Tasche. „Aber ich verstehe nicht, was …"

Sie schnappte sich den Splitter von der Hand und nahm ihn in beide Hände.

„Vorsichtig! Die Ränder sind scharf."

Zu spät. Marda hatte sich bereits die Handflächen aufgeschnitten, aber sie versuchte, es zu ignorieren. Stattdessen konzentrierte sie sich ganz auf die Schale. Sie wollte wissen, ob etwas davon ausging, ob die Fähigkeiten, die Bokana plötzlich an den Tag legte, von diesem schimmernden Splitter stammten und nicht von ihm selbst. Aber alles, was sie spürte, war das schmerzhafte Pochen ihrer Handflächen und das Gefühl der Leere, das sich in ihrer Magengrube ausbreitete.

Sie warf den Splitter dem Glühstab hinterher in den Spalt.

„He! Warum hast du das getan?"

„Als ob das wichtig wäre. Es hat seinen Zweck erfüllt. Oder genauer, *du* hast deinen Zweck erfüllt."

„Was ist los mit dir, Marda?", fragte Bok leise. Er trat auf sie zu, mit solcher Sorge und solcher Zärtlichkeit in den Augen, dass sie ihn am liebsten ebenfalls in den Abgrund befördert hätte. „Was stimmt nicht? Ist es dieser Planet? Die Mission?"

„Nein, *du* bist das Problem!", blaffte sie, wobei sie ihn erneut zurückschubste. Seinem liebevollen Blick setzte sie nackte Wut entgegen. „Weißt du, wie sehr ich mir gewünscht habe, dass es an der Schale liegt? Dass du nur deswegen diese Höhle gefunden hast?" Sie gab ihm keine Gelegenheit zu einer Antwort. „Aber ich konnte nichts spüren außer dem hier!" Sie riss ihre Hände hoch, damit er die Schnitte sehen konnte. „Der Splitter hat nicht zu mir gesprochen, er hat mir nichts gezeigt – abgesehen davon, dass ich dir nie hätte trauen dürfen!" Das Blut rann an ihren Armen hinab, und sie musste all ihre Willenskraft aufbringen, um nicht zu schreien oder loszuheulen. Die anderen sollten sie nicht hören. Noch nicht. „Wann wolltest du es mir erzählen?"

„Was soll ich dir erzählen?"

„Die Wahrheit. Über dich und die Macht."

Bokana seufzte und schüttelte seinen gehörnten Kopf. „Ich … ich weiß nicht."

„Du bist genau wie … wie Kevmo und Calar. Du missbrauchst die Macht, ohne darüber nachzudenken, welchen Schaden du damit anrichtest."

„So ist es nicht", verteidigte er sich und streckte eine Hand nach ihr aus.

„Ach nein?" Sie schlug die Hand beiseite, und Blut spritzte auf seinen Ärmel. „Dann verrate mir, wie es ist, Bokana! Verrate mir, wie lange du dieses ‚Talent' schon vor mir verbirgst! Seit Dalna? Seit Jedha?"

„Ich habe überhaupt nichts verborgen. Nicht wirklich."

„Nicht wirklich?"

„Ich meine ... schön, es gab Momente, da wusste ich, dass etwas geschehen würde, bevor es tatsächlich passiert ist. Oder ich fand Dinge, die andere für verloren gehalten haben ..."

„Und du kannst auf einem fremden Planeten die essbaren Früchte von den nicht essbaren unterscheiden", fügte Marda hinzu und hatte Mühe, ihren Zorn im Zaum zu halten. „Kein Wunder, dass du uns zu den Höhlen führen konntest."

„Ich dachte immer, es wären nur Zufälle", beharrte er, aber Marda hörte schon nicht mehr zu. Ein schrecklicher Gedanke verwandelte ihr Blut in Eiswasser.

„Es war nie echt, oder?"

Bokanas Stirn furchte sich vor Verwirrung. „Was?"

„Wir. Was wir auf dem Schiff hatten. Und im Wald. Was wir füreinander empfunden haben ..."

„Marda ..." Er versuchte, nach ihrer Hand zu greifen. „Bitte ..."

Sie wischte seinen Arm weg. Ihr war übel, die Welt drehte sich um sie herum. „Du hast mir diese Gefühle in den Kopf gesetzt. Ich wusste, dass irgendetwas nicht stimmt, denn es ging zu schnell. Ich wusste es schon beim ersten Mal, als wir uns an Bord der *Gaze* geküsst haben, und bei der Macht, ich wusste es auf der *Scupper*. Ich habe versucht, dagegen anzukämpfen, aber ich konnte nicht. Woher soll ich wissen, dass du nicht einfach die ganze Zeit schon mit meinen Gedanken gespielt hast?"

Ein verletzter Ausdruck legte sich auf Bokanas Züge. „So etwas kann ich nicht tun. Und ich würde es auch niemals tun. Ich schwöre dir, das ist alles völlig neu für mich ... Aber eines hat sich nie geändert, und das sind meine Gefühle für dich. Ich habe es in dem Moment gespürt, als ich dich auf Jedha sah. Und ja, auch nach unserer Rückkehr auf die *Gaze*. Und ich dachte, du würdest genauso empfinden."

Sie konnte ihm nicht länger in die Augen blicken, darum wandte sie sich ab. „Lass mich in Ruhe."

„Marda, was kann ich tun?"

„Ich sagte: *Lass mich in Ruhe*!"

Alle Köpfe ruckten zu ihnen herum. Natürlich, so laut, wie die Höhlenwände ihre Worte zurückwarfen, hätte Marda ebenso gut ein Megafon benutzen können.

„Ist alles in Ordnung?", fragte Sunshine, in einer Hand eines der Eier.

„Du hilfst ihnen besser", murmelte Marda.

„Nein, wir müssen über diese Sache reden", beharrte Bok.

Aber sie hatte ihm nichts mehr zu sagen. „Na schön, dann mache ich es eben selbst." Sie hob ihre Stimme, um zu der versammelten Gruppe zu sprechen, während sie langsam auf Sunshine zuging. „Wie viele Eier brauchen wir?"

Der Hyperraum-Scout trat ihr entgegen und antwortete mit einem verschwörerischen Flüstern, während sein Blick zwischen Mardas steinernem Gesicht und Bokanas zerknirschter Miene hin- und herhuschte. „Bist du *sicher*, dass alles in Ordnung ist? Haben wir ein Problem?"

Sie schüttelte den Kopf. „Kein Problem. Da hinten ist ein Loch oder eine Grube, wir müssen also vorsichtig sein, wenn wir Eier auf dieser Seite der Höhle sammeln."

Sie sah Sunshine direkt in die Augen, eine wortlose Herausforderung, das Thema nicht anzuschneiden. Die Botschaft schien anzukommen, und er senkte den Blick. Rasch verbarg Marda ihre Hände hinter dem Rücken. Er sollte nicht das Blut sehen, das von ihren Fäusten tropfte.

„Wie viele Eier wollte die Mutter?", fragte sie noch einmal.

„Sag du's mir. Du bist doch die Führerin."

War sie das? Verdiente sie diesen Titel überhaupt noch? Wie hatte Ric Farazi sie doch genannt? Einen zahnlosen Hai! Vielleicht hatte die Mutter ja recht gehabt, vielleicht war sie einfach noch nicht bereit.

Aber wenn die Mutter die Wahrheit über Calar gewusst hatte … hatte sie dann womöglich auch gewusst, dass Bokana die Macht manipulieren konnte? Zweifel wirbelten durch ihren Geist. Zweifel an sich selbst, an Elecia. Vor ein paar Tagen war alles noch so einfach gewesen, und jetzt … jetzt …

Tränen brannten in ihren Augen, aber sie erinnerte sich daran, dass sie sich selbst versprochen hatte, nicht vor Sunshine Dobbs zu weinen. Sie musste weg von hier, weg von Bokana. Wenn er sich auf Planet X ein neues Zuhause aufbauen wollte, konnte er das gerne tun, aber ohne sie.

Marda schob sich an Sunshine vorbei und riss ein Ei aus einer Nische. Mit einem schmatzenden Geräusch löste es sich aus seinem Algenbett. Die anderen hatten sich aufgeteilt und reichten die Eier aus den verschiedenen Teilen der Höhle an Tareen und Ord weiter, die sie nach draußen trugen. Bokana begann ebenfalls, Eier zu sammeln, und er versuchte ein paarmal, mit Marda zu sprechen, während sie hin- und hergingen, aber sie ignorierte ihn. Sie wusste, wenn sie jetzt mit ihm sprach, würde sie ihn nur anschreien, und sie war sich nicht sicher, ob sie dann je wieder damit aufhören konnte. Sie hatten hier eine Mission zu erfüllen. Alles andere musste warten.

Schon bald waren die Kisten auf dem Repulsorschlitten vor der Höhle mit Eiern gefüllt, aber Sunshine verteilte noch mehrere leere Taschen an die Gruppe. Marda ging mit ihrer in den hinteren Bereich der Höhle, wo sie möglichst weit von Bokana entfernt war, um weitere Eier einzusammeln. Dennoch konnte sie die verletzten Blicke spüren, die der Ovissianer ihr zuwarf. Was bildete sich der Kerl eigentlich ein? *Sie* war diejenige, die belogen und betrogen worden war, und er spielte den Gekränkten? Seine verstohlenen Blicke sollten jedoch schon bald das Geringste ihrer Probleme sein.

Anfangs achtete Marda kaum auf das leise, knirschende Geräusch. Sie nahm an, dass es von Galamal stammte, die an der Wand hochgeklettert war, um die obersten Nischen leer zu räumen, denn ihre Klauen scharrten die ganze Zeit schon über den Fels. Doch dieses Knirschen setzte sich fort, selbst nachdem Galamal wieder auf den Boden hinabgesprungen war.

„Was *ist* das?“, fragte sie, den Kopf auf die Seite gelegt.

„Ich dachte, ich würde es mir nur einbilden“, gestand Sunshine.

„Es scheint von dem Loch im Boden zu kommen!“, rief Bokana, und sosehr Marda ihn gerade auch hasste, sie musste ihm recht geben. Das Scharren und Schaben wurde kontinuierlich lauter, und inzwischen mischte sich außerdem ein seltsames klickendes Geräusch darunter.

Klakka-klakk!

Klakka-klakk!

Marda legte ein letztes Ei in ihre Tasche und schloss sie. „Kann es sein, dass da irgendetwas zu uns hochklettert?“

„Ich glaube, wir haben genug Eier gesammelt“, entschied Sunshine, während er sich seine Tasche auf die Schulter wuchtete. „Wir sollten gehen.“

„Ach, denkst du?“, schnaubte Galamal.

„Könnte es ihre Mutter sein?“ überlegte Marda, während sie das Gewicht ihrer Tasche prüfte. Ein Ei allein war ziemlich leicht, aber die drei, die sie gesammelt hatte, fühlten sich überraschend schwer an. Vier hätte sie vermutlich nicht mal tragen können.

Sunshine war bereits dabei, seinen runden Bauch durch den Höhlenausgang zu quetschen. „Das möchte ich lieber nicht rausfinden.“

Die Geräusche wurden noch lauter. Was immer da kam, es war inzwischen ganz nah.

Knirsch, knirsch!

Klakka-klakk!

Sunshine verschwand durch den Spalt, und Galamal bedeutete Marda mit einem Nicken, dass sie als Nächste dran war. Die

Barabel trug ihre Tasche auf dem Rücken, damit sie die Hände frei hatte, um mit ihrem Gewehr auf das Loch im Boden zielen konnte.

„Hier." Marda reichte ihre eigene, prall gefüllte Tasche durch den Spalt an Ord weiter.

„Ich hab sie", sagte die Reesarianerin, aber als sie daran zog, blieb die Tasche zwischen den Felsen stecken.

„Warte." Marda reckte den Hals, um zu sehen, ob der Tragegurt irgendwo hängen geblieben war, aber Ord zog und zerrte weiterhin an der Tasche, und man hörte die Eier darin knirschen.

„Vorsichtig!"

„Ich bin vorsichtig!", blaffte Ord. Doch sie bekam die Tasche nicht frei.

„Was treibst du denn da?", rief Galamal, und zuerst ging Marda natürlich davon aus, dass die Worte ihr galten, bis er hinzufügte: „Komm gefälligst zurück, Bokana!"

Der Ovissianer stand mit dem Rücken zu ihnen am Rand des Lochs, die Arme schlaff an seinen Seiten. „Die Tiefenpirscher", murmelte er, ohne sich umzudrehen, „sie kommen. Sie wollen raus!" Er sprach, als wäre er betrunken oder in Trance.

Egal, ob sie nun wütend auf ihn war oder nicht, Marda machte sich Sorgen um ihn, als sie ihn so hörte. „Bokana", beschwor sie ihn, „wir müssen hier weg!"

„Und sie wollen überleben. Sich verbreiten. Neue Jagdgründe und Beute finden."

„Bokana!" Diesmal war es Galamal, die seinen Namen rief. Der Lauf ihres Blastergewehrs bewegte sich langsam von der Spalte im Boden hoch zu seinem Hinterkopf.

„Nein, nicht!", schrie Marda. Während Ord sich weiter mit der Tasche abmühte, lief sie zu der Barabel und legte ihr eine Hand auf die Schulter.

Galamal schüttelte die Hand ab und zielte weiterhin auf Bokanas Kopf. „Nicht jetzt, Prinzesschen. Dein Lover macht mir allmählich Angst."

„Er ist *nicht* mein Geliebter."

„Mir egal, was er ist. Er muss von diesem Loch weg."

Das Scharren wurde hektischer, und das unheimliche Klacken untermalte Bokanas Worte, als er sagte: „Sie kommen."

Klakka-klakk!

„Wir tun genau das, was sie wollen."

Klakka-klakk!

„Sie werden uns alle umbringen!"

Galamal hatte recht – sie mussten verschwinden! Aber was immer sie auch für Bokana empfand, sie hatte nicht vor, ihn zurückzulassen oder zuzusehen, wie die Barabel ihm den Kopf wegpustete.

„Bokana, das reicht jetzt!", herrschte sie ihn an. „Wir müssen gehen!"

Sie versuchte, ihn herumzudrehen, aber er rührte sich nicht.

„Die Verderbnis. Die Verderbnis wird kommen."

Knirsch, knirsch! Klakka-klakk, klakka-klakk!

„Bokana!"

„Die Verderbnis wird sich ausbreiten, und nichts wird ihr standhalten."

Endlich schaffte sie es, ihn von dem Spalt wegzudrehen, aber als sie den Ausdruck auf seinem Gesicht sah, sog sie entsetzt den Atem ein. Da war Furcht ... und da war Wahnsinn!

„Die Macht wird eine Sklavin sein, Marda. Die Macht wird sterben. Die Macht wird verschlungen werden. Tod der Macht!"

Sie taumelte zurück. Genau dieselben Worte hatte Calar benutzt, und die Lippen, zwischen denen sie nun hervorquollen – Lippen, die zuvor so süß geschmeckt hatten –, glänzten vor herabtropfendem Speichel.

Marda presste sich die Hände auf die Ohren, als ein lautes Heulen aus dem Loch aufstieg, einen Moment später gefolgt von einer klauenbewehrten Pranke.

29. KAPITEL

Yana hatte nicht vor, den Pfad auf einen Kampf vorzubereiten – jedenfalls nicht so, wie die Mutter es von ihr erwartete. Sie hatte nur aus zwei Gründen zugestimmt: erstens, um den Besprechungsraum so schnell wie möglich verlassen zu können, und zweitens, damit Elecia ihr ihren Segen gab und sie sich frei bewegen und die Vorgänge in den Tunneln untersuchen konnte.

Was sie herausfand, war mehr als beunruhigend.

Die Höhlen quollen schier über vor Pfad-Mitgliedern, die in der Nähe der Eingänge Barrikaden errichteten und Waffen aufhäuften, von Schockstäben bis hin zu Blastern. Entweder man hatte sie während der letzten Tage ins Lager geschmuggelt, oder – und das war der Teil, der *wirklich* beunruhigend war – sie stammten aus einem geheimen Arsenal, das sich schon seit geraumer Zeit hier in den Höhlen befand.

Zudem gab es Pläne, die ohnehin schon weitreichenden Tunnel noch weiter auszubauen. Yana hatte die Älteste Dinube dabei ertappt, wie sie eine Kiste mit Detonit-Ladungen überprüfte. Auf Yanas Frage hin hatte die Harch erklärt, dass Elecia zu einem bis dato unerforschten Höhlensystem südlich der bestehenden Tunnel durchbrechen wolle, damit der Pfad noch mehr Platz hatte, sollte er längere Zeit unter der Erde ausharren müssen. Yana hatte Dinube um weitere Details gebeten, aber die sonst so umgängliche Arachnidin hatte sich wortkarg gegeben und die Unterhaltung mit einem scharfen „Es ist der Wille der Macht" beendet.

„Der Wille der Macht?", echote Kors Stimme in Yanas Kopf, während sie davonging. „Für mich klingt das eher nach Paranoia."

So paranoid, wie einer Stimme zu lauschen, von der man wusste, dass sie nicht wirklich existierte? Vielleicht, aber Yana konnte deutlich spüren, dass die Anspannung in den Höhlen wuchs. Das machte Mardas plötzliches und spurloses Verschwinden umso alarmierender. Die einzige Person, die sich erinnerte, sie gesehen zu haben, war Utalir, eine der Kleinen, auf die Marda aufgepasst hatte. Mit Tränen in den Augen hatte sie erzählt, dass Yanas Cousine sie ausgeschimpft hatte, kurz bevor Sunshine Dobbs mit einem Schiffskonvoi zu Planet X aufgebrochen war. Das war an sich schon seltsam, denn Marda hatte ihre Kleinen noch nie angeschrien. Und nach diesem Zwischenfall hatte auch Utalir die Evereni nicht mehr gesehen. Als Yana nachhakte, verriet Utalir ihr zumindest, dass sich das Ganze bei den behelfsmäßigen Landeplattformen in der Mitte des Lagers abgespielt hatte ... und dass Marda beobachtet hatte, wie die Schiffe beladen worden waren.

Yana brauchte Kor nicht, um eins und eins zusammenzuzählen. Wenn Marda das Wohlwollen der Mutter eingebüßt hatte, würde sie alles tun, um deren Vertrauen zurückzugewinnen. Ja, sie wäre sogar auf ein Schiff geschlichen, um sich an der verrückten Suche nach Monstereiern zu beteiligen.

Yana blieb in der Mitte des feuchten Korridors stehen und atmete tief durch. Sie malte schon wieder den Krayt an die Wand. Das war eine ihrer übelsten Angewohnheiten: Sie füllte Informationslücken mit den schlimmstmöglichen Szenarien, die ihr gerade einfielen. Das Problem war nur ... Es ergab Sinn. Alles. Der Pfad bereitete sich auf einen Krieg vor, und es war ausgeschlossen, dass Marda – die arme, verblendete Marda – in dieser Situation das Richtige getan hatte und abgehauen war. Nein, sie würde sich nur noch weiter in die Sache hineinsteigern. Das war nämlich eine *ihrer* Angewohnheiten.

„Gibt es in eurer Familie auch irgendjemanden, der vernünftig ist?"

Sie schloss die Augen und strich mit der Hand über den rosafarbenen Fels der Tunnelwand, um sich zu sammeln. „Nicht jetzt, Kor."

„Ihr beiden seid genau gleich. Ihr habt beide die Gelegenheit, zu fliehen, aber ihr tut es einfach nicht. Dieser Ort wird noch euer Tod sein."

„So, wie er dein Tod war?"

Schweigen. Selbst jetzt, da sie nur noch in Yanas Einbildung existierte, wollte Kor jede Diskussion gewinnen. Nicht einmal die Tatsache, dass sie gestorben war, hatte daran etwas ändern können. Vielleicht war sie doch mehr wie ihr Vater, als sie zugeben wollte. Ein Vater, der zurzeit in Ferdan auf Yanas Bericht wartete.

Sie öffnete die Augen wieder und drehte sich herum, um zur Oberfläche zurückzukehren. In Gedanken legte sie sich bereits ein paar Erklärungen zurecht, falls man sie am Tor aufhalten sollte. Doch dann blieb sie fröstelnd stehen. Irrte sie sich, oder hörte sie Kor gerade … weinen?

Halt, nein. Das Geräusch existierte nicht nur in ihrer Einbildung, und es stammte auch nicht von einem Geist, sondern kam durch eine halb offene Tür, ein Stück den Korridor hinab. Yana konnte nicht erklären, warum, aber das raue Schluchzen erweichte ihr Herz.

Sie ging hinüber, schob vorsichtig die Tür auf und streckte den Kopf hindurch. Da erkannte sie, warum sie zuerst gedacht hatte, Kor würde weinen. Der Raum war klein und enthielt wenig mehr als eine Matratze in einer Nische, die in den Fels hineingehauen war. Ein seltsamer, modriger Geruch hing in der Luft, als wäre etwas verschimmelt, aber nirgends war Essen zu sehen, weder auf dem Boden noch neben der Schale mit schmutzigem Wasser, die vor der gegenüberliegenden Wand stand. Auf einem Tisch neben dem Bett befanden sich ein Glas, offenbar mit kaltem Tee, und ein kleiner Holoprojektor.

Nein, der Geruch stammte von der Gestalt, die auf der Matratze lag, mit dem Gesicht zur Wand und dem Rücken zum Eingang. Ihre Schultern bebten, während sie weinte.

In diesem Moment wünschte Yana, dass sie sich Kors Präsenz wirklich nur einbildete – dass der Geist ihrer Freundin lediglich ein Produkt ihres von Trauer zerfressenen Verstands war. Niemand sollte das hier sehen, nicht einmal die Toten.

„Opari?"

Als sie Kors Mutter das letzte Mal getroffen hatte, war sie in verhältnismäßig guter Verfassung gewesen. Die schreckliche Krankheit, die ihren Körper von innen auffraß, war zwar nicht besiegt, aber zumindest wurde sie durch die neuen Medikamente, von den großzügigen Gönnern der Mutter zur Verfügung gestellt, in Schach gehalten. Jetzt hingegen … sah Opari Plouth aus wie ein Skelett, und ihre Kopftentakel hingen wie schlaffe Hautlappen von ihrem Haupt.

Yana ging neben der Matratze auf die Knie und legte Opari eine Hand auf die Schulter. Sie verzog das Gesicht, als sie die Knochen unter der dünnen Haut der Frau fühlte.

„Opari, ich bin's. Yana."

„Yana?"

Wenn sie Kors Stimme hörte, klang diese ganz nah und kräftig. Oparis Worte hingegen waren wie ein Wispern, das von einem sterbenden Windhauch an ihre Ohren getragen wurde.

Die Nautolanerin drehte sich zu ihr um, und die Bewegung löste einen heftigen Hustenanfall aus.

„Hier." Yana nahm das Glas Tee vom Tisch. „Trink das."

Opari holte mit ihrem zerbrechlichen Arm aus und schlug Yana das Glas aus der Hand, sodass sich sein Inhalt über den schmutzigen Boden ergoss. „Ich will nichts trinken! Ich will sie. Ich will mein Mädchen!"

Kurz blickte Opari aus wässrigen Augen direkt hoch in Yanas Gesicht, und so etwas wie Leben kehrte auf ihre Züge zurück, als sie ihre dürren, durch Schwimmhäute verbundenen Finger um Yanas Unterarm schloss. „Ist sie bei dir?", fragte sie.

„Kor ist fort, Opari", sagte Yana leise. Einen Moment später bereute sie es bereits wieder.

„Sie ist fort“, schluchzte die Nautolanerin. „Sie sind alle fort. Kor. Werth. Sie haben mich alleingelassen, und sie werden nie zurückkehren.“

„Nein.“ Yana konnte Kor nicht zurückbringen, ganz gleich, wie sehr sie es sich auch wünschte. Aber was Oparis Ehemann betraf … „Der Herold ist auf Dalna, Opari. Verstehst du? Ich kann ihn zu dir bringen.“

Doch Opari hörte nicht zu. Stattdessen rollte sie sich zusammen und ergab sich ihren Tränen. „Sie haben mich alleingelassen. Ich werde allein sterben.“

Einen Augenblick lang erwog Yana, die kranke Frau einfach auf ihre Arme zu heben und sie aus den Höhlen zu tragen. Vielleicht könnte sie Opari mit einem Lyuna-Wagen nach Ferdan bringen, und wenn nicht, würde Yana sie eben bis dorthin tragen. Es war nicht so, als wäre noch viel von Kors Mutter übrig, ihr Gewicht sollte also kein Problem sein.

Nein, das Problem war, dass die Leute Fragen stellen würden. Solange sie in diesem Zimmer lag, schien sich niemand für sie zu interessieren, aber wenn Yana die Nautolanerin aus dem Lager fortschaffte, würde sich das garantiert ändern.

Der Gedanke erfüllte sie mit kaltem Zorn. Überließ man Opari hier unten ihrem Schicksal, um sie für die angeblichen Verbrechen des Herolds zu bestrafen, oder einfach nur, weil sie ihren Nutzen erfüllt hatte? Die Mutter brauchte sie nicht länger, um sich Werth und Kor gefügig zu machen. Ob man Opari überhaupt noch ihre Medikamente gab? Sah sie deswegen so schrecklich aus? So oder so, Werths Sorge um seine Frau war durchaus begründet gewesen. Abscheu überkam Yana, während sie sich in dem Zimmer umsah. Der Herold würde den Verstand verlieren, wenn er Opari so sähe, und Kor …

„Ich komme bald wieder, versprochen“, sagte Yana sanft, dann strich sie die schweißdurchnässte Robe der Nautolanerin glatt und eilte zurück in den Korridor.

30. KAPITEL

Das Gebrüll der Kreatur brach den Bann, unter dem Bokana gestanden hatte. Der Ovissianer starrte zu dem Monster hoch, das gerade aus der Tiefe heraufgeklettert war, und jegliche Farbe wich aus seinem Gesicht.

„Los!", rief Galamal ihm zu, dann eröffnete sie das Feuer, Aber die Energiebolzen prallten harmlos von dem knochigen Panzer der Abscheulichkeit ab. Was da über Bokana aufragte, war eine Masse aus knotigen Muskeln mit vier spinnenartigen Beinen. Kleine Arme mit zuckenden, klauenbesetzten Fingern hingen an den Seiten der Kreatur herab, und ihr langer segmentierter Schwanz wirbelte wie eine Peitsche hin und her. Doch noch erschreckender war ihr Schädel mit dem Wust aus vorstehenden schwarzen Augen, die über einem aufgerissenen Schlund voller scharfer Zähne funkelten.

Im selben Moment, als Marda Bokana an der Hand packte, brüllte das Monster seinen Zorn hinaus. Das war offensichtlich der einzige Effekt, den Galamals Beschuss auf das Tier hatte – es wurde wütend!

Die Bestie sprang in einem hohen Bogen über Marda und den Ovissianer hinweg, während sie auf den Spalt in der Wand zurannten.

Laut Sunshine war die Barabel eine begnadete Jägerin und als Captain unerbittlich, aber dem Gestalt gewordenen Albtraum, der auf sie herabstieß, hatte nicht einmal sie etwas entgegenzusetzen.

Das Tier riss sie zu Boden und zermalmte ihre Wirbelsäule unter seinen Füßen. Galamals angsterfüllter Schrei endete abrupt, und stattdessen war nun das Bersten von Knochen und das Schlurfen einer langen Zunge zu hören, die ein einst schlagendes Herz durchbohrte.

„Mach den Durchgang frei!“, schrie Marda, als sie sah, dass Ord weiterhin versuchte, die Tasche durch die Lücke zu ziehen. Wen kümmerten jetzt noch diese verfluchten Eier? Marda würde sie jedenfalls lieber opfern als ihren eigenen Kopf.

Endlich verschwand die Tasche – gerade als das Monster sein Mahl beendete und Bokana mit seinem Blaster eine Salve auf den Tiefenpirscher abfeuerte.

Marda nahm ihren Kampfstab vom Rücken und warf ihn durch die Lücke, wobei sie nur knapp Ords Kopf verfehlte, denn die Reesarianerin war zurückgekehrt und streckte ihre ledrige Hand durch die Öffnung. Marda hätte es auch ohne deren Hilfe geschafft, aber sie ergriff die Hand dennoch und ließ sich durch den Spalt ziehen. Dass das raue Gestein ihr dabei die Wange aufriss, ignorierte sie. Ein Stück den Stollen hoch konnte sie Sunshine und Tareen sehen, die bereits zur Oberfläche zurückrannten, und Marda konnte ihnen nicht einmal vorwerfen, dass sie zuerst an die eigene Haut dachten.

„Lauf!“, rief sie Ord zu.

Das ließ sich die Reesarianerin nicht zweimal sagen. Sie nahm Mardas Tasche und rannte hinter den anderen her, wobei die glühenden Insekten vor ihr auseinanderstoben.

Marda hob unterdessen ihren Stab auf und drehte sich zu Bokana herum, der noch immer auf der anderen Seite des Durchgangs mit seinem Blaster feuerte. „Bok! Raus da, schnell!“

Er wich zum Spalt zurück, gleich mit zwei Taschen beladen – seiner eigenen und der, die Galamal hatte fallen lassen.

„Hier!“, keuchte er und schob die erste Tasche durch den Spalt. Kaum dass Marda sie auf ihre Seite gezogen hatte, ließ Bokana die zweite folgen. Jetzt musste er sich nur noch selbst durch den Ausgang zwängen.

Der Ovissianer drehte sich seitlich und neigte den Kopf, sodass seine Hörner nicht gegen die Decke stießen. Für jemanden von seiner Statur war es wirklich erstaunlich, wie leicht er sich durch die Lücke schob, fast als wäre er eingeölt. Dann aber stieß er plötzlich einen Schrei aus, und etwas Langes, Scharfes wickelte sich um seine rechte Schulter. Marda brauchte einen Moment, um zu realisieren, dass es die mit kleinen Widerhaken besetzte, spitz zulaufende Zunge der Kreatur war.

„Bring dich in Sicherheit!“, keuchte er, während ihn der Tiefenpirscher nach hinten zog.

Aber Marda sprang vor, griff nach dem Vibromesser an Bokanas Gürtel und zog es aus der Scheide. Dann packte sie die zuckende Zungenspitze des Monsters, wobei sie versuchte, die dornigen Widerhaken zu meiden, und aktivierte die Waffe. Die Klinge schnitt mühelos in den dicken Muskel, und auf der anderen Seite des Spalts heulte der Tiefenpirscher vor Schmerzen. Bokana stimmte mit ein, als sich die Zunge zurückzog und die Widerhaken seine Schulter aufrissen. Marda konnte nicht abschätzen, wie schwer er verletzt war, aber zumindest war er nun frei.

Als sie sich beide in Bewegung setzten, griff Bokana nach einer der Taschen. Marda sagte ihm, dass er sie liegen lassen sollte, aber er hörte nicht, also schnappte sie sich die andere.

Während sie durch den Stollen rannten, konnten sie hören, wie sich die Kreatur hinter ihnen mehrmals gegen den Spalt warf – und wie der Fels Stück für Stück nachgab. Die beiden hatten den Ausgang noch nicht erreicht, als die gesamte Wand einstürzte. Felsen kullerten über den Boden, dann barst das Monster aus der aufgewirbelten Staubwolke hervor. Sein gewaltiger Leib füllte den Stollen vollkommen aus, und es brüllte siegessicher.

Einen Moment lang hoffte Marda, dass der Gang zu niedrig für das Wesen wäre, aber es löste dieses Problem, indem es die Beine seitlich gegen die Wand stemmte und sich auf diese Weise vorwärtsschob, während seine kräftigen Arme nach Marda und Bokana schnappten.

Der Ovissianer stolperte, konnte sich aber an der Tunnelwand abfangen.

„Nicht stehen bleiben!“, blaffte sie.

„Hatte ich auch nicht vor!“

Hinter ihnen heulte der Tiefenpirscher vor Zorn und … Frustration?

Marda riskierte einen Blick über die Schulter und sog den Atem ein. Sie konnte nicht glauben, was sie da sah. Die algengleichen Pflanzen entlang der Wände wickelten sich um die Klauen des Tiefenpirschers und hefteten sich an seinen gewölbten Rücken, so als wollten sie ihn aufhalten. Gleichzeitig schwärmten die glühenden Käfer um den Schädel der Bestie herum und blendeten ihre ans Dunkel gewöhnten Augen. Ein paar flogen sogar in ihren Rachen, was die Kreatur würgen und röcheln ließ. Kämpften die Höhlenorganismen etwa gegen den Tiefenpirscher? Wollten sie, dass Marda und Bokana die Flucht gelang? Wie so vieles andere auf Planet X ergab das keinen Sinn, aber Marda sollte alles recht sein, solange sie hier nur lebend herauskamen.

Der Tiefenpirscher hinter ihnen kreischte noch immer, als sie in das grelle Licht der Schlucht hinausstürmten. Bis zu diesem Augenblick war Marda von Angst und Adrenalin angetrieben worden, und sie hatte ihren Körper bis an seine Belastungsgrenzen getrieben, um der Kreatur zu entkommen. Die plötzliche Helligkeit an der Oberfläche aber ließ sie geblendet innehalten. Ihr Überlebensinstinkt drängte sie dazu weiterzugehen, doch als sich ihre Sicht allmählich wieder klärte, stellte sie fest, dass Bokana zusammengebrochen und die Tasche ihm von seiner Schulter gerutscht war. Sie versuchte, ihn auf die Beine zu ziehen, aber er blieb kraftlos liegen.

„Lass mich hier“, keuchte er.

Natürlich würde Marda das nicht tun, auch nicht nach all den Enthüllungen der vergangenen Minuten.

Die anderen waren bereits weitergerannt und schoben den Repulsorschlitten die Schräge hoch, aber nun eilte Sunshine zu ihnen zurück. Einen Moment war Marda erleichtert, denn sie glaubte, dass er ihr mit Bok helfen wollte. Stattdessen aber griff der Hyperraum-Scout nach der Tasche, die der Ovissianer fallen gelassen hatte.

„Was tust du denn?", schrie Marda ihn an, als er sich die Tasche über die Schulter wuchtete.

„Ich nehme euch die Last ab." Unter seinem lächerlichen Hut strömten Sturzbäche an Schweiß hervor. „Ich trag die Eier, du hilfst dem Großen."

Sie hatte keine Zeit, gegen diese offensichtliche Lüge zu protestieren, denn Sunshine war bereits wieder auf dem Weg zu Ord und Tareen, die die Schultern gegen den Schlitten stemmten. Die schwere Ladung drohte die Repulsoren zu überlasten, und das Gefährt schwebte gefährlich nahe am Rand des Pfades.

Vor Marda lag die Sicherheit, hinter ihr befand sich der Albtraum, der mit jeder Sekunde durch die Düsternis des Tunnels näher kam. Sie konnte hinter Sunshine herrennen und Bokana seinem Schicksal überlassen, aber was für eine Person wäre sie, wenn sie das täte? Die Macht konnte nur frei sein, wenn Leute wie sie auf dem Pfad blieben, den sie gewählt hatten, dem Pfad freiwillig erbrachter Opfer und Geschenke – einschließlich dem Opfer und dem Geschenk ihres eigenen Lebens.

„Nimm das." Sie hielt Bokana ihren Kampfstab hin. „Benutz ihn als Krücke und leg deinen verletzten Arm um mich."

Doch er rührte sich nicht, rang nur weiter keuchend nach Luft, das Gesicht erschreckend blass.

„Ich habe nicht gelogen", ächzte er, ohne zu ihr aufzublicken. „Ich würde dich niemals anlügen."

„Mir egal!", brüllte sie ihn an, auch wenn *das* gelogen war. „Selbst wenn du mir jetzt sagen würdest, du wärst ein Jedi, würde auch das keinen Unterschied machen! Jede Sekunde wird ein Monster aus dieser Höhle auftauchen und uns beide in Stücke reißen. Es sei denn, du bewegst endlich deinen erbärmlichen Hintern!"

Der harsche Ton zeigte Wirkung. Während das Geheul hinter ihnen unerbittlich lauter wurde, griff Bokana nach dem Stab und zog sich auf die Beine, sodass Marda unter seinen anderen Arm schlüpfen und die Hand um seine Hüfte legen konnte. Dabei versuchte sie, nicht auf das Blut zu achten, das über seine Brust strömte oder auf seine ungleichmäßigen, zittrigen Atemzüge. Gemeinsam humpelten sie los, über den Grund der Schlucht auf den Pfad zu, den die anderen bereits fast erklommen hatten.

Bokana kam schneller voran, als Marda erwartet hatte, und sie waren schon auf halber Höhe der Felswand, als der Tiefenpirscher aus dem Höhleneingang hervorbarst. Seine Beine und sein Rücken waren teils verborgen unter den zerfetzten Überresten der Algen, die ihn zurückgehalten hatten. Die Kreatur heulte, als das helle Licht in ihre Augen stach, trotzdem wollte sie die Verfolgung nicht aufgeben.

Nach ein paar weiten Sätzen hatte der Tiefenpirscher den Fuß der Schluchtwand erreicht. Der Pfad war zu schmal für seinen mächtigen Leib, aber er wuchtete sich kurzerhand in eine schräge Position, sodass die Beine auf seiner linken Seite über den Boden krabbelten und die auf der rechten Seite über die senkrechte Wand.

„Wir werden es nicht schaffen!“

„Doch, werden wir!“ Für jemanden in Bokanas Zustand klang seine Stimme ungewöhnlich kräftig. „Wir sind nicht allein.“

„Wie meinst du das?“

„In den Höhlen war noch etwas anderes. Ein … ein Beschützer.“

„Ein *Beschützer*?“

„Wir werden hier wegkommen“, erklärte er, als hätte er ihre Frage gar nicht gehört. „Das verspreche ich dir.“

Hinter ihnen rutschte der Tiefenpirscher aus und stürzte auf den Rücken, während seine Klauen über den Fels schabten. Als er es schaffte, sich wieder aufzurichten, hatten Marda und Bokana das obere Ende des Pfads erreicht. Vor ihnen war nun wieder der Wald in Sicht – und kurz auch die beiden wippenden Taschen auf dem Rücken von Sunshine Dobbs, ehe er zwischen den Bäumen verschwand.

Sie folgten ihm, obwohl Mardas Beine schmerzten und ihre Lunge brannte. Sie war sich sicher, dass sich der Tiefenpirscher jeden Moment auf sie stürzen würde, aber sie wagte es nicht, nach hinten zu blicken, denn sie wusste, dass sie einfach aufgeben würde, wenn sie das Monster erblickte.

Stattdessen sah sie ein kurzes blaues Flackern am Grund der Schlucht. Ein weiteres Monster? Oder dieser ominöse Beschützer, von dem Bokana gefaselt hatte?

Unwichtig. Das Einzige, was noch zählte, war, dass sie weiterrannten.

31. KAPITEL

War es richtig gewesen, Opari zurückzulassen? Diese Frage begleitete Yana, während sie an die Oberfläche zurückkehrte. Vor ihrem geistigen Auge blitzten Erinnerungen an die Abende und die Feste auf, die sie gemeinsam mit Kors Mutter verbracht hatte. Es hätten noch viele mehr sein können, aber Yana hatte versucht, diese Anlässe wann immer möglich zu meiden. Jetzt bereute sie es.

Der Regen hatte aufgehört, aber die dickbauchigen Wolken am Himmel zeigten an, dass es sich nur um eine kurzzeitige Verschnaufpause handelte. Inzwischen konnte man mehr Pfad-Anhänger im Freien sehen. Die meisten hatten sich vor einer Hütte versammelt – einer bescheidenen Behausung, die normalerweise für Gäste reserviert war. Yana hörte laute Stimmen, als würde dort drüben ein hitziger Streit toben.

Ein paar Kinder rannten an ihr vorbei, und sie hielt eines – den kleinen Ithorianer von vorhin – mit einem Ruf zurück.

„He! Was ist da los?"

Der Ithorianer blieb nicht stehen, und das Wasser in den Pfützen spritzte an seinen kurzen Beinen hoch, während er weiter auf die Höhlen zurannte. Aber sein Übersetzungsmodul spuckte ein einzelnes Wort aus: „Jedi!" Dann wiederholte er es noch einmal, so als würde das alles erklären.

Was? Das war so ziemlich das Letzte, was Yana jetzt brauchen konnte. Die Paranoia im Lager war ohnehin schon schlimm genug. Doch als sie näher kam, erblickte sie tatsächlich eine hochgewachsene braunhäutige Jedi inmitten der Pfad-Anhänger, die ihr Bestes gab, die Situation zu beruhigen.

Yana schob sich durch die Menge nach vorn. „Was ist hier los?"

„Die Kleinen haben sie beim Rumschnüffeln ertappt", antwortete eine Quarren mit wogenden Tentakeln.

„Wir wollten nur mit Ihrem Oberhaupt sprechen", behauptete die Jedi.

„Lügnerin!", blaffte die Quarren. „Alle Jedi sind Lügner. Ihr missbraucht die Macht."

„Hören Sie", sagte eine jüngere Jedi – eine Twi'lek, die sich einen dünnen Padawanzopf um einen ihrer Lekku gebunden hatte. „Das Wichtigste ist im Moment, dass wir hier eine schwer kranke Frau haben."

„Matthea ...", tadelte die andere Jedi, doch die Twi'lek schüttelte den Kopf und sprach weiter.

„Es tut mir leid, Oliviah, aber das hat Vorrang." Sie wandte sich wieder um und richtete ihre nächsten Worte direkt an die Quarren. „Ihr Gast ist krank, und wir müssen sie nach Ferdan zu einem Arzt bringen."

„Wenn sie krank ist, können wir uns um sie kümmern. Wir haben Heiler."

„Die scheinen bislang keine große Hilfe gewesen zu sein."

„Padawan Cathley", schnitt die ältere Jedi – Oliviah – der Twi'lek das Wort ab. „Ich bezweifle, dass es uns weiterhilft, wenn wir diese guten Leute beleidigen." Sie wandte sich wieder an die Leute vor ihr. „Wenn Sie uns diese Sache erklären lassen würden ..."

Plötzlich geriet die Jedi-Ritterin ins Wanken, und sie musste sich auf Mattheas Schulter stützen.

„Oliviah, was ist ...", begann die Padawan, dann rollten ihre Augen nach oben.

Die Menge wich erschrocken zurück, wobei die Quarren gegen Yana stieß. „Was ist mit Ihnen los? Belegen Sie uns gerade mit einem Fluch?"

„Jedi sind keine Hexer."

„Sie sind *Zauberer*!"

„Sie sind krank." Yana trat vor und betrachtete die beiden Frauen, die aussahen, als würden sie jeden Moment zusammenbrechen. „He! Hallo? Alles in Ordnung?"

Die Twi'lek – Matthea – griff nach Yanas Hand und drückte fest zu. „Etwas ... stimmt nicht. Irgendetwas stimmt nicht."

„Mit Euch?"

„Mit der Welt. Alles dreht sich. Ich kann es nicht anhalten."

„Setzt Euch doch erst mal hin", schlug Yana vor. Sie versuchte, das Mädchen zu der hölzernen Bank neben der offenen Tür der Hütte zu führen.

„Nein!", rief da die ältere Jedi. Sie hob ihre zitternde Hand. „Lassen Sie sie in Ruhe!"

Sie schubste Yana nach hinten, aber nicht mit ihrer Hand, sondern mit einer unsichtbaren Woge.

Mit der Macht.

„Da!", kreischte die Quarren. „Was habe ich gesagt!"

„Schon in Ordnung." Yana riss beide Hände hoch, um den Mob zu besänftigen.

„Nein, es ist ..." Oliviah fletschte die Zähne. Schweiß perlte auf ihrer Stirn. „Was haben Sie mit uns gemacht?"

„Wir haben überhaupt nichts getan", versicherte ihr Yana. Die Padawan hatte inzwischen allein zu der Bank gefunden und setzte sich, die Arme ausgebreitet, als würde sie versuchen, während eines Erdbebens das Gleichgewicht zu wahren. „Es geht Euch nicht gut. Vielleicht habt Ihr Euch an der Person da drinnen angesteckt."

„Dann sollten wir sie vielleicht alle unter Quarantäne stellen", erklang eine vertraute Stimme hinter ihr.

Die Menge der Pfad-Anhänger teilte sich, um der Mutter und ihrem Gleichmacher Platz zu machen.

Mit einem Mal ergab alles Sinn. Die Jedi waren nicht krank, sie spürten den Einfluss des verfluchten Monsters, das aussah, als wollte es sie am liebsten anspringen. Allein die zusammengesteckten Stäbe in der Hand der Mutter hielten das Biest zurück.

Oliviah blickte Elecia entgegen, aber sie konnte sich nicht länger aufrecht halten und sank auf die Knie. Die Mutter schmunzelte. Eine Jedi, die vor ihr auf den Knien im Dreck herumrutschte.

„Sie …“, presste Oliviah hervor. Sie verkniff die Augen zu schmalen Schlitzen zusammen, als hätte sie Mühe, etwas zu erkennen. „Sie sind hier.“

„Natürlich bin ich hier.“ Die Mutter lächelte lieblich. „Dies ist mein Zuhause. Ihr seid diejenigen, die nicht hierhergehören. Aber die Macht verlangt, dass wir allen, die auf unserer Schwelle erscheinen, das Geschenk der Gastfreundschaft machen – selbst jenen, die die Macht missbrauchen.“ Sie drehte sich zu den anderen herum. „Bringt sie in die Höhlen. Und die Journalistin auch. Wir werden sie wieder gesund pflegen – sofern es der Wille der Macht ist, dass sie gesund werden.“

„Nein“, sagte Yana, wobei sie sich zwischen die Jedi und die Mutter stellte. „Wenn sie krank sind, wäre es ein Fehler, sie in die Höhlen zu bringen. Was, wenn die Krankheit ansteckend ist?“

Die Mutter streichelte den Kopf des Gleichmachers, der vor Hunger förmlich zitterte. „Oh, Yana, wir wissen doch ganz genau, was mit ihnen los ist.“

„Aber können wir sicher sein?“, beharrte die Evereni, dann senkte sie die Stimme, sodass nur Elecia sie hören konnte. „Vergesst nicht, dass die Journalistin ebenfalls krank ist. Falls es etwas Ernstes ist, könnte es uns auch gefährlich werden.“

Die Miene der Mutter wurde hart. „Wir haben nichts zu befürchten, vertrau mir.“

„Was macht Euch da so sicher?“ Yana stand praktisch Nasenspitze an Nasenspitze mit Elecia. Wie leicht ließe sich das als Herausforderung interpretieren! Aber sie musste es riskieren. „Und was, wenn noch mehr Jedi kommen, um nach ihnen zu suchen?“

„Dann werden wir bereit sein."

„Sunshine ist noch nicht von seiner Mission zurückgekehrt. Wenn wir die beiden jetzt wegschicken, verschaffen wir uns ein wenig Zeit, Mutter. Zeit, die Ihr dringend braucht, um Eure Verteidigung zu verbessern. Diese beiden Jedi konnten einfach so hier hereinspazieren!"

„*Eure* Verteidigung?", schnurrte Elecia. „Meinst du nicht *unsere* Verteidigung?"

Yana ignorierte die Bemerkung. „Die Jedi sind ein Problem, das wir nicht brauchen. Ich werde sie zu Doktor Nindle in die Stadt bringen."

Die Mutter zog eine Augenbraue hoch. „Du?"

„Nur für den Fall, dass Ihr recht habt. Dass sie nicht wirklich krank sind und wir uns ... um sie kümmern müssen." Es war ziemlich eindeutig, was sie damit meinte.

„Und du würdest das selbst erledigen?"

Yana nickte. Im Moment würde sie *alles* tun, um von hier wegzukommen. „In sicherer Entfernung vom Lager. Damit es keine direkte Verbindung zu uns gibt."

„Dann müsstest du aber sehr vorsichtig sein."

„Ich bin immer vorsichtig."

Die Mutter musterte sie einige Sekunden lang, dann drehte sie sich zu den versammelten Pfad-Anhängern herum, die mehrere Meter zurückgewichen waren. Was immer die beiden Jedi so wimmern und zittern ließ, sie wollten es sich nicht auch einfangen.

„Also gut, bring sie weg. Aber komm sofort zurück, sobald du fertig bist. Hast du verstanden? Es gibt viel zu tun."

Ja, eine ganze Menge sogar, dachte Yana, dann rief sie der Quarren zu, einen Wagen zu holen.

32. KAPITEL

Zunächst glaubte Marda, dass sie nur eine kleine Verschnaufpause gewonnen hätte. Sie rannte mehrere Minuten lang durch den Wald, überzeugt, dass der Tiefenpirscher jeden Augenblick hinter ihnen auftauchen und die Bäume wie Zahnstocher umknicken würde. Doch je weiter sie rannte, desto offensichtlicher wurde es, dass sie nicht länger verfolgt wurden.

War die Kreatur von dem schmalen Felspfad gestürzt? Lag sie mit zerschmettertem Panzer am Grund der Schlucht? Marda wollte es gar nicht wissen, was vermutlich am berauschenden Effekt des Waldes lag. Die Energie dieses Ortes hatte ihre müden Glieder mit neuem Leben erfüllt, und auch Bokana musste sich inzwischen nicht mal mehr auf sie stützen. Er benutzte noch immer ihren Stab, aber er rannte nun, anstatt zu humpeln, und seine aufgerissene Schulter – die zugegebenermaßen noch immer ziemlich übel aussah – blutete kaum noch. Falls der Wald seine Wunde ebenso heilte, wie er Mardas zerschnittene Handflächen geheilt hatte, würde der Ovissianer vielleicht schon wieder vollständig genesen sein, wenn sie das Schiff erreichten … sofern der Tiefenpirscher nicht doch plötzlich noch auftauchte, natürlich. Bereits jetzt wirkte Bok fast schon wieder genauso agil wie zuvor. Er sprang über Wurzeln, stieg kleine Felsvorsprünge hoch und holte kontinuierlich zu Tareen und Ord auf. Inzwischen waren sie schon nahe genug heran, dass man das Klacken der Eier in ihren Taschen hören konnte. Vor ihnen gabelte sich der Weg, und Tareen drehte den Repulsorschlitten instinktiv nach rechts.

„Wo willst du denn hin?", fragte Ord und wollte nach dem Lenkbügel greifen. „Zur *Silverstreak* geht es da lang!"

„Nein", beharrte der Duros und drehte den Schlitten weiter, sodass Ords Hand den Lenkbügel verfehlte. „Du kannst gerne zu diesem Wrack zurück, wenn du willst, aber ich gehe zur *Bonecrusher*."

„Galamal ist tot", erinnerte ihn Marda, die zu den beiden aufgeschlossen hatte.

„Und?" Tareen zuckte mit den Schultern. „*Ich* bin der Pilot und kann uns von hier fortbringen."

„Auch durch den Schleier?", konterte Ord.

„Von Planet X wegzukommen ist nicht so schwer, wie Planet X zu erreichen", erklärte ein schwer keuchender Sunshine Dobbs. „Es ist keine schlechte Idee. Du gehst zur *Bonecrusher* ..."

„Mit dem Repulsorschlitten?", unterbrach ihn Ord.

„Mit dem Repulsorschlitten", bestätigte der Hyperraum-Scout. „Und wir sehen nach, wie weit Shea und die anderen mit der *Silverstreak* sind."

„Klingt nach einem Plan." Tareen wandte sich bereits zum Gehen, aber Sunshine klatschte seine fleischige Hand auf den Schlitten.

„Ich will dein Wort, dass du nicht startest, bis wir wissen, dass die *Streak* wieder weltraumtauglich ist."

Tareen entblößte seine krummen Zähne in einem bösen Grinsen. „Du hast Angst, dass ich euch hier zurücklasse?"

„Ich würde es tun, wären die Rollen vertauscht", gestand Dobbs. „Aber ich bin ja auch nur ein abgehalfterter alter Raumfahrer, während du ein loyales Mitglied einer spirituellen Gemeinschaft bist."

„Ich dachte, du gehörst auch zum Pfad", sagte Tareen verwundert.

„Hm", brummte Sunshine, was weder nach einem Ja noch nach einem Nein klang. Er zog die Taschen vom Schlitten, die er während ihrer Flucht aus der Schlucht oben auf die Transportkisten gelegt hatte. „Geh einfach, bevor ich es mir anders überlege."

„Soll ich ihn begleiten?", schlug Ord vor, während Tareen bereits losrannte.

„Wäre eine gute Idee", fand Bokana. Im Gegensatz zu Sunshine wirkte er kaum außer Atem. „Er mag Pilot sein, aber ein Schiff allein zu starten, wäre trotzdem eine Herausforderung."

„Da ist was dran", stimmte der Hyperraum-Scout zu. „Außerdem kann sie ihm ins Gewissen reden, sollte er uns doch hier zurücklassen wollen."

„Ich werde jedenfalls mein Bestes tun", versprach Ord. Sekunden später war sie hinter dem Duros zwischen den Bäumen verschwunden.

„Da waren es nur noch drei", kommentierte Bokana.

„Drei Leute und vier Taschen." Sunshine hielt auffordernd die beiden Taschen hoch, die er vom Schlitten genommen hatte. Bokana nahm eine und schwang sie sich über die unverletzte Schulter.

„Nein", sagte Marda, „ich nehme beide."

„Das geht schon", versicherte der Ovissianer. Um seine Worte zu unterstreichen, joggte er leichtfüßig los. „Ich fühle mich großartig."

Marda konnte sich ebenfalls nicht beschweren. Sie folgte Bokana mit raschen Schritten, während der keuchende Sunshine den Abschluss bildete. Keiner sagte etwas, aber das war ihr nur recht. Sie war noch immer wütend auf Bok – wirklich, wirklich *wütend* –, trotzdem hätte sie es nicht ertragen, ihn in der Schlucht zurückzulassen. Sie hatte bereits Kevmo verloren, und ganz gleich, wie kompliziert ihre Beziehung sein mochte, sie würde auf keinen Fall noch jemanden verlieren. Auch wenn er ein Machtbenutzer war …

Bokana blieb schlagartig stehen. „Es hat uns gefunden", sagte er, auf Mardas Stab gestützt.

„Was hat uns gefunden?"

„Was glaubst du wohl?"

Die Stille hinter ihnen wurde jäh durch das Bersten von Holz und das Stampfen von Füßen zerrissen. Das konnte nur der Tiefenpirscher sein. Dann hatte er also doch überlebt.

„Lauft!", zischte Marda.

Sunshine blickte über die Schulter, während sie lospreschten, und schrie: „Das verfluchte Ding ist in den Bäumen!"

Wenig später konnte Marda es selbst hören. Der Tiefenpirscher sprang von Baum zu Baum, begleitet vom Knacken nachgebender Äste, die hinter ihm zu Boden stürzten. Er kam erschreckend schnell näher, zumal die drei Flüchtenden immer wieder über aus dem Boden ragende Wurzeln stolperten oder fluchend ihre Taschen aufheben mussten, wenn sie ihnen von den Schultern rutschten. Es wäre wirklich ein Wunder, wenn auch nur ein Ei noch intakt war!

Sunshine bewies, dass man sich nicht von Äußerlichkeiten täuschen lassen durfte, denn der dickbäuchige Hyperraum-Scout überholte erst Marda und dann Bokana. Erst glaubte Marda, es läge daran, dass Bok zwei Taschen schleppte und nicht nur eine. Doch auch davon abgesehen, schienen die Beine des Ovissianers nicht mehr so schnell zu können, wie er wollte, und nach ein paar weiteren Schritten stürzte er der Länge nach zu Boden.

Marda ließ ihre Tasche fallen und eilte an seine Seite, aber er machte keine Anstalten, wieder aufzustehen.

„Ich lass dich nicht zurück", sagte sie über das Geheul des Monsters hinweg.

„Dir wird aber nichts anderes übrig bleiben. Ich kann nicht mehr, und ich werde nicht zulassen, dass du meinetwegen stirbst."

Bevor Marda eine Entscheidung fällen konnte, sprang der Tiefenpirscher auch schon aus den Bäumen herab.

33. KAPITEL

Matty hatte sich schon einmal so gefühlt, und zwar auf Jedha, als dort die Unruhen ausgebrochen waren. Der Herold hatte gerade seinen desaströsen Auftritt vor der Versammlungshalle der Macht-Synode hingelegt, und Matty war Vildar und Oliviah aus dem Gebäude gefolgt, als auf dem Platz der Gesuche die Anspannungen überkochten, die schon lange unter der Oberfläche der Heiligen Stadt gebrodelt hatten. Unter normalen Umständen wäre es den Jedi sicher gelungen, die Menge zu beruhigen, aber dann hatte sich die Realität plötzlich verschoben, vor Mattys Augen war alles verschwommen, und die Leute um sie herum – ihre Freunde ebenso wie die Einheimischen – hatten sich in grässliche Zerrbilder ihrer selbst verwandelt. Monster, die Matty in Stücke hatten reißen wollen. Und die Padawan war nicht die Einzige gewesen, der es so ergangen war. Die anderen Jedi, die Mitglieder der Synode … sie alle hatten mit Furcht und Entsetzen reagiert und ihre Kräfte gegen die tobende Menge eingesetzt. Wodurch die Lage natürlich erst recht eskaliert war.

Es hatte sich angefühlt, als würde die Macht sie im Stich lassen. Als wäre sie allein und verloren.

Und jetzt war es genauso.

Alles war so schnell geschehen. Ric Farazis Zustand hatte sich immer weiter verschlechtert, während Oliviah mit den Pfad-Anhängern vor der Hütte diskutiert hatte, also hatte Matty beschlossen, die Dinge selbst in die Hand zu nehmen. Was immer ihre Reisegefährtin von ihr halten mochte, sie würde nicht zulassen, dass die Journalistin Qualen litt, nur weil Oliviah Zeveron die Kultisten mit Samthandschuhen anfasste. Wenn Vildar und

Tey sie eines gelehrt hatten, dann dass man einem notleidenden Wesen helfen musste, wenn man die Chance dazu hatte. Und da sie ohnehin schon aufgeflogen waren, gab es keinen Grund, Ric Farazis Elend noch weiter in die Länge zu ziehen.

Oliviah war nicht gerade glücklich gewesen, als Matty vorgetreten war und den Pfad-Anhängern gesagt hatte, was sie von ihnen hielt, aber ganz ehrlich, ihr war inzwischen herzlich egal, was die andere Jedi dachte. Sie wollte Farazi einfach nur zu einem Arzt bringen.

Doch dann hatte diese plötzliche Woge aus Übelkeit und Furcht die Padawan überrollt wie eine Bantha-Herde. Mit einem Mal hatte sie sich nicht mehr konzentrieren können. Sie wusste, dass die anderen um sie herumstanden, und sie konnte auch ihre Stimmen hören, aber sie nahm nicht länger wahr, was sie taten, und ihre Worte verschmolzen zu einem dumpfen Geräuschbrei. Alles, was Matty tun wollte, war, sich zusammenzurollen und sich zu verstecken. Vor dem Licht, vor den Geräuschen und ganz besonders vor sich selbst. Es war, als würde sie in eine bodenlose Grube stürzen, tiefer und immer tiefer …

Ins Nichts.

Matty schlug die Augen auf. Alles war noch immer verschwommen, aber zumindest drehte sich die Welt nicht mehr um sie. Nach ein paar Sekunden erkannte sie, dass sie auf einem harten, sanft auf und ab ruckelnden Untergrund lag. Ein Wagen. Sie lag auf der Ladefläche eines Lyuna-Karrens. Matty konnte das Tier schnauben und grummeln hören. Ric Farazi stöhnte ebenfalls leise, wann immer die Räder über eine Bodenunebenheit rumpelten. Die Reporterin lag neben Matty, während Oliviah auf der anderen Seite des Wagens kauerte, die Beine an die Brust gezogen, den Kopf gegen die Knie gepresst.

Matty blickte zum Fahrer nach vorn, konnte aber nur die Kapuze einer Pfad-Robe sehen und dahinter, in der Ferne … den Stadtrand von Ferdan.

Sie versuchte, keinen Laut zu verursachen, während sie mit

pochendem Schädel zu Oliviah hinüberkroch. Sie wagte es nicht, den Namen der Jedi-Ritterin zu flüstern, und sie konnte auch nicht ihre Sinne ausstrecken, um ihre Aufmerksamkeit zu erregen. Was immer im Lager des Pfades geschehen war, ihre Verbindung mit der Macht hatte sich noch nicht davon erholt.

Also hob Matty die Hand, um Oliviah anzustupsen, doch bevor sie ihren Arm auch nur berühren konnte, zuckte die Jedi zusammen, und ihr Kopf ruckte mit vor Angst geweiteten Augen hoch.

Lass mich!

Es war mehr ein Gefühl als eine bewusste Anweisung, und begleitet wurde es von einem Machtstoß, der Matty rücklings gegen die Lehne des Kutschbocks taumeln ließ.

„Was im Namen des Sturms ..." Der Fahrer wirbelte auf seinem Platz herum und entpuppte sich dabei als Fahrerin. Das Lyuna muhte, erschrocken von dem plötzlichen Treiben hinter ihm.

Matty riss mit einer schnellen Bewegung das Lichtschwert von ihrem Gürtel und aktivierte die Klinge.

„Halten Sie den Wagen an!"

„Schon gut, schon gut", sagte die Fahrerin, während sie an den Zügeln zerrte. „So. Zufrieden?"

„Wohin bringen Sie uns?", fragte Matty. Sie umklammerte ihr Schwert mit beiden Händen, aber die Klinge zitterte trotzdem.

„Nach Ferdan", lautete die Antwort. „Zu einem Arzt. Es ging euch nicht gut. Ich musste euch aus dem Lager schaffen."

Matty spürte eine überraschend ruhige Präsenz hinter sich. Es war Oliviah, die sich auf der Ladefläche aufgerichtet hatte, ohne aber ihr eigenes Lichtschwert zu ziehen. „Warum?", fragte sie die Fahrerin.

Die Frau – sie gehörte zu einer grauhäutigen Spezies mit spitzen Zähnen, die Matty unbekannt war – zuckte mit den Schultern. „Weil es das Richtige war."

„Sie lügt." Matty ärgerte sich über sich selbst, dass sie es laut ausgesprochen hatte. Hatte sie nicht nur die Verbindung mit der Macht eingebüßt, sondern auch die Fähigkeit, ihre Gedanken für sich zu behalten? Zugegeben, die meisten Leute, die sie kannten, würden behaupten, dass sie diese Fähigkeit nie besessen hatte …

„Wissen Sie, was mit uns geschehen ist?", fragte Oliviah.

„Ich glaube schon. Aber ich weiß nicht, was mit ihr ist." Die Frau deutete mit dem Kinn auf Ric Farazi. Die Journalistin hatte aufgehört zu ächzen, was angesichts ihrer kreidebleichen Haut aber nicht unbedingt ein gutes Zeichen war. „Wir müssen sie zu Doktor Nindle bringen. Er wird wissen, was zu tun ist." Sie blickte sich um, wie um sich zu vergewissern, dass sie nicht beobachtet wurden. „Es ist hier nicht sicher. Wenn jemand sieht, wie du mit diesem Ding rumfuchtelst …"

Oliviah strich ihre Robe glatt und blickte Matty an. „Steck das Schwert weg."

„Aber …"

„Nichts aber. Unsere Freundin …" Oliviah wartete darauf, dass die grauhäutige Pfad-Anhängerin ihren Namen preisgab.

„Yana."

„Unsere Freundin Yana hat recht. Dein Lichtschwert erregt nur Aufmerksamkeit."

Matty presste frustriert die Kiefer zusammen, aber sie deaktivierte die Klinge. Die Frau auf dem Kutschbock entspannte sich ein wenig. „Danke."

„Wie lange noch, bis wir bei diesem Arzt sind?", fragte Oliviah.

„Doktor Nindle. Wir sollten in zehn Minuten bei ihm sein. Es ist nicht mehr weit."

Oliviah beugte sich zu Farazi hinab und überprüfte ihren Puls. „Dann beeilen Sie sich besser."

Yana – sofern das ihr wirklicher Name war – ließ die Zügel schnalzen, woraufhin sich das Lyuna wieder in Bewegung setzte.

Matty kniete sich neben Oliviah, die weiterhin Ric Farazi untersuchte. „Woher wissen wir, dass wir ihr trauen können?"

„Wir wissen es nicht", erwiderte die Jedi-Ritterin mit gesenkter Stimme. „Ich kann die Emotionen der Evereni nicht ertasten. Du vielleicht?"

Matty schüttelte den Kopf. „Vorhin, im Lager ..."

„Da ist etwas passiert." Oliviah lehnte sich mit dem Rücken gegen die Seitenwand des Wagens. „Etwas, das ich nicht erklären kann. Es war, als ob ..."

„Als ob Ihr plötzlich nicht mehr sehen könntet."

Jetzt, da sie Schulter an Schulter saßen, musste Oliviah den Kopf wenden, um Matty anzuschauen. „So war es auch bei dir?"

Matty schluckte. „Ich dachte, ich würde sterben."

Ein gequälter Ausdruck huschte über Oliviahs Züge, und sie wandte rasch den Blick ab. „Da war eine Frau. Die Mutter, glaube ich. Sie hatte ... irgendetwas bei sich. Ich konnte es nicht klar erkennen. Aber ich konnte ihr Gesicht sehen. Selbst als sich die Welt auf den Kopf stellte, konnte ich es noch sehen. Und falls ich mich nicht irre ..."

„Ja?", hakte Matty nach, als Oliviah den Satz unbeendet ließ. Sie hatte nicht vor, sich schon wieder ausschließen zu lassen. „Was verschweigt Ihr mir?"

Doch Oliviah schüttelte nur den Kopf und formte mit ihren Lippen die Worte *Nicht hier*, bevor sie sich in ihre Gedanken zurückzog.

Wenn nicht hier, wo dann?, dachte Matty. Und wichtiger noch: *Wann*?

Yana hatte schon ihr Leben vor ihren Augen vorbeiziehen sehen, als die Twi'lek das Lichtschwert gezündet hatte. Das Mädchen mochte geschwächt sein, trotzdem hätte Yana niemals rechtzeitig ihren Blaster ziehen können, bevor die Twi'lek zugeschlagen hätte. Doch ausnahmsweise hatte die Galaxis Mitleid mit ihr gehabt, und sie schafften es zur Praxis des Arztes, ohne dass sie ihr Leben oder eines ihrer Gliedmaßen verlor.

Dr. Nindle tauchte auf, kaum dass das Lyuna vor seiner Tür stehen geblieben war, und er begann, Farazi zu untersuchen, noch während die beiden Jedi der Journalistin von der Ladefläche herunterhalfen.

„Was ist passiert?“, wollte Nindle wissen, aber Yana konnte nur den Kopf schütteln.

„Ich war nicht dabei. Du musst schon sie fragen.“

Nindle verlor keine Zeit und bombardierte die Jedi mit einem wahren Trommelfeuer an Fragen.

„Kommen Sie nicht mit?“, fragte Matthea, als sie den anderen ins Innere der Praxis folgte.

„Doch, gleich“, erwiderte Yana, dann führte sie das Lyuna betont langsam zu einem Pfosten, um es festzubinden. Sie hatte aber nicht wirklich vor, mit reinzukommen. Soweit es sie anging, war ihr Part hier erledigt. Es gab andere Dinge, die ihre Aufmerksamkeit erforderten – allen voran die hochgewachsene Gestalt, die auf der anderen Straßenseite in den Schatten eines Lagerhauses stand.

Der Mon-Cal-Arzt hatte sich gerade erst über Ric Farazi gebeugt, dann richtete er sich schon wieder auf und schüttelte seufzend den großen Kopf.

„Doktor?“, fragte Matty.

„Es ist genauso, wie ich es vermutet habe“, erklärte Nindle. „Oder besser, wie ich es befürchtet habe. Das ist der zweite Fall innerhalb weniger Tage.“

„Der zweite Fall wovon?“

„Starke Magenkrämpfe, Übelkeit und Hautverfärbungen. Die Ähnlichkeiten sind nicht von der Hand zu weisen.“

„Wer ist der andere Erkrankte?“, wollte Matty wissen. Oliviah neben ihr wirkte seltsam abwesend und schien nicht allzu viel von der Unterhaltung mitzubekommen.

„Ein kleiner Junge, der Sohn eines alten Freundes." Der Mon Cal lachte bellend. „Na ja, in einem Ort wie diesem ist irgendwie jeder ein alter Freund. Aber Yvanna und Garda … nun, sie haben ein schlimmes Jahr hinter sich. Yvanna leidet am Krinjaffi-Syndrom und kann kaum arbeiten. Die Familie kam daher ohnehin kaum über die Runden, und dann ist ihr Ehemann bei einem Unfall auf den Feldern gestorben. Ich habe alles in meiner Macht Stehende getan, ihn zu retten, aber die Verletzungen waren zu schwer. Seitdem ist Yvanna in ständiger Geldnot. Aber sie ist eine stolze Frau. Ich musste sie wochenlang beschwatzen, ehe sie sich bereit erklärte, die Suppenküche des Pfades aufzusuchen. Aber zumindest musste ihr Sohn so nicht hungrig ins Bett."

„Und dann wurde er krank?"

„Ja, leider. Schreckliche Sache, das. Wenn es ihn auch nicht so übel erwischt hat wie diese arme Seele hier. Das kann kein Zufall sein."

„Wie meinen Sie das?", fragte Matty.

„Warte, ich zeige es dir." Der Mon Cal beugte sich über Ric Farazi und zog behutsam ihr Augenlid hoch. „Da. Siehst du es?"

Tatsächlich war es nicht zu übersehen. Das Weiß von Rics Augen hatte sich vollständig gelb verfärbt.

„Könnte es sein, dass die beiden Kontakt miteinander hatten, bevor Ric ins Lager ging?"

Der Mon Cal strich über seine Kinnbarteln. „Ja, möglich wäre es. Eure Freundin hat überall in Ferdan Fragen über den Pfad und die Mutter gestellt."

„Kennen Sie die Mutter", schaltete sich Oliviah ein.

„Nicht persönlich, nein. Die Pfad-Anhänger bleiben größtenteils unter sich. Oder zumindest war es bis vor Kurzem so. Ich dachte immer, sie hätten ihren eigenen Arzt."

„Aber es könnte sein, dass Ric dem Jungen begegnet ist, während sie in der Siedlung Fragen stellte", sagte Matty, um das Gespräch wieder auf das ursprüngliche Thema zu lenken. „Vermutlich bei dieser Suppenküche, richtig?"

„Das würde jedenfalls erklären, warum sie beide in diesem Zustand sind. Vielleicht ist es ein Virus, das die Zeltronerin mit nach Dalna gebracht hat. Oder Garda hat es sich in Ferdan eingefangen. In jedem Fall machen mir diese Augen Sorgen. Die sind ja noch gelber als meine."

„Und was bedeutet das?"

„Es könnte alles Mögliche bedeuten, aber in Verbindung mit der Atemnot, den Bauchschmerzen und der Bläschenbildung im Mundbereich ..." Der Mon Calamari blickte mit grimmiger Miene zu ihnen auf. „Falls mein Verdacht zutrifft – und ich hoffe, dass er das nicht tut –, wurden sie womöglich vergiftet."

34. KAPITEL

Der Boden erzitterte, aber es war nicht der Tiefenpirscher, der hinter ihnen landete. Es waren die donnernden Schritte einer gänzlich anderen Bestie.

„Der Beschützer“, hauchte Bokana, als die zweite Kreatur zwischen den Bäumen hindurch auf sie zusprintete. Er bewegte sich auf allen vieren, wie ein Löwe, und war so elegant und anmutig, wie der Tiefenpirscher furchteinflößend war. Seine muskulösen Beine endeten in Hufen, die den Boden aufwühlten, außerdem hatte er lange Schnurrhaare, die in welligen Linien nach hinten wogten. Marda war nicht sicher, ob die Kreatur ein Fell hatte, denn ihr gesamter Körper glühte in einem tiefen Blau, von ihrem riesigen Schädel bis hin zur Spitze ihres langen geteilten Schwanzes.

Marda wusste, dass sie fortrennen sollte, aber sie war wie versteinert, völlig in den Bann geschlagen von dieser bizarren Vision, die sie in ein paar Sekunden niedertrampeln würde, sofern der Tiefenpirscher nicht vorher seine Zähne in seinen Hals schlug.

Dann brüllte der Tiefenpirscher, der Neuankömmling stieß sich vom Boden ab – und die Zeit schien plötzlich unnatürlich langsam abzulaufen.

Das Geräusch, mit dem die beiden monströsen Leiber zusammenprallten, war wie ein Donnerschlag. Marda riss den Arm hoch – als könnte sie das davor bewahren, zermalmt zu werden! –, aber die Wucht der Kollision ließ die Kreaturen über die kauernde Evereni hinwegsegeln. Der Pirscher brüllte vor Frustration und Verwirrung, als er hart auf dem Boden aufprallte, dann wälzten sich beide Monster in tödlicher Umklammerung hin und her.

Irgendwie schaffte es der Tiefenpirscher, über seinen Angreifer zu gelangen, aber dieser Triumph währte nicht lange. Unter den Hufen des Neuankömmlings streckten sich lange, scharfe Klauen aus, als wäre das Geschöpf die ganze Zeit auf seinen Knöcheln gerannt, und die Krallen zogen tiefe, blutige Wunden über den Kiefer des Pirschers.

Das Monster aus der Tiefe wurde zur Seite geschleudert, und einen Moment später war der Neuankömmling auch schon über ihm. Die beiden Bestien schlugen mit ihren Klauen nacheinander, schnappten mit ihren mächtigen Kiefern, und die grässliche Brutalität des Kampfes riss Marda aus ihrer Starre. Sie mussten fort. Ihr rätselhafter Beschützer hatte ihnen eine zweite Chance verschafft, die sie nicht ungenutzt lassen durften.

„Lauf!“, schrie sie Bokana zu, dann packte sie ihre Tasche und zog den Ovissianer hinter sich her.

Die beiden Monster versperrten ihnen den Weg zur *Silverstreak*, und als sie versuchten, einen Bogen um die kämpfenden Kreaturen zu schlagen, mussten sie einem umstürzenden Baum ausweichen, dessen Stamm unter den Krallen des Tiefenpirschers zersplitterte, als bestünde er aus Schwemmholz.

Einen Moment später peitschte der Schwanz des Neuankömmlings gefährlich nahe über ihren Köpfen vorbei.

Marda und Bokana wichen zu einem kleinen Hang zurück, den sie hinunterrutschten, aber der Tiefenpirscher wollte seine Beute noch nicht aufgeben und ihnen hinterherspringen. Sein Widersacher fing ihn in der Luft ab, und die Bestien kullerten ineinander verschlungen die Schräge hinab.

Die beiden Pfad-Anhänger sprangen zur Seite, und Bokana schrie vor Schmerzen, aber sie schafften es, der Lawine aus Muskeln und Klauen zu entgehen.

Marda zerrte an Boks Arm und wusste, dass sie ihm womöglich wehtat, aber sie mussten weiter. Er schaffte es, auf den Beinen zu bleiben, und rannte mit ihr zwischen die Bäume, während das verbissene Duell hinter ihnen weiterwütete. Einmal blickte Marda über die Schulter zurück, und sie sah, dass der Beschützer seine Kiefer um den Hals des Tiefenpirschers geschlungen hatte und das Monster hin- und herschleuderte. Da war ein lautes Knacken, aber sie konnte nicht sagen, ob es vom Genick des Pirschers oder einem weiteren umgeknickten Baum stammte.

Alles, was Marda wusste, war: Sie waren entkommen. Fürs Erste.

Als sie Sunshine Dobbs einholten, fühlte sich Mardas Brust an, als würde sie jeden Moment explodieren.

„Was, zur Hölle, war das?", fragte der Hyperraum-Scout, aber weder Marda noch Bokana hatten genug Puste, um ihm zu antworten – nicht, wenn sie weiterrennen wollten.

Schließlich lichtete sich der Wald, und sie sahen die *Silverstreak* vor sich, genau dort, wo sie das Schiff zurückgelassen hatten, nun aber in deutlich besserem Zustand. Shea, die oben auf dem alten Frachter stand, schob sich die Schweißmaske auf die Stirn, einen fragenden Ausdruck in ihrem ölverschmierten Gesicht.

Mardas Beine gaben nach, und sie brach keuchend neben dem nunmehr freigelegten Rumpf der *Streak* zusammen.

„Was ist passiert?", rief die Technikerin zu ihnen herab.

„Habt ihr die Monster etwa nicht gehört?", fragte Marda, auf Arme gestützt, die einfach nicht aufhören wollten, zu zittern.

„Alles, was ich gehört habe, war das hier." Shea hob den Schweißbrenner, den sie benutzt hatte. „Was für Monster?"

„Wir erklären es dir, sobald wir hier weg sind", hechelte Sunshine und eilte dann zur Einstiegsrampe. „Wir müssen starten!"

Shea rutschte an der Hülle hinab und landete neben ihnen. „Starten? Mit diesem Schiff? Jetzt?"

„Genau das ist der Plan", erwiderte der Hyperraum-Scout, bevor er an Bord verschwand.

„Wieso die Eile?“ Shea schloss sich Marda und Bokana an, die beide zur Rampe humpelten. Jeder Schritt war offensichtlich eine Qual für sie. „Was ist überhaupt mit dir passiert?“, fragte sie, als sie Boks Verletzung sah. „Und wo sind die anderen?“

„Der Reihe nach“, presste Marda hervor. Sie stiegen hoch in den Frachtraum, wo sie erleichtert die Tasche von der Schulter nahmen.

„Dafür ist noch Zeit, wenn wir im Orbit sind“, sagte Sunshine, während er sich auf dem Schiff umsah. „Falls wir es in den Orbit schaffen. Ich dachte, ihr wolltet diesen Kahn wieder in Schuss bringen?“

„Wir sind gerade dabei“, entgegnete Shea, aber Marda hatte da ihre Zweifel. Kabel hingen von der Decke, und die meisten Wandplatten waren entfernt worden, sodass man das Schlangennest aus Kabeln und Leitungen dahinter sehen konnte.

Jukkyuk tauchte aus dem Korridor auf, in der Hand einen Werkzeugkasten. Als er Marda und die anderen sah, grollte er eine Frage.

„Nein, sie sind nicht zurück!“, rief Shea, wobei sie mit zusammengezogenen Brauen zum Wald hinausblickte. „Jedenfalls noch nicht!“

„Wer ist noch nicht zurück?“, fragte Sunshine. Er baute sich vor ihr auf, sodass sie gar keine andere Wahl hatte, als ihm zu antworten.

Mit einem Seufzen warf Shea ihr Schweißgerät auf eine Kiste, die sie als Werkbank zweckentfremdet hatte. „Geth und die anderen. Sie sind zur *Bonecrusher*, um Ersatzteile zu holen.“

„Brauchen wir diese Teile, um zu starten?“, drängte Sunshine.

„Was?“

„Die Frage ist doch ganz simpel: Können wir ohne diese Teile starten?“

„Soll das ein Scherz sein?“, schaltete sich Marda ein. Neben ihr lehnte sich Bokana schwer atmend gegen die Wand. „Sieh dich mal um. Dieses Schiff ist eine Katastrophe.“

Jukkyuk warf seinen strubbeligen Kopf zurück und brüllte etwas, was tatsächlich ein Lächeln auf Sunshines Lippen zauberte. „Heißt das, was ich glaube, dass es heißt, mein pelziger Freund?" Als der Wookiee nickte, stieß der Hyperraum-Scout triumphierend die Faust in die Luft hoch. „Endlich gute Neuigkeiten!"

„Wieso?", fragte Marda. „Was hat er gesagt?"

„Er hat gesagt: Ja, die *Silverstreak* ist eine Katastrophe", übersetzte Shea, „aber diese Katastrophe kann uns zurück nach Hause bringen."

„Ihr habt es geschafft", murmelte Bokana. Sein Atem hatte sich endlich so weit beruhigt, dass er normal sprechen konnte. „Ihr habt das Schiff repariert!"

„Ich denke schon", erklärte Shea, wobei sie sich an der Wange kratzte. „Ich meine, ich war schon immer gut, aber als wir an diesem Kahn gearbeitet haben, ging alles wie von selbst. Es war, als hätte ich den kompletten Bauplan dieses Modells im Kopf. Jede Leitung, jedes System ... Ich wusste genau, wie ich sie reparieren konnte."

„Das klingt zu gut, um wahr zu sein", murmelte Marda, und Furcht presste ihren Magen zusammen wie eine eisige Hand.

„Es klingt nach der Macht", sagte Bokana mit einem Grinsen.

„Nein, das kann nicht sein", blaffte Marda und wirbelte zu dem Ovissianer herum. „Shea ist nicht ... Sie ist nicht ... wie du!"

„Was soll das denn heißen?", fragte Shea verwirrt.

„Es war ein langer Tag", fuhr Sunshine dazwischen, als würde das alles erklären. „Und wir sind gerade alle ein wenig angespannt. Aber was immer hier los ist, wir müssen mit den Startvorbereitungen beginnen."

„Und die anderen?", wollte Shea wissen, während der Hyperraum-Scout bereits nach vorne ins Cockpit eilte.

„Werden mit der *Bonecrusher* starten, falls sie nicht völlig verblödet sind!", rief er über die Schulter.

„Aber wir haben die Systeme noch gar nicht getestet!"

„Die Tests können warten", sagte Bokana, plötzlich in hartem Tonfall.

Shea riss frustriert die Hände hoch. „Wollt ihr etwa, dass wir in die Luft fliegen?"

„Wir haben keine Zeit", entgegnete Bokana. „Es wird bald hier sein."

„Was wird bald hier sein?"

„Hör doch."

Marda spitzte die Ohren. Tatsächlich, da war das tiefe Stampfen von Schritten, und wenn sie sich konzentrierte, konnte sie sogar die Vibration in den Deckplatten spüren.

„Es kommt", brummte Bokana, die Augen auf den Wald gerichtet. „Und es ist wütend."

„Ist es eines dieser Dinger?", fragte Marda. „Aber welches?"

„Es weiß, dass wir fliehen wollen ..."

„Welches, Bokana?"

„Es will sie zurück."

Mit jeder Sekunde kamen die Schritte näher.

„Dann ist die Sache entschieden!", rief Sunshine aus dem Cockpit. „Zurrt alles fest!"

Die Technikexpertin stieß eine gezischte Verwünschung aus, dann drehte sie sich zur Luke herum. „Die Hälfte der äußeren Wartungsklappen ist noch offen. Wir werden keine fünf Sekunden im Schleier überleben, wenn wir sie nicht schließen."

Es war keine Zeit, um zu diskutieren, oder auch nur, um nachzudenken. Zu viert eilten sie die Rampe hinunter – Marda, Bok, Shea und Jukkyuk –, um die offen stehenden Klappen zu versiegeln und Schläuche abzukoppeln. Marda hatte keine Ahnung von Raumschiffen, also befolgte sie blind Sheas Anweisungen, während die fernen Schritte unerbittlich lauter wurden. Schon bald mischte sich tiefes Knurren darunter, das ihr Zwerchfell vibrieren ließ.

Die Antriebe der *Silverstreak* erwachten zu grummelndem Leben. „Das ist ein gutes Zeichen", kommentierte Shea.

„Was?“, wollte Marda wissen.

Die Technikerin schmunzelte. „Dass sie nicht explodiert ist.“

Bokana lachte, aber Marda fand ihre Situation absolut nicht witzig, weder dass eine mörderische Bestie durch den Wald auf sie zustürmte, noch dass Shea – ebenso wie Bokana – Fähigkeiten an den Tag legte, die sich nur mit der Macht erklären ließen. Sie wusste nicht, was sie davon halten sollte, selbst wenn Bok die Wahrheit sagte und seine Kräfte erst auf diesem bizarren Planeten erwacht waren, nachdem sie sein ganzes Leben lang tief in ihm geschlummert hatten. War das nun ein Geschenk der Macht … oder nur ein weiterer Beweis dafür, wie sehr das Universum aus dem Gleichgewicht geraten war?

Die Abluftschlitze an den Antrieben klappten auf, und heißer Dampf schoss hervor, während Sunshine die Startvorbereitungen fortsetzte.

„Mehr können wir nicht tun“, rief Shea. Sie deutete zur Rampe. „Alle zurück an Bord, bevor Dobbs noch ohne uns abhebt!“

Marda hatte nicht vor, auf dieser verrückten Welt zurückgelassen zu werden. Vor allem nicht, da gerade ein riesiges Monster auf sie zupreschte. Sie erreichte die Rampe, als Shea und Jukkyuk gerade an Bord verschwunden waren, und wollte schon hinter Bokana nach oben steigen, als die Bestie im Wald einen ohrenbetäubenden Schrei ausstieß, der das Metall unter Mardas Stiefeln erzittern ließ.

Das war nicht der Tiefenpirscher.

Nein, es war das Wesen, das Bokana als Beschützer bezeichnet hatte. Aber es wirkte nicht länger anmutig oder majestätisch, als es zwischen den Bäumen hervorbarst. Seine Lefzen waren in einer wütenden Grimasse zurückgezogen, und tiefe blutende Schnitte prangten an seinen Seiten – der Tiefenpirscher hatte sich nicht kampflos ergeben.

Die Düsen der *Silverstreak* loderten auf, dann ruckte das Schiff vom Boden hoch. Marda verlor das Gleichgewicht und stürzte auf die Rampe.

„Die Rampe ist noch unten!", brüllte Shea, aber es war völlig ausgeschlossen, dass Sunshine sie hören konnte.

Marda rutschte nach unten, und ihre Beine baumelten bereits in der leeren Luft, als sie mit den Fingern im Metallgitter Halt fand.

„Vergesst die Rampe!", brüllte sie nach oben. „Was ist mit mir?"

Bokana begann, zu ihr herunterzuklettern, aber in diesem Augenblick sprang das Tier, und eine riesige Tatze knallte direkt neben Mardas Kopf auf die Rampe.

Marda zog sich nach oben, so schnell sie nur konnte, ohne darauf zu achten, dass sie sich die Knie aufschürfte. Unter ihr klammerte sich der Beschützer fest, und die *Silverstreak* geriet in Schräglage, während ihre überstrapazierten Antriebe laut heulten.

Marda schrie ebenfalls, als das Monster nach ihren Füßen schnappte. Die gewaltigen Muskeln in seinen Schultern spannten sich, da es gegen die Schwerkraft ankämpfte und versuchte, sich zu seiner Beute hochzuziehen.

Marda wusste, dass sie es nicht schaffen würde. Ihre Finger verloren den Halt, und sie rutschte nach unten – als eine pelzige Pranke ihr Handgelenk packte. Sie hob den Kopf und sah Jukkyuk, der sich über den Rand der Rampe vorgebeugt hatte. Mit seinen langen Armen konnte er viel weiter greifen als Bokana.

Der Wookiee zog sie mit einem Ruck nach oben, und einen Wimpernschlag später fand sich Marda im Innern des Frachtraums wieder. Jukkyuk schubste sie auf die Haltenetze an den Wänden zu, wo sie hastig ihre Arme unter die Maschen schlang.

Das Deck nahm immer mehr eine steile Schräge an, und die Kiste, die Shea als Werkbank benutzt hatte, schlitterte an Marda vorbei auf die Luke zu. Als sie über den Rand kippte, traf sie den Beschützer und riss eine seiner Tatzen von der Rampe. Doch die

Bestie schaffte es, sich weiterhin mit einer Pfote festzuklammern, und warf sich von einer Seite auf die andere, bis ihr anderes Vorderbein wieder das Metallgitter zu fassen bekam.

„Können wir die Rampe hochfahren?“, schrie Marda zu Shea hinüber, die sich gemeinsam mit Bokana auf der anderen Seite der Luke festklammerte.

„Was, glaubst du, versuche ich wohl gerade?“, presste die Technikexpertin hervor. Ihre freie Hand hämmerte auf den Knopf, der das Schiff versiegeln sollte. „Das Ding ist zu schwer. Es überfordert den Mechanismus.“

Jenseits der Luke verdunkelte sich der Himmel, als ein zweites Schiff aus dem Wald emporstieg. Der *Bonecrusher* floh also ebenfalls von Planet X. Einen Moment lang hatte Marda die wahnwitzige Hoffnung, dass Ord die Kanonen von Galamals Schiff benutzen könnte, um den Beschützer von der Rampe zu schießen, dann erkannte sie, dass er damit höchstwahrscheinlich auch die *Silverstreak* zerstören würde.

Aber wäre das nicht trotzdem besser als die Alternative?, fuhr es ihr durch den Kopf, als sie voller Grauen zusah, wie die Bestie langsam, Pfotenlänge um Pfotenlänge, über die Rampe nach oben kletterte. Schließlich erreichte eine Pranke den Rand der Luke, und Marda und die anderen wichen hastig ans vordere Ende des Frachtraums zurück.

Während sie sich an dem Netz entlang nach vorne hangelte, stellte Marda fest, dass nicht *alle* versuchten, vor dem Monster zu fliehen. Bokana war auf der anderen Seite des Frachtraums stehen geblieben und blickte zu ihr herüber.

Marda wusste sofort, was er vorhatte, und sie rief ihm zu, es nicht zu tun, weil es nichts bringen würde …

Er reagierte nicht, jedenfalls nicht mit Worten. Aber seine Augen strahlten, und er lächelte, und dann konnte Marda plötzlich seine Stimme in ihrem Kopf hören. Es war nicht so, als würde sie Kevmo lauschen oder Calar. Da war keine Verbitterung in seinen Worten, keine Furcht, keine Verachtung und kein Zorn.

Alles, was da war, waren Liebe und Bedauern, Mitgefühl und Aufrichtigkeit.

Ich habe dich nicht angelogen.

Bokana ließ das Haltenetz los. Während Marda noch seinen Namen schrie, flog er durch die offene Luke und prallte gegen den Schädel des Monsters.

Die Kreatur versuchte, ihn abzuschütteln, aber der Ovissianer hielt sich eisern fest. Er schlang einen muskulösen Arm um den Hals der Bestie und rutschte auf ihren Rücken, dann warf er sich mit aller Kraft nach hinten. Die Krallen des Beschützers schabten über das Metall, als er den Halt verlor.

Die Bestie brüllte, aber es war zu spät. Während Bokana sich weiterhin festklammerte, wurde der Beschützer vom peitschenden Wind mitgerissen. Marda blinzelte. Gerade waren sie noch da gewesen, dann stürzten sie gemeinsam auf die Oberfläche des Planeten unter ihnen hinab.

Shea schlug ein weiteres Mal auf den Knopf, und diesmal glitt die Rampe rumpelnd und ruckelnd nach oben.

Marda ließ laut schluchzend das Haltenetz los und brach zusammen. Sie rutschte mehrere Meter auf die nunmehr geschlossene Luke zu, ehe die Beschleunigungskompensatoren des Schiffs ansprangen. Tränen strömten ihr übers Gesicht, und ihr Herz brach bei jedem Schlag aufs Neue, während die *Silverstreak* in den Schleier raste.

35. KAPITEL

Kaum dass Dr. Nindle seine Prognose verkündet hatte, begann Ric Farazi, sich auf dem Behandlungstisch des Mon Calamari hin- und herzuwerfen.

„Was ist los?“, fragte Matty hilflos, während der Arzt zu einer Schublade eilte und ein Tablett mit Stimpacks herausnahm.

„Sie erleidet einen Schock“, erklärte Nindle. Er kehrte mit einem geladenen Injektor an den Behandlungstisch zurück. „Haltet sie fest! Das hier sollte sie stabilisieren.“

Oliviah und Matty kamen der Anweisung ohne Zögern nach, damit der Arzt Ric das Medikament verabreichen konnte – aber es schien keinerlei Wirkung zu zeigen.

„Das ist nicht gut“, murmelte Nindle. Er wandte sich wieder seinem Arsenal von Stims zu. „Vielleicht hilft das Cordabenzalin.“

Farazi hörte plötzlich auf, sich unter Mattys Händen zu winden, und ihre Arme sanken schlaff herab.

„Doktor?“

„Herzstillstand!“, schnappte der Mon Cal, und er begann mit Wiederbelebungsmaßnahmen. „Da drüben steht ein Defibrillator. Bringt ihn her.“

„Wo?“ Oliviah drehte den Kopf hin und her.

„Auf dem Regal!“, erwiderte Nindle, während er mit verschränkten Händen auf Rics Brust drückte. „Neben dem Schreibtisch. Eine blaue Kiste – ist nicht zu übersehen!“

„Können Sie sie retten?“, fragte Matty. Hinter ihr begann Oliviah, die Regale abzusuchen.

„Ich. Werde. Es. Jedenfalls. Versuchen“, sagte Nindle, die

Worte abgehackt durch die Herzdruckmassage. „Aber wir müssen herausfinden, was sie zu sich genommen hat."

„Haben Sie denn keine Gegengifte?"

„Ich habe ihr bereits ein Gegengift gegeben", blaffte er. „Das hier ist nicht gerade ein hochmodernes Medizentrum, junge Dame. Ich tue, was ich kann."

„Hier", verkündete Oliviah, die eine kleine blaue Kiste auf den Tisch stellte.

„Aufmachen!", wies der Arzt sie an, ohne von seiner Patientin aufzublicken. „Das Gerät sollte bereits geladen sein!"

Matty konnte nicht einfach nur tatenlos herumstehen, also eilte sie zur Tür.

„Wo gehst du hin?", rief die ältere Jedi ihr nach.

„Ich werde rausfinden, was sie ihr gegeben haben."

„Wer?", fragte Oliviah noch, aber Matty verschwand bereits durch die Tür, ohne ihr noch zu antworten. Es war doch ziemlich offensichtlich, wer die Journalistin vergiftet hatte. Ric Farazi war ein Gast des Pfades gewesen, sie hatte von deren Nahrung gegessen und deren Wasser getrunken. Und Garda – der Junge, von dem Nindle berichtet hatte – war krank geworden, nachdem er die Suppenküche des Pfades besucht hatte. Das konnte kein Zufall sein. So funktionierte die Galaxis nicht.

Natürlich hatte Matty bemerkt, dass Yana ihnen nicht in die Praxis gefolgt war, aber ihre Sorge um die Zeltronerin hatte sie abgelenkt.

Das Lyuna und der Wagen standen noch immer vor dem Gebäude. Obwohl schwere Wolken am Himmel hingen, war es noch trocken, was bedeutete, dass Yanas Fußspuren nicht fortgespült worden waren. Sie führten quer über die schlammige Straße und verschwanden hinter einem alten Lagerhaus. Matty war nicht sicher, ob es ein Zeichen der Macht oder einfach nur Glück war, und es interessierte sie auch nicht, solange sie die Kultisten nur fand. Natürlich mussten sie auch herausfinden, was im Lager des Pfades mit ihr und Oliviah geschehen war – aber ein Rätsel nach dem anderen. Außerdem sollte eine Jedi immer zuerst an andere denken, nicht an sich selbst, und hier stand gerade das Leben einer Frau auf dem Spiel.

Matty folgte der Spur in die schmale Gasse neben dem Lagerhaus. Von einem kleinen Hof hinter dem Gebäude war eine gedämpfte Unterhaltung zu vernehmen. Ihr Herzschlag beschleunigte sich, als sie die Stimmen erkannte. Eine von ihnen gehörte der verschwundenen Kultistin, die andere war ein tiefer Bariton, den Matty schon auf Jedha gehört hatte, das erste Mal auf den Stufen vor dem Versammlungsgebäude der Macht-Synode.

Sie verlangsamte ihre Schritte, als sie sich der Hausecke näherte, und spähte in den Hof, wo Yana einem hochgewachsenen Mann in einem dunklen Umhang gegenüberstand. Er hatte seine Kapuze tief in die Stirn gezogen, aber das konnte die Stümpfe seiner abgeschnittenen Kopftentakel nicht ganz verbergen. Dieselben Stümpfe, die Matty in einer Zelle unter dem Tempel der Whills angestarrt hatte.

Ihr Verdacht hatte sich bestätigt. Der Herold der Offenen Hand war wieder auf freiem Fuß, und er war hier auf Dalna.

Werth zeigte keine Reaktion, während er Yanas Bericht lauschte – bis sie seine Frau erwähnte.

„Wo halten sie sie fest?"

„In einer Kammer in den Tunneln."

„Nicht in unserer Hütte?" Als Yana den Kopf schüttelte, fletschte der Herold die Zähne. „Erst hat sie mir meine Tochter genommen, und jetzt demütigt sie meine Frau!"

„Das gesamte Lager steht unter Hochspannung. Da bahnt sich irgendetwas an, und es ist nichts Gutes. Die Mutter hat sogar Sunshine losgeschickt, um irgendwo noch mehr Gleichmacher zu finden."

„Und deine Cousine?"

„Spurlos verschwunden. Ich befürchte, dass sie mit Sunshine

gegangen sein könnte, um die Mutter zu beeindrucken. Aber das ist nur eine Vermutung."

Werths Umhang bauschte sich auf, als er hin- und herzugehen begann. „Wir müssen den Pfad retten. Und Opari."

„Wie? Alle glauben, dass du für die Ereignisse auf Jedha verantwortlich bist. Dass du den Pfad verraten hast. Elecia hat ihnen sogar eingeredet, dass das schlechte Wetter damit zu tun hat."

„Die Macht ist aus dem Gleichgewicht geraten, ja", brummte er, nachdem er mit dem Rücken zu Yana stehen geblieben war. „Aber das ist *ihr* Werk. Und wir müssen dem ein Ende setzen." Er wirbelte herum, schlug seine Kapuze zurück und marschierte mit weiten Schritten auf sie zu. „Gibt es irgendjemanden, der bisher nicht auf ihre Lügen hereingefallen ist?"

„Nicht dass ich wüsste", musste Yana eingestehen. „Aber wenn du den Ältesten erklären könntest, was wirklich auf Jedha geschehen ist ..."

„Ich werde ihnen viel mehr erklären als nur das", gelobte der Herold. „Es ist Zeit, dass sie die ganze Wahrheit erfahren, Yana. Über Kor. Über ihren Tod."

Endlich, dachte Yana. Sie wünschte, sie wäre selbst zu den Ältesten gegangen, gleich nachdem sie herausgefunden hatte, was für ein falsches Spiel die Mutter trieb. Wie viel Leid hätte so verhindert werden können. Wie viel Gewalt.

In diesem Augenblick summte ein Kommlink.

„Matty? Matty, bist du da?"

Mit einem Fluch tastete die Padawan nach ihrem Komm, um es abzuschalten, aber es war bereits zu spät.

Auf dem Hof vor ihr wirbelte Yana herum, und ihre Hand zuckte nach dem Blaster – nur dass der Blaster nicht mehr da war. Der Herold hatte ihn ihr bereits aus dem Holster gerissen und zielte damit auf die Jedi.

Mattys Lichtschwert flog in ihre Hand, und sie zündete die Klinge, gerade noch rechtzeitig, bevor der Nautolaner das Feuer eröffnen konnte. Yana rannte bereits geduckt auf die andere Seite des Lagerhauses zu, und der Herold folgte ihr im Rückwärtsgehen, während er Mal um Mal den Abzug drückte.

Matty hatte sich noch nicht ganz von dem Zwischenfall im Lager des Pfads erholt, aber ihre Verbindung zur Macht war zumindest wieder stark genug, um die Blasterstrahlen auf den fliehenden Nautolaner zurückzulenken. Ein Lichtblitz verfehlte seinen Schädel nur knapp und brannte sich in die Wand hinter ihm, sodass ein Hagel aus Ziegelsplittern auf die sich duckende Yana herabregnete.

Matty hätte ihnen nachrennen können, aber wo wäre da der Spaß geblieben? Stattdessen stieß die Padawan sich vom Boden ab, und die Macht trug sie in einem hohen Bogen auf das Dach des Lagerhauses. Ein weiterer Sprung, und sie landete in der Gasse auf der anderen Seite, direkte vor Yana und dem Mörder.

Der Herold feuerte erneut, doch Matty wehrte den Schuss ab. Dass der Blasterstrahl Yana in der Schulter traf, war Zufall, keine Absicht, aber Matty hatte nicht vor, sich zu beschweren.

Der Nautolaner wollte herumwirbeln, um zu fliehen, da wurde er abrupt nach hinten gerissen, landete vor Yana auf dem Rücken, und der Blaster schlitterte über den nassen Boden davon.

„Rühren Sie sich nicht“, warnte Matty, als der Herold zu der Waffe hinüberkrabbeln wollte. Er streckte die Hand aus, dann sah er, dass die Spitze des Lichtschwerts auf seinen Kopf gerichtet war, und erstarrte.

„Ich glaube, sie meint es ernst“, kommentierte Yana, die auf dem Boden kauerte und die Hand auf ihre Schulter presste.

„Todernst sogar“, bestätigte Matty. Dabei konnte sie selbst kaum glauben, wie glatt alles gelaufen war. Hätten sie doch nur Vildar und Tey sie sehen können – oder zumindest Oliviah. Vielleicht würde die Jedi-Ritterin dann endlich anfangen, sie ernst zu nehmen.

„Dürfen wir wenigstens aufstehen?“, fragte der Herold.

Matty nickte. Ihr Lichtschwert blieb aber weiter auf ihn gerichtet. „Schön langsam. Und der Blaster bleibt, wo er ist."

„*Mein* Blaster", fauchte Yana den Nautolaner an, während die beiden sich auf die Beine stemmten. Matty folgte ihren Bewegungen mit der Spitze ihrer Klinge. „Du hättest wenigstens fragen können."

Matty hatte nicht vor, irgendwelche Risiken einzugehen. Sie streckte die freie Hand aus und benutzte die Macht, um den Blaster vom Boden aufzuheben. Die Waffe klatschte mit dem Lauf voraus in ihre Handfläche – nun, es konnte eben nicht alles perfekt laufen –, und ein angewiderter Ausdruck breitete sich auf dem vernarbten Gesicht des Herolds aus. Vermutlich hätte Matty sein Missfallen nicht so genießen sollen, aber es war ein langer, harter Tag gewesen.

„Was jetzt?", fragte Yana, als der Herold weiter die Padawan anstarrte.

„Jetzt kommt ihr mit mir", erklärte Yana. Sie versuchte, den Blaster in ihrer Hand zu drehen, und hätte ihn um ein Haar fallen lassen.

„Probleme?", spottete der Nautolaner.

„Nein, gar nicht", log Matty. Endlich hatte sie den Blastergriff zwischen den Fingern. Es fühlte sich falsch an, eine Schusswaffe zu halten, aber solange sie nicht den Abzug drücken musste, konnte sie damit leben.

„Sie sollten auf Jedha sein." Ihre Worte waren an den Herold gerichtet, aber es war Yana, die darauf reagierte.

„Man hat ihn als Sündenbock benutzt."

Matty konnte sich ein bitteres Lachen nicht verkneifen. „Wohl kaum. Er ist ein Dieb und ein Mörder."

„In deinen Augen vielleicht."

„In den Augen der *Galaxis*. Wir werden ihn auf direktem Weg nach Jedha zurückbringen, wo er sich für seine Taten wird verantworten müssen."

„Dann werdet Ihr niemals zum wahren Kern des Problems vordringen“, entgegnete Yana. „Ja, wir haben Relikte gestohlen, und ja, es gab Tote. Aber wenn Ihr den Herold in seine Zelle zurücksteckt, wird die wahre Schuldige davonkommen – genau wie sie es geplant hat.“

„Die wahre Schuldige?“

„Die Mutter“, presste der Herold mit sichtlichem Widerwillen hervor. „Sie hat uns alle hintergangen und etwas Gutes und Reines entweiht, nur um ihre eigenen Ziele zu erreichen.“

„Und deswegen sind Sie hier?“, hakte Matty nach. „Um die Kontrolle über Ihren Kult zurückzufordern?“

„Es ist kein Kult!“, grollte der Nautolaner.

„Und Sie sind nicht unschuldig. Niemand hat Sie gezwungen, zu plündern und zu morden.“

„Die Macht wird frei sein.“

„Sagen Sie das der Frau, die gerade auf Doktor Nindles Behandlungstisch stirbt.“

„Hör zu!“ Yana machte trotz des glühenden Lichtschwerts einen Schritt nach vorn. „Wir stehen auf unterschiedlichen Seiten, aber ich würde darauf wetten, dass wir aus demselben Grund hier sind. Ihr stellt doch Nachforschungen über den Pfad an, oder? Über die Mutter!“ Die grauhäutige Frau wartete nicht auf eine Antwort. „Wir können zusammenarbeiten. Ungeachtet unserer Überzeugungen will keiner von uns, dass noch mehr Blut vergossen wird.“

„Sicher?“ Matty blickte zum Herold hinüber, der verdächtig still geblieben war.

Der Nautolaner schürzte die Lippen. So wie er dreinblickte, hätte er lieber einen Mynock geküsst, als mit einer Jedi zusammenzuarbeiten. „Ich bin bereit, ein kurzzeitiges Bündnis einzugehen, aber das heißt nicht, dass ich Eure Methoden gutheiße.“

„Ich hätte es selbst nicht besser ausdrücken können“, erwiderte Matty, und sie senkte ihr Lichtschwert ein wenig, um ihren guten Willen zu zeigen. „Werden Sie mit zur Praxis gehen?“

„Ja“, versprach Yana. „Auch wenn ich bezweifle, dass es viel bringen wird.“

„Sie könnten ein Leben retten.“

„Erst steckst du das da weg.“ Der Herold deutete auf ihre Klinge.

Yana zuckte mit den Schultern. „Es wäre sicher auch nicht gut, wenn die Leute hier sähen, wie eine Jedi zwei Gefangene durch die Stadt führt.“

Der Herold grinste. „Genau, du willst ja schließlich keinen Aufstand anzetteln.“

Tey Sirrek hätte ihm dafür einen Hieb auf die Nase verpasst und dann zufrieden beobachtet, wie das Blut dieses Grinsen hinwegspülte. Vildar Mac hätte womöglich sogar dasselbe getan, aber keiner ihrer beiden Freunde war hier. Also ging Matty nicht weiter auf die hämische Bemerkung ein, sondern deaktivierte stattdessen die blaue Klinge und hängte den Schwertgriff an ihren Gürtel.

In vielerlei Hinsicht war dies ein Erfolg. Immerhin hatten sie eine friedliche Lösung gefunden und ein Bündnis geschlossen.

Die Frage war nur, wie lange dieses Bündnis halten würde.

36. KAPITEL

Ich habe dich nicht angelogen.

Ich habe dich nicht angelogen.

Ich würde dich niemals anlügen.

Die Worte hallten in Mardas Kopf wider, während die *Silverstreak* in den Schleier eintauchte. Vage konnte sie außerdem hören, wie Shea und Sunshine einander anbrüllten, während sie versuchten, das frisch reparierte Schiff in einem Stück zu halten.

Ein Schiff, repariert von einer Frau, die plötzlich die Macht benutzen konnte, um Energieleitungen und Injektormatrizen zu überprüfen.

Eine Frau, die nie irgendwelche Zeichen von Machtempfänglichkeit an den Tag gelegt hatte, bevor sie auf diesem namenlosen Planeten mit seinen Monstern und deren Eiern gelandet waren.

Der Planet, auf dem nun Bokanas Leiche lag.

Bokana, dem sie vertraut und dem sie sich geöffnet hatte, ohne ihn wirklich zu kennen.

Ich habe dich nicht angelogen.

„Bist du da sicher?"

Nein. Es war keine Antwort auf die Frage, sondern eine Reaktion auf die Stimme, die aus dem Äther zurückgekehrt war und sich nun wieder dort breitmachte, wo sie nicht länger hingehörte.

„Lass mich in Ruhe!"

„Das kann ich leider nicht tun", erwiderte Kevmo. „Wir haben ja gerade erlebt, was passiert, wenn ich dich in Ruhe lasse."

Er stand vor ihr im Licht des Frachtraums, so klar und deutlich wie schon lange nicht mehr. Seine Haut war grau verfärbt und löste sich in großen Flocken von seinem Fleisch, aber seine Augen brannten vor Verachtung. Der wunderschöne Kevmo. Der tote Kevmo.

Kevmo, der Marda besser gekannt hatte als sie sich selbst.

„Nein!" Diesmal schrie sie das Wort laut hinaus, während sie von ihrem Platz hochsprang – und prompt auf dem wankenden Deck um ihr Gleichgewicht kämpfen musste. „Du bist nicht real! Es ist der Schleier. Er lässt mich Dinge sehen, die nicht da sind!"

„Und lässt er dich auch Dinge hören, die nicht da sind?" Kevmo lachte. „In deinem Kopf?" Marda wich an die Bordwand zurück, als er einen Schritt auf sie zu machte und ihr sein fauliger Atem entgegenschlug. „Calar hat versucht, dich zu warnen, aber du wolltest ja nicht hören. Die Macht wird eine Sklavin sein, Marda. Die Macht wird verschlungen werden. Ihr alle werdet verschlungen werden."

Sie schüttelte den Kopf und ging an dem Geist vorbei, der nicht hier sein konnte. Sie wollte seine Stimme nicht hören und erst recht nicht, was er zu sagen hatte. Vermutlich hätte sie sich denken sollen, dass dieser Wunsch allein nicht ausreichen würde. Kevmo folgte ihr mit lautlosen Schritten, und sein farbloses Haar wogte in einer Brise, die niemand sonst fühlen konnte.

„Er hat dich reingelegt, Marda", wisperte er in ihr Ohr. „Er hat seine Fähigkeiten vor dir verborgen. Du hast es selbst gesagt."

„Ich habe mich geirrt. Es war der Planet."

Kevmo lachte – ein Laut, als würden Glasscherben aneinander entlangschaben. „Es war der Planet? Hörst du überhaupt, wie das klingt?"

Marda begann zu rennen. Warum war dieser Korridor so lang? Wo war das Cockpit? Warum waren hier nirgends Türen?

„Du wolltest auch bleiben. Du hast auch genossen, wie du dich auf dem Planeten gefühlt hast. Aber was ist mit dem Pfad,

Marda? Was ist mit der Macht? Willst du nicht, dass sie frei ist? Willst du, dass sie brennt?"

Marda stürmte in das Cockpit – und prallte geradewegs gegen den Sessel des Navigators, auf dem Shea saß. Kevmo war mit einem Mal wieder verschwunden.

„Vorsicht!", zischte die Technikspezialistin. „Ich versuche, uns hier heil durchzubringen."

„Es ist schlimmer als beim letzten Mal!", rief Sunshine neben ihr, während er schweißüberströmt mit dem Steuer kämpfte. „Der Schleier will offenbar nicht, dass wir von hier abhauen!"

Wie aufs Stichwort prallte etwas gegen den Rumpf der *Silverstreak*. Das Deck unter Mardas Füßen ruckte hoch, und sie schlitterte nach hinten gegen eine Konsole.

„Schnall dich an, verdammt!" Sunshine tippte mehrmals vergeblich auf eine Reihe von Knöpfen über seinem Kopf. „Du wirst uns keine große Hilfe sein, wenn du dir an der Decke den Schädel einschlägst."

„Wenn wir nicht durchbrechen, wird es gleich keine Decke mehr geben", warf Shea ein, anschließend konsultierte sie den Kontrollschirm neben ihrem Sitz. Die Störungsmeldungen blinkten wie eine Lebenstag-Dekoration.

„Das klingt nicht gerade ermutigend", meldete sich eine von Statik unterlegte Stimme. Marda brauchte einen Moment, um zu begreifen, dass es Geth war, der sich von der *Bonecrusher* meldete.

„Sollte es auch nicht", erwiderte Shea. Sie betätigte einen Schalter neben dem Kontrollschirm, was aber keinen sichtbaren Effekt hatte. „Ich nehme an, euch geht es auch nicht besser als uns."

„Vermutlich sogar schlimmer."

„Das wage ich zu bezweifeln", brummte Sunshine mit einem Blick aus dem Cockpitfenster. Schräg vor ihnen konnten sie sehen, wie die *Bonecrusher* versuchte, den tödlichen Farbklecksen zu entgehen, die schon die *Moon of Sarkhai* zerstört hatten.

„Unsere Systeme fallen gerade eins nach dem anderen aus", meldete Geth. „Zeigt uns einfach den Weg hier raus."

„Ich wünschte, es wäre so einfach", entgegnete Sunshine.

„Du bist doch schon mal hier gestartet", erinnerte Marda.

„Ja, aber diesmal ist es anders. Eigentlich sollten wir den Schleier schon längst hinter uns haben."

„Soll das heißen, er ist größer geworden?"

Dobbs nickte, während die *Bonecrusher* vor ihnen mit knapper Not einer Kollision mit einem Farbklumpen entging. „Es ist, als würde er sich nach außen hin ausdehnen."

„Warum hast du uns nicht gesagt, dass er das kann?"

Sunshine schwenkte seinen Sessel herum, und Marda griff unwillkürlich nach ihren Armlehnen, als sie das wilde Funkeln in seinen Augen sah. „Weil ich es nicht gewusst habe!"

„Was, wenn wir in den Hyperraum springen?", erklang Geths Stimme aus dem Lautsprecher.

„Während wir noch im Schleier sind?" Sunshine drehte sich wieder nach vorn. „Das würde niemals funktionieren."

„Wole glaubt, er kriegt es hin."

„Dann ist Wole ein Vollidiot!"

„Lass dir zumindest die Koordinaten geben, die er berechnet hat", drängte Shea.

Als Sunshine darauf beharrte, dass es nicht machbar wäre, drückte die Technikspezialistin kurzerhand selbst den Schalter. Einen Moment später erschienen die Daten, die die *Bonecrusher* ihnen gesendet hatte, auf dem Hauptschirm.

„Und, was denkt ihr?", fragte Geth.

„Ich denke, Sunshine hat recht", meinte Shea.

Dobbs schüttelte den Kopf. „Hab ich's doch gesagt."

„Es sei denn …"

Der Hyperraum-Scout starrte sie an, als hätte sie den Verstand verloren. „Es sei denn, *was*?"

Shea antwortete nicht, sondern begann, Berechnungen in den Navigationscomputer einzutippen.

„Shea!"

„*Schhht!* Ich versuche, mich zu konzentrieren."

„Du weißt, was sie *wirklich* tut, nicht wahr?" Kevmo erschien neben Marda, während sie Shea bei der Arbeit zusah. „Sie benutzt die Macht. Genauso wie sie es getan hat, um das Schiff zu reparieren. Sie schändet die Macht, damit ihr überlebt. Aber was würde der Pfad dazu sagen, Marda? Ist es das, was die Mutter will?"

„Ich schicke euch neue Koordinaten, Geth", sagte Shea, nichts ahnend, dass sie gerade von einem Wesen verspottet wurde, das überhaupt nicht existieren dürfte. „Was haltet ihr davon?"

Ein Piepsen verkündete, dass die Daten übermittelt worden waren, und einen Moment später konnten sie den Rodianer am anderen Ende der Verbindung fluchen hören.

„Und?"

„Wole sagt, die Koordinaten sind Unsinn", informierte Geth sie.

„Nicht, wenn wir den Hyperantrieb neu ausrichten", erklärte Shea.

„Neu ausrichten?", fragte Marda. „Was soll das heißen?"

„Es heißt, dass sie die Galaxis zerstören will", wisperte Kevmo, während Shea weitere Daten an die *Bonecrusher* sendete.

„Ich hab so ein Gefühl", erklärte die Technikexpertin. „Wenn ihr uns folgen wollt, müsst ihr eure Sprungdüsen neu einstellen." Als noch mehr Warnungen auf dem Kontrollmonitor aufblinkten, fluchte auch sie, dann aber legte sie einen letzten Schalter um und grummelte: „So, das sollte genügen. Jukkyuk, wie sieht es bei dir aus, Kumpel?"

Die Antwort des Wookiees aus der Bordsprechanlage klang nicht gerade zuversichtlich.

„Im Augenblick kann ich leider nichts daran ändern. Aber du musst irgendwie an die Feldstabilisatoren rankommen."

Jukkyuks Antwort bestand aus einem Grollen.

„Mir egal, ob die Tür zum Energiekern klemmt. Ich schreibe hier oben gerade die bekannten Gesetze des Hyperraums um. Finde einen Weg da rein, und zwar schnell!"

„Es wird nicht funktionieren", seufzte Kevmo. „Ihr werdet hier sterben, weil sie die kosmische Macht missbraucht. *Alle* werden sterben."

„Ich gehe und helf ihm", erklärte Marda, während sie sich losschnallte. Sie hätte alles getan, um Kevmos Stimme zu entkommen.

Leider war das nicht so einfach. Der Padawan folgte ihr weiterhin, immer nur einen Schritt hinter ihr, als sie durch den Korridor in den kleinen Maschinenraum des Schiffes eilte. „Hast du Sheas Blick bemerkt? Sie weiß, dass du nichts tun kannst, aber sie ist froh, dass du fort bist. Das passiert dir öfters, oder? Die Mutter wollte dich auch nicht. Und Bokana ebenso wenig, jedenfalls nicht wirklich. Kann man es ihnen verübeln? Sieh dich nur an. Die schwache, machtlose Marda!"

Jukkyuk stand vor ihr auf dem Korridor und versuchte, die Tür aufzudrücken, die zum Hyperantrieb führte. Er knurrte etwas, als Marda auf ihn zustolperte. Das Schiff schüttelte sich so heftig, dass sie sich nur mit Mühe auf den Beinen halten konnte.

„Lass mich dir helfen", sagte Marda, während der Wookiee über die Bordsprechanlage weiter mit Shea diskutierte.

„Ja, das ändert bestimmt alles. Endlich jemand mit Muskeln", spöttelte die Technikexpertin.

Marda ignorierte sie ebenso wie Kevmo und kniete sich vor den Durchgang. Sie versuchte, ihre Finger durch den Spalt zu schieben, aber dann sah sie, dass die Tür von ihrer Laufschiene gerutscht war und schief im Rahmen hing.

„Shea hat recht, weißt du?", erklärte Kevmo. „Wenn der Wookiee die Tür nicht öffnen kann, wie willst du es dann schaffen? Du wirst sterben. Und die Macht ebenso. Es gibt nichts, was du noch daran ändern könntest."

Aber da irrte er sich. Sie konnte etwas tun, was Jukkyuk nicht tun konnte.

„Tritt zurück“, wies sie den Wookiee an. Er beschwerte sich knurrend, kam der Anweisung aber nach.

„Wir müssen den Antrieb neu einstellen!“, drängte Shea.

„Wir arbeiten dran!“ Marda zog Kevmos Lichtschwert hervor – die Waffe, von der sie geschworen hatte, dass sie sie nie wieder einsetzen würde …

Der tote Padawan schnaubte. „Was willst du denn damit?“

„Ich werde nicht sterben!“, brüllte Marda, während sie versuchte, die Klinge zu zünden. Beim letzten Mal, als sie den Aktivator gedrückt hatte, hatte die Energieentladung ihre Hände versengt. Diesmal flogen nicht einmal Funken.

Kevmo prustete, als sie den Daumen auf den Knopf presste, wieder und wieder. Die Hitze brannte ihr die Haut von den Handflächen, aber sie merkte es kaum. Warum funktionierte das verfluchte Ding nicht?

„Du kannst eben gar nichts richtig machen“, zischte Kevmo.

Mit einem frustrierten Schrei donnerte Marda den Schwertgriff gegen die Wand, einmal, zweimal, dreimal. Warum bestrafte die Galaxis sie? Warum hasste die Macht sie so?

Doch die Macht hasste sie nicht. Die Macht war ein Segen.

Marda drückte ein weiteres Mal den Aktivator, obwohl sie längst keine Reaktion mehr erwartete. Umso überraschter war sie, als die Waffe plötzlich zum Leben erwachte. Die gelbe Klinge war nicht länger eine glatte, gleichmäßig glühende Linie, wie sie es in Kevmos Händen gewesen war. Stattdessen knisterte das Plasma, und die Ränder zerfaserten kontinuierlich – aber für das, was Marda vorhatte, sollte es reichen.

„Bleib hinter mir!“, befahl sie Jukkyuk, ehe sie das Schwert in die Tür rammte. Dann schnitt sie mit zusammengebissenen Zähnen einen Bogen in die verkeilte Tür.

Dabei stellte sie sich das Gesicht des Kyuzo vor, den sie auf Jedha getötet hatte. Sie empfand aber keinerlei Bedauern oder

Abscheu, nur Macht. Einen Moment lang malte sie sich sogar aus, wie es wohl wäre, Kevmo mit der Klinge zu durchbohren – nicht den Jungen, den sie geliebt hatte, sondern das verbitterte Phantom, das sie seit seinem Tod verfolgte und verspottete. Doch jetzt spottete es nicht – nein, es schrie und flehte, während Marda mit der Klinge durch das Metall sägte. Sie hatte sich lange genug verhöhnen lassen, sich lange genug hilflos gefühlt. Damit war jetzt Schluss. Sie war die Führerin der Offenen Hand!

Geschmolzenes Metall tropfte auf das Deck, als sie ihren schiefen Bogen schließlich vollendet hatte. Jukkyuk verlor keine Zeit und schlug mit der Faust gegen die Metallplatte, sodass sie nach hinten in die Antriebskammer kippte. Dann riss der Wookiee die Abdeckplatte vom Hauptstabilisator des Schiffs und beugte sich über die Kabel und Drähte. Shea beharkte ihn vom Cockpit aus ungeduldig mit Fragen. War er endlich fertig? Was dauerte denn da so lange?

Über die Bordsprechanlage konnte Marda außerdem Geth hören, der verkündete, dass die *Bonecrusher* für den Sprung bereit war. Shea fragte, ob sie alle Anpassungen korrekt durchgeführt hatten.

„Es gibt nur einen Weg, das rauszufinden", erwiderte Geth per Komm. „Wir sehen uns auf Dalna. Ich liebe dich."

Im selben Augenblick, als die *Bonecrusher* im Hyperraum verschwand, rammte Jukkyuk die Abdeckung wieder über den Stabilisator. Auf sein triumphales Brüllen hin befahl Shea ihnen, die Antriebskammer zu verlassen, dann widmete sie sich Sunshine und wies ihn an, den Sprung einzuleiten.

Jukkyuk und Marda rannten zu diesem Zeitpunkt bereits aus dem Maschinenraum.

Plötzlich war kein Deck mehr unter ihren Füßen, und Marda kippte nach vorn, während Jukkyuk schützend den Arm um sie legte. Irgendwo weit, weit entfernt ertönte ein Schrei, gefolgt von einer Explosion, dann wurde alles dunkel.

Aber Marda registrierte es kaum. Denn eine Stimme fehlte in all dem Lärm und all der Verwirrung – eine Stimme, die sie nie wieder hören wollte.

Kevmo war fort.

37. KAPITEL

Yana wusste nicht, was sie mehr enttäuschte: dass der Herold ihr den Blaster aus dem Holster gerissen hatte oder dass sie ihn nicht davon hatte abhalten können. Je länger sich diese Sache hinzog, desto mehr wünschte sie, dass es endlich vorbei wäre. Das Problem war nur, jetzt, da Kor fort war, hatte sie keine Ahnung, was sie mit ihrem Leben anfangen sollte.

„Tu, was immer du willst", sagte Kor, während die Twi'lek sie zurück zur Praxis des Arztes führte. *Was immer du willst* … Wäre das nicht schön? Keine Befehle mehr. Keine Kompromisse. Vielleicht würde man sie ja gleich jetzt gehen lassen, nachdem sie das Unmögliche vollbracht und einen Waffenstillstand zwischen den Jedi und dem Herold ausgehandelt hatte. Der Gedanke ließ sie um ein Haar laut lachen. War womöglich das ihre Zukunft – eine Laufbahn als unwahrscheinlichste Diplomatin der Galaxis?

Doch dieser Anflug von Humor verflog rasch wieder, als sie Nindles Praxis betraten und sahen, wie der Mon Calamari ein Tuch über Ric Farazis reglosem Körper ausbreitete.

„Oh nein", keuchte Matty.

Oliviah drehte sich herum, und ihre Miene verhärtete sich, als sie sah, wen die Padawan mitgebracht hatte.

„Ihr!", zischte sie in beunruhigend aggressivem Ton, wobei sie einen Schritt auf den Herold zu machte. „Die Wächter haben Euch gehen lassen?"

„Nicht wirklich", antwortete Werth. Er hatte es schon immer verstanden, eine unangenehme Situation noch unangenehmer zu machen.

„Wir haben einen Deal gemacht", erklärte Yana, bevor irgendjemand ein Lichtschwert zücken konnte.

„Einen *Deal*?"

„Nun, vielleicht eher eine Abmachung."

Oliviah blickte Matty an. „Padawan?"

Die Twi'lek blieb hinter ihnen stehen, um den Ausgang zu blockieren. Gar nicht dumm, wie Yana zugeben musste.

„Sie sagen, dass die Mutter hinter allem steckt. Sie ist für die Aufstände auf Jedha verantwortlich."

Oliviah wandte sich an den Herold: „Nun, die Mutter sagt, dass das alles *Ihre* Idee gewesen ist."

Werth zog die Schultern hoch. „Irgendwie musste sie ihren Hals ja aus der Schlinge ziehen."

„Oder sie ist uns auf die Schliche gekommen", fügte Yana hinzu.

Die Augen der Jedi wurden schmal. „Inwiefern?"

Yana erzählte ihnen davon, dass Elecia die Kinder des Pfads losgeschickt hatte, um Artefakte zu stehlen, nur um sie im Stich zu lassen, nachdem sie ihren Nutzen erfüllt hatten. Die beiden Jedi lauschten aufmerksam, und Mattys Körpersprache wurde zusehends versöhnlicher. Offenbar hatte sie Verständnis für ihre Situation. War das womöglich eine Schwachstelle? Der Herold sah es ganz sicherlich so, aber Yana fand den Gesichtsausdruck der Padawan seltsam tröstlich. Von Oliviahs Miene ließ sich das leider nicht behaupten. Sie hatte eine undurchdringliche Maske aufgesetzt, aber in ihren Augen funkelte Wut darüber, dass der Herold ausgebrochen war. Man hatte Yana stets erzählt, dass Jedi weder Zorn noch Furcht empfanden, aber jetzt war sie sich da nicht mehr so sicher.

„Und was hat die Mutter mit diesen Artefakten vor?", fragte Oliviah, während sie die Hände vor dem Bauch faltete – vielleicht, weil sie sonst nach ihrem Lichtschwert gegriffen hätte?

„Sie hat gesagt, wir würden sie aus den Händen derer befreien, die sie nicht schätzen", antwortete Yana.

„Oder sie missbrauchen", fügte der Herold hinzu. „Wir vermuten aber, dass Elecia die Artefakte auf dem Schwarzmarkt verkauft hat."

Die Jedi wechselten einen Blick.

„Was?", fragte Yana. „Was ist?"

Oliviah legte eine Hand auf den Behandlungstisch, auf dem noch immer die Leiche der Zeltronerin lag. „Ric Farazi hat uns erzählt, dass die Mutter womöglich einem Schmugglerring hier auf Dalna angehört und den Pfad nur als Tarnung benutzt."

„Oder um einen Sündenbock parat zu haben, falls irgendetwas schiefläuft", brummte der Herold. „Und die Frau hat Ihnen das erzählt, bevor sie starb?"

„Bevor sie an dem Gift starb, das ihr verabreicht worden ist", konkretisierte Dr. Nindle.

„Sie glauben, die Mutter hat sie ermorden lassen?"

„Sie – und andere mehr." Oliviah verschränkte die Arme. „Der Doktor glaubt, dass der Pfad die Bewohner von Ferdan vergiften will."

„Die ganze Siedlung?", fragte Yana. „Das scheint mir ziemlich extrem. Ich will nicht behaupten, dass die Mutter unschuldig ist, aber wir reden hier von Massenmord. Ich weigere mich zu glauben, dass der Pfad da mitmachen würde. Jedenfalls nicht wissentlich."

„Ich sehe aber doch die Beweise", beharrte Nindle. „Erst Garda, jetzt diese arme Frau."

„Garda?"

„Ein Junge, der in der Suppenküche des Pfades gegessen hatte", klärte Oliviah sie auf. „Er war der Erste, der krank geworden war."

„Dann müssen wir die Behörden informieren", drängte Matty, während sie endlich ihre Position an der Tür aufgab.

„Seit wann scheren Jedi sich um die Behörden?", brummte der Herold.

„Uns ist bewusst, dass wir hier keine Autorität haben", erklärte Oliviah. „Und die Republik ebenso wenig."

„Aber ich schon." Nindle reckte die Brust vor. „Ich kann zu Sheriff Pickwick gehen, ihr sagen, dass ich Beweise für eine Vergiftung gefunden habe, und sie auffordern, die Suppenküche zu schließen."

„Und was dann?", fragte Yana.

Oliviah trat langsam hinter dem Behandlungstisch hervor. „Das Letzte, was wir wollen, ist eine Konfrontation, vor allem, wenn der Pfad Waffen gehortet hat. Aber vielleicht könnten wir gemeinsam zur Mutter gehen."

„Um ihr zu sagen, dass ihr Spiel aufgeflogen ist?"

„Um unseren Verdacht darzulegen und ihr Gelegenheit zu einer Stellungnahme zu geben."

„Was, wenn sie nicht mit uns sprechen will?"

Die Jedi-Ritterin zuckte mit den Schultern. „Dann könnten Sie und der Herold mit dem Pfad sprechen, während wir uns um die Mutter kümmern."

„Wir?", fragte Matty überrascht. „Was ist mit dem Sheriff?"

„Wir wollen nicht, dass ein wütender, bis an die Zähne bewaffneter Mob vor dem Lager des Pfades aufmarschiert."

Der Herold schnaubte. „Aber Lichtschwerter sind in Ordnung, hm?"

„Wir wollen ein Blutbad verhindern", beharrte Oliviah. Ihre Stimme hatte einen irritierten Ton angenommen. „Wir sind für solche Situationen ausgebildet, im Gegensatz zu …"

Sie unterbrach sich, aber es war zu spät.

„Im Gegensatz zu wem?", brauste der Herold auf. „Zu *uns*? Ihr habt keine Ahnung, worin wir ausgebildet wurden oder welche Ressourcen wir haben."

„Ressourcen?", wiederholte Matty mit besorgter Miene. „Was meinen Sie damit?"

Die Stimmung drohte zu kippen, und Yana blickte sehnsüchtig

zu ihrem Blaster hinüber, der unter dem Gürtel der Padawan steckte. „Hört mal", begann sie, wobei sie sich zwischen Oliviah und Werth schob. „Wir haben Euch nicht alles erzählt."

„Yana ...", warnte der Herold sie.

„Sie sollten es wissen", entgegnete sie.

„Was sollten wir wissen?"

Als sie sich Oliviah zuwandte, stellte sie fest, dass die Jedi-Ritterin die Hand zu ihrem Gürtel gesenkt hatte – gefährlich nahe an ihrem Lichtschwert. „Was Ihr vorhin im Lager gespürt habt, als ich Euch fand ..."

Ihre Worte gingen im Aufheulen von Antrieben unter. Die Instrumente des Doktors klapperten in ihren Schubladen, und die Fenster klirrten.

„Was in Sachars Namen ..." Der Herold eilte zur Tür.

„Es ist ein Schiff", rief Yana, während sie ihm nach draußen folgte.

„Natürlich ist es ein Schiff. Aber warum landet es hier und nicht im Raumhafen?"

Der Anblick des Kreuzers, der tief über den Dächern von Ferdan dahinglitt, lieferte keine Antworten auf ihre Fragen. Yana hatte noch nie ein Schiff dieses Typs gesehen. Seine Linien waren elegant und abgerundet, seine weiße Lackierung durch rote Einsprengsel aufgelockert. Deswegen dauerte es auch einen Moment, ehe ihr das Logo auffiel, das auf den Bug gemalt war – doch als sie es schließlich bemerkte, setzte ihr Herz einen Schlag aus.

„Es wird auf dem Marktplatz landen", erkannte der Herold, dann rannte er in ebendiese Richtung los.

Yana eilte hinter ihm her und musste ihre Augen mit erhobener Handfläche schützen, denn das Schiff wirbelte einen wahren Zyklon aus Staub auf, während es tiefer ging. Schließlich wurden die Landebeine ausgefahren, und der Kreuzer setzte mit geradezu unheimlicher Anmut auf dem Boden auf.

„Ich wusste doch, dass man ihnen nicht trauen kann!", blaffte Werth. „Vermutlich hatten sie das schon von Anfang an geplant."

„Das wissen wir nicht", widersprach Yana.

Matty und Oliviah holten sie ein und blieben abrupt stehen, als sie ebenfalls die Markierungen am Bug bemerkten.

„Ach nein? Sie sind alle gleich: Lügner und Heuchler!" Der Herold wirbelte mit solcher Wildheit herum, dass Oliviah nach ihrem Lichtschwert griff, aber sie nahm die Waffe nicht vom Gürtel. Noch nicht. „Wie war das noch? Ihr wollt keinen blutrünstigen Mob? Ihr wollt eine friedliche Lösung finden?"

„Ich habe jede Silbe so gemeint", erwiderte sie. „Darauf haben Sie mein Wort."

„Und was ist mit denen?" Er deutete auf die Gestalten, die gerade die Einstiegsrampe des Schiffs herabstiegen. „Habe ich auch deren Wort? Oder habt Ihr uns nur hingehalten, während Ihr auf Eure Freunde gewartet habt?"

Oliviah setzte zu einer Antwort an, aber Yana hörte nicht hin. Sie beobachtete die Neuankömmlinge in ihren makellosen Roben, jeder mit einem Lichtschwert an seinem goldenen Gürtel.

So viel dazu, eine diplomatische Lösung zu finden. Der Jedi-Orden war in geballter Stärke auf Dalna gelandet.

38. KAPITEL

„Das hat nichts mit uns zu tun“, versicherte Oliviah dem wutschnaubenden Nautolaner, aber der Herold wollte nichts davon hören, und wenn Matty ganz ehrlich sein sollte, konnte sie es ihm nicht verübeln.

„Haltet Euch vom Pfad fern!“, zischte er noch, bevor er auf dem Absatz kehrtmachte und in der Menge verschwand, die sich bereits auf dem Marktplatz versammelt hatte. „Die Macht wird frei sein!“

Yana wollte ihm folgen, aber Matty bekam ihren Arm zu fassen. „Bleiben Sie. Helfen Sie uns zu verstehen, was hier vor sich geht.“

Die Evereni spähte zu den Jedi hinüber, die gerade aus dem Schiff stiegen, und sie streifte Mattys Hand ab. „Wie könnte ich Euch trauen?“

„Sie können *mir* vertrauen“, begann die Padawan, aber da war Yana bereits verschwunden. Kurz überlegte Matty, ob sie ihr folgen sollte, aber das würde nicht gut enden, also drehte sie sich wieder herum. Sie kannte die Jedi nicht, die gerade auf Oliviah zuschritten, aber sie hatte einen konkreten Verdacht. Die Insignien an der Vorderseite ihres Kreuzers wiesen sie nämlich nicht nur als Mitglieder des Jedi-Ordens aus, und das Symbol zeigte auch, dass es sich um ein Schiff des Hohen Rats handelte. Und womöglich markierte es auch das Ende von Matthea Cathleys noch so junger Jedi-Laufbahn.

„Ratsmitglieder“, begrüßte Oliviah die Neuankömmlinge, als Matty an ihre Seite trat. „Meister. Willkommen in Ferdan!“

Die Jedi-Meisterin an der Spitze der Delegation neigte den

Kopf. Sie war eine Caamasi mit vorstechender Schnauze und schwarz-weißen Streifen im Fell. „Jedi Oliviah, was für eine Überraschung. Wieso seid Ihr hier auf Dalna?"

„Dasselbe wollte ich Euch gerade fragen, Meisterin Ela. Ich hatte gehört, dass Ihr noch im Kern seid."

„Und ich hörte, Ihr wärt auf Jedha."

„Ich wurde während der Unruhen verletzt", erklärte Oliviah, wobei sie die Hand auf ihre Seite legte. „Ich bat darum, mich im Tempel erholen zu dürfen."

„Dalna ist weit von Coruscant entfernt." Dieser Kommentar stammte von einem älteren Duros mit einem ernsten Ausdruck in seinem wettergegerbten Gesicht.

„Das ist Meister Rinn", stellte die Caamasi ihn vor, anschließend deutete sie auf einen Morseerianer mit lang gezogenem Schädel, der eine Atemmaske trug, um in der sauerstoffreichen Atmosphäre von Dalna überleben zu können. „Gluth Andoi kennt Ihr ja bereits."

„Natürlich. Ich freue mich, Euch wiederzusehen, Meister Gluth."

Matty wusste nicht, was sie mehr einschüchterte, die verspiegelten Linsen von Gluths Maske oder der durchdringende Blick des Duros.

Oliviah hingegen wirkte kein bisschen beunruhigt, während sie in gelassenem Tonfall ihre Erklärung fortsetzte. „Nach den Ereignissen auf Jedha beschloss ich, einen kleinen Umweg zu machen und einigen Hinweisen nachzugehen, die die Synode erhalten hatte."

„Klein kann man diesen Umweg nun wirklich nicht nennen", keuchte Gluth durch seine Maske, von der ein langer Schlauch zu dem Methantank unter seinen Jedi-Roben führte.

„Ich hätte Coruscant gerne darüber informiert", fuhr Oliviah fort, „aber wie Ihr sicherlich bemerkt habt, ist die Kommunikation im gesamten Sektor gestört. Ist das vielleicht der Grund, warum Ihr hierhergekommen seid?" Sie machte eine Pause, um zu den sechs oder sieben weiteren Jedi hinüberzublicken, die hinter den drei Meistern standen. „Und das in so großer Zahl?"

„Eine gute Frage", ertönte eine neue Stimme. Eine Frau bahnte sich einen Weg zwischen den Schaulustigen hindurch nach vorn. „Fast so gut wie die Frage, warum Euer Schiff mitten in meiner Stadt runtergekommen ist, anstatt den Landeplatz zu benutzen."

„Und Sie sind?", fragte Meisterin Ela. Den unverhohlenen Abscheu in den Augen der Fremden ignorierte sie geflissentlich.

„Jemand, der die Nase voll davon hat, dass ihr Kernbewohner glaubt, Euch würde die ganze Galaxis gehören."

„Ich glaube, Meisterin Ela wollte eher Euren Namen erfahren", sagte Rinn. Die Frau war offensichtlich wütend; warum musste der Duros sie noch weiter gegen die Jedi aufbringen?

„Tut mir leid, aber mir ist herzlich egal, was irgendeine ‚Meisterin' will. Ich bin der Sheriff dieser Stadt, und Ihr seid hier nicht willkommen."

„Sheriff ...", begann Ela, dann wartete sie erneut darauf, dass die Frau ihren Namen nannte.

„Pickwick. Jinx Pickwick."

„Sheriff Pickwick, ich entschuldige mich, sollten durch unsere Ankunft hier Unannehmlichkeiten entstanden sein. Aber wir *haben* versucht, den Landeplatz anzufliegen, und man sagte uns, dass es keinen Platz für unser Schiff gebe."

„Was für mich nach einem guten Grund klingt, zu wenden und wieder im Hyperraum zu verschwinden."

Ela lächelte höflich – ein scharfer Kontrast zu Rinns konfrontativer Herangehensweise. „Das war leider nicht möglich. Vielleicht kennen Sie meinen jungen Begleiter noch von seinem letzten Besuch auf Dalna?" Sie deutete auf einen Menschen mit sonnengebräunter Haut, der im hinteren Teil der Gruppe stand, neben ihm ein Astromech mit grüner Kuppel.

Die beiden waren Matty in all dem Trubel noch gar nicht aufgefallen, und sie sahen nicht so aus, als wären sie glücklich darüber, plötzlich im Brennpunkt der allgemeinen Aufmerksamkeit zu stehen. Matty kniff die Augen zusammen, als Ela den Mann nach vorn winkte. Irgendetwas an ihm kam ihr vertraut vor, auch wenn sie noch nicht genau hätte sagen können, was.

Sheriff Pickwick schien dem Jedi auch schon begegnet zu sein. „Ah ja", sagte sie, als er, dicht gefolgt von seinem Droiden, neben Ela trat. „Euer Name ist mir leider entfallen, aber Ihr wart hier, um nach diesen vermissten Jedi zu suchen, nicht wahr?"

„Vermisst?", fragte Matty. Sie fühlte sich zunehmend von der Unterhaltung ausgeschlossen. „Wie die Soikanerin und ihr Padawan?"

„Ja." Der junge Jedi nickte. „Aber vielleicht sollten wir das nicht hier besprechen ..."

„Rell!", entfuhr es Matty, lauter, als sie eigentlich beabsichtigt hatte.

„Padawan?", fragte Oliviah.

„Das ist sein Name", erklärte Matty mit einem Nicken in Richtung des menschlichen Jedi. „Azlin Rell."

„Richtig", sagte Azlin, ein wenig verlegen. „Aber ich glaube nicht, dass ..."

„Wir uns kennen? Nein, aber ich habe Euch schon mal gesehen. Auf Jedha."

„Matty ...", ermahnte Oliviah sie mit gesenkter Stimme.

„In den Archiven", fuhr Matty vor, als hätte sie nichts gehört.

„Richtig." Azlin errötete. „Ich war ein paarmal dort, im Auftrag von Meister ..."

„Meister Xo Lahru!", rief Matty aus. Sie schnipte mit den Fingern. „Ich wusste doch, dass ich Euch kenne."

„Ja, danke, Matthea." Oliviahs Zähneknirschen machte deutlich, was sie von Mattys fortdauernder Unterbrechung hielt. „Aber das ist nicht der Moment, um ..."

„Um sich vorzustellen?", fragte Matty. Sie war nun in voller Fahrt. „Wieso nicht? Alle anderen haben es doch auch getan." Sie wandte sich an Meisterin Ela, deren fellbedeckte Stirn in tiefen Falten lag. „Ich bin Matty – also eigentlich Padawan Matthey Cathley – und ich weiß, dass ich nur eine unbedeutende Schülerin bin, aber ich habe während der vergangenen Wochen einiges erlebt. Ich dachte erst, ich komme schon klar, aber offensichtlich habe ich mich da geirrt. Und wenn ich erst mal anfange zu reden, fällt es mir wirklich schwer, wieder damit aufzuhören, vor allem, wenn ich mir seit Tagen ständig auf die Zunge beißen muss. Und ganz besonders, wenn alle anderen, von einer Delegation des Tempels bis hin zum örtlichen Sheriff, mehr über die Situation zu wissen scheinen als ich, obwohl ich mittendrin stecke. Nicht dass ich darum gebeten hätte", fuhr sie fort, obwohl sie wusste, dass sie besser den Mund halten sollte. „Aber ich habe mein Bestes getan, um Brücken zu bauen, und ohne angeben zu wollen, ich glaube, ich habe ziemlich große Fortschritte gemacht … bis ein Jedi-Kreuzer in unsere Verhandlungen hineingeplatzt ist und alles ruiniert hat."

Als sie schließlich verstummte, um Luft zu holen, herrschte mehrere Sekunden lang fassungslose Stille. Ihre Wangen brannten heiß wie Schubdüsen.

„Bist du jetzt fertig, Padawan Matthey Cathley?", fragte Meisterin Ela schließlich.

„Vermutlich", murmelte Matty. Sie war sich nicht sicher, ob sie ihr Lichtschwert gleich abgeben oder warten sollte, bis man es ihr abnahm.

„Ausgezeichnet", sagte die Caamasi mit einem amüsierten Funkeln in ihren gelben Augen. „Dann schlage ich vor, dass wir uns jetzt an Bord unseres Schiffes zurückziehen. Es scheint, als hätten wir einiges zu besprechen …"

39. KAPITEL

Wenige Minuten vor der Ankunft der Jedi war bereits ein anderes Schiff in die Atmosphäre von Dalna eingetaucht. Ein Schiff, das es nur durch ein Wunder intakt aus dem Hyperraum geschafft hatte.

Ein Schiff, das gemeinsam mit einem anderen von Planet X geflohen, aber allein über Dalna angekommen war.

Shea hatte während des gesamten Fluges nicht geweint. Erst als sie im Lager des Pfades landeten, holte sie die Trauer um Geth ein. Keiner von ihnen wusste, was er sagen sollte. Sunshine war ohnehin mehr mit dem Dutzend Eiern beschäftigt, das sie von Planet X hergebracht hatten. Jukkyuk hatte mit einem Brummen erklärt, dass er nicht gut darin sei, andere zu trösten. Und Marda …

Marda fühlte sich, als wäre sie in der Kälte des Weltalls gefangen.

Sie hatten die Explosion der *Bonecrusher* durch das Komm gehört – ein Knacken, dann Geths Schrei, gefolgt von einem blendend grellen Lichtblitz vor den Cockpitfenstern –, aber keiner von ihnen konnte erklärten, was genau geschehen war. Da die Sensoren der *Silverstreak* nur eingeschränkt funktioniert hatten, wussten sie nicht mal, ob sich das andere Schiff in seine Bestandteile aufgelöst hatte oder ob es aus dem Hyperraum geschleudert worden war. Sunshine hatte halbherzig versucht, Shea von letzterer Möglichkeit zu überzeugen. Er hatte gesagt, dass Geth und die anderen vermutlich noch immer da draußen waren, dass sie sicher nachkommen würden … Aber Shea hatte ihm das Wort abgeschnitten. Nein, sie waren tot, und es war alles Woles Schuld. Sie erklärte, dass der Rodianer bei der Anpassung der Stabilisatoren einen Fehler gemacht haben musste. Dieser dumme Wole. Dieser dumme, dumme Wole.

Es war offensichtlich, dass sie sich selbst die Schuld gab, schließlich war der Plan aus ihrer unnormalen Verbindung mit der Macht erwachsen – ganz abgesehen davon, dass dieser Plan pure Blasphemie war, auch wenn er sie letztlich nach Hause gebracht hatte.

Die anderen gingen von Bord, während Shea an der Navigationskonsole zurückblieb. Tränen strömten ihr über die Wangen, während sie die Hand auf ihren Bauch presste.

Die Mutter erwartete sie bereits, als Marda Sunshine und Jukkyuk nach draußen folgte. Über der Schulter trug sie ihre Tasche mit den wertvollen Eiern.

Falls Elecia überrascht war, sie zu sehen, ließ sie es sich nicht anmerken und sprach es nicht an – was Marda ganz recht war. Selbst Sunshine wirkte in der Gegenwart der Mutter ein wenig zurückhaltender. Normalerweise würde er prahlen und von seinen Heldentaten berichten; jetzt fragte er die Ältesten lediglich, wohin er die Eier bringen solle.

Marda sagte kein Wort, während die Ältesten Jichora und Waiden sie in die Versammlungshöhle führten, wo sie die zwölf Eier behutsam aus den Taschen nahmen und auf kleine Podeste betteten, als wären sie Kunstwerke. Sie zuckte nicht mal mit der Wimper, als der Gleichmacher an dem Lichtschwert schnupperte, das Marda nicht mehr aus der Hand gelegt hatte, seit sie damit die Tür zur Antriebskammer der *Silverstreak* geöffnet hatte.

Sie hatte ihnen nichts zu sagen. Nicht den Ältesten und erst recht nicht der Mutter, die den Stab der Jahreszeiten zwischenzeitlich mit einem zweiten Schaft kombiniert hatte. War es womöglich der Stab der Dämmerung, den jemand von Jedha geborgen hatte? Marda stellte fest, dass es sie nicht wirklich interessierte. Sie blieb gleichgültig, auch als Elecia die Stäbe hin-

und herschwenkte, woraufhin ein violettes Glühen von dem Artefakt ausging und die Eier auf ihren Podesten zu zittern und zu beben begannen, als würde etwas versuchen, aus ihnen hervorzubrechen.

Sie konnte nur daran denken, welchen Preis sie auf ihrer Mission bezahlt hatten.

Marda reagierte nicht einmal, als die Mutter ihr persönlich gratulierte und sagte, dass sie das Richtige getan habe, indem sie dem Willen der Macht gefolgt war und sich an Bord von Sunshines Schiff geschlichen hatte. Die Mutter war stolz auf sie. Die Macht würde frei sein.

Marda wusste: Würde sie jetzt den Mund aufmachen, würde sie schreien und brüllen und toben und wüten. Da war ein Feuer, tief in ihr, an einem geheimen Ort, wo Kevmo grausig grinste und Bokana behauptete, dass er sie liebte. Wenn Marda dieses Feuer freiließ, würde es sie vollkommen ausfüllen und die Kälte aus ihrem Herzen hinfortbrennen. Aber noch war es zu früh. Sie musste auf den richtigen Moment warten.

Dann würde sich alles ändern.

40. KAPITEL

Jedi-Meisterin Ela Sutan hörte ihnen allen aufmerksam zu, erst Oliviah, dann Dr. Nindle, dann dem Sheriff.

Und Matty stand die ganze Zeit über wutschäumend an der hinteren Wand des eleganten Besprechungsraums, tief im Bauch des Jedi-Kreuzers. In vielerlei Hinsicht erinnerte die Kabine sie an den Sitzungsraum des Rats auf Coruscant – nicht dass sie schon mal persönlich dort gewesen wäre, aber sie kannte die Holos. Neun Stühle waren in einem Kreis aufgestellt, und auf sieben von ihnen saßen die Meister Sutan, Rinn und Andoi, Sheriff Pickwick, Dr. Nindle, Oliviah und Azlin Rell.

Die verbliebenen Jedi standen an den Wänden aufgereiht, so stoisch wie Tempelwachen, während Rells Astromechdroide geduldig hinter seinem Meister wartete.

Gleich nachdem sie hereingekommen waren, hatte Oliviah Matty angewiesen, bei den anderen Jedi zu bleiben. Also hatte sie sich zwischen einer riesenhaften Anomidin eingereiht, deren gesamtes Gesicht von einer kantigen Übersetzungsmaske bedeckt wurde. Es war eine Bestrafung, und Matty wusste auch, wofür. Mehr noch, sie konnte es sogar verstehen. Sie hatte ihrer Frustration öffentlich freien Lauf gelassen, und sie wollte sich gar nicht vorstellen, was für ein Donnerwetter sie erwartete, sobald sie und Oliviah allein wären. *Das ist Vildars und Teys Einfluss. Du hast vergessen, wie sich eine Padawan verhalten sollte. Du hast vergessen, was Respekt bedeutet.*

Aber Respekt beruhte auf Gegenseitigkeit, und soweit es Matty anging, hatte Jedi Oliviah Zeveron ihr seit ihrer Landung auf Dalna kein noch so kleines bisschen Respekt gezollt. Warum hatte sie sich überhaupt bereit erklärt, Matty mitzunehmen, wenn sie sie doch nur ausschloss?

„Das ist alles sehr beunruhigend", sagte Ela Sutan, wobei sie sich mit den Fingern über ihre Schnauze strich. „Wenn es stimmt, was Sie sagen, bereitet sich der Pfad auf einen Kampf vor."

„Oder eine Belagerung", brummte Rinn.

„Aber das erklärt trotzdem nicht, warum *Ihr* hier seid, Ratsmitglied", sagte Oliviah. „Es kann doch wohl kaum am Verschwinden zweier Jedi liegen – so besorgniserregend das auch sein mag."

„Richtig", gestand Ela Sutan, ehe sie sich erwartungsvoll Azlin zuwandte. „Wollt Ihr unseren Freunden erzählen, was Ihr bei Eurem letzten Besuch hier herausgefunden habt, Jedi Rell?"

Der junge Mann räusperte sich. All die Aufmerksamkeit war ihm sichtlich unangenehm. „Vor zwei Monaten", begann er, „wurde ich entsandt, um herauszufinden, was mit Jedi Zallah Macri und ihrem Padawan Kevmo Zink geschehen ist. Sie folgten der Spur eines Artefakts, genannt der ‚Stab der Dämmerung', das der Königsfamilie von Hynestia gestohlen worden war. Ihre Suche führte sie hierher, und angeblich hatten sie Dalna auch wieder verlassen, aber ihr Schiff war noch immer hier, und niemand hat sie seitdem mehr gesehen. Bei meiner Ankunft erfuhr ich von Sheriff Pickwick, dass der Pfad der Offenen Hand ungefähr zur selben Zeit aufgebrochen war – mit einem Kreuzer, an dem die Mitglieder des Pfads viele Jahre gearbeitet hatten."

„Die *Gaze Electric*", warf Sheriff Pickwick ein, was Azlin mit einem bestätigenden Nicken goutierte.

„Ich sah mich auf dem Gebiet des Pfades um", fuhr er fort, „wo ich ein weitläufiges Netz aus Höhlen entdeckte."

„Dieselben Höhlen, in welche der Pfad nun zurückgekehrt ist", erläuterte Ela Sutan.

Und Rinn fügte in grimmigem Ton hinzu: „Sie sind befestigt und angefüllt mit Vorräten und Ausrüstung."

„Dort, tief in den Höhlen, fand ich die ... die Überreste der beiden Jedi."

„Ihre Leichen?", fragte Matty. Sie trat vor und legte die Hände auf die Rückenlehne eines leeren Stuhls.

„Nicht wirklich", antwortete Azlin. Er suchte nach den richtigen Worten, um zu beschreiben, was er gesehen hatte. „Sie waren ... Hüllen ... ihre Haut war beinahe wie versteinert."

„Hüllen?", wiederholte Oliviah.

„Und das ist nicht alles, richtig, Jedi Rell?", fragte Ela Sutan.

Azlin schüttelte den Kopf. „Da war eine ... Präsenz in den Höhlen, ein Gefühl, das ich lange nicht abschütteln konnte, selbst nachdem ich die Überreste geborgen und den Planeten verlassen hatte."

Fasziniert zog Matty den Stuhl nach hinten, dann setzte sie sich und beugte sich zu Azlin hinüber. „Was für ein Gefühl?"

Der junge Jedi zögerte, als wollte er es nicht laut aussprechen. „Es war ... Furcht. Pure, alles verschlingende Furcht. Sie umgab Zallah und Kevmo wie ein übler Gestank."

„Könnte es einen Zusammenhang mit dem Gefühl geben, das Euch im Lager des Pfades überkam?", wandte Andoi sich an Oliviah Zeveron, die ihnen zuvor eingehend von dem Zwischenfall berichtet hatte.

„Ja, es war ... beängstigend", erwiderte die Jedi-Ritterin.

Beängstigend? Wenn das mal keine Untertreibung war. Soweit es Matty anging, wäre „grauenerregend" oder „unerträglich" eine passendere Beschreibung. Oder „markerschütternd".

„Azlin suchte mich auf Elphrona auf, wo ich als Marschall des örtlichen Außenpostens fungiere", erklärte Meister Rinn, um wieder zum eigentlichen Thema zurückzukehren. „Ich kenne Azlin, seit er der Padawan meines alten Freundes Arkoff war ..."

Matty musste sich zusammenreißen, um sich nichts anmerken zu lassen. Es war schwer zu glauben, dass irgendjemand mit dem grimmigen Duros befreundet sein könnte.

„Natürlich habe ich dem Rat Bericht erstattet“, fuhr Rinn fort. „Ich bin mit Azlin persönlich nach Coruscant gereist.“

Ela Sutan ergriff wieder das Wort. „Wir hatten beunruhigende Gerüchte über Dalna gehört, schon lange bevor Rinn und Azlin im Tempel ankamen.“

„Und Ihr habt niemanden geschickt, um diesen Gerüchten auf den Grund zu gehen?“, fragte Oliviah.

„Doch, haben wir.“ Es war Gluth Andoi, der darauf antwortete. „Jedi-Meister Creighton Sun und Jedi-Ritterin Aida Forte wurden entsandt, um Nachforschungen anzustellen.“

„Hierher?“, fragte Sheriff Pickwick und runzelte die Stirn. „Nach Ferdan? Ich wusste nicht, dass noch mehr Jedi hier sind.“

„Nun, Creighton und Aida haben ein Talent dafür … sich unters Volk zu mischen“, erwiderte Ela Sutan. Auch sie wählte ihre Worte offensichtlich mit Bedacht.

„Sofern sie es überhaupt hierher geschafft haben“, grollte Rinn. Er schloss die Hände um seine Knie, als müsste er sich zurückhalten, um nicht von seinem Platz aufzuspringen.

„Es gibt keine gegenteiligen Hinweise“, meinte Gluth Andoi.

„Abgesehen davon, dass wir sie nicht erreichen können“, konterte Rinn. „Und zwar weder vom Kern aus noch beim Anflug auf den Planeten.“

„Die Kommunikationssysteme hier sind gestört …“

„Und der Sheriff hat auch nicht von ihnen gehört“, beharrte Rinn. Er richtete seine Aufmerksamkeit wieder auf Oliviah. „Ich nehme an, Ihr konntet ebenfalls keinen Kontakt herstellen, Jedi Zeveron?“

„Mit Sun und …“ Sie hielt inne, während sie versuchte, sich an den Namen zu erinnern.

„Forte“, warf Gluth Andoi helfend ein.

Oliviah schüttelte den Kopf. „Leider nein. Wir hatten keine Ahnung, dass abgesehen von Meisterin Zallah überhaupt andere Jedi auf Dalna waren.“

„Und sie und ihr Schüler waren schon genug“, schnaubte

Pickwick mit verschränkten Armen. „Hätte ich gewusst, dass ein ganzes Kontingent anrücken würde …"

„Wir sind nicht grundlos hier, das versichere ich Ihnen", sagte Ela Sutan. „Gluth und ich haben über Azlins Bericht meditiert, und die Macht hat uns angehalten, persönlich nach Dalna zu kommen."

„Was ist mit den Leichen?", fragte Matty, frustriert, dass dieses wichtige Detail einfach so ignoriert wurde. „Die Überreste, die Azlin gefunden hat … Ihr habt Tests durchgeführt, oder? Konntet Ihr ermitteln, was mit ihnen geschehen ist?"

„Padawan …", ermahnte sie Oliviah, aber Meisterin Ela winkte ab.

„Es ist eine berechtigte Frage", räumte sie ein. „Ich wünschte nur, ich könnte sie beantworten."

„Die Überreste von Jedi Macri und Zink zerfielen vor unseren Augen, als wir sie untersuchen wollten", berichtete Andoi Gluth, seine Worte verzerrt durch die Atemmaske. „Übrig blieb nichts als Asche."

„Asche?" Matty hatte sich fest vorgenommen, sich nicht noch einmal ungebeten in die Unterhaltung einzumischen, aber das konnte sie einfach nicht ignorieren.

„Padawan?" Ela Sutan rutschte auf ihrem Stuhl nach vorn. „Ist alles in Ordnung? Ich spüre …"

„Meisterin Leebon", begann Matty, aber ihre Kehle war wie zugeschnürt. „Meine Meisterin … Ich meine, meine frühere Meisterin. Sie …"

Sie brach ab. Es kam nicht oft vor, aber ihr fehlten die Worte.

„Sie starb." Oliviah klang so gütig und mitfühlend, wie Matty sie schon lange nicht mehr erlebt hatte. „Während der Schlacht auf Jedha. Wir wissen nicht, wie, aber als wir die Leiche fanden, löste sie sich in Asche auf."

Matty lächelte schwach, aber dankbar zu ihr hinüber, und Oliviah erwiderte das Lächeln mit einem fast unmerklichen Kopfnicken.

„Ich verstehe", murmelte Ela, während sie über diese neue Information nachdachte. „Natürlich haben wir von den Unruhen in der Heiligen Stadt gehört. Die Nachricht erreichte Coruscant gerade, als wir aufbrechen wollten. Darum bestanden die anderen Ratsmitglieder darauf, dass uns ein Kontingent von Jedi-Rittern begleitet."

„Obwohl wir natürlich auf uns selbst aufpassen können", murmelte Rinn, und er warf den Jedi, die an der Wand aufgereiht standen, einen finsteren Blick zu.

„Es war eine Vorsichtsmaßnahme", beschwichtigte Ela den Duros. „Außerdem dient sie mehr Dalna als uns, vor allem, da es gerade so schwerwiegende Probleme mit der Kommunikation gibt."

„Ich weiß die Sorge ja zu schätzen, aber Dalna braucht keine Jedi", erklärte Sheriff Pickwick. „Um ehrlich zu sein, wäre es uns am liebsten, wenn Ihr, der Pfad und alle anderen Machtflüsterer von unserem Planeten verschwinden würdet."

„Sheriff", schaltete sich Dr. Nindle ein, wohl um zu verhindern, dass Jinx etwas sagte, was sie später bereuen würde.

Doch die Gesetzeshüterin schnitt dem Mon Calamari mit einer Handbewegung das Wort ab. „Tut mir leid, Nin, wirklich, aber das muss gesagt werden. Wir hatten viele Jahre lang kein Problem mit dem Pfad. Sie waren vielleicht ein wenig sonderlich, aber mehr auch nicht. Dann schnüffelten die Jedi hier herum, und plötzlich geriet die Lage außer Kontrolle. Der Pfad fing an, Grundstücke in Ferdan aufzukaufen, er vergiftete unsere Nachbarn ..."

„Wir wissen nicht, ob der Junge vorsätzlich vergiftet wurde", relativierte Nindle, obwohl ihm vermutlich klar war, dass es kein Zufall gewesen sein konnte.

„So oder so, Ihr habt den Pfad aufgeschreckt."

„Was sollen wir Ihrer Meinung nach tun, Sheriff?" Rinn spießte die Frau förmlich mit seinem Blick auf. „Sie hier den Launen dieser Kriminellen überlassen? Selbst wenn das hier unser Werk *wäre* – was ich ernsthaft bezweifle –, wäre es unsere Pflicht, die Sache wieder in Ordnung zu bringen."

„Seid Ihr deswegen hier?", fragte Pickwick, während sie den Blick des Duros unbeeindruckt erwiderte. „Oder eher, um Rache für die Leute zu nehmen, die Ihr verloren habt?"

„Jedi glauben nicht an Rache", erklärte Gluth Andoi an Rinns Stelle. „Aber natürlich wollen wir herausfinden, was mit ihnen geschehen ist. Als Gesetzeshüterin sollten Sie das verstehen."

„Wir wollen den Leuten hier keine Probleme bereiten", fügte Ela Sutan hinzu. „Wir möchten nur das Lager des Pfads aufsuchen, um uns dort selbst umzusehen."

„Aufsuchen ... oder reinschleichen?"

„Nein, nicht reinschleichen", erwiderte Ela nach einem kurzen Blick in Oliviahs Richtung. Die Jedi-Ritterin rührte sich nicht, aber Matty konnte spüren, dass sie sich innerlich vor Unbehagen wand. „So etwas könnte leicht missverstanden werden."

Die Caamasi erhob sich, und der Stoff ihrer weiten Roben fiel bis zu ihren Füßen hinab. „Ich bin sicher, wenn wir dem Pfad in friedlicher Absicht gegenübertreten, werden wir zu einer Einigung gelangen. Die Macht ist schließlich mit uns."

41. KAPITEL

„Die Jedi kommen! Sie werden den Pfad angreifen!"

Yana hatte versucht, Werth aufzuhalten, aber er hatte nicht hören wollen. Stattdessen stürmte er laut rufend ins Lager, dann in die Tunnel ... und nun in die große Höhle, wo sich die Anhänger der Mutter versammelt hatten. Elecia selbst stand auf der erhöhten Plattform, der Gleichmacher zu ihrer Linken und Marda zu ihrer Rechten.

„Herold?", entfuhr es ihr, als Werth am Eingang auftauchte. „Du bist zu uns zurückgekehrt?"

„Um zurückzufordern, was mir rechtmäßig zusteht!", erklärte er, während er sich einen Weg durch die Menge bahnte. „Was rechtmäßig *uns* zusteht. Du gehörst hier nicht her, Elecia. Du wirst uns alle zerstören!"

Die Mutter zeigte keine Reaktion. Das war auch gar nicht nötig, denn zahlreiche mit Brikal-Muschelfarbe verschmierte Hände griffen nach Werth und hielten ihn zurück.

„Habt ihr mich nicht gehört?", gellte er, als die Menge sich gegen ihn wandte. „Die Jedi sind nach Dalna gekommen. Sie werden uns jeden Moment angreifen. Und das ist allein die Schuld eurer falschen Prophetin!"

„Eine Prophetin, für die du dich verbürgt hast!", rief die Älteste Jichora.

„Wofür ich mich ewig schämen werde. Wir müssen uns gegen ihre Tyrannei erheben, um den Pfad zu retten. Um die Macht zu retten!"

Jetzt ergriff die Mutter doch das Wort. Sie hob den zusammengesetzten Stab der Macht und rief: „Nein, wenn die Jedi hier sind, dann allein deinetwegen, Werth Plouth! Allein deiner Taten auf Jedha wegen!“

Der Herold lachte freudlos. „Ich habe nur getan, was *du* mir aufgetragen hast, Elecia. Ich habe dir die Schätze gebracht, die du wolltest. Und wie hast du es mir vergolten? Du hast mich unseren Feinden überlassen – denselben Feinden, die nun vor unseren Toren stehen!“

„Lügen, alles Lügen!“, protestierte die Mutter. „Werft ihn in die Höhlen. Sollen die Jedi ihn haben. Mehr hat dieser Verräter nicht verdient!“

Der Herold schlug wild um sich, aber es gelang ihm nicht, sich zu befreien.

„Sag es ihnen, Yana!“, brüllte er, während er hinausgezerrt wurde. „Sag ihnen, was sie Kor angetan hat. Sag ihnen alles!“

Warum musste er sie in diese Sache mit hineinziehen? Soweit es Yana betraf, konnten er und die Mutter sich gerne gegenseitig die Augen auskratzen. Doch nun war es zu spät, und sie spürte, wie lodernde Wut in der Höhle um sich griff.

Sie gehört zum Herold.

Sie arbeitet für den Verräter.

Packt sie!

„Nein!“, schrie sie, als die ersten Hände nach ihr griffen. „Ich habe nichts mit dieser Sache zu tun. Ich will nur mit Marda sprechen. Ihr müsst mich durchlassen!“

Doch die Menge hatte sich in einen Mob verwandelt. Sie rissen ihr die Kleider vom Leib und verlangten brüllend nach ihrem Blut. Und die Mutter stand seelenruhig auf der erhöhten Plattform, den Stab der Macht in der Hand, und verkündete, dass der Pfad rein wäre, dass die Macht frei sein würde …

Ein Ellbogen donnerte gegen Yanas Schläfe, und sie brach zusammen. Füße traten nach ihr, trampelten auf ihr herum. Alles, was sie noch hören konnte, waren Beleidigungen, und für sie war klar, dass sie hier nicht lebend rauskommen würde.

Da leuchtete ein Lichtschwert auf, und jemand schrie: „Halt!“

42. KAPITEL

Alle erstarrten. Die Pfad-Anhänger, der Herold, sogar die Mutter. Sämtliche Augen richteten sich auf die Person, die eine ungleichmäßig knisternde gelbe Lichtschwertklinge über ihrem Kopf in die Höhe reckte.

„Was tut ihr da?“, fragte Marda die Menge, während sie an den Rand der Plattform trat. „Ist das nicht genau das, was sie wollen? Die Jedi! Die Machtschänder! Die Mörder der Macht! Alles, was wir durchgemacht haben … alles, was die Macht uns zu sagen versuchte … Und jetzt seht euch an! Seht, was aus euch geworden ist! Ihr kämpft gegen euresgleichen, reißt euch gegenseitig in Stücke.“

Abgesehen von ihrer Stimme war in der gewaltigen Höhle nicht der geringste Laut zu hören. Marda hatte noch nie etwas Derartiges gespürt, war sich ihrer selbst und ihrer Aufgabe noch nie so sicher gewesen. In diesem Moment vergaß sie beinahe, dass ihre tot geglaubte Cousine zurückgekehrt war. Yana hatte sogar ihren Namen gerufen, als sie mit Kevmos Lichtschwert vorgetreten war, aber Marda hatte es kaum zur Kenntnis genommen – ebenso wenig wie sie den funkelnden Blick der Mutter beachtete, die brodelnde Mischung aus Zorn und Fassungslosigkeit in ihren Augen. Nichts davon war wichtig. Elecia hatte sie zur Führerin des Pfades ernannt, und niemand würde ihr das je wieder wegnehmen. Nicht jetzt, da sie den Weg in die Zukunft so deutlich vor sich sehen konnte.

Marda senkte das Lichtschwert, deaktivierte aber nicht die Klinge, sodass das Knistern des Plasmas ihre nächsten Worte untermalte. „Wenn die Jedi hier sind, so wie Werth es behauptet …" Sie stieg von der Plattform, und die Pfad-Anhänger teilten sich vor ihr. „Wenn sie hier sind, um uns mit dem Schwert niederzustrecken, dann ist dies unser Moment. Sie kamen schon einmal her, und wir haben sie als Gäste empfangen. Wir haben versucht, ihnen die Augen zu öffnen, aber sie wollten die Wahrheit nicht sehen. Alles, was für sie zählt, ist ihr Orden. *Ihr* Weg. Und hier sehen wir nun, wohin dieser Weg führt. Der Pfad der Offenen Hand – entzweit! Seine Anhänger – bereit, einander an die Kehle zu gehen! Und der Himmel weint. Was tun wir, während unsere Ernte auf den Feldern verrottet? Wir kauern uns zusammen, schmieden Pläne, bereiten uns vor. Aber worauf? Darauf, unser Überleben zu schützen? Unsere Lebensweise? Nein. Das reicht nicht. Nicht mehr. Denn wir sind die Befreier der Macht. Wir müssen sie mit unserem Leben beschützen, zum Wohle der gesamten Galaxis!"

Sie ging weiter, während sie sprach, und die Menge rückte um sie zusammen, als sie die Mitte der Höhle erreichte und sich mit zischender Klinge im Kreis drehte.

„Ich habe gesehen, wie die Jedi die Macht korrumpieren und was sie dadurch anrichten. Ich habe gesehen, wie es uns verzerrt, wie es Monster in unserer Mitte erschafft."

Ihr Blick fiel auf Shea, die im hinteren Teil der Höhle stand, die Hände um ihren Bauch geschlungen. Einen Moment lang glaubte Marda, einen Schatten hinter der trauernden Technikexpertin auszumachen – einen Schatten in der Form eines Ovissianers mit einem fehlenden Kinnhorn –, aber sie hatte genug von Phantomen und Trugbildern. Marda Ro war bereit für die Zukunft.

„Wenn wir die Jedi einfach so gewähren lassen, wird ihr Übel die Galaxis zerreißen. Das Ungleichgewicht der Macht – es wird mit jedem Tag größer. Ich habe es selbst gespürt, und ich habe gesehen, was daraus entstehen kann. Die Macht wird sterben, und alles andere mit ihr: jeder Planet, jeder Mond, jeder Stern am Himmel. Wie sollen wir das verhindern, wenn wir uns untereinander bekämpfen? Und wie wollt ihr in dem Wissen weiterleben, dass ihr die Verderbnis hättet aufhalten können – und nichts unternommen habt?"

Mehrere der Anwesenden nickten, und Marda hörte zustimmendes Gemurmel aus der Menge.

„Die Jedi sind auf dem Weg hierher. Wir haben ihnen ein Geschenk aus freiem Willen angeboten, doch sie wollten es nicht annehmen. Nun gut, dann werden wir ihnen eben ein anderes Geschenk bieten, und diesmal werden wir ihnen keine andere Wahl lassen, als es anzunehmen. Wir werden dieses Geschenk von Dalna aus in die gesamte Galaxis tragen. Nach Jedha. Nach Eiram und E'ronoh. Nach Coruscant selbst. Sie haben unsere Warnungen ignoriert. Nun werden sie den Preis zahlen. Sie werden sehen, was passiert, wenn aus einer offenen Hand eine geballte Faust wird!"

Das Lichtschwert noch immer in der einen Hand, strich Marda mit der anderen über die Linien auf ihrem Gesicht, und ihre Finger verschmierten die drei vertikalen Wellen zu gezackten Blitzen.

„Wer will diesen Pfad mit mir beschreiten?", rief sie, und ihre trotzige Stimme hallte von den Höhlenwänden wider. „Wer will sich mir auf dem Pfad der Geschlossenen Faust anschließen?"

43. KAPITEL

Yana konnte nicht atmen. Die Atmosphäre im Innern der Höhle war erstickend klaustrophobisch geworden. Rings um sie herum waren Arme erhoben, reckten sich Fäuste in die Luft, brüllten Stimmen die gleichen Worte, immer und immer wieder.

Die Macht wird frei sein!

Die Macht wird frei sein!

Der Lärm war ohrenbetäubend. Sämtliche Mitglieder der Gemeinschaft, die sie einst ihre Familie genannt hatte, schrien ihre Loyalität zum Pfad der Geschlossenen Faust hinaus.

Ihre Loyalität zu Marda!

Zuvor mochte Yana Angst *um* ihre Cousine gehabt haben; jetzt hatte sie Angst *vor* ihr. Marda stand mit erhobenen Armen da, in der einen Hand dieses verfluchte Lichtschwert, die andere verschmiert mit Brikalfarbe. Doch es war das Gesicht, das Yana am meisten erschreckte. Der Fanatismus, der in ihren Augen brannte, ihr hoch erhobenes Kinn. Am liebsten hätte Yana sich durch die Menge geschoben, Marda an den Schultern gepackt und sie geschüttelt, bis sie wieder in die Realität zurückkehrte. Doch vielleicht war dies für ihre Cousine die Realität – eine Zukunft, so hart und radikal wie die Blitze auf ihrem Gesicht.

Yana drehte sich herum und suchte in der Menge nach dem Herold. Die Pfad-Anhänger hatten von ihm abgelassen, und nun stand er fassungslos da und blickte sich in der brüllenden Menge um. Sie rief seinen Namen – „Werth! Hier drüben! Werth?“ –, und ihre Blicke trafen sich. Im Gegensatz zu der Verzweiflung, die sie selbst spürte, sah sie in den Augen des Herolds aber nur Neugier. Dann erkannte sie es: Er betrachtete das hier als Gelegenheit.

„Nein“, murmelte sie leise, aber Werth ballte die Hand zur Faust und stieß sie zur Decke, während er lautstark in den Chor mit einstimmte. „Die Macht wird frei sein! Die Macht wird frei sein!“

Konnte er denn nicht sehen, was passieren würde? Konnte er es nicht in der Luft riechen? Die Verblendung. Den Wahn. Den Hass.

Natürlich nicht. Alles, was Werth sah, war, dass sich das Machtgleichgewicht innerhalb der Gruppe verschoben hatte. Es war eine Chance, sich wieder auf die Seite der Gläubigen zu stellen und einmal mehr Einfluss und Macht zu erlangen. Er drängte sich durch die Masse der Anhänger, von denen die meisten Mardas Beispiel folgten und sich Blitze auf ihre Gesichter malten. Yana konnte das nicht zulassen.

Ohne darauf zu achten, wessen Rippen ihre Ellbogen trafen oder wessen Gesichter ihre Krallen zerkratzten, bahnte sie sich einen Weg durchs Getümmel, um Werth abzufangen. „Was hast du vor?“, schrie sie, als sie ihn endlich erreicht hatte. „Das wird ein Blutbad. Wir haben keine Chance!“

Er musterte sie, als wäre sie eine Rostmaus, dazu bestimmt, unter seinem Stiefel zermalmt zu werden. „Nein, Yana. Wir wussten, dass sie kommen. Wir sind vorbereitet. Wirst du mit uns kämpfen?“

„Uns?“ Hatte er den Verstand verloren. „Es gibt kein *Uns*, Werth! Ich will nichts mit dieser Sache zu tun haben. Es ist Selbstmord!“

„Dann solltest du wegrennen“, brummte er, während er sie grob zur Seite schubste. „Wie der Feigling, der du bist!“

Yana verlor das Gleichgewicht und landete zwischen den Beinen der Menge. Sofort stampften die ersten Füße auf ihre Hände, ihren Kopf. Sie trat um sich, versuchte, sich Platz zu verschaffen, damit sie aufstehen konnte. Wie konnte der Herold es wagen, so mit ihr zu sprechen? Nach allem, was sie für ihn getan hatte! Nach all dem Gerede über Kor und seine Frau. Was war aus seiner Sorge um Opari geworden? Hatte er sie so schnell vergessen? Oder hatte er sich vielleicht nie wirklich um sie gesorgt?

Yana kämpfte sich auf die Beine. Werth hatte sich inzwischen fast bis zu Marda vorgearbeitet, und von der anderen Seite der Höhle kam Elecia mit ihrem Gleichmacher auf die Führerin des Pfades zu. Die drei trafen in der Mitte der johlenden Menge aufeinander – auf der einen Seite Marda mit ihrem knisternden Lichtschwert, links vor ihr Werth und rechts von ihm die Mutter.

Yanas Magen zog sich zusammen.

Der Herold hob die Hände, um Stille einzufordern.

„Meine Freunde", begann er, sobald die Rufe abebbten, „die Führerin hat uns den Weg gewiesen. Sie hat uns – und ganz besonders *mich* – an die Realität unserer Situation erinnert. Es stimmt. Während ich hier spreche, versuchen die Feinde der Macht, uns für immer zum Schweigen zu bringen. Darum müssen wir vereint stehen, ganz gleich, was in der Vergangenheit geschehen sein mag. Der alte Pfad ist nicht mehr. Der neue Pfad wird für die Macht kämpfen. Für Freiheit, Gerechtigkeit und Reinheit. Für unser aller Erlösung!"

Die Mutter nahm den Faden übergangslos auf. Sie hob die Hände, wie eine Generalin, die ihre Truppen einstimmte. „In ihrer Arroganz glauben die Jedi, zu wissen, womit sie es zu tun haben. Aber da irren sie sich! Hier und heute wurden wir wiedergeboren. Hier und heute ziehen wir eine Grenze. Hier und heute zeigen wir unsere Stärke!"

Die Menge brüllte zustimmend und wälzte sich auf die Ausgänge zu. Konnte sie nicht sehen, was hier los war? Konnte sie nicht sehen, was die Mutter tat? Elecia zog keine Grenze; sie schwamm auf der Welle von Mardas fanatischen Worten mit, um zu verhindern, dass sie von der Spitze verdrängt wurde. Sie klammerte sich an ihre Macht, mehr nicht. Und doch fielen die Gläubigen darauf herein. Sie lachten – ja, sie *lachten* –, während sie aus der Höhle strömten, so als wäre das alles nur ein Spiel. Yana rief ihnen zu, dass sie sich geradewegs auf die Schlachtbank führen ließen, aber niemand wollte hören, die Jungen ebenso wenig wie die Alten. Alle marschierten sie davon, um zu sterben.

Sie wirbelte zu Marda herum. Werth und die Mutter standen noch immer neben ihr, und die drei wirkten gleichgültig wie Götter, während sie der Menge nachblickten. Yana ignorierte Elecia und den Herold und sogar den Gleichmacher, der langsam auf und ab tigerte, während sich die Höhle leerte.

„Ich muss mit dir reden", sagte sie. Am liebsten hätte sie Mardas Arm gepackt, aber die zischende, stotternde Lichtschwertklinge hielt sie auf Distanz.

„Das ist jetzt nicht der richtige Moment, Yana", erklärte die Mutter. „Wir haben viel zu tun."

„Sie ist keine von uns", schnaubte der Herold. „Sie glaubt nicht mal an unsere Sache. Sie hat die ganze Zeit gegen den wahren Pfad intrigiert und mit unseren Feinden zusammengearbeitet."

Yana musste laut lachen. Werths Dreistigkeit war nicht zu fassen. „Ihr könnt beide zur Hölle fahren, wenn ihr wollt." Sie trat um die Klinge herum und griff nach dem freien Arm ihrer Cousine. „Dieses Schmierentheater hat lang genug gedauert, Marda. Lass uns gehen!"

„Du hast mir nicht zu sagen, was ich zu tun habe, Yana. Ich gehöre hierher!"

„Wieso? Sieh dich um! Das ist alles nur eine Lüge. Wir sind ihnen egal. Sie wollen uns nur benutzen. Das musst doch sogar du erkennen!"

Der Schmerz brandete auf, noch bevor sie das Gleißen des Lichtschwerts sah. Yana kippte nach hinten, unfähig, zu verarbeiten, was gerade geschehen war, ihre Finger auf den verkohlten Stumpf gepresst, wo sich gerade noch ihre rechte Hand befunden hatte.

„Was hast du getan?", keuchte sie, während sie fassungslos zu ihrer Cousine aufblickte.

„Was ich schon vor langer Zeit hätte tun sollen", erwiderte Marda. Emotionslos beobachtete sie, wie Yana sich vor Schmerzen auf dem Boden krümmte. „Ich habe mich befreit. Von dir. Von allen, die mir je vorgeschrieben haben, was ich tun und lassen soll."

Die Mutter lächelte wie eine Viper, als sie Marda die Hand auf die Schulter legte. „Komm, Hirtin. Lassen wir die Verräterin dort, wo sie hingehört. Im Staub."

„Nein, Marda", ächzte Yana, aber Elecia und Werth führten ihre Cousine bereits zur Plattform zurück, wo die bizarren Eier auf ihren Podesten ruhten. Nur der Gleichmacher blieb bei ihr, einen hungrigen Schimmer in seinen seelenlosen Augen.

„Worauf wartest du?", zischte Yana. „Bring es endlich zu Ende."

Doch das Monster wandte sich ab und stapfte davon. Yana blieb allein auf dem Boden liegen.

Marda empfand keinerlei Bedauern, als sie die Hand des Herolds nahm und sich von ihm auf die Plattform hochführen ließ. Yana hatte ihr einen Gefallen getan, es ihr leichter gemacht, diese letzte Verbindung zu ihrer Vergangenheit zu kappen. Sie behielt das Lichtschwert aktiviert in der Hand, während sie auf die Eier zuging, die sie von Planet X mitgebracht hatten. Was für ein lächerlicher Name. Wäre es nicht besser, wenn der Planet einfach unbenannt bliebe? Namen gaben Dingen Macht, und Marda wollte nie wieder an diesen Ort denken. Oder an das Mädchen, das sie gewesen war.

Die Mutter und der Herold besprachen bereits ihre Taktik, und Marda ließ sie fachsimpeln. Es war regelrecht amüsant, wie schnell die beiden ihre Prinzipien über Bord geworfen hatten, nachdem die Führerin die Kontrolle übernommen hatte. Aber natürlich hatte Marda im Gegensatz zu ihnen nicht aus Eigennutz gehandelt. Nein, so etwas würde sie niemals tun.

Sie hatte es um der Macht willen getan.

„Sie werden bald hier sein“, sagte der Herold gerade, wobei er darauf achtete, in sicherem Abstand von ihrem Lichtschwert zu bleiben. „Seid Ihr sicher, dass die Verteidigung halten wird?“

Die Mutter lächelte. „Die Jedi werden ganz andere Probleme haben als unsere Verteidigung.“

„Shrii Ka Rai“, murmelte Marda. Calars seltsame Worte stiegen ganz unvermittelt aus ihrem Gedächtnis hoch, während sie die Eier betrachtete. Doch jetzt erfüllten sie sie nicht länger mit Furcht, sondern mit Zuversicht. Mit Kraft. „Die Namenlosen werden sich erheben. Die Verteidiger der Macht.“

„Die Namenlosen? Wovon redest du da, Marda?“, fragte der Herold.

Sie ignorierte ihn und hielt der Mutter ihre freie Hand hin. „Der Stab, Elecia. Gebt ... gib ihn mir.“ Es gab keinen Grund mehr, die Mutter zu ihrzen.

Die ältere Frau zögerte, dann schüttelte sie den Kopf. „Noch nicht. Aber bald, versprochen.“

Ihr ganzes Leben lang hatten die Leute Nein zu Marda gesagt, und sie hatte es stets hingenommen. Doch auch damit war jetzt Schluss. Sie machte einen Schritt auf die Mutter zu und überließ die Überzeugungsarbeit ihrem Lichtschwert.

„Nein, nicht bald – jetzt!“

Elecia versuchte zu lächeln, aber ihre Lippen bebten. „Nun gut“, sagte sie, während sie der Führerin des Pfads das Artefakt hinhielt.

Marda bedankte sich nicht. Wieso auch? Alles, was gerade geschah, war der Wille der Macht. Die Mutter und der Herold traten zurück, aber der Gleichmacher setzte sich neben Marda.

Als sie den Stab der Macht über die Podeste hielt, knisterte die Luft vor Energie. Die Eier zitterten, erst nur leicht, dann immer stärker, als die Kreaturen in ihrem Inneren sich einen Weg nach draußen zu bahnen begannen.

3. TEIL

DIE SCHLACHT UM DALNA

44. KAPITEL

„Wir müssen reden."

„Nein danke."

„Matty, sei nicht kindisch."

„Dann schickt mich doch einfach zum Schiff zurück. Ich weiß ohnehin, dass Ihr mich nicht dabeihaben wollt."

Ihre Gruppe, die von Meisterin Ela angeführt wurde, war nicht mehr weit vom Lager des Pfades entfernt. Neben den Jedi umfasste sie aber auch eine kleine Armee von Freiwilligen, die Sheriff Pickwick in Ferdan zusammengetrommelt hatte.

„Ich habe nie gesagt, dass ich dich nicht dabeihaben will", sagte Oliviah mit einem Seufzen.

„Musstet Ihr auch gar nicht. Taten sprechen lauter als Worte, Jedi Zeveron. Ihr habt mich nicht einmal vorgestellt, als Ela und die anderen gelandet sind. Ich frage mich, warum Ihr mich überhaupt mit auf diese Mission genommen habt."

„Weil …" Oliviah hielt inne und wischte sich Regenwasser aus dem Gesicht. „Weil ich nicht weiß, wohin die Macht mich führt. Ich hätte Vildar gebeten, mich zu begleiten, aber seiner Verpflichtungen der Synode gegenüber wegen ging das natürlich nicht …"

Verpflichtungen, vor denen Ihr Euch gedrückt habt, dachte Matty, aber das behielt sie lieber für sich.

„Und Tey … nun, ich weiß bis heute nicht, was von Tey zu halten ist."

„Niemand weiß, was man von Tey halten soll, am allerwenigsten Tey selbst."

„Und als Vildar dich vorgeschlagen hat …"

„Ich war also die Notlösung."

„Ja."

Matty war nicht zu stolz, um sich einzugestehen, dass die barsche Ehrlichkeit dieser Antwort verdammt wehtat, und zumindest schien Oliviah das zu erkennen, denn sie hob beschwichtigend die Hände.

„Hör zu, das ist alles ziemlich ungewohnt für mich. Bevor der Pfad nach Jedha kam, haderte ich mit mir selbst."

„Wirklich?"

„Du musst nicht so tun, als wärst du überrascht."

„Tu ich nicht. Ich hatte immer den Eindruck, dass Ihr unglaublich selbstsicher seid."

„Das ist das Bild, das ich von mir nach außen projizierte. Meisterin Leebon wusste, dass es nur eine Fassade ist. Nicht dass ich es ihr je verraten hätte. Sie war einfach ..."

„Sie war einfach sie selbst."

„Genau. Dann, während des Aufstands, sah ich etwas, das ..." Eine weitere Pause. Es fiel ihr offensichtlich schwer, über diese Dinge zu sprechen. „Die Macht sprach zu mir, aber ich hatte keine Ahnung, was sie mir sagen wollte. Was sie von mir erwartete. Ich hatte so oft vor dem Wächter meditiert und die Macht gebeten, mir meinen Pfad zu zeigen – und dann, als sie geantwortet hat, war ich plötzlich vollkommen hilflos."

Es überraschte Matty, dass Oliviah die riesige Jedi-Statue in der Wüste außerhalb von Jedha City aufgesucht hatte. Sie war immer davon ausgegangen, sie sei die Einzige, die dort draußen meditiert hätte.

„Ich schätze, was ich sagen will, ist ... es tut mir leid", erklärte Oliviah. „Ich weiß, ich habe es dir nicht leicht gemacht. Aber ich werde dir alles erklären, wenn diese Sache vorbei ist."

„Wenn Ihr die Antworten habt."

Oliviah lächelte schmal. „Das ist der Plan."

Matty erwiderte das Lächeln, aber bevor sie etwas sagen konnte, ließ Ela Oliviah nach vorne rufen. Inzwischen hatte die Gruppe das Tor des Lagers beinahe erreicht.

„Es tut mir leid“, sagte Oliviah.

„Nun geht schon“, drängte Matty.

Sie versuchte, nicht zu schaudern, als sie zu dem hohen Zaun rings um das Gelände hochblickte.

„Ist alles in Ordnung?“

Sie zuckte zusammen. Sie hatte gar nicht gemerkt, dass Azlin Rell an ihre Seite getreten war. „Ja“, sagte sie mit einem angespannten Lächeln. „Natürlich.“

„Du bist eine schlechte Lügnerin.“ Zumindest lachte er, während er es sagte, und sie musste mit einstimmen. „Probleme mit deiner Meisterin?“

„Oh, sie ist nicht meine Meisterin. Wir … arbeiten nur zusammen.“

„Klingt ziemlich förmlich.“

„Ich weiß nicht, wie ich es sonst erklären soll.“

Natürlich gab es einiges, was sie hätte erklären können. Dass sie frustriert und verärgert und verwirrt war. Dass sie sich auf dieser Mission so weit außerhalb ihrer Komfortzone fühlte, dass sie ebenso gut in einem anderen Sonnensystem hätte sein können. Dass Oliviah ihr das Gefühl gab, klein und unbedeutend zu sein. Auf Jedha hatte Matty die Jedi-Ritterin für ihre Distanziertheit respektiert, sie war sogar beeindruckt gewesen, dass Zeveron nichts an sich heranließ. Aber jetzt? Jetzt wusste sie, dass Oliviah genauso von Zweifeln erfüllt war wie sie selbst. Und wenn eine erfahrene Jedi-Ritterin schon so fühlte, welche Hoffnung gab es dann für eine Padawan?

„Möchtest du einen guten Rat?“, fragte Azlin.

„Habe ich denn eine Wahl?“, erwiderte sie schmunzelnd.

Sein Lächeln verschwand. „Behalt den Kopf unten.“

Matty zog die Brauen hoch. „Ist das alles?“

„Fürs Erste, ja. So ersparst du dir jede Menge Druck.“

„Alles klar.“ Sie nickte, als würden seine Worte an die Weisheit eines Yoda heranreichen. „Verstanden. Das ist wirklich sehr hilfreich.“

Jetzt musste er doch grinsen. „Warum habe ich das Gefühl, dass du das nur so sagst?"

„Das würde ich nie tun", erwiderte sie mit einem Augenzwinkern. Azlins Motivationsrede würde sicher keine Preise gewinnen, aber sie wusste seinen moralischen Beistand dennoch zu schätzen. „Vielleicht könnt Ihr mir ja mehr über die Philosophie des Lebens erzählen, wenn diese Sache vorbei ist."

„Vielleicht." Er richtete den Blick nach vorn und wurde wieder ernst. „Ich hatte gehofft, dass ich nie wieder hierher zurückkommen müsste – dass Rinn die Ermittlungen übernehmen würde, nachdem er die Leichen gesehen hat." Er fröstelte, aber Matty bezweifelte, dass es mit dem Wetter zu tun hatte. „Die Vorstellung, wieder in diese Höhlen hinabzusteigen ..."

Sie stieß ihn freundschaftlich mit dem Arm an. „Das wird schon. Haltet einfach den Kopf unten."

Azlin lachte leise. „Verstanden. Wirklich sehr hilfreich."

Matty konnte ihm seine Nervosität nicht verübeln. Sie selbst wäre am liebsten davongerannt – aber natürlich könnte sie das niemals tun. Stattdessen zog sie ihre Robe enger um sich und folgte den anderen zu den verwaisten Hütten. Im Stillen sagte sie die alte Maxime auf, die die Wächter der Whills ihr auf Jedha beigebracht hatten: „Die Macht ist mit mir. Ich bin eins mit der Macht."

Was Matty nicht ahnen konnte, war, dass verborgene Kameras jeden ihrer Schritte beobachteten. Aufgestellt hatte sie Shea Ganandra, die nun tief unter der Erde im Kontrollraum saß, vor sich ein Dutzend Bildschirme. Die Technikexpertin hatte Alarm geschlagen, noch bevor die Jedi durch die offenen Tore geschritten waren, und jetzt verfolgte sie schweigend, wie die Gruppe selbstsicher zwischen den Hütten hindurchschritt.

Ob die Jedi wohl auch so selbstsicher gewesen wären, hätten sie gewusst, dass die Kisten, die mit dem Transporter eingetroffen waren, nicht wirklich Vorräte enthielten? Dass das Getreide und Saatgut nur dazu gedient hatte, die eigentliche Fracht unbemerkt nach Dalna zu schmuggeln? Nun warteten die Einheiten in den Hütten nahe den Tunneln auf ihren Einsatz. Sie warteten und beobachteten – genau wie Shea.

Schließlich beugte sie sich vor und legte einen Schalter um. „Sie kommen. Wann soll es losgehen?"

„Könnt Ihr … etwas fühlen?", fragte Sheriff Pickwick, wobei sie Ela Sutan erwartungsvoll anblickte. „Das könnt Ihr doch, oder? Ihr fühlt es, wenn sich Leute in den Schatten verstecken?"

„Manchmal", klärte die Jedi-Meisterin sie auf, ihre gelben Augen zusammengekniffen. „Aber hier scheint wirklich niemand zu sein."

Die Caamasi blickte zu den anderen Jedi hinüber, und sie alle schüttelten die Köpfe – einschließlich Matty, obwohl Ela bezweifelte, dass die Padawan gerade sonderlich aufmerksam war; ihre innere Unruhe war in der Macht deutlich zu spüren.

Das Mädchen war auch die Einzige, die zusammenzuckte, als Ela laut rief: „Hallo? Ist hier jemand? Wir möchten nur mit Ihnen reden!"

Die einzige Antwort bestand aus dem Trommeln des Regens auf dem einst staubigen Boden, der sich nun mehr und mehr in einen Morast verwandelte.

„Mein Name ist Ela Sutan. Ich bin ein Mitglied des Hohen Rats der Jedi. Wir suchen nach Mitgliedern unseres Ordens, der Jedi Zallah Macri und dem Padawan Kevmo Zink. Wir wollen Ihnen nichts Böses. Wir wollen nur unsere Freunde finden!"

„Ihr wollt uns nichts Böses?", wiederholte Shea im Kontrollraum. „Schön wär's."

Sie wollte nichts mehr mit dieser ganzen Sache zu tun haben. Das Feuer in ihrem Inneren war gemeinsam mit Geth gestorben. Denn ganz gleich, was alle sagten, sie wusste, dass er die Flucht aus dem Schleier nicht überlebt hatte. Ein heller Lichtblitz, und die *Bonecrusher* war verschwunden ... gemeinsam mit der einzigen Person, die Shea je wirklich geliebt hatte. Gemeinsam mit all ihren Plänen für die Zukunft. Und es waren *ihre* Berechnungen gewesen, die Geth das Leben gekostet hatten.

Sie presste die Hand auf ihren Bauch, und einen Moment lang befürchtete sie, dass sie sich übergeben würde.

Am liebsten hätte sie den Pfad gleich nach ihrer Rückkehr verlassen, doch die Mutter hatte ihr das Geld angeboten, mit dem sie ursprünglich Galamal hatte bezahlen wollen. Alles, was sie dafür tun musste, war, die Höhlen in einen Bunker zu verwandeln. Es war eine denkbar einfache Aufgabe gewesen, auch wenn Shea dabei nicht auf den siebten Sinn zurückgreifen konnte, der ihr auf Planet X geholfen hatte. Aber das war vermutlich besser so. Sie wollte gar nicht daran denken, welchen Einfluss dieser verfluchte Ort auf sie gehabt hatte ...

Das Problem war nur, dass ihr all die Credits nichts bringen würden, wenn die Jedi in die Tunnel vordrangen. Und diese Caamasi hatte gerade die Linie überquert, die sie als ihre erste Verteidigungslinie bestimmt hatten. Jetzt gab es kein Zurück mehr.

„Und?", knisterte Elecias Stimme aus dem Komm. „Worauf wartest du noch?"

Shea drückte den Knopf, um die Falle zu aktivieren.

Blasterstrahlen brandeten ohne Vorwarnung aus den Hütten hervor. Einer von Pickwicks Freiwilligen ging zu Boden, die anderen stoben auseinander, und die Jedi traten mit gleißenden Lichtschwertern vor, um sie zu beschützen.

„Ich dachte, Ihr könnt niemanden fühlen!", schrie Pickwick, aber Matty reagierte nicht. Sie war zu sehr damit beschäftigt, Blasterschüsse abzuwehren. Rinn neben ihr tat dasselbe, und als er eine Salve in die Seite einer ohnehin schon baufälligen Hütte umlenkte, stürzte die gesamte Hauswand ein.

Dahinter tauchten drei asymmetrische rote Lichtpunkte aus den Schatten auf.

Vollstrecker-Droiden!

Kein Wunder, dass die Jedi nichts gespürt hatten. Sie hatten nach *lebenden* Wesen Ausschau gehalten!

„Sie rücken vor!“, rief Ela, als die Droiden mit surrenden Servos aus den Hütten hervorstaksten. Matty hatte sie schon einmal gesehen, in den Straßen von Jedha. Und nun waren sie auf Dalna. Das konnte kein Zufall sein.

45. KAPITEL

„Die Droiden halten sie nicht auf!“, rief Shea, als sie in die Versammlungshöhle platzte.

„Droiden?“, fragte der Herold die Mutter.

„Eine Sicherheitsmaßnahme, die ich mit Tilson Graf vorbereitet habe. Nur für den Fall, dass man uns zurück nach Dalna folgen würde.“ Sie blickte Shea an, die aussah, als würde sie am liebsten die Beine in die Hand nehmen. „Aktiviere die zweite Welle!“

Die Frau zögerte. „Seid Ihr sicher, dass das eine gute Idee ist?“

„Lass sie am Tunneleingang aufmarschieren!“, befahl die Mutter, ohne auf die Frage einzugehen. Anschließend wandte sie sich mit einem liebreizenden Lächeln wieder dem Herold zu, während Shea zurück in den Kontrollraum eilte. „Was denn? Hast du etwa gedacht, ich würde unsere Leute ungeschützt lassen?“

„Solange Ihr nicht vergesst, dass es *unsere* Leute sind, Elecia!“

„Wir werden keine Droiden brauchen“, sagte Marda, die beobachtete, wie sich die Risse in den Eiern ausweiteten. Unter der edelsteinartigen Schale kam eine halb durchsichtige Membran zum Vorschein. „Die Werkzeuge der Macht werden uns schützen.“

„Das mag ja sein …“, begann die Mutter, aber Marda schnitt ihr das Wort ab.

„Hier geht es um den Pfad, Elecia. Um die Macht!“

„Natürlich“, gab die Mutter kleinlaut nach. Die Membran gab ebenfalls nach, und eine winzige Schnauze reckte sich in die Welt hinaus. Die Kreatur im Innern des Eis wirkte so viel blasser und zerbrechlicher als der Gleichmacher, der neben Marda stand. Das Junge quiekte, als es sich aus der Schale kämpfte, und seine Geschwister folgten wenig später. Der Gleichmacher hieß sie mit einem Heulen willkommen, das laut von den Höhlenwänden widerhallte, und Marda lachte.

Ja, im Moment mochten sie noch klein sein, aber sie würden schnell wachsen. Sie würden groß und stark werden. Die Evereni konnte bereits ihren Hunger spüren, aber sie würden ihren Gelüsten nicht nachgeben, bis sie es ihnen gestattete. Der Stab verlieh ihr absolute Kontrolle über die Gleichmacher.

„Gut so!“, rief sie und lachte, als die kleinen Monster von den Eiern forttrippelten, in denen sie sie von Planet X hergebracht hatten. Dann sprangen sie auf Mardas ausgestreckte Arme und kletterten über ihren Körper, während der Stab in ihrer Hand violett glühte. Sie hatte noch nie solche Macht gespürt – oder solche Gewissheit.

Vage war sie sich bewusst, dass die Mutter ihre Robe anhob und ein paar Schritte nach hinten machte. Der Herold blieb neben Marda und betrachtete die frisch geschlüpften Kreaturen mit offener Abscheu. Was hatte er denn? *Sie* fand die kleinen Biester wunderschön.

Aber es war Zeit, dass sie ihren Hunger stillten.

Der Gleichmacher sprang auf die Beine, und kräftige Muskeln wölbten sich unter seiner Haut. Marda konnte sein Geheul in ihrem Kopf hören, seinen Wunsch, endlich losschlagen zu dürfen. Dieses Heulen war lauter und klarer, als Kevmos Stimme es je gewesen war, ein Laut, gleichzeitig disharmonisch und majestätisch. Der Gleichmacher wollte wieder ganz sein. Er wollte das Gleichgewicht wiederherstellen.

„Geh!“, rief Marda, und sie drehte sich zu der leeren Höhle herum. „Befreie die Macht. Befreie uns alle!“

Das Monster stürmte von der Plattform, und die Welpen sprangen von Mardas Armen, um ihm zu folgen. Während sie davonrannten, scharrten ihre winzigen Klauen über den Boden. Bald würden sie wachsen. Und dann würden sie sich endlich satt fressen können.

„Ich bin stolz auf dich", sagte die Mutter. Sie entspannte sich sichtlich, als der letzte der Namenlosen aus der Höhle verschwunden war. „Du bist wahrlich die Führerin des Pfades."

In der Ferne ertönten Rufe und Blasterfeuer und dann das unverkennbare Surren von Lichtschwertern.

Die Jedi waren in die Höhlen eingedrungen!

„Ich brauche eine Waffe", erklärte der Herold. „Ich muss unseren Brüdern und Schwestern beistehen!"

„In der Waffenkammer liegen mehr als genug herum." Die Mutter nickte in Richtung des Ausgangs.

„Kommt Ihr denn nicht mit?"

Sie lächelte. „Ich bin nicht wie du, Werth. Ich bin keine Kämpferin."

Grummelnd stieg er von der Plattform, um in Richtung der Kampfgeräusche zu marschieren. „Wenn das hier vorbei ist", sagte er noch, bevor er die Höhle verließ, „müssen wir miteinander reden, Elecia!"

„Ich freue mich schon darauf", erwiderte die Mutter, aber ihr Lächeln war verblasst. Anschließend drehte sie sich wieder zu Marda herum. „Und was wirst du tun, meine Liebe? Was wird unsere Führerin tun?"

„Ich werde mit ihnen gehen", entschied Marda. Sie sprang hinab auf den Höhlenboden, in der einen Hand ihr Lichtschwert, in der anderen den Stab der Macht. „Die Namenlosen brauchen mich."

Vor gar nicht allzu langer Zeit hätte sie die Mutter noch um Erlaubnis gefragt, bevor sie gegangen wäre, aber damit war es nun vorbei. Sie fühlte sich … großartig. Ihr war regelrecht schwindelig nach den Ereignissen der vergangenen Stunden: wie der Pfad auf ihre Ansprache reagiert hatte, wie die Jungen aus den Eiern geschlüpft waren … Sie blickte zu der Stelle hinüber, wo sie Yana auf dem Boden zurückgelassen hatte. Ihre Cousine mochte eine Verräterin sein, aber inzwischen sollte sogar sie erkennen, welcher Segen Marda zuteilgeworden war.

Doch Yana war nicht mehr da!

„Wo ist sie hin?" Marda drehte sich im Kreis. „Wo ist sie hin?" Die abgetrennte Hand lag noch immer auf dem Boden, aber der Rest von Yana war verschwunden.

„Shea hat sie sicher gesehen", gab sich die Mutter überzeugt. „Sie hat ihre Augen und Ohren überall." Sie nahm bereits das Kommlink vom Gürtel und öffnete einen Kanal. „Shea, Yana ist fort!"

„Na und?", ließ sich Shea vernehmen. „Wir haben im Moment dringendere Probleme, Mutter."

„Sie steckt mit den Jedi unter einer Decke", blaffte Marda. Mit weiten Schritten eilte sie zu Elecia und schrie ins Kommlink: „Sie arbeitet gegen uns!"

Man hörte Shea müde seufzen. „Und ich dachte, du wärst die einzige Ro mit einer Vorliebe für Weltraumzauberer, Marda."

„Finde sie einfach!", grollte die Mutter. „Überprüf sämtliche Kameras."

„Das tue ich bereits. Und ich kann sie nirgends sehen."

„Ich muss sie finden", sagte Marda. „Bevor sie alles ruiniert."

Die Mutter streckte die Hand aus. „Gib mir den Stab."

Instinktiv presste sich Marda das Artefakt an ihre Brust.

„Du musst deine Cousine suchen", erklärte Elecia. „Ich kann mich so lange um die Namenlosen kümmern. Lass mich dir helfen. Nur dieses eine Mal."

Das Blatt hatte sich wahrlich gewendet. Jetzt war es die Mutter, die *sie* um etwas bat.

„Also schön." Marda reichte ihr den Stab. „Ich werde bald zurück sein."

„Nimm dir ruhig Zeit", schnurrte die Mutter noch, aber da war Marda bereits aus der Höhle geeilt.

46. KAPITEL

Yana wusste nicht, wo sie hinrannte. Sie hatte jegliche Orientierung verloren, sobald sie aus der Versammlungshöhle gekrochen war – gleich nachdem Marda ihr den Rücken zugekehrt hatte, so als würde Yana für sie nicht mehr existieren. Ihr Atem kam in schnellen, flachen Zügen, und die Schmerzen waren unerträglich. Zumindest hatte sie keine Blutspur zurückgelassen, als sie aus der Höhle gekrochen war. Die Hitze von Mardas Klinge hatte die Wunde sofort verschlossen.

Mardas Klinge.

Ihre eigene Cousine hatte ihr die Hand abgehackt.

Sollte sie in den neun Höllen verrotten.

Und so, wie es klang, war das nur noch eine Frage der Zeit. Die Tunnel hallten wider vom Lärm der Schlacht – einer Schlacht, die sogar noch größer und brutaler zu sein schien als die auf Jedha. Plasmaklingen surrten, Blasterbolzen jaulten, Wesen schrien, und da war noch etwas, ein widernatürliches Heulen – was nur bedeuten konnte, dass Elecia den Gleichmacher und seine Artgenossen auf die ahnungslosen Jedi losgelassen hatte!

Yana hätte sie warnen sollen. Sie hätte ihnen sagen können, was sie erwartete, und sie würde den Rest ihrer Tage damit leben müssen, dass sie es nicht getan hatte. Sofern sie irgendwie hier herauskam. Die Tunnel waren ein wahres Labyrinth, in dem man sich ganz leicht verirren konnte, selbst wenn man nicht unter Schock stand und schwer verletzt war. Sie brauchte jemanden, der ihr den Weg nach draußen zeigen konnte. Sie brauchte Kor.

„Wo bist du?“, schrie sie, und ihre Verzweiflung hallte von den Wänden wider. „Sag doch etwas!“

Aber Kor blieb stumm. Wollte sie Yana bestrafen, weil sie nicht auf sie gehört hatte? Weil sie nicht weggerannt war, als sie noch die Chance dazu gehabt hatte? Nein, das konnte nicht sein, denn Kor war niemals real gewesen. Evereni konnten die Toten nicht sehen. Wenn jemand starb, war er fort, für immer. Der einzige Fluch, den Yana mit ihrem Volk teilte, war der, dass sie am Ende ganz allein war. Die, denen sie vertraut hatte, hatten sie hintergangen, und die, die sie geliebt hatte, waren tot.

„Yana?"

Beim Klang der Stimme wirbelte sie so schnell herum, dass sie das Gleichgewicht verlor. Schmerz brandete durch ihren verletzten Arm, als sie auf dem Rücken landete.

„Bei den Sonnen, was ist denn mit dir geschehen?"

Yana lachte bitter. Sunshine Dobbs starrte auf sie herab, und echte Sorge stand ihm in sein schweißglänzendes Gesicht geschrieben. Die Galaxis machte sich wohl wirklich einen Spaß daraus, sie zu verspotten. Von all den Personen, die sie kannte, war ausgerechnet *er* derjenige, der sich um sie sorgte? Diese verlogene, hinterhältige Schleimschnecke von einem Menschen, die an Kors Ermordung beteiligt gewesen war?

Der Hyperraum-Scout beugte sich vor, um ihr aufzuhelfen, aber sie trat seine Hände mit den Stiefeln fort. „Fass mich nicht an! Komm keinen Schritt näher!"

Er wich zurück, zweifelsohne aus Angst davor, was ihre scharfen Zähne mit seinem wulstigen Hals anstellen könnten. „Wer hat dir das angetan?"

„Unwichtig. Wie komme ich hier raus?"

„Wie meinst du das?"

„Vergeude nicht meine Zeit, Dobbs. Du hast immer einen Fluchtplan in petto, um deinen wertlosen Hintern zu retten ..."

Sie brach ab, als sie erkannte, womit Dobbs gerade beschäftigt gewesen war, als er sie gefunden hatte. Die Türen hinter ihm waren offen, und dahinter standen mehrere Rucksäcke auf dem Boden, bis obenhin gefüllt mit Gold, Silber und Bronzium.

„Die Artefakte." Yana lachte. „Du stiehlst die Artefakte."

„Nicht alle", protestierte er, als würde das die Sache besser machen. „Sie hat überall unter dem Lager Verstecke. Ich nehme mir nur, was mir zusteht. Was sie mir schuldig ist."

„Sie?" Yana lachte erneut, als sie begriff, wen er meinte. „Die Mutter?"

„Ich lasse mich nicht gern benutzen. Auch nicht von ihr."

„*Benutzen?* Ich habe gesehen, wie du sie anstarrst, Dobbs. Du bist *verliebt* in sie."

„Nicht aus freien Stücken", entgegnete er, und Speichel stob von seinen Lippen, als er sich in Rage redete. „Sie hat mich *gezwungen*, sie zu lieben. Vermutlich hat sie alle gezwungen, sie zu lieben!"

„Wie meinst du das?"

„Es ist mir klar geworden, als wir zu Planet X flogen. Wir hatten es schon bei unserem ersten Besuch dort gespürt, Spence und ich. Da war ein überwältigendes Gefühl der Freude, der Zufriedenheit. Ich weiß nicht, ob es ein Defensivmechanismus des Schleiers ist, um zu verhindern, dass irgendjemand diesen Ort wieder verlässt oder … oder …"

„Oder die Macht", beendete Yana den Satz für ihn.

„Oder die Macht, ja. Und genau dasselbe fühle ich, wenn ich in Elecias Nähe bin. Dieselbe Euphorie."

„Klingt in meinen Ohren nach einer Ausrede", meinte Yana, während sie sich, mit der verbliebenen Hand an die Wand gestützt, auf die Beine kämpfte. „Was ist wirklich passiert, Dobbs? Hast du ihr deine Liebe gestanden, und sie hat dich abblitzen lassen?"

„Sie hat mich *benutzt!*", behauptete er. „Sie hat mich Dinge tun lassen, die ich sonst niemals getan hätte." Er machte einen Schritt auf sie zu, und Yana versuchte, nicht zu würgen, als ihr sein stinkender Atem entgegenschlug.

„Denkst du, ich hätte sonst zugelassen, dass Kor während unserer letzten Mission starb?"

Wie konnte er es wagen, ihren Namen zu erwähnen. Yanas Krallen zuckten, begierig darauf, ihm seine verlogene Zunge aus dem Mund zu reißen. Aber … ob es ihr nun gefiel oder nicht, seine Worte ergaben Sinn.

„Ich möchte wiedergutmachen, was passiert ist“, fuhr Sunshine fort, wobei er sich mit schmutzigen Fingern über die Lippen wischte. „Ich kann dich hier rausbringen.“ Er deutete auf ihren Armstumpf. „Ich kann dir sogar damit helfen. Wir haben die Artefakte, und ich kenne die Leute, die den besten Preis dafür zahlen.“

„*Ihre* Artefakte“, grollte Yana.

„Deine und meine“, korrigierte Sunshine sie. „Sie gehören jetzt uns.“

Sofern sie von Dalna entkommen konnten. „Hast du ein Schiff?“

„Nein, aber die *Silverstreak* ist noch in einem Stück. Mehr oder weniger jedenfalls. Ich habe sie nach Ferdan gebracht, als ich Elecias neue Verteidigungsmaßnahmen sah. Ich hab mir gedacht, es wäre doch eine Schande, wenn sie nach allem, was geschehen ist, im Kreuzfeuer explodierte.“

„Und wie kommen *wir* von hier fort, ohne ins Kreuzfeuer zu geraten?“

Sunshine deutete in den Gang vor ihnen. „Sie werden nicht mal merken, dass wir überhaupt fort sind.“

Yana lehnte sich gegen die Wand, um sich abzustützen. Das könnte ihre einzige Chance sein. „Hört sich gut an.“

„Ausgezeichnet.“ Die Schleimschnecke klang, als würde sie sich wirklich freuen. Dann aber zog Sunshine unter seinem lächerlichen Hut die Stirn in Falten. „Bist du kräftig genug, um einen dieser Rucksäcke zu tragen?“

Sie nickte. „Das krieg ich schon hin.“

„Das könnte der Beginn einer wundervollen Freundschaft sein, Yana Ro“, sagte der Hyperraum-Scout grinsend, dann wandte er sich wieder Elecias Schatzkammer zu.

„Ich weiß nicht“, erwiderte Yana – und verpasste ihm mit aller Kraft einen Tritt in den Rücken. „Für mich fühlt es sich eher nach einem Schlusspunkt an!“

Sunshine ächzte, während er vornüberkippte. Er schlug mit dem Gesicht voran auf den Boden, kurz bevor Yana hinter ihm die Tür zustieß. Sie hatte gerade genug Zeit, den Verriegelungsmechanismus zu aktivieren, ehe Sunshine auch schon mit den Fäusten gegen das Holz zu trommeln begann.

Seine geplünderten Schätze hatte sie mit ihm eingesperrt. Zugegeben, ein paar der Relikte wären vermutlich ganz nützlich gewesen, aber Yana wollte nichts mehr mit dem Pfad zu tun haben, und das schloss auch seine unrechtmäßig erworbenen Schätze mit ein.

Ihr Stiefel streifte etwas, als sie sich herumdrehte. Mit einem Lachen bückte sie sich, um den Blaster aufzuheben, der Sunshine unter dem Gürtel hervorgerutscht sein musste.

„Danke für das Abschiedsgeschenk!“, rief sie dem eingeschlossenen Hyperraum-Scout zu, während sie die Waffe in ihrer linken Hand wog. Es fühlte sich ungewohnt an, aber sie würde schon damit zurechtkommen.

47. KAPITEL

In die Höhlen vorzudringen war überraschend leicht gewesen. Sie stießen zwar auf weitere Droiden und auch ansonsten auf mehr Widerstand – die Pfad-Anhänger waren überraschend gut bewaffnet –, aber die Schlacht schien sich weiter zu ihren Gunsten zu entwickeln, vor allem, als Sheriff Pickwick meldete, dass weitere Verstärkung auf dem Weg sei. Den ganzen Tag waren schon Gruppen in Ferdan angekommen, die aus dem einen oder anderen Grund ein Fondorhühnchen mit dem Pfad zu rupfen hatten. Die Glaubensgemeinschaft der Mutter mit ihren Roben und ihren Gesichtsbemalungen war offensichtlich nicht so unschuldig, wie sie zu sein vorgab. Inzwischen sollten auch weitere Jedi auf dem Weg ins Lager sein. Was vermutlich nicht schaden konnte, denn einige Berichte hatten Piratenschiffe und sogar einen huttischen Schreckenskreuzer erwähnt!

Der Pfad konnte von Glück reden, dass die Jedi die Höhlen zuerst erreicht hatten.

„Für Licht und Leben!", rief Ela Sutan, als sie tiefer in das unterirdische Tunnelsystem vorstießen.

Schon bald wurden sie wieder beschossen. Keiner der Blasterstrahlen gelangte an ihren Lichtschwertern vorbei, aber sie mussten extrem wachsam bleiben. Zum einen, weil die Gänge schmaler wurden, zum anderen, weil die Nicht-Jedi unter ihnen auch so manches unnötige Risiko eingingen.

„Hier entlang!", befahl Pickwick einem ihrer Leute, einem dunkelhäutigen Aqualishaner, dessen Augen fast genauso scharf waren wie seine Hauer.

„Nein, wartet!", rief Azlin, aber Jinx Pickwick hörte nicht, sondern löste sich von der Hauptgruppe ab, um den Tunnel zu sichern – was sich prompt als Fehler erwies. Ehe sie sichs versahen, kauerten der Sheriff und der Aqualishaner hinter einem großen Stalagmiten, während links und rechts Blasterschüsse an ihnen vorbeizischten.

„Was sagtet Ihr noch von wegen Kopf unten halten?", scherzte Matty, als sie und Azlin den beiden zu Hilfe eilten, dicht gefolgt von Gluth Andoi.

Verärgerung keimte in Matty auf. Hatte der Morseerianer wirklich Angst, dass sie nicht in der Lage waren, die beiden Einheimischen zu retten? Dass sich gleich drei Jedi dieser Aufgabe annahmen, erschien ihr definitiv übertrieben.

„Geht mit den anderen!", rief sie zu dem Jedi-Meister nach hinten. „Wir kommen hier schon klar!"

„Da bin ich mir sicher", erwiderte er, dennoch sprang er vor und stürzte sich mit nicht weniger als vier Lichtschwertern in den Kampf. „Aber je mehr Hände mit anpacken, desto schneller wird man fertig!"

Bevor sie etwas entgegnen konnte, landete er mitten im Schussfeld der Kultisten, ihre Blasterstrahlen mit den Lichtschwertern abwehrend. Über die Schulter wies er Matty und Azlin an, den Sheriff und den Aqualishaner in Sicherheit zu bringen. An sich kein schlechter Plan, aber Matty ließ es sich trotzdem nicht nehmen, eine Pirouette zu vollführen und aus der Bewegung heraus einen Schuss in die feindlichen Reihen zurückzulenken. Dort, wo der Lichtblitz zwischen den Felsen verschwand, kippte einen Moment später ein benommener Pfad-Anhänger zu Boden.

„Nicht schlecht", brummte ein beeindruckter Gluth Andoi durch seine Maske. Seine Klingen wirbelten umher, als hätten sie einen eigenen Willen. „Das muss ich selbst mal ausprobieren."

Matty reckte stolz die Brust vor. Der Jedi-Meister machte vermutlich nur einen Scherz, aber es fühlte sich trotzdem gut an. Sie würde später darüber meditieren. Falls es ein Später gab. Und daran kamen ihr schon bald darauf ernsthafte Zweifel.

Es begann mit einem Schrei. War das Jinx Pickwick? Sie drehte sich gerade noch rechtzeitig herum, um zu sehen, wie Azlin das Lichtschwert aus der Hand fiel. Sein Gesicht war zu einer Grimasse verzerrt, noch bevor ihn der erste Blasterstrahl um die eigene Achse wirbeln ließ. Im selben Moment begann auch die Padawan zu schreien. Azlin drehte sich weiter im Kreis, bis seine Arme – zu viele Arme – verschwammen und seine Beine – *definitiv* zu viele Beine – nachgaben. Hinter Matty geriet Gluth ins Taumeln, und ein Blasterschuss durchdrang seine Verteidigung, um sich in seine Schulter zu brennen. Er ächzte, als sein Arm aus dem Gelenk gerissen wurde. Blut spritzte über Mattys Gesicht, aber es hatte die falsche Farbe. Überhaupt alles hatte die falsche Farbe. Die Wände, der Boden, Azlins unkontrolliert rotierender Körper …

Es passierte schon wieder. Dieselbe Verwirrung wie zuvor. Sie konnte die anderen nicht länger spüren, konnte sich nicht mal mehr an ihre Namen erinnern oder an sonst irgendetwas. Wer sie selbst war, was sie war, wie es sich anfühlte, von der Macht umgeben zu sein und von ihrer Energie zu zehren. Das Licht war erloschen, und zurück blieb nichts als Dunkelheit.

Dunkelheit und das Scharren winziger, krallenbesetzter Pfoten.

48. KAPITEL

Die Wildheit der Namenlosen überraschte sogar Marda.

Überall strömte Regenwasser durch die Tunnel herab, und in den schmaleren Tunneln formten sich regelrechte Flüsse, auch wenn ihr Tosen noch vom Kampflärm übertönt wurde. Das gesamte Höhlensystem stand kurz davor, wieder überflutet zu werden. Marda versuchte dennoch, ihre Sorge zu unterdrücken. Sie durfte sich nicht ablenken lassen, solange Yana auf freiem Fuß war. Wer vermochte schon zu sagen, wozu ihre Cousine in der Lage war, vor allem jetzt, da sie verwundet und allein war? Was, wenn sie tatsächlich zu den Jedi überlief? Was, wenn sie die Jedi vor den Namenlosen warnte? Marda rannte schneller und verfluchte sich, weil sie nicht mehr Zeit damit verbracht hatte, sich das Tunnelnetz einzuprägen.

Doch all diese Gedanken wurden fortgewischt, als wie aus dem Nichts eine Jedi vor ihr auftauchte. Sie sah nicht aus wie Kevmo oder Zallah, sondern trug eine kantige Maske unter ihrer schweren Kapuze. War das eine Art Atemgerät oder Teil einer klassischen Jedi-Kampfrüstung? So oder so, Marda hasste es, dass sie ihr Gesicht nicht sehen konnte. Was hatte die Machtschänderin zu verbergen?

Trotzdem konnte sie sich den Gesichtsausdruck der Jedi nur zu gut vorzustellen, als diese die Waffe in Mardas Hand sah.

„Lassen Sie das Lichtschwert fallen!“, befahl die Jedi, ihre Stimme künstlich und bar jeglicher Emotion. Ein Vocoder also. Das Gerät machte es unmöglich, ihre Stimmung abzuschätzen, aber sie ging sofort in Verteidigungsstellung. Kein gutes Zeichen. Vorhin in der Höhle hatte Marda sich unaufhaltsam gefühlt, aber jetzt, vor dieser hochgewachsenen Kriegerin, zerschmolz ihre Selbstsicherheit in nichts.

Sie hatte Kevmos Lichtschwert bislang dreimal eingesetzt, einmal davon nur gegen eine Tür, wohingegen dieses Wesen sein ganzes Leben lang mit dieser Art Waffe trainiert hatte. Es war völlig ausgeschlossen, dass Marda in einem Lichtschwertduell gewinnen konnte.

Die Jedi hob ihre behandschuhte Hand, und Marda spürte, wie etwas an ihrem Bewusstsein zupfte. „Lassen Sie das Lichtschwert fallen!", wiederholte die Stimme unter der Maske.

Natürlich würde sie das Lichtschwert fallen lassen. Sie *wollte* es fallen lassen. Ein Lichtschwert war so ziemlich das Letzte, was sie jetzt brauchen konnte.

Ihr Daumen rutschte vom Aktivator, die Klinge löste sich auf, und ihre Finger am Griff der Waffe entspannten sich.

Genau in diesem Augenblick sprang einer der jungen Namenlosen von oben herab. Die Jedi schrie, als er auf ihr landete.

Voller Schrecken erkannte Marda, dass die Frau in ihrem Kopf gewesen war und sie gezwungen hatte, gegen ihren Willen zu handeln. Sie schloss die Finger hastig wieder um das Lichtschwert, während sich die Jedi unter dem Monster hin und her warf. Seine Tentakel hafteten an ihrer Maske, und Marda beobachtete zu gleichen Teilen fasziniert und angewidert, wie es sich an der Jedi labte. Schließlich erlahmten deren Gliedmaßen, und dann war nur noch das grässliche Schlürfen zu hören, das der Namenlose während seines Festmahls von sich gab.

Obwohl nur ein paar Sekunden vergangen waren, war er sichtlich größer geworden, außerdem stachen gezackte Stacheln aus seiner Wirbelsäule hervor, und seine Muskeln verhärteten sich unter der blassen Haut, als er von seinem Opfer abließ. Ein letztes Mal zischte er noch zwischen seinen Tentakeln hervor, dann huschte er davon, um die Jagd fortzusetzen.

Alle Gedanken an Yana waren schlagartig vergessen. Marda hatte solche Angst, dass sie kaum atmen konnte, trotzdem schob sie sich näher an die Leiche der Jedi heran und trat ihr den Lichtschwertgriff aus der Hand. Als sie sah, dass die Maske von Rissen überzogen war, verspürte sie plötzlich den morbiden Wunsch, das Gesicht darunter zu sehen, also schob sie ihre Stiefelspitze unter den Rand der Maske und schob sie zur Seite.

Der Namenlose hatte von dem Gesicht nicht viel übrig gelassen. Marda konnte nicht einmal erkennen, zu welcher Spezies die Jedi gehört hatte. Zudem war ihre Haut zu einer grauen Kruste geworden, und während Marda noch hinsah, fiel auch der Rest von ihr in sich zusammen.

Marda wollte sich abwenden, konnte aber nicht. Ihr Blick blieb wie gebannt auf den Haufen Asche gerichtet, der einmal ein Gesicht gewesen war. Die Jedi hatte dieses Schicksal selbst über sich gebracht. Weil sie sich wie alle in ihrem Orden weigerte, die Verantwortung für ihre Taten anzuerkennen. Nur ihretwegen hatte sich die Offene Hand zur Faust geballt.

Marda wischte sich über die Wange, und als sie die Hand wieder zurückzog, waren ihre Fingerspitzen feucht. Es musste das Wasser sein, das durch die Höhlendecke herabtropfte.

Sie musste weitergehen. Sie musste ihre Cousine finden.

Yana war dem Ausgang der Höhlen schon ganz nahe. Es konnte nicht mehr weit sein. Dann würde sie sich Sunshines Schiff schnappen und mehrere Lichtjahre zwischen sich und dieses Desaster bringen.

Ein kleines Hindernis stand noch zwischen ihr und ihrer Freiheit, nämlich dass sie keine Ahnung hatte, wie man ein Schiff flog. Das wäre bereits ein Problem gewesen, als sie noch beide Hände gehabt hatte. Jetzt, mit nur einer, war es absolut unmöglich. Aber sie würde schon eine Lösung finden.

Vielleicht hätte sie Sunshine doch nicht zurücklassen sollen. Theoretisch könnte sie noch umkehren und ihn befreien, aber ein Tunnel sah aus wie der andere, und sie bezweifelte, dass sie den Weg zurück zur Schatzkammer finden würde. Viel wahrscheinlicher war, dass sie sich binnen Sekunden heillos verirrte, sogar noch heilloser als zuvor.

Yana lachte, ein schrilles Kichern, das sie selbst nicht wiedererkannte. Der erste Vorbote der Hysterie. Sie musste es nach draußen schaffen, den freien Himmel über sich sehen, den Regen auf ihrer heißen Haut spüren.

Etwas bewegte sich links von ihr. Yana wirbelte herum, und ihr Blaster ruckte hoch, aber sie senkte ihn rasch wieder, als sie erkannte, was – oder genauer, *wen* – sie vor sich hatte.

„Hallo", sagte sie zu dem kleinen Ithorianer, der in den Schatten kauerte. Es war derselbe Junge, den sie schon in Ferdan und später bei Ric Farazis Hütte gesehen hatte. Sie kannte noch immer nicht seinen Namen, aber viel wichtiger war im Moment, warum er hier in einer Todeszone herumrannte und dabei eine ausgebeulte Tasche an seine schmale Brust presste.

„Was hast du denn da, Kleiner?", fragte sie, aber der Ithorianer antwortete nicht. „Hast wohl keine Lust, mit mir zu reden, hm? Kann ich verstehen. Ich bin gerade selbst nicht in Plauderlaune, aber ... he, an einem Tag wie diesem brauchen wir alle Freunde, die wir kriegen können. Ich bin Yana. Vielleicht kennst du ja meine Cousine Marda."

„Die Führerin", entfuhr es ihm, und ein Vocoder übersetzte die Worte aus seiner Muttersprache in Basic.

„Richtig, die Führerin. Hast du einen Namen?"

„Boolan."

„Freut mich, Boolan. Was ist in der Tasche?"

Er wich zurück und krallte die Hände fester um seine Last. „Die Macht wird frei sein."

„Du willst es mir nicht zeigen, hm? Na schön, dann gehe ich jetzt besser."

Nicht dass sie wirklich vorhatte zu gehen. Etwas hatte zwischen den Felsen hinter dem Jungen geblinkt, und es waren nicht die Sonnenopale gewesen, die die Höhlenwände säumten. Nein, da war etwas anderes. Etwas, das ihr schrecklich vertraut vorkam.

Boolan zuckte zusammen, als Yana unvermittelt auf ihn zusprang. Dummerweise hatte sie vergessen, dass sie nur noch eine Hand hatte. Anstatt dem Jungen die Tasche zu entreißen, konnte Yana sie lediglich mit ihrem Armstumpf zur Seite schlagen. Boolan schrie, als er die Tasche aus den Händen verlor, dann rannte er in die Dunkelheit davon, aber Yana hielt ihn nicht auf. Stattdessen bückte sie sich, um nachzusehen, welch mysteriösen Schatz der Ithorianer mit sich herumgetragen hatte.

„Wo ist sie? Hast du sie gesehen?"

Shea stopfte gerade Ausrüstung und Elektronikteile aus einem Ausrüstungsschrank in einen Rucksack, als Marda in den Kontrollraum stolperte.

„Alles, was ich gesehen habe, ist Tod", schnappte die Technikspezialistin. „Jede Menge Tod. Einen Teil davon kann ich mir erklären. Du weißt schon, Blaster, glühende Schwerter, all so was. Aber dann ist da noch … Ich möchte nicht mal drüber nachdenken. Hast du gesehen, was diese Kreaturen tun? Diese Monster, die du hergebracht hast?"

„Die Namenlosen", korrigierte Marda.

„Mir egal, wie du sie nennst. Sie sind Monster, und wir haben sie auf die Galaxis losgelassen."

Marda hatte keine Zeit, um sich belehren zu lassen, erst recht nicht von Shea. Zugegeben, sie war selbst überrascht, wie viele vertrocknete Hüllen ehemaliger Wesen sie auf der Suche nach Yana in den Tunneln gesehen hatte. Die meisten der Opfer waren Jedi, aber ein paar Pfad-Anhänger waren ebenfalls darunter gewesen. Das konnte nur eines bedeuten: dass sich neben Shea und Calar noch weitere Machtbenutzer in ihrer Mitte verborgen hatten. Doch die Namenlosen hatten sie nicht täuschen können. Sie hatten ihr Schicksal verdient. Sie alle.

„Yana", presste Marda zwischen zusammengebissenen Zähnen hervor, und sie schloss ihre Finger fester um das Lichtschwert. „Hast du sie gesehen?"

„Nein." Shea wandte sich wieder ihrem Rucksack zu. „Wenn du sie suchen willst, nur zu. Aber ich verschwinde."

Sie stürmte an Marda vorbei und stieß sie dabei grob mit der Schulter an, doch die Evereni reagierte nicht darauf. Sie interessierten allein die Bilder der Überwachungskameras.

Langsam, ihr Lichtschwert noch immer aktiviert, ging sie zu den Kontrollen und wechselte von einer Ansicht zur nächsten.

„Wo steckst du?", murmelte sie vor sich hin, während sie versuchte, nicht auf die zahlreichen leblosen Hüllen in den Gängen zu achten. „Wo steckst du?"

Mehr als einmal wollte sie schon aufgeben, aber dann ... Da, eine unscharfe Gestalt auf einem der Schirme. „Nein", keuchte Marda, als sie beobachtete, wie ihre Cousine auf einen verängstigten kleinen Ithorianer zusprang. Auf ein Kind! „Nein!"

Funken stoben in die Luft, als Marda mit einem ungezügelten Hieb ihres Lichtschwerts die Konsole entzweihackte. Diesmal war Yana zu weit gegangen.

Boolans Tasche war voll mit Detonit, jenem Sprengstoff, den die Älteste Dinube angeblich hatte benutzen wollen, um einen Durchgang zu den Höhlen im Süden zu schaffen. Warum also platzierte ein Jüngling – ein *Jüngling*, bei den Sonnen! – hier Sprengladungen, mehrere Hundert Meter von den südlichen Höhlen entfernt?

Jetzt wusste sie, warum der Junge so schuldbewusst dreingeblickt hatte. Er war fleißig gewesen, das musste Yana ihm lassen. Die Tasche war halb leer, und in den Nischen und Spalten entlang des gesamten Tunnels blinkten Sprengladungen. Yana ging zu dem nächstgelegenen Bündel hinüber und hob den Arm, um es vom Felsen abzulösen ... aber einmal mehr war es der Arm, der keine Hand mehr hatte.

Fluchend legte sie die Tasche ab und benutzte ihre linke Hand, um nach dem Sprengstoff zu greifen. Der gerissene kleine Hammerkopf hatte das Detonit jedoch sehr geschickt im Spalt platziert. Sie konnte es nicht herausziehen, ohne zu riskieren, dass es auf den Boden fiel, und das war so ziemlich das Letzte, was sie wollte. Noch während sie ihre Hand zurückzog, ertönte hinter ihr plötzlich das stotternde Summen eines Lichtschwerts, und gelbes Licht erhellte die Tunnelwände.

Mit einem Seufzen drehte sich Yana herum, um ihrer Cousine in die Augen zu blicken.

„Hallo, Marda", sagte sie grimmig. „Bist du gekommen, um mir den Rest zu geben?"

49. KAPITEL

Irgendwo in ihrem Hinterkopf wusste Matty, dass Gluth Andoi tot war. Sie hatte gesehen, wie Blasterstrahlen seinen Körper durchbohrt hatten, als er entschlossen vorgesprungen war, um die anderen vor dem Grauen zu bewahren, das aus der Dunkelheit auf sie zukam.

Was genau dieses Grauen war, konnte die Padawan aber nicht erkennen, obwohl es direkt auf Gluth zusprang und den taumelnden Morseerianer zu Boden riss. Ihre Blicke schienen von seinem Leib abzugleiten. Sie sah nur, wie der Jedi-Meister zuckte, während die Kreatur sich an ihm gütlich tat.

Aber eines war sicher, so real und unbestreitbar wie die Tränen, die ihr übers Gesicht strömten.

Sie war als Nächste dran.

Der Gedanke hatte fast etwas Tröstliches. Die Zeit hatte jegliche Bedeutung verloren, und Angst beherrschte ihre Welt – Angst, weil sie nicht länger die Macht spüren konnte, weil sie alle enttäuscht hatte, weil sich ein Mitglied des Hohen Rats für nichts und wieder nichts geopfert hatte. Sie hatte versagt. Sie hatte von Anfang an versagt. Es gab nichts, was sie noch tun konnte, außer zu sterben.

Tu es, schrie sie die Bestie an, die gerade über Gluth herfiel. *Bring es zu Ende! Töte mich*!

Sie wusste nicht, ob sie die Worte tatsächlich hervorstieß oder sie nur in ihrem Geist brüllte, aber so oder so erzielten sie eine Wirkung, denn Matty wurde schlagartig in die Realität zurückgerissen.

Sie lag auf dem Rücken, und von den Stalaktiten an der Decke tropfte Wasser auf sie herab. Der Boden unter ihren Lekku war real. Der Gestank des Todes war real. Die Schreie waren real.

Aber es waren nicht Gluths Schreie – Gluth konnte nicht länger schreien –, und es waren auch nicht ihre eigenen.

Es war Azlin. Azlin litt Schmerzen. Schreckliche Schmerzen.

Matty rollte sich herum und kroch zu dem Menschen hinüber, der zusammengerollt hinter einem Stalagmiten lag, die Fäuste vors Gesicht gepresst.

„Azlin ...", krächzte sie. Ihre Kehle fühlte sich schrecklich rau an. „Alles ist gut. Du bist in Sicherheit. Wir sind beide in Sicherheit."

Sie versuchte, seine Hände wegzuziehen, aber er drehte sich von ihr weg wie ein verängstigter Jüngling. Zumindest hatte er aufgehört zu schreien.

„Was bei den Sonnen ..."

Pickwick und der Aqualishaner, der sie begleitet hatte, standen vor Gluth Andois Leiche und starrten fassungslos auf seine Überreste hinab. Matty zwang sich, aufzustehen und einen unsicheren Schritt auf die beiden zu zu machen. Der Anblick von Bluths Leichnam sorgte jedoch dafür, dass sie sogleich wieder auf die Knie sackte. Übelkeit stieg in ihr hoch, und sie presste sich eine bebende Hand auf den Mund, um sich nicht zu übergeben.

Es klappte nicht.

Die Methanmaske des Jedi-Meisters war abgerissen, und die weisen Augen darunter starrten blicklos zur Decke hoch. Gluths Mund war aufgerissen, seine Haut aschfahl. Herabtropfende Feuchtigkeit grub kleine Krater in seine Wangen und wusch sein Gesicht mit jeder Sekunde weiter hinfort. Erst glaubte Matty, es wären Regentropfen von der Decke, aber dann erkannte sie, dass sie weinte. Was da kleine Aschewolken von Gluths erstarrten Zügen aufsteigen ließ, waren ihre Tränen!

Azlin hatte erzählt, dass Zallah Macri und Kevmo Zink zu leeren Hüllen geworden waren. Dasselbe war Meisterin Leebon widerfahren. Und nun hatte es Gluth Andoi erwischt.

„Was war das für ein Ding?", fragte Pickwick.

„Was meinen Sie?" Matty schniefte leise, während sie Gluths Lichtschwerter aufhob – das war das Einzige, was sie im Augenblick tun konnte, um sein Opfer zu ehren.

„Das Ding, das ihn angefallen hat!", blaffte Pickwick. „Ich habe noch nie etwas Derartiges gesehen!"

Dann hatte sie zumindest mehr gesehen als Matty.

Die Padawan richtete sich auf und drückte den Schwertgriff an ihre Brust. Vage war sie sich bewusst, dass sie ihre eigene Waffe noch suchen musste. „Was ist passiert?"

„Hm. Ich habe darauf geschossen. Aber bevor ich noch mal abdrücken konnte, ist es in die Tunnel geflohen."

„Sie haben mein Leben gerettet", sagte Matty, während sie sich Gluths Schwerter eins nach dem anderen an den Gürtel hängte. „Eigentlich sollte ich Ihnen helfen, doch stattdessen haben Sie mir das Leben gerettet."

„He, wir hängen gemeinsam in dieser Sache drin", erwiderte Sheriff Pickwick. Sie ging zu den Pfad-Anhängern hinüber, die vor den Tunnelwänden lagen. „Dein Freund hat es geschafft, diese Kerle auszuschalten, obwohl ihm ein Arm fehlte. So etwas habe ich noch nie erlebt."

„Er war ein Mitglied des Hohen Rats", sagte Matty, als würde das alles erklären. Endlich entdeckte sie ihr eigenes Lichtschwert, ungefähr einen Meter entfernt auf dem Boden.

„Er war verdammt beeindruckend, das war er. Aber wir können nicht hierbleiben. Nicht, wenn diese Monster frei umherrennen."

Matty hob den Arm. Ihr Schwertgriff zuckte leicht, flog aber nicht in ihre Hand. Ihre Verbindung zur Macht war noch immer geschwächt. Was, wenn sie sich nie wieder ganz erholte?

„Gehen Sie zu den anderen zurück", wies sie den Sheriff an, dann schritt sie hinüber und hob das Schwert auf. Jede Bewegung war eine Qual. „Wir kommen gleich nach."

„Sicher?", fragte Pickwick mit einem Blick zu Rell, der noch immer zusammengerollt dalag.

„Ich helfe Azlin. Wir kommen schon klar, keine Sorge."

„Na schön. Aber falls Ihr uns braucht ..."

„Rufen wir. Versprochen."

Pickwick nickte, dann lief sie los, der Aqualishaner nur einen Schritt hinter ihr. Matty hielt sich aufrecht, bis die beiden außer Sicht waren, dann sank sie wieder auf die Knie, schluchzte und schaffte es nicht mehr, die Tränen zurückzuhalten. Natürlich wusste sie, dass es gefährlich war, sich hier und jetzt ihrer Trauer hinzugeben. Sie wäre erledigt, falls die Bestie zurückkehrte oder irgendein schießwütiges Pfad-Mitglied hinter der nächsten Ecke auftauchte.

Es ist in Ordnung, hörte sie jemanden sagen, und einen Moment später erkannte sie Meisterin Leebons Stimme. *Alles wird gut, Matty. Ich glaube an dich.*

Jetzt musste sie nur noch an sich selbst glauben.

Sie stand auf. Sie musste sich zusammenreißen, musste weitermachen.

„Azlin", sagte sie, noch immer schniefend, „wir können nicht hierbleiben. Wir müssen weiter."

Der Jedi-Ritter antwortete nicht, sondern vergrub sein Gesicht weiterhin zwischen seinen Knien.

„Azlin."

„Ich kann nicht", wisperte er mit dem Rücken zu ihr.

„Ihr müsst."

„Lass mich."

„Auf keinen Fall!" Der energische Klang ihrer Stimme überraschte sie selbst, ebenso wie die Woge der Macht, die sie zu Azlin schickte und die ihn zu Boden warf. Er hob erschrocken den Kopf, das Gesicht verschmiert von Schmutz und Tränen.

„Es tut mir leid", sagte sie, und sie meinte es ehrlich. „Aber ich kann Euch nicht hierlassen. Ihr müsst mir helfen. Wir müssen *einander* helfen."

Azlins Lippen bebten, während sein Blick hinüber zu Gluth wanderte. „Nein", wimmerte er, „nicht schon wieder."

„Hoch mit Euch!“, fuhr Matty ihn an. Sie wischte sich die Nase am Ärmel ab. „Auf die Füße, Jedi! Oder muss ich Euch wirklich hinter mir herziehen?“

Er kam der Aufforderung nach, eine automatische Reaktion, aber erneut füllten Tränen seine Augen. „Ich ... ich kann das nicht noch einmal durchstehen.“

„Viele Leben sind in Gefahr.“

„Und?“

„Und wir müssen sie retten.“

„Was, wenn wir es nicht können?“, schrie er ihr ins Gesicht, wobei er auf die zerfallende Hülle des Morseerianers deutete. „Was, wenn wir genauso enden?“

„Die Macht ist mit uns!“

„Nein. Sie war fort. Als dieses Ding kam, konnte ich sie nicht länger spüren, Matty.“

„Doch, die Macht *ist* mit uns. Wir sind eins mit der Macht. Sprecht mir nach!“

Er murmelte die Worte, aber ohne jegliche Überzeugung.

„Noch mal. Die Macht ist mit uns. Wir sind eins mit der Macht.“

Diesmal war seine Stimme schon kräftiger.

„Die Macht ist mit uns. Wir sind eins mit der Macht. Die Macht ist mit uns. Wir sind eins mit der Macht. Die Macht ist mit uns. Wir sind eins mit der Macht.“

„Okay“, erklärte er schließlich. „Okay, ich glaube es.“

Ein Teil von ihr bezweifelte das, aber sie musste nehmen, was sie kriegen konnte.

„Seid Ihr bereit, weiterzukämpfen?“, fragte sie, um einen lockeren, ermutigenden Ton bemüht, obwohl sie in diesem Moment selbst ein wenig Aufmunterung hätte brauchen können.

„Nicht wirklich“, gestand er, während er sein Lichtschwert aufhob. „Du etwa?“

„Nein.“ Matty drehte sich in Richtung des Kampflärms herum. „Aber welche Wahl haben wir schon?“

50. KAPITEL

„Was ist da drin?“, fragte Marda mit Blick auf die Tasche.

„Wonach sieht es aus?“ Yana hielt ihre Stimme ruhig, obwohl sie am liebsten nach ihrem Blaster gegriffen hätte.

„Was für ein Feigling du bist!“, zischte Marda. Das Lichtschwert bebte in ihren Händen, so wütend war sie. „Du wolltest uns alle umbringen!“

„Nein, aber ich wollte wegrennen, insofern liegst du vermutlich nicht ganz falsch.“

„Lügnerin!“

Das war's. Yana konnte nicht riskieren, dass Marda noch einmal mit diesem Lichtschwert in ihre Nähe kam. Sie riss den Blaster aus ihrem Gürtel, auch wenn sie es mit der Linken tun musste. Ihre Cousine starrte sie über die gelb glühende Klinge hinweg hasserfüllt an, aber zumindest blieb sie stehen.

„Du würdest mir ohnehin nicht glauben, egal, was ich sage“, erklärte Yana, während sie gegen das Zittern ihrer Hand ankämpfte. „Deine Meinung steht bereits fest.“

„Du bist eine Verräterin. Ich hasse dich!“

„Ja, das hast du mir unmissverständlich klargemacht, als du mir die Hand abgehackt hast. Vielen Dank dafür.“

„Geh von dieser Tasche weg, Yana.“

„Wieso? Damit du mich umbringen kannst?“

„Tu es!“

„Was machst du überhaupt hier, Marda? Solltest du nicht deine Herde hüten? Was für eine Führerin drückt sich vor dem Kampf?“

„Ich drücke mich vor gar nichts.“

„Aber du kämpfst auch nicht. Ist diese Geballte Faust vielleicht nicht wirklich, was du dir vorgestellt hast?"

„Die Macht wird frei sein."

„Hast du schon selbst einen getötet? Einen Jedi?"

„Weg von der Tasche!"

„Hast du deinen großen Worten Taten folgen lassen?"

„Weg. Von. Der. Tasche!"

Yana machte einen Schritt nach hinten und ließ Marda vortreten. Die Führerin des Pfades kippte die Tasche mit einem Tritt um, und sie zuckte zusammen, als der Inhalt auf den Boden kullerte.

„Vorsichtig!", presste Yana hervor.

„Du wolltest die Höhlen in die Luft jagen." Mardas Stimme war mit einem Mal völlig tonlos.

„Nein", entgegnete Yana.

„Was?"

„Das ist nicht meine Tasche."

Etwas bewegte sich in den Schatten, und Yana schoss.

Marda zuckte zusammen, als der Blasterstrahl an ihrem Kopf vorbeijaulte und sich harmlos in die Felswand hinter ihr brannte. Aber die Gestalt, die sie geduckt beobachtet hatte, sprang mit einem spitzen Schrei und furchtgeweiteten Augen aus ihrem Versteck hervor.

„Keine Bewegung, Boolan!", zischte Yana den Ithorianer an. „Blinzle nicht mal!"

„Yana!", blaffte Marda, die wie üblich die falschen Rückschlüsse zog. „Er ist ein Kind!"

„Ich weiß", erwiderte Yana. Sie hasste sich dafür, dass sie das tun musste. „Und dieses Kind kann dir die Wahrheit erzählen. Na los, Boolan. Warum hast du diese Sprengladungen in den Tunneln platziert?"

„Nimm den Blaster runter!", fauchte Marda.

„Wer hat dir befohlen, es zu tun?", fragte Yana ungerührt.

„Nimm den Blaster runter oder ..."

„Die Mutter!"

Boolans Worte ließen beide Evereni verstummen. Es war genau die Antwort, die Yana erwartet hatte, aber Marda wirkte bis ins Mark erschüttert.

„Was soll das heißen?"

„Sie hat uns gesagt, wo wir sie anbringen sollen", antwortete der Ithorianer. „Wo sie den meisten Schaden anrichten."

„Uns?" Marda ließ ihr Lichtschwert um eine Winzigkeit sinken.

Boolan blickte sie an, als sollte sie die Antwort eigentlich schon kennen. „Tromak, Utalir und mir. Sie meinte, es wäre unsere Pflicht dem Pfad gegenüber. Und der Macht."

„Ihre Pflicht", wiederholte Yana, und sie legte all ihre Verachtung in diese beiden Worte. „Die Pflicht von Kindern. Deinen Kleinen, Marda." Sie senkte den Blaster. Nicht dass sie je wirklich vorgehabt hatte, auf ihre Cousine zu schießen. „Geh", wies sie den Ithorianer an. „Such die anderen. Sag ihnen, dass sie aufhören sollen."

„A-aber der Pfad …", stammelte Boolan. „Mein Vater ist gestorben. Die Mutter sagt, das ist der einzige Weg."

„Ich war dabei, als dein Vater starb, mein Kleiner", sagte Marda. Zum ersten Mal, seit sie Yana im Tunnel gestellt hatte, kehrte wieder so etwas wie Wärme in ihre Stimme zurück. „Es gab nichts, was wir hätten tun können."

„Die Jedi haben ihn auf dem Gewissen!"

Marda schüttelte traurig den Kopf. „Nein, es war nicht ihre Schuld. Jetzt such die anderen. Sag ihnen, Marda will, dass sie von hier verschwinden. Sie sollen fortlaufen. Das hier ist nichts für sie. Und für dich auch nicht. Geh, Boolan!"

Der Ithorianer zögerte einen winzigen Augenblick, dann eilte er davon, wobei er wieder und wieder in sein Übersetzungsmodul keuchte: „Die Macht wird frei sein. Die Macht wird frei sein!"

Marda blickte ihm nach. Sie stand nun mit dem Rücken zu Yana. Es wäre ein Kinderspiel, sie auszuschalten …

„Er ist ein Kind, Yana. Ein Kind."

„Ich hätte nie auf ihn geschossen."

Marda drehte sich herum, ihr Gesicht gebadet in den gelben Schein der Lichtschwertklinge. „Das habe ich nicht gemeint."

Mit einem Kopfschütteln ließ Yana den Blaster zu den Sprengladungen in die Tasche fallen.

„Ich habe genug", seufzte sie, dann blickte sie ihrer Cousine offen in die Augen. „Wenn du mich umbringen willst, nur zu. So, wie es aussieht, kommt keiner von uns hier lebend raus. Falls die Jedi uns nicht erwischen, dann tun es die restlichen Sprengladungen. Das siehst du doch auch, Marda? Du siehst, was die Mutter vorhat? Sie will die Tunnel zum Einsturz bringen. Und sie benutzt die Kleinen, damit sie die Drecksarbeit für sie erledigen. Sie ist nicht die Person, für die du sie hältst."

Die gelbe Klinge erstarb.

„Ich war so wütend", sagte Marda. „Wegen der Mission. Wegen Bokana. Aber dann sah ich sie. Ich sah, was sie mit ihren Opfern machen."

„Die Kreaturen?"

„Es ist meine Schuld. Ich habe sie hierhergebracht. Ich habe sie losgeschickt, um zu fressen."

Yana trat vor, wohl wissend, dass Marda jeden Moment wieder das Lichtschwert zünden konnte. „Es war nicht deine Schuld. *Sie* war das. Es war immer sie, schon von Anfang an. Sie hat den Pfad benutzt. Sie hat uns alle benutzt, genauso wie sie jetzt die Kleinen benutzt. Die Frage ist nur, wollen wir deswegen etwas unternehmen ... oder gehen wir uns lieber gegenseitig an die Kehle?"

51. KAPITEL

Matty hatte sich noch nie so erschöpft gefühlt. Ihr gesamter Körper schmerzte, und ihr Kopf fühlte sich an, als hätte er sich in Stein verwandelt.

Nein, nicht Stein. Der Vergleich fühlte sich falsch an, vor allem nach dem, was mit Gluth geschehen war.

Und er war nicht der Einzige, der diesem grausigen Schicksal anheimgefallen war. Matty und Azlin fanden drei weitere Hüllen, die einmal Jedi gewesen waren – wenn auch Jedi, die sie nicht erkannten. Sie mussten zu den anderen Gruppen gehört haben, die nach ihnen nach Dalna gekommen waren.

Dennoch, jede Leiche, auf die sie stießen, ließ Mattys Herz ein wenig schwerer werden, während Azlin sich in traumatisiertes Schweigen hüllte. Der junge Jedi sagte kaum ein Wort, während sie sich durch die Tunnel vorarbeiteten, Pfad-Mitglieder entwaffneten und Vollstrecker-Droiden zerstörten. Anfangs murmelte er noch leise das Mantra der Whills vor sich hin, das sie ihm eingebläut hatte, aber je hitziger die Schlacht wurde und je mehr Opfer sie forderte, desto mehr veränderte sich auch sein Singsang, und Matty stellte fest, dass er nicht länger von der Macht sprach, nur noch von „ihnen" und davon, dass sie dort draußen waren und jeden Moment zurückkommen würden.

Sie werden zurückkommen.

Sie werden zurückkommen.

Das war nicht ermutigend und ganz sicher auch nicht gesund, und schließlich verstummte der Jedi vollends. Aber er kämpfte mit unvermindertem Können und Geschick weiter. So schlimm konnte es also nicht sein … oder?

Außerdem gab es noch andere Dinge, die Mattys Aufmerksamkeit beanspruchten. Andere Sorgen. Zum einen hatte sie Oliviah nicht mehr gesehen, seit sie in die Höhlen eingedrungen waren, und sie befürchtete das Schlimmste. Was, wenn es zu spät war? Was, wenn sie hinter der nächsten Ecke Oliviahs versteinerte Hülle fanden, die bei der kleinsten Berührung zu Asche zerfiel? Matty wusste, dass sie sich nicht von Angst leiten lassen durfte, aber nach allem, was sie gesehen und erlebt hatte, hingen ihre Nerven in Fetzen. Niemand konnte ihr verübeln, dass sie Angst hatte, oder?

Während der ersten Jahre ihrer Ausbildung hatte Meisterin Leebon gesagt, dass sie mit sich selbst Nachsicht haben müsse. Manchmal fühle man sich eben schlecht, selbst als Jedi. *Vor allem* als Jedi. „Der Trick ist, zu akzeptieren, wie du dich fühlst", hatte die alte Selonianerin erklärt. „Und wichtiger noch, du musst verstehen, *warum* du dich so fühlst. Dann – und nur dann – kannst du die Fragen stellen, die dir helfen werden, deine Emotionen zu kontrollieren und die Bürden zu tragen, die dir im Laufe deines Lebens auferlegt werden."

Es hatte so einfach geklungen, aber damals hatte die Galaxis ja auch noch nicht verrücktgespielt. Trotzdem – wenn es den perfekten Zeitpunkt gab, um die Lehren ihrer ehemaligen Meisterin auf die Probe zu stellen, dann war es dieser jetzt, eingeschlossen in einem feindlichen Tunnelsystem, bedroht von Kreaturen, die ihr das Leben aus dem Leib saugen konnten.

Davon abgesehen konnte die Situation wohl kaum noch schlimmer werden, oder? Das war immerhin etwas Positives, und bei der Macht, sie brauchte gerade ein wenig Optimismus.

Leider war es damit schnell vorbei, denn, so unmöglich es ihr auch erschien ... die Situation *wurde* noch schlimmer.

Sie hörten einen Schuss vor sich, aber es war kein Blaster, sondern eine Projektilwaffe. Matty ging voran und schob sich um die Ecke, woraufhin sie eine Gruppe von Pfad-Anhängern hinter einem großen Felsen kauern sah. Unter ihnen war ein Dowutin mit einer lächerlich großen Disruptorpistole und eine Twi'lek mit einem Blastergewehr, aber ihre Schüsse gingen unter im Feuer der wohl barbarischsten Waffe, die Matty je gesehen hatte. Es war ein Bolzenwerfer, aber einer, der einen Strom rasiermesserscharfer Durastahlpfeile ausspie. Und er lag in den Händen von Werth Plouth, dem Herold der Offenen Hand.

Der Mann, mit dem sie sich um ein Haar verbündet hätten. Ja, diese Waffe passte wirklich perfekt zu ihm.

Er feuerte auf eine Gruppe von Einheimischen aus Ferdan, die sich dem Kampf angeschlossen hatten und hinter einem niedrigen Felsvorsprung die Köpfe einziehen mussten, während ihre Deckung von den Bolzengeschossen kontinuierlich zu Steinsplittern reduziert wurde.

Zum Glück waren die Dalnaner nicht allein. Eine Jedi kauerte neben ihnen, den Rücken gegen die Tunnelwand gepresst, während sie auf eine Gelegenheit wartete, um in die Offensive zu gehen. Erleichterung brandete über Matty hinweg, als sie Oliviah erkannte. Sie war am Leben, wenn auch nicht wirklich in Sicherheit.

Die ältere Jedi musste Mattys und Azlins Präsenz gespürt haben, denn sie wandte den Kopf und nickte weise, als würde alles genau nach Plan verlaufen. Wer weiß, vielleicht tat es das sogar. Wie Leebon immer gesagt hatte: „Die Macht liebt es, all die Teile an ihren Platz zu schieben, wenn man sie am dringendsten braucht, meine junge Padawan. Es ist alles eine Frage des Vertrauens."

Matty beschloss, auf die Macht zu vertrauen.

Auch sie nickte, als Oliviah vielsagend den Kopf in Richtung des Herolds neigte. Worte waren überhaupt nicht nötig.

Zeveron sprang über die Felsen hinweg, ihr smaragdgrünes Lichtschwert vorgereckt, und stürzte sich in den Bolzenhagel. Blasterstrahlen abzuwehren war eine Sache, aber Projektile … das war etwas vollkommen anderes.

Ein Geschoss surrte an Oliviahs blitzender Klinge vorbei und streifte ihre Wange, aber sie blieb in Bewegung und zog eine Spur aus glühenden Metallsplittern hinter sich her, während sie sich den Pfad-Anhängern näherte. Der Herold brüllte vor Zorn und konzentrierte sein Feuer nun gänzlich auf die Jedi-Ritterin. Er sah nicht mal, wie Matty und Azlin vortraten. Mit einem vereinten Machtstoß schoben sie den Felsen beiseite, den die Kultisten als Deckung benutzten. Als er rumpelnd über den Tunnelboden davonrollte, stellten der Herold und seine nunmehr schutzlosen Mitstreiter einen Moment lang erschrocken das Feuer ein.

Das war Oliviahs Gelegenheit. Sie hob ihre Hand, ebenso wie Matty und Azlin, und die drei Pfad-Anhänger flogen in hohem Bogen gegen die gegenüberliegende Tunnelwand. Es war kein sonderlich elegantes Manöver, aber die Kämpfer aus Ferdan halfen mit ihren Blastern nach und setzten den Dowutin und die Twi'lek mit Betäubungsschüssen außer Gefecht.

Doch der Herold war bereits wieder auf den Beinen und hob seinen barbarischen Bolzenwerfer, um weiterzukämpfen. Oliviah sprintete vor, dann drehte sie sich wirbelnd um die Waffe herum und hackte sie mit ihrem Lichtschwert entzwei. Der Nautolaner riss die Hände hoch, um sich zu verteidigen, aber ehe er sichs versah, standen ihm drei Jedi gegenüber, und die Spitzen ihrer Lichtschwerter deuteten direkt auf sein Herz.

„So sieht man sich wieder", sagte Oliviah, während Blut aus dem Schnitt an ihrer Wange strömte.

„Meint Ihr ihn oder mich?", fragte Matty.

„Beide", erwiderte die ältere Jedi.

Azlin hüllte sich in Schweigen.

„Eure Tricks werden euch nicht helfen", schnaubte der Herold. Er sah aus, als hätte er ernsthaft vor, sich in die Klingen der Jedi zu stürzen, um zu einem Märtyrer für seine Sache zu werden. „In diesen Höhlen habt ihr keine Macht."

„Dieser Felsbrocken würde das vermutlich anders sehen", kommentierte Oliviah, und in diesem Augenblick war Matty wieder genauso hin und weg von der Jedi-Ritterin wie bei ihrer ersten Begegnung vor vielen Jahren. Aber ganz ehrlich, nach dem hoffnungslosen Grauen der vergangenen Stunde war ihr jedes neue Gefühl recht, egal, wie unangebracht es sein mochte.

„Was ist mit uns passiert?“, wollte Matty von Plouth wissen. „Was haben Sie unseren Leuten angetan?“

Der Herold lächelte bösartig. „Ich habe gar nichts getan. Das ist allein euer Werk. Ihr seid wie Blutegel, Parasiten, die die Macht leer saugen, aber jetzt werden wir euch eure schändliche Kraft nehmen, und dann werden wir ja sehen …“

Die Worte des Herolds erstarben ihm in der Kehle, und sein Körper versteifte sich. Matty senkte erschrocken den Blick, voller Sorge, dass einer von ihnen den Mann aus Versehen aufgespießt haben könnte.

Doch was tatsächlich geschehen war, war noch schlimmer.

Viel schlimmer.

„Sie werden unsere Fragen beantworten. Sie werden uns sagen, was hier vor sich geht.“ Azlins Stimme war wie Granit, und sein Blick bohrte sich in Plouths Gesicht.

„Azlin, nicht!“, warnte Matty, als sie zu spät erkannte, was der junge Ritter tat. Da war ein Druck in der Macht, düster und gewaltsam. Er überschritt sämtliche Grenzen, die ein Jedi einhalten sollte.

„Sagen Sie es uns!“, brüllte Azlin, sodass Speichel von seinen Lippen stob. „Sagen Sie es mir!“

„Nein!“ Matty riss den Arm hoch und schleuderte ihn mit der Macht nach hinten. Erst landete Azlins Lichtschwert auf dem Boden, eine Sekunde später der Mensch selbst.

Der Herold schnappte nach Luft, als hätte man ihn gewürgt. Seine Knie gaben nach, und er rutschte an der Felswand entlang auf den Boden. Jegliche Farbe war aus seinem Gesicht gewichen. „Ihr seid wilde Tiere“, keuchte er. „Ihr seid alle wilde Tiere!“

„Das war nicht der Weg der Jedi“, sagte Matty zu Azlin, der sich mühsam aufrichtete und sich mit dem Handrücken über den Mund fuhr. „Es widerspricht allem, woran wir glauben.“

„Extreme Situationen verlangen extreme Maßnahmen." Er blickte sie nicht an, während er sprach. „Außerdem hat es funktioniert."

„Was konntet Ihr in seinem Geist sehen?", fragte Oliviah, ohne auf Mattys fassungslosen Blick zu achten. Sie konnte doch unmöglich gutheißen, was Azlin gerade getan hatte.

„Sie benutzen etwas, was sie den ‚Stab der Macht' nennen. Ein uraltes Machtartefakt."

„Ist das alles?"

„Ist das denn nicht genug?", fragte Matty frustriert.

„Nein", erwiderte Azlin. „Da war auch ein Name."

„Die Mutter?", vermutete Oliviah.

Azlin schüttelte den Kopf. „Nein. Der Name, an den er dachte, war Marda. Marda Ro."

52. KAPITEL

Yana war noch immer nicht sicher, ob ihr Marda nicht in den Rücken fallen würde, und sie wusste, dass dieses Misstrauen auf Gegenseitigkeit beruhte. Das Band zwischen den beiden Cousinen war zerrissen, und alles, was ihnen blieb, war diese unsichere Waffenruhe, zumindest fürs Erste.

Sie versuchten, den Kämpfen auszuweichen, die in den Tunneln tobten, wobei Marda voranging und jene Gänge wählte, die sie bereits auf der Suche nach Yana durchstreift hatte. Eine besorgniserregende Menge an Wasser rann an den Wänden herab, vor allem in der Nähe der Versammlungshöhle. Falls die Schutzmaßnahmen versagten, so wie damals, als Kevmo und Zallah nach Dalna gekommen waren, würde hier alles untergehen, auch ohne die verborgenen Sprengladungen der Mutter.

Zunächst konnten sie keinen der Kleinen finden, und Yana meinte, dass Boolan ja womöglich getan hatte, was sie ihm aufgetragen hatten: den anderen zu sagen, dass sie keine weiteren Detonit-Ladungen verteilen und stattdessen aus den Höhlen fliehen sollten.

Doch dann entdeckten sie in einem Felsspalt einen Sprengsatz, und wenig später erreichte ein kindlicher Schrei ihre Ohren.

Marda rannte sofort los, wobei sich ihr glühendes Lichtschwert in dem knöchelhohen Wasser spiegelte. Hinter der nächsten Ecke stand eine ihrer Kleinen, Utalir, mit dem Rücken gegen die Wand, und sie schrie ihre Angst hinaus, während ein namenloses Grauen mit aufgestellten Rückenstacheln auf sie zukam.

„Lass sie in Ruhe!“, schrie Marda, als die Kreatur sich zum Sprung duckte.

„Ich glaube nicht, dass er auf dich hören wird", warnte Yana und hob ihren Blaster. „Nicht ohne den Stab."

„Aber er muss. Er *muss*."

Nein, musste er nicht, und er bewies es, indem er sich mit einem schauerlichen Zischen nach vorne warf. Utalirs Schrei wurde noch eine Oktave schriller. Yana wollte abdrücken, aber das Risiko, die kleine Mikkianerin zu treffen, war zu groß, vor allem, da sie ihre linke Hand benutzen musste.

Doch Marda schwang bereits ihr Lichtschwert. Die Klingenspitze zog eine Furche über den Boden, dann sauste sie nach oben und schnitt tief in die Seite des Tiers, während es noch auf Utalir zusprang. Die Mikkianerin warf sich im letzten Moment zur Seite, und das schwer verletzte Biest donnerte dort, wo sie gerade gestanden hatte, gegen die Wand. Heulend und sich vor Qualen windend, landete es auf dem nassen Felsen. Es versuchte, Marda mit seinen Vorderbeinen von sich fernzuhalten, aber die Evereni hob das Lichtschwert über den Kopf und spießte die Kreatur auf dem Boden auf. Ein letztes Jaulen hallte von den Wänden wider, und die Schwertklinge flackerte, Funken sprühten aus dem Griff, dann gab es einen grellen Lichtblitz, und Marda warf die Waffe von sich, während sie selbst einen Schmerzensschrei ausstieß.

Rauch wallte aus dem Schwertgriff, während er über den Boden davonrollte. Der Schaden, den der Wargaran auf Jedha angerichtet hatte, hatte endlich seinen Tribut gefordert, und es war offensichtlich, dass sich die Waffe nie wieder würde zünden lassen.

Yana rannte zu dem Mädchen und drückte es an sich, während Marda auf die leblose Kreatur hinabbrüllte, die sie von den Sternen mitgebracht hatte. „Du solltest uns beschützen! Du solltest uns vor den Jedi schützen!"

„Marda", sagte Yana in beruhigendem Tonfall, aber ihre Cousine hörte nicht.

Stattdessen begann sie, auf den Kadaver einzutreten. „Du solltest *sie* angreifen! Nicht unsere Kleinen!"

„Nein, sie sollten jeden angreifen, der machtempfänglich ist", erinnerte Yana sie. Die Mikkianerin hatte das Gesicht an ihrer Brust vergraben und schluchzte hemmungslos. „Jeden, Marda, ganz gleich, wie jung und wie unschuldig."

Marda wirbelte herum und rieb ihre versengte Hand. „Utalir ist *keine* Machtbenutzerin!"

„Woher willst du das wissen?", entgegnete Yana. „Vielleicht ist es eine Fähigkeit, die sich erst im Lauf der Zeit entwickelt. Oder vielleicht wird sie den Rest ihres Lebens in ihr schlummern, ohne je zu erwachen. So oder so, dieses Monster konnte die Macht an ihr riechen. *Dein* Monster, Marda!"

Ihre Cousine hielt schwer atmend inne. Ihr Gesichtsausdruck verriet, dass sie die Wahrheit bereits erkannt hatte, auch wenn sie sich weiter dagegen sträubte. Die Namenlosen interessierte nicht, ob ihre Opfer die Roben der Jedi oder des Pfads trugen. Wenn jemand eine Verbindung mit der Macht hatte, sahen sie in ihm eine Beute. Und Marda hatte zugelassen, dass sie frei durch die Höhlen streiften.

Sie trat vor, um nach dem Mädchen in Yanas Armen zu sehen.

„Es tut mir leid", wimmerte Utalir. „Es wollte einfach nicht weggehen."

„Nein." Marda strich mit der Hand durch die goldenen Kopftentakel der Mikkianerin. „Ich bin diejenige, der es leidtun muss. Es war mein Fehler. Ich hatte ja keine Ahnung, dass du …"

„Ich bezweifle, dass sie es selbst gewusst hat", sagte Yana. „Ich bin keine Expertin, aber ich glaube, man hat keinen Einfluss darauf, ob man mit der Macht verbunden ist oder nicht. Wie viele andere haben deine Monster heute schon umgebracht, Marda? Wie viele andere, die genauso unschuldig waren, wie es dieses Mädchen ist?"

Marda weinte leise, wobei ihre Tränen wie Blitze auf ihren Wangen funkelten. Schließlich presste sie den Kopf gegen Utalirs Rücken, und Yana legte den Arm um sie. In dieser Haltung verharrten sie, bis Marda und die Kleine ihre letzten Tränen vergossen hatten. Yana schniefte inzwischen ebenfalls leise, größtenteils aus Erschöpfung, aber auch, weil es sich anfühlte, als würde es vielleicht doch noch Hoffnung für die Ro-Cousinen geben.

Marda war die Erste, die sich aus der Umarmung löste. Sie blickte zu der Tasche hinab, die Utalir getragen hatte – oder besser gesagt, geschleppt, denn sie war viel zu schwer für die kleine Mikkianerin.

Marda zog einen der Sprengsätze hervor und zeigte ihn dem Mädchen. „Die Mutter hat dir das hier gegeben, nicht wahr, Utalir?", fragte sie, obwohl sie die Antwort schon kannte.

„Kriege ich jetzt Ärger?"

Marda schüttelte den Kopf. „Nein, Schätzchen. Natürlich nicht."

Utalir blickte von einer Evereni zur anderen, wie um sich zu vergewissern, dass sie nicht logen, bevor sie weitersprach. „Sie hat gesagt, wir können damit die Decke über den Jedi einstürzen lassen. Damit sie uns nicht mehr wehtun."

„Und du, Boolan und Tromak solltet sie in den Tunneln verteilen?"

Utalir zog die Nase hoch. „Ja, aber Tromak wollte es nicht tun. Er hatte Angst."

„Gut. Die Mutter hätte euch nie darum bitten sollen. Diese Bomben würden nämlich nicht nur die Jedi verletzen, sondern uns alle."

Die Mikkianerin begann erneut zu weinen. „Aber warum sollte sie das tun? Warum würde sie uns verletzen wollen?"

„Sie ist nicht die, für die wir sie gehalten haben", schaltete sich Yana ein. „Sie ist wie du, Utalir. Sie benutzt die Macht."

„Was?", entfuhr es einer schockierten Marda.

Yana zog die Schultern hoch. „Das glaubt jedenfalls Sunshine. Er meinte, Elecia würde die Macht benutzen, um sich andere gefügig zu machen. Wir haben es alle gesehen. Wir haben nur nicht erkannt, was wirklich dahintersteckt."

„Sheriff Pickwick“, wisperte Marda. „Als wir von Jedha zurückgekehrt sind …“

„Heißt das, ich bin schlecht?“, wimmerte Utalir mit zitternder Unterlippe. „Weil ich so bin wie sie?“

„Nein, nein.“ Marda beugte sich vor und wischte dem Mädchen die Tränen aus dem Gesicht. „Du bist nicht schlecht, darauf gebe ich dir mein Wort.“

„Obwohl sie mit der Macht verbunden ist?“, warf Yana ein.

„Wir sind alle miteinander verbunden“, erwiderte Marda, so leise, dass es kaum mehr als ein Flüstern war. Sie gab der Mikkianerin noch einen Kuss auf die Stirn, dann stand sie auf und rieb sich nachdenklich die verbrannte Handfläche.

„Wo war die Mutter, Utalir?“, fragte sie schließlich. „Als sie euch die Taschen gab?“

„In ihrer Meditationskammer.“

„Ist sie noch immer dort?“

„Ich weiß nicht. Sie hat einen Knopf, und sie sagte, sie würde ihn drücken, sobald wir fertig sind.“

„Ein Detonator“, brummte Yana.

Marda nickte und begann, im Tunnel auf und ab zu gehen. „Utalir, kannst du Yana helfen, die Bomben zu finden, die ihr bereits versteckt habt?“

„Ja. Es sind gar nicht so viele. Die Tasche war schrecklich schwer, und ich kam nur langsam voran.“

„Gut. Das ist gut.“

Yana schob die Mikkianerin sanft von sich und stand ebenfalls auf. „Was hast du vor?“, fragte sie ihre Cousine.

„Ich werde zur Meditationskammer gehen.“

„Aber nicht allein. Ich komme mit.“

„Nein, du musst etwas für mich tun. Ihr beide. Werdet ihr mir ein letztes Mal helfen?“

„Natürlich!“, rief Utalir, begierig darauf, ihren Fehler wiedergutzumachen.

Yana seufzte, dann zog sie Sunshines Blaster aus ihrem Gürtel und hielt ihn Marda hin. „Gut, aber du wirst nicht unbewaffnet zu ihr gehen."

Marda schob den Blaster von sich und zeigte Yana stattdessen ihre Krallen. „Ich brauche keine Schusswaffe. Ich habe alles, was ich benötige."

53. KAPITEL

Matty hätte es nie laut zugegeben, aber es fühlte sich gut an, den Herold wieder in Handschellen zu sehen, die Arme hinter den Rücken gefesselt. Es war keine sehr jedihafte Reaktion, aber an diesem Tag waren schon so viele Regeln gebeugt und gebrochen worden, dass eine mehr oder weniger wohl keinen Unterschied machte.

Oliviah zu helfen, hatte sich ebenfalls gut angefühlt. Matty war sogar ein wenig stolz gewesen. Wer weiß, vielleicht war die Lage deswegen so schnell aus dem Ruder gelaufen, als Azlin gewaltsam in den Geist des Herolds eingedrungen war. Aber falls die Macht sie Demut lehren wollte, hätte sie sich definitiv eine weniger verstörende Lektion einfallen lassen können.

Der Dowutin und die Twi'lek – die zu den Ältesten des Pfades gehörten, wie sich herausstellte – waren von den Freiwilligen aus Ferdan abgeführt worden, und der Herold brachte sie nun zu jenem Ort, wo er Marda zuletzt gesehen hatte. Diesmal handelte er aber aus freiem Willen, anstatt von einem Jedi, der es eigentlich besser wissen sollte, unter Druck gesetzt zu werden.

„Wie weit ist es noch?“, fragte Matty, um sich von ihren Gedanken abzulenken.

„Warum findest du es nicht selbst raus?“, erwiderte der Herold verbittert. „In anderer Leute Köpfe herumzuwühlen, ist doch offensichtlich eure Spezialität.“

„Nein“, protestierte sie mit einem Seitenblick zu Azlin. Der junge Jedi-Ritter war einmal mehr in Schweigen verfallen. Ein Verteidigungsmechanismus? Sie hoffte es. Jemand musste sich um ihn kümmern, sobald diese Sache vorbei war.

Das Schnauben des Herolds zeigte, wie wenig er ihr glaubte. „Es ist nicht mehr weit."

Sein Kopf ruckte herum, als sie an einem kleinen Raum vorbeikamen, der in den Felsen gehauen worden war. Matty folgte seinem Blick und sah eine Ansammlung von Bildschirmen, die meisten zertrümmert. „Was ist das hier?"

„Sheas Kontrollraum. Sieht aus, als wäre einer eurer Freunde schon hier gewesen."

Matty musste ihm zustimmen. Die Schäden an den Monitoren sahen tatsächlich aus, als wären sie von einem Lichtschwert verursacht worden.

„Gebt mir eine Minute", sagte sie, bevor sie in den Raum huschte.

„Wir haben keine Zeit", sagte Oliviah.

„Vielleicht kann uns das hier noch weiterhelfen."

Die meisten der Kontrollen waren unbrauchbar gemacht worden, aber ein paar Bildschirme funktionierten noch und zeigten diverse Ansichten des Lagers, manche überirdisch, andere unterirdisch.

„Wonach suchst du?", fragte Oliviah, während sie den Herold vor sich her in den Kontrollraum schubste. Azlin hielt mit glühendem Lichtschwert an der Tür Wache.

Der Herold beantwortete die Frage für Matty, als eine Gestalt verstohlen an einer der Kameras vorbeihuschte. „Das ist sie. Das ist Marda."

Matty spulte die Aufzeichnung zurück, um sich die Frau genauer anzusehen. Sie sah aus wie Yana, die Evereni, die sie ein paar Stunden zuvor vor der Mutter gerettet hatte. „Sind Sie sicher?", fragte sie den Herold.

„Ich kenne meine Leute."

„Wohin geht sie?", wollte Oliviah wissen. Ihre Stimme wurde härter, als der Nautolaner nicht antwortete. „Wohin, Plouth?"

Der Herold brummte abfällig. „Zur Meditationskammer der Mutter."

Ein vertrautes Funkeln trat in Oliviahs Augen. „Führen Sie uns dorthin."

Jukkyuk hielt vor der Meditationskammer Wache, ein schweres Blastergewehr in den Händen.

„Lass mich durch!", verlangte Marda, die auf ihn zuging, aber Jukk schüttelte seinen zotteligen Kopf. „Ich muss die Mutter sprechen. Ich muss sie warnen!"

Der loyale Wookiee rührte sich nicht von der Stelle. Vermutlich hatte er Anweisung, niemanden hereinzulassen, nicht einmal die Führerin des Pfads.

„Hör zu", beschwor sie ihn, „die Jedi sind auf dem Weg hierher. Glaubst du wirklich, dass du eine Chance gegen sie hast? Sie werden durch diese Tür sein, bevor du sie auch nur kommen siehst."

Er brüllte sie an, offenbar in seinem Stolz gekränkt. Marda wusste, dass sie ein gefährliches Spiel spielte, aber es war zu spät, einen Rückzieher zu machen.

Sie bleckte die Zähne und stieß ein Zischen aus, das sie selbst überraschte. Dies war der Aspekt der Evereni, den die Galaxis fürchtete. Obwohl er sie um mehr als zwei Köpfe überragte, wich Jukkyuk zurück, bis seine Schultern die Tür berührten.

„Erbärmlich", schnaubte Marda. „Du würdest keine zwei Minuten gegen sie durchhalten."

Er brüllte erneut, diesmal noch wütender als zuvor.

„Na dann los, beweise dich. Stell dich den Jedi. Zeig ihnen die Stärke des Pfads. Befreie die Macht!"

Ihr Plan ging auf. Der Wookiee trampelte sie um ein Haar nieder, als er losstürmte, einem Feind entgegen, der gar nicht da war.

Marda trat hastig in die Meditationskammer, aber von der Mutter fehlte jede Spur. Erst als sie durch eine kleine Seitentür in das angrenzende Schlafzimmer trat, wurde sie fündig. Elecia war gerade damit beschäftigt, Edelsteine aus einer Schublade in eine kleine Truhe auf ihrem Bett zu schaufeln. „Was tust du da?"

„Ich schütze unser Erbe", erklärte die Mutter, ohne auch nur innezuhalten. Ein Teil von Marda wollte die Worte glauben, so wie sie bislang alles geglaubt hatte, was der Frau über die Lippen gekommen war. Yana hatte recht – Elecia manipulierte die Wesen um sie herum und benutzte die Macht, um ihren eigenen Willen durchzusetzen. Aber damit war jetzt Schluss.

„Ich brauche den Stab der Macht", sagte sie, wobei sie einen Schritt auf das Artefakt zu machte, das neben der Truhe lag.

„Nein!" Die Hand der Mutter zuckte vor, und sie griffen beide gleichzeitig nach dem Stab. „Er bleibt bei mir!"

„Die Namenlosen werden wild!", erklärte Marda. Sie versuchte, das Relikt zwischen den Fingern der Mutter herauszudrehen. „Sie greifen *unsere* Leute an. Ich musste einen von ihnen aufhalten, der gerade ein Kind umbringen wollte!"

„Du hast ihn aufgehalten?"

„Sie sind nicht unsterblich, Elecia."

„Nein." Die Frau schüttelte den Kopf. „Du hast kein Recht, mich so zu nennen. Ich bin die Mutter. Die Mutter der Offenen Hand!"

„Wir sind nicht länger die Offene Hand."

Elecia rammte den Stab vor, und die Spitze traf Mardas Gesicht. Sterne explodierten vor ihren Augen, während sie nach hinten kippte, und hart auf dem Boden aufschlug.

„Wenn ich dir einen kleinen Tipp geben dürfte, ‚Führerin'", höhnte Elecia, als sie sich über Marda aufbaute. „Glaub nie an deine eigene Legende. Dein Auftritt in der Höhle war gut, das muss ich dir lassen. Und die anderen haben es geschluckt, diese leichtgläubigen Trottel. Aber mich beeindruckst du nicht!"

Marda blieb liegen und starrte zu der Frau hoch, die sie einst bewundert hatte. „Du machst dich aus dem Staub, nicht wahr? Du verschwindest mit deinen Schätzen, und dann zündest du die Bomben ..."

„Bomben? Was für Bomben?“

„Hör auf zu lügen, Elecia. Ich weiß, was du vorhast. Ich kann es in deinem Gesicht sehen.“

„Ach, ist das so?“

„Du wirst die Höhlen zerstören und jeden hier opfern, um deine Flucht zu tarnen. So kriegst du alles, was du willst. Einen Beweis für das Ungleichgewicht der Macht und eine Katastrophe, die du den Jedi in die Schuhe schieben kannst, während du durch die Galaxis ziehst – die arme, untröstliche Elecia.“

„Du hast keine Ahnung, wovon du da redest.“

Mardas Blick wanderte zu dem Gerät am Gürtel der Mutter – dem Fernzünder. „Vielleicht nicht, aber ich erkenne ein Monster, wenn ich eins sehe.“

Sie sprang auf und fuhr ihre langen Krallen aus. Die Mutter bekam gerade noch rechtzeitig ihre Handgelenke zu fassen, aber die Bewegung brachte sie aus dem Gleichgewicht, und sie stürzte mit einem Kreischen zu Boden. Sofort stürzte sich Marda auf sie, und die beiden Frauen rollten mehrere Sekunden über den Boden. Mal war Marda oben, mal die Mutter, aber die Evereni war stärker, und als Elecia schließlich unter ihr lag, mit dem Gesicht am Boden, begann Marda, ihr mit den Krallen die Arme und den Rücken zu zerfetzen.

Noch nie in ihrem ganzen Leben hatte Marda jemanden so sehr gehasst. Am liebsten hätte sie der Mutter die scharfen Zähne in den Nacken geschlagen – ein Biss hätte gereicht, und der Detonator hätte ihr gehört.

Da rammte Elecia plötzlich den Ellbogen nach hinten und erwischte Marda an der Schläfe, und obwohl die Evereni nur einen Augenblick benommen war, gelang es der Mutter, sich herumzurollen, die Beine anzuziehen und ihr einen Tritt gegen die Brust zu verpassen. Marda fiel auf den Rücken, und Elecia griff nach dem Stab der Macht. Die elegante Klinge an seiner Spitze funkelte, als sie durch die Luft sauste, direkt auf Mardas Brust herab – und die Evereni konnte nicht mehr ausweichen!

54. KAPITEL

Die Spitze der Klinge verharrte einen Fingerbreit über der Brust der Evereni.

Der Herold hatte sie geradewegs zur Meditationskammer geführt – er kam Matty sogar ein wenig *zu* kooperativ vor. Glaubte er vielleicht, dies wäre seine Chance, die Mutter endgültig aus dem Weg zu räumen, um sich einmal mehr die Kontrolle über den Pfad zu sichern? Wollte er die Jedi als seine Auftragsmörder missbrauchen? Nun, so wie sich Azlin und Oliviah verhielten, würde sich Matty nicht einmal wundern, wenn ihm diese Idee tatsächlich gekommen wäre.

Gerade als sie das Labyrinth der Tunnel hinter sich gelassen und die privaten Gemächer der Mutter erreicht hatten, war ihnen plötzlich ein wutschnaubender Wookiee entgegengestürmt, der keine Zeit verlor, sondern sofort mit seinem Blastergewehr das Feuer eröffnete. Der erste Schuss spiegelte sich auf den Edelsteinen entlang der Tunnelwände, aber Oliviah musste nur die Hand heben, und schon erstarrte der Energieblitz in der Luft. Eine weitere Handbewegung, und das Geschoss jaulte zurück in die Richtung, aus der es gekommen war – wo es sich in die Brust des Wookiees brannte.

Der Riese wurde von den Beinen gerissen und landete reglos auf dem Boden. Oliviah überprüfte kurz seinen Puls – was Matty als Zeichen deutete, dass sich die Jedi-Ritterin noch nicht ganz in eine emotionslose Kampfmaschine verwandelt hatte –, doch einen Moment später marschierte sie bereits weiter, entschlossener denn je.

Azlin bildete den Abschluss der Gruppe und spähte in die Tunnel hinter ihnen zurück, während sie vorrückten. Was geschah nur mit diesen beiden? Passierte dasselbe vielleicht auch mit Matty, und sie merkte es nur nicht?

Sie stürmten in die Meditationskammer und dann weiter durch die offene Tür in das Schlafzimmer, gerade als die Mutter ihre seltsame Waffe auf Marda hinabsausen ließ. Matty schaffte es im allerletzten Moment, die Macht zu beschwören und die Klinge aufzuhalten, bevor sie die Evereni durchbohren konnte. Anschließend drehte sie das Handgelenk, und der Stab flog aus der Hand der Mutter. Als er mehrere Meter entfernt auf der anderen Seite des Zimmers landete, zerbrach er klirrend in zwei Hälften.

Matty war nicht sicher, ob sie die Waffe zerstört hatte oder ob sie sich zerlegen ließ, aber eine Woge geisterhaften Lichts umspielte die beiden Teile, als sie voneinander fortschlitterten.

Die Mutter fauchte wie ein eingesperrtes Raubtier. „Zurück!" Sie hielt einen kleinen Detonator in der Hand und zeigte ihn vor. „Die Höhlen sind mit Sprengsätzen präpariert! Eine falsche Bewegung, und ich begrabe uns alle bei lebendigem Leib!"

Der Herold lachte und machte demonstrativ einen Schritt nach vorn. Die Geste hätte vermutlich trotziger gewirkt, wären seine Hände nicht gefesselt gewesen. „Es ist vorbei, Elecia. Sie haben gewonnen."

„Nein", entgegnete die Mutter. „Ich gebe nicht so einfach auf, Werth. Ich bin kein Feigling wie du!" Ihr Blick huschte zu den drei Jedi. „Das Mädchen hat mich angegriffen. Ich habe mich nur verteidigt."

„Sie lügen", sagte Azlin. „Ich kann es spüren."

„Raus aus meinem Kopf!" Die Mutter kreischte und wedelte mit dem Detonator. „Ich meine es ernst. Wir werden alle sterben!"

„Sie meint es wirklich ernst", ächzte Marda, während sie sich mit den Händen vom Boden hochstemmte. „Die Kleinen haben überall Sprengladungen für sie platziert."

„Die Kleinen?", echote der Herold, als könnte er nicht fassen, was er da hörte.

„Haben Sie etwa nichts davon gewusst?", fragte Matty.

Er schüttelte wild den Kopf. „Ich bin kein Monster. Ich würde unseren Leuten niemals willentlich schaden. Im Gegensatz zu ihr. Sie ..." Er drehte sich wieder zur Mutter herum, und Matty spürte die Woge des Abscheus, die von ihm ausging. „Was ist mit deinem Arm passiert, Elecia?"

Er stellte die Frage in leisem, gefährlichem Ton.

Die Mutter blickte auf ihren ausgestreckten Arm hinab. Die Stofflagen, die normalerweise ihre Haut verbargen, waren durch die Krallen der Evereni zerrissen worden.

„Ist es dir also endlich aufgefallen?", fragte Marda mit einem triumphalen Grinsen. „Ich hatte mich schon gefragt, wie lange es wohl dauern würde."

„Es hat nichts zu bedeuten", zischte die Mutter, und sie legte die freie Hand auf das bloßliegende Fleisch, aber es war zu spät: Sie hatten es alle gesehen.

Das Fleisch unter der zerfetzten Kleidung war überhaupt kein Fleisch. Es war Stein.

„Er hat sich von dir genährt", murmelte der Herold, als der Credit schließlich fiel. „Dein Monster."

„Was für ein Monster?" Azlin schloss die Hände fester um sein Lichtschwert. „Wovon sprechen Sie?"

Doch der Herold ignorierte ihn und sprach weiter zu der Mutter. „Es verzehrt nur jene, die die Macht berühren können. Jene, die ihre Energie manipulieren."

„Sie hat uns alle manipuliert", warf Marda ein, „und zwar schon von Anfang an!"

„Nein!", entfuhr es dem Herold. Er stampfte wütend vorwärts und blieb erst wieder stehen, als die Mutter einen Finger auf den Zündknopf des Detonators legte. „Du hast uns angelogen.

Die Macht hat nicht zu dir gesprochen. Du hast die Macht *missbraucht* und sie für deine eigenen Zwecke benutzt. *Du* bist die Quelle des großen Ungleichgewichts!"

„Du hast keine Ahnung, wovon du da redest", schnaubte die Mutter.

„Aber ich schon." Oliviah trat neben den Herold. „Die Macht war schon immer stark in unserer Familie."

55. KAPITEL

„Was?" Die Frage lag ihnen allen auf den Lippen, aber die junge Twi'lek war diejenige, die sie aussprach. „Soll das heißen, was ich denke, dass es heißt?"

Die ältere Jedi antwortete nicht. Sie starrte Elecia nur an, die mit großen Augen den Kopf schüttelte. Augen von derselben Farbe wie die ihren.

„Ich weiß nicht mehr viel von meinem Leben vor dem Jedi-Tempel", sagte die braunhäutige Ritterin. „Aber an ein paar Dinge erinnere ich mich doch. Bilder, hauptsächlich Gesichter. Ein Mann und eine Frau, von denen ich glaube, dass sie meine Eltern waren, auch wenn ich natürlich nicht sicher sein kann. Aber ich spielte mit jemandem, als die Sucher des Ordens an unsere Tür klopften. Mit einem anderen Mädchen. Mit meiner Schwester."

Die Mutter schüttelte weiterhin den Kopf. „Nein. Das kann nicht sein."

„Genau das dachte ich auch, als ich dich auf Jedha sah. Doch die Macht sprach zu mir, enthüllte Erinnerungen, die ich nie hatte: Wir beide, wie wir vor den Jedi spielten und Tricks aufführten. Ich konnte unsere Bauklötze vom Boden hochheben, nur indem ich daran dachte, und meine Schwester, meine ältere Schwester, konnte Leute dazu bringen, Dinge zu tun, nur indem sie in ihrer Nähe war."

„Oliviah." Der Name kam über die Lippen der Mutter, als wäre er ein Fluch. „Ich hätte nie gedacht, dass ich dich noch einmal wiedersehen würde. Ich habe sogar nach dir gesucht, als ich alt genug war, aber sie wollten mich nicht in deine Nähe lassen. Und du warst auf Jedha?" Sie lachte bitter. „Die Wege der Macht sind wahrlich unergründlich."

„Das kann man wohl laut sagen", kommentierte die Twi'lek.

„Dein Name", fuhr Oliviah fort, „ist Elecia."

Die Mutter schnaubte. „Das hätte jeder herausfinden können."

„Elecia *Zeveron*."

Die Mutter verstummte, dafür ergriff der Herold das Wort. Voller Zorn starrte er die Prophetin an, die er als Oberhaupt des Pfades eingesetzt hatte. „Die Jedi kamen zu Euch, als Ihr jung wart. Um Euch auszubilden. Um Euch beizubringen, wie Ihr die Macht Eurem Willen untertan machen könnt."

„Aber sie haben sie nicht mitgenommen", warf Marda ein. Die Wahrheit war mit einem Mal ganz offensichtlich. „Stattdessen wählten sie ihre Schwester, und sie blieb zurück … weil sie nicht gut genug war."

„Du hast doch keine Ahnung, wovon du redest!", zischte die Mutter.

„Ach nein?" Marda richtete sich auf. „Mir wurde mein ganzes Leben lang gesagt, ich sei schlechter als die Person, die ich am meisten auf der Welt geliebt habe. Und du warst eine der Personen, die es mir eingeredet haben!"

„Liebe?" Die Mutter schnaubte abfällig. „Ich habe meine Schwester nicht geliebt. Sie war nichts. Die Jedi haben einen Fehler gemacht. Sie hätten mich mitnehmen sollen, nicht sie."

„Und jetzt rächst du dich an ihnen. Du lässt alle bezahlen, weil sie dich nicht ernst genommen haben."

Die Mutter grinste hässlich. „Vielleicht sind wir uns doch nicht so unähnlich, Marda Ro von der Geballten Faust. Du willst die Galaxis genauso bestrafen wie ich. Vielleicht sogar noch mehr. Hier ist deine Chance."

Das Letzte, was Marda erwartet hatte, war, dass ihr die Mutter den Detonator zuwerfen würde. Sie streckte die Hände aus, um das Gerät aufzufangen, aber es wechselte mitten in der Luft die Richtung und flog auf Oliviah zu.

Nein!, schrie Marda innerlich. Die Jedi würde alles ruinieren.

„Die erste Regel eines jeden Tricks“, sagte die Mutter, während sie blitzschnell die beiden Stäbe aufhob und sie wieder zusammenfügte: „Man braucht eine Ablenkung. Du glaubst, du hast gewonnen, Oliviah? Pah! Du hast keine Ahnung, was eigentlich los ist. Die Jedi haben meine Gabe nicht gewürdigt, aber ich habe auch allein einen Weg gefunden, sie zu nutzen.“

„Indem du jeden getäuscht hast, der dir je begegnet ist“, grollte der Herold.

„Nur so gewinnt man!“ Die Mutter hielt den Stab der Macht in die Höhe.

Der Effekt wurde sofort offensichtlich. Oliviah klappte zusammen, und auch die Twi'lek und der Mensch taumelten, als stünden sie unter Drogen. Ihre Augen rollten in den Höhlen nach oben, ihre Gesichter wurden blass, und der Mensch ächzte leise: „Sie kommen zurück. Sie kommen uns holen.“

„Ganz recht“, gurrte die Mutter. „Sie kommen, aber mir werden sie nichts tun. Sie können mir gar nichts tun, denn ich habe den Stab. Ist es nicht so, meine liebe Führerin?“

„Ja“, sagte jemand, aber es war nicht Marda, sondern der Herold, der Elecia trotzig anstarrte. „Sie können dir nicht wehtun … aber ich schon.“

Werth sprang vor. Die Fesseln um seine Handgelenke schnappten entzwei, und er streckte die Hand nach Elecias Hals aus. Sie versuchte ihm auszuweichen, aber der Nautolaner war zu schnell, und er presste ihr die Luftröhre zu, während sie gemeinsam neben dem Bett zu Boden gingen. Die Mutter bekam die offene Truhe zu fassen und schlug damit nach dem Kopf des Herolds, sodass sich bunt schillernde Edelsteine über seinen Rücken ergossen. Doch er schien es nicht einmal zu bemerken, während er der Frau, die ihn so lange hintergangen hatte, gnadenlos das Leben aus dem Leib würgte.

Und die Einzigen, die ihr hätten helfen können, die Jedi, krümmten sich auf dem Boden, mit Schaum vor den Lippen und blankem Entsetzen in den Augen. Der Mensch brabbelte weiter panisch vor sich hin: „Wir werden alle zu Staub zerfallen. Zu Staub!"

„Marda", krächzte die Mutter, die Werth nun hilflos ausgeliefert war. „Hilf mir … bitte."

Doch Marda ging lediglich zu dem Stab hinüber, den Elecia fallen gelassen hatte. Als sie ihn aufhob, konnte sie spüren, wie die Energie der Namenlosen durch ihre Arme in ihre Brust stieg, und sie labte sich an ihrem brennenden Hunger. Sollten sich der Herold und die Mutter ruhig gegenseitig den Hals umdrehen. Dies war ihr Moment. Ihre Gelegenheit, die Schlacht doch noch herumzureißen und das Gleichgewicht ein für alle Mal wiederherzustellen.

Doch dann fiel ihr Blick auf die vor Qualen ächzenden Jedi, und sie stellte sich Kevmo an ihrer Stelle vor. Genauso musste er gestorben sein, allein und verängstigt. Und nun geschah es erneut, direkt vor ihren Augen. Sie überlegte, was Bokana wohl gesagt hätte, wäre er jetzt hier. Zu sehen, wie Marda gleichgültig daneben stand, während andere litten, würde ihm zweifelsohne das Herz brechen. Sie durfte nicht untätig bleiben. Nie wieder.

Gerade als sie ihre Entscheidung getroffen hatte, bohrte sich ein Lichtschwert durch den Rücken des Herolds.

56. KAPITEL

Matty kämpfte gegen die Woge der Verwirrung an, die über sie hinwegrollte. Sie bezweifelte, dass sie diesen Kampf gewinnen konnte, aber sie musste es zumindest versuchen. Wie schon zuvor dachte sie wieder an Meisterin Leebos Lektionen. Anzuerkennen, dass sich die Realität auf den Kopf stellte, war der einfachste Teil, vor allem, da Azlins Schrei aus allen Richtungen gleichzeitig auf sie einzuplärren schien. Das Ganze zu begreifen, war schon deutlich schwerer.

Matty hatte gesehen, wie die Mutter nach dem violetten Stab gegriffen hatte. War der womöglich das Artefakt, von dem der Herold gesprochen hatte? Beim letzten Mal hatte sie außerdem geglaubt, eine Kreatur gesehen zu haben, die über Gluth hergefallen war – aber das hätte ebenso gut ein Trugbild sein können.

Gut. Sehr gut. Der Prozess funktionierte. Sie hatte das Gefühl anerkannt und konnte es zumindest teilweise verstehen. Nun stiegen Momentaufnahmen aus ihrem Gedächtnis empor, um ihr zu zeigen, wie sie sich dem Wahnsinn verschließen konnte. Sie sah sich selbst beim Training mit Meisterin Leebon, und die scharfen Zähne der Selonianerin blitzten im Licht, während sie über Mattys Scherze lachte. Dann waren da Vildar und Tey. Matty stand zuerst zwischen ihnen, um einen aufkeimenden Streit zu schlichten, dann neben ihnen, als sie sich gemeinsam in den Kampf stürzten. Dass die beiden ihr zugetraut hatten, die *Erleuchtung* gegen einen Angriff zu verteidigen, hatte sie mit Stolz und Freude erfüllt, und sie sehnte sich danach, sie wiederzusehen und ihnen von ihren Abenteuern auf Dalna zu erzählen.

Insbesondere von dem Nervenkitzel, als sie gemeinsam mit Azlin und Oliviah den Herzog gefangen genommen hatte.

Das war es. Das war die Antwort.

„Wir brauchen einander", presste sie hervor. „Wir können es nicht allein schaffen." Sie hatte keine Ahnung, ob die anderen sie hören konnten; sie konnte kaum etwas sehen, schon gar nicht ihre Freunde. Aber da war irgendetwas Funkelndes vor ihr. Etwas, das in den Schatten glänzte. Die Erkenntnis traf sie mit der Wucht einer Bantha-Herde. Es waren die Edelsteine, die ihr bereits an den Tunnelwänden aufgefallen waren. Die Opale!

„Seht die Opale an!", rief sie, so laut sie nur konnte. „Seht sie an! Konzentriert euch ganz darauf!"

Die Welt wurde ein klein wenig klarer, und nun konnte sie die Reflexion des seltsamen Stabs auf den Opalen erkennen. Er lag jetzt in der Hand der Evereni, aber da war noch eine andere Lichtquelle, die sich blau auf den Steinen spiegelte. War das … ein Lichtschwert? Hatte einer der anderen es geschafft, seine Klinge zu zünden? Oder war es ihr eigenes? Die Farbe passte, aber es war zu weit entfernt, und es zuckte wie eine Rakete vom Boden hoch …

Geradewegs durch den Körper des Herolds!

„Nein!", rief sie entsetzt. Ihr Daumen fand den Aktivator ihres eigenen Schwerts, und es leuchtete vor ihr auf, so grell, dass ihre Augen davon schmerzten. Sie wollte, nein, *musste* sich bewegen, musste versuchen, den Nautolaner zu retten. Aber es war zu spät. Er war bereits tot.

Die Welt setzte sich wieder zusammen, und das Chaos wich in den Hintergrund zurück. Matty sah, wie die Leiche des Herolds zur Seite kippte und die Mutter aufstand, in der Hand die Klinge, die Werth Plouth getötet hatte. Es blieb keine Zeit, zu fragen, wo sie die Waffe herhatte, denn Oliviah stürmte bereits vor, ihr eigenes Lichtschwert erhoben. Die Mutter blickte ihr entgegen, und als sie grinste, war die Familienähnlichkeit so groß, dass

Matty sich wunderte, warum es ihr nicht schon viel eher aufgefallen war.

Sie war noch immer dabei, sich von dem Angriff auf ihre Sinne zu erholen, und ihre Beine klebten bleischwer am Boden, aber zumindest hatte dieser Boden aufgehört, hin- und herzuwanken.

Knisternd trafen die Lichtschwerter aufeinander, wobei die Mutter wild zustach, während Oliviah gekonnt parierte. Die Jedi-Ritterin hatte ihr ganzes Leben mit dieser Waffe trainiert, aber sie war noch immer benommen, und das verschaffte der Mutter einen Vorteil. Sie hackte und hieb und zwang Oliviah Schritt um Schritt nach hinten ... bis Matty einen der Schwertgriffe ertastete, die sie Gluths Leiche abgenommen hatte, und die Waffe in einem hohen Bogen durch die Luft warf.

Oliviah fing sie auf und aktivierte noch in derselben Bewegung die Klinge. Ein grimmiges Lächeln breitete sich auf ihrem schweißglänzenden Gesicht aus.

Dann ging sie in die Offensive. Die Mutter war nicht in der Lage, sich gegen zwei Klingen gleichzeitig zu verteidigen, und sie wich immer weiter zurück, bis Oliviah eine Klinge unter Elecias Schwert hakte und ihr kurzerhand den Griff aus den Händen hebelte.

Die Mutter stürzte nach hinten und landete neben dem Mann, den sie ermordet hatte.

„Danke“, sagte Oliviah.

„Wofür?“, fauchte die Mutter.

„Ich habe nicht dich gemeint.“

Dankbarkeit stieg in Matty hoch. Sie stellte fest, dass sie sich wieder bewegen konnte, und mehr noch – sie merkte, dass jemand verschwunden war.

„Marda.“ Sie wirbelte im Kreis herum. „Wo ist Marda?“

„Sie hat den Stab mitgenommen!“, blaffte Oliviah. „Ich kümmere mich um meine Schwester. Verfolgt ihr das Mädchen. Holt euch den Stab, bevor er noch mehr Leben fordert.“

Matty fühlte sich der Aufgabe gewachsen, aber sie war sich nicht so sicher, was Rell anging, der noch immer zusammengerollt auf dem Boden lag.

„Azlin?"

Der junge Jedi war in seiner Furcht gefangen. Später könnte sie ihm vielleicht helfen, aber jetzt hatte sie erst mal eine Aufgabe zu erledigen.

57. KAPITEL

Utalirs Augen weiteten sich, als ein unheimliches Echo durch die Tunnel hallte.

„Was war das?"

„Das Signal, dass du gehen solltest", sagte Yana zu der kleinen Mikkianerin. „Findest du allein Weg an die Oberfläche?"

Utalir nickte und wickelte ihre gelben Kopftentakel um ihren Finger, während sie Yanas Armstumpf anstarrte. „Wirst du zurechtkommen?"

Die Evereni bemühte sich um ein aufmunterndes Lächeln. Sie war es nicht gewohnt, Kinder um sich zu haben. „Keine Sorge, Kleines. Du hast dich großartig geschlagen. Marda wird stolz auf dich sein."

Das Mädchen linste an ihr vorbei, und ein Lächeln erhellte ihr Gesicht. „Da ist sie ja!"

Yana drehte sich herum, und tatsächlich, ihre Cousine watete durch das platschende Wasser, das sich in der Versammlungshöhle angesammelt hatte.

„Du hast ihn also gefunden", sagte sie mit einem Nicken in Richtung der kombinierten Stäbe in Mardas Hand.

Marda bestätigte das, aber ihre Aufmerksamkeit galt dem Kind. Sie kniete sich vor Utalir und lächelte sanftmütig. „Du musst jetzt los, mein Spatz. Wir kommen gleich nach."

„Versprochen?"

„So wahr ich hier stehe." Marda beugte sich vor, drückte der Mikkianerin einen Kuss auf die Stirn und verpasste ihr einen Klaps. Das Mädchen schlang die Arme um ihren Hals und drückte sie einen Moment lang, bevor es aus der Höhle eilte.

Irgendwo in der Nähe heulte einer der Namenlosen.

„Werden sie ihr nicht wehtun?", fragte Yana.

„Nicht, solange ich den Stab habe." Marda blickte sich um, dann nickte sie. „Das ist perfekt."

„Sicher?"

Ihre Blicke kreuzten sich. „Es ist nicht so, als hätten wir groß eine Wahl."

Der Stab der Macht pulsierte in Mardas Hand, und die Namenlosen strömten in die Höhle.

Matty wollte nicht rennen. Sie wollte sich verstecken. Vielleicht hatte Azlin doch recht gehabt, vielleicht war es im Angesicht dieser Welt, die sie hasste und verachtete, wirklich das Beste, sich zusammenzurollen und den Kopf unten zu halten.

Ihre Beine fühlten sich an wie Blei, als sie schließlich stehen blieb. Als sie die Gemächer der Mutter verlassen hatte, war sie sicher gewesen, dass sie es schaffen könnte. Das Mädchen zu finden. Den Stab sicherzustellen. Dem Wahnsinn ein Ende zu bereiten.

Ein Kinderspiel.

Doch dann waren die Furcht und der Wahnsinn zurückgekehrt, und alles andere hatte sich in nichts aufgelöst.

Sie versuchte, sich auf die glücklichen Erinnerungen zu konzentrieren, die sie in Elecias Gemächern heraufbeschworen hatte, aber die waren verschwunden. Meisterin Leebon, Vildar und Tey – alle waren fort. Sogar Oliviahs Gesicht konnte sie nur noch verschwommen in ihren Gedanken sehen. Die Vergangenheit war ausgelöscht, die Zukunft leer, und die Gegenwart hatte nichts als Schmerz und Verzweiflung zu bieten.

Die Sonnenopale zwinkerten ihr von den Wänden zu, wie um sie zu verspotten, und während Matty sie anstarrte, wollte sie mehr, als sich nur verkriechen. Sie wollte sterben.

Was hatte sie sich nur gedacht? Sie, die kleine, erbärmliche Padawan mit einem Kopf voll unrealistischer Träume? Sie hatte eine Aufgabe, nur eine einzige, und hier war sie nun und irrte durch die Dunkelheit. Wie wollte sie die Evereni finden? Sie hatte sich vollkommen verlaufen, und alle würden ihretwegen sterben.

Sie musste umkehren. Ja, das war vermutlich das Beste. Zurück zu Oliviah, zurück in Sicherheit, fort von dem Schmerz und der Furcht …

Nein.

Das war falsch. Die Opale logen sie an.

„Jedi dürfen Angst haben", erklärte Matty ihnen, während sie sie von den Tunnelwänden aus anfunkelten. „Jeder hat mal Angst, dafür muss man sich nicht schämen. Aber ein Jedi weiß, dass die Angst vergeht und dass sie niemals gewinnen darf. Ein Jedi läuft nicht vor der Angst davon. Er stellt sich ihr in dem Wissen, dass die Macht mit ihm ist und dass er eins mit der Macht ist. Die Macht ist mit ihm, und er ist eins mit der Macht. Die Macht ist mit mir, und ich bin eins mit der Macht."

Sie machte einen Schritt nach vorn, und aus einem wurden zwei. Schon bald ging sie stetig voran. Und wenig später rannte sie wieder durch die Tunnel, die Zähne zusammengebissen, während ihre Lekku hinter ihr herflatterten.

Matty Cathley stellte sich ihren Ängsten nicht nur, sie rannte ihnen in vollem Sprint entgegen.

Die Namenlosen versammelten sich mit gebeugten Köpfen und gesenkten Schwänzen um Marda.

„Also gut, wie sollen wir das machen?", fragte Yana. Sie hatte Angst, dass die Ehrfurcht, die die Kreaturen an den Tag legten, jeden Moment in blutrünstige Gewalt umschlagen konnte. Sie sahen schrecklich hungrig aus, und es schien völlig unvorstellbar, dass sie nach so kurzer Zeit – sie waren gerade mal vor ein paar Stunden geschlüpft – bereits so riesig sein konnten. Dennoch waren sie nur halb so groß wie Elecias Gleichmacher, der in der Mitte des Rudels stand, während Geifer von seinen Lefzen ins Wasser tropfte.

Marda wagte es nicht, den Blick von dem Tier zu nehmen, während sie nach etwas an ihrem Gürtel tastete. Es glitt ihr zwischen den Fingern hindurch und klatschte ins Wasser. Die Namenlosen sprangen bei dem Geräusch zurück und fauchten.

„Vorsichtig", warnte Yana ihre Cousine. Sollte sie ihren Blaster ziehen?

„Ich *bin* vorsichtig", presste Marda hervor, dann beugte sie sich vornüber und tastete mit der freien Hand im Wasser umher. „Bleib ganz ruhig."

Plötzlich erklang das platschende Geräusch sich nähernder Schritte. Der Gleichmacher wirbelte herum, und die Namenlosen folgten nur einen Wimpernschlag später seinem Beispiel. Blaues Licht geisterte durch einen der Tunnel, und die Kreaturen schlichen geduckt darauf zu.

„Nein, nein, nein", wisperte Marda. „Bleibt hier. Bleibt bei mir."

Aber sie hörten nicht, zumindest nicht auf die Führerin. Ihre Ohren zuckten, als eine zitternde Stimme aus dem Gang hallte, die wieder und wieder dieselben Worte aufsagte: „Die Macht ist mit mir. Ich bin eins mit der Macht. Die Macht ist mit mir. Ich bin eins mit der Macht. Die Macht ist mit mir. Ich bin eins mit der Macht."

Dann platzte Matthea Cathley in die Höhle, und sie erstarrte vor Schreck, als sie sich den Namenlosen gegenübersah.

Die Augen waren überall, in der Höhle heller und schrecklicher als tausend Sonnen. *Das ist nicht real*, versuchte sich Matty klarzumachen. *Das ist nur wieder der Stab. Er zeigt mir Dinge, die nicht da sind. Und dasselbe gilt für das Fauchen und Knurren. Ich habe noch nie so … hungrige Laute gehört.*

Yana zog ihren Blaster und schoss, traf den Gleichmacher, aber er wurde kein bisschen langsamer. Sie zielte erneut, diesmal auf eines der kleineren Biester. Es ging zu Boden, aber seine Artgenossen kletterten ungerührt über seinen zuckenden Leib hinweg, um an Matthea heranzukommen.

„Stopp!“, schrie Marda. „Ihr müsst mir gehorchen. Ich habe den Stab. Ich bin die Führerin!“

Der Gleichmacher stellte sich auf die Hinterbeine, als würde er sich gegen eine unsichtbare Leine stemmen. Der Rest des Rudels hielt ebenfalls inne und stimmte in sein Geheul mit ein. Die Namenlosen waren nur ein paar Schritte von der Jedi entfernt, die auf die Knie gesunken war und panisch vor sich hin brabbelte. „Staub. Staub. Staub …“

Marda warf etwas zu Yana herüber, das größtenteils aus einer Schutzklappe über einem roten Knopf bestand. Erst als es vor Yanas Füßen landete, erkannte sie, dass es der Detonator war.

„Nimm ihn!“, presste ihre Cousine zwischen zusammengebissenen Zähnen hervor. Ihre ausgestreckten Arme zitterten, während sie den Stab vor sich hielt. „Ich weiß nicht, wie lange ich sie noch zurückhalten kann.“

Yana schob ihren Blaster in den Holster zurück und hob den Detonator auf. Er fühlte sich kalt zwischen ihren Fingern an.

„Führ die Jedi auf die Plattform hoch, bevor du ihn benutzt“, sagte Marda und begann, langsam zurückzuweichen.

„Nein!“, entfuhr es Yana, als ihr klar wurde, was Marda vorhatte. „Das war nicht der Plan!“

Die Führerin des Pfads schob sich weiter auf die Mitte der großen Versammlungshöhle zu. Die Krallen der Kreaturen schabten über den Boden, während sie ihr widerwillig folgten. „Sie werden sie töten, wenn ich es nicht tue, und dann werde ich sie auf keinen Fall mehr kontrollieren können. Die Jedi, Yana. Hilf ihr!“

Es war sinnlos, mit Marda diskutieren zu wollen, zumal Yana wusste, dass sie die Wahrheit sagte. Also rannte sie in einem weiten Bogen um die geifernde Horde herum, hakte den Detonator an ihrem Gürtel ein und zog die Padawan dann mit ihrer verbliebenen Hand auf die Beine. Schon beim ersten Schritt verlor die Twi'lek das Lichtschwert aus den Händen, aber Yana zerrte sie weiter hinter sich her. Die Namenlosen zischten sie an, versuchten, ihr zu folgen, aber sie konnten nicht … nicht, bis sich der Gleichmacher plötzlich von der Kontrolle des Stabes losriss und vortrat!

Jeder Schritt bereitete ihm sichtlich Qualen, aber er kam gnadenlos näher, und die kleineren Monster folgten ihm heulend und zischend.

Yana und Matthea hatten die Plattform inzwischen erreicht, aber diese erhöhte Position bot keinen Schutz, denn der Gleichmacher sprang mühelos hinter ihnen her.

Er sah beinahe aus, als würde er lächeln.

„Marda!", rief Yana, als ihre Schultern gegen die hintere Wand stießen.

„Hört mir zu!", rief ihre Cousine von der Mitte der Höhle. „Hört meine Stimme und gehorcht. Ich bin die Führerin, und die Macht wird frei sein!"

Der Gleichmacher warf seinen grässlichen Schädel nach hinten, und die Decke hallte wider von seinem zornigen Gebrüll. Aber er gehorchte: Widerwillig sprang er von der Plattform, und der Rest des Rudels folgte ihm, bis sie schließlich alle um die spirituelle Führerin versammelt waren, die noch immer den Stab der Macht über ihren Kopf reckte.

„Jetzt", schrie sie. „Tu es!"

„Ich liebe dich, Marda!", rief Yana.

Sie drückte den Knopf.

58. KAPITEL

Die Detonit-Ladungen explodierten alle gleichzeitig und sprengten gewaltige Risse in den Felsen, aus denen Flutwasser in die Höhle brandete.

Marda umklammerte den Stab und presste den Mund zu, als sie von der Woge erwischt wurde. Das Wasser war eisig kalt, riss sie mit sich, und die brutale Gewalt der Strömung prügelte sie durch das unterirdische Tunnelnetzwerk, zusammen mit dem Albtraum, den sie auf Dalna losgelassen hatte. Die Namenlosen traten panisch um sich. Sie konnten nicht schwimmen, und der Erste von ihnen wurde bereits gegen die Felswand geschmettert.

Marda glaubte, den Gleichmacher dicht hinter sich brüllen zu hören, aber sie achtete nicht darauf. Sie war zu sehr damit beschäftigt, nicht zu ertrinken.

„Marda!“, gellte Yana, aber die schäumenden Wassermassen hatten ihre Cousine bereits fortgespült.

Die Plattform unter ihren Füßen knirschte, als die Streben und Balken, die sie hielten, mehr und mehr nachgaben. Yana zog Matthea auf eine kleine hochstehende Kante, wo sie ein wenig mehr Schutz fanden. Aber wie sich herausstellte, waren die tobenden Fluten nicht die größte Gefahr.

Die Decke über ihnen ächzte, dann fiel ein riesiger Felsbrocken ins Wasser. Geschwächt durch die Überflutung und die Explosionen, drohte das gesamte Höhlensystem zusammenzustürzen.

Yana wollte nach Marda sehen, in der Hoffnung, dass ihre Cousine überlebt hatte. Sie ließ die Jedi in der Ecke der Plattform zurück und sprintete auf die andere Seite. Oder zumindest wollte sie das, doch sie hatte noch keine fünf Schritte gemacht, als sich ein weiterer Felsen aus der Decke löste, direkt über ihr!

Sie riss die Arme hoch und wartete darauf, zermalmt zu werden. Aber nichts geschah.

Der Fels hing reglos in der Luft.

„Los!", erklang eine gequälte Stimme hinter ihr. „Hol das Mädchen. Ich kann ihn nicht mehr lange halten!"

Die Padawan kauerte noch genau da, wo Yana sie zurückgelassen hatte, aber ihre Hand war zu dem Felsbrocken hochgereckt. Ihre Finger zitterten.

„Danke, Matthea", keuchte Yana, während sie zum vorderen Rand der Plattform krabbelte.

„Meine Freunde … nennen mich … Matty", hörte Yana die Jedi noch sagen, dann sprang sie mit dem Kopf voran ins Wasser.

59. KAPITEL

Marda träumte von Kevmo Zink. Nicht von der Leiche, die sie während der vergangenen Wochen gesehen hatte, sondern von dem Jungen, der er zu Lebzeiten gewesen war. Der unbekümmert mit ihr durch die Lompop-Felder gestreift war, die Haut tiefblau, die Tätowierungen unter seinen Augen im Sonnenschein leuchtend.

Er lächelte, als sie ihn aufweckte, und blickte sich mit verschlafenen Augen um.

„Du hast es also geschafft", sagte er.

„Wirklich?"

Er zog die Schultern hoch. „Nun, du bist hier, oder etwa nicht?"

Sie lachte. „Hast du vor, den ganzen Tag in Rätseln zu sprechen?"

Der Padawan schürzte die Lippen. „Vielleicht. Es macht überraschend viel Spaß."

Marda riss eine Handvoll Gras aus dem Boden und warf es nach ihm. Lachend wischte er die kleinen grünen Halme von seinem Gesicht, dann beugte er sich vor, um sie zu küssen.

„Nein." Sie hob die Hand vor seine Lippen. „Nicht."

Enttäuschung verdunkelte seinen Blick. „Du möchtest lieber *ihn* küssen, nicht wahr?"

Sie schüttelte den Kopf. „Bokana ist nicht hier."

„Was, wenn er es wäre?"

„Ich will *niemanden* küssen, Kevmo. Ich brauche erst mal Zeit."

Er lehnte sich zurück und stützte sich auf seine Arme. „Du hast es geschafft, weißt du! Du hast gewonnen."

„Ich bin mir da nicht so sicher."

„Wer spricht jetzt in Rätseln? Du hast die Jedi gerettet, Marda. Du hast alle gerettet."

„Ich habe die Jedi gerettet", wiederholte sie, als müsste sie erst testen, wie sich die Worte in ihrem Mund anfühlten.

Kevmo runzelte die Stirn. „Das wolltest du doch, oder?"

Sie schloss die Augen und genoss die Wärme der Sonnenstrahlen auf ihrer Haut. „Das wollte ich, ja."

„Gut. Und was wirst du jetzt tun?"

„Hm?", machte Marda und schlug die Augen wieder auf.

Kevmo grinste sie an. „Was wirst du tun, Marda?" Er wirkte aufgeregt.

Sie seufzte, als sich die Erkenntnis bei ihr einstellte: Das hier war zu gut, um wahr zu sein. „Ich schätze, ich werde aufwachen."

Sie hustete, und Wasser spritzte aus ihrem Mund auf den Fels. Die Lompop-Blumen waren verschwunden, ebenso der Sonnenschein.

Und auch Kevmo.

Marda hob den Kopf, während das Wasser an ihr vorbeirauschte. Die Höhlendecke über ihr war aufgebrochen, sodass sie die schillernden Sterne am Nachthimmel sehen konnte.

Es regnete nicht mehr, stellte sie fest. Vorsichtig richtete sie sich auf. Ihr hatten die Arme und Beine noch nie so wehgetan. Sie war auf einen Vorsprung gespült worden, und an dem Felsen, der sie aufgehalten hatte, klebte Blut. Vermutlich konnte sie sich glücklich schätzen, dass sie sich nicht sämtliche Knochen im Leib gebrochen hatte.

Von den Namenlosen fehlte jede Spur, aber der Stab lag neben ihr, ganz dicht am Rand des Vorsprungs. Oder zumindest eine Hälfte davon. Der Stab der Dämmerung war verschwunden, vermutlich hatte er sich durch den Aufprall losgelöst.

Während sie noch auf den Stab der Jahreszeiten hinabstarrte, schwappte eine Welle darüber hinweg. Marda griff hastig nach dem Relikt, bevor das Wasser es mit sich reißen konnte. Anschließend saß sie mehrere Sekunden da und drehte den Stab in ihren Händen. Er glühte nicht, rief auch nicht nach ihr. Bedeutete das, dass die Namenlosen wirklich tot waren?

Marda schloss die Hände ganz fest um das Relikt und konzentrierte sich. Und da spürte sie doch etwas. Eine Präsenz über ihr, im Freien. Kurz entschlossen schob sie den Stab unter ihren Gürtel und begann mit dem langen Aufstieg an die Oberfläche.

60. KAPITEL

Matty hatte den Felsen, den sie mittels der Macht in der Luft gehalten hatte, losgelassen, sobald Yana im Wasser verschwunden war. Danach hatte sie sich einen Moment genommen, um sich zu erholen. Na schön, vielleicht auch etwas mehr als nur einen Moment. Den Felsbrocken mit der Macht aufzuhalten, hatte sie sämtliche Kraft gekostet, und jetzt war sie inmitten eines reißenden Flusses gestrandet, der vor ein paar Minuten noch nicht da war, und ihre einzige Chance zu entkommen schien eine Kletterpartie über die tückischen Felsen zu sein.

In diesem Moment erkannte sie, dass sie ihr Lichtschwert verloren hatte. Es musste ins Wasser gefallen sein. Doch halb so wild. Sie beruhigte sich, als sie die Schwertgriffe ertastete, die nach wie vor von ihrem Gürtel hingen.

Dann kamen die Tränen, und Matty ließ ihnen freien Lauf. Sie empfand eine seltsame Mischung aus Erleichterung und Trauer, und es war ihr egal, ob jemand sie so sah. Wer könnte ihr diese Tränen verübeln, nach allem, was geschehen war?

Sicher nicht Meister Rinn, der sie letztlich fand. Vor ein paar Stunden hätte Matty ihm noch gesagt, dass sie keine Hilfe brauchte und sich allein in Sicherheit bringen könnte. Aber ihr Stolz war wie weggewischt. Man musste sich nicht dafür schämen, wenn man Hilfe annahm, und Jedi waren stets erfolgreicher, wenn sie zusammenarbeiteten.

Die Schlacht war vorüber, aber sie hatte einen hohen Preis gefordert: Der Großteil des Lagers war eingestürzt, als die Ro-Cousinen die Sprengladungen gezündet hatten. Matty war noch immer nicht sicher, was eigentlich geschehen war, und sie wusste auch nicht, warum die Evereni so gehandelt hatten. Irgendwo in ihrem Hinterkopf rumorten Gedanken über Monster, aber das war sicher nur eine Illusion, hervorgerufen durch den unheimlichen Einfluss des Stabes.

Ja, das konnte unmöglich real gewesen sein.

Meisterin Ela lauschte geduldig, während Matty ihr die Ereignisse schilderte – zumindest, soweit sie sich noch daran erinnern konnte. Sie saßen in einem Zelt neben dem Feldlazarett, das die überlebenden Jedi errichtet hatten, unterstützt von mehreren Pfadfinder-Teams, die nach Dalna gekommen waren, um bei den Rettungsarbeiten zu helfen.

Als Matty fertig war, sagte die Caamasi, dass Meisterin Leebon sehr stolz auf sie wäre, und das trieb der Padawan erneut Tränen in die Augen. Aber das war nichts verglichen mit ihrer Reaktion, als zwei Neuankömmlinge am Eingang des hastig aufgestellten Zeltes auftauchten.

Matty schlang die Arme um Vildar Mac und Tey Sirrek und schluchzte ungeniert. Die beiden waren aufgebrochen, sobald sie von den Geschehnissen auf Dalna erfahren hatten. Sie waren zu spät gekommen, um die Schlacht zu beeinflussen, aber sie kamen gerade recht, um Matty in die Arme zu schließen.

Azlin Rell saß in einem Medi-Shuttle, das gerade startklar gemacht wurde. Der Jedi-Ritter hatte es lebend aus den Gemächern der Mutter geschafft, und er war an die Oberfläche geflohen, bevor die Sprengladungen hochgegangen waren. Danach hatte er sich zu seinem früheren Lehrmeister durchgeschlagen, aber nicht mal Arkoff war in der Lage gewesen, Azlin aus dem Schockzustand herauszuholen, in dem er sich befand.

Der junge Mensch blickte nicht auf, als Matty neben ihn trat. Er hatte sich auf seiner Liege aufgesetzt und den Rücken gegen die Bordwand gelehnt, während er wie besessen mit einem stumpfen Stilus auf einem Stapel Papierblätter herumkritzelte.

Wo, im Namen des Lichts, hatte er Papier gefunden? Da fiel Matty ein, dass der Pfad Druckerpressen für seine Pamphlete benutzt hatte. Nicht dass das jetzt wichtig wäre. Sie musste Azlin irgendwie beruhigen.

„Azlin? Azlin, was tut Ihr da?"

Als er ihre Stimme hörte, hob er doch den Kopf. Seine Augen waren geweitet und blutunterlaufen, und nichts deutete darauf hin, dass er sie erkannte. Mehrere Blätter fielen ihm vom Schoß.

Matty bückte sich, um sie aufzuheben. Da packte er plötzlich ihre Schulter und grub seine Finger tief in ihr Fleisch.

„Au! Azlin, lasst mich los!"

„Hörst du sie?", fragte er, ohne sie freizugeben. „Ja, du hörst sie, nicht wahr? Die Stimmen. Du hörst, was sie sagen!"

Sie schüttelte seine Hand ab und stand auf. „Ich weiß nicht, wovon Ihr da redet."

„Der Herold hörte es auch", fuhr Azlin fort. Er krabbelte an den Rand der Liege, einen flehentlichen Ausdruck in den Augen. „Er hat es gehört, aber er hat es nicht verstanden. Die *Shrii Ka Rai*."

„Die was?"

„So nannte sie sie. Die Führerin des Pfades. Die *Shrii Ka Rai*. Sieh her!"

Er riss ihr die Blätter aus der Hand und schien in seinen Krakeleien nach etwas zu suchen.

„Azlin, bitte!", beschwor Matty ihn mit ruhiger Stimme. „Ihr müsst Euch beruhigen. Sucht Eure innere Mitte."

Er schüttelte den Kopf, eine fahrige, fieberhafte Bewegung. „Nein, es gibt keine Mitte. Es gibt kein Gleichgewicht. Du wirst schon sehen. Du … Da ist es ja."

Er hatte das Blatt gefunden, nach dem er gesucht hatte, und hielt es ihr hin. Sie wusste nicht, was er von ihr erwartete, aber sie nahm das halb zerknüllte Stück Papier entgegen.

„Lies!", forderte Azlin sie auf, während er die Arme um die Knie schlang und auf seiner Liege vor- und zurückzuwippen begann.

„Lies es! Laut. So laut, dass sie es hören können. So laut, dass wir es alle hören können!"

Matty schluckte und blickte auf das Gekrakel hinab, aber letztlich tat sie, was er verlangte.

„‚*Shrii Ka Rai Ka Rai*. Sie kommen, um dich zu holen'."

Der Mensch nickte und sprach die Worte lautlos mit, während sie las.

„‚Sie werden tun, was sie können ...'"

„Und sie werden tun, was sie müssen", beendete Azlin den Satz.

„‚Aber wenn sie dich finden ...'", fuhr Matty fort, dann hielt sie inne. Die nächsten Worte waren nicht zu entziffern. „Es tut mir leid, aber ich ..."

„Aber wenn sie dich finden", schrillte Azlin, wobei er ihr das Blatt entriss und es vor seiner Brust zusammenknüllte, „bleibt nur noch Staub von dir übrig. Staub! Du wirst nur noch Staub sein!"

Sie wusste nicht, wie sie ihn beruhigen sollte. Vielleicht war dies einfach nur die Art, wie sein Geist mit den überwältigenden Schrecken fertigwurde, die sie während der vergangenen Stunden erlebt hatten. Vielleicht musste er diese Phase durchlaufen, um sich wieder zu erholen.

„Man wird sich auf Coruscant gut um ihn kümmern", versprach Vildar, als das Shuttle abhob und sich in die kleine Flotte am Himmel über Dalna einreihte.

„Du könntest ihn begleiten, falls du möchtest", schlug Tey vor. „Hilf dem armen Kerl, wieder auf die Beine zu kommen."

Vildar wandte sich mit hochgezogener Augenbraue zu dem Sephi um. „Ach, bist du jetzt plötzlich der Lehrmeister meiner Padawan?"

Tey grinste. „Irgendjemand muss ihr ja was beibringen."

„Ich werde nirgendwohin gehen", erklärte Matty. Sie legte die Hand auf den Arm ihres Meisters. „Höchstens zurück nach Jedha. Aber bevor wir aufbrechen, möchte ich noch nach Oliviah sehen, in Ordnung?"

„Natürlich." Vildar nickte. „Wir warten hier auf dich."

„Wir beide", fügte Tey hinzu.

Die Jedi hatten noch ein weiteres Zelt aufgestellt, das als Arrestbereich fungierte. Darin befand sich die Mutter, aber sie war nicht allein. Als Marda durch den Eingang trat, erblickte sie auch Oliviah Zeveron, die gerade versuchte, ihrer Schwester zu erklären, warum die Jedi nicht jedes machtbegabte Kind aufnahmen, sondern nur jene, von denen sie sicher waren, dass man sie auch ausbilden konnte.

„Einer Familie ihr Kind wegzunehmen, das klingt grausam", kommentierte Marda, nachdem sie eingetreten war.

Oliviah sprang auf, und ihre Hand zuckte zu ihrem Lichtschwert, als sie den Stab der Jahreszeiten erblickte. „Sie müssen das sofort hergeben!"

Die Evereni schüttelte den Kopf. „Das kann ich nicht. Ich dachte, diese Sache wäre endlich vorbei, aber da ist noch etwas, was ich tun muss, und dafür brauche ich das hier."

Der Edelstein am Ende des Artefakts schillerte violett, und Oliviah sank auf die Knie. Ihr Lichtschwert landete klappernd neben ihr.

„Nein", ächzte sie, die Finger in den Boden gekrallt, die Augen verdreht, während der Gleichmacher hinter Marda in das Zelt stapfte. Mit hungrigen Augen starrte die Kreatur auf die Jedi-Ritterin herab.

Die Mutter klatschte in die Hände und schwang die Beine über den Rand ihrer Liege. „Der Macht sei Dank! Ich hatte schon Angst, sie wären alle ertrunken."

„Das sind sie auch", klärte Marda sie auf. „Aber der Gleichmacher ist stärker als die anderen. Ich fand ihn am Rand des Lagers."

„Und dann bist du hergekommen, um die Sache zu Ende zu bringen." Die Mutter grinste. „Ich wusste doch, dass ich mich auf dich verlassen kann."

Oliviah kippte auf die Seite, die Augen weit aufgerissen, aber so verdreht, dass nur das Weiße zu sehen war. Der Gleichmacher griff sie nicht an, aber nur, weil Marda ihn mit dem Stab zurückhielt.

Sie legte den Kopf schräg, während sie Elecia musterte. „Wann ist dir das klar geworden? Bevor oder nachdem du mich verraten hast?"

Die Mutter stand auf und hob beschwichtigend die Hände. „Ich habe Fehler gemacht, aber wir können jetzt von vorne anfangen. Die Mutter und die Führerin. Wir können der Galaxis berichten, dass die Jedi alles zerstört haben."

„Das war von Anfang an dein Plan, nicht wahr?"

„Die Macht hat zu mir gesprochen."

„Schon faszinierend, dass die Macht dir immer genau das sagt, was du hören willst."

„Ich habe eine Gabe, Marda. Eine Gabe, die ich mit euch allen hätte teilen sollen, aber ich habe mich geschämt." Die Mutter schlug die Augen nieder und rieb den versteinerten Teil ihres Armes. „Ich brauche deine Hilfe. Ich verspreche dir, ich werde gegen die Impulse in meinem Inneren ankämpfen. Mit dir an meiner Seite kann ich es schaffen. Ich werde rein sein."

„Für Freiheit, Gerechtigkeit und Reinheit", intonierte Marda.

„Genau!" Die Mutter faltete die Hände. „Wirst du mir helfen, Marda? Wirst du mich auf dem Pfad leiten?"

„Nicht", presste Oliviah Zeveron zwischen schreckverzerrten Lippen hervor. „Bitte."

Marda blickte zu dem Gleichmacher hinab, der es kaum noch erwarten konnte, seinen Hunger endlich zu stillen.

„Ich werde die Macht befreien", erklärte sie leise. „Von deiner Tyrannei und deiner Manipulation. Ich werde sie wieder stark machen."

„Ja, Marda", strahlte die Mutter. „Genau so. Zeige der Jedi den wahren Pfad. Befreie die Galaxis von ihren Untaten."

„Ich habe nicht mit deiner Schwester gesprochen, Elecia", sagte Marda, „sondern mit dir!"

Die Mutter kreischte, als der Gleichmacher vorsprang.

„Vildar! Tey!"

Ihre Freunde kamen hereingestürmt, sobald sie Mattys Stimme hörten.

„Bei den Grotten von Koboh!", entfuhr es dem Kiffar. „Was ist *das*?"

„Ihr müsst Hilfe holen", hauchte Matty.

„Ich gehe schon", sagte Tey, und nach einem letzten Blick auf die Liege eilte er wieder nach draußen.

Vildar kniete sich neben Matty, die Oliviahs Kopf in ihren Schoß gebettet hatte. Die Jedi-Ritterin zitterte am ganzen Leib und starrte, ohne zu blinzeln, zu dem Ding auf der Liege hoch. Es trug die Roben der Mutter, aber seine Haut sah aus wie Stein, und das aschfarbene Gesicht war zu einem nicht endenden Schrei erstarrt.

„Ist Oliviah ..."

„Sie ist unverletzt", erklärte Matty. „Zumindest körperlich. Aber wir müssen ihr helfen, damit sie sich wieder erholt, Vildar. Wir müssen ihr gemeinsam helfen."

Vildar lächelte seine Padawan an. „Natürlich, Matty. Das ist schließlich die größte Stärke der Jedi."

61. KAPITEL

„Yana?“

Sie hatte Marda nicht gefunden. Sie war geschwommen, bis ihre Arme wehtaten und ihr Körper aufgeben wollte, aber da war keine Spur von ihrer Cousine gewesen. Bis jetzt.

Jetzt drehte sie sich um, und da stand Marda, direkt hinter ihr. Yana sprang auf und zog die andere Evereni in eine Umarmung – eine Geste, die Marda lächelnd erwiderte. „Du lebst. Der Macht sei Dank.“

Sie spürte die Nässe von Mardas Tränen auf ihrer Wange. „Ich dachte, du glaubst nicht an die Macht.“

„Nein, aber irgendetwas muss ich ja danken.“

Sie trat zurück und musterte Marda von Kopf bis Fuß. „Bist du verletzt?“

Ein Kopfschütteln. „Nur müde.“

Yana lachte. „Da sind wir schon zu zweit.“

Marda blickte beschämt auf Yanas Armstumpf. „Es tut mir leid.“

„Das warst nicht du.“

„Doch, und ich muss die Verantwortung dafür übernehmen.“

Yana zog die Schultern hoch. „Es war ohnehin nie meine Lieblingshand.“

Marda lächelte nicht, stattdessen wandte sie sich der Frau zu, die Yana in einem Schwebestuhl vor sich hergeschoben hatte. „Opari?“

Die Nautolanerin war in eine schwere Decke gehüllt und starrte mit leeren Augen ins Nichts.

„Als ich dich nicht finden konnte, dachte ich mir, ich muss

jemand anderen retten", erklärte Yana. „Außerdem hatte ich es versprochen."

„Wem? Dem Herold?"

„Nein." Yana schüttelte traurig den Kopf. „Jemandem, den ich nicht länger hören kann. Sie hat gesagt, sie würde bei mir bleiben, solange ich sie brauche. Na ja, und es war Zeit, mich zu revanchieren."

„Ist das einer von Cinceys Schwebestühlen?"

Yana dachte an ihre alte Freundin, eine weitere Pfad-Anhängerin, die durch die Galaxis gereist war, um die Befehle der Mutter auszuführen. Inzwischen fühlte es sich an, als wäre seitdem ein ganzes Lebensalter vergangen. Keine von ihnen war noch dieselbe wie damals.

„Ich hab ihn im Lager gefunden. Cincey braucht ihn nicht mehr."

„Wohin wirst du jetzt gehen?", wollte Marda wissen.

Yana zuckte mit den Schultern. „Ich weiß noch nicht."

„Du könntest mit mir kommen", schlug Marda vor. „Ihr beide. Verlassen wir Dalna genauso, wie wir einst herkamen."

„Gemeinsam?"

Marda machte einen Schritt nach vorne. „Die Mutter hatte ein Shuttle. Ich habe es gefunden, nachdem …"

Sie brach ab.

„Es heißt, die Mutter sei gestorben", sagte Yana, wobei sie die Reaktion ihrer Cousine genau beobachtete. „Angeblich hat sie sich in Asche verwandelt. Ein letztes Wunder."

„Wir können zur *Gaze* fliegen", fuhr Marda fort, ohne auf die Bemerkung einzugehen. „Sie befindet sich immer noch im Orbit, auf der anderen Seite des Mondes. Ich bezweifle, dass irgendjemand sie bis jetzt gefunden hat, und selbst wenn doch, ist ganz sicher noch niemand an Bord gelangt."

„Marda."

„Der Gleichmacher ist bereits im Shuttle."

„Marda, wir müssen dieses Ding umbringen."

„Nein.“ Ihre Cousine schüttelte den Kopf, dann griff sie hinter ihren Rücken und zog den Stab der Jahreszeiten aus der Tasche zwischen ihren Schulterblättern. „Hiermit kann ich ihn kontrollieren. Ich weiß nicht, wo die andere Hälfte ist, aber das hier reicht. Der Gleichmacher muss tun, was wir sagen.“

Sie schob sich näher heran, und ihre Stimme nahm einen drängenden Ton an. „Ich werde von Neuem anfangen, Yana. Ich werde einen neuen Pfad finden, und ich möchte, dass du ihn mit mir beschreitest. Das Ungleichgewicht muss ausgeglichen werden. Die Macht muss frei sein.“

„Marda …“

„Nein, bitte. Hör zu. Es wird immer Leute dort draußen geben, die versuchen, die Macht zu missbrauchen und ihre Energie zu stehlen. Leute wie *sie*, Leute, die uns täuschen und uns zu Dingen zwingen wollen, die wir gar nicht tun möchten. Ich weiß, wovon ich rede, Yana. Ich habe so vieles getan … so viele schreckliche Dinge.“ Ihre Augen füllten sich mit Tränen.

Yana legte ihr die Hand auf die Schulter und blickte ihr offen ins Gesicht. „Ich … *wir* können dich nicht begleiten.“

„Ist es wegen der Jedi? Hast du Angst vor ihnen? Ich verspreche dir, der Gleichmacher kann uns beschützen. Er wird uns helfen, das Gleichgewicht zu finden.“

„Es sind nicht die Jedi, vor denen ich Angst habe, sondern dieses Ding. Du musst den Gleichmacher fortschicken. Befiehl ihm, dass er sich ertränken soll, so wie die anderen ertrunken sind.“

„Das kann und werde ich nicht tun.“

„Und darum kann ich dir nicht auf deinem Pfad folgen. Es tut mir leid, Marda. Wirklich.“

Eine einzelne Träne rann über das Gesicht ihrer Cousine. Sie nickte schniefend. „Ich verstehe.“

„Tust du das wirklich?“

Marda drückte sie erneut an sich. „Die Macht wird frei sein, Yana. Ich werde einen Weg finden, und wenn es tausend Jahre dauert.“

Yana lachte und löste sich aus der Umarmung. „Ich glaube nicht, dass Evereni so lange leben."

„Nun, ich werde so lange leben", scherzte Marda. „Schließlich bin ich eine Ro."

„Ja." Yana lächelte. „Ja, das bist du."

Die *Silverstreak* stand genau dort, wo Sunshine gesagt hatte. Das Schiff war in bemitleidenswertem Zustand, aber es sah aus, als könnte es fliegen. Zumindest in diesem Punkt hatte er also nicht gelogen.

Yana war noch einmal an der Schatzkammer vorbeigekommen, als sie Opari geholt hatte, aber Dobbs war nicht länger dort gewesen, und die Taschen mit den Schätzen waren ebenfalls verschwunden. Darum hatte sie halb erwartet, dass das Schiff ebenfalls fort sein würde, aber da stand es, die Rampe heruntergelassen, und aus dem Inneren hallten Geräusche nach draußen. Vielleicht war es Sunshine selbst, der sie verursachte, weil er das Schiff gerade startklar machte. Das könnte ein Problem sein. Yana bezweifelte, dass der alte Hyperraum-Scout sie mitnehmen würde – nicht nach dem, was sie getan hatte.

Doch die Gestalt, die schließlich die Rampe herunterstieg, um noch einmal die Außenhülle zu überprüfen, war nicht Sunshine.

„Shea?"

„Yana", entfuhr es der Technikexpertin. „Was tust du denn hier?"

„Ich habe auf eine Mitfluggelegenheit gehofft. Also, genau genommen wir beide."

Shea blickte Opari an. „Ist sie …"

„Sie kommt schon wieder auf die Beine", erklärte Yana. „Ich werde mich um sie kümmern. Sie ist die einzige Familie, die mir noch geblieben ist."

Ein seltsamer Ausdruck huschte über das Gesicht der Technikexpertin.

„Shea?"

„Geth ist der Vater." Die rothaarige Frau strich sich mit einer Hand über den Bauch. „Er wusste noch nicht mal davon. Ich wollte es ihm nach der Rückkehr von Planet X sagen. Ich habe über einen guten Namen nachgedacht, während ich diese Schrottmühle wieder flottgemacht habe. Wenn es ein Junge ist, wird er natürlich Geth heißen. Und Mari, wenn es ein Mädchen ist."

„Mari?"

Shea wirkte ein wenig verlegen. „Das war der Name meiner Mutter. Und meiner ist es eigentlich auch. Ich mochte ihn nur nicht. Bis jetzt."

„Klingt, als könntet ihr auch ein wenig Hilfe brauchen", erwiderte Yana. „Ich meine, ich kann nicht fliegen, und ich bezweifle, dass Opari eine erfahrene Pilotin ist. Aber wir helfen gerne, das Schiff in Schuss zu halten. Wir könnten zusammenbleiben, zumindest für eine Weile. Mit Frachtaufträgen ein wenig Geld machen oder so."

Shea lachte. „Frachtaufträge?"

„Warum nicht? Wir könnten uns die Galaxis ansehen. Vielleicht mal Alderaan besuchen. Ich glaube, es würde mir dort gefallen."

Shea zuckte mit den Schultern. „Nun, es ist nicht so, als hätte ich einen besseren Plan. Brauchst du Hilfe mit dem Schwebestuhl?"

Yana schob ihn bereits die Rampe hoch. „Nein, geht schon. Aber wir werden einen neuen Stuhl brauchen, sobald wir es uns leisten können. Vielleicht nach unserem ersten Job", scherzte sie.

Der Schwebestuhl neigte sich auf eine Seite, und der Stab der Dämmerung fiel aus dem verborgenen Fach, wo Yana ihn deponiert hatte.

„Ich mach das schon", sagte Shea und hob den kurzen Stab auf, bevor er davonrollen konnte. „Was ist das überhaupt?"

Yana winkte ab. „Nur etwas, was ich während der Suche nach Marda in den Höhlen fand."

„Ein Andenken?“

„So ungefähr. Weißt du, vielleicht könntest du mir doch helfen.“

Gemeinsam schoben sie den Schwebestuhl an Bord der *Silverstreak*.

Marda saß allein auf der Brücke der *Gaze Electric*. Das Schiff war ein wahres Wunder und so konzipiert, dass man es zur Not sogar allein fliegen konnte. Das war garantiert kein Zufall, sondern der ultimative Fluchtplan der Mutter gewesen.

Der Gleichmacher hatte sich in einen Lagerraum im hinteren Teil des Schiffes zurückgezogen – nahe genug, dass er in Sekundenschnelle hier sein könnte, falls er gebraucht wurde, aber weit genug entfernt, dass Marda sein Heulen nicht mehr hören musste. Dort würde er bleiben, bis sie ihm einen neuen Befehl gab.

Bei diesem Gedanken senkte sie den Blick zum Stab der Jahreszeiten, der auf ihrem Schoß lag. Es wäre schön gewesen, hätte sie auch den Stab der Dämmerung gehabt, nur für alle Fälle, aber eines der beiden Relikte sollte genügen, bis sie sich einen Plan zurechtgelegt hatte.

Marda hatte ihr Ziel nach dem Zufallsprinzip gewählt und mithilfe des Navigationscomputers eine Route berechnet, auf der garantiert niemand nach ihnen suchen würde. Was sie am Ende dieser Route erwartete, war ihr grundsätzlich egal, solange es dort nur keine Höhlen gab. Marda hatte ein für alle Mal genug von Höhlen.

Ein Teil von ihr wünschte, Yana wäre mitgekommen, aber vielleicht war es besser so. Jetzt konnte sie gehen, wohin sie wollte, wann sie wollte, wie sie wollte. Niemand würde je wieder Nein zu ihr sagen. Und irgendwann, eines Tages, würde sie die Macht befreien. Das wusste sie ganz einfach, sie spürte es mit jeder Faser ihres Seins. Doch jetzt wollte sie endlich das Gefühl genießen, zum ersten Mal in ihrem Leben selbst frei zu sein.

Sollte irgendjemand versuchen, ihr diese Freiheit zu nehmen, würde er es bitter bereuen.

Mit einem Lächeln legte sie den Stab der Jahreszeiten beiseite, dann ging sie zu der Truhe, in der ihre Habseligkeiten verstaut waren. Marda hatte nicht viel von Dalna mitnehmen können, aber sie war froh, dass ein kleiner Topf mit blauer Brikal-Muschelfarbe dazugehörte.

Sie hob den Deckel an und spähte ins Innere: Es war nicht mehr viel übrig, aber fürs Erste würde es reichen. Sie tunkte ihre Finger in die Mischung, dann hob sie sie an die Stirn und malte drei gezackte senkrechte Linien auf ihr Gesicht.

STAR WARS DIE MACHT IST STARK IN DIESEN BÜCHERN ...

NEUER LESESTOFF AUS EINER WEIT, WEIT ENTFERNTEN GALAXIS!

STAR WARS: DAS BUCH VON BOBA FETT

Der offizielle Jugendroman zur Disney+ Serie und Ableger von *The Mandalorian*

14 €, Roman,
ISBN 978-3-8332-4339-4

STAR WARS: DIE HOHE REPUBLIK - DER PFAD DER TÄUSCHUNG

Die Jedi-Ritter der Hohen Republik sehen sich als Hüter von Freiheit und Frieden in der Galaxis mit unerwarteten Bedrohungen konfrontiert.

17 €, Roman,
ISBN 978-3-8332-4254-0

STAR WARS: DIE HOHE REPUBLIK - DIE SUCHE NACH DER VERBORGENEN STADT

Jedi-Ritterin Silandra Sho und ihre Schülerin Rooper Nitani werden ausgesandt, um vermisste Teammitglieder zu finden.

15 €, Roman,
ISBN 978-3-8332-4253-3

STAR WARS: HUNTERS - KAMPF UM DIE ARENA

Der offizielle Jugendroman zum kommenden actiongeladenen Videogame

14 €, Roman,
ISBN 978-3-8332-4340-0

STAR WARS: DARTH VADER - JAGD AUF CRIMSON DAWN

Der Dunkle Lord der Sith gegen Lady Qi'ra und ihr kriminelles Syndikat Crimson Dawn

15 €, Comicband,
ISBN 978-3-7416-3344-7

STAR WARS: THE MANDALORIAN - STAFFEL 2

Die offizielle Junior Graphic Novel zu Staffel 2 der Disney+ Serie The Mandalorian

13 €, Comicband,
ISBN 978-3-7416-3343-0

JETZT NEU IM BUCHHANDEL

www.paninibooks.de